Tigre et dragon - 1

Première époque :
la vengeance de Petite Grue

Du même auteur
aux Éditions J'ai lu

TIGRE ET DRAGON -2
La danse de la grue et du phénix
N° 8946

Wang

DULU

Tigre et dragon - 1

Première époque :
la vengeance de Petite Grue

Traduit du chinois
par Solange Cruveillé

J'ai lu

Titre original
鹤惊昆仑

Préface de l'édition chinoise

Célèbre auteur moderne de romans d'amour et de chevalerie, Wang Dulu commence à écrire dans les années 1930. Ses œuvres reçoivent un très bon accueil de la part des lecteurs de l'époque. Il composera en tout plus d'une vingtaine d'ouvrages prodigieux. Les *Wuxia xiaoshuo* (romans de chevalerie ou « de *gongfu* ») caractérisent le mieux l'originalité de son écriture et représentent ses plus grands succès.

C'est à partir des années 1980 que les romans de chevalerie de Hong Kong et de Taïwan débarquent en Chine continentale. Plusieurs spécialistes et hommes de lettres commencent alors à s'intéresser aux origines du genre. À travers la fièvre des romans de *gongfu*, preuve d'une nouvelle consommation culturelle, les chercheurs découvrent que les maîtres de romans de chevalerie de Hong Kong et de Taïwan s'inspirent de grands maîtres du continent. En effet, l'esprit culturel tout autant que le mode d'écriture des romans chinois de *gongfu* des époques moderne et contemporaine ont très fortement influencé les romans du même genre à Hong Kong ou à Taïwan.

M. Ye Hongsheng, célèbre critique et comparatiste taïwanais, a récemment publié un *Compendium des romans de chevalerie chinois de l'époque moderne*, dans lequel on retrouve sept ouvrages de l'écrivain

Wang Dulu. Des savants de Chine continentale, entre autres M. Zhang Gansheng, ont entrepris un travail de répertoriation sur l' *Histoire du roman populaire chinois moderne et contemporain*, dans lequel Wang Dulu est classé parmi les célèbres auteurs de fiction populaire de la République de Chine (1912-1949). Les recherches sur Wang Dulu et ses œuvres ont également représenté une part importante dans le long travail de classification, d'exploration et de recherche effectué sous la direction de Xi Sinian sur les œuvres des auteurs de romans populaires. Quelques centres de recherche universitaires intègrent enfin les œuvres de Wang Dulu dans leurs programmes. Aussi le nom de Wang Dulu a-t-il fini par figurer dans diverses « Histoires » de genres littéraires. Plusieurs spécialistes le considèrent aujourd'hui comme l'un des dix grands auteurs de romans de chevalerie de la Chine moderne et comme l'un des quatre grands auteurs de l'école du Nord.

Plus de cinquante ans après, les œuvres de Wang Dulu produisent toujours sur le lecteur une sorte de fascination artistique. Ses romans d'amour et de chevalerie nous font découvrir un esprit culturel populaire où chevalerie et loyauté sont les normes de la morale. Quelques-uns de ses romans reflètent en outre très clairement les caractéristiques de la culture de la chevalerie, produits des transformations culturelles dans la société moderne chinoise : l'esprit de chevalier devient populaire, avec des images d'antihéros épris de justice et de loyauté qui expriment la quête des idéaux sociaux et de la moralité populaire.

La contribution de Wang Dulu concernant les romans de chevalerie réside encore dans le fait qu'il crée une nouvelle forme narrative qui mêle esprit de chevalerie et histoires d'amour. Les deux se complètent mutuellement. Certains de ses romans de mœurs et de ses histoires d'amour possèdent en outre un charme artistique incontestable : dans ces œuvres, l'argent, la condition sociale et l'amour entrent souvent en conflit. Les personnages positifs placent l'amour ou le mariage au rang de nobles aspirations, au-dessus des considérations communes ou intéressées, ce qui reflète le profond besoin spirituel d'émancipation individuelle de cette époque. Cette conception moderne de l'amour conflictuel et l'état d'esprit culturel qu'elle véhicule montrent bien la volonté de Wang Dulu de fondre l'esprit de la nouvelle littérature vernaculaire dans les romans populaires.

Chapitre I

S'adonnant clandestinement aux plaisirs amoureux,
Le disciple enfreint le grand interdit ;
Éprouvant des regrets après l'avoir assassiné,
Le vieux chevalier se montre compatissant.

Petite ville du sud du Shaanxi[1] lovée au creux des montagnes, Zhenba possédait un cadre naturel et un climat à peu près identiques à ceux du nord du Sichuan. Mais les mœurs, plus féroces, attiraient les gens au tempérament barbare. Ainsi, à la fin de la période de troubles que connut la dynastie Qing[2], de nombreux bandits vagabonds se retranchèrent dans la campagne environnante, où ils dépouillaient les marchands itinérants et les voyageurs. Ceux qui ne pratiquaient pas les arts martiaux devaient donc s'allouer la protection de gardes du corps, sans quoi le moindre déplacement s'avérait impossible. De ce fait, les agences d'escorte armée fleurissaient un peu partout et les étudiants en arts martiaux se faisaient chaque jour plus nombreux.

1. Le sud du Shaanxi : Shaannan. Shaanxi : province du centre de la Chine, située au nord du Sichuan. (Toutes les notes sont de la traductrice.)
2. Qing : dynastie mandchoue, 1644-1911.

À l'extérieur de la ville vivait un vieux boxeur nommé Bao Zhenfei, que tout le monde surnommait « Bao Kunlun », car il maniait à la perfection et dans un style très particulier le sabre de Kunlun[1], sabre de forme classique mais particulièrement lourd. L'homme s'était dans sa jeunesse engagé dans l'armée et comptait à son actif nombre d'exploits militaires. Devenu à l'âge mûr garde du corps de profession, il avait ouvert dans le sud du Shaanxi et le nord du Sichuan une dizaine d'agences d'escorte armée et formé la plupart des gardes réputés dans le milieu. À soixante ans, ayant bien gagné sa vie, il avait confié ses affaires à son fils et à ses disciples et s'était retiré chez lui pour y finir paisiblement ses jours.

Âgé à présent de soixante-quatre ans, le vieux boxeur portait une barbe grise et souffrait de surpoids. Voulant éviter que cela ne prenne des proportions alarmantes, il se forçait à continuer la pratique du *gongfu* [2] : chaque matin, à l'aube, il réalisait plusieurs enchaînements au sabre et quelques exercices de boxe ; et chaque soir, il faisait plusieurs fois le tour du village à cheval. On avait fini par appeler l'endroit « le Village de Bao » : situé en face d'une chaîne de montagnes verdoyantes, avec à l'est un petit ruisseau, à l'ouest la campagne sauvage et au nord le chef-lieu de district Zhenba, le lieu était ravissant, typique du Jiangnan[3].

Habitant le plus célèbre de son village, Bao Zhenfei ne possédait pas pour autant une maison bien grande. Il n'employait par ailleurs ni domestiques, ni ouvriers agricoles : ses disciples s'occupaient de tout. Le vieux boxeur avait formé en tout plus de trente

---

1. Kunlun : hautes montagnes situées entre la Chine et l'Inde. Selon la tradition taoïste, elles seraient le lieu de résidence des dieux et des immortels. Ont donné naissance à une école de *gongfu*.
2. *Gongfu* : art martial, *wushu*. Anciennement écrit « kung fu ».
3. Jiangnan : littéralement « jiang » : le fleuve ; « nan » : le sud. Régions situées au sud du fleuve Chang (Yangtse).

disciples, installés un peu partout. Il lui en restait seulement six à présent, et c'était eux qui géraient la maisonnée avec son deuxième fils : labours, moissons, élevage des porcs et des chevaux. Nul besoin donc pour le vieil homme d'embaucher du personnel, et inutile pour ses disciples d'offrir des présents pour venir s'entraîner chaque jour.

Ils achevaient leur formation en cinq ans, acquérant une maîtrise totale des arts martiaux. Bao Zhenfei, très autoritaire, leur imposait une discipline extrêmement sévère. Ils devaient respecter six grandes règles : ne pas faire de mal aux innocents, ne pas violer les femmes ou avoir des relations adultères, ne pas voler et piller, ne pas humilier ou insulter les veuves et les orphelins, ne pas mépriser son Maître, et enfin ne pas aller à l'encontre de la moralité et de la justice. Le plus important de tous ces principes était le deuxième, car le vieil homme croyait fermement en l'adage « *la luxure est le pire des péchés* ».

Le Maître, qui erra dans le monde du Jianghu[1] pendant plus de quarante ans, fit périr sous son sabre près d'une trentaine de personnes, tous des hommes et des femmes perfides, jamais des innocents. Lorsqu'il apprit que son premier disciple, Chang Zhigao, était tombé amoureux de la femme d'un artiste itinérant, il força le jeune homme à se couper un bras. Il fit également arracher l'œil gauche de son quatrième disciple Jiang Zhiyao qui avait peloté une femme mariée lors d'une représentation théâtrale. Et quand il sut que son vingt-troisième disciple, Hu Zhikai, était devenu intime avec sa belle-sœur, il lui fit envoyer une lettre avec pour seule inscription sa

---

1. Jianghu : littéralement « les Fleuves et les Lacs ». Monde parallèle des hors-la-loi, des fugitifs, des artistes et des marchands itinérants, des vagabonds et des brigands. C'est là qu'on rencontre également les grands héros et les preux chevaliers.

signature : comprenant aussitôt que son maître allait le punir, Hu Zhikai se pendit.

Étant donné le caractère impitoyable de Bao Zhenfei, ses disciples lui témoignaient tous un profond respect : ils baissaient la tête en entrant et en sortant de chez lui et n'osaient pas regarder dans les yeux les femmes qu'ils croisaient en chemin, comme des disciples de la philosophie néoconfucianiste[1].

En ce mois printanier, les saules étaient verts, l'herbe tendre, le blé faisait plus d'un demi-pied de haut, les oiseaux chantaient gaiement et les chevaux, devenus comme fous, hennissaient jour et nuit, semblant vouloir appeler leur âme sœur. Quand le vieux maître se leva au petit matin, l'orient revêtait déjà ses habits de pourpre. Il constata avec mécontentement que son deuxième fils, Bao Zhilin, dormait toujours : sa nouvelle épouse n'avait pas mis deux mois à anéantir sa vigueur. « Dormir encore à cette heure-là, c'est jeter aux orties quatre années de pratiques martiales ! » se dit le vieux boxeur en colère, en toussant avec force pour que son fils l'entende.

Puis il se rendit sur la place devant la porte d'entrée, pour regarder ses six disciples faire leurs enchaînements. Les mains derrière le dos, il s'approcha de son vingt-septième disciple, Chen Zhijun, qui réalisait la « boxe de l'avant-bras »[2]. Alors qu'il entamait le dernier mouvement, « le battement d'ailes », le maître l'arrêta. Il reprit la position, projeta ses deux poings vers l'avant et piétina le sol. Fléchissant les jambes dans la position du cavalier, il ramena ensuite ses poings au niveau de la poitrine, étendit sa main

---

1. Philosophie néoconfucianiste : philosophie apparue au Xe siècle sous la dynastie des Song, et qui a perduré jusque sous les Ming.
2. Boxe de l'avant-bras ou *tongbi quan* : boxe développée à partir de l'époque Ming et associée au taoïsme.

droite comme une aile, la ramena contre lui, puis déplia la main gauche. Il ne réalisa le mouvement que deux fois de suite, mais déjà il peinait à respirer. Alors il demanda au disciple de recommencer l'enchaînement.

Chen Zhijun reprit les poses, et ce n'est qu'au bout de la cinquième fois que le vieux boxeur se montra satisfait et inclina la tête. Puis il alla regarder le combat au sabre entre ses quatorzième et vingt-cinquième disciples, Lu Zhizhong et Qin Zhibao. Toujours fier du premier, très agile dans le maniement des armes, il trouvait à redire au second : il ne les observait pas depuis cinq minutes que déjà Qin Zhibao accumulait six ou sept fautes. Plus le maître le regardait, plus le disciple se sentait déstabilisé. Alors le vieux boxeur s'emporta, et « danglang ! », d'un coup de pied il fit tomber des mains de son élève le sabre d'acier. Le visage de Qin Zhibao s'empourpra : sa main droite le faisait tellement souffrir qu'il ne pouvait plus s'en servir. C'est donc de la gauche qu'il ramassa son arme et la tendit à son maître.

Le vieil homme, sans lui jeter un seul regard, se mit à combattre avec Lu Zhizhong : on ne voyait que l'éclat des deux lames qui dansaient dans les airs. Malgré son corps peu agile et peu vigoureux, Bao Zhenfei faisait preuve d'une technique irréprochable. Mais au bout d'une vingtaine d'échanges, Lu Zhizhong, craignant que son maître ne s'épuise, retint son arme et sauta sur le côté. Alors le vieil homme lança le sabre à Qin Zhibao :

« En maniant le sabre comme tu le fais, tu peux être sûr que si tu tombes sur Sun le Teigneux ou un autre, tu le paieras très cher ! »

Le disciple, honteux, baissa la tête sans oser prononcer un mot.

Bao Zhenfei passa ensuite au vingt et unième disciple, Ma Zhixian, qui s'entraînait aux crochets.

C'est alors que Bao Zhilin, qui se prenait pour « le Petit Kunlun », arriva enfin. À la vue de son visage émacié et de son air indolent, le vieil homme ressentit une vive colère. Sans jeter un seul regard à son fils, il se mit à montrer à Ma Zhixian comment manier les crochets. Bao Zhilin quant à lui exécuta pour la forme un enchaînement de boxe, puis alla se reposer. Non seulement son père ne lui prêta aucune attention, mais en plus il lui tourna le dos pour aller s'occuper de Jiang Zhisheng qui s'entraînait à l'épée[1].

Jiang Zhisheng était le trentième disciple. Il étudiait auprès du maître depuis moins de trois ans, et pourtant sa technique surpassait déjà celle de ses camarades plus anciens. Après son exercice à l'épée, il prit un sabre sur le présentoir d'armes et réalisa deux autres enchaînements. Le corps léger, la lame rapide, non seulement les mouvements étaient parfaits, mais en plus les positions très belles. Maître Bao en éprouvait une certaine satisfaction, et en même temps un peu de jalousie : « Si j'avais un fils comme lui, pensa-t-il, il me ferait honneur ! Finalement, je vais peut-être pouvoir transmettre les quatorze secrets du maniement du sabre de Kunlun ! » Puis il observa la tenue du disciple : un pantalon et une veste de crêpe bleu noir, avec des ourlets de satin blanc sur les manches ; une natte noir de jais enroulée sur trois tours sur la tête ; un long visage à la peau claire, des sourcils délicats et des yeux limpides qui faisaient tout simplement penser à une belle jeune mariée.

Ce genre d'apparence déplut fort au vieux boxeur qui se désintéressa soudain de son élève. Alors, les mains derrière le dos, il partit voir son fils. Ce dernier s'efforçait de serrer les poings qu'il brandit

1. Le sabre est de forme courbe alors que l'épée est droite, large et à double tranchant.

deux fois avant de se mettre à sauter d'un pied de haut, comme s'il voulait s'exercer à franchir les murs et à sauter de toit en toit comme un voleur. Le vieil homme ressentait une telle colère qu'il brûlait d'envie de s'emparer du sabre de Jiang Zhisheng pour en faire goûter son fils. Mais, tout à coup, le souvenir d'une histoire vieille de trente ans ressurgit dans son esprit : il soupira, tourna les talons et partit voir son vingtième disciple, Liu Zhiyuan, qui s'entraînait à la lance. Puis il rentra dans la maison.

Dès qu'il eût franchi le seuil, les élèves se relâchèrent : Liu Zhiyuan abandonna sa lance, détacha un cheval qui se trouvait sous le sophora et partit au galop en direction du sud pour quelque balade ; Jiang Zhisheng replaça sa lame sur le présentoir et se mit à bavarder avec Chen Zhijun, qui venait tout juste de terminer son enchaînement ; quant à Bao Zhilin, il demanda en rigolant à Ma Zhixian, qui maniait toujours ses crochets :

« Eh bien ! Regardez-moi cette ceinture ! C'est ta femme qui l'a brodée dis-moi ?

— Comment ma femme pourrait-elle avoir un aussi bon coup d'aiguille ? répondit Ma Zhixian en riant. Non non, c'est l'épouse de mon beau-frère qui me l'a brodée !

— Hé ! Pas mal du tout ! le complimenta son camarade. Quelle main experte !

— Ma belle-sœur, c'est sa femme justement..., fit Ma Zhixian à voix basse en désignant de la tête Jiang Zhisheng.

— Ah ! Alors vous êtes beaux-frères ! »

Qin Zhibao, qui se tenait juste à côté avec son visage encore tout rouge, s'écria soudain :

« Le maître revient ! »

Tout le monde aussitôt cessa de plaisanter : certains s'assirent par terre pour se reposer un peu, d'autres reprirent leurs exercices.

Le vieux Bao tenait une longue pipe d'une main et tirait sa petite-fille de dix ans de l'autre. Il allait et venait tranquillement devant l'entrée, avec la fillette qui marchait et sautillait joyeusement en fredonnant une chanson folklorique, ses petits yeux brillants tournés vers son grand-père.

« Zhizhong ! » appela soudain le vieux boxeur.

Le disciple posa aussitôt sa lame et s'avança :

« Qu'y a-t-il Maître ? demanda-t-il avec déférence.

— Je voudrais que tu ailles demain à Hanzhong rendre visite à ton grand frère[1]. La dernière fois que le sixième disciple est venu, il a dit que sa blessure à la jambe le faisait à nouveau souffrir. Je voudrais savoir s'il va mieux maintenant. »

Le disciple acquiesça d'un signe de tête :

« Très bien, je partirai demain. J'espère que sa blessure n'est pas trop grave.

— Tout à l'heure, je te donnerai un peu d'argent pour le voyage », ajouta le maître avant de reprendre sa promenade dans la cour.

La fillette, qui tenait toujours sa main, se retourna et sourit à Jiang Zhisheng, qui avait pour habitude de la taquiner et de jouer avec elle.

Un instant plus tard, le vieux boxeur ramena l'enfant à l'intérieur. Alors les élèves ramassèrent les armes, y compris celles qui se trouvaient sur le présentoir, et les rentrèrent dans la maison. Puis Chen Zhijun et Ma Zhixian balayèrent la cour, Liu Zhiyuan alla nourrir les chevaux, Jiang Zhisheng termina deux petites corvées avant de rentrer chez lui, et Bao Zhilin resta un moment assis sur ses talons avant de rejoindre ses appartements. Quant

1. « Grand frère » : appellation courante pour parler d'un homme plus âgé que soi, qui est aussi un ami. Ici, il s'agit en fait d'un frère d'armes plus âgé que le disciple.

à Lu Zhizhong, il partit chercher l'argent nécessaire au voyage.

Maître Bao habitait l'aile nord, dans trois pièces claires et spacieuses. En compagnie de sa petite-fille, il prenait son petit déjeuner servi par sa bru Fangshi[1], la femme de son fils aîné Bao Zhiyun. Âgée à présent de plus de quarante ans, comme son mari, Dame Fang n'avait donné naissance qu'à un seul enfant, la petite-fille que chérissait si profondément Bao Zhenfei : Aluan[2].

Bao Zhiyun possédait à Hanzhong une agence d'escorte armée et pour lui les affaires marchaient plutôt bien. Mais trois ans auparavant, alors qu'il effectuait une mission sur la route des montagnes Qinling[3] avec deux autres compagnons, le garde d'escorte tomba sur le bandit de grand chemin « Hu Li aux fléchettes d'argent ». La lutte se fit à trois contre un, mais tourna à l'avantage du brigand, qui blessa ses adversaires et partit avec la charrette de Zhiyun et son chargement. Le jeune Bao perdit ainsi plus de mille taels, sans compter une blessure à la cuisse, qui, bien que refermée, le faisait toujours souffrir par temps de pluie. Dans une lettre récemment envoyée à son père, il disait que sa blessure s'était réveillée et le forçait à garder le lit, d'où l'inquiétude du vieil homme.

Lu Zhizhong reçut quelques taels pour les frais du voyage. Dame Fang lui confia également pour son mari un petit sac contenant une poudre médicinale du Yunnan spécifique au traitement des blessures à

1. *Fangshi* : « Dame Fang », « la fille Fang ». Dans la Chine ancienne, « Shi » était l'appellation pour les femmes mariées, appellation rajoutée au patronyme de leur père.
2. « Luan » : dans la Chine ancienne, oiseau mythique proche du phénix.
3. Montagnes Qinling : montagnes du centre du Shaanxi, qui s'étendent vers le sud.

l'arme blanche[1]. Puis la petite Aluan le tira par la main :

« Oncle Lu ! Tu peux donner ce petit homme à Papa pour qu'il s'amuse un peu ? »

Elle lui tendit une poupée de chiffon confectionnée par ses soins avec les yeux et les narines peints à l'encre de Chine. Le disciple rit de bon cœur.

« La blessure de ton père s'est rouverte, dit le grand-père à la fillette, il souffre tellement qu'il ne prête pas attention à grand-chose. Alors je doute qu'il s'intéresse à ton petit jouet ! »

Puis il prit un air sévère et fit ses dernières recommandations au disciple :

« Demande-leur de se renseigner un peu pour savoir où se trouve ce "Hu Li aux fléchettes d'argent". J'irai les venger ! dit-il avec colère. J'ai aussi entendu dire que le comportement de Yuan Zhiyi laissait à désirer. Dis-lui de faire attention, car je peux me rendre à Hanzhong à tout moment ! »

Lu Zhizhong promit de veiller sur l'argent et sur la poupée et s'en alla. Il habitait en ville avec sa femme et ses deux filles, et la famille vivait dans une grande indigence. Plutôt doué pour les arts martiaux, Zhizhong voulait devenir garde d'escorte. Malheureusement, le vieux Bao, qui le trouvait très fiable, préférait qu'il reste à sa disposition, ce qui retardait ses projets. Il songeait néanmoins souvent au métier qu'il allait faire, et trouvait qu'on ne pouvait pas compter uniquement sur la fratrie, qu'il fallait absolument développer d'autres pistes. Faisant ainsi des plans dans sa tête, il arriva en ville, où il réserva une charrette pour le voyage avant de rentrer chez lui. Il informa son épouse de sa mission et lui demanda un billet de

1. Poudre médicinale du Yunnan : médicament dont l'ingrédient principal est l'herbe *sanqi*, une plante très rare aux étonnantes capacités hémostatiques, qui permet de réduire les gonflements et de soulager la douleur. On l'utilise surtout pour les blessures à l'arme blanche. Connue aussi sous le nom de « *sanqi* ginseng ».

reconnaissance de mont-de-piété pour aller y reprendre un bien.

Alors qu'il s'apprêtait à sortir, il vit soudain arriver son jeune camarade Jiang Zhisheng :

« Tu viens me dire au revoir, petit frère ? Je ne pars que demain, tu sais ! »

Le visage au teint clair de son visiteur s'illumina d'un large sourire :

« Je sais bien que tu ne pars que demain, je viens juste te confier quelque chose ! »

Lu Zhizhong fit entrer son frère d'armes, qui présenta humblement ses hommages à la maîtresse de maison.

« Assieds-toi, mon ami. Alors, que puis-je faire pour toi ? demanda Zhizhong.

— Rien de bien important », répondit le visiteur en riant.

Il sortit de sa poche quelques pièces de monnaie ainsi qu'une liste sur laquelle on pouvait lire : « Trois mètres de satin rouge, quatre étuis de poudre impériale, vingt boîtes de rouge à joue, quelques étoffes de soie de différentes couleurs. »

« Grand frère, fit-il en tendant le papier et l'argent à Lu Zhizhong. Fais ce qui te semble le mieux. Achète plus ou moins en fonction de l'argent qu'il y a. Mais surtout ramène bien le rouge à joue, parce que les produits locaux ne sont pas de bonne qualité, alors que ceux du "Pavillon des cinq saveurs" de Hanzhong sont très réputés ! »

Lu Zhizhong prit la liste et fronça les sourcils :

« Mon frère, je te conseille d'être plus sage. Tu sais bien que notre vieux Maître a horreur de ce genre de choses !

— Ne sois donc pas si soupçonneux ! s'empressa de répondre Jiang Zhisheng en agitant la main. Je n'ai aucune relation douteuse, c'est mon épouse qui veut tous ces produits !

— Mais je la connais ton épouse, répliqua Zhizhong d'un ton sarcastique. Elle a déjà deux enfants !

Pourquoi pousserait-elle l'élégance jusqu'à utiliser du rouge à joue ?

— Va donc le lui demander si tu ne me crois pas ! » rétorqua Zhisheng d'un air sévère.

Lu Zhizhong rangea l'argent et la liste :

« Ça va, c'est bon… Je te rapporterai tout ça. Mais je te conseille vivement d'être plus raisonnable. Un bel homme comme toi peut facilement trouver des maîtresses, et nos frères d'armes sont des coquins qui vont raconter tout ce qui se passe au Maître. Il suffit que le vieux Bao apprenne qu'un de ses disciples a une aventure libertine pour aussitôt devenir son ennemi personnel. Il ne fera preuve d'aucune indulgence ! »

Zhisheng acquiesça plusieurs fois d'un signe de tête et sourit :

« Je sais… Mais rassure-toi. J'habite dans le même village que lui, alors je sais bien qu'il a un caractère étrange ! En plus, j'ai une femme et des enfants, et cette année je vais sur mes trente ans. Comment pourrais-je encore aller voir ailleurs ? »

Il prit congé. Furieux, il pensait : « C'est pourtant la vérité ! C'est ma femme qui veut tous ces produits ! Pourquoi Zhizhong me soupçonne-t-il d'avoir une maîtresse ? D'ailleurs, même si j'en avais une, qui cela regarderait-il ? Quand bien même le Maître serait mon père, il n'aurait pas à s'en mêler ! Si je reste avec lui, c'est pour étudier les arts martiaux, pas pour devenir moine ou eunuque ! »

En arrivant à un croisement, il entendit tout à coup quelqu'un le héler :

« Hé ! Oncle Jiang[1] ! Oncle Jiang ! »

C'était Chu San, un habitant du village qui élevait chez lui un âne au ventre blanc, aux yeux et aux

1. « Oncle » : terme utilisé pour s'adresser à un homme plus âgé que soi, à un homme riche ou à son employeur.

lèvres roses. Comme il vivait grâce à l'animal, on avait fini par le surnommer « Chu l'âne ».

« Oncle Jiang ! Tu n'as donc rien à faire aujourd'hui que tu viens flâner en ville ? Tu n'es pas allé étudier chez le vieux Bao ?

— Si, si, j'y suis allé, répondit Zhisheng. Comment faire autrement ? Je me demande d'ailleurs quelle mauvaise fortune a mis un tel maître sur mon chemin ! »

L'ânier sourit jusqu'aux oreilles :

« Tu t'es mis toi-même dans cette situation ! Il vaut mieux se faire engager comme homme à tout faire dans une riche famille plutôt que de prendre un maître comme lui ! Toi qui as de l'instruction, tu n'as rien à faire avec eux !

— Qu'est-ce que tu fais ici ? rétorqua Zhisheng de plus en plus agacé. Tu attends un client ?

— Non, répondit Chu San en souriant. Je vais chercher quelqu'un à l'est, chez la veuve Lu Er. L'année dernière, son fils s'est marié avec la fille du Boiteux, du clan des Gong. La demoiselle n'a que dix-huit ans, mais qu'est-ce qu'elle est belle ! Ça faisait pas dix jours qu'elle était mariée que déjà son mari partait faire du commerce à Xing'an. Il a laissé la jeune femme à la maison pour s'occuper de sa mère, mais ce n'est pas vraiment l'entente entre les deux femmes ! La veuve Lu Er est terrible, et comme la bru s'énerve vite, elle rentre souvent chez ses parents. Je l'en ai ramenée le dix-sept de ce mois, et aujourd'hui, ce n'est pas encore le vingt que je dois à nouveau l'y emmener. Elle va y rester au moins deux semaines je crois.

— À toujours aller la chercher comme ça, elle va finir par partir avec toi !

— Avec la tête que j'ai ? Même si je voulais, elle ne me suivrait pas ! Mais peut-être que si j'avais un joli minois comme le tien, ça irait ! rétorqua Chu San en faisant une grimace.

— Allez ! Va vite la chercher ! Ne fais pas attendre la demoiselle ! » cria Jiang Zhisheng en riant avant de tourner les talons.

Mais l'ânier le rattrapa :

« Oncle Jiang !

— Qu'est-ce qu'il y a ?

— Tu pourras me prêter un peu d'argent dans quelques jours ? demanda Chu San d'un ton implorant.

— Les affaires marchent bien pour toi. Pourquoi tu veux m'emprunter des sous ? rétorqua Zhisheng en écarquillant les yeux.

— Hé ! Tu ne sais pas que j'ai un père de quatre-vingts ans et une mère de soixante-dix ? Ils comptent sur moi et sur mon âne pour vivre ! Les quelques dizaines de sapèques que je gagne chaque jour suffisent seulement à nous nourrir. Les beaux jours sont arrivés, et regarde, je porte encore cette vieille veste ouatée tout usée ! Oncle Jiang, avec les sous que tu me prêteras, je pourrai m'acheter un vêtement léger !

— On en reparlera dans quelques jours, va ! » répondit Zhisheng avant de s'en aller.

Il emprunta plusieurs ruelles jusqu'à la maison de son ancien compagnon d'études Fan Dianqing. Les deux hommes avaient durement étudié ensemble, et alors que Jiang Zhisheng n'avait même pas réussi à l'examen de *xiucai*[1] son ami, lui, venait d'être reçu cet automne aux examens impériaux de province. Mais Zhisheng, qui voulait simplement présenter ses hommages à la mère de son ami, ne trouva sur place qu'un vieux serviteur, qui lui apprit que la vieille femme avait suivi son fils dans le Henan, où le fonctionnaire travaillait à un poste de préfet.

Le disciple ressentit soudain une sorte de mélancolie. Il se dit qu'il avait fait de mauvais choix : « Si

1. *Xiucai* : diplômé du premier degré des examens officiels sous les Ming et les Qing.

je n'avais pas étudié ces deux dernières années auprès de Maître Bao, j'aurais peut-être pu moi aussi réussir aux concours provinciaux, et je serais préfet aujourd'hui… Mais maintenant il est trop tard : au mieux je peux espérer trouver un emploi de garde d'escorte, et vivre tant bien que mal dans le monde des Fleuves et des Lacs. »

Il envisagea soudain de rompre la relation de maître à disciple qui le liait à Bao Zhenfei et de laisser tomber les armes et le *gongfu* pour reprendre ses études. D'ici trois à cinq ans, il cumulerait honneurs et titres, et ce serait la gloire ! Quittant la maison de son ami en réfléchissant à tout cela, il atteignit bientôt les remparts. Alors il prit la direction du sud pour rentrer chez lui.

Il n'avait pas fait trois cents mètres qu'il entendit à nouveau la voix de l'ânier :

« Oncle Jiang ! »

Il se retourna et vit Chu San et son âne, qui portait sur sa croupe la jeune épouse de la famille Lu, une femme vraiment très belle : une veste de satin rouge avec un pantalon de satin vert, des petits chaussons brodés rouges, un foulard de gaze bleu noir posé sur un chignon qui laissait deviner une magnifique chevelure, un visage bien rond et replet et un maquillage aux couleurs éclatantes avec des lèvres qui ressemblaient à une cerise presque mûre. Un connaisseur pouvait lui trouver des imperfections, mais Jiang Zhisheng, lui, tomba immédiatement sous le charme.

D'habitude, lorsqu'il croisait une femme, il détournait volontairement les yeux. Mais aujourd'hui il en était autrement : il gardait la tête tournée en direction de la demoiselle. La jeune fille, pas le moins du monde intimidée, lui lança même plusieurs œillades. Chu San donna quelques coups de fouet à son âne et s'approcha :

« Oncle Jiang ! Tu as pris ton petit déjeuner ? demanda-t-il en riant.

— Bien sûr ! Je ne suis venu en ville qu'une fois le ventre plein !

— Ta femme travaille vraiment vite et bien ! Elle s'occupe seule de deux enfants, mais trouve encore le temps de prendre bien soin de son mari et de lui préparer à manger ! »

Jiang Zhisheng sourit et se tut, jetant encore un regard à la jeune fille.

« Mais les bonnes épouses ont souvent de bons maris, hein ? ajouta Chu San. Dans la foule d'hommes communs, un bon gars comme toi, versé à la fois dans les lettres et les arts militaires, charmant, avec en plus un bon caractère et une bonne fortune familiale, c'est vraiment du premier choix ! Pas étonnant que tante Jiang soit toujours d'aussi bonne humeur ! »

Zhisheng ressentit une certaine fierté. Il regarda la jeune femme et marmonna :

« Oui, elle est contente. Mais moi, pas trop ! »

Puis il marcha à côté de Chu San et continua à bavarder avec lui. Après quelques pas, la jeune femme se retourna et dit avec un charmant sourire :

« Alors c'est vous l'oncle Jiang du village de Dong ? »

Zhisheng, à la fois paniqué et fasciné par la demoiselle, n'eut pas le temps de répondre :

« Non, non, fit l'ânier, ce n'est pas lui. C'est le fameux Jiang du village de Bao. »

La jeune fille sourit et inclina la tête. Le disciple se rapprocha d'elle avec empressement :

« Je ne connais pas votre belle-famille, madame Lu. Par contre je connais la vôtre. Celui qui a un problème à la jambe... »

La demoiselle ne le laissa pas finir :

« C'est mon père, dit-elle gracieusement.

— Oui ! Quand il avait encore sa boutique de tabac en ville, j'allais souvent m'asseoir sur le comptoir ! »

La jeune femme se couvrit la bouche avec son carré de soie rouge :

« Vous vous trompez alors ! Vous parlez du boiteux Li. Mon père ne boite pas autant que lui ! »

Elle baissa la tête en riant, lançant des regards à Zhisheng qui rougissait de son erreur.

« En tout cas, dans un rayon de trente lis[1] autour de Zhenba, tout le monde se connaît. On est tous amis ou parents ! dit Chu San.

— C'est bien vrai ! répliqua l'épouse Lu. Je suis sûre que si je parle de l'oncle Jiang à mon père, il verra tout de suite de qui il s'agit. Mon oncle, si vous avez un peu de temps, passez donc nous voir. Notre maison se trouve au pied du mont Nanshan[2], et chez nous il y a de beaux pêchers couverts de fleurs rouges au printemps.

— Très bien, s'empressa de répondre Zhisheng. Demain ou après-demain, je ne manquerai pas de rendre visite à votre vieux père. »

Ils continuèrent à bavarder et arrivèrent bientôt au village de Bao. Jiang Zhisheng s'arrêtait là. La demoiselle lui fit un joli sourire et continua sa route sur sa monture. Chu San, à pied derrière elle, se retourna et fit une grimace au disciple, qui restait planté là avec un air ahuri, regardant le petit âne et sa cavalière à la veste rouge qui s'éloignaient dans l'horizon verdoyant. Un vers tout à fait opportun lui revint soudain en mémoire : « *Un point rouge au milieu de dix mille buissons verts* ». Il resta ainsi pétrifié un long moment avant de rentrer au village. C'était comme s'il avait perdu quelque chose : troublé, il ne savait même plus où il habitait.

1. Li : unité de distance chinoise équivalant à 0,5 kilomètre.
2. Nanshan : littéralement, « le Mont du Sud ».

Il finit quand même par retrouver son chemin. En entrant dans la cour de sa maison, il fut ébloui par des éclairs de lumière blanche : son fils d'à peine douze ans, Jiang Xiaohe, « Petite Grue »[1], maniait le sabre d'acier de son père en le faisant tournoyer dans la cour.

« Ah non ! Non ! cria Zhisheng. La lame est très affûtée ! Attention de ne pas te blesser ! Si tu aimes t'amuser avec ce genre d'armes, je t'en taillerai une demain dans du bambou ! »

Mais l'enfant continuait à brandir le sabre avec impétuosité :

« Je ne veux pas d'une lame en bambou ! Je veux une vraie arme ! Je veux devenir le meilleur ! Battre ton Maître ! Et personne ne pourra me vaincre ! »

Jiang Zhisheng rit de bon cœur. Son épouse Huangshi sortit en courant de la maison, le dernier-né Xiaolu, « Petit Héron », dans les bras :

« Ne fais pas attention à lui ! dit-elle énervée. Il a profité de ce que j'allaitais son frère pour grimper sur un tabouret et prendre ton sabre. S'il était tombé, ça aurait pu être grave ! »

Jiang Zhisheng s'avança pour retirer l'arme des mains de son fils : mais il eut beau s'y efforcer pendant un long moment, usant de mots réconfortants tout autant que de menaces, rien à faire ! Il finit par aller chercher à l'intérieur un bâton pointu, qu'il put enfin troquer contre le sabre d'acier. Alors Petite Grue recommença à courir et à crier dans la cour avec son bâton dans les mains, pendant que ses parents rentraient dans la maison.

« Alors ? As-tu vu ton camarade Lu en ville ? demanda Huangshi. On peut compter sur lui ? »

---

1. Petite Grue : en chinois, « Jiang Xiaohe ». « Jiang » (le fleuve) est son patronyme, « Xiaohe » son prénom, littéralement « Petite Grue ». Dans la Chine ancienne, la grue était le symbole de l'immortalité.

Zhisheng répondit d'un simple signe de tête, comme s'il n'avait pas la force de parler à son épouse. Lui qui la trouvait d'ordinaire plutôt belle restait à présent indifférent : une autre beauté occupait son cœur, son âme était partie très loin avec la belle jeune fille à la veste rouge.

Il resta ainsi perdu dans ses pensées toute la journée. Chu San revint le voir le soir même. Le disciple lui donna un tael, puis les deux hommes plaisantèrent un moment avant que le jeune ânier ne prenne congé. Zhisheng avait toujours l'esprit ailleurs, mais sa femme, trop occupée à faire la cuisine, à allaiter le bébé et à raccommoder les vêtements, ne s'aperçut nullement de son attitude étrange et suspecte.

Le lendemain, Zhisheng se leva très tard. Il arriva avec nonchalance chez Maître Bao : Chen Zhijun, Ma Zhixian, Qin Zhibao, Liu Zhiyuan et Bao Zhilin étaient déjà tous en train de s'entraîner, et le vieux boxeur, les mains derrière le dos, faisait son petit tour d'inspection. Quand il vit arriver Jiang Zhisheng, il lui demanda d'un air sévère :

« C'est à cette heure-ci que tu arrives ?

— Je suis malade ! J'ai les jambes en coton et très mal à la tête.

— Alors pas d'entraînement pour toi aujourd'hui. Nourris les chevaux et rentre chez toi ! »

Jiang Zhisheng s'acquitta paresseusement de sa tâche. Il n'osait pas désobéir à son Maître, mais brûlait intérieurement d'impatience. Ses camarades le regardaient du coin de l'œil, Liu Zhiyuan lui fit même un sourire. Tout cela l'inquiéta :

« Peut-être qu'ils ont vu ce qui s'est passé hier, se dit-il. Difficile de savoir ce qu'ils se sont encore imaginé. Mais si le Maître venait à l'apprendre, ce serait terrible ! »

Il en avait froid dans le dos rien que d'y penser. Pourtant, tout en remuant le fourrage, il ne pouvait s'ôter de l'esprit l'image de cette jeune fille à la veste rouge, si élégante et si douce.

Une fois sa corvée terminée, il observa un moment ses camarades : il trouvait que malgré leur ancienneté, ils ne valaient rien ! Pareil pour le vieux boxeur, qui certes excellait dans la pratique des arts martiaux, mais qui à son âge avancé n'était plus très en forme, et surtout très corpulent ! Il ne ressentit soudain pour eux que du mépris : « Personne ne me contrôle ! Pas même le Maître ! Je fais ce que je veux. Au pis le vieux Bao me reniera. Très bien ! Je reprendrai mes études. Je réussirai au concours impérial et je deviendrai fonctionnaire, et peut-être même que la fille de la famille Lu m'épousera ! »

Une fois le Maître rentré, Zhisheng secoua un peu ses vêtements et partit. Il fut bientôt rattrapé par Liu Zhiyuan et Bao Zhilin :

« Hé ! Tu viens à peine d'arriver que tu t'en vas déjà ? Tu as vraiment fini ce que le Maître t'a demandé de faire ? lui demandèrent-ils.

— C'est qui cette demoiselle avec qui on t'a vu rire et bavarder hier ? ajouta Zhiyuan.

— C'est ma petite sœur, répondit Jiang Zhisheng. Elle est rentrée dans sa famille hier. Arrête tes insinuations, tu veux ! Je suis malade aujourd'hui, je viens juste de demander un congé au Maître. J'ai fini de nourrir les chevaux aussi. Alors maintenant je rentre chez moi me reposer un peu. »

Il continua sa route. Mais Bao Zhilin lui courut après et l'attrapa par le bras :

« Eh ! Mon garçon ! cria-t-il avec colère. Prends bien garde à toi ! Mon père déteste les hommes libertins et infidèles. Et toi, si tu fricotes avec une fille et qu'il vient à l'apprendre, il te fera la peau !

— N'importe quoi ! rétorqua Jiang Zhisheng hors de lui. Pourquoi je fréquenterais une fille ? Quelles preuves as-tu d'abord, hein ? » lança-t-il en poussant son camarade qui faillit tomber et recula d'environ trois pas.

Zhilin, hors de lui, retroussa ses manches pour venir à nouveau empoigner Jiang Zhisheng. C'est alors que Ma Zhixian lâcha ses crochets et arriva en courant, repoussa le jeune Bao et essaya de le calmer. L'homme s'excita sur place un long moment en lançant des injures, jusqu'à ce qu'enfin Jiang Zhisheng s'en aille, bouillonnant de colère. Il décida pour de bon de rompre la relation de maître à disciple qui le liait au vieux boxeur. Dès le lendemain, il ne mettrait plus les pieds là-bas, et personne ne se mêlerait plus de ses affaires !

Il arriva enfin chez lui, où le petit âne l'attendait attaché à un arbre devant l'entrée. Chu San se trouvait à un angle du mur, accroupi face au soleil. Dès qu'il aperçut le disciple, il se leva et alla à sa rencontre en souriant :

« Oncle Jiang ! Tu es enfin rentré ? Ça fait très longtemps que je t'attends !

— Alors ? Comment ça se présente ? » demanda Jiang Zhisheng à voix basse en s'approchant.

Chu San leva la tête avec un sourire grimaçant et alla détacher son âne :

« Il faut partir tôt, sinon on va les faire attendre ! »

Jiang Zhisheng acquiesça d'un signe de tête. Il pressa sa femme de lui faire à manger et prit dans son coffre des habits flambant neufs.

« Après manger, je dois partir. Un de nos camarades vient d'arriver de Xi'an, et nous nous sommes tous cotisés pour lui offrir un festin en ville.

— Mais alors, si tu vas manger en ville avec les autres, pourquoi tu me demandes de faire la cuisine ? » demanda Huangshi.

Zhisheng devint tout rouge et s'empressa de rectifier :

« On mangera ensemble seulement ce soir, pour le souper. Mais on va en ville maintenant : il y a une nouvelle troupe de théâtre qui vient d'arriver, il paraît qu'ils sont très bons, on va y jeter un œil. »

L'épouse ne demanda pas plus de détails et se dépêcha de faire à manger. Zhisheng alla se changer : il passa une robe doublée en soie bleu noir, une veste de soie pourpre et un gilet de satin noir. Il enfila également une paire de bottes légères en satin noir. Puis il se dépêcha d'aller manger.

Petite Grue regardait son père et se demandait pourquoi il portait d'aussi beaux habits :

« Tu vas où Papa ? À un mariage ?

— Ça ne te regarde pas ! » lui lança Zhisheng en agitant la main.

Il termina rapidement son repas et mit sur sa tête un petit bonnet de satin bleu noir.

« Peut-être que je ne rentrerai pas ce soir », dit-il à sa femme avant de partir tout joyeux.

Absorbée par les tâches ménagères, Huangshi ne s'inquiéta pas du départ de son mari en si belle tenue. Petite Grue, quant à lui, partit s'amuser dans la cour avec son bâton.

Vers deux ou trois heures de l'après-midi, quelqu'un frappa à la grande porte :

« Qui est-ce ? demanda Petite Grue d'un ton autoritaire en brandissant son bâton.

— Ouvre donc ! répondit le visiteur. Je viens voir ton père ! »

Le garçonnet ouvrit : c'était son oncle Ma Zhixian.

« Mon père est parti, vêtu d'habits tout neufs ! Il est allé à un mariage ! »

Le disciple, terrifié, entra précipitamment en criant « Zhisheng ! »

Zhixian, marié avec une cousine de Huangshi et également frère d'armes de Jiang Zhisheng, était devenu très proche de lui.

« Zhisheng est parti ? Il est allé où ?

— Tu ne le sais donc pas ? répondit la belle-sœur. Il a dit qu'un camarade venait d'arriver de Xi'an, et que vous vous étiez cotisés pour sortir avec lui voir une représentation théâtrale et souper en ville.

— C'est quoi cette histoire... », répondit Ma Zhixian surpris.

Il prit aussitôt conscience de ce qu'il venait de dire et regretta ses paroles. Lui et Zhisheng étaient parents, et en révélant certaines choses, il pouvait briser son couple. Alors il se reprit :

« Je n'étais pas au courant. Peut-être qu'on ne m'a pas invité. Zhisheng est parti quand ? Il a dit quand il rentrerait ?

— En revenant à la maison ce matin, il m'a demandé de lui faire à manger. Puis il s'est changé et il est parti. Il m'a dit qu'il rentrerait après le dîner, et finalement qu'il resterait peut-être là-bas un moment. »

Ma Zhixian réfléchit.

« Je reviendrai tout à l'heure, dit-il. Il faut que je lui parle de certaines choses urgentes. »

Il habitait en ville, où il gérait un magasin d'armes pour gagner sa vie. Il devait donc se dépêcher de rentrer pour forger le fer. Presque quatre heures après son départ, il n'était toujours pas revenu.

Ce n'est qu'à la nuit noire que Jiang Zhisheng rentra, le visage rayonnant de joie, regardant à peine sa femme.

« Tu as mangé ? demanda-t-elle.

— Non », fit-il en secouant la tête.

Puis il s'assit sur un tabouret, le regard fuyant, l'air pensif. Il ne prit même pas la peine d'ôter son bonnet.

« Tu ne te changes pas ? demanda Huangshi. Si tu te salis, tu n'auras plus rien à te mettre !

— On s'en moque des vêtements ! Quand ils sont usés, on en fait de nouveaux, c'est tout ! » répondit le mari en riant.

Huangshi avait remarqué le changement d'attitude de son mari, et même si elle en ignorait la cause, elle ressentait une certaine tristesse. Elle lui apporta les plats et l'observa manger : il marquait souvent des pauses en pensant à autre chose. Elle était en train de se dire qu'une fois le repas terminé, elle chercherait précisément à savoir ce qui occupait ainsi son esprit, lorsqu'on frappa à la grande porte :

« C'est sûrement Zhixian, dit-elle. Il est venu juste après ton départ. Il a dit qu'il avait quelque chose d'important à te dire. J'ai oublié de t'en parler. »

Petite Grue, qui jouait encore dans la cour avec son bâton, avait déjà fait entrer son oncle.

« Ça y est ? Tu es rentré ? » s'écria le visiteur en voyant son beau-frère.

Zhisheng l'invita à s'asseoir et demanda à sa femme d'allumer une lampe. Alors seulement il enleva son bonnet à côtes, comme le voulait l'usage.

« Qu'est-ce qui t'amène beau-frère ? » demanda-t-il.

En présence de Huangshi, Zhixian se sentait quelque peu gêné. Il sourit et répondit :

« Rien de spécial ! C'est juste qu'aujourd'hui... Hum ! Tu es quelqu'un de sensé, tu sais que le Maître a un sale caractère, et que quand on le met en colère, il ne fait preuve d'aucune indulgence. Nous sommes tous les deux parents, et frères d'armes aussi. Alors je viens te prévenir. Tu sais que je me suis inquiété pour toi toute la journée ! »

Jiang Zhisheng, son bol à la main, faisait celui qui ne comprenait pas :

« Franchement, c'est étrange ! En quoi ai-je pu offenser le Maître ? » demanda-t-il avec un sourire forcé.

Zhixian agita la main :

« Je ne sais pas trop si ce qu'on dit est vrai, mais ce matin Liu Zhiyuan et les autres ont dit qu'hier tu... »

Zhisheng, craignant que son beau-frère n'aille plus loin et que sa femme n'explose de rage, posa violemment ses baguettes sur la table :

« Ils ont dit quoi comme sottises sur moi ? J'irai leur demander demain, tiens !

— Inutile que tu discutes avec eux, rétorqua Ma Zhixian d'un ton désapprobateur. Fais juste un peu attention à ton comportement. Le Maître est vieux maintenant, et il devient de plus en plus bizarre. En plus, son fils aîné ne s'est toujours pas remis de sa blessure, et son second fils est un bon à rien. Alors bien sûr, il s'emporte facilement ! S'il apprend ton histoire, ça risque de mal tourner pour toi !

— Mais de quoi s'agit-il beau-frère ? demanda alors Huangshi en s'immisçant dans la conversation. Raconte-moi, enfin !

— Ne cherche pas à savoir ! répondit Ma Zhixian. Ce n'est rien d'important !

— Cela ne te concerne pas ! ajouta Zhisheng énervé. Je ne m'entends pas avec ces gens-là, du coup ils disent du mal de moi au Maître. Ils sont jaloux parce que j'étudie les arts martiaux depuis peu de temps, mais que déjà je suis plus fort qu'eux. Tous des canailles, même ce Lu Zhizhong ! Je n'ai plus rien à faire avec eux ! Je ne crains pas le vieux Bao non plus ! Alors tant mieux s'il ne veut plus de moi ! L'élève Jiang ne veut plus étudier avec lui, tiens ! Comme si je voulais partager plus tard leur vie dans le monde des Fleuves et les Lacs ! »

Il poussa son bol et se leva. À côté de lui, son fils brandit son bâton :

« Papa ! Qui s'en prend à toi ? C'est ton Maître ? Je vais aller me battre avec lui ! »

Il se dirigea dehors d'un pas décidé en levant son bout de bois. Sa mère le retint en lui donnant une tape.

Ma Zhixian resta cloué sur place :

« Tu es vraiment un arrogant Zhisheng, dit-il en soupirant. Qu'il soit notre Maître, là n'est pas la question. Un maître est aussi un aîné et un supérieur. On ne doit pas l'offenser. Même ceux qui ne sont pas ses disciples ne doivent pas s'attirer ses foudres. Tu crois qu'avec son caractère, sa maîtrise des arts martiaux et tous les disciples qu'il a, quelqu'un oserait le provoquer ? Sincèrement, s'il prévoyait de tuer quelqu'un, ce serait facile pour lui ! »

Huangshi ne s'était pas imaginé que les choses étaient aussi graves. Son beau-frère venait de parler de mort !

« Il faut absolument éviter de mettre le Maître en colère ! dit-elle affolée à son mari. Il pourrait te tuer !

— Il ne me voue pas non plus une haine profonde et implacable. Ce n'est pas pour une petite histoire qu'il va me tuer ! Ne vous inquiétez donc pas outre mesure pour moi », répondit Zhisheng en souriant.

Ma Zhixian, craignant que les portes de la ville ne ferment, prit congé. Zhisheng le raccompagna et rentra tout troublé : il avait des raisons d'être effrayé ! Bao Zhenfei était un maître du sabre de Kunlun. En même temps, la rencontre d'aujourd'hui avec la demoiselle Lu le transportait de joie, et il ne pouvait se résoudre à arrêter de la voir. Il se tourmenta ainsi un moment et finit par aller se coucher.

Le lendemain, il se rendit de bonne heure chez Maître Bao. Il fit ses exercices de *gongfu* avec beaucoup de sérieux et d'application. Et même si de temps en temps Liu Zhiyuan le regardait en souriant et Bao Zhilin le fixait avec un regard plein de jalousie, il ne s'en préoccupait pas, comme s'il ne nourrissait aucun dessein inavoué. Cependant, lorsque le Maître s'approcha de lui, il ne put s'empêcher de frémir. Face à la stature imposante et au visage rouge et grave du vieil homme, il ressentit aussitôt une grande peur : il pouvait vraiment le tuer après tout ! « Je ne recommencerai plus ce genre de sottise, pensa-t-il. Si le Maître l'apprend, il va m'occire sur-le-champ ! »

Après son entraînement, il aida à diverses tâches. Ne désirant pas comme avant discuter avec ses camarades, il se hâta de partir. Mais à peine avait-il quitté la maison de Maître Bao que déjà il repensait à cette douce et sensible beauté : il ne pouvait finalement pas se résoudre à s'en séparer. En arrivant chez lui, il trouva encore Chu San et son âne. Il devint aussitôt comme possédé et ne contrôlait plus rien : il échangea quelques plaisanteries avec l'ânier, après quoi, sans même avoir mis un pied chez lui, sans même manger ni changer de vêtements, il monta sur l'âne et partit pour le mont Nanshan. Ce n'est que tard dans la soirée qu'il rentra. Sans dire un mot à sa femme, il prit son dîner et se coucha. Quatre à cinq jours se succédèrent de cette façon, et la rumeur arriva jusqu'aux oreilles du vieux Bao.

Ce jour-là, dans la matinée, Jiang Zhisheng se fit porter malade. Lorsque les cinq élèves eurent terminé leur entraînement et leurs corvées, le Maître s'adressa à eux d'un ton grave :

« J'ai entendu dire que Jiang Zhisheng avait une aventure avec une femme mariée à Nanshan. Est-ce la vérité ? Ne me cachez rien ! »

Les élèves se regardèrent sans savoir quoi faire. Ma Zhixian tremblait pour son beau-frère. Soudain, Bao Zhilin poussa Liu Zhiyuan :

« Parle, toi ! Tu sais tout, non ? »

Le disciple pâlit de terreur. Il ne pouvait garder le silence plus longtemps :

« J'ai entendu dire que Zhisheng entretenait une relation ambiguë avec la jeune épouse de la famille Lu. La dame est rentrée il y a peu dans sa famille. Elle n'y était pas depuis deux jours qu'elle s'est installée chez la vieille Guo au pied du mont Nanshan. Maintenant, ses parents veulent qu'elle rentre chez sa belle-mère. Mais elle n'est pas revenue, et on ne sait pas où elle est. On m'a dit que la vieille Guo était la tante maternelle de l'ânier Chu San, lequel va chaque jour chercher Jiang Zhisheng pour le mener chez sa tante y rencontrer la jeune mariée.

— Comment ? s'écria le vieux boxeur, indigné et rouge de colère. Ce que j'interdis avec le plus de force à mes disciples, c'est justement d'avoir un comportement libertin ! Il commet cette faute en toute connaissance de cause ! En plus, son audace va jusqu'à débaucher une fille de bonne famille ? Cela porte atteinte à la réputation de l'école de Kunlun ! Allez chercher Jiang Zhisheng et ramenez-le moi ! »

Même si à cet instant certains disciples se montraient un peu hésitants, aucun n'osait manquer de respect au Maître, ni même essayer de calmer la situation. Prenant les devants, Bao Zhilin s'empara d'un sabre et dit :

« Prenez des armes avec vous ! »

Les compagnons, munis qui d'un sabre qui d'un bâton, partirent en direction du nord. Ils étaient cinq en tout : Bao Zhilin ouvrait le chemin, suivi de Liu Zhiyuan, Chen Zhijun, Qin Zhibao et Ma Zhixian. Les premiers arboraient un air féroce, comme s'ils avaient déjà intégré les ordres du Maître. Ma Zhixian, quant à lui, se sentait terriblement embarrassé, et surtout très inquiet. Il rattrapa Bao Zhilin :

« Mon frère, je sais que le Maître est très en colère. Mais vous pouvez vous contenter de lui ramener Zhisheng, c'est tout. Ne lui faites pas de mal !

— C'est moi qui ai tout révélé, ajouta Liu Zhiyuan. Si vous le blessez, il va m'en vouloir ! Il est étroit d'esprit, sûr qu'après ça il va vouloir se venger !

— Que crains-tu ? répondit Bao Zhilin à Zhiyuan d'un air sarcastique. Mon père accepte des disciples sous réserve qu'ils respectent certaines règles. Pour celui qui commet le péché de luxure, c'est la mort. Comment est décédé Hu Zhikai ? Pourquoi Chang

Zhigao s'est-il coupé un bras ? Et Jiang Zhiyao, l'œil qu'on lui a arraché ?

— Mon frère, sollicita Ma Zhixian, seul toi peut intercéder en sa faveur. Supplie le Maître de le châtier, mais de ne pas lui faire de mal. N'oublie pas qu'il est jeune et ignorant !

— Ne protège pas ainsi ton beau-frère ! rétorqua Petit Kunlun en gardant toujours son air sarcastique. On n'y peut rien. Si mon père accordait son pardon à Zhisheng, mais pas aux autres disciples, ce ne serait pas équitable. Pourquoi Hu Zhikai devrait mourir, et Zhisheng être pardonné ? »

Ils arrivaient déjà chez les Jiang. Ma Zhixian essuya la sueur qui perlait sur son front, pendant que Bao Zhilin frappait à la porte. Huangshi vint bientôt leur ouvrir. À la vue de la petite troupe armée, l'épouse trembla d'effroi :

« Que se passe-t-il ? demanda-t-elle avec empressement. Que voulez-vous compagnons ?

— On cherche Zhisheng, répondirent en chœur Chen Zhijun et Qin Zhibao. Le Maître le demande, il a un mot à lui dire !

— Il est sorti tôt ce matin pour aller s'entraîner chez le Maître, répondit Huangshi tremblante. Il n'est pas encore rentré.

— Non ! Il n'est pas venu aujourd'hui ! rétorqua Qin Zhibao.

— Trêve de bavardages ! s'écria Bao Zhilin. Entrons jeter un œil ! Il s'est sûrement caché pour ne pas nous voir ! »

Aussitôt, les disciples, Bao Zhilin en tête, se ruèrent à l'intérieur pour inspecter les lieux. Ma Zhixian frappa alors discrètement du pied en direction de Huangshi, livide de peur. On vérifia même sous le lit : aucune trace de Jiang Zhisheng.

« Il est sûrement allé voir cette femme au mont Nanshan, dit Petit Kunlun à Liu Zhiyuan. Allons le chercher ! Pour faire un flagrant délit d'adultère, il faut attraper les deux ! »

Il sortit, suivi de ses compagnons. Ce n'est qu'en franchissant le seuil qu'ils aperçurent le fils aîné de Zhisheng qui arrivait en courant du village en brandissant un bâton pointu. Il ignorait la raison de la présence de ces gens chez lui, mais la simple vue des sabres et des gourdins l'excita.

« Qui aura le courage de m'affronter ? » cria-t-il à toute voix.

Mais les disciples, sans lui prêter la moindre attention, continuèrent leur route vers le sud.

Huit lis séparaient le village de Bao du mont Nanshan. En route, ce n'était que champs de blé, avec à l'occasion un cours d'eau ou un pont en bois, et quelque paysan qui plantait du riz ou prenait l'eau pour arroser ses terres. Les cinq hommes avançaient à vive allure et se rapprochaient de Nanshan. Ils arrivèrent bientôt au pied de la montagne, où à l'ouest se trouvaient une quarantaine de foyers qui constituaient le village de Nanshan. Liu Zhiyuan ouvrait le chemin. Il se rendit d'abord chez un de ses parents, le vieux Zhang, un marchand de sandales de paille. C'était lui qui l'avait mis au courant des histoires de Zhisheng avec la fille Lu. Sans bruit, l'homme indiqua du doigt la maison de la vieille Guo.

« Va donc frapper à la porte ! » dit Bao Zhilin à Zhiyuan en le poussant en avant.

Zhiyuan avait un peu peur. Mais comme il était bien accompagné, il s'avança et frappa quelques coups. Une vieille femme finit par lui ouvrir. Bao Zhilin, qui se trouvait derrière son ami, demanda alors d'un ton incriminant :

« Est-ce que Jiang Zhisheng est là ? »

À la vue de tous ces hommes armés, la vieille Guo, effrayée, secoua vivement la main sans pouvoir prononcer un mot. Bao Zhilin la poussa et la troupe se rua à l'intérieur. Il n'y avait dans la cour que deux chaumières : celle de la vieille Guo et de son fils, et celle de la fille de la famille Lu. Jiang Zhisheng se trouvait dedans. Très surpris d'entendre des bruits de pas désordonnés dans la cour, il se dépêcha d'ouvrir la porte pour voir de quoi il retournait. La fille Lu elle aussi laissa entrevoir une partie de sa charmante silhouette.

« Ha ! Ha ! s'écria Bao Zhilin d'un ton sarcastique en brandissant son sabre. Alors ? Tu peux encore nous dissimuler les faits maintenant ? Le Maître nous envoie te chercher. Allez ! Suis-nous ! On t'emmène chez lui ! »

Zhisheng pâlit. Mais malgré la peur qui l'envahissait, il ne voulait pas passer pour un incapable aux yeux de sa maîtresse. Alors, feignant de ne pas comprendre, il demanda :

« Que se passe-t-il ? Le Maître vous a envoyés me chercher ?

— Tu ne sais donc pas ce que tu as fait ? répondit Bao Zhilin, exaspéré. Tu as enfreint le règlement ! Tu fréquentes une femme mariée ! Tu sais quel crime cela représente ? Il faut qu'on te coupe la tête ! Qu'on t'arrache les yeux ! »

La belle-fille Lu, derrière son amant, poussa un cri et se mit à sangloter, agrippant le bras de Zhisheng pour l'empêcher de partir avec ces gens. Mais le disciple se dégagea et agita la main en souriant froidement :

« N'aie pas peur ! Ce n'est rien de grave ! »

Il répondit à Bao Zhilin :

« Cette femme est ma nouvelle épouse. Ce n'est un secret pour personne. Ses parents sont au courant. J'en ai parlé à sa belle-famille aussi. Dans quelques jours, je leur donnerai pour dédommagement une corbeille de mariage d'une valeur de trente taels. Alors ils rompront les fiançailles, et la fille partira chez moi. Personne n'a à se mêler de cela, pas même le magistrat du district ! Et encore moins le Maître. Je n'ai pas pris la bru de la famille Bao que je sache ! »

Ces paroles mirent Bao Zhilin très en colère. Il se mit à trépigner en insultant Zhisheng :

« Comment oses-tu dire de telles choses ? Tu insultes ton Maître ! Tu m'insultes moi aussi ! Quelle nouvelle épouse ? Nous sommes dans notre bon droit, tu dois nous suivre, canaille !

— Pourquoi je vous suivrais ? » répondit Zhisheng d'un ton sarcastique.

Alors Bao Zhilin brandit son arme pour frapper l'insolent. Chen Zhijun, Liu Zhiyuan et Qin Zhibao, indignés par les insultes contre leur Maître, s'avancèrent ensemble pour attraper l'effronté. Mais Ma Zhixian dégaina son sabre et les empêcha d'avancer :

« Quoi qu'il arrive, nous restons tous des frères d'armes, dit-il pour essayer de les raisonner. Cela fait presque trois ans qu'il étudie avec le Maître. Maintenant qu'il l'insulte, nous nous devons de l'emmener s'expliquer. Mais ce n'est pas la peine de nous battre ! »

Puis, s'adressant à Jiang Zhisheng sur un ton presque implorant :

« Zhisheng, ne sois pas comme ça. Viens avec nous chez le Maître, et nous nous inclinerons, nous intercéderons en ta faveur ! »

Jiang Zhisheng, livide, ne disait pas un mot. Par surprise, il fit une grande enjambée, se saisit du sabre d'acier de Zhixian et le brandit en l'air :

« Écarte-toi, beau-frère ! » cria-t-il.

Se frappant la poitrine, il lança à Bao Zhilin et aux autres :

« Moi, Jiang, je n'ai nul besoin qu'on intercède en ma faveur. Le Maître n'a pas à s'occuper de ces histoires. Je n'ai pas enfreint la loi. Si quelqu'un veut s'en prendre à moi ou me tuer, alors soit, qu'il se mesure à moi ! »

Qin Zhibao brandit son arme se rua sur Zhisheng :

« Alors si je comprends bien, tu ne reconnais plus le Maître ? »

Il attaqua Zhisheng, qui se jeta de côté. Bao Zhilin s'élança à son tour, en l'injuriant :

« Tu insultes mon père ! Je vais te tuer ! »

Jiang Zhisheng sortit en trombe, stoïque. Il déploya tous ses talents au combat pour tenir ses deux ennemis en respect.

« Tante Guo ! cria la jeune maîtresse. Tante Guo ! Va vite chercher de l'aide en ville ! Ces bandits vont assassiner oncle Jiang ! »

Alors Bao Zhilin délaissa Jiang Zhisheng pour courir dans la chaumière en brandissant son sabre et en lançant férocement :

« Je vais d'abord te tuer toi, femme perfide ! »

Jiang Zhisheng se retourna et frappa Zhilin de son arme. « Ah ! » Le jeune Bao tomba par terre, une blessure sanglante à l'épaule gauche. Craignant que Zhisheng ne frappe à nouveau, Ma Zhixian s'avança précipitamment, à mains nues. Mais déjà son beau-frère se retournait pour se battre de front avec Liu Zhiyuan, Chen Zhijun et Qin Zhibao, tout en se dirigeant vers l'extérieur de la maison, où sa maîtrise des armes prit toute son ampleur.

Ses adversaires, tous des disciples plus anciens que lui, ne l'égalaient pas, surtout Qin Zhibao, dont les mouvements paraissaient très désordonnés. Zhisheng redoubla de courage, assurant à la fois ses avants et ses arrières en brandissant son sabre comme l'éclair, usant de manœuvres diaboliques pour atteindre férocement ses adversaires. Après plusieurs échanges, on entendit un nouveau cri de douleur : Qin Zhibao venait d'être touché au poignet et saignait abondamment. Il se retira. Jiang Zhisheng se rapprocha ensuite de Liu Zhiyuan, et fit voltiger sa lame. Zhiyuan se retrouvait démuni, incapable de faire face. Alors Ma Zhixian s'empara du sabre de Bao Zhilin et sortit précipitamment, essayant de toutes ses forces de désarmer Zhisheng, et criant à Liu Zhiyuan et Chen Zhijun :

« Arrêtez ! Nous sommes tous des disciples du Maître Bao de l'ordre de Kunlun ! Jamais on a vu les uns se battre contre les autres ! Zhisheng ! Tu es vraiment têtu ! Cette affaire était facile à régler. Mais maintenant, tu rends les choses vraiment difficiles ! »

Jiang Zhisheng, prenant conscience de sa supériorité effective en arts martiaux, faisait fi des reproches de son beau-frère. Il sourit froidement et se tapa le torse :

« Pourquoi difficiles ? Si Bao Zhenfei n'est pas content, il n'a qu'à venir me chercher lui-même. À partir d'aujourd'hui, moi, Jiang Zhisheng, je romps avec lui les liens de maître à disciple, qu'il ne se mêle plus de mes affaires ! »

Liu Zhiyuan et Chen Zhijun retinrent leurs armes :

« Bien, bien. Puisque tu parles ainsi, nous arrêtons de te poursuivre. Nous retournons transmettre tes propos au Maître. »

Les deux hommes allèrent récupérer Bao Zhilin et Qin Zhibao, blessés, et le groupe s'éloigna. Jiang Zhisheng les regarda partir en les fixant d'un air furieux, son sabre à la main, le sourire grinçant. Ma Zhixian frappa du pied par terre :

« Zhisheng ! Jamais je n'aurais imaginé que tu étais comme ça ! Après ce que tu viens de faire, je ne peux plus te protéger. Je te conseille vivement de t'en aller ! Le mieux serait que tu quittes le Hanzhong[1] –

1. Hanzhong : région du sud du Shaanxi, du nom de la rivière Han qui naît dans le sud du Shaanxi et rejoint le Changjiang. Également nom d'une ville de la même région.

pour t'installer dans le Guanzhong[1] quelques années. C'est la mort qui t'attend si tu restes ici ! »

Non seulement Zhisheng ne l'écoutait pas, mais en plus il éprouvait quelque ressentiment. Il brandit son sabre et cria avec colère :

« Ne t'occupe pas de moi ! J'arrange mes affaires moi-même ! Le *yamen* [2] n'a envoyé personne me chercher, alors pourquoi je m'enfuirais ? Si Bao Zhenfei vient en personne et se prend encore pour mon Maître, je ne ferai plus de politesses avec lui ! »

Voyant que Jiang Zhisheng devenait de plus en plus violent dans ses propos, Ma Zhixian ne put contenir sa colère, et frappa le sol du pied :

« J'ai fait ce que j'ai pu pour toi ! Nous sommes parents, et je ne souhaite pas qu'il t'arrive malheur. Mais maintenant, je ne peux plus rien pour toi. Je vous laisse vous débrouiller ! »

Il s'en alla en soupirant. Jiang Zhisheng retourna dans la cour et rassura la vieille Guo. Puis il alla dans la chaumière et s'adressa à sa maîtresse :

« Ce n'est rien ! Je les ai tous mis en fuite, je pense qu'ils n'oseront plus revenir ! »

La jeune femme faisait l'enfant et pleurait à n'en plus finir. Elle demanda à Zhisheng de réunir les trente taels d'argent et de les donner à la famille Lu pour qu'ils trouvent une nouvelle épouse à leur fils et qu'elle puisse enfin devenir sa femme. Le disciple promit :

« Sois tranquille. D'ici à deux jours, tout sera arrangé. »

Mais au fond, il ne pouvait s'empêcher d'être inquiet. À présent que sa colère disparaissait, son courage semblait le quitter lui aussi : « J'ai étudié les arts martiaux pendant trois ans, pensa-t-il, soucieux. Des personnes telles que Chen Zhijun ou Qin Zhibao

1. Guanzhong : plaine centrale du Shaanxi.
2. *Yamen* : résidence et siège du tribunal du magistrat local.

ne me valent pas, mais si je me bats avec le vieux Bao, j'ai bien peur d'en pâtir ! Je ne parle pas que de lui : à supposer que Lu Zhizhong ne vienne avec lui, je suis fini ! Et puis il faut aussi que je tienne parole, que je donne à la veuve Lu Er ses trente taels d'argent. En comptant l'argent pour Chu San et pour la vieille Guo, il me faudra au moins quarante taels ! »

Il était quelqu'un de modeste : il possédait seulement une quinzaine de mus[1] de terres qu'il donnait à cultiver, et vivait grâce aux fermages. Et comme sa femme et lui accordaient beaucoup d'attention à la nourriture et à l'habillement, le couple avait déjà des dettes. Alors à présent, comment pourrait-il réunir quarante taels ? En plus, il leur restait pas mal d'années à vivre. Et puis, son épouse ne se laissait pas provoquer sans rien dire : si elle venait à apprendre tout cela, n'y aurait-il pas de grands maux causés par cette infidélité ? Jiang Zhisheng se sentait extrêmement mal à l'aise. Mais sa maîtresse le captivait, et il n'arrivait même plus à froncer les sourcils : il ne trouvait pas de moyen de se dérober à ce lien affectif et d'échapper au désastre. Il songea à rentrer chez lui pour faire le point, mais il craignait que le vieux boxeur ne l'intercepte sur le chemin.

Il se tourmentait ainsi en silence depuis un long moment lorsqu'il entendit tout à coup dans la cour une voix âgée et solennelle :

« Zhisheng ! Montre-toi ! »

Le disciple, très surpris, saisit immédiatement son sabre. La jeune femme s'empressa de lui attraper le bras :

« Mais qui vient encore te chercher ?

— Ne t'en occupe pas ! » répondit Zhisheng en la repoussant.

---

1. Mu : 1/15 d'hectare, donc ici environ un hectare de terre.

Sa main tremblait légèrement. Livide de peur, il sortit de la chaumière et aperçut la silhouette imposante et corpulente du vieux boxeur Bao, qui se tenait dans la cour, tel une tour de fer, avec sa barbe grisonnante agitée par le vent et son visage rouge de rage. Ma Zhixian, Liu Zhiyuan et Chen Zhijun l'accompagnaient.

« Me reconnais-tu ? » demanda le vieux Maître avec colère, son sabre de Kunlun à la main.

La voix résonna comme le tonnerre. Jiang Zhisheng trembla de tout son corps et chercha un moyen de sauver sa vie. Il leva son arme et répondit avec beaucoup de respect :

« Comment oserais-je ne pas vous reconnaître, Maître ! »

Le boxeur hocha la tête :

« Puisque c'est ainsi, alors les choses sont simples. Suis-moi ! »

Zhisheng n'avait pas le choix. Il acquiesça d'un signe de tête. Aussitôt, Maître Bao se dirigea vers la sortie, suivi par le disciple, poussé par ses frères d'armes.

Le vieil homme s'arrêta sur une étendue déserte à l'extérieur du village. Brandissant son sabre de Kunlun, il s'adressa à Jiang Zhisheng :

« Tout à l'heure, tu as blessé Qin Zhibao. Tu as également dit que tu rompais le lien de maître à disciple qui nous unit et que tu voulais que je vienne me mesurer à toi. Est-ce que tout cela est vrai ?

— Je n'ai jamais dit ça. Quant à mes grands frères Bao et Qin, ils avaient l'intention de me tuer, alors sous le coup de l'émotion, je me suis battu avec eux, et par mégarde je les ai blessés. »

Chen Zhijun et Liu Zhiyuan trépignaient d'irritation :

« Ne l'écoutez pas, Maître ! Il détourne l'accusation par un faux-fuyant ! »

Le vieux boxeur leur fit signe de se calmer :

« Taisez-vous ! »

Puis, s'adressant à Zhisheng en ricanant :

« N'aie pas peur. Tu as blessé deux frères d'armes, ce n'est pas bien grave : cela démontre que tu es doué en arts martiaux. J'ai toujours apprécié au plus haut point les personnes fortes au combat. Concernant le fait que tu aies dit que tu voulais te mesurer à moi, c'est bien aussi : en trente ans, aucun homme du monde des Fleuves et des Lacs n'a jamais osé le faire, et mon bras me démangeait. Aujourd'hui, un de mes disciples est sorti du lot, et veut savoir s'il est meilleur que moi. Cela, en réalité, est un grand bonheur. Viens ! Tu peux t'approcher ! Je n'ai pas besoin que d'autres m'épaulent ! Toi et moi, faisons une dizaine d'échanges. Inutile que tu me battes : il suffit que tu arrives à te défendre. En dix coups, si tu arrives à rester en vie, alors j'abandonnerai mon arme, je me mutilerai un bras et plus jamais je ne prendrai de disciples ! »

En entendant cela, comment Jiang Zhisheng aurait-il pu oser faire le premier pas ? Il claquait des dents de peur :

« Je n'ai pas la prétention de me mesurer à vous au combat, Maître. Je n'ai jamais dit tout cela !

— Lâche ! insulta le vieux Bao, enragé, son sourire sarcastique toujours aux lèvres, en pointant Zhisheng du doigt. Tu nies tout cela. Mais qu'as-tu à dire concernant le fait que tu as débauché une fille de bonne famille, enfreignant ainsi le commandement le plus important de l'école de Kunlun ? »

Jiang Zhisheng grinça des dents et hocha la tête : il reconnaissait les faits. Le vieux boxeur ne put contenir la fureur qui montait en lui. Son visage devint de plus en plus rouge, et ses deux yeux lancèrent un regard tranchant et glacial.

« Bien, dit-il en inclinant la tête. Puisque tu entretiens des relations illicites, alors tu dois le payer de ta vie. À genoux ! Que ton frère d'armes te tue ! »

Il pointa le doigt en direction de Chen Zhijun, lui signifiant que c'était lui qui procéderait à la sentence capitale. La main de Zhijun tremblait légèrement. Zhisheng, effrayé, devint livide. Soudain, dans un dernier sursaut, il brandit son sabre et s'enfuit à toutes jambes vers le sud.

« Où te sauves-tu ? » lui cria le vieux Bao, hors de lui.

Il se lança à sa poursuite avec un autre disciple. Il allait bientôt rattraper Zhisheng, qui n'était plus qu'à deux pas. Appuyant avec force sur son pied droit, il se redressa et se jeta en avant, abattant avec férocité son sabre de Kunlun sur Jiang Zhisheng. Telle une bête aux abois, le disciple se retourna subitement et para avec son arme. « Klang ! », la lourde lame du vieux maître venait de frapper dans un grand bruit celle de Zhisheng. Le poignet du disciple trembla et laissa échapper le sabre. Alors il se retourna en hâte et courut vers la montagne. Maître Bao continua à le poursuivre, fou de rage. Mais comme il était vieux et corpulent, sa respiration ne suivit pas, et au bout de quelques pas, il dut s'arrêter pour reprendre son souffle. Chen Zhijun et Liu Zhiyuan se précipitèrent pour le soutenir. Le vieux boxeur, hors d'haleine, passa du rouge pourpre au blanc livide, avec sur le front des gouttes de sueur de la taille de graines de soja. Il tapa du pied avec obstination :

« Ne vous occupez pas de moi ! Gravissez la montagne ! Et attrapez-moi Jiang Zhisheng ! »

Ma Zhixian demanda à Liu Zhiyuan de tenir le maître et reprit sa course avec Chen Zhijun. Mais déjà Jiang Zhisheng courait vers une autre crête. Les deux poursuivants se regardèrent :

« Je pense qu'on n'arrivera pas à le rattraper, dit Ma Zhixian. En plus, comment on ferait pour le capturer ? Ce n'était pas une bonne idée d'appeler le Maître pour qu'il le tue !

— Je trouve que le Maître s'emporte trop violemment. Son vieux corps ne pourra l'endurer, répondit Chen Zhijun. On ferait mieux de le raccompagner pour qu'il se repose ! »

Les deux hommes redescendirent la pente et dirent que Jiang Zhisheng avait disparu dans la montagne. Ils tentèrent d'apaiser le vieux boxeur pendant un long moment avant qu'il n'accepte de remettre son sabre de Kunlun à Ma Zhixian. Puis, soutenu par Chen Zhijun et Liu Zhiyuan, il rentra chez lui.

Il ressentait une colère tellement grande qu'il soufflait comme un bœuf. Une fois arrivé, il s'allongea sur le *kang*[1]. Il lui fallut pas moins d'une demi-heure pour que son visage se décrispe. C'est alors que Bao Zhilin, avec son épaule gauche blessée, arriva pour réconforter son père. Mais le vieil homme, trépignant de colère, traita son fils de propre à rien :

« Tu ne t'appliques jamais à l'étude du *gongfu*, et voilà ! Maintenant tu te fais blesser par un frère d'armes qui n'a pas encore terminé sa quatrième année. Regarde comme cela me met en colère ! Si cette histoire vient à se savoir, elle fera bien rire les gens ! Ma réputation bâtie sur quarante ans sera réduite à néant !

— Jiang Zhisheng ne peut pas s'enfuir bien loin, répondit Bao Zhilin en projetant les lèvres en avant. Il a une maison ici. Il y retournera sûrement d'ici à quelques jours. Ou alors, je peux toujours aller m'en prendre à son fils ?

— Espèce de vaurien ! Tu parles comme un bandit ! Il a violé le règlement de notre école. Qu'est-ce que cela a à voir avec son fils ? Fiche-moi vite le camp ! » dit le vieux boxeur en essayant de donner des coups de pied à son fils, qui s'empressa de quitter la pièce en courant.

---

1. *Kang* : lit de briques chauffé par le dessous, qu'on trouve surtout dans le nord de la Chine.

Ma Zhixian, Chen Zhijun et Liu Zhiyuan vinrent à nouveau réconforter leur Maître, mais la colère du vieux boxeur ne faiblissait pas :

« Ma Zhixian, prends un cheval et va chercher tes trois frères d'armes à Ziyang, "la ville du Soleil Pourpre". Dis-leur de venir tout de suite ! »

Le disciple y consentit, même si au fond de lui il ne pouvait s'empêcher de transpirer de peur pour Jiang Zhisheng. Sans perdre de temps, il sella un cheval, puis rentra chez lui en ville expliquer à sa femme toute l'histoire. Il l'enjoignit d'aller dc toute urgence chercher sa cousine Huangshi pour qu'elle aille voir le vieux boxeur Bao et intercède à genoux en faveur de son mari.

« Tu sais, notre deuxième grand frère Long Zhiteng, notre troisième grand frère Long Zhiqi, et notre septième grand frère Jia Zhiming, du district de Ziyang, sont tous émérites en arts martiaux, et leurs méthodes sont impitoyables ! dit-il affolé. S'ils viennent ici, alors Jiang Zhisheng est perdu ! Va vite ! Il faut absolument dire à notre belle-sœur de venir demander grâce au Maître avec son enfant dans les bras ! »

Immédiatement, sa femme Lishi alla louer un âne et partit chez la famille Jiang. Ma Zhixian, quant à lui, n'osant désobéir au Maître, se rendit en hâte à Ziyang chercher ses trois frères d'armes.

Huangshi, déjà mise au courant des affaires de son mari par un voisin, trouvait odieux le fait qu'il ait pris une maîtresse. Mais elle savait aussi qu'en offensant le vieux Maître, son mari courait vers un désastre fatal, et cela l'inquiétait et l'affligeait beaucoup. Son fils aîné, Petite Grue, était parti s'amuser en dehors du village avec son bâton pointu, et le bébé dormait profondément. Alors qu'elle se tracassait ainsi sans plus savoir de quel côté se tourner, sa cousine par alliance arriva. Lorsqu'elle lui rapporta les dires de son mari Ma Zhixian, Huangshi s'inquiéta et s'effraya davantage :

« Mais je ne me suis encore jamais rendue chez les Bao, dit-elle très embarrassée. Comment pourrais-je aller l'implorer ?

— Quel autre moyen existe-t-il ? Ton mari s'est attiré de graves ennuis ! répondit Lishi. Je garde les enfants. Toi, tu pars voir Maître Bao. Quand tu seras en face de lui, prosterne-toi. Quoi qu'il advienne, tu te dois d'implorer son indulgence et sa grâce pour qu'il épargne la vie de ton époux ! »

Ainsi exhortée et pressée par sa cousine, Huangshi se peigna les cheveux, enfila des vêtements propres et s'en alla. « Je veux bien voir Maître Bao et le supplier, pensa-t-elle en franchissant le seuil. Mais m'agenouiller devant lui et l'implorer, c'est quand même un peu dur ! Je ne pourrai pas ! »

Elle arriva bientôt devant la maison du vieux Bao, d'où sortait un homme trapu âgé d'une trentaine d'années. Elle s'approcha pour le saluer :

« Excusez-moi, est-ce bien la maison de Maître Bao ? Je suis la femme de Jiang Zhisheng, je viens demander grâce au Maître pour lui ! »

Elle se trouvait en face de Liu Zhiyuan. En apprenant qui elle était, le disciple répondit :

« Alors c'est vous, la femme de Jiang ! Je vous conseille vivement de ne pas aller voir le Maître, vous vous heurteriez à son refus. Il est furieux au possible, il ne veut voir personne. Il ne quitte pas son grand sabre des mains, je n'ose pas prononcer un seul mot devant lui. Sœur Jiang..., dit-il en baissant la voix, à présent, il ne faut plus l'irriter ! Si frère Jiang veut retourner chez lui, dites-lui qu'il faut qu'il parte loin d'ici. S'ils l'attrapent, ils le tueront sur-le-champ. Nous ne pouvons plus rien faire pour le sauver ! »

Huangshi n'eut pas d'autre choix que de rentrer chez elle en essuyant ses larmes. Lishi resta avec elle ce jour-là pour lui tenir compagnie. Rien de spécial ne se passa, et Jiang Zhisheng ne revint pas. Le lendemain matin, il n'y eut pas d'entraînement chez Maître Bao. Le soir venu, Ma Zhixian arriva de Ziyang à bride abattue avec Long Zhiteng, Long Zhiqi et Jia Zhiming.

On cultivait dans le district de Ziyang les feuilles de thé : les marchands s'y rassemblaient en foule, transportant jour après jour leur produit vers le Guanzhong, le Chuanbei[1] et les régions traversées par la rivière Jishui. Étant donné le grand nombre de marchands ambulants, les services d'escorte armée prospéraient. Aussi trouvait-on dans ce tout petit district plus de dix agences de protection. La plus réputée était l'agence d'escorte Jingyuan, « la Paix Éternelle », avec pour célèbres gardes Long Zhiteng, « l'Hirondelle qui transperce les nuages », Long Zhiqi, « le Tigre qui pousse les montagnes », et Jia Zhiming, « le Dragon Mythique qui brise les vagues ». Ils étaient non seulement les « Trois Éminents de Ziyang », mais aussi les héros les plus connus de la région du Shaanxi, du Henan et du Sichuan. Anciens disciples du vieux boxeur Bao Zhenfei, ils répondirent tous présents à son appel.

« Jiang Zhisheng a enfreint les lois de notre école, leur dit le Maître. Non seulement il a séduit une femme de bonne famille, mais en plus il a blessé des frères et m'a manqué de respect. Les détails, Zhixian vous les a racontés, non ?

— En effet, notre frère Ma nous a tout expliqué, répondirent les trois hommes avec un profond respect.

— Bien, reprit le maître en hochant la tête. Je vous donne dix jours pour me ramener Jiang Zhisheng. Si vous n'arrivez pas à le capturer vivant, eh bien ramenez-moi sa tête ! »

1. Chuanbei : nord du Sichuan.

Bao Zhenfei ne dit pas un mot de plus. Les disciples répondirent d'un bruit sourd en signe d'acquiescement et partirent armés vers Nanshan à la recherche de Jiang Zhisheng. Ils ne revinrent qu'à la nuit tombée et restèrent chez le Maître.

Quatre jours se passèrent ainsi sans qu'ils trouvent la moindre trace de Zhisheng. La jeune dame de la famille Lu, qui habitait chez la vieille Guo au pied de la montagne, était déjà rentrée chez elle dans le village du clan Gong. Elle apprit que sa belle-famille intentait un procès à ses parents. Un dignitaire s'était rendu par deux fois chez Jiang Zhisheng mais n'y avait trouvé personne. Certains disaient que le disciple était mort en se jetant dans un torrent encaissé, d'autres qu'il avait déjà franchi la chaîne de montagnes pour partir vers le nord du Sichuan, et qu'à moins que le vieux boxeur Bao ne meure de maladie, il ne reviendrait jamais. Ces rumeurs se propagèrent dans tout le village, et un des habitants les raconta à Huangshi. La pauvre femme pleurait jour et nuit, si bien que le petit enfant qu'elle portait contre son sein tomba malade. Seul le fils aîné, Petite Grue, semblait ne se rendre compte de rien : chaque jour, il allait jouer dehors en brandissant son bâton et frappait les arbres et les murs sur sa route, si bien que dès que les chiens l'apercevaient, ils s'enfuyaient la queue basse. Le village ne comptait pas moins de quarante à cinquante enfants, dont beaucoup étaient plus vieux que lui, mais tous lui obéissaient et le craignaient.

Un jour, après le déjeuner, il sortit pour ne rentrer qu'à la nuit noire. Il ressemblait un peu à son père, avec un long et large visage encore plus beau, mais couvert de crasse et de sang. Il portait des vêtements tout déchirés, et, sans pleurer, rentrait chez lui plein d'allant. Il jeta son bâton et leva la tête pour regarder le sabre d'acier accroché au mur. Puis il se dévêtit, se nettoya le visage et partit torse nu demander à sa mère :

« Maman, est-ce qu'il reste à manger ?

— Avec qui tu t'es battu encore ? » répondit Huangshi tremblante de colère.

Petite Grue arbora l'attitude de celui qui ne se soucie de rien, et bomba le torse :

« Avec les deux sales frères aînés de la famille Xue, et puis sept ou huit autres. Tous ces gaillards s'en sont pris à moi, mais ils n'ont rien pu contre mon talent en arts martiaux, et je leur ai infligé une sévère défaite ! Je saigne à la tête parce qu'ils m'ont frappé et blessé avec leurs projectiles !

— Bon sang ! s'écria Huangshi effarée. Ils ont pris des fléchettes pour te frapper ? Des fléchettes en fer ? Mais c'est pointu !

— Non, c'était pas du fer, fit Petite Grue en secouant la tête. C'était des pierres. Ce n'est rien ! Les valeureux guerriers ne craignent pas de tomber sur des armes cachées. Maman, je veux étudier le *gongfu* !

— Tu veux étudier le *gongfu* ? répondit Huangshi à la fois inquiète et énervée. Tu ne sais donc pas ce qui arrive à ton père ? Bien sûr il a mal agi, mais s'il n'avait pas étudié les arts martiaux, il ne se serait pas mis dans une telle situation ! Maintenant, à cause des gens de la famille Bao, on ne sait même pas s'il est mort ou bien s'il s'est enfui très loin. Et toi, tu veux encore étudier le *gongfu* ? »

Les sanglots se mêlaient à ses paroles.

« Papa est un lâche, rétorqua l'enfant avec emportement. Qu'il revienne ! On verra ce qu'ils oseront faire. S'ils combattent, j'aiderai Papa et je me battrai aussi !

— Ça suffit ! Ça suffit ! cria Huangshi en tapant du pied. Ne provoque pas d'autre malheur ! Tu ne sais pas que le vieux Bao a fait venir trois tigres cruels ?

— Eux aussi je les tuerai ! »

En voyant son fils aussi obstiné et rude, Huangshi se fit encore plus de soucis. Elle apporta les plats, que Petite Grue engloutit avant de courir dans la pièce intérieure pour aller dormir. Alors que sa mère ramassait les bols, le bébé se mit à pleurer. Elle dut le consoler un long moment avant qu'il ne s'endorme, juste à côté de son grand frère. Ce dernier dormait déjà profondément lorsqu'il se mit à pousser des ronflements sonores et tendit un bras en serrant le poing, comme s'il se battait en rêve. Sa mère prit le petit bras et le glissa sous la couverture ouatée. Puis elle se rendit dans l'autre pièce, prit du fil et une aiguille et s'assit à côté d'une triste lampe à huile pour raccommoder la veste toute déchirée de son fils.

Un instant plus tard, elle sentit soudain un vent froid souffler de dehors. En levant la tête, elle vit la porte s'ouvrir, et un homme entrer. Elle allait laisser échapper un cri de surprise lorsqu'en regardant de plus près elle reconnut son mari Jiang Zhisheng :

« Ça alors ! Tu es revenu ! »

L'homme entra, affolé, ses vêtements de soie tout sales et déchirés, les cheveux ébouriffés, amaigri et malingre, avec une barbe qui lui couvrait les joues :

« Il nous reste encore quelques taels à la maison, non ? demanda-t-il à voix basse. Va vite me les chercher, il faut que je me sauve !

— Où comptes-tu t'enfuir ? répondit Huangshi en pleurs.

— Ne pose pas de questions ! rétorqua Zhisheng d'un signe de la main. Apporte-moi l'argent, vite ! »

Huangshi partit en sanglotant dans la pièce intérieure chercher l'argent dans un coffre. Zhisheng décrocha son sabre d'acier du mur, puis trouva un bol de riz froid qu'il se mit à dévorer avec les mains. Lorsque son épouse le vit manger ainsi, elle s'écria :

« Je vais te faire du riz chaud, tu veux ? Il reste d'autres plats aussi !

— Inutile, je dois partir ! »

Il prit l'argent, le soupesa et le cacha contre son sein. Il devait bien y avoir cinq ou six taels en tout. Il avala encore quelques bouchées, puis se mit à pleurer :

« Excuse-moi ! dit-il en prenant la main de sa femme. Je suis jeune, j'ai commis une erreur. Mais je n'imaginais pas que le Maître et les autres seraient si féroces ! Si je ne pars pas très vite, et qu'ils m'attrapent, je suis mort ! Je vais dans une autre province, chercher un ami qui est fonctionnaire. Peut-être qu'après vous pourrez me rejoindre ! »

Huangshi, suffoquée par les sanglots, ne pouvait plus dire un mot.

« Je ne peux pas rester plus longtemps ici, je dois partir, reprit Zhisheng. Ne dis à personne que tu m'as vu ce soir. Personne ! »

Puis il se dirigea vers la sortie, et s'arrêta :

« Et Petite Grue ?

— Petite Grue ? répondit Huangshi en essuyant ses larmes. Il dort ! »

Zhisheng voulut aller voir son fils, mais finalement, il exhala un soupir, ouvrit la porte et partit. Sa femme s'apprêtait à l'accompagner, mais il retint la porte et lui dit d'une voix effrayée :

« Ne sors pas avec moi ! »

Puis, son sabre à la main, il s'en alla furtivement, longea le mur, et s'enfuit en courant comme un voleur vers le nord.

On venait de sonner la deuxième veille[1]. Une myriade d'étoiles recouvraient le ciel et on apercevait un croissant de lune argentée, un vent printanier et frisquet soufflait. Jiang Zhisheng ne rencontra personne en route, mais dans chaque village qu'il traversait, les chiens le repéraient, et on entendait leurs

1. Anciennement, la nuit était divisée en cinq veilles de deux heures chacune, dont la première commençait vers dix-neuf heures. Il est donc environ vingt et une heures.

aboiements de tous côtés. Le disciple courait désespérément vers le nord. Il chuta deux fois sur le chemin raboteux, et faillit une autre fois tomber dans l'eau. Il se sentait de plus en plus pris de panique, comme si quelqu'un le poursuivait. Parfois il perdait courage et voulait se noyer dans une rizière. D'autres fois il se résignait devant son sort et ne songeait plus à fuir : autant lutter jusqu'à la mort contre Bao Zhenfei et les autres.

Mais la rage de vivre l'emporta. Supportant la douleur, il continua à avancer dans les ténèbres, marchant jusqu'à ce que ses pieds le fassent souffrir et que ses jambes ne le portent plus. Enfin, l'est s'éclaircit peu à peu. Il aperçut devant lui une haute montagne, et comprit qu'il avait franchi les limites du district de Zhenba. Il fit une halte pour reprendre son souffle et poursuivit sa route vers le nord en clopinant comme un estropié. Les lueurs de l'aube apparaissaient, le soleil se levait. Le disciple prit soudain conscience de sa piteuse apparence. Avec son sabre à la main, si quelqu'un le croisait, il penserait sûrement qu'il s'agissait d'un bandit. Alors il abandonna sur-le-champ son arme dans une rizière, et poursuivit obstinément sa route malgré ses jambes qui le faisaient souffrir. Lorsqu'il arriva au col, le soleil brillait déjà haut dans le ciel.

La montagne, une nervure de Dabashan, n'était ni très haute ni très escarpée, mais le sentier extrêmement sinueux et accidenté. Jiang Zhisheng s'enfonça dans la montagne : le chant des oiseaux parvenait à ses oreilles, les autours tournoyaient au-dessus de sa tête, mais toujours aucune présence humaine. Alors enfin il se tranquillisa un bref instant. Il s'assit sur un bloc de granite, retira ses chaussures toutes détruites et en sortit des gravillons. Il enleva aussi ses chaussettes et constata plusieurs grosses ampoules sur ses pieds, qu'il perça sauvagement avec ses ongles pour en faire sortir le liquide transparent.

N'osant pas s'attarder, il remit chaussettes et chaussures et repartit. Mais ses pieds le faisaient de plus en plus souffrir au point qu'il ne pouvait plus les poser sur le sol, ni lever les semelles. Alors il s'assit à nouveau sur le sol, déchira un morceau de la doublure de son vêtement et le partagea en deux bandes. Tout en se courbant pour nouer ses chaussures, il se dit : « Après tout, quel crime abominable ai-je commis pour me retrouver dans cet état ? Je me suis caché dans le mont Nanshan plusieurs jours et plusieurs nuits. Voilà maintenant que je me réfugie dans les montagnes côté nord sans savoir si c'est la vie ou la mort qui m'attend une fois que je les aurai franchies ! »

Il ressentait à la fois du chagrin et du ressentiment. Épuisé et affamé, il se releva, et, comme sous la torture, se mit à avancer pas à pas sur le sentier. Il n'avait pas fait dix pas lorsqu'il entendit derrière lui le martèlement de sabots de chevaux, dont le son terrifiant se répercutait dans le vallon. Se retournant avec effroi, il vit arriver quatre chevaux vigoureux lancés au grand galop, avec pour cavaliers trois grands gaillards et le vieux boxeur Bao, avec son visage pourpre et terrible et sa barbe grise qui flottait au vent. Le disciple perdit l'esprit tellement il paniquait. Il s'agrippa à un rocher au bord du chemin, pour grimper en haut de la montagne.

« Jiang Zhisheng ! cria le vieux Bao d'une voix ténébreuse. Tu veux encore t'enfuir ? »

Les jambes du disciple devinrent comme du coton et il s'écroula sur le sol dans un bruit sourd. Il se retourna pour tenter de prendre à nouveau la fuite, mais déjà les quatre chevaux arrivaient. Le premier cavalier, Long Zhiteng, « l'Hirondelle qui transperce les nuages », s'approcha avec son visage noir couvert de barbe naissante et sa mine féroce. D'une main, il tira sur les rênes, et de l'autre il brandit son fouet, se pencha et « ba ! ba ! » frappa Jiang Zhisheng à la tête. L'homme ressentit une vive douleur et fut pris d'étourdissements. Mais il réunit toutes ses forces pour se tenir debout :

« Vous n'êtes que des bandits... », proféra-t-il avec colère.

On ne lui laissa pas le temps de terminer sa phrase : une douleur étrange envahit sa poitrine et il se sentit perdre connaissance. Il tenta de pousser un dernier cri, mais déjà il gisait mort sur le sol.

Le vieux boxeur voulait intervenir, mais c'était trop tard : Long Zhiqi, « le Tigre qui pousse les montagnes », retirait déjà son sabre d'acier de la poitrine de Jiang Zhisheng. Il descendit de cheval et essuya le sang frais sur sa lame.

« Maître ! Voilà qui est terminé. Rentrons ! »

Le vieux boxeur resta un long moment en selle à fixer le corps sans vie de Jiang Zhisheng. Malgré son visage toujours empourpré, on pouvait lire dans ses yeux une lueur de pitié.

Jia Zhiming, « le Dragon Mythique qui brise les vagues », mit à son tour pied à terre :

« Troisième frère ! dit-il à Long Zhiqi sur un ton de reproche. Pourquoi t'être pressé ? On aurait pu lui poser quelques questions, non ? »

Le visage gras et sombre de son camarade laissa apparaître une certaine colère :

« Que veux-tu demander à ce genre d'individu ? S'il avait respiré une seconde de plus, tous les membres de notre école de Kunlun auraient perdu la face ! »

Toujours à cheval, Long Zhiteng sermonna son frère :

« Le Maître n'a pas dit un mot ! Et toi, tu l'as tué ! »

Long Zhiqi, furieux, s'apprêtait à répliquer lorsqu'il entendit crier le vieux boxeur :

« Arrêtez de vous quereller ! Jetez le corps dans le ravin ! »

Les trois hommes se turent. Jia Zhiming et Long Zhiqi allèrent ramasser le mort. Zhiming découvrit l'argent et le donna au Maître qui trouva la somme sans importance, tout au plus cinq ou six taels. Alors il comprit que Jiang Zhisheng était sans doute retourné chez lui la veille. Les deux disciples jetèrent le cadavre dans le torrent encaissé de la montagne. Maître Bao ne vérifia pas :

« Allez ! Rentrons ! » cria-t-il d'un geste de la main.

Les quatre chevaux firent demi-tour, repassèrent le col et galopèrent jusqu'au village de Bao.

Une fois chez lui, le vieux boxeur, plus du tout énervé, paraissait épuisé. Long Zhiteng et ses deux compagnons allèrent quant à eux manger et boire. Bao Zhilin, appuyé sur une canne, le dos courbé, vint leur rendre visite :

« Alors ? demanda-t-il à voix basse en penchant la tête. Vous avez rattrapé Jiang Zhisheng ? »

Trop occupés à vider leurs coupes, les trois hommes ne répondirent pas.

« Vous l'avez tué ou pas ? C'est bon, vous pouvez me le dire, je ne le répéterai à personne ! »

Long Zhiteng frappa sur la table avec sa coupe de vin[1] :

« Petit frère ! Pourquoi parles-tu ainsi ? Nous n'agissons pas comme des brigands des forêts ! Tu penses qu'on pourrait tuer quelqu'un comme ça ? Quand on est partis avec le maître, c'était juste pour le poursuivre. On se serait contentés de le frapper et de le laisser à moitié mort, mais on ne l'a pas rattrapé. Peut-être qu'hier soir tu as mal vu, que ce n'était pas lui qui est sorti de sa maison. »

Bao Zhilin semblait très déçu :

« Ce type devra mourir tôt ou tard ! lança-t-il d'un ton rude. Il suffit d'attendre, ça arrivera bientôt ! »

---

1. On buvait à l'époque du vin jaune ou du vin de céréales. C'est un des alcools les plus répandus en Chine, originaire des provinces du Jiangnan et du Jiangsu, produit à base de riz. On y ajoute du blé, de la levure, et on le chauffe avant de presser le tout.

Il descendit deux coupes d'alcool, puis quitta la pièce appuyé sur sa canne et alla interroger son père. Le vieil homme se trouvait dans sa chambre et jouait avec sa petite fille Aluan qu'il tenait dans ses bras. Même s'il s'amusait, son visage âgé laissait apparaître une expression très disgracieuse. Décelant la contrariété de son père, Bao Zhilin s'éclipsa dans ses appartements.

Dans l'après-midi, Long Zhiteng, Long Zhiqi et Jia Zhiming prirent congé du Maître et rentrèrent à cheval à Ziyang. Les disciples furent terrifiés de les voir partir : les choses semblaient évidentes, la mission devait sûrement être accomplie. Ma Zhixian n'osait plus retourner chez Jiang Zhisheng, car il s'agissait d'un parent proche. Chen Zhijun, Liu Zhiyuan et les autres, même s'ils ne s'entendaient pas très bien avec Zhisheng, pleuraient maintenant la mort d'un ami, d'un semblable. Il s'avérerait désormais difficile pour eux d'étudier avec le Maître.

Ce jour-là, le vieux boxeur ne parut pas très en forme. Il ne déjeuna même pas, et dormit jusqu'au soir. En fouillant dans ses vêtements, il tomba sur les quelques taels trouvés sur le corps de Jiang Zhisheng. Il exhala un soupir, avala tristement son dîner et sortit faire un tour. Il faisait nuit noire et on sonnait déjà la première veille, tous les battants en bois des maisons étaient rabattus. Maître Bao arriva chez Jiang Zhisheng : il aperçut à l'intérieur la faible lueur d'une lampe, mais tout était très calme. Alors il sortit l'argent de sa poche et le lança par-dessus le mur : « Jiang Zhisheng l'avait pris pour sa fuite, pensa-t-il, mais maintenant il n'en a plus besoin, alors je peux le leur rendre, ça leur servira ! »

Alors qu'il tournait les talons, il entendit soudain retentir des vagissements. Triste d'apprendre que Jiang Zhisheng laissait derrière lui un enfant au maillot, il rentra chez lui en soupirant.

Le lendemain matin, Maître Bao, ne laissant toujours paraître aucun sentiment, prodigua ses leçons de *gongfu* comme à son habitude. Lui, de nature si inébranlable et qui ne soupirait jamais, fronçait maintenant les sourcils en réfléchissant. Parfois même il lui arrivait de ne rien faire et de soupirer longuement. Les disciples se rendirent compte du changement d'humeur de leur Maître. Cela les inquiétait beaucoup, car ils ignoraient la cause de son tourment. Chaque jour, ils venaient tous à l'heure pour leur entraînement, et s'appliquaient énormément, n'osant commettre la moindre erreur. Après l'étude, ils s'affairaient à nourrir les chevaux, à labourer et à réaliser d'autres tâches. Personne ne se laissait aller à la paresse et personne n'osait bavarder et rire, pour éviter que le maître ne se mette en colère.

Une semaine plus tard, au petit matin, le bienveillant disciple Lu Zhizhong arriva pour rapporter les nouvelles à son Maître. Rentré la veille, il avait passé la nuit chez lui pour se reposer. Il fut surpris de ne voir que trois élèves à l'entraînement : Ma Zhixian, Liu Zhiyuan et Chen Zhijun. Il vit aussi Bao Zhilin sortir de la maison, le dos courbé et le visage malingre, comme s'il souffrait d'une grave maladie.

« Petit frère ! s'écria Petit Kunlun en voyant arriver le visiteur. Alors ? Tu t'es bien amusé à Hanzhong ?

— Que t'est-il arrivé grand frère ?

— Ça ne te regarde pas ! » répondit Bao Zhilin énervé.

Lu Zhizhong se retourna pour regarder ses camarades, qui, tout absorbés par leur entraînement, n'osaient prononcer un mot. Ce n'était pas normal... Alors il se précipita à l'intérieur pour aller voir le Maître. Bao Zhilin le suivit :

« Comment évolue la blessure de mon frère ?

— Ça va, répondit Zhizhong en secouant la tête. Maintenant il arrive à se lever. »

Le Maître venait à peine de se réveiller et buvait son thé. Le disciple le salua.

« Comment va Zhiyun ? demanda le vieux boxeur en offrant un siège à son visiteur.

— Quand je suis arrivé à Hanzhong, répondit Lu Zhizhong, sa cuisse allait déjà mieux. Je suis resté là-bas quelques jours, et au moment de partir, mon grand frère n'avait déjà plus besoin qu'on l'aide pour marcher. Il m'a dit de vous rassurer. Il viendra vous voir le mois prochain. »

Le vieil homme hocha la tête. Il demanda des nouvelles du commerce d'escorte armée à Hanzhong ainsi que de quelques-uns de ses disciples qui se trouvaient là-bas. Puis il invita Lu Zhizhong à aller se reposer. Voyant le Maître assez fatigué, le visiteur n'osa pas s'attarder et se retira. Il attendit que ses compagnons finissent leur entraînement et s'empressa d'aller discuter avec eux :

« Comment se fait-il que Qin Zhibao ne soit pas là ? » demanda-t-il.

Ma Zhixian lui lança un regard.

« Arrête de poser des questions ! répondit Chen Zhijun. Quand nous aurons un instant, nous te raconterons tout. »

C'est alors que Maître Bao se montra. Les disciples aussitôt reprirent leurs exercices de boxe et leurs entraînements au sabre et au bâton. Lu Zhizhong raconta encore avec déférence quelques nouvelles de Hanzhong et prit congé.

En chemin, il soupçonna que quelque événement fâcheux avait dû se produire pendant son absence. Une fois chez lui, il en informa sa femme :

« Il se passe des choses étranges chez le Maître...

— Aucun de tes frères d'armes n'est venu ici. Je ne suis au courant de rien moi non plus. »

Lu Zhizhong resta plongé dans ses réflexions pendant un instant. Puis, en regardant tout ce qu'il avait rapporté pour Jiang Zhisheng, le satin rouge, la poudre impériale, le rouge à joue, la soie et le reste, il se dit : « Je lui amènerai ça tout à l'heure, et j'en profiterai pour lui demander ce qui est arrivé chez le Maître. Lui non plus n'est pas venu s'entraîner aujourd'hui. Se pourrait-il qu'il ait des problèmes ? »

Il s'interrogea ainsi un moment puis alla déjeuner. C'est alors que Ma Zhixian arriva :

« Assieds-toi mon ami ! Je t'en prie ! s'empressa de lui dire Zhizhong. Je voulais justement te voir ! Pourquoi Jiang Zhisheng et Qin Zhibao n'étaient pas là aujourd'hui ? Tu vois, toutes ces choses sur la table, c'est Zhisheng qui me les a demandées. J'allais les lui porter, ça tombe bien que tu sois là. Je te donne tout, ça m'évitera un voyage ! »

En regardant la poudre, le satin et le reste, Ma Zhixian se décomposa :

« Laisse ça ici, va ! dit-il en secouant la main. Nous ne trouverons pas Jiang Zhisheng. Pendant ton absence, de grands malheurs se sont produits : Qin Zhibao et Bao Zhilin ont été blessés et le vieux Maître est devenu furieux. Je suis parti à Ziyang chercher les frères Long et Jia. Ils sont arrivés il y a quelques jours. Jiang Zhisheng… »

Arrivé à ce niveau du récit, le visage de Zhixian s'assombrit. Il raconta en détail les événements des derniers jours. Zhizhong changea de couleur, terrorisé :

« Alors d'après toi, Jiang Zhisheng serait mort ? demanda-t-il à voix basse.

— S'il est toujours en vie, pourquoi le Maître a-t-il renvoyé nos trois frères ? En fait, Jiang Zhisheng a attiré le malheur sur lui, et sa mort n'est pas regrettable. Mais c'est pour sa famille que c'est triste. Sa femme n'a pas encore trente ans, et il laisse deux enfants derrière lui, l'un de douze ans, l'autre de même pas un an. Malgré les quelques biens qu'ils possèdent, une fois lui disparu, plusieurs parents vont aussitôt se montrer pour tout se partager. Tu sais, son épouse est une cousine de ma femme. Nos deux familles sont très proches. Pourtant, ces jours-ci, je n'ose même pas me rendre là-bas ! Si j'y vais, je suis certain d'y trouver Huangshi en pleurs.

— Comment les choses ont-elles pu en arriver là ? demanda Lu Zhizhong en soupirant et en fronçant les sourcils. Avant mon départ, Jiang Zhisheng m'a demandé de lui acheter quelques affaires. J'ai eu des soupçons, et je l'ai même mis en garde. Je ne pensais pas que... Ah... J'ai vu le Maître aujourd'hui, il m'a paru de mauvaise humeur. Il ne m'a pas dit un mot de toutes ces histoires, mais je pense qu'il fulminait de colère d'avoir tué Jiang Zhisheng. Peut-être même que maintenant il a des remords...

— Le Maître ? Mais il est inflexible ! Comment pourrait-il regretter quoi que ce soit ? En plus, Jiang Zhisheng l'a trahi. Même s'il le lui a fait payer de sa vie, il doit toujours se sentir un peu mal à cause de cela. Ou alors, il craint que les proches de Zhisheng ne lui intentent un procès. »

Les deux amis restèrent ainsi accablés un long moment, puis Ma Zhixian prit congé. Le lendemain, Lu Zhizhong retourna chez Maître Bao. Il s'entraîna avec beaucoup de sérieux et ne revint pas sur les événements passés.

Plusieurs jours passèrent. Qin Zhibao et Bao Zhilin, remis de leurs blessures, reprirent l'entraînement. Maître Bao allait mieux lui aussi : il ne soupirait plus, il semblait que rien ne s'était passé. Il manquait seulement un homme dans les rangs, Jiang Zhisheng, et bientôt on compterait deux orphelins et une veuve de plus.

Le fils aîné, Petite Grue, vivait habituellement dans l'innocence : il passait ses journées à brandir les poings et à jouer avec son bâton, dormant une fois le ventre plein, s'amusant une fois réveillé. Mais après tout il n'avait encore que douze ans. Pourtant, ces derniers temps, il semblait attristé par l'absence de son père et par le fait que sa mère pleure tous les jours, et du coup ne se sentait plus d'humeur à aller courir dehors.

« Maman ! Pourquoi Papa n'est pas rentré encore ? demanda-t-il un matin.

— Je te l'ai déjà dit, non ? répondit Huangshi. Ton père a quitté la province pour aller voir un ami. Peut-être qu'il ne reviendra pas avant un an ou deux.

— Non ! s'écria Petite Grue en fronçant les sourcils. Je veux aller chercher mon papa ! »

Sans vraiment savoir pourquoi, il éclata en sanglots. Sa mère, qui allaitait le bébé, pleurait en silence. « Je suis sûr que Maman me cache quelque chose, pensa l'enfant, il faut que je me renseigne ! »

Alors il prit son bâton et partit chez Maître Bao. Le boxeur enseignait la boxe à ses disciples, dont son oncle Ma Zhixian faisait partie. Petite Grue se rappelait que son père s'entraînait ici, et qu'il surpassait même les autres. Il s'avança en courant et attrapa la cuisse de Zhixian :

« Mon oncle ! Je dois te demander quelque chose. Tu dois me dire la vérité. Où est parti mon père ? »

Ma Zhixian, nerveux, n'eut pas le temps de répondre que déjà Bao Zhilin accourait pour chasser Petite Grue comme s'il s'agissait d'un chien errant :

« Va-t'en ! Va-t'en ! D'où tu viens comme ça ? Attention, tu pourrais te prendre un coup ! Allez ! Oust ! »

Aussitôt Petite Grue brandit son bâton et « bang ! » l'abattit sur Bao Zhilin, qui s'attrapa le ventre des deux mains :

« Aïe aïe ! Petit sauvage ! Tu m'as frappé ! »

Sans la présence de Ma Zhixian, le Petit Kunlun aurait vraiment trucidé l'enfant. Petite Grue sauta et brandit son bâton pour frapper de nouveau, mais son oncle l'arrêta. À côté d'eux, Lu Zhizhong, Chen Zhijun et les autres avaient interrompu leur entraînement. Le vieux boxeur Bao s'approcha, le visage tout rouge :

« Qu'est-ce qui te prend de frapper les gens comme ça ? demanda-t-il furieux. »

Petite Grue regarda le vieil homme effrayant avec dédain. Sans se laisser impressionner, son bâton toujours levé, il tapa du pied :

« Je suis venu voir mon oncle, pour savoir où est parti mon père. Pourquoi cet individu me chasse ? Je vais le frapper ! » dit-il en s'élançant sur Bao Zhilin.

Ma Zhixian tenta de lui prendre son bâton : tâche ardue, car l'enfant le tenait avec force !

« Ce gosse m'a vraiment fait mal ! s'écria Bao Zhilin énervé. D'où tu viens, garnement ? »

Maître Bao repoussa son fils de la main, le faisant reculer de plusieurs pas. Puis, se tournant vers Ma Zhixian :

« C'est le fils de qui ? Pourquoi vient-il chercher son père ici ?

— C'est… C'est le fils aîné de Jiang Zhisheng… », répondit le disciple décontenancé.

Le visage du vieux boxeur changea aussitôt d'expression. Il regarda avec attention Petite Grue, et trouva en effet qu'il ressemblait à son père, qu'il était même encore plus beau que lui.

Pendant le court échange entre les deux hommes, l'enfant en avait profité pour reprendre possession de son arme. Il ne frappa personne, mais arborait un air imposant qui inspirait la crainte, à la manière d'un petit héros :

« Que celui qui en a le courage s'approche ! » dit-il en tapant sur son torse robuste.

Le vieux boxeur s'approcha de lui avec un air souriant :

« Mon petit, tu cherches ton père Jiang Zhisheng, n'est-ce pas ? C'est un de mes disciples. Je ne l'ai pas vu ces derniers jours. Il me manque beaucoup aussi. Rentre chez toi demander à ta mère, peut-être qu'elle sait où il se trouve !

— Non ! fit Petite Grue en secouant la tête. Ma maman ne m'a rien dit ! C'est pour ça que je viens voir mon oncle. Je ne partirai pas tant que vous ne me direz pas ce qui est arrivé à mon père. Vous ne pourrez plus vous entraîner ! »

Maître Bao rit et sortit de sa poche des pièces de monnaie qu'il tendit à l'enfant en souriant :

« Calme-toi. Tu es un bon garçon, tu dois obéir. Je te donne un peu d'argent, va t'acheter des bonbons, allez ! »

Petite Grue prit l'argent et le jeta à la figure du vieil homme en brandissant son bâton :

« Je ne veux pas d'argent ! Je veux mon papa ! Allez me chercher mon papa ! Sinon, dites-moi où il est, et j'irai moi-même ! »

Le Maître, furieux, lança à l'enfant un regard noir. Voyant que les choses tournaient mal, Ma Zhixian s'avança pour écarter Petite Grue :

« Mon neveu, lui conseilla-t-il, pas de sottises ! Je te raccompagne. Je te dirai où est ton père. »

Poussé par son oncle, l'enfant continuait à toiser le vieux Bao en serrant ses petits poings et en levant son bâton.

« Ce garçon est encore plus abominable que son géniteur, dit Bao Zhilin à son père. Pourquoi on ne lui donne pas une raclée ? »

Aussitôt, le vieux boxeur, de la paume de la main, donna une violente claque à son fils, suivie d'un grand coup de pied. Les disciples s'empressèrent de le calmer. À la fois énervé et affligé, il continuait à insulter son fils :

« Tu trouves qu'il est pareil que son père ? Eh bien c'est dommage que toi tu ne sois pas pareil que moi ! Je ne veux pas que tu me ressembles, d'ailleurs ! Si tu te montrais ne serait-ce qu'un peu à la hauteur de ce petit garçon, je ne me mettrais pas dans des états pareils ! »

Bao Zhilin sauta de côté en se cachant le visage et en se frottant les fesses, piteux comme un chien battu. Son père, toujours aussi furieux, continuait à l'insulter.

C'est à ce moment-là que sa petite-fille Aluan arriva en courant et en agitant les bras :

« Grand-père ! Grand-père ! Calme-toi ! »

Elle agrippa le vieil homme, dont la barbe grise s'agitait dans tous les sens. En caressant les petites nattes de la fillette, le boxeur pensa avec tristesse : « Mes deux fils sont vraiment des propres à rien. Après ma mort, non seulement ce sera la fin de la transmission ancestrale de notre *gongfu*, mais en plus il n'y aura plus personne pour tenir tête aux ennemis. Malgré tous les disciples que j'ai, je ne peux pas compter sur eux. Il faut que je mette à profit les quelques années qu'il me reste à vivre pour transmettre tout mon savoir à Aluan ! »

C'est ainsi que le vieux boxeur prit la ferme décision d'apprendre les arts martiaux à sa petite-fille. Ma Zhixian revint un peu plus tard. Le Maître lui demanda comment ça se passait chez la famille Jiang, puis lui passa commande pour forger un petit sabre léger pour Aluan.

À partir de ce jour, Maître Bao ne cessa d'en découdre avec Petite Grue, qui, accompagné d'une dizaine d'enfants espiègles de son village et des alentours, tous armés de perches de bambou et de sabres en bois, venait régulièrement faire du tapage devant sa maison. Le meneur de la troupe sommait Bao Zhilin de venir se battre avec lui. Petit Kunlun ne craignait pas les enfants, mais il redoutait son père, et du coup il préférait rester caché à l'intérieur. Le troisième jour, Qin Zhibao arriva à son entraînement avec une blessure saignante à la tête : le fils de Jiang Zhisheng venait de le frapper avec une grosse pierre. Liu Zhiyuan arriva quant à lui couvert de poussière : Petite Grue et ses camarades l'avaient encerclé et lui avaient jeté de la terre dessus.

« Le garnement ! » s'écria le vieux boxeur en ricanant, avec une expression effrayante.

Il ne se passa rien d'autre de spécial ce jour-là. Le soir venu, Maître Bao sortit furtivement de chez lui avec un poignard. À l'horizon, on voyait les nuages crépusculaires rouge vermeil couleur de sang. Le vieux boxeur arriva devant la maison de Jiang, jeta un œil à l'intérieur puis quitta le village. Il regarda autour de lui : de la fumée s'échappait du toit de toutes les maisons, les bergers étaient rentrés chez eux, il faisait presque nuit noire. Tel un tigre affamé en quête de nourriture, Bao Zhenfei regardait de droite et de gauche, sa barbe grise agitée par la brise printanière. Ce fut bientôt la pénombre. Soudain, sur le petit sentier qui mène aux terres de l'ouest, un petit garçon arriva en courant, un bâton à la main. Le vieux boxeur alla à sa rencontre, et l'arrêta avant la sortie du champ. Petite Grue le fixa droit dans les yeux :

« Vieux bonhomme, tu veux te battre avec moi ? »

Maître Bao ne prononça pas un mot. Dans un bruit cinglant, il sortit le poignard de sa veste, et la lame étincelante brilla dans les dernières lueurs du crépuscule. Les yeux du vieil homme lançaient des éclairs de rage. Il leva son arme et pensa : « Je vais en finir avec toi, petite créature, cela m'évitera des troubles futurs ! »

Mais Petite Grue ne comprit pas les intentions assassines du vieux boxeur et se mit à sautiller de joie :

« Oh ! Quel joli poignard ! »

La réaction toute innocente du garçon plein de vie attendrit aussitôt Bao Zhenfei, qui baissa lentement son arme et sourit :

« Tu l'aimes bien ? Je t'attendais justement pour te l'offrir. »

Le garçon, tout content, prit alors le poignard et le retourna plusieurs fois entre ses mains pour l'admirer. Le vieux boxeur pensa à nouveau à lui arracher la lame pour le tuer, mais cette idée fut balayée par une autre, et il songea avec pessimisme : « À quoi bon après tout ? J'ai déjà tué son père, ça suffit ! Est-il vraiment nécessaire d'éliminer à la fois les racines et les branches ? Comme dit le dicton, "il faut dissiper les haines et non les exacerber". Et puis le ciel a des yeux ! J'ai bientôt soixante-dix ans, je n'ai plus envie de faire des choses horribles ! »

Alors il caressa la tête de l'enfant avec plein de bonté :

« Retourne chez toi, va ! Arrête de penser à ton père ! Il est parti dans une autre province, et là-bas il n'a rien à craindre. Dis à ta mère de ne pas s'inquiéter non plus. Arrête aussi de contrarier mes disciples et de venir faire du bruit devant chez moi !

— Je ne le ferai plus ! répondit Petite Grue en hochant la tête. Maintenant que tu m'as offert ce joli poignard, je ne t'embêterai plus jamais ! »

Son cadeau dans une main, son bâton dans l'autre, le garçon partit en sautillant joyeusement. Bao Zhenfei resta un long moment au milieu du champ à regarder s'éloigner la silhouette de l'enfant, le cœur envahi par une grande joie. Il finit par rentrer chez lui et se sentit enfin en paix.

Le lendemain, en venant à leur entraînement, aucun disciple ne fut malmené par Petite Grue. Le Maître semblait également particulièrement de bonne humeur. Ce jour-là, il fit venir Aluan. La petite fille, âgée d'à peine dix ans, agita ses poings et ses pieds. Après la leçon, les élèves partirent faire leurs corvées et le vieux boxeur rentra à l'intérieur avec Ma Zhixian.

« Il y a environ dix taels d'argent, lui dit-il en lui tendant quelques pièces. Va les donner à la famille de Jiang. Il a étudié les arts martiaux avec moi pendant trois ans, et il a été forcé de quitter le pays parce qu'il avait enfreint une de nos règles. Je pense qu'il ne reviendra pas avant dix ou vingt ans. Sa femme et ses enfants sont bien à plaindre maintenant. Porteleur cet argent. Ensuite, je les aiderai comme je pourrai. »

Ma Zhixian inclina la tête en signe d'acquiescement et quitta la pièce. « Qu'est-ce qu'il prépare ? pensait-il, perplexe. Il a tué un époux et un père, et maintenant il vient en aide à sa veuve et à ses orphelins. Aurait-il des regrets ? Ces derniers jours, Petite Grue n'a pas arrêté de le harceler. Mais il ne semble plus tellement en colère. C'est vraiment bizarre... Qu'est-ce que ce vieillard a donc en tête ? »

Arrivé chez Jiang, en poussant la porte, il vit Petite Grue en train de s'amuser dans la cour avec un étincelant poignard d'une longueur de près de sept pouces. En apercevant Ma Zhixian, l'enfant courut à sa rencontre :

« Tonton ! Tonton ! Regarde mon beau poignard ! C'est une arme de grande valeur !

— Un garçon de ton âge n'a pas à s'amuser avec ce genre de lame. Tu vas sûrement finir par te blesser. D'où ça vient ?

— C'est ton Maître qui me l'a donné ! Hier, alors qu'il faisait presque nuit noire, il est venu m'attendre dans le champ. Il portait ce poignard sur le cœur, il me l'a offert ! »

Ma Zhixian pâlit d'effroi. D'un geste vif, il s'empara de l'arme :

« C'est intolérable ! »

Il se précipita dans la maison pour voir Huangshi :

« Belle-sœur ! Prends les enfants et installe-toi en ville. Vous courez tous un grand danger ici ! Le vieux Bao est plus cruel qu'un vieux tigre, plus féroce qu'un loup ! »

Il pleurait de rage. Huangshi ne comprenait rien à tout cela. C'est alors que Petite Grue arriva pour réclamer son poignard :

« Je te le rends, dit Ma Zhixian avec affliction en tendant l'arme à l'enfant. Tu le donneras plus tard à ton père... Ah ! Ton père a commis une grosse erreur, mais qu'on lui inflige un tel châtiment... »

En voyant Zhixian pleurer et bafouiller, Huangshi se mit à trembler de peur et éclata en larmes :

« Beau-frère ! Mais qu'est-ce qui est arrivé à la fin ? Parle ! Tout ce que tu viens de dire...

— Je ne peux pas t'en dire davantage, répondit Zhixian en secouant la main. Déménagez aujourd'hui même. Vous resterez chez moi. Inutile de revenir ici. Vous risquez de grands malheurs !

— Bien, bien, répondit Huangshi toute tremblante. Nous partirons. »

Petite Grue tira son oncle par le bras :

« Quels grands malheurs ? Dis-moi ! Dis-moi !

— Tu n'as pas besoin de le savoir ! répondit Ma Zhixian en soupirant. Tu viendras en ville avec ta mère, et vous habiterez chez moi. Je t'enseignerai les arts martiaux, et aussi l'art de forger le fer. Tu pourras ensuite forger autant de poignards que tu veux, et même vivre de ça !

— Oh oui ! Oui ! » s'écria Petite Grue en sautant de joie.

Ma Zhixian chargea un parent de Jiang Zhisheng de s'occuper de la maison. Après quoi il alla louer une charrette et y chargea de nombreuses affaires. Huangshi et ses fils partirent ensuite pour la ville et s'installèrent chez le forgeron, dans l'arrière-cour.

Ma Zhixian cernait maintenant mieux le vieux Bao : c'était un homme d'une grande cruauté. Inutile de parler à nouveau de Jiang Zhisheng : Bao Zhenfei l'avait sûrement tué depuis longtemps, et il s'en prendrait certainement plus tard à ses deux enfants. Le disciple, inquiet, n'osait parler de tout cela à personne, pas même à Huangshi ou bien à sa propre épouse. Chaque jour, face au Maître, il redoublait d'application, et essayait de ne pas se froisser avec ses frères d'armes, en particulier Bao Zhilin. S'il mettait le Maître en colère, il s'attirerait des ennuis. Quant à Huangshi, elle vivait en sécurité chez lui. Étant donné son jeune âge et ses bons rapports avec son mari, elle était très affectée par sa disparition. Mais peu à peu ses sentiments s'atténuèrent et elle recommença à se maquiller, à se promener dans la rue et à se rendre au temple. En apprenant cela, ses proches firent courir de nombreuses rumeurs à son sujet, pour la forcer à céder ses terres.

Le temps passa très vite, et ce fut bientôt l'année suivante. Une rumeur se propagea quant à la mort de Jiang Zhisheng, tué par des bandits de grands chemins dans les montagnes Qinling. Quelqu'un avait même vu son corps. Huangshi ne fut au début qu'à moitié convaincue. Ma Zhixian gardait la vérité pour lui, et refusait de reconnaître la mort de son beau-frère. Mais ensuite, en voyant la triste mine de Huangshi, encore en pleine jeunesse, il pensa, irrité : « C'est la juste rétribution ! Après tout, de son vivant, Jiang Zhisheng a pris des libertés avec une femme mariée. Un an après sa mort, son épouse doit se remarier. Plutôt que de rester chez moi à faire des choses qui lui font perdre la face, ce serait mieux de lui annoncer la mort de son mari, et de lui dire de s'en trouver un autre ! »

Alors il décida de parler à Huangshi :

« Belle-sœur, je dois te le dire : Jiang Zhisheng est mort. Vu ton âge, personne ne t'empêchera de te remarier. Mais tu ne pourras pas emmener Petite

Grue avec toi, car il est le fils aîné de Zhisheng. En tant que proche parent et aussi frère d'armes de son père, je le protégerai ! »

En apprenant la vérité, Huangshi pleura trois jours durant, et porta le deuil pendant plusieurs mois. Mais bientôt elle finit par mal supporter la solitude et épousa un certain Dong, gérant d'un magasin de laine. Elle prit Petit Héron, âgé de deux ans, avec elle, et laissa Petite Grue à son oncle.

L'enfant de quatorze ans, à qui Ma Zhixian enseignait les arts martiaux depuis maintenant deux ans, possédait à présent de bonnes bases. En outre, comme il aidait chaque jour son oncle à la forge, ses bras devenaient de plus en plus costauds, son corps de plus en plus puissant. Mais après tous les malheurs récents, la disparition de son père, le remariage de sa mère et la perte d'un frère, l'enfant était devenu irascible et borné. Chaque jour, il se rendait à la taverne pour boire et faisait du tapage dans la rue. Il forgeait mal et entretenait des relations très tendues avec Lishi. La situation devint difficile pour Ma Zhixian, qui servait souvent de médiateur entre les deux parties. Mais son épouse perdait chaque jour plus patience et Petite Grue voulait s'en aller.

Par un jour d'hiver glacial, la neige tomba à gros flocons, recouvrant le sol d'une couche de plus de quinze centimètres. Les maisons et les rues, d'habitude de si triste apparence, se parèrent d'argent blanc. Ma Zhixian rentra de son entraînement dans l'après-midi. Il arriva chez lui en piteux état, couvert de neige et les chaussures boueuses :

« Tu ne t'occupes pas de ton commerce sérieusement, se plaignit Lishi, mais par contre tu pars chaque jour chez le Maître pour t'entraîner ! Tu étudies les arts martiaux depuis maintenant plus de six ans. As-tu appris quelque chose au moins ? Est-ce que ça t'a rapporté ne serait-ce qu'un tael ?

— Ne parle pas de ce que tu ne sais pas, répondit Zhixian en soupirant. Je me suis embarqué dans une histoire dont il m'est difficile de sortir maintenant. Je ne peux pas arrêter de me rendre aux entraînements ! Quand j'ai décidé de me choisir un maître, j'étais jeune et je voulais faire le bien. Qu'y avait-il de mieux que connaître la boxe et le maniement des armes ? Après six années, même si ma formation n'était pas terminée, je pouvais déjà tout à fait devenir chevalier ou garde du corps. Le Maître prévoyait même de me recommander à des agences d'escorte armée. Mais je trouvais plus intéressant de rester ici dans ma forge que de travailler ailleurs comme garde du corps pour ne gagner à chaque mission que sept ou huit taels, et du coup, j'ai laissé filer beaucoup d'occasions. Maintenant, je ne pense même plus à tout ça : non seulement je ne trouverai pas de travail, mais en plus je n'ose même pas arrêter de me rendre chez le Maître ! Si je n'y vais plus, il le prendra sûrement très mal. Et s'il se met en colère, non seulement je ne pourrai plus exercer dans le métier, mais en plus ma vie sera en danger !

— Crains-tu le Maître à ce point ? répondit Lishi. C'est un homme comme les autres, non ? Il pourrait tuer des gens comme ça, sans jamais payer ?

— De quoi parles-tu ? demanda Zhixian d'un air grave en fixant son épouse. Une vie pour une vie ? Quand un chevalier tue quelqu'un, c'est un principe qui ne s'applique pas. Jiang Zhisheng... »

Le disciple ravala ses mots et secoua la tête en soupirant :

« Tu n'y connais rien. Même si je t'expliquais, tu ne comprendrais pas !

— Encore Jiang Zhisheng ? C'était un de nos proches parents, certes. Mais il est mort, et on n'a jamais retrouvé son corps. Huangshi s'est remariée et elle est très heureuse. Quant à Petite Grue, c'est un bon à rien, juste à me mettre hors de moi. À l'époque tu as insisté pour qu'on le garde, qu'on garde cet enfant de malheur. Comment on fera après, hein ?

— Ça va s'arranger avec lui. D'ici à un an ou deux, il sera adulte. S'il se montre vraiment mauvais, on pourra toujours lui dire de s'en aller, il saura se débrouiller.

— Toi alors ! rétorqua Lishi hors d'elle. Tu te montres très prévenant avec lui ! Heureusement qu'il ne s'agit pas de ton propre fils ! »

Lishi ne disait pas cela pour la première fois. Ma Zhixian avait compris depuis longtemps qu'elle ressentait de la jalousie. Mais comme il ne voulait pas se mettre en colère pour rien, il se retira dans son commerce. Son magasin était souvent désert, mais avec la neige qui tombait ce jour-là, les clients se faisaient encore plus rares. Deux employés travaillaient jadis pour lui, mais ils lui avaient remis leur démission quelques mois auparavant. Aussi ne restait-il plus que Petite Grue, qui se trouvait on ne sait où, et un jeune disciple, qui se tenait présentement près du poêle et forgeait une marmite.

« Ce garçon est effectivement un bon à rien, pensa Ma Zhixian, je vais lui dire de partir ! »

Il s'assit à côté du petit apprenti pour l'aider un peu. Soudain, la porte s'ouvrit et un enfant couvert de neige apparut. C'était Maotou, « Tête Chevelue », le fils de son voisin forgeron Zhang :

« Patron Ma ! Venez voir ! Vite ! Petite Grue est en train de se battre dans la taverne de Liu San !

— Avec qui ?

— Avec Chu l'âne. Il le réduit en miettes !

— Ça ne me concerne pas ! répondit Ma Zhixian, chamboulé, en agitant la tête. Qu'ils continuent à se battre ! Que le meilleur gagne ! »

L'enfant repartit. Un court instant plus tard, Petite Grue revint. Il ne présentait aucune blessure, il était juste couvert de neige. Très calme, il semblait ne s'être battu avec personne. Le garçon, très grand, avec un visage beau et bronzé, ne faisait pas son âge. En apercevant son oncle, il s'approcha la tête baissée, un peu honteux :

« Mon oncle, repose-toi un peu. Je prends la relève. »

Zhixian ne répondit pas. Il se leva et s'assit à côté pour reprendre son souffle, observant son neveu aux bras vigoureux frapper la marmite avec le marteau de fer. Le garçon fronçait les sourcils sans dire un mot, comme s'il voulait se donner de la peine. Il termina la marmite en un instant. L'apprenti partit dans la cour intérieure aider Lishi à faire la cuisine. Alors que Ma Zhixian s'apprêtait à demander à Petite Grue la raison de sa dispute dans la taverne, le jeune garçon posa le marteau et se leva, les larmes aux yeux. Il saisit le bras de son oncle et lui demanda avec beaucoup de chagrin :

« Mon oncle ! Je t'en prie, dis-moi la vérité. Qu'est-il arrivé à mon père, il y a deux ans ? Qui l'a tué ? »

Zhixian, surpris par cette question, ressentit une grande peine. Il resta sans voix un moment, puis répondit :

« J'ai entendu dire que ton père Jiang Zhisheng avait commis une erreur et enfreint le règlement de l'école de notre Maître. Il n'a pas écouté les conseils du vieux Bao, et en plus il a blessé ses frères d'armes Bao Zhilin et Qin Zhibao. Craignant que d'autres disciples ne viennent s'en prendre à lui, il a quitté le pays, et depuis nous n'avons plus de nouvelles. Par la suite, on a raconté qu'il avait été tué par des bandits dans les montagnes Qinling.

— C'est faux ! rétorqua Petite Grue en pleurant et en secouant la tête. Mon oncle, tu me caches quelque chose. Tout à l'heure, dans la taverne, je me suis disputé avec l'ânier Chu San. Comme il n'a pas pris le dessus, il s'est mis à m'insulter. Il a dit que... »

Le garçon s'arrêta de parler, tellement il avait la gorge serrée. Ma Zhixian lui tapota l'épaule pour le consoler.

« Il a dit que mon père avait été tué par Bao Zhenfei, Long Zhiteng, Long Zhiqi et Jia Zhiming, et que c'était toi qui étais allé chercher les frères Long à Ziyang. Ne fais pas comme si tu n'étais pas au courant ! »

Ma Zhixian ne put retenir ses larmes :

« J'ai caché tout ça pendant plus de deux ans, puis j'ai tout dit à ta mère. Je ne pensais pas que maintenant tout le monde le savait ! »

Il lui raconta en détail ce qui s'était passé.

« Tu ne peux pas imputer ce malheur au vieux Bao et à ses disciples, ajouta-t-il. Ton père à commis beaucoup d'erreurs. Le Maître est d'un caractère obstiné, il se montre extrêmement dur avec ses élèves, tout le monde le sait. J'ai entendu dire que plus jeune il avait tué sa propre femme parce qu'elle n'était pas vertueuse. Il a été arrêté et jeté en prison pour homicide. Ensuite, quand les bandits de la Société du Lotus Blanc[1] se sont révoltés et que la ville est tombée entre leurs mains, Bao Zhenfei a profité de l'agitation générale pour s'enfuir. Il a changé de nom, est entré dans l'armée puis est devenu garde du corps. Bao Zhilin et Bao Zhiyun sont les enfants qu'il a eus avec la femme qu'il a assassinée. C'est pour cette raison que depuis toujours, ce qu'il déteste au plus haut point, ce sont les gens débauchés et libertins. Lorsqu'il accepte un nouveau disciple, il commence

1. Société du Lotus Blanc : ensemble assez disparate d'écoles taoïstes syncrétiques actives du XIVe au XXe siècle. Connue aussi sous le nom de Secte du Lotus Blanc, la société se réclame de l'école bouddhiste du XIIe siècle « l'École du Lotus Blanc ». Elle est à l'origine de nombreuses révoltes, notamment la grande rébellion des sectes du sud-ouest de la fin du XVIIIe siècle.

à chaque fois par lui inculquer cette première règle : si on l'enfreint, on périt de sa main. Ton père a commis sciemment ce qu'il savait répréhensible, et en plus, il a offensé le Maître sur son grand âge, le défiant au combat. Furieux, le vieil homme m'a envoyé chercher les frères Long ainsi que Jia Zhiming. J'avais conscience que si ces trois hommes venaient, ton père courrait un grave danger. Mais je n'ai pas osé désobéir ! »

Petite Grue l'arrêta :

« Mon oncle, n'en dis pas plus. Cela fait deux ans déjà que tu m'élèves et que tu m'apprends les arts martiaux, dit-il en pleurant. Aujourd'hui, je ne suis plus un enfant. Comment ignorer l'affection que tu me portes ? Je n'en veux à personne, si ce n'est à Bao Zhenfei ! Car même si mon père a fauté, cela ne méritait pas la mort. Pourquoi s'est-il permis de le tuer ? Il y a une chose encore... »

Il sortit de sa poche un poignard étincelant :

« Le vieux Bao me l'a offert il y a deux ans, reprit-il affligé. Je me souviens encore de comment ça s'est passé : il faisait nuit, j'étais dans un champ, et il n'y avait personne alentour. Bao Zhenfei arborait une expression extrêmement cruelle. Puis, je ne sais pour quelle raison, il n'a pas frappé. Mon esprit est confus depuis ce jour. Mais en écoutant Chu l'âne, j'ai tout compris : à l'époque, le vieux Bao avait l'intention de me tuer moi aussi ! »

Le garçon, le regard furieux, tenait fermement le poignard dans sa main, comme s'il voulait aller trouver le vieux Maître pour se venger.

« Parle moins fort ! fit Ma Zhixian en agitant la main. Ce jour-là, en apercevant ta nouvelle arme, cadeau de Bao Zhenfei, j'ai aussitôt vu clair dans ses intentions malveillantes. C'est pourquoi j'ai demandé à ta mère de venir s'installer en ville. Mais si je t'ai enseigné les arts martiaux, c'est pour que tu saches te défendre, et non pour que tu te venges. Depuis les faits, Maître Bao a bien meilleur caractère. Quand il a su que ta mère habitait chez moi, il n'a cessé de me demander de vos nouvelles. Et je ne pense pas qu'il joue la comédie ou qu'il ait de mauvaises intentions. Tu sais, il faut dissiper les haines, et non les exacerber ! D'autant plus qu'on ne peut pas le battre ! Si tu vas te venger, non seulement tu n'atteindras pas ton but, mais en plus tu le paieras peut-être de ta vie ! En plus, je me retrouverai aussi impliqué dans l'histoire, parce qu'il sait que tu habites ici, chez moi ! »

Petite Grue, interdit, s'agenouilla et se prosterna face à son oncle. Ma Zhixian le releva et lui demanda, surpris :

« Bien, bien. Pourquoi fais-tu cela ? »

Le garçon baissa la tête en pleurant, mais ne répondit pas. Un instant plus tard, Lishi les appela pour manger. Ma Zhixian tapota les épaules de son neveu :

« Allons manger d'abord, hein ? Il ne faut pas que tu repenses à tout ce qu'on vient de dire. Plus tard, il suffira que tu te comportes bien pour te montrer digne de ton père. »

Les deux hommes se rendirent dans la cour intérieure où les attendait du millet glutineux. Lishi observa le garçon : il remplit son bol, l'esprit ailleurs, et oublia de remettre le couvercle sur la marmite. Aussitôt elle le lui fit remarquer :

« Si tu ne remets pas le couvercle, ça va refroidir. Tu crois que tu es le seul à manger ? »

D'habitude, Petite Grue, sans oser provoquer de dispute, aurait pris son air énervé. Mais aujourd'hui il en était autrement : il baissa la tête sans dire un mot et recouvrit le plat avec beaucoup de respect.

« Allez ! C'est bon, s'écria Ma Zhixian, très embarrassé. Ce n'est rien d'important, hein ? Mange donc, Petite Grue ! »

Assis sur son petit tabouret, le jeune garçon, qui mangeait d'ordinaire comme un ogre, ne vida que la moitié de son bol et le reposa en signe de satiété. Estimant que son neveu se sentait sûrement très mal, Ma Zhixian ne prêta pas plus d'attention à cet incident.

Chapitre II

La nuit de tempête réveille le désir de vengeance,
Le veau part affronter le tigre ;
Le printemps fait naître la passion
L'hirondelle caresse la fleur.

Ils terminèrent de manger de bonne heure. Dehors, la neige continuait à tomber.

« Quelle neige ! s'écria Ma Zhixian inquiet. Dire que demain matin je dois encore me rendre au village de Bao ! »

Il retourna dans son magasin, où l'apprenti et Petite Grue bayaient aux corneilles, l'un accroupi devant le poêle, l'autre debout dans un coin du mur. Ma Zhixian tapota l'épaule de son pauvre neveu :

« Allez ! Ne te tracasse pas ! Tiens ! Je te donne quelques pièces. Va donc boire à la taverne ! Quand on boit, on oublie les soucis. Et en plus ça protège du froid ! »

Il sortit de l'argent de sa poche et le tendit au garçon, qui partit tête baissée. La neige faisait déjà près de sept pouces d'épaisseur, et la plupart des échoppes affichaient porte close. Seule la taverne était encore ouverte : derrière les vitres couvertes de cristaux de glace, l'ambiance battait son plein et on percevait les clameurs des clients.

Petite Grue marchait à pas lourds dans la neige. Il chercha à tâtons le poignard qu'il portait contre sa poitrine. Sa décision était prise : il allait quitter la ville pour le village de Bao, et il tuerait le vieux Maître pour venger son père. « Bien sûr je suis trop jeune, pensait-il, mais Bao Zhenfei est vieux, alors je le battrai forcément, non ? » Il s'imaginait que tuer le vieil homme serait une chose facile. Après le meurtre, il s'enfuirait, partirait très loin et ne reviendrait jamais. Peu importe qu'on le rattrape ou non : après tout ce ne serait que donner une vie pour une autre ! « Même si je meurs, j'aurai vengé mon père, et cela fera de moi un brave homme ! »

Il était encore tôt. Le garçon, vêtu d'une simple courte veste molletonnée et d'un pantalon ouaté, traversa le village de Nanshan à grandes enjambées. Glacé, il entra dans une taverne du faubourg voisin.

« Qui cherches-tu mon enfant ? demanda un commis en le voyant entrer.

— Personne. Je viens juste boire un coup ! » répondit Petite Grue en prenant un siège.

Les coudes posés sur la table, la tête penchée, il se tenait comme un petit voyou. À côté de lui, les clients riaient de bon cœur.

« Tu bois pour combien ? » lui demanda l'employé en s'esclaffant.

Petite Grue sortit son argent et le posa violemment sur la table :

« Tu n'as qu'à compter ! Donne-moi à boire en fonction !

— Hum… Il y en a pour quatre mesures de vin. Tu vas arriver à boire tout ça ?

— Je pourrais même boire le double ! » rétorqua Petite Grue en dodelinant de la tête.

Les clients éclatèrent de rire. Le commis apporta l'alcool. Petite Grue se servit lui-même et commença à boire :

« Chaque jour, je vais boire en ville, dans la taverne de Liu San, dit-il en s'adressant à ses voisins. Quatre mesures, pour moi, ce n'est rien ! Mais je ne suis jamais venu ici, alors bien sûr vous ne me connaissez pas !

— Petit frère, demanda l'un d'eux, tu viens d'où en ville ? Ta tête me dit quelque chose.

— Je suis de la famille de Ma, le forgeron. »

Petite Grue repensa à tout ce que son oncle avait fait pour lui ces deux dernières années et regretta aussitôt ses paroles. S'il tuait Bao Zhenfei cette nuit, Ma Zhixian se retrouverait obligatoirement impliqué. Cela le rendit très triste. Il termina avec morosité ses quatre mesures de vin et quitta la taverne.

Malgré le vent glacial qui soufflait, il ressentait une impression de chaleur, mais sans pour autant être éméché. Sous le vent, il poursuivit sa route vers le sud. La tempête de neige se fit plus intense, le ciel devint ténébreux. Le jeune garçon ne pouvait déjà plus distinguer le mont Nanshan qui se trouvait en face de lui. Même les arbres, les villages et les ponts semblaient avoir été enterrés par la neige. Seul sur la route déserte, il laissait de profondes empreintes de pas dans la neige fraîche et immaculée. Par chance, il connaissait bien le chemin, et finit par arriver au village de Bao. Tout semblait si lourd et si calme qu'on ne trouvait pas même un chien dehors.

Petite Grue passa devant son ancienne maison. Par l'entrebâillement de la porte, il aperçut de la lumière : un oncle paternel habitait ici à présent. Il ne s'attarda pas, et, le cœur battant, se rendit chez Bao Zhenfei. Consumé par la fureur, il ne se souciait de rien d'autre que du Maître. Il sauta sur le mur en s'aidant des deux mains, faisant tomber beaucoup de neige. Puis il passa les jambes et sauta d'un bond de l'autre côté, sans bruit. Les ailes nord et sud étaient encore éclairées. Il sortit son poignard et s'avança lentement dans la neige jusque devant une pièce de l'aile sud.

Il jeta un œil par la fenêtre : une jeune femme cousait à l'intérieur. Déduisant qu'il ne s'agissait pas des appartements du vieux Bao, le jeune garçon se dirigea vers l'aile nord. Il entrebâilla la porte et aperçut le Maître qui se tenait dans la pièce extérieure à côté d'une lampe et bavardait avec une petite fille de douze ou treize ans. Il affichait une mine rayonnante et semblait très content.

La fureur submergeait Petite Grue. Il ouvrit la porte, se précipita à l'intérieur et se jeta sur le vieil homme en brandissant son arme. La petite fille poussa un cri de frayeur et s'empara d'un court sabre qui se trouvait près d'elle pour lui faire face. Petite Grue s'écarta et revint à l'attaque. Le vieux Bao, à la fois surpris et furieux, donna alors un grand coup de pied dans le ventre de l'assaillant. Petite Grue tomba à terre dans un bruit sourd, mais ne lâcha pas son arme et se remit sur ses pieds d'un bond. Il chargea à nouveau, mais la petite fille le repoussa une nouvelle fois avec son sabre :

« Ne le tue pas ! » cria le vieux boxeur, qui attendit que Petite Grue se relève pour s'emparer à la hâte de son poignard.

Petite Grue se redressa. Bien que désarmé, il se rua sur Bao Zhenfei, qui lui asséna un nouveau coup de pied et le projeta encore une fois à terre. Cette fois-ci, il ne se releva pas.

« Petit mécréant ! s'écria le vieux boxeur en pointant le jeune garçon du doigt tout en retenant sa petite-fille de l'autre main. Tu oses comploter contre moi ? Si tu n'étais pas aussi jeune, je te tuerais sur-le-champ ! »

Aluan, derrière son grand-père, brandissait son sabre avec rage :

« Tu as l'audace de t'en prendre à mon grand-père ? cria-t-elle. Même si mon oncle n'est pas à la maison, moi je suis là, et je protège mon grand-père ! »

Assis par terre, Petite Grue éclata en sanglots :

« Je n'ai pas le choix ! Je dois le tuer ! Il faut que je venge mon père ! »

Il se rua d'un bond sur Bao Zhenfei, comme un tigre sur sa proie. Mais le vieux boxeur, calme et stoïque, saisit fermement les petites mains :

« Mais enfin, quelle inimitié nous lie ? lança-t-il avec un regard furieux. Parle donc ! »

Il observa le visage de Petite Grue à la lumière de la lampe, et, surpris, se décontenança. Ses mains se mirent à trembler :

« Bon sang ! C'est toi ? »

Une soudaine envie de meurtre le saisit. Il lâcha prise pour s'emparer du sabre de sa petite-fille. Mais Petite Grue attrapa sa barbe grisâtre en le défiant du regard :

« Cela fait deux ans que tout est confus dans ma tête. Mais aujourd'hui enfin quelqu'un m'a tout raconté : c'est vous qui avez tué mon père. Je dois le venger ! »

Le vieux boxeur, qui tenait déjà fermement le petit sabre d'Aluan dans sa main, ressentit soudain une profonde tristesse. Il lâcha son arme et se décrispa :

« Mon garçon, on t'a trompé. Comment aurais-je pu tuer ton père ?

— Tout le monde dit que c'est vous, et vous niez encore ? » rétorqua Petite Grue en tirant toujours sur la barbe du vieil homme.

Aluan s'approcha subitement et donna un coup de poing à Petite Grue dans le bas du dos. C'est alors que sa mère, alertée par le bruit, arriva, accompagnée de la femme de Bao Zhilin. Bao Zhenfei les congédia :

« Ce n'est rien ! Retournez dans vos chambres ! »

Les deux brus n'osèrent faire un pas de plus et s'exécutèrent. Bao Zhenfei écarta les mains de Petite Grue :

« Calme-toi ! On peut parler, non ? »

Il remit en ordre sa barbe grise, puis ramassa sur le sol la lame acérée. Une vive émotion l'envahit lorsqu'il reconnut le poignard jadis offert à Petite Grue.

« Je connais cette arme, dit-il avec un sourire amer. C'est moi qui te l'ai offerte ! Jamais je n'aurais imaginé que tu t'en servirais un jour contre moi pour réclamer vengeance ! Malheureusement pour toi, tu es encore bien jeune. Il va te falloir étudier le *gongfu* encore quelques années ! »

Le garçon fixait toujours le vieux boxeur avec un regard plein de haine. Mais maintenant qu'il se retrouvait sans arme, il n'arriverait plus à rien.

« Mon bon garçon ! reprit Bao Zhenfei en caressant la petite tête. Je n'ai encore jamais vu un garçon aussi robuste que toi. Même si tu as voulu m'ôter la vie, je ne t'en veux pas. Je peux t'assurer que ce n'est pas moi qui ai tué ton père. Jamais je n'ai eu l'intention de le tuer. C'est ce Long... »

Il s'arrêta soudain en agitant la main :

« Inutile que tu connaisses son nom. De toute façon, il maîtrise parfaitement les arts martiaux, tu ne pourrais pas te battre contre lui. Si tu le retrouves, non seulement tu ne vengeras pas ton père, mais en plus tu le paieras de ta vie, parce qu'il ne se montrera pas aussi charitable que moi ! »

Face au vieil homme si affable, le désir de vengeance que nourrissait Petite Grue à son égard s'atténua peu à peu : « Après tout, pensa-t-il, ce sont peut-être les frères Long de Ziyang qui ont tué mon père. » Il retourna tout ça plusieurs fois dans son esprit, puis modifia ses plans :

« Bien ! Je ne vous embêterai plus ! dit-il en frappant du pied par terre. Je m'en vais ! »

Il reprit son arme et quitta les lieux. Le vieux boxeur, très peiné, s'adressa à sa petite-fille :

« Raccompagne-le. Mais ne le retiens pas ! »

Aluan s'exécuta. Son petit sabre léger à la main, elle alla ouvrir la grande porte et laissa partir Petite Grue. Le garçon, les sourcils froncés, partit d'un pas décidé dans la neige. Il n'avait pas fait quatre mètres lorsqu'il entendit une voix délicate lui crier :

« Reste où tu es, petit mécréant ! »

La jeune fille courait après lui. Le garçon brandit son poignard et bomba le torse :

« Qu'est-ce qu'il y a ? demanda-t-il avec colère. Même le vieillard me craint. Et toi, tu as l'audace de vouloir te battre avec moi ?

— Mon grand-père, peur de toi ? rétorqua Aluan en ricanant. Il t'a épargné parce que tu es jeune, sans quoi tu serais mort depuis longtemps ! Depuis quelque temps, il se trouve dans de bonnes dispositions. Il récite même chaque jour des prières au Bouddha ! Il a tué par le passé des gens bien plus terribles que toi, mais il t'a épargné. Pourquoi veux-tu tuer mon grand-père ? »

Arrivée à hauteur de Petite Grue, elle abattit son sabre sur lui. Le garçon recula de deux pas et brandit son poignard en agitant la main :

« Ne frappe pas ! Baisse ton arme ! Les garçons bien ne se battent pas avec les filles ! »

Mais Aluan ne l'écoutait pas et continuait à attaquer. Petite Grue déployait tout son art pour parer les coups. Au bout d'une dizaine d'échanges, aucun des deux adversaires n'arrivait à prendre le dessus. Petite Grue sauta sur le côté :

« On ne peut pas parler de dextérité, dit-il tout essoufflé. C'est juste parce que ton arme est plus longue que la mienne. Défie-moi à la boxe !

— Même à poings nus, je n'ai pas peur de toi ! » rétorqua Aluan furieuse.

Elle jeta son sabre dans la neige, s'avança, se mit en position et asséna un coup de poing à Petite Grue. Le garçon utilisa une bonne parade et observa sa technique : il constata que la jeune fille pratiquait à peu près le même *gongfu* que celui que lui avait enseigné Ma Zhixian. Du coup, pas le moins du monde effrayé, il s'engagea violemment dans le combat. Malgré le sol neigeux et difficilement praticable, les deux enfants se battaient avec acharnement. Aluan frappait avec ses petits poings, mais Petite Grue ne ressentait presque rien et cherchait des failles dans la technique de son adversaire. Alors qu'il allait pouvoir prendre le dessus, Aluan changea de tactique : elle arrêta de taper dans le corps et bondit sur le jeune garçon pour le frapper au visage. Petite Grue ne laissa pas passer l'occasion : il attendit qu'elle saute pour lui asséner un grand coup de pied. Aluan, touchée en plein ventre, s'écroula. Alors le garçon la plaqua au sol et lui donna quelques coups de poing. Soudain, les deux enfants entendirent quelqu'un rire aux éclats : c'était Maître Bao, qui les observait déjà depuis un bon moment. Petite Grue s'empara à nouveau du poignard tranchant gardé contre son sein. Aluan se redressa et ramassa son sabre. Le vieux boxeur s'approcha :

« Cessez le combat, petits héros ! leur dit-il en riant.

— Mais Grand-père ! répondit Aluan furieuse. Il t'a brimé, et il m'a brutalisée moi aussi !

— Ce n'est pas grave voyons. Subir les brimades d'un enfant, ce n'est rien du tout ! »

Il s'avança et saisit la main de Petite Grue :

« Ta technique en arts martiaux est celle de notre école de Kunlun. Est-ce que c'est avec Ma Zhixian que tu as appris tout ça ?

— Non ! répondit le garçon en secouant la tête. J'ai étudié avant, avec mon père !

— C'est vrai que ton père se débrouillait bien. Il n'était mon disciple que depuis trois ans, mais déjà il surpassait ses frères d'armes qui étaient là depuis six ans au moins. C'est bien dommage qu'il ait fauté et qu'il soit mort si jeune. S'il avait pu continuer à étudier avec moi, je pense qu'il aurait terminé sa formation très vite ! »

En entendant Bao Zhenfei parler de son père, Petite Grue ne put retenir ses larmes et s'essuya les yeux avec ses manches.

« Il est très tard à présent, reprit le Maître en soupirant. Les portes de la ville sont déjà closes, tu ne pourras plus rentrer chez toi. Tu n'as qu'à rester ici, hein ? Tu partiras demain au point du jour, lorsque la neige aura cessé de tomber.

— Non ! rétorqua Petite Grue en se débattant. Je dois encore aller quelque part !

— Où donc petit ?

— Je dois trouver un maître pour étudier les arts martiaux !

— Tu as vraiment un caractère puéril, dit Bao Zhenfei en esquissant un sourire. Peu importe où tu iras : un garçon comme toi, sans origines, ne trouvera jamais de maître. En plus, en matière d'arts martiaux, j'ose affirmer que dans les trois provinces du Sichuan, du Shaanxi et du Henan, à l'exception de Li Zhenxia de Huazhou et de Gao Qinggui de Kaifeng[1], je suis le seul valable. Alors plutôt que de partir chercher un maître, tu ferais mieux d'étudier avec moi ! »

Souriant, il incita Petite Grue à entrer. Une fois à l'intérieur, il passa un long moment à le consoler et le convainquit de passer la nuit chez lui. Dès le lendemain, il lui enseignerait le *gongfu*.

L'aile sud comptait deux pièces inoccupées, réservées aux disciples. Bao Zhenfei prit des draps et y installa Petite Grue. Il avait chargé Bao Zhilin de se rendre à Ziyang, et du coup il était le seul homme de la maisonnée. Il envoya Aluan au lit et fit fermer toutes les portes.

Plus il réfléchissait à toutes ces histoires, et plus il trouvait que cela prenait des proportions de plus en

1. Kaifeng : ville du Henan.

plus importantes : « J'ai erré dans le monde des Fleuves et des Lacs pendant plus de quarante ans, pensa-t-il, et rencontré de nombreux adversaires valeureux. Plus d'un a péri sous ma main, et je n'ai jamais hésité, jamais tremblé. À présent, voilà que je me tourmente à cause de ce petit garçon de quatorze ans ! Admettons que je ne le tue pas... Quand il sera grand, il finira par me causer des ennuis ! Si je le tuais, hein ? Non, j'aime trop ce petit... Je ne pourrais jamais supporter de lui faire une chose si cruelle. »

Il resta ainsi plongé dans ses réflexions pendant un long moment, puis sortit de ses appartements et foula le sol enneigé jusqu'à l'aile sud. Il se posta devant la fenêtre et tendit l'oreille : un petit ronflement s'élevait de l'intérieur, apparemment l'enfant dormait à poings fermés. Le vieux boxeur le trouva adorable : « Je m'inquiète trop ! De quoi pourrait être capable un garçon tel que lui ? Dès demain, je le garde à la maison. Je m'occuperai très bien de lui. Je le tiendrai sous mon joug et ferai en sorte qu'il ne parte pas ailleurs étudier le *gongfu*. Il restera chez moi à nourrir les chevaux et à s'occuper des cochons, et je lui apprendrai quelques techniques insignifiantes en arts martiaux. Dans deux ans, je lui trouverai une épouse. Comme ça, non seulement il ne pensera plus à se venger, mais en plus il deviendra un peu comme mon petit-fils ! » Le vieux boxeur se sentit soudain très satisfait.

Le lendemain, au lever du jour, il ne neigeait plus. Alors que Bao Zhenfei buvait son thé, il vit entrer Petite Grue.

« Je pars ! dit le garçon en fronçant les sourcils.

— Où ça ? rétorqua le vieil homme en l'arrêtant. Tu retournes à la forge de Ma Zhixian ?

— Non, répondit Petite Grue en secouant la tête. Hier, on m'a dit que vous aviez assassiné mon père, et c'est pour ça que je suis venu : pour vous tuer et me venger ! Mais vous m'avez dit que mon ennemi s'appelait Long. Alors très bien ! Plus aucune inimitié ne me lie à vous. Donc je m'en vais. Je trouverai un maître auprès duquel j'étudierai les arts martiaux, et dans deux ou trois ans, j'irai trouver ce Long pour lui faire payer ! »

Effrayé par ces paroles, Bao Zhenfei prit un air souriant et caressa la tête de l'enfant :

« Tu es encore si jeune ! Plutôt que de partir n'importe où, tu ferais mieux de rester ici et de travailler pour moi. Je peux t'enseigner tout ce que je connais en *gongfu*. Plus tard, je pourrai même te dire les particularités de ton adversaire et t'aider à te venger. Tu dois comprendre que tu n'es qu'un enfant encore, et en plus sans le sou. Si tu t'en vas, tu finiras sûrement par mourir de faim ! En outre, les chemins de montagne grouillent de bandits. Si tu ne m'écoutes pas, tu vas te faire tuer. Tant pis pour toi. »

Le vieux boxeur prononça ces mots sur un ton terrible. Petite Grue, les sourcils froncés, baissa la tête, réfléchit un moment et répondit :

« Je peux rester ici après tout. Mais je ne souhaite pas devenir votre disciple, et vous ne vous mêlerez pas de ce que je fais.

— Mais même si tu voulais être mon disciple, rétorqua Bao Zhenfei en ricanant, je ne voudrais pas de toi ! »

Il alla chercher dans la pièce intérieure un gros tisonnier. Il revint en le tenant des deux mains : il força dessus, et aussitôt le tisonnier se plia comme un manche de charrue. Il força encore en s'appuyant sur son genou gauche, et « ba ! », le tisonnier se cassa en deux.

« Tu as vu ? dit-il à Petite Grue en souriant. Le jour où tu y arriveras toi aussi, alors tu pourras te venger. Sinon, tu vas sacrifier ta vie pour rien ! »

Puis, caressant la petite tête :

« Mon bon garçon, dit-il sur un ton modéré. Va donc aider les autres à déblayer la neige, hein ? Après, tu prendras ton petit déjeuner. »

C'est alors qu'arriva Aluan, son sabre à la main. En apercevant Petite Grue, qui restait debout sans bouger, le teint livide, elle lui lança un regard furieux avec ses petits yeux charmants. Puis, attrapant le vieil homme par le bras et levant la tête vers lui :

« Grand-père ! Mets donc ta robe doublée, il fait froid dehors ! »

Petite Grue en profita pour s'éclipser. Il savait à présent qu'il ne pourrait jamais battre le vieux Bao, véritable maître en arts martiaux. Dehors, quelques personnes déblayaient la cour et mettaient en place le présentoir d'armes. En voyant arriver le garçon, Ma Zhixian accourut, affolé :

« Mais je t'ai cherché jusqu'à minuit passé ! Que fais-tu ici ? »

L'enfant n'eut pas le temps de répondre : Bao Zhenfei sortait de la maison en tenant sa petite-fille par la main. En voyant le Maître, Ma Zhixian n'osa pas poser plus de questions à son neveu :

« Vous êtes levé, Maître ? »

Le vieux Bao inclina la tête et partit voir ses disciples Lu Zhizhong, Chen Zhijun, Liu Zhiyuan et Qin Zhibao.

« Connaissez-vous cet enfant ? leur demanda-t-il en désignant Petite Grue du doigt. C'est le fils de Jiang Zhisheng : Jiang Xiaohe. Je ne sais pas où il a entendu ça, mais il affirme que c'est moi qui ai tué son père ! » dit-il en jetant un regard insistant à Ma Zhixian.

Le disciple, frissonnant de peur, s'avança en hâte :

« Écoutez-moi, Maître ! Après la mort de son père, sa mère s'est remariée, et il est venu habiter chez moi. Comme nous sommes parents, je lui ai demandé de m'aider dans mon commerce. Mais je ne lui ai jamais rien dit. Et soudain, hier, sans crier gare, il s'est enfui dans la neige. Je ne savais même pas qu'il était venu ici !

— Ne crains rien, répondit le vieux boxeur en souriant. Je ne dis pas que tu l'as envoyé pour me tuer. Mais face à toutes les puissances surnaturelles du monde, je jure que ce n'est pas moi qui ai tué Jiang Zhisheng. J'ai la conscience tranquille. En plus, j'aime beaucoup cet enfant. Même s'il est arrivé hier soir en sautant par-dessus le mur, un poignard à la main, avec l'intention de me tuer, je ne suis pas en colère. À partir d'aujourd'hui, je veux qu'il reste ici, chez moi, et qu'il étudie un peu de *gongfu* à mes côtés. Vous ne devrez pas le considérer comme l'un de vos frères d'armes, mais comme mon nouveau petit-fils adoptif. »

Le Maître éclata de rire, aussitôt imité par les disciples. Liu Zhiyuan et Chen Zhijun présentèrent leurs félicitations. Quant à Ma Zhixian, même s'il arborait un grand sourire, il éprouvait toujours au fond de lui-même une grande inquiétude. Ses frères d'armes retournèrent à leur entraînement, et la petite Aluan s'amusa avec eux à manier le sabre. Seul Petite Grue restait à l'écart et les regardait de loin. Même s'il ne pouvait pas les rejoindre, il observait attentivement leur façon de boxer et de se battre à l'arme blanche. Il les trouva tous bien plus forts que lui et pensa que sa vengeance n'en serait que plus dure.

Ainsi, chaque jour, le jeune garçon observait l'entraînement de *gongfu*. À la fin de la séance, les disciples lui demandaient toujours de réaliser diverses corvées. Le vieux boxeur, d'ordinaire si sévère avec ses disciples, se comportait gentiment avec lui et lui caressait souvent la tête. Le jeune garçon éprouvait pour lui une grande gratitude, persuadé qu'il n'était effectivement pas l'assassin de son père. Quant à la petite Aluan, si au début, à chaque fois qu'elle voyait Petite Grue, elle lui lançait un regard mauvais, peu à peu elle se calma et se mit à lui sourire.

Les deux enfants finirent par jouer souvent ensemble. Mais dès qu'elle les voyait, Fangshi, la mère de la jeune fille, lui disait de rentrer, la disputait, et lui interdisait de retourner s'amuser. Le vieux Bao réagissait différemment et n'intervenait pas quand il les voyait ensemble. Au contraire, il semblait même ravi. Quelquefois, après le dîner, il prenait une tasse de thé et faisait brûler trois bâtons d'encens devant la niche de Bouddha, puis emmenait les deux enfants se promener dehors. Ma Zhixian venait tous les jours, s'entraînait, travaillait un peu et partait aussitôt. Il regardait souvent Petite Grue, le regard impuissant, comme s'il voulait lui dire quelque chose. Mais comme il y avait toujours quelqu'un dans les environs, il n'osait jamais lui parler.

Une dizaine de jours plus tard, Bao Zhilin, le second fils du vieux Maître, revint de Ziyang. Il avisa son père de tout ce qu'il y avait fait et apprit la situation concernant Petite Grue. Il ne dit pas un mot, mais, une fois dans ses appartements, il se plaignit à son épouse :

« Regarde ! Mon père a perdu la tête ! Ce sale Jiang Zhisheng a volé la femme d'un autre, transgressé les lois de notre école, et blessé Qin Zhibao et moi-même. Ensuite, on a fait venir de Ziyang Long Zhiteng, Long Zhiqi et Jia Zhiming, pour poursuivre Jiang Zhisheng dans les montagnes du Nord et le tuer. Selon moi, il faut détruire le mal à sa racine, et tout bonnement régler son compte au fils aussi. Mais mon père, lui, ne l'entend pas de cette façon, et recueille maintenant le gamin chez lui. Ce bâtard n'est qu'un petit loup, qui une fois grand dévorera son maître !

— Qu'est-ce que ça peut te faire ? rétorqua sa femme Lüshi. Si ton père l'adopte, qu'est-ce que tu y peux ? En plus, un petit garçon comme lui est facilement manipulable. Mais toi, tu arrives et tu parles de meurtre. Tu as tué le père, et maintenant tu veux tuer le fils ? Tu t'imagines sans doute que le *yamen* ne l'apprendra pas, et que personne ne saura que tu es coupable ? Mais attention, les démons, eux, voient tout ! »

« Paf ! », d'un revers de la main, Bao Zhilin gifla soudain son épouse en l'insultant :

« Si les hommes du Jianghu pensaient comme toi, ils n'arriveraient plus à gagner leur vie ! Tu sais pourquoi mon père m'a envoyé au district de Ziyang ? Parce que les frères Long, alors qu'ils se rendaient au mont Jianmen dans le Chuanbei, sont tombés sur une dizaine de brigands. Comme les frères Long sont des maîtres en arts martiaux, ils en ont tué et blessé huit ou neuf, et ont pu mener en toute sécurité leur charrette jusqu'à Chengdu. Mais sur le chemin du retour, ils ont rencontré le célèbre Xu Lin, le Chevalier de Langzhong[1], et se sont à nouveau battus à cause d'un différent. Mais ils n'ont pas réussi à prendre le dessus, et le chevalier s'est emparé de leurs chevaux. Les deux hommes, furieux, sont partis chez Xu Lin pour reprendre leurs bêtes. Ils ont échoué, mais tué au passage deux personnes de la maisonnée.

— Vous dites tous que les autres sont des bandits, rétorqua Lüshi en pleurant, mais en réalité, vous êtes encore plus cruels qu'eux ! Un jour ou l'autre, le destin vous le fera payer ! »

Bao Zhilin, furieux, s'apprêtait à la frapper à nouveau. Mais en voyant son délicat petit visage, il retint sa main. Il l'insulta encore avec méchanceté et sortit. Devant la maison, il trouva Petite Grue en train de nourrir les chevaux. Il s'avança et lui asséna un grand coup de pied. L'enfant s'écroula.

« Bon sang ! C'est comme ça que tu nourris les chevaux ? lança Bao Zhilin. Avec ce genre de fourrage ? Tu as l'intention de les tuer ou quoi ! »

1. Langzhong : grande ville du Sichuan.

Petite Grue ne se laissa pas faire. Lu Zhizhong et Chen Zhijun durent venir les séparer :

« Mon frère, demanda Chen Zhijun à Bao Zhilin, as-tu vu les frères Long ? Sont-ils rentrés sains et saufs du Chuanbei ?

— Oui, répondit Petit Kunlun. Ce serait terrible si des disciples de l'ordre de Kunlun revenaient blessés d'une mission. Mais même si cette fois Long Zhiteng et Long Zhiqi ont perdu deux chevaux, leur réputation en est sortie grandie ! Cela fait honneur à notre écolc. Je suis resté chez eux plus d'une semaine, et chaque jour ils m'ont raconté de grandes choses. Ils ont beaucoup de respect pour Xu Lin, « le Chevalier de Langzhong », et remercient le ciel de l'avoir mis sur leur route. Ils ont réussi à le vaincre ! S'ils n'avaient pas été des disciples de Kunlun, il est certain qu'ils auraient payé un lourd tribut ! »

Bao Zhilin gesticulait et son visage s'illuminait totalement. Tout le monde s'approcha pour écouter son histoire : Liu Zhiyuan, Lu Zhizhong, Ma Zhixian, Qin Zhibao, et même Petite Grue. Le Petit Kunlun raconta comment les frères Long, en se rendant dans le Chuanbei, avaient tué beaucoup de brigands, puis affronté le Chevalier de Langzhong :

« Ils ont maintenant beaucoup d'ennemis. S'ils doivent à nouveau se rendre tous les deux dans la région pour une mission d'escorte, ça risque de mal tourner. C'est pourquoi Long Zhiteng m'a chargé de demander à mon père d'envoyer quelques hommes pour les aider. »

En entendant cela, les disciples, ne voulant pas laisser passer cette occasion, se pressèrent autour de Bao Zhilin :

« Qui le Maître compte-t-il envoyer, hein ?

— Mon père ne m'a rien dit encore. Mais les affaires marchent plutôt bien à Ziyang. Un garde du corps peut gagner en un an plusieurs centaines de taels. Cependant, quelqu'un d'incompétent ne fera pas l'affaire. Je pense que mon père me choisira moi. J'ai plus de trente ans maintenant ! Et je n'ai encore jamais parcouru le monde des Fleuves et des Lacs ! »

Ce jour-là, tout le monde ne pensa qu'à ça. Chacun espérait être envoyé à Ziyang pour seconder les frères Long. Mais le vieux boxeur ne dit pas un mot sur le sujet.

Les jours se succédèrent, et on arriva bientôt au début du printemps. Une nouvelle année lunaire commençait et le temps se radoucissait. Les champs et les saules se paraient de vert et on entendait le murmure des ruisseaux et des rivières, comme si la glace et la neige accumulées depuis plusieurs mois se déversaient dedans. La nature semblait revêtir ses plus beaux vêtements. Le mont Nanshan, dépouillé de neige, devenait de plus en plus vert. Petite Grue, qui chaque jour affichait un air renfrogné, subissait régulièrement les brimades de Bao Zhilin. Liu Zhiyuan et Qin Zhibao ne le traitaient pas non plus avec beaucoup d'égard, et le vieux Maître devenait de plus en plus distant et froid. Concernant les arts martiaux, il ne connaissait toujours rien de nouveau.

Un jour qu'il nettoyait le présentoir d'armes avec son oncle, la conversation s'engagea :

« Ce n'est pas bon pour toi de rester ici, lui dit Ma Zhixian à voix basse. Maître Bao ne s'occupe pas du tout de toi, et son fils ne te supporte pas. Bientôt les frères Long vont venir ici. S'ils apprennent que tu es le fils de Jiang Zhisheng, ils te tueront. Sauve-toi vite ! Va d'abord te cacher chez moi quelques jours. Après, je trouverai un moyen de réunir un peu d'argent pour que tu puisses t'en sortir ! »

Petite Grue semblait prévoir de s'enfuir depuis longtemps : il se retirait souvent dans un endroit isolé pour aiguiser son poignard, et, après le départ des disciples, quand il n'y avait plus personne devant la maison, il prenait le cheval blanc du Maître et partait galoper dehors. En peu de temps, il sut à peu près monter.

Un jour qu'il s'exerçait à cheval à l'extérieur du village, une douce et gracieuse mélodie parvint à ses oreilles. Le jeune garçon se retourna et aperçut trois jeunes filles qui portaient chacune un panier de bambou et marchaient tranquillement en chantonnant. Aluan était l'une d'elles. Le visage de Petite Grue s'illumina en la voyant :

« Hé ! cria-t-il. C'est vraiment très joli ce que vous chantez.

— Tu montes à cheval ! s'exclama Aluan en relevant la tête et en le pointant du doigt. Si mon oncle l'apprend, tu vas te faire gronder. Rentre vite !

— Je ne rentrerai pas ! fit le jeune garçon en secouant la tête. Je me dois d'écouter votre chanson jusqu'au bout. Alors seulement je partirai !

— Dans ce cas nous ne chantons plus ! » fit Aluan en regardant ses deux amies.

Petite Grue descendit de cheval, mit sa monture en travers du chemin et tendit le bras :

« Je ne partirai pas tant que vous n'aurez pas terminé votre chanson. Je ne vous laisserai pas partir non plus ! »

Aluan prit un air sévère et fit de gros yeux : cela la rendait encore plus belle. Posant une main sur ses hanches, elle s'écria, furieuse :

« Et pourquoi tu ne nous laisserais pas partir ? Tu es un bandit ?

— C'est exact ! Je suis un bandit ! Vous, vous représentez une escorte, et vos corbeilles de bambous le chargement que vous protégez. Si vous me les laissez, alors je vous libère ! »

Aluan cracha avec force et répondit en raillant le jeune garçon :

« Qui voudrait jouer avec toi ? On doit encore aller ramasser de l'armoise ! Petite Grue ! rajouta-t-elle d'un ton modéré. Je te le redis pour ton bien. Dépêche-toi de rentrer ! Sinon mon oncle va te frapper. Pourquoi tu le provoques, hein ? »

Petite Grue la trouvait vraiment délicieuse.

« C'est bon, je vous laisse partir, fit-il en riant. Mais quand vous aurez ramassé l'armoise, vous devrez m'en donner les meilleurs brins !

— Pourquoi, hein ? » s'écrièrent les deux autres filles en ouvrant de grands yeux.

Aluan leur fit un clin d'œil :

« C'est bon ! Mais on ne te laissera en choisir que trois brins. Tu n'as pas besoin d'armoise de toute façon.

— Bien ! Trois brins me suffiront. Vous pouvez partir ! »

Petite Grue déplaça son cheval et les trois jeunes filles s'enfuirent en courant, puis se retournèrent tout sourire et crièrent :

« On t'a eu ! Tu n'auras même pas un brin !

— Ah ! Vous avez osé vous moquer de moi ? » rétorqua Petite Grue qui remonta en selle et se lança à leur poursuite.

Les trois jeunes filles filaient comme des hirondelles. Elles sautèrent par-dessus une petite digue au milieu de la rizière, et se retournèrent en gloussant. Puis elles reprirent leur chanson pour taquiner Petite Grue. Le garçon, furieux, descendit de cheval et franchit à son tour la digue. Mais il entendit soudain une grosse voix derrière son dos :

« Reviens ici ! »

C'était Bao Zhilin qui arrivait par le nord. Petite Grue, stupéfait, restait planté là avec son cheval. Bao Zhilin, furieux, lui asséna plusieurs coups de pied :

« Engeance de tortue ! Tu as encore volé un cheval ! »

Petite Grue ne rendit pas les coups : trop jeune et trop faible, cela n'aurait servi à rien. Alors il se jeta de côté. Bao Zhilin monta sur le cheval, l'insulta et partit au galop en direction du village.

Le garçon s'assit tristement, la tête baissée, et gratta le sol avec sa main. Aluan tendit alors son panier à ses camarades, repassa par-dessus la digue et s'accroupit près de Petite Grue :

« Ça va ? Il t'a frappé où ? Est-ce que tu as mal ? »

Le jeune garçon gardait la tête baissée sans dire un mot. Aluan posa une main sur son épaule et pencha la tête :

« Quoi ! Tu pleures ? »

Petite Grue ne pleurait pas. Mais en entendant parler ainsi la jeune fille, des larmes se mirent à couler sur son visage et tombèrent sur le sol. Semblant très peinée, Aluan essuya les larmes du dos de la main :

« Tu ferais mieux de partir ! Tôt ou tard ils vont finir par te battre à mort !

— Je partirai... Mais avant, il me reste quelque chose à terminer ! répondit Petite Grue en s'essuyant le visage avec sa manche.

— Quoi donc ? Tu es inquiet parce que tu n'as pas d'argent, c'est ça ?

— C'est vrai, je n'ai pas d'argent. Mais il ne s'agit pas de cela. J'ai encore une chose à faire, c'est tout ! »

Il se releva. Aluan se mit debout elle aussi. Petite Grue attrapa ses petites mains et lui recommanda sur un ton solennel :

« Il ne faut dire à personne que je vais m'en aller. Si tu parles, je suis mort !

— Je ne dirai rien ! répondit la jeune fille apeurée et livide en secouant la tête.

— Alors retourne vite couper de l'armoise. Je dois y aller. »

Il rentra à pas lents, la tête baissée, pendant qu'Aluan rejoignait ses amies.

Quelques jours passèrent, et le temps s'adoucit de plus en plus. Chaque matin, Aluan allait s'entraîner avec les disciples, et l'après-midi elle partait jouer avec son joli cerf-volant en forme de papillon auquel elle tenait beaucoup, un cadeau envoyé de Hanzhong par son père Bao Zhiyun. Ainsi la vie de la petite fille se déroulait-elle paisiblement, alors que celle de Petite Grue devenait chaque jour plus pénible : Bao Zhilin ne lui donnait à présent plus rien à faire d'autre que de nourrir les chevaux et les cochons, et le faisait dormir dans une petite hutte couverte de chaume à côté de la porcherie. Après quelques jours à ce rythme, le jeune garçon était devenu comme les cochons qu'il nourrissait : tout crasseux, avec un horrible visage sale. Pourtant, il gardait le moral et son visage se décrispait : il savait que les frères Long allaient bientôt arriver de Ziyang. Sans compter que son oncle Ma Zhixian, qui le pressait de s'enfuir, avait déjà réuni pour lui près de cinq taels ! Le jeune garçon, prenant son mal en patience, portait toujours son poignard sur lui, et personne ne se doutait de ce qu'il mijotait.

Un jour, après le déjeuner, il mena une dizaine de cochons au bord du ruisseau, à l'extérieur du village. Il les laissa boire librement et s'assit tranquillement, pensant à ses projets, tantôt ricanant, tantôt grinçant des dents. Personne ne faisait attention à lui. Il resta ainsi un long moment avant que n'arrive Aluan. La jeune fille franchit en courant le petit pont et s'arrêta au bord du ruisseau :

« Petite Grue ! Petite Grue ! lui dit-elle avec empressement. Mon cerf-volant est resté accroché dans un arbre ! Je ne peux pas l'attraper ! Monte dans l'arbre me le chercher ! »

Dès qu'il voyait Aluan, Petite Grue, sans comprendre pourquoi, se sentait aussitôt le cœur rempli de joie. La jeune fille exerçait sur lui une sorte de magie qui le consolait d'un coup de tous ses malheurs.

« Je m'en moque ! répondit-il exprès en riant et en secouant la tête.

— Cher Petite Grue ! Va me le décrocher ! Je ne peux pas me passer de mon cerf-volant papillon ! Aide-moi ! »

La jeune fille frappait du pied et faisait la moue, comme si elle allait pleurer. Petite Grue se releva :

« Comment feras-tu quand je serai parti ? Qui ira te décrocher ton cerf-volant, hein ?

— Quand tu ne seras plus là, il fera chaud, et je ne ferai plus voler mon cerf-volant. Et puis tu ne vas pas partir pour toujours ! J'attendrai que tu rentres pour jouer à nouveau avec ! »

Petite Grue grogna et soupira. « Vais-je seulement revenir ? » pensa-t-il. Puis, prenant sa perche de bambou, il fit avancer les cochons et suivit Aluan. Il aperçut non loin du ruisseau un grand saule aux hautes branches qui retenaient le cerf-volant prisonnier. La jeune fille brûlait d'impatience. Elle tendit les bras et tapa du pied en suppliant le jeune garçon :

« Petite Grue ! Mon bon Petite Grue ! Va vite le chercher ! »

Le petit visage beau comme une fleur de pêcher fit une forte impression à Petite Grue : « Si je pars, pensa-t-il contrarié, qui sait quand je reviendrai ? D'ici là, je serai devenu un homme, et Aluan une jeune femme. Peut-être qu'elle sera mariée ! Alors elle se moquera de me revoir. Se rappellera-t-elle seulement cette histoire de cerf-volant ? »

« Non. Je ne monterai pas dans cet arbre !

— Mon bon Petite Grue ! le supplia encore Aluan en le tirant par le bras. Va me le chercher ! Je sais que tu peux y arriver ! »

Le jeune garçon fronça les sourcils et réfléchit un moment, puis sourit :

« Je ne peux quand même pas monter dans cet arbre pour rien ! Tu dois m'accorder une faveur avant.

— Tout ce que tu veux ! répondit Aluan en souriant.

— Si je t'appelle “ma petite femme”, tu devras me répondre ! »

En entendant cela, Aluan rougit délicatement comme une fleur. Elle voulait feindre la fille en colère et frapper Petite Grue, mais comme elle craignait de ne plus revoir son cerf-volant, elle se mordit la lèvre et acquiesça d'un signe de tête. Aussitôt, Petite Grue, galvanisé, jeta sa perche de bambou et monta dans l'arbre en croisant les jambes, agile et leste comme un singe. Il arriva en haut en un rien de temps, empoigna une branche et attrapa doucement le cerf-volant en forme de papillon.

En bas, Aluan, tête levée, tendait les deux bras :

« Jette-le moi ! »

Mais Petite Grue refusa. Gardant le cerf-volant à la main, il amorça lentement la descente. Puis, à près de trois mètres du sol, il sauta au pied de l'arbre.

« Je peux le dire ? » fit-il en riant aux éclats, le cerf-volant à la main. Puis il rougit, et lança un « ma petite femme ! ».

Le visage d'Aluan devint encore plus rouge. Elle tendit sa petite main et attrapa le cerf-volant, puis, se retournant pour voir si personne n'arrivait, se mordit la lèvre, hésita un moment, et répondit doucement. Ensuite, elle fit volte-face et partit en courant sans se retourner.

Petite Grue sourit, heureux. « De toute façon, pensa-t-il, elle sera ma femme un jour ! J'étudierai les arts martiaux, je me vengerai, et j'ouvrirai une agence d'escorte. Je reviendrai monté sur un grand cheval et vêtu de somptueux habits, et je l'épouserai. » Il ramassa sa perche de bambou et la brandit. Il ressentait une joie immense. Mais soudain, il aperçut au sud-est un nuage de poussière : deux grands chevaux noirs arrivaient au galop, tels deux immenses corbeaux. Les cavaliers, âgés d'une trentaine d'années et bien bâtis, avec une stature impressionnante, arboraient une expression féroce. Dans un grand bruit de martèlement de sabots, ils passèrent devant Petite Grue et tracèrent vers le village de Bao.

Stupéfait, le jeune garçon se dépêcha de rentrer avec les cochons. Quand il arriva chez le Maître, il vit les deux chevaux noirs attachés devant l'entrée. Il ramena les cochons dans la porcherie et pénétra dans la maison. De nombreuses personnes bavardaient dans les appartements de l'aile sud : Chen Zhijun, Liu Zhiyuan, Bao Zhilin et les deux visiteurs. Les conversations étaient ponctuées de « deuxième frère Long » et « troisième frère Long ». Petite Grue comprit aussitôt qu'il s'agissait de ses ennemis personnels, les assassins de son père, et son regard s'assombrit.

« Dégage d'ici ! lui lança Bao Zhilin en l'apercevant. Comment oses-tu prendre la liberté de venir dans cette pièce ? Va donc t'occuper des chevaux ! »

Alors que Petite Grue s'apprêtait à s'exécuter, le Petit Kunlun arriva sur lui en courant et le saisit par le bras. Craignant de se faire tuer, le garçon sortit son poignard. Bao Zhilin se contenta de rire et de montrer Petite Grue aux frères Long :

« Vous savez qui c'est ? lança-t-il. C'est le fils de Jiang Zhisheng ! Vous vous souvenez comme son père était beau ? Eh bien regardez-le ! On dirait un chien de chasse ! »

Les deux frères éclatèrent de rire. Bao Zhilin poussa le garçon dehors et se retourna :

« Mon père pensait jadis que ce gamin était extraordinaire. Mais maintenant, il sait que ce n'est qu'un idiot ! »

De nouveaux éclats de rire retentirent. Petite Grue se résigna et sortit détacher les chevaux. Il aperçut Aluan qui arrivait en courant. En voyant le visage tout rouge du garçon, elle lui fit un gracieux sourire puis rentra dans la maison. « Aluan, sois patiente, se dit-il. Je ferai en sorte qu'un jour tu puisses m'estimer ».

Il mena les chevaux à l'écurie, voisine de la porcherie, et qui faisait la jonction avec la petite cour de la maison. Il y avait aussi une barrière en bois qui donnait sur l'extérieur et qu'on fermait à clé le soir. Petite Grue nourrit tous les chevaux : la rage le rongeait de l'intérieur. Si seulement il pouvait vite faire nuit ! Mais le soleil semblait vouloir se coucher encore plus tard que les autres jours. Alors il courut s'accroupir devant la porte et réfléchit.

Un moment plus tard, il vit arriver Qin Zhibao et Lu Zhizhong. Puis ce fut au tour de Ma Zhixian. Le disciple jeta un œil alentour, puis, s'adressant à son neveu avec empressement :

« Toi alors ! Ça fait plusieurs jours que je t'ai donné de l'argent. Je t'ai dit de t'enfuir ! Un enfant de quatorze ans comme toi trouvera toujours où se nourrir, non ? Tu n'es pas parti, et maintenant les frères Long t'ont vu. Heureusement qu'ils n'ont pas fait attention à toi, sinon tu serais mort ! Cette fois-ci, ils vont bien rester sept ou huit jours. Bao Zhilin ou son père vont finir par leur raconter cette histoire de vengeance. Tu crois qu'ils ne feront rien ? Sauve-toi, et vite ! »

Il trépignait de nervosité. Petite Grue quant à lui restait accroupi sans bouger :

« Je n'ai pas peur ! » lança-t-il avec fierté.

Ma Zhixian tapa encore du pied en exhalant un soupir. N'osant pas s'attarder avec Petite Grue, il retourna à l'intérieur. Un instant plus tard, on entendit les clameurs du jeu de mourre[1] et les invitations à boire. Le jeune garçon s'assit par terre et balaya le sol de la main.

Un long moment passa, lorsque Aluan sortit en courant :

« Tu ne vas pas manger, Petite Grue ? »

Le garçon se releva paresseusement et la suivit. Juste à cet instant, le vieux Bao sortait de l'aile nord.

---

1. Jeu de mourre : jeu qui consiste à dresser en même temps et rapidement un certain nombre de doigts en criant un chiffre. Celui des deux joueurs qui donne le chiffre correspondant au total de doigts tendus gagne.

Avec des yeux encore plus brillants qu'auparavant, il lança un regard à Petite Grue. Le garçon baissa la tête et rentra. Il prit un bol de reste de riz et partit le manger dehors, accroupi au pied du mur.

Le vieux boxeur s'approcha et lui dit sur un ton doux :

« Comment se fait-il que tu n'ailles pas manger à l'intérieur ? Il fait très froid dehors !

— Ça ne fait rien. Ici, ça va !

— Tu es vraiment très robuste, mon garçon », rétorqua Maître Bao en souriant.

Petite Grue leva la tête : l'haleine du vieil homme empestait l'alcool. Le Maître retourna dans la pièce du nord. Dans l'aile opposée, les hommes riaient toujours de bon cœur. Puis Ma Zhixian, Lu Zhizhong et les autres finirent par s'en aller.

Une fois son bol terminé, Petite Grue rentra dans l'écurie. Il prépara un tapis de feutre et une selle, puis partit se reposer dans la petite hutte adjacente à la porcherie. Son cœur battait très vite à cause de l'excitation.

La nuit tomba bientôt. Le jeune garçon sortit doucement dans la cour : dans les ailes nord et sud, on voyait encore briller les lumières des lampes et des bougies, et on entendait discuter les frères Long, qui parlaient sur un ton rude et rauque, comme s'ils se disputaient. Petite Grue comprit quelques mots :

« Sale vaurien de Xu Lin ! Il se débrouille vraiment bien à l'épée. Heureusement que nous étions deux, sinon on se serait trouvé mal ! »

Le cœur de Petite Grue ne fit qu'un bond : la technique en arts martiaux de ce Chevalier de Langzhong devait certainement largement surpasser celle des deux frères. Il retourna à l'écurie et sella le cheval blanc qu'il montait habituellement. Puis il ouvrit doucement la porte qui donnait sur l'extérieur, sortit le cheval, referma la porte, monta en selle et quitta le village au galop. L'obscurité régnait, plus personne ne se trouvait dehors.

Petite Grue s'arrêta et attacha son cheval à un gros arbre en bordure du chemin. Il se mit debout et essaya de retrouver ses repères. Puis il retourna en ricanant au village de Bao. Une fois dans l'écurie, au lieu de bien fermer la porte et de poser une grosse pierre derrière, comme d'habitude, il la laissa entrouverte. Il fit le tour de la sombre pièce : les chevaux semblaient dormir et ne bougeaient presque pas. Le jeune garçon se sentit soudain un peu triste.

Il retourna dans la hutte et y resta un long moment. On sonna bientôt la troisième veille. « Oh ! Presque minuit, déjà ! » se dit-il. Il sortit son poignard, et, le dos courbé, se dirigea doucement dans la cour : l'aile sud était plongée dans l'obscurité, et des ronflements sonores s'élevaient de la pièce où dormaient les deux frères. Par contre, il y avait toujours de la lumière dans les appartements du nord, et on entendait le vieux boxeur tousser. « Cette vieille carcasse ne dort toujours pas ! » pensa Petite Grue, qui retourna brûlant dans la hutte près de l'écurie, son arme à la main.

Il attendit encore un long moment et on sonna la quatrième veille. Alors qu'il s'apprêtait à ressortir, il entendit soudain dans la cour quelqu'un tousser avec force, comme s'il voulait réveiller les gens endormis. Il reconnut Maître Bao : « Se pourrait-il que le vieillard ait deviné mes plans ? » maugréa-t-il. La peur l'envahit et son cœur s'emballa.

S'il attendait encore, le jour finirait par se lever. Il se sentait tellement nerveux qu'il aurait voulu se poignarder lui-même. « Qu'est-ce que je vais faire ? Dans un moment les disciples vont arriver pour leur entraînement, et les frères Long vont se réveiller ! » En désespoir de cause, il sortit précipitamment de la hutte et se rendit dans la cour. Il se tint fléchi dans un coin et regarda alentour : plus de lumière à présent dans l'aile nord. On percevait toujours des ronflements sonores s'élever de l'aile sud. Dans le ciel, les étoiles brillaient encore, et il faisait toujours très noir : le calme régnait.

Petite Grue ne pouvait plus se permettre d'attendre : il se redressa et se dirigea vers les appartements des frères Long. Il poussa la porte, mais elle était bien fermée. Le jeune garçon grinça des dents de nervosité. Il prit son poignard entre les dents et poussa des deux mains. « Vlan ! », la porte s'ouvrit : il saisit son arme et se précipita à l'intérieur, manquant de trébucher sur un tabouret. Les deux frères se réveillèrent en sursaut. Petite Grue arriva sur l'un des frères, et, sans se soucier duquel il s'agissait, le frappa violemment avec son poignard. « Aïyo ! », la victime s'écroula par terre, et le garçon s'enfuit en courant.

« Au voleur ! » cria Bao Zhenfei.

Petite Grue courut précipitamment vers l'écurie et sortit à toutes jambes par la porte qui donnait sur l'extérieur. Arrivé près de son arbre, il trancha la longe de son cheval, sauta en selle et partit au galop.

Il ignorait où il se trouvait. Son cheval passa sur un pont de bois et s'engagea sur un chemin sinueux. Des bruits de sabots résonnaient derrière lui : « Bon sang ! Ils sont à ma poursuite ! » Il frappa son cheval pour le faire avancer plus vite et galopa sans s'arrêter jusqu'à la pointe du jour. Alors, il put distinguer sur sa droite des montagnes, sur sa gauche un petit ruisseau, et devant lui un sentier sinueux. Il se retourna mais n'aperçut pas ses poursuivants. Ravi, il reprit son souffle, puis se remit en route.

Le soleil se levait face à lui, les nuages s'empourpraient. Il comprit qu'il se dirigeait vers l'est, et que les montagnes sur sa droite se trouvaient au sud. Il galopa encore sur une trentaine de lis. Le soleil brillait. Il aperçut tout à coup sur sa droite un sentier : « Je vais m'engager dans la montagne, pensa-t-il. Ils n'arriveront sûrement pas à me rattraper ! » Alors il fit avancer son cheval, dont les bruits de sabot résonnèrent distinctement.

De petits oiseaux, surpris, s'envolèrent en piaillant. Petite Grue, exténué, tira un peu sur les rênes. Il regarda le poignard ensanglanté qu'il tenait encore. Sa main ainsi que ses vêtements étaient tachés de rouge. « Je l'ai sans doute tué ! pensa-t-il, fier de lui. Je me demande duquel des deux frères il s'agit… Peu importe, cela venge quand même en partie mon père. Maintenant, le Maître doit me détester ! Mais je n'ai pas peur de lui. Même si ce vieillard pénétrait dans la montagne, il ne pourrait pas me rattraper ! »

Le sentier devenait de plus en plus étroit et abrupt. « Qu'est-ce que ça veut dire ? Je me suis trompé de chemin ? » Le jeune garçon descendit de cheval, attacha l'animal à un arbre et continua de grimper à pied. Il montait de plus en plus haut. Mais il s'agissait d'une impasse. « Quelle poisse ! se dit-il. C'est vraiment une catastrophe ! Mais pourquoi me suis-je embarqué dans une impasse ! » Alors qu'il allait reprendre son ascension, il entendit le murmure de l'eau, et aperçut une source qui jaillissait à flanc de montagne et éclaboussait les rochers. Il s'approcha et nettoya les traces de sang sur son poignard, puis se lava les mains et se désaltéra. Cela lui fit beaucoup de bien. Il replaça son arme sur sa poitrine et redescendit en s'agrippant aux rochers. Puis il fit faire demi-tour à son cheval, cassa une fine branche qui lui servirait de cravache, monta en selle et repartit par où il était venu.

Alors qu'il sortait d'un défilé de montagne, il vit arriver de l'ouest un grand cheval noir : c'était Lu Zhizhong. Sursautant de peur, il accéléra en direction de l'est. Mais Lu Zhizhong se lança à sa poursuite et le rattrapa au bout de trois ou quatre lis. Le chemin se terminait là : alors Petite Grue tira sur les rênes et sortit son poignard. « Il ne nous reste plus qu'à nous battre ! » pensa-t-il. Quand Lu Zhizhong arriverait, il sauterait de son cheval et s'engagerait avec le disciple dans un combat acharné.

Lu Zhizhong s'était arrêté à quelques pas. Il ne portait pas d'armes, ni sur lui, ni sur son cheval.

« Ne pars pas si vite, petit téméraire ! dit-il au jeune garçon. Prends la direction de l'est. Quand tu verras un sentier montagneux qui part vers le sud, prends-le, et tu arriveras dans le nord du Sichuan. Va-t'en ! Vite ! Ils vont bientôt arriver ! »

Petite Grue comprit alors que Lu Zhizhong lui voulait du bien. Il lança son cheval au galop, en direction de l'est. Un court instant plus tard, il aperçut un chemin large et plat. Il cravacha et s'y engagea. Il serpenta un moment avant d'arriver devant une étendue déserte, et comprit alors qu'il avait franchi les montagnes Ba et venait d'arriver dans le nord du Sichuan. Redoutant toujours de se faire rattraper par Bao Zhenfei et ses hommes, il ne ralentit pas la cadence et continua de galoper en direction du sud.

Les villages se succédaient, de plus en plus nombreux. Il y avait aussi des passants. Petite Grue se rasséréna peu à peu : « Avec tous ces gens sur la route, que pourront-ils faire s'ils me rattrapent ? Ils ne vont quand même pas me tuer sur place ! » Rassuré, il ralentit sa course. Il parcourut encore près de cinquante lis, jusqu'à ce que le soleil pointe midi. Il était affamé. Il demanda sa route à des passants : s'il continuait encore sur plus de dix lis vers le sud, il arriverait au district de Wanyuan, « les Dix Mille Sources ». Alors, essuyant avec ses manches la sueur qui perlait sur son front, il reprit son souffle et se remit en route.

Wanyuan, grande ville du nord du Sichuan, était située sur la rive est de la rivière Houjiang, cours supérieur de Bashui, qui se jetait dans le fleuve Jialing. L'eau y étant peu profonde, on ne pouvait pas y naviguer sur de grands bateaux. Mais par contre on trouvait d'innombrables sampans qui transportaient vers le sud des marchandises en provenance du Shaannan, et le commerce prospérait.

Petite Grue entra dans la ville. Les rues, tellement plus animées que celles de Zhenba, l'enchantèrent : « Après tout, c'est une bonne chose d'avoir quitté la province. Je peux maintenant parcourir le monde des Fleuves et des Lacs, et j'ai même un cheval et de l'argent. Dommage que je ne possède pas une arme plus grande. Si je portais un sabre ou une épée de valeur, je passerais pour un héros ! » Alors, prenant des airs de grande personne, il déambula dans la rue. Il renversa presque un passant, mais ne pouvait se permettre de descendre de cheval. Arrivé à un croisement, il aperçut un immense restaurant, avec devant l'entrée plusieurs chars qui arboraient un drapeau blanc de forme triangulaire avec des caractères écrits dessus. Petite Grue ne savait pas lire, mais comprit qu'il s'agissait de chars d'escorte armée, comme il en avait déjà vu à Zhenba. Ravi, il mit pied à terre et attacha son cheval à un pieu. Puis, prenant les manières d'un chevalier errant, il rentra dans le restaurant et monta fièrement à l'étage. Un employé l'arrêta :

« Hé ! Tu cherches qui ?

— Je viens boire un coup ! » répondit Petite Grue en bombant le torse et en fixant l'homme dans les yeux.

Il trouva une table, enjamba le banc de bois et s'assit.

« Qu'on m'apporte une bouteille ! cria-t-il en balançant la tête.

— Tu bois ? Vraiment ? demanda l'employé en riant.

— Quoi ? lança le garçon indigné. Tu me prends pour qui ? »

Il fouilla dans sa poche, en sortit les cinq taels donnés par Ma Zhixian et les posa violemment sur la table. Puis il sortit son poignard et le plaça devant lui. Le serveur ne put s'empêcher de rire, bientôt imité par les clients.

« Quoi ? Vous trouvez que je suis jeune ? C'est ça ? fit Petite Grue en grommelant. Mais je parcours le monde du Jianghu depuis longtemps déjà ! On me connaît dans le sud du Shaanxi et le nord du Sichuan. Regardez cet argent ! Ne vous en faites pas, je paierai mes consommations. Allez ! Va vite me chercher à manger et à boire ! Je suis pressé, j'ai encore de la route à faire. Mon cheval blanc attend dehors, qu'on lui donne à manger, et du bon fourrage !

— Très bien ! » répondit l'employé, pendant que les autres éclataient de rire.

Petite Grue se retourna et leur lança un regard furieux : « Un chevalier ne doit pas se laisser marcher sur les pieds, pensa-t-il. Si on tolère une petite mesquinerie, une grande suivra ! » Alors il les insulta.

Un instant plus tard, on lui apporta les plats et le vin. Petite Grue regardait autour de lui tout en mangeant et en buvant : la plupart des clients semblaient être des gardes d'escorte ou des chevaliers. Ils portaient tous de beaux habits et en imposaient. Petite Grue, quant à lui, n'avait qu'un fin pantalon troué taché d'excréments de cochons. Ses pieds, pleins de boue, nageaient dans des chaussures de toile tout usées, et on pouvait voir ses orteils, comme un badaud. Sur les épaules, il portait une vieille veste ouatée dont on voyait le coton à certains endroits. Il faisait chaud et les poux le dévoraient : tout son corps le démangeait.

« Ça ne va pas ! pensa-t-il. Je ne peux pas devenir chevalier errant avec ce genre de tenue ! Pas étonnant que tout le monde me méprise ici, je ne suis qu'un gardien de porcs qui vient manger. Je n'ai rien d'un preux chevalier ! » Alors il décida de s'acheter des habits neufs. Mais sans doute qu'il n'aurait pas assez d'argent. Il réfléchit un moment et pensa au vol, mais s'ôta aussitôt cette idée de l'esprit : « Un voleur n'est pas un brave homme. Même si je meurs de faim, je ne volerai pas ! » Il continua à boire et à manger, l'air morose. Son regard s'arrêta sur le poignard posé sur la table, et il repensa à cette nuit, où, deux ans auparavant, le vieux Bao lui avait offert cette arme au milieu du champ. Les nerfs à vif, il frappa sur la table en injuriant :

« Espèce de sale vieille créature ! Je te tuerai tôt ou tard ! »

Soudain, un homme attablé contre le mur se leva. Il s'approcha et tapota l'épaule de Petite Grue :

« D'où viens-tu, petit frère ? » lui demanda-t-il en souriant.

Le garçon leva la tête et aperçut un homme maigre, vêtu d'un pantalon et d'une veste doublée noirs bien propres. Il avait dans la trentaine, un visage jaune et de petits yeux, des lèvres très épaisses, une natte enroulée sur la tête : il s'agissait sans doute d'un aventurier du Jianghu.

Chapitre III

Il brandit son poignard pour assouvir sa vengeance,
Et part seul à cheval dans le monde des Fleuves et des Lacs ;
Libéré de ses chaînes, il se retrouve dans la montagne,
Son voyage est semé d'embûches.

Petite Grue se leva et salua en portant ses mains à hauteur de la poitrine[1] :

« Je viens du district de Zhenba, mon frère ! »

Il regretta aussitôt ses paroles : même s'il avait franchi la montagne et atteint une autre province, Zhenba restait une ville voisine. Et si cet homme connaissait le vieux Bao ou bien les frères Long, il ne manquerait pas de leur porter des nouvelles, on se lancerait à sa poursuite, et l'histoire s'arrêterait là ! Alors il rajouta :

« Je viens de Xi'an. Après cinq jours de route, je suis arrivé à Zhenba, où j'ai passé une nuit avant de venir ici. »

Se rendant compte que Petite Grue se trompait sur les distances, l'homme ne put se retenir de rire.

1. Il y a deux façons de se saluer entre hommes du Jianghu : mains jointes au niveau de la poitrine, et également un poing enveloppé dans la paume de l'autre main, les coudes à l'horizontale, le « salut à la chinoise ».

« À qui ai-je l'honneur de parler, petit frère ? demanda-t-il.

— Tu me flattes ! répondit Petite Grue en saluant à nouveau. Je m'appelle Xiaohe, mon nom est Jiang. On me surnomme… »

Il pensa : « Dans le monde des Fleuves et des Lacs, tout le monde a un surnom… Je dois en avoir un moi aussi ! Et il faut que ce soit un nom terrible ! »

« On me surnomme "le Tigre à trois têtes" ! » reprit-il.

L'homme éclata de rire :

« Mesdames et messieurs, regardez tous ! dit-il en caressant la tête de l'enfant. Ce petit homme se déclare le "Tigre à trois têtes" ! »

Toute la salle se mit à rire. Petite Grue, furieux, attrapa l'homme d'une main :

« Maintcnant que tu as posé ta question, c'est mon tour ! Quel est ton nom ? Quel est ton prénom ? Et ton surnom ?

— Je ne peux pas te le dire, répondit l'autre en riant. Je ne peux pas rivaliser avec toi. Je n'ai qu'une seule tête ! »

Petite Grue, conscient que son interlocuteur faisait exprès de se jouer de lui, brandit les poings pour le défier.

« Comment ? Petit frère, tu veux vraiment te mesurer à moi… »

Il n'eut pas le temps de finir que « paf ! », Petite Grue le frappa à la poitrine. L'homme, projeté en arrière, atterrit sur un client. Cela cloua l'assistance : certains lancèrent de bruyants « Bravo ! » tandis que d'autres relevèrent leurs manches pour venir s'en prendre au garçon. Petite Grue ricana et saisit son poignard. Puis, posant un pied sur le banc, il frappa du poing sur la table et lança avec colère :

« Comment osez-vous me brimer ? Le petit seigneur Jiang parcourt le Jianghu depuis plus de dix ans ! Il a défait le Maître Bao de l'école de Kunlun, et a blessé avec ce poignard les frères Long de Ziyang. Si je viens aujourd'hui dans le nord du Sichuan, c'est pour trouver le Chevalier de Langzhong ! Et vous avez l'audace de me malmener ? »

Ces paroles effrayèrent l'auditoire, et ceux qui s'étaient levés se rassirent. Le provocateur, bien que vert de rage, n'osa plus s'approcher.

Satisfait de lui, Petite Grue planta son poignard dans la table et se reversa à boire. Il n'avait pas bu deux coupes lorsque soudain retentit un grand bruit : Lu Zhizhong et Chen Zhijun venaient de faire irruption dans le restaurant, armés de sabres.

« Alors tu es là, mon garçon ! cria Zhizhong en le pointant du doigt. Rentre avec nous, et vite ! »

Il fit un clin d'œil à Petite Grue, tandis que Chen Zhijun s'approchait pour l'attraper. Le jeune garçon se réfugia derrière la table, son arme à la main.

« Lequel de vous deux arrivera à m'attraper ? » dit-il furieux.

Mais un autre homme monta l'escalier : il s'agissait de Long Zhiqi, « le Tigre qui pousse les montagnes ». Il tenait un long sabre à la main, avec son gros visage sombre et son regard foudroyant. Petite Grue, mort de peur, courut à la fenêtre et l'ouvrit violemment. Long Zhiqi frappa : la lame passa à seulement trente centimètres du jeune garçon, qui d'un bond sauta dans la rue. Dans le restaurant, l'agitation était à son comble. Petite Grue trancha la longe d'un cheval, l'enfourcha et partit en trombe. Tous les passants, effrayés, s'écartaient pour lui laisser le passage. Il donna des claques sur la cuisse de sa monture, sortit par la porte sud de la ville, suivit la grande route et s'enfuit désespérément. Ce n'est qu'au bout d'un long moment qu'il tira sur les rênes et regarda derrière lui. Il aperçut au loin un nuage de poussière : on le poursuivait. Ne pouvant se permettre de traîner, il repartit en toute hâte. Son cheval volait comme un dragon :

ses quatre pattes semblaient ne pas toucher le sol, et il parcourut plus de soixante lis en un rien de temps.

Petite Grue, à bout de force, faillit chuter à plusieurs reprises. Il n'arrivait plus à ralentir son cheval, qui galopait comme s'il était devenu fou. Sur la route, les gens, stupéfaits, criaient en agitant les bras, mais personne n'avait le courage d'arrêter la bête. Cependant, la nécessité rend inventif : Petite Grue enleva ses pieds des étriers, posa une jambe sur le dos du cheval, et, utilisant ses dernières forces, poussa sur la selle avec ses deux mains. Projeté dans les airs, il tomba par terre. Son nez pissait le sang. Quant au cheval, il continua à galoper sans s'arrêter.

Le jeune garçon gisait sur le sol. Il s'assit, tira de sa veste deux bouts de coton qu'il mit dans ses narines, reprit son souffle et se releva : plus de traces du poignard. Des passants s'approchaient :

« Tu es blessé ? demandaient certains.

— Toi mon petit, tu sais vraiment monter ! disaient d'autres, admiratifs. Heureusement que tu es tombé sur le côté, comme ça au pis tu t'es écorché le visage. Si c'était ton cheval qui était tombé à la renverse, avec ses sabots, il t'aurait tué ! »

C'est alors qu'on ramena le cheval, toujours aussi fougueux. Il ne s'agissait pas du cheval blanc de Petite Grue : c'était un étalon vigoureux, noir comme du charbon, avec une stature imposante et une longue crinière. Il plut beaucoup au jeune garçon, qui, avec l'aide des passants, arriva à le maîtriser.

L'animal n'arrêtait pas de ruer. Petite Grue le poussa comme il put en tenant fermement les rênes et l'attacha très court à un arbre massif. Le cheval se débattait toujours, et finit par creuser deux grands trous dans le sol. Puis, petit à petit, il devint plus docile et s'ébroua. Petite Grue s'assit par terre et reprit son souffle. Le coton n'avait pas tenu, et le sang coulait à nouveau. Contrarié, il retira sa veste et marmonna : « Saleté ! »

Il tira une nouvelle fois deux bouts de coton qu'il mit dans ses narines. La sueur ne s'arrêtait plus de couler sur son torse dénudé et le chatouillait comme si des poux lui grimpaient dessus. Il tourna la tête pour regarder le cheval noir : l'animal était trempé de sueur lui aussi. Les passants se dispersèrent, et Petite Grue resta seul. Il revécut dans sa tête la scène palpitante qui venait de se produire : l'audace impressionnante dont il avait fait preuve dans le restaurant, puis l'arrivée de Lu Zhizhong et de Chen Zhijun. Face à eux deux, il s'en serait sorti. Mais face à Long Zhiqi…

« Se pourrait-il qu'hier soir j'ai tué la mauvaise personne ? se demanda le garçon. Ma victime portait-elle seulement le nom de Long ? » Il repensa ensuite à sa fuite : le saut du premier étage du restaurant et la folle chevauchée. Il éprouvait à la fois de la joie et du ressentiment. Il craignait également de voir surgir Long Zhiqi et les deux disciples.

Du coup, il n'osa pas s'attarder. Il se releva lentement et fit deux pas : sa jambe droite le faisait souffrir. Il s'était sans doute blessé en sautant dans la rue, ou bien en tombant de cheval. Il grommela et renfila sa veste. Puis il observa le cheval : il n'avait qu'une selle et une bride pour seul harnachement. Le garçon avait laissé ses cinq taels dans le restaurant, et ne possédait plus d'arme non plus. Quel chevalier ! Il resta debout et pensif un moment : il pouvait très bien vendre le cheval, et avec l'argent qu'il en obtiendrait s'acheter un sabre, des vêtements, et payer les frais du voyage. Mais en y regardant de plus près, il lui semblait connaître cet animal : celui que montait Long Zhiqi la veille en arrivant au village de Bao ! Il s'agissait sûrement d'un très bon cheval, ce serait dommage de le vendre. Il s'approcha de l'animal et lui caressa la tête. Puis il monta en selle et repartit en souriant.

Au bout de deux lis, il entendit tout à coup la douce mélodie d'un *suona*[1]. La musique se rapprochait. En face de lui arrivaient quelques tambours, suivis d'un palanquin de jeune mariée. Le jeune garçon oublia ses tourments et stoppa son cheval pour regarder passer la joyeuse troupe.

Il ne pouvait pas apercevoir la jeune mariée, cachée dans le palanquin. Mais il remarqua que les musiciens et les porteurs ne cessaient de le regarder. Cela l'irrita : « Pourquoi ils me regardent comme ça ? maugréa-t-il. Ils pensent que je suis pauvre ? J'ai l'air de quelqu'un qui n'est pas marié ? Hum ! J'ai déjà arrangé mon mariage ! Ma femme, ce sera Aluan. J'attends juste de maîtriser les arts martiaux, de devenir chevalier, de faire fortune et de me venger. Après, je rentrerai pour organiser un grand mariage ! »

Un souvenir récent et douloureux lui revint alors en mémoire : un soir, un palanquin s'était arrêté devant la forge de Ma Zhixian. Il n'y avait pas de tambours. Sa mère, parée de vêtements de satin rouge, l'avait regardé en pleurant, puis était montée dans le palanquin pour devenir l'épouse du gérant Dong. Des larmes coulèrent et tombèrent sur la poitrine du jeune garçon. Il s'essuya les yeux avec sa manche, serra les dents, fouetta sa monture et repartit au galop.

Chevauchant jusqu'à la tombée du jour, il traversa plusieurs villages et bourgs. Mais, faute d'argent, il ne put ni acheter de quoi manger, ni descendre dans une auberge pour la nuit. Alors il poursuivit sa route, dans le crépuscule mordoré, enveloppé dans le manteau sombre de la nuit.

Le vent du soir se levait et on entendait son sifflement dans les branches des arbres. Le ventre de Petite Grue criait famine. Devant lui s'étendait une immensité noire : montagnes, fleuve, forêt ou bien

1. *Suona* : instrument à vent semblable au hautbois.

chaumières, il ne distinguait pas ce qui se trouvait devant lui.

« Comment faire ? marmonna-t-il en soupirant. Si ça continue, je vais mourir de faim, et tout sera fini ! Il paraît que les hommes des Fleuves et des Lacs n'ont jamais d'argent sur eux, qu'ils peuvent manger et se sentir chez eux partout. Voler ? Non. Si j'arrive à vivre de mes capacités en arts martiaux, alors je ne perdrai pas la face. Dès demain, je chercherai une petite ville où je ferai des démonstrations de boxe chinoise en me servant des enseignements de Ma Zhixian. Les profanes m'acclameront, et même les connaisseurs me trouveront pas mal ! »

Il se sentait déjà mieux. Il aperçut bientôt au bord de la route un temple en ruine : les murs s'écroulaient, la grande salle s'était effondrée et on ne voyait pas de lumière à l'intérieur. Petite Grue se rapprocha pour jeter un œil : le silence régnait, pas un bruit de voix. Il leva la tête vers le ciel parsemé d'étoiles : « Il ne pleuvra sans doute pas, pensa-t-il. D'ailleurs, je me moque qu'il y ait des fuites ou non, l'important c'est d'être protégé du vent et de l'orage. Si je voyage de nuit, les gens vont me prendre pour un bandit ! »

Il descendit de cheval et pénétra dans le temple. Le sol raboteux paraissait un coup mou, un coup dur, mou sans doute parce qu'il marchait sur des excréments, dur quand il s'agissait de fragments de briques. Petite Grue attacha son cheval, qui poussa un long hennissement et se mit à frapper le sol avec ses sabots.

« Tu as faim, hein ? lui dit le jeune garçon. Mais je ne peux rien y faire. Je n'ai pas mangé moi non plus ! Attendons qu'il fasse jour. Je vendrai mon talent pour gagner un peu d'argent, et je t'achèterai du fourrage. »

Il rentra à tâtons dans la grande salle délabrée du temple. Les étoiles qui couvraient le ciel brillaient au-dessus de sa tête. Arrivé près de l'autel en briques, il sauta et caressa la statue divinatoire décapitée en argile.

« Comme c'est triste ! C'est lamentable ! » pensa-t-il en soupirant.

Il s'allongea sur l'autel et se frotta les yeux. Malgré sa veste ouatée, il avait les bras et les jambes gelés. Il essaya de se relever, mais il était exténué et n'arrêtait plus de bâiller. Alors il se ramassa en boule sur l'autel dur et glacé. La lumière de la lune et des étoiles caressait son visage, le vent du soir faisait geler le sang de son nez. Il finit par s'endormir profondément.

Il dormait depuis un certain temps lorsque soudain un puissant hennissement retentit. Grelottant de froid, il se frotta les yeux. Il entendit ensuite des bruits de sabots : ceux d'un cheval qui s'éloignait.

« On me vole mon cheval ! »

Il sauta à terre et se précipita dehors. Par inadvertance, il trébucha sur une brique. Se relevant aussitôt, il courut vers la sortie : les bruits de sabots s'éloignaient vers le sud. Il s'élança à corps perdu dans la même direction.

La lumière des astres faiblissait peu à peu, l'est commençait à se parer d'une lumière blanche. Le jeune garçon courut sur la grande route sur plus de cinq lis : mais déjà il n'entendait plus le cheval. Les premières lueurs de l'aube apparaissaient : c'est alors qu'il aperçut en bordure du chemin un homme allongé au pied d'un mur. Il sursauta d'effroi, puis l'observa plus attentivement : l'homme ne bougeait absolument pas.

« Peut-être qu'il est mort ? pensa le jeune garçon. Ou peut-être qu'il a été assassiné par un bandit ? »

Il s'approcha et donna un petit coup de pied dans le corps : l'homme ne bougeait toujours pas. Petite Grue se baissa et remarqua du sang sur la tête de l'individu : il était effectivement mort. Ses vêtements pleins de terre semblaient indiquer qu'il avait dû rester là un long moment avant de trépasser. En inspectant les lieux, le jeune garçon trouva à une dizaine de pas derrière une selle de cheval. Il comprit aussitôt :

« Ah ! Alors c'est toi qui as volé mon cheval ! s'écria-t-il en colère. Tu as chuté et voilà, tu es mort ! Tu oses voler des chevaux alors que tu ne sais même pas monter ? »

Il ramassa la selle et repartit vers le sud à la recherche de son cheval. Mais une idée lui vint soudain à l'esprit et il retourna en courant auprès du mort. Il le fouilla et trouva sur lui un petit sac de pièces : en le soupesant, il estima qu'il devait bien y avoir dix taels.

« Un bon voleur ! pensa-t-il ravi. Tu es vraiment d'une cupidité insatiable ! Avec tout cet argent, tu voulais encore voler mon cheval ? Cela méritait de mourir, hein ! »

Tout à coup, il distingua au loin deux charrettes tirées par des mulets, qui arrivaient du nord. Il cacha vite l'argent dans sa poche, ramassa la selle et s'enfuit vers le sud. Il parcourut près de quatre lis. Le soleil brillait haut dans le ciel, les passants et les charrettes se faisaient de plus en plus nombreux.

Une dizaine de lis plus loin, il arriva dans une ville marchande très animée, à peu près semblable à Zhenba. Il se sentait éreinté.

« Je crains fort qu'il n'y ait plus aucune chance de retrouver mon cheval, se dit-il. Il doit être loin maintenant ! Mais au moins j'ai un peu d'argent, dix taels en tout. Pour un bon cheval, c'est vraiment de l'escroquerie ! »

La colère monta en lui. La selle sous le bras, il entra dans la ville. Il décida d'abord de prendre un bon repas, et se trouva un petit restaurant où il commanda des plats et but deux pots d'alcool. Une fois rassasié, il demanda qu'on lui apporte une cuvette d'eau et lava son visage sali par la terre et le sang. Il but encore un coup, régla la note et s'en alla.

« Puisque je n'ai pas trouvé mon cheval, pensa-t-il, à quoi bon garder la selle ? Je ferais mieux de la vendre. Je pourrai en tirer quinze ou vingt taels au moins, et ensuite m'acheter des vêtements propres et un sabre. J'aurai enfin l'air d'un chevalier ! »

Alors il se mit à crier dans la rue :

« Qui m'achète cette selle ? Je fais une réduction ! »

Les gens le regardaient en riant, mais personne ne venait lui acheter son bien.

« Je devrais annoncer un prix, se dit-il. Si ce n'est pas très cher, il y aura sûrement beaucoup d'intéressés ! »

Il se remit à crier :

« Qui me l'achète ? Je la vends à un bon prix ! Quinze taels seulement ! Je la vends pour couvrir mes frais de voyage, je... »

Mais soudain quelqu'un l'attrapa par-derrière. Surpris, Petite Grue se retourna et aperçut un homme qui portait bonnet et vêtements d'officier. Il se mit en colère et leva le bras en râlant :

« Hé ! Qu'est-ce que ça veut dire ? »

Deux autres officiers s'approchèrent. L'un s'empara de la selle, l'autre sortit des chaînes qu'il passa autour du cou de l'enfant. Petite Grue tirait sur les chaînes et donnait des coups de pieds aux trois hommes en les insultant :

« Je n'ai rien fait d'illégal ! Pourquoi vous me passez les chaînes ? »

« Paf ! », il se prit aussitôt une gifle par un officier de haute stature. Redoublant de colère, il recommença à se débattre en proférant des insultes.

« Petit gars, lui dit l'un des hommes d'un rire sarcastique, alors qu'il resserrait les chaînes autour du cou de l'enfant. Si tu nous suis sagement au *yamen*, tout se passera bien.

— Mais pourquoi j'irais là-bas ? rétorqua Petite Grue en frappant du pied par terre. Je n'ai rien fait ! Pourquoi vous m'arrêtez ? »

Les trois officiers ne le laissèrent pas plaider sa cause. Ils se mirent en route avec beaucoup de bruit, le premier tenant la selle sous son bras, le second entraînant l'enfant en tirant fermement sur la chaîne pendant que le dernier le poussait par-derrière. La foule les suivait.

« Ils ont attrapé un petit voleur ! cria quelqu'un.

— Ce gamin est vraiment terrible ! » dit un autre en riant.

Petite Grue, à la fois énervé et anxieux, n'arrêtait pas de proférer des insultes tout en donnant des coups de pieds.

Ils quittèrent le bourg par l'ouest et se retrouvèrent devant un large fleuve. Dans le port commerçant, d'innombrables navires avaient jeté l'ancre, et en face, on pouvait voir les remparts et les fossés de la ville. À l'arrivée du petit prisonnier, les quais s'animèrent encore plus. Petite Grue se débattait, tel un tigron pris au piège, toutes griffes dehors. Mais rien à faire : les trois hommes parvinrent à l'embarquer sur un canot. Ils larguèrent les amarres et se dirigèrent tout doucement vers la rive opposée, en tenant leur prisonnier fermement assis sur une planche.

« Ne nous fais pas de difficultés, mon petit, dit l'un d'eux en riant. Nous sommes officiellement chargés de te transférer sous escorte au district de Xuanhan, de l'autre côté du fleuve. Tu y rencontreras le grand magistrat Bao. Tu verras, tout se passera bien. Il fait toujours preuve d'impartialité, et avec un petit gars comme toi, il sera clément !

— Je n'ai pas peur du magistrat ! rétorqua Petite Grue haletant. Mais dites-moi à la fin ! Quel crime ai-je commis ?

— Ha ! Mon petit ! Ne fais pas l'innocent avec nous. On n'est pas là pour te faire subir un interrogatoire. Attends le tribunal, tu répondras de tout ça devant le magistrat. »

Petite Grue, hors de lui, ne cessait de clamer son innocence.

Ils accostèrent bientôt et mirent pied à terre. Sur le quai, beaucoup de badauds les suivirent. Petite Grue, enroué à force de proférer des insultes, comprit qu'il était désormais inutile de se débattre. La troupe entra dans la ville de Xuanhan, le chef-lieu de district, et arriva au *yamen*. Les trois officiers emmenèrent le garçon dans une petite pièce sombre, le fouillèrent et trouvèrent la bourse cachée contre son sein. Le garçon voulut la leur reprendre :

« Hé ! cria-t-il furieux. Qu'est-ce que vous faites ? Vous volez mon argent !

— On n'en veut pas de ton argent. On te le garde, c'est tout. On te le rendra quand tu seras libéré. »

Les trois officiers quittèrent la pièce en prenant soin de fermer la porte à clé.

« Quelle poisse ! marmonna Petite Grue. Je perds mon cheval, et voilà que maintenant on m'intente un procès sans raison ! »

Il resta sans bouger un bon moment avant d'aller jeter un œil par l'entrebâillement de la porte : des officiers allaient et venaient, mais personne ne s'occupait de lui. Alors il se mit à frapper des poings contre la porte.

« Hé ! cria-t-il. Ouvrez la porte ! Ouvrez ! S'il faut me juger, eh bien faites-le alors, mais vite ! Comme ça après je pourrai partir. J'ai des choses à faire, vous me retardez ! »

Mais les hommes passaient devant la pièce sans même jeter un seul regard dans sa direction. Petite Grue se mit à tambouriner contre la porte en lançant des jurons, jusqu'à en perdre la voix : personne ne lui prêta attention pour autant. Alors il s'assit par terre en boudant, en grognant et en respirant bruyamment, ne sachant plus à quel saint se vouer.

Un moment plus tard, il entendit enfin le bruit de la serrure. La porte s'ouvrit et, dans la lumière du soleil couchant, il vit entrer quatre officiers.

« Qu'est-ce que vous voulez ? » leur demanda-t-il en levant la tête.

Sans répondre, les visiteurs l'attrapèrent et l'emmenèrent dans la grande salle du tribunal, où se tenaient de chaque côté des gardes munis de bâtons de bois. Le magistrat, tout petit et tout maigre, se tenait assis au milieu.

« À genoux ! À genoux ! crièrent les gardes à Petite Grue.

— Ça va, je m'agenouille ! rétorqua le garçon sur un ton sarcastique en s'exécutant. Mais je n'ai pas enfreint la loi !

— Nom de famille ? Prénom ? demanda le magistrat avec un accent du sud.

— Jiang Xiaohe, répondit l'enfant d'un ton inflexible.

— Tu es de quel coin ? Tu viens d'où ?

— Je suis originaire de la préfecture de Xi'an, dit Petite Grue avec indolence. Je viens du district de Zhenba.

— Que viens-tu faire dans le Chuanbei ?

— Je suis venu pour parcourir le monde du Jianghu !

— Sottises ! rétorqua le magistrat en frappant la table avec son *jing tang mu*[1]. Un petit garçon comme toi, dans le monde des Fleuves et des Lacs ? Je pense que malgré ton jeune âge, tu as déjà dû commettre un grand nombre de méfaits… Raconte-moi un peu comment tu t'y es pris pour tuer cet homme, voler son cheval et t'emparer de ses biens personnels ? Et je veux des faits précis, sinon je te ferai frapper avec ces bâtons ! »

1. *Jing tang mu* : morceau de bois avec lequel le juge frappe la table dans un tribunal pour intimider les accusés.

Petite Grue, furieux, voulut se relever, mais aussitôt deux gardes vinrent le forcer à se remettre à genoux.

« Je suis innocent ! hurla-t-il en se débattant. Je n'ai tué personne, je n'ai volé aucun cheval ! Hier soir, j'ai passé la nuit dans un temple en ruines, au nord. Pendant que je dormais, un bandit s'est emparé de mon cheval... »

Le magistrat ne lui laissa pas le temps de finir, et frappa plusieurs fois sur la table avec son maillet.

« Ah vraiment ? Avec l'allure que tu as, tu possèdes un cheval ? Tu ne parleras sans doute pas si je ne te frappe pas. Allez ! Qu'on lui donne vingt coups de bâton !

« Pourquoi vous me frappez ? J'ai rien fait ! » rétorqua Petite Grue en agitant la tête.

Mais déjà les gardes lui assénaient la sanction. « Bang ! Bang ! » Vingt coups, ce n'était pas énorme, mais Petite Grue, les fesses toutes endolories, ne put retenir ses larmes. « Non, bon sang ! pensa-t-il. S'ils me réduisent les fesses en bouillie, je ne pourrai plus marcher ! »

« Arrêtez ! hurla-t-il. Je vais dire toute la vérité ! »

Alors les gardes l'agrippèrent, l'amenèrent au centre de la salle et le forcèrent à s'agenouiller devant le magistrat, qui tapa encore un coup sur la table avec son maillet :

« Dis la vérité cette fois ! lança-t-il avec indignation. Si tu mens, je te ferai encore frapper !

— Je ne mens pas ! répondit Petite Grue, haletant. Je n'ai vraiment tué personne ! Je suis le fils de Jiang Zhisheng, du district de Zhenba. Il y a deux ans, mon père a été assassiné, et ma mère s'est remariée. J'ai mené mon enquête et appris le nom du meurtrier. Je voulais partir loin étudier les arts martiaux auprès d'un grand maître, et revenir plus tard me venger. Avant de quitter Zhenba, j'ai dérobé un cheval au Maître Bao Kunlun. Mais quand je suis arrivé à

Wanyuan, alors que j'étais en train de boire dans un restaurant, des hommes envoyés par le vieux Bao ont voulu m'attraper. Si je me laissais prendre, je courais vers une mort certaine ! Alors j'ai sauté par la fenêtre et me suis enfui en m'emparant d'un cheval. Je me suis trompé, j'ai pris le cheval de mon ennemi personnel, un beau cheval noir. Cette bête avait un tempérament mauvais, j'ai failli mourir en la montant ! Le soir venu, comme je n'avais pas d'argent pour trouver un endroit où passer la nuit, je me suis arrêté dans un temple délabré. Mais alors que je dormais, un bandit a volé l'animal. Réveillé en sursaut, je me suis lancé à sa poursuite, mais je ne l'ai pas rattrapé. J'ai simplement retrouvé au bord de la route la selle du cheval et le corps d'un homme mort, et j'ai pensé que c'était mon voleur. Il n'a pas pu contrôler l'animal et a dû faire une chute mortelle. Lorsque je l'ai fouillé, j'ai trouvé de l'argent sur lui. Puis j'ai récupéré la selle et je suis arrivé en ville. Je ne pensais pas m'y faire arrêter par des officiers ! »

Le magistrat ordonna aux gardes de mettre Petite Grue en état d'arrestation, et on amena le jeune garçon dans une cellule.

« Mon enfant, lui conseilla un des gardes, reste bien sage, et il ne t'arrivera rien. Regarde, on ne t'a pas frappé bien fort tout à l'heure ! C'est parce que tu es jeune, pauvre petit !

— C'est vraiment pas de chance ! répondit Petite Grue en soupirant. Je perds mon cheval, et maintenant on m'intente un procès ! »

Une fois en prison, on lui enleva les chaînes qu'il avait autour du cou, et on lui passa des fers aux pieds. Une trentaine de prisonniers se trouvaient là : habits en lambeaux, cheveux ébouriffés, figure sale, ils étaient encore plus affreux que des revenants. Il y avait au centre de la pièce un seau pour uriner, et la puanteur était infecte.

Petite Grue resta debout appuyé contre le mur de pierres glacial. Bientôt, plusieurs prisonniers vinrent l'encercler, lui montrant les dents comme des diables affamés. Ils lui demandèrent quel était son crime et quel procès on lui avait fait.

« Arrêtez vos questions ! répondit le jeune garçon agacé. On m'accuse à tort d'un crime que je n'ai pas commis. Je n'ai pas enfreint la loi ! Ils ne m'ont même pas laissé m'expliquer et m'ont donné vingt coups de bâton. Ce magistrat est vraiment une fripouille ! Attendez que le petit Jiang étudie les arts martiaux, et alors on réglera nos comptes ! »

Il écarta ses camarades, se trouva un petit coin et s'assit pour réfléchir. Il ne toucha pas à la nourriture infecte que le geôlier leur apporta ce soir-là, nourriture dont même un chien n'aurait pas voulu. Il pensa avec tristesse que parcourir le Jianghu n'était vraiment pas facile, et que la vie souvent n'avait pas de sens et s'avérait injuste. « Pourquoi les autres me briment-ils ? C'est sûrement parce que je suis jeune, et que je ne suis pas encore fort en arts martiaux. Bon sang ! Il faut absolument que je m'enfuie d'ici ! Et que je trouve un maître ! »

Il baissa la tête et tâta les entraves qu'il avait aux pieds : il constata alors avec surprise qu'il s'agissait de fers conçus pour les adultes ! Avec ses minces chevilles, il lui suffirait d'ôter ses chaussures et de forcer sur ses cous-de-pied pour s'en débarrasser ! Cette découverte le remplit de joie : « Je n'ai plus à m'inquiéter, pensa-t-il. Je vais pouvoir m'enfuir. » Il replaça les chaînes sur ses pieds, se coucha à plat ventre sur la natte et s'endormit tranquillement.

Le lendemain matin, un gardien entra dans la cellule et ordonna qu'on vide le seau d'urine, corvée réservée aux nouveaux arrivants. Petite Grue et un jeune d'environ dix-huit ans furent réquisitionnés et portèrent le seau à deux. Ils sortirent par une petite porte pour vider les excréments sur un tas d'ordures à l'extérieur du mur de l'aile sud. Les chaînes de Petite Grue, assez lâches, le gênaient beaucoup pour marcher, et une fois sorti de la prison, il finit par chuter : tout le contenu du seau se répandit par terre et sur les pieds du gardien :

« Petit imbécile ! » hurla l'homme en lui donnant un coup de pied pour le faire rouler dans les excréments. Le jeune garçon en profita pour se libérer de ses entraves, se releva, brandit ses fers et en frappa le gardien avant de détaler à toutes jambes. Il n'osa pas s'aventurer dans la rue principale et emprunta les petites rues. Il se retourna : des officiers le poursuivaient. Alors il accéléra, bifurqua vers la grande rue et se dirigea vers la porte sud. Ne sachant s'il s'agissait d'un fou ou bien d'un bandit, les passants s'écartaient sur le passage de l'enfant, et personne ne lui barra la route.

En arrivant devant la porte sud, il se trouva soudain nez à nez avec un officier qui l'arrêta :

« He ! Tu vas où comme ça, petit ? »

Petite Grue ne prit pas la peine de répondre, se rua sur l'officier et le fit tomber. Puis il reprit sa course vers le sud. Dans l'affolement, il heurta une charrette, se cogna dans la mule et tomba par terre. L'animal faillit lui donner un coup de sabot, mais il se releva aussitôt et reprit sa course folle.

« Arrêtez-le ! Arrêtez-le ! » entendait-il crier derrière lui.

Tel un lièvre poursuivi par des chiens de chasse, il ne regardait plus rien : il courait simplement à toute vitesse, tête baissée. Il chuta deux ou trois fois sur le chemin accidenté, ses pieds nus écorchés par les graviers. Mais il ne sentait pas la douleur et fonçait aussi vite qu'il pouvait. Au bout d'un certain temps, à bout de forces, ses deux pieds n'avancèrent plus et il commença à être pris de vertiges. C'est alors qu'un cheval arriva derrière lui. Le jeune garçon poussa un cri et leva les bras avant de tomber par terre. Il perdait connaissance, sa vue se brouillait, il n'en pouvait plus. Toujours conscient, il sentit quelqu'un le relever mais se laissa faire.

Quelques instants plus tard, il entendit résonner à ses oreilles des bruits de sabots et ouvrit les yeux : un individu le tenait dans ses bras, sur un cheval. Il vit deux grandes mains et deux manches en tissu noir. Il se retourna : l'homme n'était pas un officier mais un gaillard au visage bronzé qui le regardait en souriant.

« Toi, mon petit gars, tu as vraiment de grandes capacités ! Tu as sûrement déjà étudié les arts martiaux, non ? Avec qui ?

— Avec mon oncle Ma Zhixian », répondit Petite Grue en se redressant.

En entendant ce nom, l'homme au teint hâlé se mit en colère et jeta l'enfant à terre. Petite Grue, blessé à la tête, prit un caillou et le jeta en direction du cheval.

« Sale type ! lança-t-il en se relevant. Tu veux me tuer ? Alors reviens te battre avec moi, si tu oses !

— Toi alors ! répondit l'homme en tournant bride. Vraiment je t'admire mon garçon. Tu sais, quand j'entends prononcer des noms avec un *zhi*[1], ça me met tout de suite en colère ! »

Il s'approcha et mit pied à terre.

« Ton maître est un disciple de Bao Kunlun, n'est-ce pas ?

— Oui. Mais lui aussi déteste le vieux Bao. C'est juste qu'il a peur de lui, il n'ose pas le provoquer. Mon père Jiang Zhisheng a étudié auprès de Bao Kunlun il y a plusieurs années de cela. Mais le Maître l'a fait tuer. Alors je devais me venger : muni d'un poignard,

1. Tous les disciples du vieux boxeur Bao possèdent le caractère chinois *zhi* dans leur nom. Ce caractère, qui signifie « volonté, idéal, ambition », est le signe distinctif des membres de l'école de Kunlun.

je suis allé chercher Bao Kunlun, et je m'en suis pris à Long Zhiteng et Long Zhiqi !

— Ah ! s'écria l'homme avec étonnement. Tu serais donc si doué ? Comment t'appelles-tu ? demanda-t-il en prenant le bras de l'enfant.

— Je m'appelle Jiang Xiaohe, Petite Grue, répondit le garçon en se tapant sur le torse. Et vous ?

— Moi ? répondit l'autre en riant. Je suis Wu Jinbiao[1], du district de Yingshan. On me surnomme "la Panthère Noire". Je suis venu à Xuanhan il y a quelques jours pour régler des affaires, mais je n'ai pas tout à fait terminé encore. Je me trouvais à la porte sud quand je t'ai remarqué. Tu me plaisais, tu as du talent ! Alors je t'ai suivi à cheval. Mais ce n'est que quand tu t'es retrouvé par terre à bout de souffle que j'ai pu enfin te venir en aide !

— Bien ! fit Petite Grue en hochant la tête. Merci de m'avoir secouru. Nous sommes amis maintenant ! Est-ce que vous avez de l'argent ? Peu importe combien, prêtez-m'en un peu. J'irai manger quelque chose pendant que vous réglerez vos affaires. Nous nous reverrons certainement un jour !

— Mes affaires ? Aucune importance, répondit Wu Jinbiao en souriant. Mon petit ami, puis-je te demander où tu vas ?

— Je ne le sais pas moi-même. Je cherche le Chevalier de Langzhong. J'ai entendu dire qu'il était brillant en *gongfu*, et je le voudrais pour maître.

— Nobles aspirations, mon garçon ! Mais pourquoi venir ici si tu cherches le Chevalier de Langzhong ? Si tu continues ainsi à faire route vers le sud, tu ne le trouveras jamais !

— Mais où est-il alors ? s'empressa de demander Petite Grue. Quelle direction je dois prendre ? »

Wu Jinbiao pointa son doigt en direction de l'ouest.

1. *Jinbiao* : littéralement « le jeune tigre doré ».

« Une fois que tu auras traversé la rivière Bashui, tu arriveras dans le district de Langzhong. Xu Lin, le Chevalier de Langzhong, est le personnage emblématique du lieu. Mais si tu y vas comme ça, tête baissée, il ne te recevra pas. Tu dois être introduit par quelqu'un.

— Vous le connaissez, vous ? demanda Petite Grue.

— Naturellement, répondit Wu Jinbiao en hochant la tête. Je suis même familier avec lui.

— Alors auriez-vous la gentillesse de m'emmener le voir, et de m'introduire auprès de lui en tant que futur disciple ?

— Non, non ! rétorqua Jinbiao tout sourire en secouant la tête. Pour tout te dire, certes je connais bien le Chevalier de Langzhong, mais je n'ose même pas lever la tête en sa présence.

— Vous avez peur de lui ?

— Je ne suis pas le seul ! Qui ne le craint pas ? Je suis le plus courageux du Chuanbei, mais je ne suis qu'un arpenteur des Fleuves et des Lacs. Concernant la richesse, la puissance et la maîtrise des arts martiaux, je lui suis nettement inférieur ! »

Petite Grue réfléchit un instant, et demanda :

« Combien de lis encore pour arriver chez le Chevalier ?

— Plus de deux cent soixante-dix. Avec un cheval comme le mien, il faut compter trois jours.

— Très bien. Ça m'est égal, je vais le voir ! répondit le jeune garçon en se mettant en route.

— Mon jeune ami, lui dit Jinbiao en l'empoignant. C'est de la folie ! Tu n'as même pas de chaussures aux pieds ! Tu seras mort d'épuisement avant d'arriver à destination. En plus, si personne ne t'introduit auprès de Xu Lin, il n'aura que faire de toi. Maintenant que nous sommes amis, je me dois de t'aider. Partons d'abord chercher quelque chose à manger et à boire. Ensuite, je t'achèterai des vêtements et je demanderai à un ami qu'il te prête un cheval. Nous pourrons alors nous mettre en route. Je t'emmènerai voir quelques bons amis, et quand tu connaîtras un peu de monde, tu pourras enfin rencontrer le Chevalier de Langzhong, et il t'acceptera certainement.

— D'accord ! » répondit Petite Grue, ravi, en hochant la tête.

Wu Jinbiao fit avancer son cheval et se mit en route vers le sud en discutant tranquillement avec Petite Grue. Ils empruntèrent bientôt un grand chemin qui partait vers l'ouest. De part et d'autre s'étendaient des rizières, offrant à la vue un paysage tout à fait ravissant. Mais Petite Grue ne se sentait guère d'humeur à admirer la nature : il souhaitait seulement avancer plus vite pour arriver en ville et manger un peu. Acheter des vêtements pouvait attendre, le plus important c'était les chaussures.

Au bout de dix lis, ils arrivèrent dans un bourg peu animé où se trouvaient une dizaine d'épiceries, de restaurants et d'échoppes. Ils s'arrêtèrent devant un magasin sur le mur duquel étaient inscrits de travers plusieurs caractères. Mais Petite Grue ne savait pas lire.

« Entrons nous reposer un moment », dit Wu Jinbiao en tirant son cheval à l'intérieur.

Petite Grue le suivit. Trois commis vinrent les accueillir en souriant et s'occupèrent du cheval. Ils firent preuve de beaucoup de zèle envers leurs hôtes.

« Donnez-nous une chambre à moi et à mon petit camarade », leur demanda Jinbiao, avant d'aller au comptoir discuter avec le patron.

Aussitôt, un employé emmena Petite Grue dans une chambre de l'aile est. On lui apporta une bassine d'eau et il put se laver les cheveux, le visage, les bras, les jambes et les pieds. Puis il s'allongea sur le lit et repensa avec rage aux événements des derniers jours.

« Heureusement que j'ai rencontré Wu Jinbiao, pensa-t-il. C'est vraiment un bon ami. »

Wu Jinbiao n'arriva qu'un long moment plus tard. Il tenait à la main des vêtements non doublés ainsi qu'une paire de chaussures.

« Mon jeune ami, dit-il en souriant, change-toi, et essaie ces chaussures. Tu me diras si la taille convient. »

Petite Grue se mit entièrement nu et enfila les vêtements. Les manches de la veste et les jambes du pantalon étaient trop longues, mais il pouvait les retrousser. Par contre, il ne pouvait pas du tout marcher avec les chaussures, visiblement trop grandes. Alors il déchira des morceaux de son vieux pantalon et prépara quatre bandes, deux pour attacher ses chaussures, deux pour ceinturer les mollets. Cela fit beaucoup rire Wu Jinbiao.

« Eh bien, mon petit ! Comme ça, tu ressembles vraiment à un petit héros. Si tu portes en plus un sabre, même les brigands des forêts n'oseront pas te toiser ! »

Petite Grue ne prêta aucune attention à ces propos.

« Comment ça se fait qu'on ne nous apporte pas encore à manger ? demanda-t-il simplement.

— Attends, je vais les presser un peu. »

Aussitôt dit, aussitôt fait. Bientôt, un employé amena les plats et l'alcool. Wu Jinbiao arriva lui aussi en fredonnant une chanson folklorique du Chuanbei : « *J'accompagne mon amoureux au pavillon Shili, où l'herbe est tendre et verte !* »

Petite Grue ne put s'empêcher de penser à Aluan, elle qui chantait si souvent des airs montagnards : « Il faut que je termine vite l'étude des arts martiaux et que je fasse fortune, pensa-t-il inquiet. Après quoi je rentrerai pour l'épouser. Mais avant, il faut que je me venge ! » Puis il s'assit en face de Wu Jinbiao et bavarda avec lui en mangeant et en buvant. Le considérant comme un très bon ami, il lui raconta toute son histoire.

« Heureusement que tu m'as rencontré aujourd'hui, commenta Jinbiao. Si tu étais tombé sur quelqu'un d'autre, en apprenant que tu connaissais Bao Kunlun, on t'aurait sûrement tué sur-le-champ ! Bao Kunlun et ses disciples règnent en maîtres sur le sud du Shaanxi. Mais ils ne pourraient pas faire un pas ici, dans le Chuanbei. Ici, quand les chevaliers et les brigands croisent un disciple de Bao Kunlun, ceux qui portent un *zhi* dans leur nom, ils s'en font aussitôt un ennemi personnel !

— Je les connais, c'est vrai. Mais ils ont tué mon père ! Ils sont mes ennemis aussi.

— Oui ! Sans quoi nous ne serions pas amis toi et moi aujourd'hui ! À part les frères Long et Ge Zhiqiang, aucun des disciples de Bao Kunlun n'ose s'aventurer dans la région. Mais le mois dernier, au mont Jianmen, les frères Long ont mis en pièces plusieurs hommes de Chao Li, "le Dragon qui aspire l'eau". Ils sont tombés également sur le Chevalier de Langzhong, dans le district de Guangyuan, et, à l'issue d'une bataille féroce, sont sortis perdants. Mais leurs âmes perfides et cruelles les ont poussés à partir chez Xu Lin, où ils ont tué deux de ses gardes avant de s'enfuir. Qu'ils n'espèrent pas pouvoir revenir un jour au Chuanbei !

— J'ai entendu dire qu'ils ne renonçaient pas. Ils sont en train de rassembler leurs frères d'armes pour escorter un convoi dans la région.

— Qu'ils viennent ! Il suffit que le Chevalier de Langzhong l'apprenne, et ils ne rentreront pas chez eux vivants !

— Le Chevalier surpasse-t-il vraiment Bao Kunlun en arts martiaux ?

— Oh que oui ! Je n'ai jamais rencontré le vieux Bao, mais je pense que ses capacités sont ordinaires. Seulement, comme il a de nombreux disciples, le Chevalier de Langzhong n'a jamais voulu s'opposer à lui. Xu Lin est jeune encore, il a à peine une quarantaine d'années. Les arts martiaux se transmettent de génération en génération dans sa famille : il s'agit du véritable *gongfu* interne[1] de l'école de Wudang, où l'épée danse mystérieusement comme une ombre. S'il se retrouvait entouré par plusieurs centaines d'hommes armés, il s'en sortirait sans une égratignure ! »

En apprenant à quel point Xu Lin était valeureux, Petite Grue se montrait de plus en plus admiratif.

« Ne t'inquiète donc pas, mon jeune ami ! reprit Wu Jinbiao. Je vais d'abord t'emmener au temple pour te présenter à des amis. Tu resteras avec nous quelques jours, et ensuite on ira à Langzhong pour te faire rencontrer le Maître et lui demander de te prendre comme disciple !

— Mais je ne peux pas rester longtemps avec vous, répondit Petite Grue. Je ne suis pas parti pour m'amuser ! Je veux au plus vite commencer l'étude des arts martiaux auprès du Maître. Une fois prêt, j'irai trouver les frères Long pour me venger. Et puis je ferai autre chose aussi !

— Quelle chose ?

— Me marier !

— Mais tu es encore si jeune ! Pourquoi être si pressé de te marier ? Avec les jolies filles qu'il y a ici, dans le Chuanbei, tu as encore peur de ne pas trouver d'épouse ?

— Est-ce que vous êtes marié, vous ? demanda Petite Grue.

— J'ai même trop de femmes ! répondit Jinbiao en riant. Je ne sais même plus combien j'en ai, et je ne les connais pas toutes ! »

1. *Neijia gongfu* : style de *gongfu* d'inspiration taoïste fondé sur l'énergie interne et la maîtrise du mouvement, au contraire du *gongfu* « externe », d'inspiration bouddhiste, qui privilégie le travail sur la force et la vitesse.

Les deux camarades discutèrent ainsi gaiement et passèrent la journée et la nuit à l'auberge pour se reposer.

Le lendemain, Wu Jinbiao revint avec un cheval beige qu'il confia à Petite Grue. Le patron de l'auberge, un homme corpulent et de haute stature portant une énorme barbe, vint les saluer avant leur départ. Wu Jinbiao fit les présentations :

« Voici le gérant Yu Da. Et voici mon nouvel ami. »

Yu Da se montra très affable, mais à cause de son apparence féroce, il déplut fort à Petite Grue.

Les deux compagnons quittèrent le bourg à cheval, Wu Jinbiao en tête.

« Tu vois, dit-il en tournant la tête, le patron de l'auberge, tout à l'heure, est très célèbre dans le monde du Jianghu. Il est très fort en arts martiaux ! »

Mais Petite Grue avait la tête ailleurs. Il ne pensait qu'à sa rencontre avec le Chevalier de Langzhong et aux durs efforts qu'il devrait fournir pendant plusieurs années pour étudier le *gongfu*.

Ils voyagèrent vers l'ouest pendant un jour entier. Petite Grue ignorait où Wu Jinbiao le menait : le chemin devenait de plus en plus étroit, les hameaux et les fermes de plus en plus rares, et ils ne croisaient plus personne. Devant eux s'étendaient à perte de vue des chaînes de montagnes couvertes d'arbres centenaires d'un vert foncé. Au nord, on apercevait une étendue bleu azur sur laquelle se mouvaient quelques voiles de couleur noire. Il s'agissait sans doute d'un grand fleuve. Trouvant le lieu pour le moins étrange, Petite Grue ralentit sa monture.

« Hé ! Mon ami ! Quel est cet endroit ? On va où comme ça ? » lança-t-il.

Jinbiao tira un peu sur les rênes et se retourna en souriant.

« Regarde ! dit-il en pointant le doigt en direction du sommet d'une montagne. Ma maison est là-bas, ainsi qu'une vingtaine de mes compagnons ! »

Petite Grue semblait sceptique. Mais Wu Jinbiao était un bon ami, et puis, maintenant qu'il était là, autant le suivre. Alors ils reprirent leur route vers l'ouest. Au pied de la montagne, ils engagèrent leurs chevaux dans un chemin très escarpé. Une fois en haut, ils empruntèrent un sentier sinueux et se retrouvèrent devant une forêt de pins verdoyants et exubérants. Soudain, un bruit strident retentit, comme un cri de rapace.

« Descendons de cheval, nos amis arrivent », dit Wu Jinbiao qui mit deux doigts dans sa bouche et siffla avec force.

Stupéfait, Petite Grue vit bientôt sortir de la forêt quatre hommes armés de sabres. Il comprit alors que Wu Jinbiao l'avait emmené dans un repaire de brigands.

« Hé ! L'ami ! dit-il en refusant de descendre de cheval. Quel est cet endroit ? Je refuse que tu fasses de moi un bandit !

— Petit frère ! l'arrêta prestement Jinbiao. Comment peux-tu dire ça ? Tu veux mourir ou quoi ? Descends de cheval d'abord. Je vais te présenter quelques amis. Nous discuterons de tout cela plus tard. Rassure-toi, nous sommes amis, toi et moi. Quels noirs desseins pourrais-je donc nourrir contre toi ? »

Petite Grue fronça les sourcils. Les quatre hommes s'avancèrent et attrapèrent les chevaux. Wu Jinbiao échangea avec eux quelques mots dans une langue étrange et ils se mirent à rire de bon cœur. Ils traversèrent la forêt et arrivèrent dans une vallée au milieu de laquelle se trouvait un temple composé de neuf salles, avec des murs rouges délavés et un mât brisé. À l'extérieur étaient attachés deux chevaux, et devant l'entrée se tenaient deux hommes armés de sabre.

« Hé ! demanda Petite Grue de plus en plus atterré. Mais où sommes-nous, à la fin ?

— Tu le sauras dans quelques jours, répondit Jinbiao en riant. De toute façon, les amis se doivent d'être loyaux. Je te traiterai bien !

— Tu m'as emmené dans un repaire de brigands, hein ! rétorqua Petite Grue furieux. Je te préviens ! Je ne mange pas de ce pain-là ! »

Aussitôt Wu Jinbiao fit volte-face et prit un air mécontent :

« Tu as tout faux, mon jeune garçon ! Je t'ai dit dès le début que nous vivions dans la forêt. En me rendant pour affaires à Xuanhan, quand je t'ai aperçu, j'ai trouvé que malgré ton jeune âge tu étais assez doué et très courageux. Alors je suis devenu ton ami. Je t'invite maintenant à te joindre à notre bande, à devenir notre frère. Tu n'as nulle part où aller de toute façon. Comptais-tu vraiment trouver le Chevalier de Langzhong ? Mais il n'a jamais pris de disciple ! Encore moins quelqu'un qui vient d'une autre province ! »

Il s'agissait bien de brigands… Petite Grue resta un moment interdit à fixer les deux chevaux et les deux gardes devant l'entrée. Il remit ses idées en place puis, hochant la tête :

« Très bien ! Mais vous ne me donnerez pas d'ordres comme à un petit soldat !

— Qu'est-ce que tu racontes ? fit Wu Jinbiao ravi en tapotant l'épaule de Petite Grue. Tu es notre petit frère voyons ! Tu seras "le petit chef des brigands" ! »

Il entraîna le jeune garçon à l'intérieur. Les deux gardes saluèrent Jinbiao en l'appelant « Deuxième chef des brigands ».

« Voici notre nouveau petit brigand, fit Wu Jinbiao. Il faudra lui obéir ! Ne vous fiez pas à son jeune âge, il est très fort en arts martiaux. »

Petite Grue constata que l'endroit n'avait rien d'un temple : dans la cour se trouvaient entassés un grand nombre de coffres ainsi que plusieurs paquets dont certains avaient déjà été ouverts, sans doute des marchandises volées. Sur les marches étaient assis plusieurs hommes assez mal habillés, qui buvaient et mangeaient gaiement. Jinbiao alla les présenter à Petite Grue, qui comprit qu'il s'agissait de bandits subalternes. Puis on l'emmena dans la salle principale. Devant l'entrée se trouvaient plusieurs étagères d'armes : sabres, épées, crochets, lances, tous d'une brillance éclatante. Dans la grande salle en désordre, les statues n'avaient pas été déplacées, mais on trouvait autour d'elles des jarres en terre cuite, des bols et d'autres objets, ainsi que des sabres et des épées sur les murs. On avait poussé l'autel sur le côté et posé près de lui des chaises et des tabourets en mauvais état sur lesquels plusieurs hommes étaient assis, apparemment des bandits, ainsi qu'un gros prêtre taoïste bronzé à la longue barbe. Wu Jinbiao fit les présentations, et raconta toute l'histoire de Petite Grue avant de dire son nom. L'enfant comprit alors que le prêtre était leur grand chef : il s'appelait Ma Yinxiu, et on le surnommait « l'Ancêtre de fer ». Il rencontra également le troisième chef, Liu Qi, dit « le Gibbon ». Les deux autres hommes présents, Lu Derui et Pan Dading, étaient des amis de passage. Ils se montrèrent tous très gentils avec le jeune garçon et l'appelèrent même « Petit Frère ».

« Il nous manquait justement un petit frère ! dit Ma Yinxiu, "l'Ancêtre de fer". Il y a plusieurs choses qu'on n'arrive pas à faire nous-mêmes. C'est vraiment bien que tu sois là, tu vas pouvoir nous aider. Tu auras tout ce que tu veux. Rappelle-toi seulement que pour les brigands des forêts[1], le plus important c'est le code d'honneur. Quand on tombe sur des marchands itinérants ou bien sur des gardes d'escorte qu'on ne connaît pas, on leur prend leurs marchandises. Mais s'ils viennent se présenter et qu'il s'agit

1. Les forêts étaient le refuge de prédilection des bandits de grands chemins.

d'amis, on les salue les mains jointes et on les laisse partir. Également, quand on rencontre une femme, si ce n'est pas une prostituée, il est interdit de prendre des libertés avec elle. Nous ne pouvons pas non plus nous emparer des objets précieux que ces dames gardent avec elles dans les charrettes, au risque de nous ridiculiser auprès de nos amis ! »

Petite Grue trouva ces propos fort raisonnables. Les bandits semblaient meilleurs que Bao Kunlun et que ses disciples. Il se sentit soudain ravi d'être là, et se mit à boire et à rire avec les autres.

Ma Yinxiu et ses camarades trouvaient que l'enfant, malgré son jeune âge, se comportait et parlait comme un vieil habitué des Fleuves et des Lacs. Conquis, ils s'adressèrent à lui en l'appelant « vieux frère », et lui demandèrent des détails sur Bao Kunlun et les frères Long. Petite Grue leur répondit avec exaltation.

Soudain, alors que la joyeuse troupe s'enivrait, trois personnes firent irruption dans la pièce : il s'agissait du quatrième chef des brigands, Geng Zhuang, dit « la Fléchette », et de deux hommes de main. Un groupe de marchands itinérants arrivait du nord : ils transportaient de la laque, dans six chariots protégés par deux gardes du corps qui arboraient la bannière du service d'escorte Kunlun de la ville de Chang'an[1].

« Des gardes de Kunlun qui osent venir ici ! s'écria Ma Yinxiu en frappant sur la table. Nous sommes obligés de les attaquer ! Vous avez bien vu les deux gardes du corps ? Comment étaient-ils ? S'agissait-il vraiment de disciples de Bao Kunlun ?

— Je ne les connais pas, mais ils avaient fière allure ! répondit Geng Zhuang.

1. Chang'an : ancien nom de Xi'an. Dans le texte, Chang'an désigne la ville, tandis que Xi'an désigne la région *(cf. la préfecture de Xi'an).*

— Les gardes qui viennent de l'école de Kunlun sont tous très forts. Mieux vaut y aller en nombre, ajouta Wu Jinbiao.

— Dans ce cas, partons tous ! s'exclama tout content Ma Yinxiu. Et toi, mon petit camarade, tu viens avec nous ! Tuer deux gardes de l'école de Kunlun vengera en partie ton père ! »

Petite Grue hésitait : « C'est vrai que la plupart des disciples du vieux Bao sont des crapules, pensa-t-il. Mais s'il s'agit de Ma Zhixian et de Lu Zhizhong, mes bienfaiteurs ? Qu'est-ce que je vais faire ? En plus, j'ai quitté ma province pour étudier le *gongfu* et devenir chevalier, non pour aider des bandits à piller ! Quelle honte ! »

Déjà les brigands s'activaient dans la confusion et allaient chercher leurs armes. Ma Yinxiu ôta sa robe de prêtre taoïste pour enfiler un vêtement court aux manches étroites, s'empara d'un sabre podao[1] et sortit. Wu Jinbiao le rejoignit, sans doute pour discuter, puis revint à l'intérieur.

« Petit frère, dit-il en s'adressant à Petite Grue. Nous allons maintenant descendre dans la vallée. Ce sera ta première mission. Mais attention, nous accordons beaucoup d'importance à notre conscience et à notre code d'honneur ! Nos adversaires sont des disciples de l'ordre de Kunlun, et peut-être que tu les connais. Tu dois cependant absolument te garder d'avoir des intelligences dans la place !

— Qu'est-ce que ça veut dire ? rétorqua Petite Grue en colère. Si vous ne me faites pas confiance, alors autant me laisser ici pour garder le repaire !

— Très bien, très bien, répondit Jinbiao après un temps de réflexion. Reste ici alors. J'ai peur que la présente entreprise ne soit trop épineuse. Tu es jeune,

1. Podao : arme d'infanterie chinoise devenue arme populaire. Long sabre mesurant près de deux mètres, à l'extrémité élargie et légèrement courbe.

et nous n'aurons pas le temps de veiller sur toi pendant la bataille ! »

Il quitta la pièce. Dehors, on entendait les voix bruyantes des bandits et des bruits de sabots. La troupe descendit bientôt la montagne pour partir au pillage.

Le calme revint. Petite Grue sortit de la grande salle : cinq hommes de main jouaient de l'argent aux dés dans la cour. Il quitta le temple : personne en vue. On entendait seulement les gazouillis des oiseaux de la montagne. « Quelle belle occasion, pensa Petite Grue, ils sont tous partis pour un bon moment. Je devrais en profiter pour m'en aller. Qui voudrait s'acoquiner avec cette bande de brigands ? Le problème c'est qu'ils ont pris tous les chevaux ! Il va falloir que je descende la montagne à pied ! »

Il retourna dans la grande salle du temple où étaient éparpillés tous les objets dérobés par les voleurs. Il prit beaucoup d'argent, le mit dans un petit sac qu'il attacha autour de la taille, s'empara d'un sabre d'acier et de son fourreau et sortit l'arme sous le bras. L'un des hommes de main l'aperçut et se leva :

« Hé ! Petit brigand ! Tu pars où comme ça ?

— Je descends les aider ! »

Il sortit avec empressement, et les trois hommes se mirent à rire aux éclats, semblant ne pas se douter une seconde des capacités du jeune nouveau venu.

« Ils sont sûrement sur le flanc de la montagne, en train de se battre avec les deux gardes d'escorte, pensa Petite Grue en quittant le repaire. Si je vais par là, je risque de tomber sur eux. »

Alors il partit vers l'autre versant. Il emprunta un sentier sinueux et abrupt et marcha en posant avec précaution ses pieds sur les rochers de toutes tailles. Mais au bout d'un long moment, non seulement il n'était pas sorti de la montagne, mais en plus il avait quitté le sentier. Affolé, il accrocha son sabre derrière son dos et se mit à grimper de plus en plus haut en s'aidant des arbres et des rochers. Il arriva très vite au sommet de la montagne : en face de lui, une chaîne de montagnes ; à sa droite, au loin, un grand fleuve ; sur sa gauche, le soleil couchant, rouge comme le sang. Mais toujours pas de sentier. Il baissa la tête et aperçut un torrent encaissé où on entendait le murmure de l'eau.

« Comment faire ? » pensa-t-il, anxieux.

Il redescendit la montagne en s'accrochant aux rochers. Soudain, il aperçut sur une crête en contrebas un groupe d'hommes à cheval : c'était Ma Yinxiu, « l'Ancêtre de fer », Wu Jinbiao, « la Panthère Noire », et leurs compagnons, qui rentraient au repaire. Petite Grue se cacha vite derrière un énorme rocher et resta tapi un bon moment avant de sortir la tête pour vérifier que les hommes étaient tous bien partis. Puis il reprit sa descente sur la pente très raide, entre les pierres aux arêtes coupantes et les branches épineuses des pins et des jujubiers. Les mains en sang, il avait perdu une chaussure et manqué plusieurs fois de tomber dans le ravin.

Mais il serrait les dents avec détermination. Au crépuscule, il arriva enfin sur un étroit sentier. Il reprit sa respiration avant de poursuivre sa course folle, un pied chaussé, un pied nu, courant vers le col de la montagne sans se soucier s'il marchait sur des cailloux ou bien sur des centaurées. Il tomba bientôt sur un chemin plus plat et courut de plus belle, sans se préoccuper de la direction qu'il prenait. Au bout d'un certain temps, il entendit derrière lui des sabots de chevaux qui se rapprochaient. Il se retourna et aperçut deux hommes.

Il n'y avait pas d'issue. Alors il se pencha en avant, tendit le bras et attrapa son sabre accroché derrière son dos. Comme il faisait déjà nuit, les deux hommes ne pouvaient pas le voir. Il s'accroupit au bord du chemin et attendit. Il laissa passer le premier cheval, et quand le deuxième arriva, il sauta d'un bond et le frappa à la patte avec son sabre. L'animal s'écroula et le cavalier tomba par terre en criant. Petite Grue asséna à l'homme deux coups de sabre et blessa à nouveau le cheval, de sorte qu'il ne puisse plus se relever. Le premier cavalier, alerté par le bruit, tourna bride :

« Frère ! Que se passe-t-il ? Tu as fait une chute ? »

Il ne parlait pas avec l'accent des brigands. Petite Grue s'accroupit à côté du cheval. L'homme blessé, étendu sur le sol, poussait des gémissements. Son compagnon s'approcha, dégaina son sabre et mit pied à terre.

« Mon frère ! Qu'est-ce qu'il y a ? »

Chapitre IV

Au bord du fleuve Jialing,
Le cavalier rencontre le célèbre Maître ;
À la musique d'un pipa,
De son sabre il met en fuite le bandit licencieux.

Petite Grue se leva d'un bond en brandissant son sabre :

« Qui appelles-tu ton frère ? »

L'homme surpris recula d'un pas avant d'attaquer. Dans le crépuscule lourd et pesant, les deux lames s'entrechoquèrent. Mais au bout d'une dizaine d'échanges, Petite Grue, n'arrivant plus à parer les coups, se réfugia derrière le cheval blessé.

« Quel est ton nom, l'ami ? » demanda-t-il.

L'autre ne répondit pas et poursuivit le jeune garçon, qui se mit à courir autour de l'animal immobilisé, dans un sens puis dans l'autre. Après plusieurs tours, l'homme, fou de rage, sauta par-dessus le cheval et hurla :

« Alors, bandit ! Tu veux toujours t'enfuir ? »

Petite Grue lui tourna le dos et se sauva à toutes jambes. Au bout d'un moment, il entendit devant lui des bruits de sabots : c'était le cheval de son adversaire, qui, effrayé par la bataille, s'était emballé et revenait. Le jeune garçon eut la présence d'esprit d'arrêter l'animal et de sauter en selle. Puis il se retourna en levant un bras et cria à l'homme qui le poursuivait :

« Attrape ça ! »

Croyant qu'une arme lui arrivait dessus, l'homme se baissa. Petite Grue en profita pour tourner bride et partit au galop. Le cheval prenait de la distance, on ne pouvait bientôt plus le rattraper. Alors, sous un ciel couvert d'une myriade d'étoiles argentées, à la faible lumière d'un mince croissant de lune, le jeune garçon fonça vers une direction inconnue.

Au bout d'une vingtaine de lis, il tira sur les rênes, mit pied à terre et reprit son souffle. Il aperçut soudain un ballot accroché derrière la selle, et tendit la main pour le tâter : c'était mou à l'extérieur, dur à l'intérieur.

« Il y a sûrement beaucoup d'argent là-dedans, pensa-t-il. Je suis enfin riche ! Un cheval, un sabre, de l'argent, j'ai tout ! Il faut juste que je cherche un endroit où passer la nuit. Dès demain, je poursuivrai ma route pour aller trouver le Chevalier de Langzhong ! »

Il accrocha son sabre et l'argent volé sur le cheval et se remit en selle. Au bout d'une trentaine de lis, il arriva dans une bourgade. Malgré l'heure tardive[1], il restait encore quelques boutiques ouvertes. Petite Grue, menant son cheval par la bride, tomba bientôt nez à nez avec quelqu'un. L'homme, une lanterne à la main, le salua :

« Cher visiteur, descendez dans notre auberge. Le vieil établissement des Zhang propose des chambres propres.

— Bien, répondit le jeune garçon. Donne-moi une chambre individuelle. Peu importe si c'est plus cher. »

1. Deuxième veille : entre vingt et une et vingt-deux heures.

Il suivit l'employé jusqu'à l'auberge des Zhang. L'écurie se trouvait à l'entrée. Petite Grue prit ses affaires et demanda qu'on s'occupe de son cheval. Puis on lui montra sa chambre. Le serviteur alluma la lampe à huile accrochée au mur et apporta une bassine d'eau, du thé et des couvertures.

« Que désirez-vous manger ? demanda-t-il.

— Donne-moi ce qu'il y a. Mais veille bien à ce qu'il y ait de l'alcool, il m'en faut au moins quatre mesures ! »

L'employé s'exécuta et sortit.

Petite Grue put enfin ouvrir le ballot : il contenait une mince couverture ouatée dans laquelle se trouvaient de l'argent et trois lettres soigneusement cachetées. Il ne les ouvrit pas, de toute façon il ne savait pas lire. Il rangea son argent en prenant soin de garder un peu de monnaie sur lui, referma le ballot et le plaça sur le lit en guise d'oreiller. Puis il se lava les mains et le visage. Ses pieds le faisaient souffrir : il ne lui restait plus qu'une chaussure tout abîmée, qu'il retira avant de s'asseoir sur le lit. Un moment plus tard, l'employé apporta l'alcool et la nourriture. Son repas terminé, Petite Grue ferma la porte de sa chambre et se coucha, puis s'endormit profondément, la tête appuyée sur son paquet.

Le lendemain, quand il se réveilla, la lumière du soleil inondait déjà la pièce. Il avala son petit déjeuner et demanda à l'aubergiste dans quel lieu il se trouvait, et combien il lui restait à parcourir pour se rendre à Langzhong.

« Nous nous trouvons ici dans la ville de Taiping[1], répondit l'homme, placée sous l'autorité du district de Dazhu. Pour aller à Langzhong, il faut traverser le fleuve Qu. Après deux cents lis par voie de terre et d'eau, vous serez arrivé. »

1. Taiping : littéralement « la Grande Paix ».

Puis il lui indiqua dans les détails la direction à prendre et le trajet à suivre.

« Je ne peux pas voyager par voie d'eau, pensa Petite Grue, je n'y connais rien. Si je tombe sur des pirates, ce sera désastreux ! J'ai un cheval, autant emprunter la voie de terre. »

Il montra ses pieds à l'aubergiste, lui donna de l'argent et demanda qu'on aille lui acheter des chaussures. On lui ramena une paire assez confortable. Alors il régla sa note, sella son cheval et partit. Une fois dans la rue, il acheta une cravache et quitta la ville en direction du nord-ouest. À midi, il arriva sur la rive sud du fleuve Qu, se rendit à l'embarcadère et traversa.

Il se trouvait maintenant dans le district de Qu, une ville florissante placée sous la juridiction de Jialing. Le jeune garçon se restaura avant d'aller s'acheter des vêtements neufs : des habits en soie et en satin, des chaussures et un bonnet de satin. Il se changea dans la boutique, puis quitta la ville à cheval en direction du nord-ouest. Il portait maintenant une veste, un pantalon et un bonnet de satin noir, des ceintures de mollet noires et des petites bottes légères et pointues en satin noir. Ajoutés à cette tenue son coursier rouge feu, son ballot et son arme, il avait vraiment fière allure. Le cœur rempli de joie, il maniait sa cravache et avançait tranquillement.

Le printemps était arrivé : le sol se couvrait de jeunes pousses de céréales d'un vert tendre et d'herbes sauvages vert foncé, les fleurs de pêchers étaient resplendissantes, l'eau du ruisseau limpide, de délicats nuages blancs flottaient dans le ciel et le doux vent de l'est apaisait le cœur des hommes.

« C'était finalement une bonne chose de quitter la province, pensa Petite Grue. En y réfléchissant, maintenant j'ai tout ! Si je rentrais comme ça à Zhenba, personne n'oserait me regarder de haut. Mais il me reste encore les arts martiaux... Ce que j'ai appris avec Ma Zhixian ne me sera pas très utile, ni pour assouvir ma vengeance, ni même pour parcourir les Fleuves et les Lacs. » Comme il brûlait d'impatience d'arriver chez le Chevalier de Langzhong pour devenir son disciple ! Il voyageait maintenant sur une large route, avec sur sa droite une grande rivière, affluent du fleuve Qu, et sur sa gauche des rizières et des champs de blé. Les paysans s'activaient au travail pendant que les enfants jouaient dans un ruisseau. En apercevant Petite Grue sur la rive, tous furent émerveillés et certains même le hélèrent de loin. Il croisa la route de nombreuses charrettes, de personnes à cheval et de passants qui marchaient en portant leurs affaires sur le dos. Tous se retournaient sur lui, ignorant qui était cet enfant si élégamment vêtu et si bon cavalier. Petite Grue, lui, cravachait son cheval en sifflotant.

Au bout d'une trentaine de lis, trois jeunes cavaliers vêtus de tuniques courtes arrivèrent soudain par-derrière :

« Hé ! Qu'est-ce que tu fais là, petit ? » cria l'un d'entre eux.

Petite Grue se retourna. Trouvant l'homme très impoli et ne daignant pas lui répondre, il continua d'avancer en sifflant. Les trois cavaliers accélérèrent et se plantèrent juste devant lui en soulevant un gros nuage de poussière. Le jeune garçon n'appréciait guère leur comportement, mais en voyant qu'ils portaient tous des sabres accrochés à leurs selles, il supposa qu'il s'agissait sûrement de vagabonds du Jianghu. « Comme je suis jeune et que je porte de beaux vêtements, ils veulent me brimer », pensa-t-il. Alors, pour éviter la bagarre, il ralentit son cheval et laissa simplement les trois hommes s'éloigner.

Ce n'est qu'au crépuscule qu'il s'arrêta dans une auberge. Il en repartit très tôt le lendemain matin. Vers midi, il arriva dans une ville et décida d'y déjeuner. Il trouva un restaurant, commanda à boire et à manger, et demanda sa route à un serveur :

« Ici, c'est le district de Yingshan. Langzhong se trouve à une centaine de lis d'ici. Si vous galopez vite, vous pourrez y arriver aujourd'hui. »

Ravi, Petite Grue se hâta de terminer son repas, paya sa note et remonta en selle. Il sortit par la porte nord de la ville, s'engagea sur la grande route et galopa vers le nord. Au bout de quelques lis, le chemin devint étroit et sinueux. Devant lui s'étendait un fleuve sur lequel ne naviguait aucun bateau, et sur la route, il n'y avait que quelques paysans, mais aucun chariot ni cheval.

« Bon sang ! pensa-t-il. Je me suis trompé de chemin ! J'étais trop occupé à faire avancer mon cheval, et j'ai pris la mauvaise direction... »

Alors il tourna bride et demanda à un paysan :

« Pardon ! Je désirerais me rendre à Langzhong. On peut y aller d'ici ?

— Oui, oui. Une fois arrivé au bord du fleuve, il faudra prendre à l'est et vous trouverez un bac !

— Parfait ! »

Il fit demi-tour et reprit sa route. Après une vingtaine de lis, alors qu'une bonne distance le séparait encore du fleuve, il entendit quelqu'un crier derrière lui :

« Hé ! L'ami ! Arrête-toi ! On a des choses à te dire ! »

Petite Grue tira sur les rênes et se retourna : trois cavaliers arrivaient vers lui au grand galop. Il reconnut les hommes rencontrés la veille sur la route. Il ne les craignait pas, mais pensait que s'enfuir s'assimilerait à un manque de courage. « En plus leurs chevaux sont rapides, pensa-t-il, ils me rattraperaient. Mieux vaut leur dire qui je suis, peut-être qu'ils seront effrayés et s'en iront. »

Alors il fit volte-face et alla tout simplement à leur rencontre. Arrivé à leur hauteur, les trois hommes immobilisèrent leurs montures et le toisèrent.

« Alors l'ami ! commença le plus corpulent en souriant. Tu viens d'où ? Tu comptes aller où faire fortune ?

— Je viens du district de Zhenba, répondit Petite Grue. Je pars pour Langzhong. »

Les trois hommes prirent un air étonné.

« Peut-on connaître ton nom ? Et de quel grand maître tu es le disciple ? »

Petite Grue prit une mine imposante, et répondit fièrement :

« Je m'appelle Jiang Xiaohe. On me surnomme "le Tigre à trois têtes". Je n'ai jamais eu de maître. Le don des arts martiaux m'a été transmis par les immortels. »

Les hommes éclatèrent de rire, puis parlèrent entre eux à voix basse. En voyant leur expression mauvaise, Petite Grue décida de prendre les devants.

« Hé ! Les amis ! dit-il d'un air sévère. Maintenant que je vous ai répondu, c'est votre tour !

— Inutile de leur demander leurs noms, répondit le gros. Quant à moi, je m'appelle Qi Yong, "le Sabre-Crochet". Tu peux te renseigner, tu verras, partout dans le Chuanbei, tous les gamins connaissent mon nom. Si on t'a suivi, c'était sans raison spéciale. On voulait juste que tu nous laisses ton sabre et ton cheval. Quant à ton argent, tu peux le garder, nous n'en voulons pas un liard. En tant que bandits, nous ne pouvons pas permettre à un petit héros puéril comme toi de se pavaner sur la route !

— Fripouille ! insulta Petite Grue. Qu'est-ce que cela peut te faire si le grand Jiang se promène ? Pourquoi m'interdiriez-vous de porter un sabre et de monter à cheval ? Vous me regardez de haut ? Si vous êtes des braves, alors mettez pied à terre et venez vous battre un par un. Vous pouvez même venir tous les trois en même temps, je n'ai pas peur ! Mais on ne pourra plus vous considérer comme des héros ! »

Petite Grue était maintenant descendu de cheval. Il alla fouiller dans ses bagages et en sortit son sabre d'acier qui trembla en brillant d'un éclat sombre. Puis il se mit en position, la jambe gauche fléchie, la droite reculée, et pointa deux doigts en direction de ses adversaires avec un regard plein de colère :

« Approchez ! Si l'un de vous arrive à me battre, je vous abandonne toutes mes affaires. Mais faites attention à vos vies ! Ne faites pas comme les frères Long de Ziyang qui se sont agenouillés pour me demander grâce ! »

Face à l'air imposant de Petite Grue, les trois hommes prirent peur. Pour un œil expert, la lame brillante que brandissait le jeune garçon était la preuve d'une bonne connaissance en arts martiaux. Celui qui était grand et mince descendit alors de cheval et salua Petite Grue en posant une main sur l'autre à hauteur de la poitrine :

« C'est bon, mon ami, nous avons compris ! Nous avons parcouru des centaines de lis sans jamais se faire un seul bon ami. À quoi bon nous battre ? En plus, ce n'est pas le lieu. Range ton arme, mon ami. Et remonte en selle, je te prie. Allons boire un verre ! »

En constatant qu'il avait laissé cois les trois hommes, Petite Grue se montra encore plus arrogant. Il esquissa un léger sourire, rangea son arme et secoua la tête :

« Je n'ai pas le temps de rester avec vous. Je dois me rendre à Langzhong. Alors à la prochaine ! »

Il s'agrippa à la selle et monta sur son cheval, salua, tourna bride et partit au galop vers le nord. Mais les trois hommes le pourchassèrent.

« Grand frère Jiang ! cria Qi Yong. Il y a encore une chose qu'on voudrait savoir !

— Quelle chose ? demanda Petite Grue d'un air souriant en tirant sur les rênes. Parle, je t'en prie !

— Pour quelle raison te rends-tu à Langzhong, grand frère ? demanda l'autre en joignant les mains en signe de respect.

— Pour rien, répondit calmement Petite Grue. C'est juste qu'à Zhenba, j'ai beaucoup entendu parler du grand Chevalier de Langzhong, et que je voudrais le rencontrer.

— Quelle coïncidence ! Nous aussi, nous nous rendons à Langzhong. Et nous connaissons le vénérable Chevalier ! Faisons route ensemble, grand frère. Qu'en dis-tu ? »

Petite Grue réfléchit un moment et observa avec soin les trois hommes : ils ne semblaient pas perclus de mauvaises intentions, et lui témoignaient un profond respect. « Je me suis trompé de route, pensa-t-il, alors c'est finalement une bonne chose qu'ils m'accompagnent. Si je rencontre encore un ennemi, ils pourront toujours m'aider. En plus, concernant le Chevalier de Langzhong, j'ai seulement entendu parler de sa grande maîtrise des arts martiaux, mais j'ignore tout de ses qualités morales. S'il s'avère être un homme mauvais, ou bien s'il est aussi terrible que Bao Kunlun, alors inutile d'aller le voir, je chercherai un autre maître. »

« Très bien, répondit-il d'un signe de tête. Rendons-nous d'abord sur les rives du fleuve pour chercher l'embarcadère. »

La troupe, Petite Grue en tête, se mit en route. Ils avançaient tranquillement tout en bavardant. Le jeune garçon apprit que les trois hommes travaillaient à Langzhong pour le service d'escorte armée Fuli. Ils rentraient de Hezhou où ils avaient présenté leurs vœux d'anniversaire à leur maître Han Jing, « le Génie Ivre de la peste ». Qi Yong, « le Sabre-

Crochet » était le plus vieux. Ses frères d'armes s'appelaient respectivement Yang Xiantai, « la Courte Lame », et Lü Xiong, « le Sabre Fleuri ».

Ils longèrent le fleuve vers l'est et arrivèrent à l'embarcadère situé près de six lis plus loin. Plusieurs bacs attendaient là. Yang Xiantai mit pied à terre et cria dans leur direction. Aussitôt, deux bacs s'approchèrent. Les hommes, qui se connaissaient, plaisantèrent un moment, et on fit monter les chevaux sur les deux embarcations. Petite Grue monta avec Qi Yong.

« Frère Jiang, une fois à Langzhong, je pense que tu ne verras pas Xu Lin. Il n'est sans doute pas chez lui. En plus, même s'il est fort en arts martiaux, il traite les gens sans ménagement. Sa réputation dans la province du Sichuan est surfaite et il n'a aucun ami. Il n'y a aucun inconvénient à ce que tu habites dans notre agence d'escorte une fois arrivé en ville. Le patron s'appelle Jiao Dechun, "la Divinité à l'armure d'or". Même s'il n'est pas aussi connu que le Chevalier, il n'a rien à lui envier en matière de *gongfu* ! En plus, c'est un homme généreux qui se fait facilement des amis, et il a beaucoup d'estime pour les jeunes gens doués en arts martiaux. Il sera certainement content que tu sois là et que tu travailles pour lui. Si tu deviens l'un de ses gardes d'escorte, partout où tu iras, tu trouveras des amis pour prendre soin de toi !

— Bien, répondit Petite Grue. Une fois à Langzhong, tu m'introduiras auprès de tes amis. Quand je me serai fait un nom, je pourrai me rendre chez Xu Lin.

— Mais pourquoi tiens-tu tant à le rencontrer ? Tu veux te mesurer à lui ?

— Au contraire ! Je voudrais juste savoir s'il est plus fort que moi. Si c'est le cas, je le prendrai pour Maître !

— Arrête de rêver ! répondit Qi Yong en souriant. Il n'a jamais pris de disciple de sa vie. Il ne transmettra son savoir qu'à ses fils. Mais pour l'instant, ils sont encore trop jeunes, peut-être même plus jeunes que toi ! »

Ayant traversé l'affluent du fleuve Qu, les quatre hommes remontèrent en selle et poursuivirent leur route vers le nord-ouest. Ils s'arrêtèrent dans le district de Yilong pour le dîner et continuèrent leur voyage, sans beaucoup discuter. Yang Xiantai devant, ils empruntèrent la route postale. Le jour déclinait, les nuages pourpres devenaient de plus en plus sombres, les passants et voyageurs de moins en moins nombreux. Le vent du soir se leva et un groupe de corbeaux passa dans le ciel dans un grand vacarme pour rejoindre la forêt. Bientôt ce fut le crépuscule. Les étoiles brillaient, tout était désert.

Les quatre chevaux parcoururent encore au galop une trentaine de lis. Petite Grue se sentait épuisé et ses jambes le faisaient souffrir. C'est alors qu'il aperçut devant lui des lumières étincelantes. Les quatre hommes ne tardèrent pas à se retrouver dans une grande rue. Yang Xiantai arrêta son cheval, les autres l'imitèrent.

« On est arrivés ! dit Qi Yong en se retournant. Descendons de cheval ! »

Petite Grue, soulevé par un regain d'énergie, paradait dans la rue en tenant son cheval par la bride, en compagnie de ses trois camarades. Peu après, ils arrivèrent devant une grande grille fermée d'un seul battant.

« Voici notre agence Fuli », indiqua Qi Yong.

Yang Xiantai enjoignit à deux garçons de venir s'occuper des chevaux. Petite Grue, inquiet pour ses affaires, détacha son ballot et le garda sous le bras. Qi Yong l'invita poliment à entrer dans l'agence. Beaucoup de monde se trouvait à l'intérieur, massé en forme de cercle et jouant frénétiquement aux dés.

Ceux qui gagnaient éclataient de joie, ceux qui perdaient de l'argent poussaient des soupirs ou juraient. On ne pouvait pas considérer Petite Grue comme quelqu'un de vraiment petit, mais à côté de la quinzaine de gaillards qui se trouvaient là, il avait l'air d'un pas-grand-chose. Arborant des manières de grande personne, il jeta son sac sur un lit et dressa la tête pour regarder autour de lui. Tout absorbés par leur jeu d'argent, les hommes ne prêtèrent pas attention à l'arrivée de leurs quatre camarades. Seul un gaillard d'une quarantaine d'années, portant une veste doublée de couleur noire, vint à leur rencontre. Il discuta avec Qi Yong et les autres, sans que Petite Grue comprenne de quoi ils parlaient.

Enfin, Qi Yong fit les présentations : l'homme était un garde d'escorte nommé Mi Ziliang. Petite Grue le salua les mains jointes en souriant et échangea quelques politesses, à la manière d'une grande personne. Mi Ziliang sembla très surpris et examina le jeune garçon des pieds à la tête. Puis il tira Qi Yong sur le côté et discuta avec lui un long moment à voix basse. « Ce Mi doit sûrement me mépriser, parce que je suis encore jeune, pensa Petite Grue en les observant. Il faudrait que je leur montre de quoi je suis capable. Tous ces gardes du corps ne sont sans doute pas bien forts. Si je leur montre ce que m'a appris Ma Zhixian, ils vont en rester bouche bée ! »

C'est alors qu'arriva Yang Xiantai. Il tendit un bol à Petite Grue.

« Bois donc un peu de thé, mon garçon, lui dit-il en riant. Le patron Jiao est rentré chez lui, mais peut-être qu'il repassera faire un tour ici tout à l'heure. Sinon, tu le verras demain au petit matin. Mets-toi à ton aise. Tout le monde se connaît ici. Si tu t'ennuies, tu peux toujours aller miser. Mais si tu as la main heureuse, alors demain il faudra nous payer un coup ! »

Petite Grue acquiesça d'un signe de tête en riant. Il fit le point dans son esprit : « Maintenant que je suis à Langzhong, pensa-t-il, il va falloir que je me fasse un nom. Sans quoi, au moment de me prosterner devant le Maître Xu Lin, il est fort à craindre qu'il ne me refuse comme disciple. » Sur ce, il traversa la pièce et se mit sur la pointe des pieds pour regarder jouer les hommes. Ils « poursuivaient le singe », jeu qui consistait à lancer trois dés sur un plateau vert pois et à compter qui obtenait le plus grand score. Un homme vêtu d'une veste de soie bleu foncé et portant une moustache noire endossait le rôle du banquier et veillait sur un gros tas de pièces et de papiers-monnaies. Quelqu'un misait une somme, puis le banquier lançait les dés, et le joueur faisait de même : s'il obtenait un plus grand nombre que le banquier, il gagnait le double de sa mise. Sinon, il perdait tout.

Petite Grue les regarda jouer un bon moment : certains gagnaient, d'autres perdaient. Mais tous ne pariaient que des sapèques et des petits morceaux d'argent. Aucun ne misait des pièces d'argent entières. Ravi, Petite Grue retourna près de sa couche et prit la moitié de l'argent qui se trouvait dans son sac. Il choisit un gros morceau d'argent d'environ cinq cents grammes et le jeta sur la table en criant :

« Allez ! Jouons ! »

Les gens s'écartèrent, baissèrent la tête et le regardèrent d'un air stupéfait. Le banquier quant à lui, se moquant bien de savoir qui il était, regarda l'argent et s'exclama avec un sourire :

« Bien ! Voilà enfin un vrai pari ! Je prends ! »

Il prit les dés et leva la main bien haut, puis les jeta dans le plateau. On entendit les dés rouler. Il dut les relancer : deux deux et un cinq. Tout le monde regarda Petite Grue :

« Cinq singes, difficile de faire mieux ! »

Mais Petite Grue s'en moquait. Il retroussa ses manches et lança les dés. Il obtint un, deux et trois. Il venait de perdre dix taels d'un coup ! Ses voisins éclatèrent de rire. Le jeune garçon s'emporta et misa les quarante taels qu'il lui restait dans la main.

Cette fois, le banquier ne marqua que trois points, et Petite Grue obtint un « messager » : dans le plateau, les trois dés, indiquant chacun le chiffre cinq, ressemblaient à trois jolies fleurs de prunier.

Le banquier, terrifié, changea de couleur :

« Bon, j'ai perdu. Passez-moi la balance ! »

Yang Xiantai, ravi de voir que Petite Grue avait gagné, s'empressa d'aller chercher la balance. Le banquier pesa l'argent de Petite Grue puis sortit des billets et régla sa dette.

« Hé ! s'écria Petite Grue. Je ne veux pas de billets !

— Tu peux les prendre, va ! lui dit Yang Xiantai. Les papiers-monnaies du seigneur Chen-le-Septième viennent de la grande banque de Litong. Tu pourras les utiliser partout.

— Mon vieil ami, ajouta Chen-le-Septième en souriant, tu ne sais sûrement pas encore qui je suis. Cet argent, ce n'est rien. Même si tu venais avec la bassine magique de Shen Wansan[1], je jouerais encore contre toi ! Mais nous parlerons d'amitié plus tard. Pour l'instant, jouons ! Plus conséquente sera la mise, meilleur ce sera ! »

Alors Petite Grue misa en boudant la totalité de son argent et relança les dés. Il gagna à nouveau, et Chen-le-Septième dut encore lâcher quelques billets. Très en colère, il frappa plusieurs fois sur la table :

1. Shen Wansan : riche commerçant de la fin des Ming. Premier millionnaire du Jiangnan.

« Allez ! Allez ! Ce ne sera intéressant que si tu paries plus. Je vois que notre vieil ami est un homme riche ! »

Petite Grue, transporté par l'allégresse, misa plusieurs coups d'affilée de grosses sommes. Les spectateurs gardaient les yeux rivés sur lui et sur les dés qu'il tenait dans sa main.

« Arrête de miser autant, lui conseilla tout bas Yang Xiantai. Garde un peu de ton capital de départ, sinon il va tout récupérer ! »

Mais Petite Grue avait déjà tout bien calculé : il gardait tous ses billets dans une main, et ne misait que vingt taels à la fois. Si bien que sur une quarantaine de coups, il gagna plus souvent que son adversaire.

Ayant épuisé sa liasse de billets et son tas de monnaie, Chen-le-Septième bâilla et essuya son visage tout en sueur :

« On remet ça à demain, hein ! Je dois retourner au bureau. »

Puis il contourna la table et, tapotant l'épaule de Petite Grue :

« Notre cher frère a vraiment la main chanceuse. De quelle famille est-il ? »

Petite Grue, trop occupé à compter son argent, ne prit pas la peine de répondre. C'est donc Qi Yong qui raconta son histoire. L'auditoire apprit que le jeune garçon savait se battre, qu'il était un petit héros qui parcourait seul le Jianghu et était venu ici pour rencontrer le Chevalier de Langzhong. Tout le monde, stupéfait, le regardait avec de grands yeux : malgré son jeune âge, Petite Grue avait fière allure et beaucoup d'élégance, et en plus il portait de très beaux habits. Les autres, impressionnés, n'osaient pas le regarder de haut.

Le jeune garçon pesa tranquillement sa monnaie et compta ses billets. Il y en avait pour plus de deux cent soixante taels. En ajoutant l'argent déjà en sa possession, cela lui faisait largement plus de quatre cents taels ! Tout joyeux, il glissa les billets dans sa veste. Mais alors qu'il s'apprêtait à aller ranger les pièces dans son baluchon, il aperçut soudain un grand gaillard au visage foncé se diriger vers son lit, saisir le petit sac, le jeter sur le sol, et lancer avec rage :

« Merde alors ! On peut savoir qui a balancé ce sac pourri sur mon lit ?

— C'est moi ! répondit Petite Grue le regard plein de colère. Qui t'a permis de jeter mes affaires par terre ? Ramasse-le !

— Que je le ramasse ? fit l'autre en serrant les poings. Mais où tu te crois ? Tu viens ici et tu te fais passer pour un gros riche, pour un homme brave ? Sale bâtard ! »

En entendant cet homme l'insulter aussi vertement, Petite Grue laissa choir son argent sur la table et se rua sur l'autre en brandissant les poings :

« Qui tu insultes, là ? »

Les gaillards de l'assistance s'écartèrent tous. Personne n'osa intervenir pour calmer la situation.

Petite Grue porta un coup au visage de son adversaire, qui para l'attaque avec son bras avant de se jeter sur le jeune garçon pour l'empoigner à pleines mains. Petite Grue saisit le poignet droit de l'homme avec sa main gauche et donna un coup de poing de la main droite. « Paf ! », le visage tordu par la douleur, l'autre se jeta sur lui en criant :

« Tu as l'audace de me frapper ? Espèce de bâtard ! »

Petite Grue se jeta de côté tout en donnant un coup de pied dans la hanche gauche de l'homme. Puis, se protégeant avec ses mains, il le frappa au bras gauche. Son adversaire se mit de biais, et Petite Grue en profita pour lui asséner un nouveau coup de pied dans la fesse gauche. « Aïe aïe ! », l'autre tomba à terre. Irrité, il se releva d'un bond et courut prendre son sabre. Petite Grue quant à lui tira d'un coup sa lame d'acier hors de son baluchon. Le sabre de son adversaire allait déjà s'abattre sur sa tête, mais il se hâta de parer le coup en mettant sa lame de travers. Puis, ne laissant pas à l'autre le temps de retirer son arme, il maintint la pression et se rapprocha de lui. L'homme, forcé de reculer, culbuta soudain : une personne qui se trouvait juste derrière lui venait de lui faire un croche-pied.

« Arrête ! dit l'homme en riant à Petite Grue en agitant la main. Je reconnais à ta manière de te battre le style de l'école de Kunlun. »

L'homme, très corpulent, avec un visage noir et une grosse barbe, portait de riches habits. Tout le monde s'esquiva. Yang Xiantai et Mi Ziliang exhortèrent le perdant à se rendre dans une pièce voisine, puis Qi Yong s'approcha et fit les présentations :

« Voici notre patron Jiao Dechun, "la Divinité à l'armure d'or". Maintenant qu'il est là, calme-toi mon jeune ami ! »

Petite Grue jeta aussitôt son sabre et salua respectueusement :

« Enchanté de faire votre connaissance ! Enchanté ! »

— Si jeune, et déjà une bonne maîtrise des arts martiaux, dit Dechun en s'approchant avec un air affable. Je n'ai jamais vu cela. Dis-moi, jeune homme, c'est avec Bao Kunlun de Zhenba que tu as étudié le *gongfu* ?

— Bao Zhenfei est mon ennemi. Comment consentir à étudier auprès de lui ? J'ai appris tout seul, et mon oncle Ma Zhixian m'a montré quelques mouvements.

— Cela ne me surprend pas, répondit l'autre en hochant la tête. J'ai toujours entendu dire qu'à part les frères Long et Jia Zhiming, les disciples de Bao

Kunlun, entres autres Ge Zhiqiang, Lu Zhizhong et Ma Zhixian, excellaient en arts martiaux. Mon jeune ami, même si tu n'as pas suivi l'enseignement de Kunlun, on peut quand même dire que tu es issu de cette école !

— Non ! fit Petite Grue en secouant la tête. Je ne veux pas être rattaché à eux ! À part Ma Zhixian et Lu Zhizhong, ce sont tous mes ennemis ! »

À cet instant, Chen-le-Septième, qui n'avait pas encore pris congé, s'approcha de Jiao Dechun :

« Aujourd'hui, ce cher enfant m'a fait perdre au jeu beaucoup d'argent. J'ai dû lui donner les quatre cents taels que j'avais sur moi !

— Mais tu méritais de perdre ! rétorqua Jiao Dechun en éclatant de rire. Tu ne peux pas venir ici chaque jour et repartir avec de grosses sommes d'argent ! »

Il expliqua à Petite Grue que Chen-le-Septième s'appelait de son vrai nom Chen Wenfu et était le patron de la banque locale Litong. Ceux qui se trouvaient là étaient tous des commerçants locaux ou des gardes du corps et des employés du service d'escorte.

On sonna la deuxième veille, et plusieurs personnes quittèrent les lieux. Jiao Dechun invita Chen Wenfu à rester et demanda au marmiton d'amener de l'alcool.

« Celui qui t'a offensé tout à l'heure, dit-il à Petite Grue, c'est mon neveu, Jiao Rong. Il travaille pour moi comme garde d'escorte. Toi et moi, c'est le hasard qui nous a fait nous rencontrer, mais j'ai l'impression que nous nous connaissons depuis longtemps déjà. Avec Chen-le-Septième, nous boirons joyeusement quelques coupes tous ensemble. Après, nous serons comme de vieux amis. J'ai même envie de faire venir Jiao Rong, pour qu'il te présente ses excuses. Comme ça vous pourrez oublier l'incident d'aujourd'hui ! »

Face à des paroles aussi amicales, Petite Grue fit preuve de magnanimité :

« Ce n'est rien, ce n'est rien. Qu'il vienne, mais inutile de me faire des excuses. Après tout *"sans dispute, pas d'entente"* !

— Voilà qui est généreux de ta part, mon garçon ! répondit Dechun en riant. »

Il fit appeler son neveu et l'enjoignit de faire amende honorable en s'inclinant les mains à hauteur du front. Petite Grue lui rendit son salut en souriant.

Le repas fut bientôt prêt. Jiao Dechun invita son nouvel ami à s'asseoir à la place d'honneur et se mit à table avec Chen Wenfu, Qi Yong, Yang Xiantai, Lü Xiong, Jiao Rong et deux autres gardes d'escorte. Petite Grue prit des allures de grand homme et porta la coupe à ses lèvres. Tout le monde voulait lui parler. On savait qu'il voulait rencontrer Xu Lin, le Chevalier de Langzhong, mais personne ne connaissait son intention de devenir son disciple.

« Tu n'as pas de chance ! lui dit Jiao Dechun. Cela fait déjà plus de dix jours que le Chevalier de Langzhong est parti. Tu sais, au cours du dixième mois lunaire, alors qu'il se rendait à Jianmen, il est tombé sur Long Zhiteng et Long Zhiqi. Les deux frères, qui venaient de tuer et de blesser quelques braves hommes qui travaillaient pour Mao Qing, « le Rat des montagnes », fanfaronnaient sur la route en disant qu'ils ne craignaient aucun brave combattant du Sichuan. Ces paroles sont parvenues aux oreilles du Chevalier de Langzhong, qui, furieux, est parti en personne à la poursuite des frères Long pour leur barrer la route. Tu connais bien, mon ami, les capacités des deux hommes au combat : de tous les disciples de Bao Kunlun, ce sont les plus doués. Bien sûr ils n'ont pas reconnu leurs torts et se sont battus. Ils ont alors constaté que le Chevalier de Langzhong était beaucoup plus fort qu'eux : à deux contre un, ils n'ont pas triomphé ! Abandonnant chariots et chevaux, ils se sont enfuis dans la montagne. Xu Lin a laissé partir le convoi, mais gardé les chevaux. Avant même qu'il n'ait eu le temps de rentrer, les frères Long s'étaient rendus chez lui pour se venger. Grâce à la présence du jeune maître, ils n'ont pas réussi, mais ont tué deux hommes avant de s'enfuir. Une fois rentré, le preux Chevalier, fou de rage, s'est lancé à leur poursuite, mais sans succès. Il a réglé les affaires familiales puis est reparti à leurs trousses, et n'est toujours pas revenu. Sans doute est-il parti à Ziyang pour chercher les frères Long et leur faire payer ! »

Petite Grue écoutait avec beaucoup d'attention. « Pas étonnant que les frères Long soient si anxieux et viennent chercher de l'aide chez le vieux Bao, pensa-t-il. Ils ont compris que le Chevalier de Langzhong les poursuivait pour un combat décisif. Je me demande s'il les a retrouvés. Si c'est le cas, qui est sorti vainqueur ? Il faut que j'aille voir ça par moi-même. »

Ils burent encore quelques coupes.

« J'ai un bon contact avec les gens, reprit Jiao Dechun. C'est parce que j'aime me faire des amis qu'on m'a fait une réputation surfaite. Quant au *gongfu*, je suis vraiment confus : je ne parle même pas du Chevalier de Langzhong, que je serais bien incapable de battre, je n'arrive pas à la cheville des chevaliers et des maîtres boxeurs du Sichuan de deuxième et troisième ordres ! C'est une bonne chose que tu sois venu ici, mon garçon. Inutile d'attendre le Chevalier : il est hautain et n'aime pas sympathiser avec les gens. Reste avec moi, je te présenterai quelques bons amis. Ensuite tu m'aideras dans mes affaires ! »

Petite Grue garda le silence : « Jiao Dechun ignore ce que je vaux réellement, se dit-il, alors il voudrait que je travaille pour lui. En fait, le peu que je connais suffirait à les tromper, et ils ne pourraient pas prendre le dessus sur moi au combat. Mais si je me retrouve face au Chevalier de Langzhong ou à Bao Kunlun, je ne vaux plus rien ! D'ailleurs, avec tout l'argent que j'ai maintenant, je ne vais pas travailler comme garde d'escorte ! Il est urgent que je me perfectionne en *gongfu*... »

Alors seulement il répondit en secouant la tête :

« Monsieur Jiao, mon cher ami, je vous remercie pour votre gentillesse. Quand je suis arrivé ici, aucun d'entre vous ne m'a traité comme un enfant. Je ne vous oublierai jamais, mes chers amis. Je pense rester ici un petit mois, si cela ne vous dérange pas. Si le Chevalier de Langzhong revient d'ici là, j'irai le voir. Sinon, je partirai. Mais nous aurons d'autres occasions de nous revoir ! J'ai seulement une quinzaine d'années, et je me débrouille en *gongfu*. Mais je ne saurais me contenter de cela : il faut que j'étudie auprès d'un maître. Après quelques années d'effort, je surpasserai Bao Kunlun et je rentrerai chez moi venger la mort de mon père. Alors seulement je parcourrai à nouveau le monde des Fleuves et des Lacs et je pourrai travailler à vos côtés !

— Mon bon garçon, répondit Jiao Dechun en levant le pouce en signe d'admiration. Tu es vraiment un petit héros aux nobles aspirations ! Mais ne sois pas pressé de te venger. Dans la région, il n'y a pas un seul homme du Jianghu qui ne déteste l'école de Kunlun : tous t'apporteront leur aide. Quant à choisir un maître, ne le prends pas mal, mais même si tu es fort en arts martiaux, tu l'es moins que le Chevalier de Langzhong. Cependant, s'il te dirige, tu deviendras sûrement meilleur que lui. Il y a deux choses que tu dois savoir. Premièrement, c'est un fait, le Chevalier n'aime pas se faire de nouveaux amis. Mais surtout, il n'a jamais pris de disciple ! Cela fait maintenant plus de vingt ans que je le connais et qu'on habite au même endroit. Eh bien quand on se croise, il se contente d'un simple salut. Nous n'avons même jamais bu un verre ensemble ! Deuxièmement, même si on peut dire que dans le Sichuan c'est le meilleur combattant, je pense qu'un combat contre Bao Kunlun se solderait par une égalité.

— Tu devrais plutôt t'adresser au Dragon du Sichuan[1] ! ajouta Yang Xiantai. Si tu apprends ne serait-ce qu'un dixième de ce qu'il sait, alors plus aucun adversaire ne pourra jamais te vaincre ! »

Aussitôt Petite Grue se leva :

« Qui est ce Dragon du Sichuan ? Où habite-t-il ?

— Ne l'écoute pas, dit Jiao Dechun en souriant. C'était il y a vingt ans un valeureux chevalier du Sichuan. Non seulement personne ne peut le battre au *gongfu*, mais en plus il connaît le *dianxue*[2]...

— Qu'est-ce que le *dianxue* ? s'empressa de demander Petite Grue.

— Je ne l'ai jamais vu de mes yeux, mais on dit que c'est un art secret de la secte de Wudang, et que ceux qui maîtrisent cette technique sont fort peu nombreux. Il paraît qu'on peut rendre son adversaire muet ou même le tuer rien qu'en effleurant son corps avec les mains. Il y a vingt ans, le vieux Dragon du Sichuan et le Chevalier de Longmen[3] étaient les deux plus grands chevaliers du nord et du sud. On les surnommait "les Deux Dragons[4]". Le premier s'est retiré il y a longtemps de la vie publique, et personne ne sait où il se trouve aujourd'hui, ni même s'il est encore en vie.

---

1. En transcription pinyin : « Shuzhong Long ».
2. *Dianxue* : art de la pression des cavités et des points vitaux. On l'utilise pour soigner, mais aussi pour se battre.
3. Longmen : ville du Henan située près de Luoyang.
4. Le « Dragon du Sichuan » (Shuzhong Long) et le Chevalier de Longmen (Longmen Xia) possèdent tous les deux le caractère *long* qui signifie « dragon », dans leurs noms. Le terme « dragon » désigne également des hommes valeureux et talentueux.

— Et le Chevalier de Longmen ? Il vit toujours ? demanda Petite Grue après un moment de réflexion.

— Il y a quelques années, un ami qui venait de l'ouest m'a dit que Ji Junyi, le fameux Chevalier de Longmen, avait trépassé. Son fils décédé, il ne resta plus que sa veuve et son petit-fils. C'est une bien triste histoire. Ji Junyi avait appris le *gongfu* de Shaolin, puis était parti dans les monts Wudang[1] dans le Jiangnan pour étudier les techniques internes *neijia*. Il n'est en rien inférieur au Dragon du Sichuan, sinon on ne parlerait pas des "Deux Dragons". »

Petite Grue semblait de plus en plus captivé par ces vieilles histoires. Mais il n'y avait plus aucun moyen de retrouver ces deux grands personnages. Dechun honorait leurs noms et leurs mémoires, mais ne fournissait aucune information réellement utile. Petite Grue se sentit démotivé : « D'après ce qu'ils disent, pensa-t-il, il ne reste plus aucun chevalier valeureux digne de ce nom dans le pays. Il n'y a que le Chevalier de Langzhong qui soit un peu plus fort que les frères Long et qui pourrait égaler le vieux Bao ! »

Très tracassé, le jeune garçon ne pouvait plus rien avaler. En le voyant ainsi contrarié, Jiao Dechun et les autres s'arrêtèrent eux aussi de boire. Les employés débarrassèrent la table et Chen Wenfu rentra à son bureau. Dechun ordonna qu'on prépare un bon lit à Petite Grue et regagna ses appartements.

Petite Grue passa la nuit à l'agence, dans un lit qui faisait face à celui de Yang Xiantai. Le lendemain, il se leva très tôt. Un domestique s'occupa de lui et apporta de l'eau pour qu'il fasse sa toilette. Après

1. Wudangshan : les monts Wudang. Célèbres montagnes taoïstes, dans le nord-ouest du Hubei, qui s'étendent sur 400 kilomètres. C'est une des principales montagnes sacrées de Chine, mais aussi l'un des berceaux des arts martiaux internes taoïstes. Le temple de Shaolin se trouve dans la province du Henan.

quoi, il alla voir Jiao Rong, Lü Xiong et les deux autres gardes d'escorte qui s'entraînaient dans la cour à boxer et à manier le sabre. Yang Xiantai sortit à son tour et resta debout à côté de lui.

« Ils ne sont pas au point, hein ? lui dit-il à voix basse en riant. C'est qu'ils comptent surtout sur les nombreuses relations qu'ils ont un peu partout, et du coup ils n'ont jamais essuyé de revers au cours de leurs convois d'escorte. Mais celui qui veut acquérir une solide maîtrise en arts martiaux doit aller ailleurs. Si on veut faire fortune, il faut également quitter la province. »

Petite Grue ne répondit rien et quitta l'agence. Yang Xiantai le suivit :

« Allons nous amuser en ville, hein ? Qu'en dis-tu ?

— Ça marche. »

Les deux amis rentrèrent dans Langzhong par la porte est. Il s'agissait d'une ville très prospère : tournant la tête de tous côtés, Petite Grue ne pouvait embrasser du regard toutes les belles choses qu'il voyait. Son compagnon lui aussi se repaissait les yeux et lorgnait sur les belles femmes qui passaient dans la rue.

« Sortons par la porte sud, pour voir un peu ce qu'il y a, hein ? dit-il en arrivant sur la grande avenue au sud de la ville.

— Qu'y a-t-il d'intéressant là-bas ? demanda Petite Grue.

— C'est beaucoup plus animé ! Il y a un grand quai tout au long duquel on trouve des tavernes et toutes sortes de marchandises. Il y a aussi... Hé ! Frère Jiang ! As-tu souvent vu des beautés ? Il y en a plein là-bas ! répondit Xiantai en riant, dévoilant son penchant érotomane de jeune homme.

— Qu'est-ce que tu entends par "beautés" ?

— Des prostituées ! Au bord du fleuve, il y a plus de trente maisons, qui proposent toutes cinq ou six filles au moins, comme on en voit sur les belles peintures ! Dans le passé, il y en avait une qui surpassait Chang'e, la Déesse de la lune[1], en beauté. Ne le répète pas, mais c'est la femme du patron ! J'en connais une qui est pas mal jolie aussi. Elle s'appelle Xiao Baoyu, "Petite Abalone". Mais sans doute qu'à cette heure-ci elle n'est pas encore levée. Dans un moment, quand nous aurons bu quelques verres et pris notre déjeuner, je t'emmènerai voir les filles. En voyant un jeune garçon comme toi, aussi mignon et aussi riche, holà ! Je me demande bien quelles paroles mielleuses elles vont te sortir, hein ! »

Lorsque Petite Grue comprit qu'il s'agissait de prostituées, il pensa : « Fréquenter ce genre de filles n'est pas une bonne chose. Mais je dois quand même aller voir comment c'est là-bas. Errer dans les Fleuves et les Lacs sans jamais avoir mis les pieds dans un bordel, ce serait risible, non ? »

Les deux amis continuèrent ainsi leur route en discutant et se retrouvèrent bientôt en dehors de la ville, face aux eaux houleuses du fleuve Jialing, bien plus large que la rivière Bashui et le fleuve Qu. Une forêt de mâts s'offrait à la vue, les bateaux étaient innombrables. Sur le quai se dressaient plusieurs maisons, avec une petite rue et toutes sortes de boutiques. La foule était plus dense qu'en ville.

« Langzhong est vraiment une grande ville ! lança Petite Grue, visiblement de bonne humeur.

— C'est la ville la plus importante du nord du Sichuan. Pourquoi tu penses que je ne suis jamais parti après mon arrivée ici, hein ?

— Depuis combien d'années y habites-tu ?

---

1. L'immortelle Chang'e : selon la légende, après avoir dérobé à son mari Houyi le breuvage d'élixir de longue vie, Chang'e se réfugia dans la lune et devint immortelle. Elle est réputée pour sa grande beauté.

— Je suis arrivé dans la province du Sichuan à l'âge de quinze ans. J'ai étudié le *gongfu* à Hezhou pendant trois ans auprès d'un maître, puis je suis rentré à l'agence d'escorte Fuli de Langzhong. J'ai vingt-deux ans aujourd'hui, et cela fait plus de trois ans environ que j'habite ici.

— Tu n'es pas originaire de la province alors ?

— Non, je suis du Henan. Mon père réside toujours là-bas. Comme il a offensé quelqu'un quand il parcourait le Jianghu, il a eu peur que plus tard je ne sois victime d'une conspiration. Du coup il m'a envoyé au Sichuan étudier à Hezhou les arts martiaux auprès de Han Jing, "le Génie Ivre de la peste". Il s'y connaissait pas mal en *gongfu*, mais comme il passait ses journées à boire, il n'était pas un maître très consciencieux, et en trois ans, je n'ai pratiquement rien appris. C'est seulement en m'appuyant sur sa réputation que j'ai pu tant bien que mal gagner ma vie par la suite. Mais je pense que si je continue dans cette voie, je n'ai aucun avenir. Je voudrais retourner au Henan chercher mon père. Là-bas, c'est mieux qu'ici. Seulement, je n'ai pas assez pour payer les frais du voyage. Il me faudrait au moins cent taels !

— Ce n'est pas un problème. Quand tu voudras partir, fais-le moi savoir. Je te prêterai ces cent taels. Tu me les rendras quand tu auras fait fortune. »

Cette proposition ravit Yang Xiantai. Il se rendit au bord du fleuve et promena son regard au loin. Comme il connaissait la plupart des bateliers et entrepreneurs qui s'affairaient sur les embarcations, il alla les saluer et les présenta un à un à Petite Grue.

« Voici Jiang Xiaohe, "le Tigre à trois têtes", un héros du Hanzhong, disait-il en flattant son jeune camarade. C'est le nouvel ami de notre patron Jiao. »

Tout le monde trouvait Petite Grue déjà bien grand et bien bâti malgré son jeune âge, et aussi très bien habillé. Personne n'osa le regarder de haut.

Petite Grue resta un moment au bord du fleuve avec Yang Xiantai. Mais en regardant les eaux impétueuses, il se sentit soudain contrarié.

« Allons boire un coup ! » proposa-t-il.

Les deux amis partirent vers le nord. Ils virent bientôt sur leur gauche une taverne, dont Petite Grue ne pouvait lire le nom, et entrèrent jeter un œil. Comme il s'agissait d'une taverne locale de grand standing, riches marchands et gardes d'escorte fortunés constituaient l'essentiel de la clientèle d'habitués. Mais à cette heure, plusieurs navires n'ayant pas encore fait escale, il ne s'y trouvait qu'une poignée de clients. Les deux amis prirent place près de la fenêtre, commandèrent plusieurs pichets de vin ainsi que différentes sortes de plats et burent gaiement. Mais Petite Grue se sentait toujours triste : il regardait dehors les eaux tumultueuses du fleuve et les oiseaux qui planaient au-dessus des voiliers, libres comme l'air, alors qu'un gros poids pesait sur son cœur. Plus il buvait, plus il se sentait maussade. Soudain, pointant son doigt en direction du quai :

« Je m'appelle Jiang ! s'écria-t-il. Ce grand fleuve, c'est le mien[1] !

— On ne peut pas dire que ce soit un fleuve bien grand, répondit Xiantai en riant, un verre à la main. Mon frère, si tu veux te comparer à un fleuve, alors prends le Changjiang[2] ! Tu l'as déjà vu ?

— Non.

— Il est beaucoup plus grand que celui-là ! Pour donner une idée, le Changjiang pourrait être le père du fleuve Jialing ! »

Petite Grue éclata de rire. Mais cela lui fit penser à son père, mort d'une façon si tragique, à sa mère remariée et à son frère devenu l'enfant de la famille

1. Rappel : en chinois, « fleuve » se dit *jiang*.

2. Changjiang : le fleuve Yangtsé, le Fleuve Bleu.

Dong. Il se sentait tout à la fois furieux, affligé et honteux. Peinant à retenir ses larmes, il but une gorgée et se mit à chanter. Il commença par un air de *bangzi*[1] de son pays natal, puis enchaîna avec une chansonnette et un air folklorique. Yang Xiantai, assis en face de lui, l'écoutait en souriant. Mais à peine entamé l'air folklorique, Petite Grue s'arrêta soudain.

« Ah ! la la !..., fit-il en tapant sur la table et en poussant un long soupir.

— Qu'y a-t-il ? Des soucis ? demanda Xiantai.

— Oui, j'en ai vraiment assez, répondit Petite Grue en secouant la tête.

— Cela ne sert à rien de te tracasser. Un homme valeureux doit garder l'esprit ouvert. S'il a de l'argent, qu'il le dépense. S'il a de l'alcool, qu'il le boive. Il affrontera les grandes difficultés plus tard, en temps voulu ! Nous, ceux du Jianghu, n'avons ni famille ni travail. Mais notre corps tout entier est une arme, et nos deux bras sont vigoureux. Que craignons-nous ? Qu'est-ce qui pourrait nous arrêter, hein ? Finissons vite nos verres. Je veux t'emmener ailleurs, dans un endroit où nous pourrons nous détendre et nous sentir bien.

— Quel genre d'endroit ?

— Là où je t'ai dit qu'il y avait de jolies filles ! s'écria Xiantai en riant, tout en reversant du vin à Petite Grue. Je connais une maison très bien. Hé hé ! Une fois que tu y seras, tu oublieras tous tes soucis !

— Bien, bien. Tu m'y emmèneras tout à l'heure. »

Les deux camarades s'empressèrent de finir leur repas sans plus échanger de mots. Bientôt, les plats et les pichets furent vides. Petite Grue régla l'addition,

1. *Bangzi* : style d'opéra chinois traditionnel.

et les deux amis, quelque peu ivres, quittèrent la taverne.

Yang Xiantai venait tout juste d'avoir vingt-deux ans, alors que Petite Grue n'en avait pas encore quinze. Le visage tout rouge, les deux jeunes gens zigzaguaient et titubaient dans la rue. Ils empruntèrent une ruelle à l'entrée de laquelle se trouvait un portique en bois portant trois caractères.

« Regarde ! *Meiren xiang*, "la Ruelle des beautés !" s'écria Yang Xiantai. »

Petite Grue ne reconnaissait que le caractère du milieu, « être humain, personne ». « Il faut que j'étudie les arts martiaux, pensa-t-il, mais aussi que j'apprenne à lire et à écrire. Sinon, je ne pourrai même pas comprendre une lettre si j'en reçois une ! »

Dans la ruelle, plusieurs petites chaumières aux murs de terre se succédaient. Les portes étaient grandes ouvertes. Yang Xiantai, qui servait de guide, fit entrer son ami dans l'une des maisons. Une femme d'un certain âge vint les accueillir en souriant :

« Cher oncle Yang ! Cela faisait longtemps qu'on ne vous avait vu ! »

Xiantai n'eut pas le temps de répondre que déjà une jeune femme sortait de l'aile est et pointait un doigt dans sa direction.

« Peuh ! Et moi qui pensais que tu étais mort ! » dit-elle à la fois ravie et en colère.

La mine du jeune homme s'illumina :

« Eh bien ! Vous voulez me porter la guigne ! »

La jeune femme s'avança et agrippa le bras de Xiantai.

« Ça va… Allez ! Viens donc à l'intérieur ! C'est qui lui ? demanda-t-elle en montrant Petite Grue. Cet enfant ressemble à un adulte !

— Je te présente le seigneur Jiang ! répondit Xiantai en faisant un clin d'œil. Un grand personnage des Fleuves et des Lacs !

— Oh, bien sûr ! s'exclama la jeune femme en lançant un sourire coquin à Petite Grue. Mes yeux me jouent des tours, quelle maladroite ! Que mon seigneur accepte toutes mes excuses ! »

En regardant la jeune femme, non seulement Petite Grue n'oublia pas ses soucis, mais il se sentit encore plus triste. « Quelle est cette femme ? pensa-t-il. Elle a au moins trente ans ! Avec ses vêtements de soie rouge, son visage poudré plus rouge que le cul d'un singe, ses yeux qui louchent et son nez de travers, ses lèvres qui ressemblent à celles de Zhu Bajie[1], et ses pieds de canard comparables à des abalones[2], on appelle ça une beauté ? »

La jeune femme tendit la main pour attraper Petite Grue, qui lui lança aussitôt un regard furieux. Yang Xiantai le poussa.

« Vas-y d'abord, mon frère ! » lança-t-il en riant.

Petite Grue entra dans la chambre. L'endroit était propre : table et tabourets en laque rouge, vases à fleurs, trousse de toilette, couverture rouge en soie fine sur le lit et oreillers brodés, et le caractère du double bonheur. On aurait dit une chambre de jeunes mariés. Petite Grue ne put s'empêcher de rêver : « Si un jour je peux épouser Aluan et vivre dans une maison qui ressemble à celle-là, ce sera formidable ! »

C'est à cet instant que Yang Xiantai arriva en compagnie de la jeune femme. Ils avaient certainement dû échanger quelques mots dehors et ne cessaient de flirter. Mais la fille n'osait pas plaisanter avec Petite Grue. Le jeune garçon s'assit sur un tabouret et resta perdu dans ses pensées un moment. Il s'ennuyait :

---

1. Zhu Bajie : connu également sous le nom de Zhu Wunen ou Pigsy, personnage de la mythologie chinoise décrit dans *La Pérégrination vers l'ouest* (*xiyouji*). Cochon anthropomorphique, fainéant et glouton, aux pouvoirs surnaturels.
2. Pieds semblables à des abalones : c'est-à-dire « de gros pieds ».

« Ça n'a aucun intérêt ici, dit-il à son compagnon, rentrons !

— Pourquoi es-tu si pressé ? répondit Xiantai, qui n'avait nullement envie de partir si vite. On mange d'abord, et après on part. Hein ?

— Si tu ne veux pas rentrer, eh bien je m'en vais tout seul alors ! lança Petite Grue en se levant. Puis il poussa la porte et quitta la chambre.

— Mon frère ! lui dit son ami à voix basse en le rattrapant. Ne pars pas maintenant !

— Pourquoi ? Qu'y a-t-il ?

— C'est que... je n'ai pas d'argent sur moi ! lui dit Xiantai tout doucement. Passe-moi d'abord quelques taels ! »

Petite Grue sortit avec colère un billet, et, sans même regarder la somme inscrite dessus, le jeta à son compagnon et s'en alla. La fille lui lança quelques mots flatteurs pour le retenir, mais Petite Grue n'écoutait déjà plus et se dirigeait d'un pas décidé et sonore vers la sortie.

Au même moment, un homme entra. Petite Grue le heurta de plein fouet : furieux, le visiteur lui donna un violent coup de pied dans le ventre. Le jeune garçon, déjà à moitié assommé par l'alcool, tomba à terre. Il se releva hors de lui et se rua sur l'homme en criant :

« Sale bâtard ! Pourquoi tu me frappes, hein ?

— Engeance de tortue ! l'insulta l'autre en esquivant le coup de poing. À peine sorti du ventre de ta mère, tu viens te réfugier ici et tu bouscules les gens sans raison ? »

Petite Grue revint à l'attaque et brandit les poings pour frapper l'homme au creux de l'estomac, mais l'autre lui attrapa le poignet et lui donna un coup dans la poitrine. Petite Grue manqua de tomber. Il se redressa et tenta un nouvel assaut. Alors que l'homme s'apprêtait à saisir à nouveau son poignet, il ouvrit la main et d'une grande enjambée sauta derrière son adversaire, qui se retourna. Alors Petite Grue lui asséna un coup de poing en pleine figure. Malgré ses petites mains, il frappa si fort que l'autre sentit des fourmis dans le nez et fut pris de vertige.

Le jeune garçon se précipita sur lui pour le frapper à nouveau lorsque Yang Xiantai le stoppa.

« Arrête ! Arrête ! lui cria-t-il affolé. C'est un des nôtres !

— Comment ça un des nôtres ? gronda Petite Grue. Alors pourquoi il m'a donné un coup de pied, hein ? »

L'homme essuya son nez en sang avec les manches de sa grande veste de soie bleue. Puis, soulevant l'un des pans antérieurs de sa robe, il sortit d'un petit étui de cuir une dague qui brilla d'un éclat aveuglant. Voyant que la situation allait mal tourner et craignant quelque déconvenue, Petite Grue, qui n'avait pas d'arme sur lui, sortit à grandes enjambées en se tapant le torse :

« Alors ? Comme tu n'arrives à rien avec tes saletés de poings, tu sors ton poignard ? Je suis un jeune brave, je ne m'enfuis pas ! Un homme courageux ne s'enfuit pas. Attends-moi ici, je vais chercher mon arme, et nous nous battrons jusqu'à la mort ! »

Sur ce, il se dirigea vers la sortie de la ruelle. L'homme, sa dague à la main, s'apprêtait à se lancer à sa poursuite mais Yang Xiantai l'en dissuada vivement.

Petite Grue courut à toutes jambes jusqu'à l'agence d'escorte Fuli. Il alla chercher son sabre dans l'arrière-boutique et son cheval dans l'écurie. Sans même prendre le temps de le harnacher, il mena l'animal dehors par la longe. Juste au même moment, Jiao Dechun arriva de l'est. En apercevant Petite Grue, il courut vers lui :

« Hé ! Mon garçon ! Où pars-tu comme ça ?

— Ça ne vous regarde pas, Patron ! Je vais dans la Ruelle des beautés, me battre avec un minable ! »

Aussitôt, il sauta en selle et partit au galop en direction de l'ouest.

« Petite Grue ! Mon garçon ! cria Dechun. Arrête-toi ! Dis-moi d'abord ce qui s'est passé ! »

Mais Petite Grue se moquait bien de ce qu'il lui disait. Il pressa sa monture jusqu'au bord du fleuve, en hurlant : « Écartez-vous ! Faites place ! Sinon tant pis pour vous ! »

Les gens se jetaient sur le côté les uns après les autres et regardaient tous le jeune et robuste cavalier avec un regard plein d'étonnement.

Petite Grue arriva bientôt à la Ruelle des beautés. Il s'arrêta devant le bordel, mit pied à terre et attacha son cheval au heurtoir de la porte. Puis il se rua à l'intérieur en brandissant son grand sabre et en injuriant :

« Engeance de tortue ! Sale bâtard ! Montre-toi ! Viens te battre ! Jusqu'à la mort ! »

L'homme se trouvait dans une pièce de l'aile nord, où une prostituée s'occupait de son nez. Pour calmer sa colère, la fille lui dit d'une voix charmante et doucereuse :

« Seigneur Cheng, à quoi bon vous battre avec cet enfant ? Ça ne vaut pas la peine ! Votre fils est plus grand que lui ! »

Quant à Yang Xiantai, sentant les choses mal tourner, il avait enfilé la venelle depuis longtemps.

En entendant Petite Grue l'insulter ainsi dans la cour, le fameux Cheng s'empara de sa dague en lançant un juron et sortit en trombe dans la cour. Petite Grue se tenait là debout, en position, les jambes pliées et un pied un avant, tenant dans sa main droite son sabre podao pointé à l'horizontale.

« Allez mon gars, approche ! lança-t-il à Cheng avec un regard furieux. Mais tu ferais mieux d'aller changer d'arme, celle-ci est trop courte ! »

Cheng devint rouge de colère et sa bouche épaisse se convulsa :

« Parce que pour me battre avec un petit enfant comme toi, j'ai besoin d'une arme ? » rétorqua-t-il cyniquement.

Brusquement, il se précipita sur Petite Grue pour lui arracher son sabre des mains. Mais le jeune garçon abaissa sa lame. Son adversaire se jeta sur le côté, attrapa le bras gauche de Petite Grue et le souleva avant de s'apprêter à le frapper de sa dague à l'aisselle gauche. Le jeune garçon esquiva en se jetant à droite et para le coup avec son sabre.

La situation devenait extrêmement critique. Cheng expirait bruyamment : il lâcha le bras de Petite Grue et s'écroula sur le sol, touché à la jambe gauche. Mais il se releva et repartit à l'attaque, aussi féroce qu'un loup affamé. Petite Grue recula de deux pas et brandit son sabre en direction de la tête de son adversaire. Cheng, par malchance, n'avait pas une lame assez longue : alors, en désespoir de cause, il lança sa dague à la manière d'une lance. Mais la lame rata sa cible et alla se planter au-dessus de la fenêtre en bois. À l'intérieur, la prostituée poussa un cri d'effroi.

Petite Grue se redressa et s'avança vers Cheng :

« Alors ? Tu veux vraiment mourir ? » demanda-t-il en colère.

Cheng, désarmé, recula. Mais sa jambe gauche, sévèrement touchée, supporta mal les mouvements et il s'écroula lourdement sur le sol. Alors que Petite Grue s'apprêtait à lui asséner un nouveau coup de sabre non mortel, Jiao Dechun et Qi Yong entrèrent soudain précipitamment dans la cour et stoppèrent le jeune garçon dans son élan :

« Arrête ! Arrête ! C'est un des nôtres ! »

Les deux hommes, très essoufflés, paraissaient extrêmement anxieux.

« Un des nôtres ? demanda Petite Grue indigné, son sabre toujours pointé en direction de Cheng. Moi en tout cas, je ne le connais pas. Dites-lui de déguerpir.

Quand sa blessure ira mieux, qu'il revienne me trouver. Je l'attends ! »

Bien que blessé, l'autre ne se résigna pas. Il se releva, soutenu par Qi Yong :

« Dis-moi qui tu es, et où tu habites, dit-il avec arrogance. Nous nous reverrons dans quelques jours !

— Je m'appelle Jiang Xiaohe ! répondit le jeune garçon en se tapant la poitrine. Je suis venu à Langzhong pour rendre visite à des amis, je n'ai pas d'adresse précise. Mais je resterai ici un bon moment, et tu me trouveras tous les jours dans la grande rue en train de prendre du bon temps !

— Bien, fit Cheng en hochant la tête. Alors nous serons forcément amenés à nous battre à nouveau. »

Jiao Dechun et Qi Yong paraissaient de plus en plus nerveux et essayaient de calmer la situation. Enfin, sous les conseils de Qi Yong, Cheng retourna dans la chambre de la prostituée, pendant que Jiao Dechun pressait Petite Grue vers la sortie.

« C'est quand tu veux ! insulta le jeune garçon en se retournant avec un air cynique. Le grand Jiang n'a pas peur de toi ! »

Jiao Dechun trépignait. Il incita Petite Grue à monter en selle et le suivit avec son cheval. Les deux hommes quittèrent la Ruelle des beautés et partirent vers la passe est.

« Inutile qu'on retourne à l'agence, mon garçon, dit Dechun avec un air sévère. Viens plutôt chez moi, il y a encore beaucoup de choses dont je dois te parler ! »

Jiao Dechun emmena Petite Grue dans une ruelle étroite, et s'arrêta devant une porte peinte en noir.

« Nous voilà arrivés, fit-il en descendant de cheval. C'est chez moi. »

Il donna un coup de heurtoir, et aussitôt un serviteur vint leur ouvrir. L'homme avait dans la quarantaine et portait des vêtements courts qui le faisaient ressembler à un employé de l'agence d'escorte. Le patron lui enjoignit de s'occuper des chevaux et de prendre le sabre de Petite Grue :

« Ramène tout ça à l'agence ! »

Puis il s'approcha du serviteur pour lui dire quelque chose, et revint auprès de Petite Grue.

« Entre ! Je t'en prie ! dit-il en souriant. Il n'y a personne chez moi. »

Le jeune garçon franchit le seuil et Dechun referma la porte derrière lui. Puis il l'installa dans l'aile réservée aux invités, composée de trois pièces, avec des fenêtres en verre, des meubles encombrants et des sabres et des épées accrochés aux murs. Pas de calligraphies, ni de peintures ou de livres.

Dechun invita Petite Grue à s'asseoir puis quitta la pièce avec son ventre proéminent pour se rendre dans la cour. Il poussa un cri et revint auprès de son hôte :

« Ici, il n'y a que moi et mon épouse que j'ai sortie du bordel l'année dernière. J'emploie aussi une vieille femme qui me fait la cuisine et quelques travaux, et un serviteur, le vieux Lu, qui travaillait avant à l'agence d'escorte. »

C'est alors que la domestique âgée arriva avec une théière et des bols.

« Laisse ! Laisse ! fit Dechun en agitant la main alors qu'elle s'apprêtait à verser le thé. Nous ne buvons pas de thé. Va donc nous faire chauffer un peu d'alcool, et apporte-nous quelques œufs salés ! »

La servante s'exécuta. Jiao Dechun prit soudain un air inquiet :

« Frère, tu t'es attiré de gros ennuis !

— Quels ennuis, grand frère ? s'exclama Petite Grue, indigné. Vous voulez dire à cause du gars avec qui je me suis battu ? Pourquoi ? Il est si fort que ça ? Je n'ai pas peur de lui, va !

— Il ne s'agit pas de ça. Mon garçon, malgré ton jeune âge, tu as chevauché jusqu'ici depuis le sud du Shaanxi. Tu ne peux ignorer les règles du monde du Jianghu. Comme dit le dicton : *"On peut se battre avec un grand dignitaire, mais pas avec un petit fonctionnaire !"* Ou bien encore : *"Il vaut mieux frapper dix fois de son arme un brave homme que lancer un seul regard à un homme mauvais."* Cheng, l'homme que tu viens de blesser, est non seulement un fonctionnaire, mais en plus un homme mauvais !

— Qu'est-ce qu'il peut faire ? demanda Petite Grue très énervé.

— Il travaille pour le *yamen* de la préfecture[1]. C'est lui qui diffuse et perçoit les impôts sur les terres cultivées, il est vraiment très riche ! Il est actuellement l'homme le plus populaire de Futai. Tout le monde à Langzhong connaît le seigneur Cheng Ba.

— Est-ce qu'il s'y connaît en arts martiaux ?

— Bien sûr ! C'est le disciple de Li Liansheng, "les Poings Fleuris", de Bazhou. Il a de nombreux amis dans le monde du Jianghu. Renseigne-toi et tu verras, tous ceux qui le connaissent savent qu'il est talentueux, à la fois dans les lettres et dans les arts militaires !

— Mais qui se soucie que ce soit un homme aux talents variés ? rétorqua Petite Grue sur un ton sarcastique. En littérature, je ne peux pas le battre. Mais en *gongfu*, c'est une autre histoire ! J'attends juste qu'il se remette de sa blessure. S'il ne vient pas à moi, j'irai à lui !

— Non, non. Ce n'est pas une bonne idée. »

La vieille servante apporta l'alcool et deux assiettes d'accompagnement. Jiao Dechun remplit un verre et le tendit à Petite Grue :

1. Préfecture : division administrative dans la Chine ancienne.

« À toi l'honneur ! »

Le jeune garçon but cul sec et se resservit.

« Hé ! Belle descente ! s'écria Dechun. Mon garçon, nous sommes déjà comme de vieux amis, alors je vais te parler très franchement. Ne le prends pas mal ! Il y en a peu qui ont tes capacités au combat et ton courage. Mais tu manques cruellement d'expérience, et c'est normal, tu es jeune encore. Ce Cheng Ba, il ne fallait pas l'offenser. Il va chaque jour dans la Ruelle des beautés, et n'a jamais à payer pour fréquenter les prostituées. Tout le monde le craint à Langzhong ! Il aura du mal à supporter la blessure que tu lui as infligée aujourd'hui. Difficile de prévoir quel moyen il va trouver pour te faire transférer au *yamen*, mais tu vas te retrouver dans une sale situation ! »

Ce discours effraya un peu Petite Grue. Il se souvenait encore des événements de Xuanhan et des coups de bâton sur les fesses, et savait que les officiers des tribunaux n'entendaient pas facilement raison. Il resta un instant ahuri, son verre à la main.

« Mon frère, reprit Jiao Dechun, tu penses sincèrement pouvoir le battre ? C'est quelqu'un de mauvais, aucune comparaison avec un héros des Fleuves et des Lacs. Si c'était le cas, alors bien sûr, pas de problème ! Ce serait deux forces en présence, poings contre poings, sabre contre sabre.

— Alors je dois m'en aller ? demanda Petite Grue en reposant son verre.

— Ce serait inutile aussi ! À moins que tu ne quittes la région du nord du Sichuan, parce qu'il a beaucoup d'amis un peu partout, et les rumeurs vont vite ! Tu seras victime de complots partout où tu iras. En plus, tu t'es battu avec lui dans la Ruelle des beautés. Tout ce qui se passe dans les bordels se répand comme une traînée de poudre. D'ici à quelques jours, tout le monde sera au courant. Au lieu de dire que tu es parti, on dira que tu as fui, et le déshonneur retombera sur moi aussi !

— Alors ne vous mêlez pas de ça, grand frère ! rétorqua Petite Grue furieux. Je l'attendrai. Je ne le laisserai pas envoyer quelque officier pour m'attraper ! Je l'affronterai comme il se doit !

— Inutile de risquer ta vie à cause de cette crapule. J'ai une meilleure idée : reste chez moi, mais ne sors pas. Ne te rends pas à l'agence non plus. Je te ferai préparer une chambre près de la cour intérieure. Après quelques années d'errance dans les Fleuves et les Lacs, j'ai pu amasser pas mal d'argent. Dans ma famille, il ne me reste plus que ma femme. Et puis je passe la plupart de mon temps au travail, à m'occuper de mes affaires et à me montrer sociable. Je n'ai pas un instant pour m'occuper de ma maison. Depuis quelque temps, il y a chaque nuit un cambrioleur qui rôde ici : on ne m'a rien volé, mais mon épouse a très peur. Je cherchais justement quelqu'un pour m'aider, mais ce n'était pas simple. Alors je t'en prie, mon ami, reste ici. D'une part, pour te cacher de Cheng Ba, d'autre part, pour veiller sur ma maison… »

Petite Grue semblait extrêmement mécontent : « Alors si on est devenus amis, pensa-t-il, c'était pour que je garde ta maison, hein ? »

Jiao Dechun reversa un verre au jeune garçon et reprit :

« D'ici à deux jours, j'irai trouver Cheng Ba. Non pas pour présenter des excuses à ta place, mais pour lui expliquer un peu qui tu es et d'où tu viens. Je pense qu'après ça il sera plus enclin à parler d'amitié. Quand il sera rétabli, j'organiserai un banquet où vous serez tous les deux amenés à vous rencontrer, et tout sera oublié. Après, si tu aimes le fréquenter, alors fréquente-le. Dans le cas contraire, ignore-le. De toute façon, tu es venu ici pour devenir le disciple du Chevalier de Langzhong, et tu ne partiras qu'une fois que tu l'auras vu. Les amis passent au second plan.

Il suffit que nous n'offensions plus personne. Alors, mon garçon, que penses-tu de tout cela ?

— Bien, répondit Petite Grue en hochant la tête, après avoir bu une gorgée. Mais je ne resterai chez vous que quatre ou cinq jours. Après quoi, je ne tolérerai plus que vous m'empêchiez de sortir d'ici !

— Ça ne demandera pas autant de temps, va ! J'irai aujourd'hui même voir Cheng Ba. La dispute sera arrangée d'ici à deux jours !

— Formidable ! Faisons à votre façon, alors. Buvons ! »

Les deux hommes vidèrent leurs verres allègrement, et Jiao Dechun raconta quelques plaisantes anecdotes sur sa vie dans le monde du Jianghu. Puis ils parlèrent de Xu Lin, « le Chevalier de Langzhong ». Petite Grue se rendit compte que Jiao Dechun éprouvait un profond respect pour les compétences et le prestige de Xu Lin, et ne remettait pas en doute sa supériorité. Par contre, il n'appréciait pas tellement son caractère. Les deux hommes ne semblaient pas bien proches, avec des idées très différentes. Le gros visage sombre et rond de Dechun, bon buveur, s'empourpra bientôt comme un gros globule rouge. Petite Grue, qui n'avait pas encore dessoûlé complètement de l'alcool bu le matin avec son ami Yang Xiantai, se sentit après quelques verres pris de vertiges, et sa vue se brouilla.

La vieille domestique apporta des plats, et les deux amis mangèrent plus que de raison.

« Mon garçon, as-tu terminé ? demanda Dechun en se levant de table. Allez ! Suis-moi dans la cour intérieure, je t'emmène voir mon épouse ! »

Puis il caressa sa barbe et projeta son gros ventre en avant en riant :

« Tu vas voir, c'est vraiment une belle femme ! Quand elle travaillait encore dans la Ruelle des beautés, on la surnommait Sai Chang'e, "celle qui surpasse Chang'e". J'ai dû me disputer avec beaucoup d'hommes, mais finalement elle est à moi maintenant. Elle m'a coûté cher ! Avec tout ce que j'ai dépensé pour elle, j'aurais pu épouser dix filles ! Ha ! Ha ! Ha ! »

Les deux licheurs sortirent en titubant pour se rendre dans la cour intérieure. Il y avait là-bas trois constructions : l'aile nord, avec trois pièces, et les deux autres ailes, composées de deux pièces chacune. De la fumée s'échappait de l'aile ouest : il s'agissait sans doute de la cuisine.

Jiao Dechun entraîna Petite Grue dans l'aile nord. Le jeune garçon, malgré sa vue troublée par l'ivresse, trouva l'endroit encore plus beau que la chambre du bordel, et surtout très agréablement décoré.

« Ohé ! Chérie ! bafouilla Jiao Dechun. Montre-toi ! Viens donc voir notre vieil ami ! »

Une voix charmante et délicate lui répondit et le rideau rouge se leva pour faire apparaître une magnifique jeune femme d'une vingtaine d'années : une veste rouge et un pantalon vert brodés de satin ; un visage maquillé avec de la poudre blanche et du rouge à joue, telle une fleur de pêcher, mais avec en plus un joli sourire ; des cheveux huilés, très brillants, et des pendants d'oreilles en or qui se balançaient de droite et de gauche.

Jiao Dechun prit un air confus.

« Viens voir, viens voir, dit-il à sa femme. Voici notre frère Jiang Xiaohe. Il arrive tout juste du sud du Shaanxi. Je l'ai invité à rester chez nous. Si le voleur vient à l'apprendre, il n'osera plus remettre les pieds ici ! Parce que, ne te fie pas à son âge ! Frère Jiang est plus fort que nous ! »

La jeune femme esquissa un sourire forcé :

« Oh ! Voilà qui est formidable ! Vraiment… »

Puis, s'adressant à Petite Grue avec un air terrifié :

« Ton grand frère est souvent à l'agence pour le travail, et me laisse dormir seule la nuit avec ma vieille servante. Depuis le mois dernier, un cambrioleur rôde le soir, et on entend les tuiles bouger sur le toit. Au début, je croyais qu'il s'agissait simplement de chats, parce qu'on ne m'a rien volé. Du coup je n'ai pas parlé de cette histoire. Mais un soir où ton grand frère est rentré, il a aperçu un gaillard couché sur le toit, qui n'a pas demandé son reste et a déguerpi ! »

« Étrange, pensa Petite Grue. Cet individu ne vole rien, et reste à plat ventre sur les toits. Qu'est-ce qu'il peut bien venir faire ici ? »

En entendant son épouse raconter l'histoire du voleur, Dechun passa du rouge au violet. Il était tellement énervé que sa barbe se retroussait.

« Ce voleur ose venir semer le trouble chez moi ! dit-il furieux. Il me méprise, moi ! La Divinité à l'armure d'or ! Je ne peux pas parler de ça autour de moi, cela nuirait à ma réputation et à mes affaires ! »

Sai Chang'e rougit et fit la moue :

« Tu es garde du corps, et pourtant tu ne peux pas protéger ta propre maison ? »

Jiao Dechun tapota l'épaule de Petite Grue :

« Il faut absolument que tu m'aides, mon garçon, dit-il avec beaucoup de sincérité. Passe quelques jours chez moi !

— Très bien ! répondit Petite Grue en hochant la tête. Moi ici, aucun voleur n'osera venir ! Mais il me faudra des armes.

— Oui, pas de problème. Je te préparerai tout ça. Mais ce soir je n'ai pas de travail, alors buvons un coup ! »

Il emmena son camarade dans sa chambre. Petite Grue y trouva toutes ses affaires, celles laissées à l'agence Fuli et également le sabre dans son étui dont il s'était servi contre Cheng Ba. À cause de l'alcool, il ne tenait pas très bien debout. Du coup, dès qu'il aperçut le lit, il s'écroula dessus.

« Bien ! lui dit encore Jiao Dechun. Dors mon garçon. Dors, tu as raison. Il te faudra être en forme ce soir pour attraper le voleur ! »

Il enjoignit à son domestique d'apporter des draps et regagna ses appartements pour faire une sieste.

Petite Grue s'endormit aussitôt très profondément. Quand il se réveilla, seuls quelques minces rayons de soleil subsistaient. Il était déjà tard, mais au moins le jeune garçon avait complètement dessoûlé. Il repensa aux événements de la matinée : « Je me demande jusqu'où s'étend la puissance de ce Cheng Ba. Ce serait vraiment désastreux s'il me faisait arrêter ! Tous ces fonctionnaires sont en relation les uns avec les autres. S'il apprend ce que j'ai fait à Xuanhan, ce sera encore plus terrible ! Et puis Jiao Dechun n'est pas vraiment un ami : il m'amadoue simplement pour que j'attrape son voleur. Cela me permettra au moins de faire montre de mon talent à tous ces gens de Langzhong ! »

Jiao Dechun rentra de son travail pour le dîner, qu'il partagea avec Petite Grue :

« Le Chevalier de Langzhong va bientôt revenir. Je t'emmènerai le voir. Tu sais, ce matin, tu as gravement blessé Cheng Ba. On l'a ramené de la Ruelle des beautés sur un brancard ! Tout à l'heure, deux chefs du *yamen* sont venus me voir à l'agence, pour me demander qui tu étais et où tu habitais, sans doute pour t'arrêter dès que possible. Mais je les en ai empêchés. J'ai dit que nous faisions tous partie d'une même grande famille, et que le seigneur Cheng Ba une fois rétabli, tout rentrerait dans l'ordre. Qu'ils se devaient de m'accorder cette faveur. Je leur ai donné à chacun un demi tael et ils se sont retirés. Il ne se passera rien pendant quelque temps. Mais il vaut mieux que tu ne te montres pas pour le moment, des fois que Cheng Ba trouverait une nouvelle astuce !

— L'important c'est qu'il ne me fasse pas arrêter, rétorqua Petite Grue d'un air sarcastique. Tout le reste, ça ne me fait pas peur ! »

Jiao Dechun leva son verre et invita son camarade à le suivre.

« Non, non, j'arrête, répondit le jeune garçon en agitant la main. J'ai un voleur à attraper ce soir !

— Avec toi qui veilles sur ma maison, répondit Dechun en riant, je peux partir travailler l'esprit tranquille ! J'ai développé un commerce important, et du coup je dois m'occuper de tout en personne, que ce soit le matin ou bien le soir. Je ne peux pas me permettre de passer mon temps à rester chez moi pour surveiller ma femme ! »

Il éclata de rire, vida son verre et s'en alla.

Petite Grue termina son repas et le domestique débarrassa les plats. Il fit bientôt sombre et on alluma des lampes dans la maison. Le jeune garçon, qui avait dormi tout l'après-midi, se sentait à présent en pleine forme. Il noua sa ceinture autour de la taille, retroussa ses manches, sortit son sabre de son fourreau, bomba le torse et se rendit dehors. Il regarda le ciel couvert d'étoiles et la pâle lueur de la lune. Les pièces des trois ailes de la maison étaient toutes éclairées. Il joua de son sabre qui brilla d'un éclat froid sous la lumière lunaire, puis chauffa ses chevilles et exécuta dans la cour un enchaînement au sabre de Kunlun.

« Si le voleur se montre, se dit-il, je vais lui faire goûter de ma lame ! »

Il revint devant l'aile nord et sauta en direction du toit. Il toucha presque l'avant-toit, mais finalement retomba par terre sur les fesses. C'était assez douloureux, mais au moins il n'avait pas lâché son arme.

« Oh mon dieu ! cria Sai Chang'e dans la chambre. Qui est-ce ?

— C'est moi ! marmonna Petite Grue. N'ayez crainte, belle-sœur[1] ! »

Le jeune garçon se sentit honteux : « Ah ! Ça ne va pas, ça ! pensa-t-il. Mes capacités sont vraiment

1. Belle-sœur : appellation usitée pour s'adresser à la femme d'un frère ou d'un ami plus âgé.

encore trop insuffisantes ! J'ai bien peur de ne même pas pouvoir attraper ce voleur, ce soir ! » Mais il ne se résigna pas : il accrocha son arme sur le dos et sauta à nouveau. Des deux mains il agrippa l'avant-toit, et, sans se soucier du bruit qu'il faisait, il se hissa sur le toit avec beaucoup de mal et en faisant tomber plusieurs tuiles. À l'intérieur de la pièce, la jeune femme poussa un nouveau cri. Petite Grue, hors de lui, prit son sabre dans une main et s'assit tout simplement sur le toit. « Je n'ai qu'à attendre ici, se dit-il. On verra bien si le voleur vient ou non. »

À cet instant, dans la rue, on sonna la première veille. Petite Grue passa la nuit sur le toit, allongé sur les tuiles. Quand le jour se leva, il n'avait pas vu la moindre trace du voleur. Déçu et contrarié, il sauta à terre et alla dormir un peu dans la chambre de l'est. Il ne se réveilla qu'à l'heure du déjeuner. Jiao Dechun, « la Divinité à l'armure d'or », était déjà rentré du travail. Les deux camarades mangèrent ensemble, mais Petite Grue, une fois encore, ne but pas d'alcool. Son ami apprit comment s'était déroulée la nuit :

« Le voleur sait certainement que tu es ici. Il a été impressionné par ton immense renommée, et du coup il n'a pas osé venir ! »

Petite Grue rougit : il se sentait toujours aussi honteux.

Son repas terminé, Dechun retourna à l'agence. Petite Grue referma la porte d'entrée après son départ et s'entraîna dans la cour à grimper sur le toit. Dès qu'il tombait, il remontait. Une fois en haut, il sautait à nouveau par terre. Il fit tomber plusieurs morceaux de tuiles, si bien que la vieille servante n'osait plus entrer dans la pièce. À l'intérieur, Sai Chang'e souleva le rideau de la fenêtre pour regarder ce qui se passait. Elle fit un sourire ironique, rabaissa le rideau et se mit à fredonner une chansonnette apprise dans le bordel. Petite Grue ne fit rien d'autre que de s'entraîner à sauter sur le toit. Après une dizaine d'essais, il constata de nets progrès. Cela le consola un peu, et il retourna se reposer dans sa chambre.

Le soir venu, Jiao Dechun ne rentra pas, et le jeune garçon mangea seul. Après le dîner, il nettoya son sabre, le mit sur le dos et alla s'entraîner encore à sauter sur le toit. À présent, Sai Chang'e ne riait plus et ne chantait plus : elle marmonnait à voix basse des jurons très crus appris au bordel et qu'on ne distinguait pas très bien à cause de son accent de pie. Petite Grue en tout cas ne comprit pas un mot et n'y prêta plus attention. Il sautait puis redescendait. Au bout de la huitième fois, se sentant fatigué, il s'assit sur les tuiles. Il faisait sombre, mais la lune semblait plus claire que la nuit précédente et les étoiles moins nombreuses. On ne voyait aucune lumière dans les appartements de l'aile est. Quant à l'aile ouest, elle resta éclairée jusqu'à la deuxième veille : la servante était sans doute allée se coucher. Dans les appartements de l'aile nord, toujours éclairés, Sai Chang'e se mit à jouer du *pipa*[1], de plus en plus fort. C'était très joli à écouter. Petite Grue se laissa complètement envoûter, et oublia même qu'il se trouvait sur le toit. Il trouvait que la jeune femme, qui n'était après tout qu'une prostituée de la Ruelle des beautés, possédait des mains habiles et maniait bien son instrument. Dommage qu'elle ne chantât pas en même temps. Si Aluan était là et qu'elle entonnait sa chanson folklorique, ce serait tellement plus beau ! Cela le rendit triste de repenser à la jeune fille : « Maintenant que j'ai de l'argent, pensa-t-il, et aussi un cheval et de beaux vêtements, personne ne me regardera de haut si je rentre. Mais c'est toujours pareil : je n'ai pas terminé l'étude des

1. Pipa : guitare chinoise à quatre cordes.

arts martiaux. Comment vais-je pouvoir me venger ? Et me marier ? »

Alors il repensa au Chevalier de Langzhong et à son proche retour. Il le rencontrerait et verrait bien s'il accepterait de devenir son maître ou non. S'il refusait, Petite Grue quitterait Langzhong, errerait à nouveau dans les Fleuves et les Lacs et partirait à la recherche du Dragon du Sichuan pour devenir son disciple. Comme ses fesses lui faisaient mal à force de rester assis sur le toit, il se coucha sur le côté, son sabre à la main, surveillant ce qui se passait en bas.

Sans qu'il s'en aperçoive, on sonna déjà la troisième veille[1]. Sai Chang'e ne dormait toujours pas : elle jouait du *pipa*, puis s'arrêtait de temps en temps. On aurait dit qu'elle connaissait beaucoup d'airs. À force de les écouter, Petite Grue faillit s'endormir. Mais soudain, il aperçut avec perplexité quelqu'un sauter par-dessus le mur d'en face. Il serra fortement son sabre dans sa main et fixa l'homme. À la lumière de la lune, il le voyait très distinctement : il s'agissait d'un homme de grande taille, âgé d'une vingtaine d'années, qui paraissait assez maigre, avec de jolis traits, et portait des vêtements de satin noir. Il ne tenait pas de lame à la main, et ne semblait pas du tout effrayé. Marchant en prenant de grands airs, d'un pas détendu, au rythme du *pipa*, il se dirigeait vers les appartements de l'aile nord, sans jamais regarder sur le toit. Petite Grue se leva en brandissant sa lame. « Ce voleur ne manque pas d'audace ! » pensa-t-il.

Une fois arrivé devant la porte de l'appartement, l'homme entonna un refrain pour accompagner la mélodie : « *À la vue de cette magnifique femme, mon âme est plongée dans le ravissement* ! »

Petite Grue sauta aussitôt du toit :

1. Troisième veille : autour de vingt-trois heures.

« On s'en moque de ton âme pourrie ! »

L'homme, stupéfait, recula et sauta sur le côté. Il détacha son bâton *panlong*[1] qu'il gardait attaché autour de la taille, et mania les treize morceaux dans un bruit métallique pour attaquer son adversaire. Petite Grue s'avança avec son sabre, qui se trouva bientôt emprisonné par la chaîne. Il se dégagea, s'approcha à nouveau et abattit sa lame de biais. L'homme ricana, esquiva le coup et brandit à nouveau son bâton pour capturer le sabre d'acier. Mais Petite Grue brandit sa lame et s'approcha, faisant reculer son adversaire de plusieurs pas. Après quelques échanges, le bâton *panlong* de l'homme fut coupé en deux par le sabre de Petite Grue, qui se précipita en avant pour frapper à nouveau. L'autre sauta sur le toit de la cuisine :

« Comment tu t'appelles, mon gars ? » demanda-t-il sur un ton sarcastique.

Mais Petite Grue ne répondit pas et bondit à son tour sur le toit.

« À bientôt peut-être ! » fit l'homme en s'enfuyant par le toit de la maison voisine. Petite Grue ne pouvait pas le suivre. Il resta debout sur le toit à maugréer, puis abattit son arme sur les tuiles :

« Ça, ce n'est pas un voleur ! C'est sûrement l'amant de Sai Chang'e ! »

Il sauta à terre : on ne jouait plus de *pipa* dans les appartements nord, et la lumière était éteinte. Petite Grue arriva furieux et s'acharna contre la porte :

« Quelle bonne épouse ! Puisque tu n'es pas quelqu'un d'honnête, je me dois de tout raconter à mon grand frère Jiao ! »

---

1. Bâton *panlong*, « bâton de dragon » : arme de *gongfu* chinoise en bois ou en métal et composée de plusieurs sections, qui peut être souple ou rigide selon l'utilisation.

Il lança encore quelques insultes, mais sans parvenir à ouvrir la porte. Personne ne lui répondit non plus de l'intérieur. Le jeune garçon donna deux coups de sabre contre la porte et sortit dans la cour extérieure pour chercher le domestique. Il trouva la chambre fermée à la clé et entendit des ronflements sonores. Il dut donner plusieurs coups de talons dans la porte avant qu'enfin le serviteur ne se réveille :

« C'est qui ?

— Lève-toi ! Vite ! Va chercher le patron ! J'ai des choses à lui dire !

— Pourquoi donc tenez-vous à voir le patron, seigneur Jiang ?

— Dis-lui de rentrer, et vite, c'est tout ! reprit Petite Grue à bout de nerfs. Je lui parlerai en personne. Si tu t'en moques, je peux toujours défoncer la porte et venir te tuer ! Regarde un peu ! J'ai un sabre à la main ! »

Il frappa plusieurs fois le sol de son arme.

« C'est bon ! J'y vais ! s'écria le domestique effrayé. Mais ne vous énervez pas, seigneur Jiang ! »

Le vieil homme s'habilla et ouvrit la porte.

« Cours vite à l'agence ! lui dit Petite Grue avec intimidation. Fais venir le patron, par tous les moyens, sinon je romprai par la suite toute relation avec lui ! »

Le domestique acquiesça plusieurs fois et partit sous la lumière de la lune. Petite Grue referma soigneusement la porte d'entrée et resta dans la cour à faire les cent pas. On n'entendait aucun bruit, ni dans la chambre de la vieille servante, ni dans celle de Sai Chang'e. Un long moment plus tard, enfin, quelqu'un frappa à la grande porte. Petite Grue courut ouvrir : le domestique avait ramené Jiao Dechun.

« Grand frère Jiao ! Est-ce que vous savez ce qui vient de se passer ici à l'instant ? Votre femme…

— Ne fais pas tant de tapage, mon garçon ! l'arrêta Dechun en agitant la main. Allons dans la cour intérieure, nous serons plus tranquilles ! »

Petite Grue l'accompagna dans les appartements de l'aile est. Le domestique alluma une lampe avant d'être congédié par son maître.

« Mon ami, dit Dechun à voix basse à Petite Grue. Regarde-moi un peu ! Je n'ai pas encore dormi, et il y a cinq clients qui m'attendent à l'agence, tous de grands commerçants de la ville. Ils doivent bientôt partir pour affaire à Luzhou, et veulent se faire escorter ! Il va sans doute falloir que je les protège moi-même !

— Arrêtez de ne penser qu'aux affaires ! Vous devez trouver une solution pour votre femme. Vous m'aviez dit qu'un voleur rôdait : il n'en est rien ! Il s'agit en fait de l'amant de votre femme ! Dès que vous êtes absent, il vient ici. Votre épouse joue du *pipa* pour l'appeler. Cet homme manie un bâton *panlong*, mais je l'ai mis en fuite ! »

Jiao Dechun resta coi un instant, puis agita la main :

« Mon garçon, n'ébruite rien de tout cela ! Sinon je perdrai aussitôt la face ! J'avais des doutes depuis pas mal de temps. Mon épouse, cette donzelle, vient de la Ruelle des beautés, et je n'y ai jamais vu de femmes vertueuses ! Mais il n'y a rien à faire. Je ne vais quand même pas me faire inculper pour meurtre à cause d'une femme dans son genre ! Ça ne vaut pas le coup. Alors je t'en prie, reste ici. Si cet homme sait que pendant mon absence, un ami veille sur ma maison, il n'osera plus venir !

— Mais ce vaurien n'a pas peur ! Je pense que même si vous étiez chez vous, il aurait quand même l'audace de venir !

— Mon garçon, ne te mets pas en colère, rétorqua Dechun énervé en retroussant ses manches. J'ai une solution ! »

Il s'en alla. Un instant plus tard, il tapa du pied contre la porte des appartements de l'aile nord. On entendit la porte s'ouvrir, puis « paf ! paf ! », un bruit de claques et des sanglots. La femme pleura un moment, puis tout redevint calme petit à petit. La porte se referma et on n'entendit plus aucun bruit.

Petite Grue bouillait intérieurement : « Un grand gaillard comme lui qui craint sa femme ? pensa-t-il. À quoi bon avoir un ami comme lui ? À quoi bon rester ici ? Je m'en irai dès demain ! Je récupérerai mon cheval à l'agence et j'habiterai ailleurs. Si d'ici à trois jours le Chevalier de Langzhong n'est pas encore revenu, alors je partirai à la recherche d'un autre maître talentueux. » Sur ce, il ferma la porte, rumina un long moment et finit par s'endormir.

Le lendemain, quand il se réveilla, il faisait déjà jour. La porte des appartements nord était toujours close : apparemment, Jiao Dechun n'était pas encore levé. Petite Grue se mit à l'œuvre : il empaqueta ses affaires, prit son sabre sous le bras et quitta la maison. Même le domestique ne se rendit pas compte de son départ. Plein d'allant, il sortit de la ruelle en fredonnant et arriva sur la grande rue de la passe est : la foule y était encore plus dense que la dernière fois, les vendeurs et les acheteurs très nombreux. C'était sans doute jour de marché. Une fois arrivé à l'agence, il rencontra Yang Xiantai :

« Je croyais que tu devais rester chez le patron ? s'exclama ce dernier avec étonnement.

— Non. Et je ne reste pas ici non plus. Je m'en vais ! »

Il jeta son sac et son arme par terre, et se dirigea vers la sortie pour préparer son cheval.

« Mais tu ne voulais pas rencontrer le Chevalier de Langzhong ? lui demanda son camarade. On dit qu'il est rentré hier !

— Quoi ? fit Petite Grue en se retournant. Où habite-t-il ? Dis-le moi ! Je vais le voir de ce pas ! »

Yang Xiantai semblait regretter ses mots :

« Hier, le patron m'a recommandé de ne pas te parler du retour du Chevalier…

— Quoi ? s'écria Petite Grue, atterré. »

Chapitre V

Il supplie ardemment le maître,
Et paraît très déterminé à soulever le bâton ;
Le valeureux Chevalier entreprend un voyage,
Et part affronter Bao Kunlun.

Yang Xiantai agita la main :

« Ses intentions ne sont pas mauvaises ! Comme tu es encore jeune mais très doué, il voudrait simplement te connaître un peu mieux. Comme dans deux jours il va partir escorter un convoi jusqu'à Luzhou, il aimerait que tu veilles sur sa maison jusqu'à son retour, dans un mois au plus tard. Après quoi il te demandera de travailler pour son agence d'escorte, ce qui lui fera un bras droit supplémentaire. Si tu rencontres le Chevalier de Langzhong, alors plus rien n'est sûr, car Xu Lin aussi apprécie les jeunes gens talentueux. Quand il t'aura vu, il t'aimera certainement !

— Trêve de balivernes ! rétorqua Petite Grue avec impatience. Dis-moi plutôt où habite le Chevalier de Langzhong !

— Pas très loin d'ici, vers l'est. Il faut suivre la grande route puis prendre vers le sud sur près de cinq lis. Il habite dans le village de Dingzipu. On trouve là-bas pas mal de boutiques, comme dans une ville commerçante.

— Très bien. Alors je pars le voir de ce pas ! répondit le jeune garçon en ramassant son sabre d'acier.

— Mais tu veux vraiment apprendre avec lui ?

— Ça ne te regarde pas ! Amène plutôt mes bagages ! »

Petite Grue quitta la pièce et se rendit à l'écurie. Une fois son cheval prêt, il le mena dehors. La foule lui parut encore plus dense que tout à l'heure : c'était tout simplement impossible de monter à cheval ! Alors il glissa son sabre contre la selle et, tirant l'animal, son fouet à la main, il prit la direction de l'est en lançant des « Écartez-vous ! ». Mais soudain, il aperçut en face de lui un grand gaillard qui le regardait en riant : âgé d'une vingtaine d'années, avec un visage maigre et de petits yeux, il était vêtu d'une courte tunique de satin noir. Il s'agissait de l'homme avec lequel Petite Grue s'était battu la nuit dernière chez Jiao Dechun. Il ne portait plus autour de la taille son bâton *panlong*. Petite Grue enrageait littéralement : l'autre lui riait au nez ! Alors il s'avança et l'empoigna :

« Ah, ça ! Tu oses encore te montrer dans la rue ? Tu oses me rire au nez ? Tu n'es qu'un sale voleur !

— Quoi ? rétorqua l'autre d'un rire sardonique, en attrapant le bras de Petite Grue. Tu veux encore te battre avec moi ? Je n'ai même pas peur de "la Divinité à l'armure d'or", alors de toi… »

Petite Grue, qui avait déjà mis son fouet à sa ceinture, brandit le poing droit et « pong ! », frappa le jeune homme en pleine face.

« Espèce de bandit ! s'écria l'autre, furieux, en faisant un bond. Tu as l'audace de me frapper ? »

Il poussa Petite Grue et lui donna un coup de poing. Le jeune garçon esquiva le coup et frappa à son tour de toutes ses forces. Il le rata et retourna à l'attaque. L'homme se mit de côté et tendit le bras pour repousser Petite Grue, qui s'écarta sur la droite, bloqua le poing de la main gauche et donna un coup de la main droite en plein dans le flanc gauche de son adversaire. L'autre, plié en deux de douleur, écarta de la main droite le bras de son adversaire et l'attrapa de l'autre main en lui donnant un grand coup de pied. Petite Grue s'écarta et sauta sur la droite. L'autre se retourna et se rua sur lui. Petite Grue fit semblant de vouloir donner un coup de poing et se pencha. Au moment où son adversaire lui donna un coup de pied, il se mit accroupi et balaya le sol jambe tendue[1] pour le faire chuter. Les passants, effrayés, s'écartèrent. L'homme fit une roulade et se releva. Puis il sortit deux dagues luisantes d'un fourreau en cuir. Une arme dans chaque main, il interpella Petite Grue d'un air belliqueux :

« Approche ! »

Le vide se fit autour eux. Petite Grue courut chercher son sabre.

Soudain, la foule poussa des cris : trois chevaux arrivaient de l'est au galop. Le jeune garçon reconnut le cheval noir qui se trouvait devant : il s'agissait de celui qu'il avait monté à Wanyuan en s'enfuyant du restaurant, celui-là même qu'on lui avait volé plus tard dans le temple délabré près du district de Xuanhan et à cause duquel on l'avait injustement accusé et enfermé. Aussitôt, sans plus se soucier de son adversaire, il courut en direction du cavalier en brandissant son sabre :

« Arrête-toi ! Arrête ! Ce cheval est à moi ! »

Les badauds éclatèrent de rire :

« Ce gamin est sans doute un aliéné ! »

En voyant arriver les trois cavaliers, le jeune voleur, qui tenait toujours fermement ses dagues, changea légèrement d'expression. Toujours déterminé, il se précipita avec rage sur Petite Grue, qui

---

1. *Sao tang tui* : mouvement de *gongfu* qui consiste à balayer le sol avec une jambe tendue en se tenant accroupi.

para le coup avec son sabre et attrapa de sa main libre la bride du cheval noir.

« Rends-moi le cheval et on n'en parle plus ! dit-il en s'adressant au cavalier. C'est le cheval que j'ai perdu à Xuanhan ! Le salaud qui me l'a volé est mort en chutant, et la bête est tombée entre tes mains. Tu es sans doute un brigand toi aussi, hein ? »

Le cavalier, âgé d'une trentaine d'années, avec un teint éclatant, bel homme, portait de somptueux vêtements. Ses deux compagnons paraissaient être des domestiques. Malgré l'attitude grossière de Petite Grue, l'homme ne se mit pas en colère. Il répondit calmement en souriant :

« Ce que tu dis est vrai. On m'a en effet ramené ce cheval de Xuanhan. Mais j'ai dû débourser plusieurs centaines de taels pour l'acquérir ! Si tu l'aimes bien, je peux te l'offrir sans rien te demander en échange. Mais tu as une sale façon de t'exprimer !

— J'ai dit que j'avais perdu ce cheval, répondit Petite Grue hors de lui, pas que c'était toi qui me l'avais volé ! Alors ? Il faut en plus que je fasse des politesses ? »

Il sauta pour essayer d'attraper le cavalier et le faire tomber. Il ne s'attendait pas à ce que l'homme se baisse et lui donne une grosse tape sur le front. Étourdi, il faillit tomber. Mais il reprit appui sur ses jambes, brandit son sabre et l'abattit en direction du cavalier. L'homme sauta à terre, se mit de côté et saisit le poignet du jeune garçon avec sa main gauche. De la droite, il s'empara de son sabre d'acier et lui donna un coup de pied. Petite Grue tomba lourdement par terre en pestant. Il se releva, mais se prit un deuxième coup de pied et retomba au sol. Il se releva à nouveau :

« Ça va, ça va ! Bien ! Jette ton arme, et battons-nous à mains nues ! »

L'homme jeta le sabre par terre :

« Allez ! Approche ! » fit-il d'un geste de la main en souriant.

Petite Grue retroussa ses manches et chargea en brandissant les poings. L'autre le laissa tranquillement approcher, lui attrapa les mains et lui donna un coup de pied de biais qui le projeta encore une fois à terre. Petite Grue fit une roulade, tendit la main pour ramasser le sabre et se rua sur son adversaire. Ce dernier était déjà remonté sur son cheval.

« À quoi bon insister ? lui dit-il en souriant. Si tu ne te résignes pas, viens donc chez moi, et nous nous affronterons au sabre et à l'épée. Il y a trop de monde ici. Ce serait triste de blesser quelqu'un !

— Je n'ai pas peur de toi ! rétorqua Petite Grue en se frappant la poitrine. Où habites-tu ? Je te suis ! »

Il retourna près de son cheval et monta dessus en s'accrochant à la selle. Le cavalier somptueusement vêtu tourna bride et partit vers l'est avec ses deux serviteurs. Il se retourna et cria à Petite Grue :

« Allez gamin ! Viens ! »

Mais alors que le jeune garçon s'apprêtait à lancer son cheval, quelqu'un le retint : c'était Yang Xiantai.

« Qu'est-ce qui te prend ? lui cria Petite Grue irrité. Je ne peux pas me laisser offenser de la sorte et me faire brutaliser en pleine rue comme ça ! Une fois chez lui, je lui ferai payer cher !

— Calme-toi ! Descends de cheval ! J'ai des choses à te dire !

— Si tu as des choses à dire, dis-les maintenant ! rétorqua Petite Grue en lançant à nouveau son cheval.

— Non, il faut que tu rentres avec moi, reprit Yang Xiantai en lui faisant un clin d'œil. Ce que j'ai à t'apprendre est d'une grande importance !

— Je m'en moque ! Écarte-toi ! Il faut que je le rattrape ! »

Il fouetta son cheval, mais Yang Xiantai tenait fermement l'animal.

« À quoi bon, hein ? lui dit-il. Sais-tu seulement qui est l'homme avec lequel tu viens de te battre ? Eh bien c'est le grand seigneur Xu, le fameux Chevalier de Langzhong ! »

Petite Grue, pétrifié, gardait le regard fixé sur les trois cavaliers qui s'éloignaient peu à peu. Tout son courage semblait l'avoir quitté, il ne brandissait même plus son fouet.

« Allez ! Descends ! lui fit Yang Xiantai. Nous parlerons de tout ça à l'agence. Si tu les poursuis, le seigneur Xu n'attendra pas d'arriver chez lui pour te corriger ! »

Petite Grue, troublé, descendit lentement de son cheval. Les badauds qui l'entouraient éclatèrent de rire.

« Hé ! Le seigneur Xu a réussi à décourager le gamin ! s'écriaient certains.

— Il faudrait qu'il les rattrape, pour essuyer une belle rebuffade ! » disaient d'autres.

C'est alors que l'amant de Sai Chang'e, qui venait de se faire mettre à terre par Petite Grue, revint à la charge.

« Mon gars, lui dit-il avec son sourire sardonique. As-tu encore le cran de venir te battre ? En es-tu capable ?

— Mais qui voudrait se battre avec toi ? rétorqua Petite Grue furieux en serrant les poings. Tu es insignifiant, engeance de tortue ! »

L'homme, qui tenait toujours fermement ses dagues, se précipita sur le jeune garçon. Yang Xiantai le stoppa.

« Hé ! Gamin ! lança-t-il encore à Petite Grue. Puisque tu es si doué, amène-toi aujourd'hui au village de Dingzipu ! J'habite justement chez le seigneur Xu ! Viens ! On pourra se battre ! Inutile de déranger le Chevalier de Langzhong. Il suffit que j'aie un sabre à la main pour t'infliger une bonne correction ! »

Yang Xiantai semblait connaître cet homme. Il le repoussa et lui conseilla de s'en aller. L'autre s'exécuta.

Profondément abattu, Petite Grue, son sabre à la main, retourna à l'agence d'escorte Fuli. Jiao Rong, le neveu de Jiao Dechun, l'accompagna : il venait de voir ce qui s'était passé dans la rue avec le Chevalier de Langzhong, et n'arrêtait pas de regarder Petite Grue du coin de l'œil avec un malin sourire de satisfaction. Petite Grue, lui, ne prêtait plus attention à personne. Il entra dans l'agence, abandonna son sabre et s'assit sur une chaise avec ses fesses endolories, les sourcils froncés et l'air interdit. Son ami Yang Xiantai s'approcha de lui :

« Mon frère, tu es vraiment trop stupide ! Tu t'es mis dans de beaux draps ! Le premier homme avec lequel tu t'es battu s'appelle Jiang Cheng, "le Tyran Butineur". Mais ses capacités sont limitées. Ensuite, ça a été au tour du Chevalier de Langzhong. N'as-tu pas compris qu'il s'agissait d'un homme important ? Même si tu l'ignorais, il fallait quand même commencer par lui demander son nom, et ensuite seulement en venir aux mains ! Te rends-tu compte du pétrin dans lequel tu t'es mis ? Tu ne pourras plus jamais devenir garde du corps, tu ne pourras même pas te permettre de rester dans le coin ! »

Petite Grue en avait plus qu'assez d'entendre parler Yang Xiantai. Il se leva et tapa le sol du pied.

« Arrête ! Ne dis plus un mot ! Si tu continues, je te fais goûter de mon sabre ! »

À côté d'eux, Jiao Rong regardait toujours Petite Grue en souriant méchamment :

« Hé ! Sieur Jiang ! C'est en te mettant en colère contre nous que tu veux nous montrer à quel point tu es courageux ? Si tu es un homme capable, va plutôt trouver le Chevalier de Langzhong. Il habite dans le village de Dingzipu, au sud !

— Très bien ! Vous allez voir ce que vous allez voir ! »

Il ramassa son sabre et sortit promptement. Yang Xiantai se hâta de sortir à son tour. Petite Grue conduisit son cheval dehors. Lorsque Xiantai arriva en courant devant la grande porte, le jeune garçon, déjà en selle, partait fièrement en direction de l'est.

« Quelle catastrophe ! s'écria Xiantai. Cette fois-ci, il ne s'en sortira pas indemne. Si le Chevalier de Langzhong nous le ramène en morceaux, la honte s'abattra sur notre agence ! »

Petite Grue jouait de son fouet pour que les gens s'écartent sur son passage dans la rue. Lorsqu'il arriva à la passe de l'est, il lâcha bride. Plusieurs vagabonds couraient derrière lui en criant :

« Venez voir ! Venez voir ! Le jeune va à Dingzipu pour se battre avec le Chevalier de Langzhong ! »

Petite Grue prit la grande route en direction du sud. Il fouetta son cheval à plusieurs reprises et l'animal partit au galop à la vitesse de l'éclair.

Trois lis plus loin, voyant que les vagabonds se trouvaient maintenant bien loin derrière lui, le jeune garçon ralentit. « Le Chevalier de Langzhong est vraiment un grand héros, pensa-t-il, nullement effrayé. Il m'a mis à terre trois fois de suite sans même se fatiguer. Il doit sûrement être plus fort que Bao Kunlun. Il me le faut pour maître ! Au fond, pourquoi ai-je quitté Zhenba ? Ce n'est pas pour devenir riche, ni pour surveiller l'épouse d'un autre. J'ai conscience que le peu de choses que je connais en *gongfu* suffit à duper les chevaliers ordinaires. Mais je sais que pour affronter Bao Kunlun et tuer les frères Long, c'est hautement insuffisant ! Il faut profiter du fait que je sois encore jeune pour vite me lancer dans l'étude complète des arts martiaux auprès d'un maître ! »

Il éperonna son cheval. Après plus de trois lis, il aperçut une bourgade qui comptait près d'une centaine de foyers. Il s'engagea dans une petite rue où se trouvaient un vendeur de nouilles, un restaurant et deux boutiques. Six gaillards se tenaient debout devant l'entrée du restaurant, avec chacun des sabres et des bâtons de bois à la main. Jiang Cheng faisait partie du groupe. Quand ils aperçurent le jeune garçon, ils arrêtèrent son cheval.

« Hé ! Mon gars ! Tu as vraiment du cran ! Descends, et battons-nous ! »

Mais Petite Grue ne leur prêta pas attention. Il dégagea son cheval et galopa en direction du sud. Les autres se lancèrent à sa poursuite en riant, en poussant des cris et en lançant des insultes. Mais le jeune garçon ne se retourna même pas. Il traversa encore quelques hameaux et finit par arriver devant le tumultueux fleuve Jialing.

Une fois sur la rive, il mit pied à terre. Comme ce n'était pas un quai, il ne trouva aucun navire accosté à cet endroit. Il n'y avait personne non plus, seulement une rangée de quelques saules pleureurs dont le vert se reflétait avec le bleu du ciel dans l'eau claire du fleuve. C'était magnifique. Petite Grue attacha son cheval à un arbre et s'assit sur l'herbe tendre, le regard posé sur l'étendue d'eau et sur les navires qui passaient au loin. « Comment diable vais-je m'y prendre pour demander au Chevalier de Langzhong de devenir mon maître ? Il y a ces individus qui me harcèlent et ne se soucient que de se battre avec moi. Je n'ai pas peur d'eux, mais ils m'exaspèrent, et il va falloir que je les défie à mort ! Le problème c'est qu'ils sont nombreux, et en plus ils sont tous au service du Chevalier de Langzhong. Si je m'en prends à ses hommes, il va me détester ! Comment pourra-t-il alors accepter de me transmettre son savoir ? »

Tourmenté, il resta un moment assis au bord du fleuve, réchauffé par les rayons du soleil. Se sentant languissant, il se dit qu'il pouvait s'étendre un instant et dormir un peu, et ensuite qu'il chercherait un endroit où déjeuner, puis un moyen de rencontrer le Chevalier. Mais soudain « bang ! », il reçut un caillou dans le bas des reins, et ressentit une vive douleur.

Alors qu'il regardait autour de lui en jurant, il aperçut tout à coup un cheval noir galoper sur la route du nord, avec pour cavalier Xu Lin, le Chevalier de Langzhong. Quelle joie ! Il détacha en hâte son cheval, monta en selle, secoua les brides et partit au galop. Le Chevalier de Langzhong avait stoppé sa monture et ne bougeait plus. Quand le jeune garçon fut près de lui, il dégaina une magnifique épée accrochée à la selle.

« Alors, petit ! dit-il en souriant. Tu viens pour te battre ? Tu veux un combat à cheval ou au sol ? Sors ton arme !

— Je ne me battrai pas avec vous ! répondit Petite Grue en secouant la tête. Je sais bien que vous m'êtes nettement supérieur !

— Dans ce cas, pourquoi t'approches-tu armé ?

— Je voudrais vous prier de devenir mon maître et de m'enseigner les arts martiaux !

— C'est une plaisanterie ? rétorqua Xu Lin en éclatant d'un rire sonore. D'où tiens-tu que je prends des disciples ? Et en plus des gamins hargneux ! Même si tu me donnais une grosse somme d'argent, je ne te prendrais pas comme disciple ! »

Petite Grue allait reprendre la parole, mais le Chevalier lui fit signe de se taire.

« Inutile d'en dire plus. De toute façon, je refuse de devenir ton maître. Si je suis venu, c'est parce que je pensais que tu voulais me combattre pour reprendre ce cheval. Puisque tu n'en as pas le courage, alors poursuis ta route. Moi, je m'en vais ! »

Le chevalier tourna bride et repartit en direction du nord. Petite Grue se lança à sa poursuite. Xu Lin pressa son cheval et se retourna en riant.

« Ne me suis pas ! lança-t-il en agitant la main. Retourne plutôt chez Jiao Dechun, il pourra être ton maître, lui ! »

Mais le jeune garçon n'abandonna pas.

« Vous devez coûte que coûte me prendre pour disciple ! le supplia-t-il. J'ai de l'argent, vous n'aurez pas besoin de me nourrir. Dites-moi combien vous voulez. Si je suis venu dans le nord du Sichuan, c'est pour vous trouver, parce que Long Zhiteng et les autres ont dit que vous étiez un héros ici ! »

À ces mots, le visage de Xu Lin changea d'expression. Il tira sur les rênes et se retourna en brandissant son épée.

« Quoi ? demanda-t-il furieux. Ce sont les frères Long qui t'ont dit de venir me trouver ?

— Non, non ! répondit le jeune garçon en stoppant sa monture. Ce sont mes ennemis jurés ! Après avoir blessé l'un d'entre eux, je me suis enfui. Mais ils se sont lancés à mes trousses. J'ai sauté par la fenêtre d'un restaurant du district de Wanyuan et j'ai pu m'enfuir en m'emparant d'un cheval noir, celui que vous montez, et qui n'est autre que celui de Long Zhiqi !

— Je sais bien que les frères Long ne sont pas vraiment doués en arts martiaux, mais de là à se faire blesser par un petit enfant comme toi et à te laisser t'enfuir avec un de leurs chevaux ! répondit Xu Lin en ricanant. N'essaie pas de me leurrer avec ce genre d'histoire. D'ailleurs, puisque tu les connais, je peux encore moins t'accepter comme disciple. Aujourd'hui, je t'épargne, et c'est déjà bien. Allez ! Déguerpis ! »

Le Chevalier rangea son épée dans son fourreau et se remit en route. Petite Grue ne baissa pas les bras et le suivit de près. Ils arrivèrent bientôt au village.

« Oui, je connais les frères Long. Mais nous sommes ennemis ! dit-il, nerveux. Ils ont assassiné mon père. Ce sont mes ennemis jurés, et c'est pour ça que

je viens vous voir, parce que vous êtes
qu'eux. Si vous m'apprenez ce que vous sav
je pourrai retourner à Ziyang, les tuer, et venge
père ! »

Petite Grue ne put retenir ses larmes. En ente
dant la voix triste du jeune garçon, le Chevalier de Langzhong arrêta son cheval, se retourna, resta un instant sans rien dire, puis demanda :

« Tu veux sincèrement étudier les arts martiaux avec moi ?

— Oui ! De tout mon cœur ! répondit Petite Grue en essuyant ses larmes. Que la foudre s'abatte sur moi si je ne suis pas sincère !

— Il y a trois conditions à remplir si tu veux réellement devenir mon disciple, fit Xu Lin en prenant un air grave.

— Même s'il y en avait cent, je les remplirais !

— Premièrement, je ne prendrai pas un disciple grand débutant. Il faut que tu connaisses déjà le *gongfu*, expliqua Xu Lin en souriant.

— Je m'y connais en arts martiaux ! Je les ai étudiés pendant plus d'un an : pratique du sabre, de la boxe, je sais même sauter par-dessus les toits !

— Deuxièmement, en devenant mon disciple, tu deviendras aussi mon serviteur. Tu devras tout faire, même les choses pénibles. Je vois que tu portes des habits en soie et en satin, et que tu as de l'argent et un cheval, comme un riche petit seigneur !

— Non, non, rétorqua Petite Grue en secouant la tête. Je suis un enfant très pauvre, qui n'a ni père ni mère. Je garde les cochons et je nourris les chevaux. Si vous me prenez avec vous, je ferai tout ce que vous voudrez, même les choses difficiles. Et la troisième condition, qu'est-ce que c'est ?

— La troisième condition ? Hé ! s'écria le Chevalier en ricanant. Je crains fort que tu ne puisses pas y répondre ! Je veux que mon disciple soit solide et très costaud !

— Mais je suis fort ! fit Petite Grue en levant vigoureusement un de ses bras. Je peux soulever d'une seule main des poids de quarante kilos !

— La parole ne compte pas. Il faut me le prouver.

— Choisissez ! Il n'y a que les montagnes que je ne peux pas déplacer !

— Très bien. Alors suis-moi ! »

Ravi, Petite Grue suivit le Chevalier de Langzhong jusque dans son immense demeure. Jiang Cheng et ses robustes compagnons, fort surpris de voir leur maître revenir avec le jeune garçon, s'attendaient à ce qu'ils se battent.

Les deux cavaliers passèrent la grande porte. Au nord, dans la vaste cour, se trouvaient deux présentoirs d'armes, et dans le coin sud-est une porte qui menait sûrement aux appartements privés. Les deux hommes mirent pied à terre et un serviteur s'occupa de leurs chevaux. Jiang Cheng et ses amis les regardaient toujours de travers. Alors le Chevalier de Langzhong sourit et fit un signe de la main à Petite Grue :

« Viens ! »

Le jeune garçon l'accompagna jusqu'au mur du sud. Il aperçut par terre trois bâtons en fer, longs de plus de sept pieds[1] et de différentes grosseurs. Le plus gros, couvert de rouille et à moitié enfoncé dans le sol, avait le diamètre d'un bol de riz : impossible de le tenir d'une seule main, on aurait dit une poutre en fer. Le deuxième, un peu moins épais, faisait bien dans les cent kilos. Le dernier enfin, le plus mince, ressemblait à un chevron de fer, et devait peser près de cinquante kilos.

Petite Grue restait perplexe :

« Quoi ? C'est là le test que vous voulez me faire passer pour mesurer ma force ? Mais enfin, je ne pourrai jamais soulever la grosse poutre !

---

1. Le pied chinois mesure plus d'un tiers de mètre. Sept pieds équivalent à plus de deux mètres.

— Laisse-moi d'abord t'expliquer d'où viennent ces trois bâtons », répondit Xu Lin.

Petite Grue rassembla ses forces et tendit l'oreille.

« Il y a quelques années, un moine bouddhiste nommé Tiezhang Seng, "le Bonze au bâton de fer", est arrivé du Jiangnan. Il est venu ici me demander l'aumône de mille taels, et a déposé devant la grande porte le plus mince de ces bâtons en disant que si je ne lui donnais pas cet argent, il partirait sans son bâton. Je n'y ai alors pas accordé beaucoup d'importance. J'ai simplement tendu la main pour prendre le bâton. »

À cet endroit du récit, le Chevalier de Langzhong remonta sa tunique et retroussa ses manches. Puis il se baissa pour soulever le bâton qui ressemblait à un chevron, le leva d'un seul bras, le prit dans les deux mains, fit deux mouvements vers le haut et le jeta à terre dans un bruit lourd.

« Le Chevalier de Langzhong n'a pas l'air bien robuste, pensa Petite Grue, mais pourtant il est très fort ! »

Xu Lin se pencha à nouveau pour soulever le deuxième bâton. Il le prit avec les deux mains, puis le leva et fit de nouvelles élévations avant de le reposer.

« La première fois que le bonze a vu que j'arrivais à soulever le bâton, il est parti sans son argent et a laissé le bâton ici. L'année suivante, il est revenu avec le deuxième bâton, un peu plus épais que l'autre, et m'a demandé l'aumône de deux mille taels. Mais encore une fois, il ne m'a pas eu, et il est reparti. La troisième année, je ne l'ai pas vu. La quatrième année, il est arrivé avec le plus gros et le plus lourd bâton de fer, en le portant sur l'épaule. Il avait l'air épuisé. Il a dit que si j'arrivais à le porter comme lui, il s'avouerait vaincu et partirait sans demander d'argent, pour ne plus jamais revenir. Mais je n'ai pas réussi ! Résultat, j'ai dû lui donner quatre mille taels.

Cela fait plusieurs années déjà que ces bâtons sont posés là, mon garçon. Il n'y a que moi qui arrive à en soulever deux. Les autres n'arrivent même pas à en soulever un. J'ai fait le serment de prendre pour maître celui qui arriverait à soulever le bâton le plus lourd, de devenir ami avec celui qui arriverait à soulever le deuxième, et de prendre comme disciple celui qui soulèverait le plus léger. Depuis des années, plusieurs gaillards ont essayé, et tu vois, je n'ai même pas trouvé un disciple. Les chevaliers ne doivent pas seulement briller par leur maîtrise des arts martiaux, ils doivent aussi surpasser les autres physiquement. Si tu veux devenir mon disciple, alors d'accord. Mais tu dois d'abord soulever le bâton le moins lourd !

— Entendu ! » répondit Petite Grue avec fierté.

Il se baissa, empoigna des deux mains le bâton épais comme un chevron et le souleva de toutes ses forces.

« Soulève ! » cria le Chevalier de Langzhong.

Petite Grue ne le souleva que d'une quinzaine de centimètres, mais ses doigts ne tenaient plus, ses jambes faiblissaient, et il dut reposer le bâton. Il souffla un coup, serra les dents et retourna à la charge, mais cette fois-ci il n'arriva même pas à le soulever de quinze centimètres. Le Chevalier de Langzhong sourit :

« Ça ne va pas ! Tu peux venir t'entraîner chaque jour. Le jour où tu arriveras à soulever ce bâton, tu viendras te prosterner devant moi, et je t'enseignerai les arts martiaux. »

Sur ce, Xu Lin remit droit les pans de sa robe et rentra dans la maison.

Le Tyran butineur et ses compagnons éclatèrent de rire. Petite Grue, très en colère, ne s'occupa pas d'eux. Il resta les yeux fixés sur les trois bâtons. Il ne pensait plus à soulever les deux plus lourds : le plus léger lui causait déjà du souci. Il reprit son souffle, se baissa à nouveau, saisit le bâton de fer et le souleva de toutes ses forces. Il serra les dents, écarquilla les yeux et leva le bâton à près de quinze centimètres du sol. Il força autant qu'il put pour le lever plus haut, mais rien à faire, ses bras lui faisaient trop mal, et « boum ! », le bâton retomba sur le sol. Petite Grue s'assit. Jiang Cheng et les autres se mirent à rire aux éclats en frappant des mains. Le jeune garçon rougit, se retourna et les fusilla du regard. Mais il ne dit pas un mot et observa à nouveau les bâtons de fer. C'est alors que Jiang Cheng s'approcha de lui, un sabre d'acier à la main.

« Hé ! Mon petit ! lui dit-il d'un ton railleur. Retourne donc chez ta mère boire un peu de lait ! Quand tu seras assez vigoureux, tu reviendras tenter ta chance ! Ou sinon tu peux toujours invoquer le bâton et l'appeler "Papa", mais ça ne marchera toujours pas ! »

Tout le monde éclata à nouveau de rire.

Le ventre de Petite Grue criait famine. Il se rappela qu'aujourd'hui il n'avait pas déjeuné, et que c'était sans doute pour cela qu'il se sentait sans force. Alors il fronça les sourcils et tourna les talons. Les autres se moquaient toujours de lui et lui faisaient des grimaces :

« C'est ça ! Va-t'en ! Tu t'es fatigué pour rien en venant ici ! »

Petite Grue leur lança un regard mauvais. Il en avait plus qu'assez. « Si je me bats, je pourrai encore moins devenir le disciple du Chevalier de Langzhong ! Je ne trouverai jamais quelqu'un comme lui, doué en arts martiaux et doté d'une telle force », pensa-t-il. Alors il contint sa colère et demanda au garçon d'écurie de lui amener son cheval.

« Ne lui donne pas son cheval ! » cria Jiang Cheng.

Petite Grue, furieux, s'apprêtait à s'emparer de son sabre accroché derrière la selle du cheval. Le Tyran butineur arriva en brandissant son arme.

« Comment ? Tu veux encore te battre ? »

Ses camarades vinrent essayer de calmer le jeu et de retenir Jiang Cheng.

« Puisque tu connais notre Maître, dirent-ils à Petite Grue, tu peux venir quand tu veux. Aujourd'hui, tu n'as pas réussi à soulever le bâton de fer, alors reviens demain. Mais ne viens pas te chamailler ici, parce que l'oncle Jiang est un ami du seigneur Xu Lin, et tu dois respecter le Maître ! »

Petite Grue contint sa colère, ricana et partit en tenant son cheval par la bride sans dire un mot. Une fois sorti de la grande demeure de la famille Xu, il se mit à marcher vers le nord, complètement déprimé. Il n'était pas en colère à cause de Jiang Cheng et de ses compagnons, il pensait plutôt au bâton.

Ce n'est qu'au bout de deux cents mètres qu'il monta en selle et prit la direction de la passe est. Il arriva bientôt à l'agence d'escorte Fuli. Il mit pied à terre, attacha son cheval à un pieu et entra. Yang Xiantai, Lü Xiong, Qi Yong et Jiao Rong se trouvaient tous là. En voyant arriver le jeune garçon, Yang Xiantai fut le premier à demander des nouvelles :

« Alors mon frère ? Tu es allé chez le Chevalier de Langzhong ? C'était comment ?

— Il ne s'est rien passé de spécial. Nous avons discuté pendant un long moment, et il m'a dit que je pouvais venir m'amuser chez lui tous les jours si je voulais.

— Ton départ a vraiment inquiété le patron ! ajouta Qi Yong. Il est très occupé ces jours-ci, et doit partir après-demain pour Luzhou.

— Dites-lui de ne pas s'en faire pour moi. C'est un bon ami, mais je ne souhaite plus rester ici avec vous.

— Où vas-tu habiter alors ? s'enquit Yang Xiantai étonné.

— Je descendrai d'abord dans une auberge, répondit le jeune garçon qui fronça les sourcils et partit chercher ses affaires dans la chambre. Dans quelques jours, je m'installerai chez le Chevalier de Langzhong. »

Constatant la mauvaise humeur de Petite Grue, Yang Xiantai, Qi Yong et les autres, stupéfaits, le laissèrent partir sans tenter de le retenir.

Le jeune garçon détacha son cheval et partit en le tirant par la bride, ses bagages à la main. Il arriva bientôt à hauteur d'une auberge. Il entra pour demander une chambre et prendre un bon repas. Une fois repu, il s'allongea sur le lit pour se reposer un peu et faire le plein d'énergie en prévision du lendemain, quand il tenterait une nouvelle fois de soulever le bâton. Peu de temps après, le gérant amena un visiteur dans sa chambre : Jiao Dechun.

« Mon garçon, lui dit ce dernier, à la fois honteux et nerveux, tu ne peux pas rester ici ! Viens plutôt chez moi, ou bien à l'agence ! Cheng Ba te voue une haine implacable, j'ai beau le raisonner et le supplier, rien n'y fait ! Sa jambe ne s'est pas encore remise. Si tu restes là à attendre qu'il aille mieux, il viendra se mettre en travers de ton chemin. Mais si tu habites chez moi, il sera obligé de garder la face et ne pourra pas se permettre de venir dénicher quelqu'un dans ma maison. Je pars pour Luzhou après-demain. Il n'y aura alors plus personne pour veiller sur toi. À moins que tu ne partes avec moi !

— Ne vous occupez pas de moi, grand frère ! Jiang Xiaohe sait que vous êtes un bon ami. Si je me suis installé ici, c'est pour me reposer, je suis tellement fatigué aujourd'hui ! Je vais rester là un jour, et demain j'emménagerai sans doute chez le Chevalier de Langzhong.

— Quoi ? s'écria Jiao Dechun fort surpris. Le Chevalier t'a pris en affection ? Mais on dit que vous vous êtes battus ce matin en pleine rue ?

— Grand frère, je te l'ai déjà dit. Si je suis venu ici, c'est pour rencontrer Xu Lin : si ses capacités au combat s'avéraient ordinaires, j'en ferais un ami ;

dans le cas contraire, je lui demanderais de devenir mon maître. Tout cela est très sérieux. En me battant avec lui ce matin, j'ai compris que mon savoir était nettement insuffisant, et qu'il était digne de devenir mon maître. C'est pourquoi je suis allé chez lui ensuite…

— T'a-t-il demandé de soulever les trois bâtons de fer ? interrompit Dechun.

— Oui. Il m'a dit que si j'arrivais à soulever le plus petit, il me prendrait comme disciple et m'enseignerait son art. Mais, même si le bâton est assez mince, il est vraiment très lourd ! J'arrive seulement à le soulever un peu. Il faut dire qu'aujourd'hui je me suis pas mal battu, et du coup j'étais fatigué. Je pense qu'après un jour de repos, si je retente ma chance demain, je réussirai sûrement. »

Jiao Dechun resta interdit, puis hocha la tête :

« Oui, comme ça, c'est bien aussi. Si tu pars habiter chez le Chevalier de Langzhong, Cheng Ba ne pourra plus rien tenter contre toi. Parce que même si c'est un despote local, jamais il n'osera provoquer Xu Lin.

— Ne vous inquiétez plus au sujet de Cheng Ba, reprit Petite Grue avec un sourire sarcastique. Je n'ai pas peur de lui. Grand frère, vous ne partez que dans deux jours, non ? Alors reparlons de tout ça demain, voulez-vous ? Je dois me reposer aujourd'hui. J'ai un bâton à soulever demain. »

Jiao Dechun acquiesça et prit congé.

Petite Grue put se reposer tranquillement. Le lendemain, il se sentait en pleine forme. Il prépara son cheval, quitta l'auberge et galopa jusqu'à la demeure du Chevalier de Langzhong. Il arriva de bonne heure : Jiang Cheng et quelques employés faisaient des enchaînements de boxe dans la cour.

« Hé ! Le gamin est revenu ! dirent-ils en riant. Il ne renonce pas facilement ! Alors comme ça, ta force physique a décuplé en seulement un jour ? À moins que tu n'aies avalé une pilule miracle ! »

Sans dire un mot, le jeune garçon attacha son cheval à un pieu près du mur et se dirigea vers les trois bâtons. Il rassembla ses forces, s'accroupit, attrapa le bâton épais comme un chevron et commença à le soulever. Il se redressa sur ses jambes et força autant qu'il put en poussant un grognement. Mais alors qu'il avait réussi à le soulever à près d'une trentaine de centimètres du sol, il reçut soudain un grand coup de pied dans les fesses. Projeté en avant, il lâcha le bâton et tomba par terre. Il se releva, furieux, serra les poings et se retourna. Jiang Cheng se trouvait à côté de lui, son sabre à la main, avec son sourire sardonique. Le jeune garçon mourait d'envie de lui foncer dessus pour lui arracher son arme et se battre avec lui, mais il réfléchit un instant, et trouva que finalement ce n'était pas aussi important que d'arriver à soulever le bâton. Alors il garda sa colère à l'intérieur, et, sans prononcer un mot, se retourna pour soulever à nouveau le bâton. « Je me retiens cette fois-ci, pensa-t-il, mais si tu as le malheur de me redonner un coup de pied, je te ferai mordre la poussière ! »

Le Chevalier de Langzhong venait justement de sortir par la petite porte, et avait suivi toute la scène. Indigné, il partit chercher dans la maison un fouet aux lanières de cuir, et s'approcha de Jiang Cheng avec un air sévère. D'un coup de pied, il désarma le jeune homme. Puis il leva son fouet et frappa sans pitié le jeune insolent. Petite Grue se retourna : « slan ! slan ! slan ! », le Tyran butineur reçut plusieurs coups. Au début, il se protégea avec les bras, puis s'enfuit en courant. Le Chevalier lui courut après et lui asséna un coup de pied pour le faire tomber. Puis il fit siffler le fouet dans les airs et les coups se remirent à pleuvoir.

Les autres regardaient sans oser intervenir. Xu Lin frappait avec rage en lançant des insultes.

« Comment oses-tu me discréditer ici, chez moi ! Prendre quelqu'un par défaut, le frapper par-derrière, c'est un comportement d'homme du Jianghu, ça ? »

Petite Grue arriva en courant et arrêta Xu Lin.

« Ne le frappez pas à cause de moi ! Je suis venu ici pour essayer de soulever le bâton de fer et devenir votre disciple, et non pour me fâcher avec lui ! Il m'humilie, je l'ignore, simplement. Je réglerai ça avec lui plus tard ! »

Le Chevalier de Langzhong donna encore quelques coups de fouet à Jiang Cheng, puis un nouveau coup de pied :

« Dégage ! À partir d'aujourd'hui, tu quittes la ville, je ne te connais plus. Allez ! Déguerpis ! Dégage ! Sinon je te tue ! »

Petite Grue tenta de calmer le Chevalier, qui baissa le bras. Alors Jiang Cheng se releva, le visage en sang, les habits lacérés. Il n'avait plus rien d'un tyran... Il baissa la tête et rentra dans la maison sans dire un mot.

Xu Lin, le fouet à la main, fulmina encore un bon moment avant de se calmer.

« Alors ? demanda-t-il à Petite Grue. Tu vas arriver à soulever ce bâton, aujourd'hui ?

— Venez voir par vous-même ! »

Le chevalier observa le jeune garçon tenter de soulever le bâton près de sept fois d'affilée mais sans résultat.

« Non ! Non ! lui dit-il en riant. Tu n'es pas encore assez fort. Il va falloir que tu viennes t'entraîner chaque jour. Ce n'est pas difficile, tu verras. Il suffit que tu sois patient et assidu. Tu y arriveras, c'est certain. Alors je te prendrai comme disciple. »

Puis il laissa le jeune garçon s'entraîner et partit faire dans la cour quelques enchaînements de boxe et quelques danses à l'épée.

Petite Grue s'assit à côté des bâtons et observa la magnifique technique de boxe du maître, qui bougeait comme le loup et le tigre[1]. Son maniement de l'épée était fascinant. Petite Grue ressentit une profonde admiration : « Avec un maître comme lui, pensa-t-il, si j'étudie les arts martiaux, je deviendrai imbattable ! Si seulement il n'y avait pas ce satané bâton ! »

Une fois son entraînement matinal terminé, le Chevalier de Langzhong regagna ses appartements. Jiang Cheng avait récupéré ses affaires et sellé son cheval. Il partit la mine déconfite et jeta un regard plein de haine à Petite Grue en passant à côté de lui. Le jeune garçon ne s'en soucia pas. Il fallait qu'il se concentre sur une chose à la fois, et en l'occurrence, ce qui le préoccupait, c'était le bâton de fer. Il se reposa un instant et essaya à nouveau de le soulever. Et ainsi de suite près de trente fois. Il se sentait exténué : ses bras, tout courbaturés, ne pouvaient plus rien soulever.

Il était maintenant midi passé.

« Notre Maître t'invite à rester manger ici, lui dit un employé. Tu reprendras l'entraînement après. »

Mais Petite Grue refusa d'un signe de la main. Il se leva d'un air nonchalant, détacha son cheval et repartit pour la ville.

Une fois dans sa chambre, il termina tant bien que mal son déjeuner, puis s'allongea sur son lit. Il était à présent pleinement convaincu du comportement loyal du Chevalier de Langzhong et de sa grande maîtrise des arts martiaux. Mais tant qu'il n'arriverait pas à soulever le bâton, il ne pourrait pas devenir son disciple, ni réussir à se venger. Cela lui crevait le cœur. Le soir venu, Jiao Dechun vint à nouveau lui rendre visite. Il partait le lendemain escorter un convoi jusqu'à Luzhou. Il avertit le jeune garçon que Cheng Ba avait déjà contacté de nombreux amis, sans doute

1. Bouger comme le loup et le tigre : c'est-à-dire avec force et agilité.

pour pouvoir le cerner. Il le pria de faire attention à lui et lui conseilla d'aller habiter chez le Chevalier de Langzhong au plus vite.

« Tout cela n'est pas grave, répondit Petite Grue en secouant la tête. Je ne crains aucun d'entre eux. Que mon grand frère parte rassuré ! »

Jiao Dechun resta un moment et s'en retourna.

Chapitre VI

Le sabre d'acier défait l'épée de fer,
Le célèbre Chevalier est mis en déroute ;
Entre les cimes des hautes montagnes,
Un homme hors du commun révèle son talent.

Le lendemain, Petite Grue, comme à son habitude, se leva très tôt, et partit à cheval pour le village de Dingzipu. Il trouva le Chevalier de Langzhong dans la cour en train d'exécuter une danse à l'épée. Les deux hommes n'échangèrent pas un mot et ne se saluèrent même pas. Le jeune garçon attacha son cheval à un pieu et alla de nouveau tenter de soulever le bâton. Il essaya par trois fois, mais échoua. À la dernière tentative, épuisant ses dernières ressources, il arriva à soulever le bâton à plus d'un mètre du sol. Puis il força sur ses coudes : il y était presque ! Mais il sentit soudain une grande douleur au creux de l'estomac, sa vue se brouilla et il cracha du sang. Le Chevalier de Langzhong, qui se trouvait juste à côté, ne s'aperçut de rien. Petite Grue se sentit totalement démoralisé et ses forces l'abandonnèrent. En apercevant le bâton taché de sang, il ne put retenir ses larmes. Alors il partit d'un pas lent, détacha son cheval et rentra à la passe de l'est. « Je ne peux pas rester ici plus longtemps, pensa-t-il. Je n'arrive même pas à soulever le bâton. Jamais je n'oserai à nouveau demander au Chevalier de Langzhong de devenir mon maître ! Je vais me reposer un jour et ensuite je m'en irai ! Peu m'importe où ! » Il passa d'abord à l'agence d'escorte Fuli. Exténué, il n'eut même pas la force de descendre de cheval et se contenta d'appeler deux fois. Yang Xiantai apparut.

« Est-ce que le patron Jiao est parti ? lui demanda Petite Grue.

— Oui, il vient juste de s'en aller. Il doit déjà se trouver à vingt ou trente lis d'ici à l'heure qu'il est. Tu as des ennuis ?

— Non, ce n'est rien, répondit le jeune garçon avec indolence en secouant la tête.

— Viens donc jouer avec nous, mon ami ! proposa Xiantai en souriant. Après, nous retournerons ensemble à la Ruelle des beautés. Il y a là-bas une jeune beauté qui a à peu près ton âge. Allez ! Viens ! Ce soir, le seigneur Chen-le-Septième voudrait faire une autre partie de dés avec toi !

— Non, non. Je ne me sens pas très bien. Je préfère rentrer me reposer un peu. Je reviendrai te voir ce soir ! »

Il fit demi-tour et regagna son auberge. Une fois arrivé, il n'eut pas le temps de mettre pied à terre que déjà plusieurs personnes armées de bâtons de bois arrivaient vers lui en courant. D'autres hommes qui venaient par-derrière le poussèrent pour le faire tomber. Stupéfait, Petite Grue comprit qu'il était victime d'un complot intrigué par Cheng Ba. Sous le coup de l'émotion, il se mit à proférer des insultes. Puis il se releva et tenta d'attraper son sabre accroché à la selle, mais on l'en empêcha et les coups de bâton se mirent à pleuvoir sauvagement. Il se débattit désespérément, criant et jurant, mais la bastonnade eut raison de sa rage. On le frappa à la tête, son corps se crispa et il fut pris de vertiges : c'était comme si une foule de serpents venimeux s'enroulaient tout autour de lui et le mordaient au hasard. Il finit par perdre connaissance.

Il n'y avait déjà plus personne dans la rue, les nombreux badauds se contentant d'observer la scène de loin. Pensant qu'il s'agissait seulement des hommes de main du seigneur Cheng Ba et d'un simple jeune garçon étranger à la région, personne n'osa intervenir. Petite Grue gisait à terre, évanoui, mais ses tortionnaires continuaient pourtant à le ruer de coups sans merci. « Pan ! Pan ! » Ils abattaient leurs bâtons sur le petit corps inanimé, comme mort, du jeune garçon.

C'est alors qu'arriva de l'est un cheval noir. Tous les passants reconnurent son cavalier : il s'agissait de Xu Lin, le Chevalier de Langzhong. Il agita son fouet de cuir en criant :

« Arrêtez ! Arrêtez ! »

La plupart des agresseurs baissèrent le bras, mais quelques-uns, entêtés et inconscients, continuèrent à frapper. Alors le Chevalier de Langzhong, furieux, sortit son épée : le tremblement de la lame suffit à faire déguerpir toute la troupe. Il descendit de cheval et s'approcha de Petite Grue. Le petit héros si volontaire et assidu, qui s'obstinait tant à devenir son disciple, ressemblait maintenant à un mort, la tête en sang, le corps couvert de blessures. Le Chevalier ne put s'empêcher de ressentir de la pitié. Il héla quelques passants et leur demanda de porter Petite Grue chez lui, dans le village de Dingzipu. Une fois là-bas, ses domestiques prirent soin du jeune garçon, toujours inconscient et le corps meurtri. On lui appliqua sur toutes les parties blessées un baume hémostatique[1]. Il finit par

1. *Dao bang chuang yao* : pommade médicinale réservée aux blessures à l'arme blanche et aux coups dc bâton.

reprendre connaissance, ouvrit légèrement les yeux et poussa des gémissements.

« Ne sois pas impatient et coléreux, lui dit Xu Lin sur un ton réconfortant. Reste ici, le temps de guérir. On se remet facilement de ce genre de blessures. Quand tu iras mieux, je t'aiderai à te venger ! »

Petite Grue esquissa un sourire grimaçant. Il voulait répondre, mais se sentait à bout de forces. Il poussa encore deux gémissements et referma les yeux.

Le jeune garçon resta donc chez son protecteur, dans une chambre de l'aile est. Le Chevalier venait régulièrement lui rendre visite et les domestiques se montraient très prévenants. Peu à peu, il put quitter son lit. Mais il ne tenait pas encore très bien sur ses jambes et n'arrivait à se déplacer qu'avec l'aide d'un bâton. Le Chevalier de Langzhong espaça ses visites, mais les domestiques ne montrèrent jamais aucun signe de relâchement.

Un jour, Petite Grue abandonna sa béquille et se rendit lentement dans la cour, lieu habituellement réservé à l'entraînement de *gongfu*. Ses pieds lui faisaient encore mal et il se sentait tout courbaturé. Son regard tomba tout à coup sur les trois bâtons de fer posés au pied du mur de l'aile sud. Bien qu'il fût pleinement conscient de son incapacité à les soulever, on aurait dit qu'il brûlait d'envie d'essayer encore. Il continua de marcher, la tête baissée : « Vivement que je me remette, pensa-t-il, irrité et impatient. Il faut absolument que je soulève ce bâton, pour devenir le disciple du Chevalier de Langzhong ! »

Il entendit soudain des bruits de sabots : Xu Lin arrivait sur son cheval noir, accompagné de trois domestiques. Une fois dans la cour, il mit pied à terre.

« Comment vont tes blessures ? demanda-t-il à Petite Grue en le voyant se promener.

— C'est bientôt fini ! » répondit le garçon avec déférence.

Le Chevalier de Langzhong lui demanda alors d'ôter sa blouse et d'enlever son pantalon, pour observer minutieusement les blessures et voir celles qui étaient guéries et cicatrisées.

« Il n'y a plus lieu de s'inquiéter, dit-il en hochant la tête. Repose-toi encore une dizaine de jours, et après tu pourras te remettre à courir. »

C'est alors qu'un élégant cavalier âgé d'environ dix-huit ans arriva. Il portait des habits de soie et une épée précieuse. Il mit pied à terre et le Chevalier de Langzhong lui fit signe de s'approcher.

« Je te présente mon fils Xu Yanyun, dit-il à Petite Grue. Cela fait dix ans qu'il étudie les arts martiaux avec moi. Il va bientôt terminer sa formation. Quand tu reverras plus tard Bao Kunlun et Long Zhiteng, tu pourras leur dire qu'il ne faut plus songer à me brimer, car mon fils pourra venir à bout des disciples comme du maître et que tôt ou tard le père et le fils iront les trouver pour les combattre ! »

Le Chevalier ricana et prit un air mauvais. Alors que Petite Grue, surpris, s'apprêtait à lui poser des questions, Xu Lin rentra subitement avec son fils dans la maison. Le jeune garçon resta un instant hébété : « Le Chevalier me traite plutôt bien. Comment se fait-il qu'aujourd'hui soudain il change de comportement et commence à se montrer froid et distant avec moi ? Il faut que je lui demande. »

Dès lors, Petite Grue ne croisa plus le Chevalier de Langzhong. Il pria quelques fois le domestique qui s'occupait de lui d'aller inviter le maître, mais ce dernier ne vint jamais le voir. Quelques jours plus tard, il était complètement remis de ses blessures et remarchait comme avant. Il se sentait cependant contrarié et inquiet car il ne voyait plus le Chevalier et passait son temps à se demander en quoi il avait bien pu l'offenser.

Il demanda un jour à son domestique d'aller voir son Maître :

« Dis au seigneur Xu que mes blessures vont mieux, que je ne souffre d'aucune infirmité et que je peux maintenant marcher et courir. Invite-le pour moi, j'ai plusieurs choses à lui dire. »

Le domestique prit un air embarrassé, mais, poussé par Petite Grue, finit par accepter :

« Bien. Je vais voir dans la cour intérieure s'il est là.

— Si c'est le cas, lui recommanda le jeune garçon, il faut que tu le fasses venir par tous les moyens. J'ai juste quelques petites choses à lui dire. »

Le domestique s'exécuta et quitta la pièce. Petite Grue attendit un long moment, mais le Chevalier de Langzhong ne se montra pas. Faisant les cent pas dans sa chambre, il pensait : « C'est vraiment étrange ! Mais quel genre d'homme est ce Xu Lin, au fond ? Je n'ai rien fait de désobligeant ! Il m'a sauvé la vie, et ensuite proposé de rester ici le temps de me rétablir. Il s'est montré gentil à mon égard ! Alors pourquoi devient-il soudain froid et distant ? Se pourrait-il que Cheng Ba ou d'autres personnes de mauvaise engeance lui aient dit du mal de moi ? Je suis un brave garçon, franc et droit. S'il n'est pas satisfait de moi, alors il faut qu'il me le dise ! »

Un instant plus tard, la porte de la chambre s'ouvrit et deux hommes entrèrent : le domestique, qui apportait les bagages et le sabre de Petite Grue, et le fils du Chevalier, Xu Yanyun. Le jeune homme portait une longue robe de soie bleue, et ses manières étaient très polies. Il entra et salua Petite Grue :

« Frère Jiang, vos blessures sont guéries. C'est très réjouissant ! Vraiment réjouissant ! Nous vous ramenons vos bagages. Vous y trouverez votre argent. C'est mon père qui les a fait récupérer à l'auberge. Si vous désirez rester encore quelques jours ici, il n'y voit aucun inconvénient. Sinon, vous pouvez vous remettre en route ! Nous nous reverrons bien un de ces jours ! »

Petite Grue, très troublé, rendit le salut à son visiteur et demanda :

« Le seigneur Xu est-il à la maison ?

— Oui, répondit Xu Yanyun très froidement.

— Alors dans ce cas, ayez l'obligeance de le faire venir. Moi, Jiang Xiaohe, je suis venu de très loin pour le prendre comme maître. Je n'y peux rien si je n'arrive pas à soulever le bâton de fer ! Je vais aller m'entraîner ailleurs, et quand je serai assez fort pour réussir ce défi, je reviendrai. Il m'a sauvé la vie. Je lui ai causé du dérangement pendant plusieurs jours, et il a fallu du temps pour que je me rétablisse. Je me dois d'aller me prosterner devant lui, pour le remercier de la grâce qu'il m'a faite de me sauver la vie. Je souhaiterais aussi m'entretenir avec lui. Ensuite, je m'en irai.

— Inutile ! rétorqua Xu Yanyun en agitant la main. Les hommes des Fleuves et des Lacs s'entraident, cela n'a rien d'extraordinaire. Frère Jiang, ne vous inquiétez pas. Retournez au district de Zhenba. Si vous nous considérez réellement comme des amis, alors plus tard, lorsque nous affronterons l'école de Kunlun, contentez-vous de ne pas vous en mêler, c'est tout. Retournez dire à Bao Zhenfei, à Long Zhiteng, à Long Zhiqi, à Jia Zhiming et à Ge Zhiqiang que nous irons les trouver cet automne ! ajouta-t-il cyniquement. Dites-leur de se tenir prêts ! »

Il tourna les talons. Petite Grue le rattrapa pour le retenir.

« Grand frère Xu ! lui dit-il d'un ton déterminé. Je ne comprends pas ce que vous voulez dire. Même si je suis le fils d'un disciple de l'école de Kunlun, ce sont tous mes ennemis !

— Qui croirait cela ! » rétorqua Xu Yanyun d'un air sarcastique en repoussant Petite Grue.

Le jeune garçon faillit tomber à la renverse. Mais il repartit après Yanyun et l'agrippa à nouveau.

« Que le ciel me foudroie si je mens ! dit-il en posant une main sur la poitrine en signe de serment. Mon père a été assassiné par les frères Long. J'ai gardé les cochons dans la maison du vieux Bao et subi les humiliations de son fils Bao Zhilin. Après avoir blessé l'un des frères Long, je me suis enfui. À présent, je veux prendre votre père pour maître, étudier les arts martiaux et rentrer me venger ! »

Xu Yanyun s'adoucit et se retourna pour demander des détails au jeune garçon. C'est alors que son père apparut. Il tenait deux lettres dans sa main :

« Ne le laisse pas ergoter ! s'écria-t-il, fou de rage. Il est au service de Bao Kunlun. Il l'a envoyé pour m'espionner et savoir comment nous allons nous y prendre pour affronter l'école de Kunlun ! »

Puis, s'approchant de Petite Grue :

« Si je n'avais pas ouvert tes lettres, tu m'aurais presque eu ! Maintenant va-t'en, et vite. Va dire aux tiens que je n'ai pas peur d'eux, et que quand l'automne sera là, je partirai pour Ziyang et Zhenba et je les combattrai. Si tu es quelqu'un d'honnête, alors le moment venu, tu ne les aideras pas. Sinon, je me montrerai impitoyable ! »

La confusion régnait dans l'esprit de Petite Grue. Il se sentait comme perdu dans le brouillard, et bouillait intérieurement :

« Qu'est-ce que c'est que cette histoire ! demanda-t-il en trépignant de colère. Je ne sais même pas lire ! Qui vous a donné ces lettres ?

— Qui me les a données ? répondit le Chevalier de Langzhong en souriant. Mais je les ai trouvées dans tes affaires ! Elles sont de Bao Zhilin, de l'agence d'escorte Kunlun de Hanzhong. Il a chargé ses frères d'armes Zhang Zhijun et Miao Zhiying de les porter à Li Dacheng, "le Tigre du mont Emei[1]" de Chengdu[2]. Il lui demande de s'opposer à moi et de m'immobiliser pour m'empêcher d'aller me battre avec vous ! »

Petite Grue réfléchit un instant et comprit enfin de quoi il retournait :

« Seigneur Xu, vous m'accusez à tort ! dit-il en prenant une profonde inspiration. Je vais vous raconter d'où viennent réellement ces lettres : après ma fuite de Zhenba, je suis arrivé au district de Wanyuan. Là-bas, en sautant de l'étage d'un restaurant, je me suis emparé d'un cheval, votre cheval actuel. Je me suis ensuite arrêté de nuit dans un temple en ruines du district de Xuanhan, mais un voleur m'a dérobé l'animal. Comme il s'agissait d'un cheval fougueux, le bandit a fait une chute mortelle, et je l'ai retrouvé plus tard au bord du chemin. J'ai cherché l'animal partout, mais sans résultat. Puis on m'a jeté en prison. Mais j'ai réussi à me défaire de mes chaînes et à m'enfuir. En route, j'ai rencontré Wu Jinbiao, "la Panthère Noire", qui m'a emmené dans un repaire de brigands des montagnes. N'ayant nullement envie de me faire bandit, j'ai profité d'un instant où ils étaient partis attaquer un convoi en bas de la montagne pour m'enfuir. Il s'agissait d'un convoi apparemment escorté par des hommes de Bao Kunlun. Les bandits m'avaient laissé au repaire pour surveiller leurs biens. J'ai donc pris de l'argent et je suis parti. Le soir, j'ai croisé la route de deux cavaliers lancés à ma poursuite. J'ai tué l'un d'entre eux et volé un de leurs chevaux. Mes bagages actuels sont

1. Montagne Emei, ou mont Emei : « la montagne aux Beaux Sourcils », l'un des quatre grands monts bouddhistes chinois, situé dans le Sichuan.
2. Chengdu : capitale du Sichuan.

ceux qui se trouvaient sur l'animal. J'y ai trouvé un peu d'argent et ces deux lettres. Mais comme je ne sais pas lire, je n'ai pas pris la peine de les ouvrir, et je les ai laissées où elles étaient. Seigneur Xu, après ce que vous venez de me raconter, je sais maintenant que les deux hommes que j'ai affrontés sont des disciples de l'école de Kunlun, les deux gardes du corps envoyés pour porter les lettres à bon port. »

Le Chevalier de Langzhong réfléchit quelques instants :

« Tu dis la vérité ?

— Que je meure de mort non naturelle si je mens ! À la suite de l'assassinat de mon père par Bao Kunlun et les frères Long, ma mère s'est remariée. Elle a pris mon petit frère avec elle et m'a laissé tout seul. Alors je suis parti chercher un maître, pour étudier les arts martiaux et rentrer plus tard me venger. Seigneur Xu, si vous consentez à me transmettre votre savoir, je ne resterai que deux ans et après je partirai. À part Ma Zhixian et Lu Zhizhong qui sont de braves gens, je dois tuer tous ceux de Kunlun ! »

Xu Lin ricana, s'éloigna un peu et demanda sans détour :

« Tu es vraiment pressé d'aller trouver Bao Kunlun et les frères Long pour venger ton père ?

— Oui, bien sûr, répondit Petite Grue en versant des larmes de chagrin. J'étudierai le *gongfu* et ensuite je partirai. Je ne pourrai rien entreprendre tant que je n'aurai pas tué les frères Long. Je me moque bien de Cheng Ba et des hommes qu'il a envoyés pour me battre, ce n'est pas important. Ce que je ne peux pas supporter, c'est qu'on ait tué mon père !

— Très bien ! Dans ce cas, nous partons aujourd'hui même pour Ziyang et Zhenba ! Quand tu te seras vengé, je me battrai contre eux pour une victoire décisive. Ensuite, nous rentrerons à Langzhong et je t'enseignerai mon art ! »

En entendant cela, Petite Grue passa des larmes au rire. Il sauta de joie.

« Oui ! Formidable ! Partons aujourd'hui ! Combien prendrez-vous d'hommes avec vous ?

— Aucun. Il y aura seulement toi et moi. Mais le moment venu, tu n'auras pas à te battre. Aie confiance en mon épée. Je forcerai Bao Kunlun à se mettre à genoux devant moi ! Quant à ses trente et quelques disciples, ils en sortiront tous blessés ou morts ! »

Ces paroles laissèrent Petite Grue perplexe. Effrayé, Xu Yanyun s'approcha de son père pour l'arrêter :

« Père ! Discutez-en d'abord avec frère Jiang ! Ou bien alors, je pars avec vous ?

— Non. Je veux que tu restes ici pour veiller sur la maison.

— Mais j'ai entendu dire que les disciples de Bao Kunlun étaient très nombreux ! rétorqua Yanyun. Et plusieurs sont très forts ! Comment allez-vous faire, Père, pour les combattre à vous tout seul ?

— Ça ne te regarde pas ! répondit Xu Lin en colère. Ce qui est dit est dit, je ne changerai pas d'avis. »

Il ordonna au garçon d'écurie d'aller préparer les chevaux et partit dans la cour rassembler ses affaires. Petite Grue avait déjà sorti ses bagages de la chambre. Malgré sa joie, il ressentait tout de même une certaine peur : « Je sais que le Chevalier de Langzhong est très fort, pensa-t-il, mais comment pourrait-il arriver à battre tous les disciples de Kunlun ? Il veut à tout prix partir. Et si je faisais tout pour rester ? » Alors il prit son courage à deux mains et se rendit dans l'écurie.

Les employés de la maison, très inquiets, n'osaient rien dire. Le garçon d'écurie sella deux coursiers : le cheval noir, et un cheval blanc comme neige, de haute stature et portant une longue crinière, qui semblait encore plus costaud que son compagnon. Peu après, un domestique sortit de la maison, avec un simple sac de voyage et une précieuse épée de plus d'un mètre de long rangée dans son fourreau de fer. Il posa le tout sur le cheval blanc. Alors Petite Grue accrocha son sac et son sabre d'acier sur le cheval noir. Le Chevalier de Langzhong apparut bientôt, plein d'énergie, très content. Il portait une longue robe de crêpe noire ainsi qu'un chapeau de paille accroché au cou qui lui tombait sur le dos.

« Allons-y ! » s'écria-t-il en apercevant les chevaux fin prêts.

Le garçon d'écurie mena les coursiers dehors. Les deux voyageurs prirent leurs fouets et montèrent en selle.

« Bon voyage, seigneur Xu ! crièrent Xu Yanyun et les nombreux domestiques qui les accompagnaient.

— Allez ! Rentrez tous ! » répondit Xu Lin avec un large sourire.

Il fouetta son cheval. Petite Grue, qui le suivait de près, se retourna pour saluer Xu Yanyun et les autres. Quant au Chevalier, il ne tourna même pas la tête.

Une fois sortis du village, les deux hommes empruntèrent tranquillement la route qui partait vers l'est. Au bout de dix lis, ils ne pouvaient déjà plus apercevoir les remparts et les fossés de la ville de Langzhong. Le Chevalier se couvrit la tête de son chapeau de paille, rejoignit la grande route et continua à chevaucher vers l'est. Petite Grue le suivait sur son cheval noir. Xu Lin, qui avait d'ordinaire l'apparence d'un grand homme riche, ressemblait maintenant à un vieil habitué des Fleuves et des Lacs, et semblait très à l'aise : un chapeau de paille plein de raffinement, une longue robe de crêpe, un visage rose, de grands yeux brillants et expressifs, et une précieuse épée qui heurtait avec un son métallique les étriers de cuivre. Son allure laissait vraiment Petite Grue admiratif : « C'est un grand maître de *gongfu*, pensa-t-il, et en plus, en homme du Jianghu, il a vraiment beaucoup d'allure ! Quand nous serons à Ziyang et à Zhenba, les hommes de l'école de Kunlun n'oseront pas lui manquer de respect ! »

Il était bientôt midi. Après un voyage d'une quarantaine de lis, les deux hommes s'arrêtèrent dans une petite ville pour déjeuner. Le petit restaurant qu'ils trouvèrent proposait un riz grossier et une cuisine infecte, mais le Chevalier de Langzhong mangea avec appétit et ne but pas d'alcool. Petite Grue, qui aurait bien voulu boire un peu, se sentit aussitôt honteux et n'osa pas en demander.

« Allez ! En route ! » s'écria le Chevalier de Langzhong en souriant, une fois le déjeuner terminé.

Il régla la note et ils repartirent à cheval en prenant la direction est-quart-nord. Ils rencontrèrent en chemin deux convois escortés. À chaque fois, le convoi s'arrêtait et les gardes du corps mettaient pied à terre pour saluer respectueusement le Chevalier :

« Où se rend le seigneur Xu ? »

Xu Lin leur répondait en saluant les mains jointes :

« Je pars vers l'est pour régler une affaire », disait-il en souriant.

Ce n'est qu'une fois que son cheval s'était éloigné que les convois osaient se remettre en route.

Ce jour-là, il faisait très chaud. Petite Grue avait le visage en sueur et le dos trempé. En plus, son cheval noir se montrait espiègle et entêté : peu importe la façon dont il tenait les rênes, il n'arrivait pas à le contrôler. Pourtant, même si l'animal partait souvent au galop, il n'arrivait jamais à rattraper le cheval blanc qui se trouvait devant lui. Petite Grue paraissait tout essoufflé, alors que le Chevalier de Langzhong, lui, se sentait très à son aise. Il tournait d'ailleurs souvent la tête pour sourire au jeune garçon et le motiver : « Allez ! Dépêchons-nous ! »

Petite Grue faisait beaucoup d'efforts pour maîtriser son cheval et le faire avancer. Au bout d'une soixantaine de lis, ils aperçurent au loin une chaîne de montagnes verdoyantes. Le Chevalier pressa sa monture dans cette direction. Sur la route, les passants se faisaient de plus en plus rares. Ils arrivèrent bientôt au pied de la montagne. Une fois au col, le Chevalier s'arrêta soudain. Petite Grue, effrayé, tira à son tour sur les rênes : le cheval se cabra plusieurs fois et faillit faire chuter son jeune cavalier.

Le Chevalier sortit alors un petit paquet fait avec une serviette, qui contenait un objet très petit. Il se retourna et cria à Petite Grue : « Attrape ! »

Le jeune garçon tendit la main : il s'agissait d'une petite clochette en or, accrochée à un fil. Petite Grue le défit et l'objet brilla d'un grand éclat sous la lumière du soleil.

« Attache-la sur ton cheval ! » lui dit le Chevalier de Langzhong en souriant.

Petite Grue trouva cela très étrange mais s'exécuta. Xu Lin passa à son tour une clochette à l'encolure de sa monture et s'enfonça dans la montagne au rythme des tintements de la clochette. Le jeune garçon se hâta de le rattraper. « Ding dang, ding dang ! » Les deux chevaux avançaient, avec leurs clochettes autour du cou. Le martèlement des sabots résonnait contre les rochers et la précieuse épée frappait contre les étriers de cuivre : tous les bruits jouaient leur mélodie, en rythme, et la vallée leur répondait en écho. C'était très joli à entendre. Ravi, Petite Grue, sur son cheval, souriait. « Le Chevalier de Langzhong est vraiment un grand paladin, pensa-t-il. En plus, ses manières sont naturelles et élégantes. S'il ne devient pas mon maître, alors ma vie aura été une pure perte ! »

Ils avancèrent ainsi mélodieusement sur une trentaine de lis sans faire une seule rencontre. Mais soudain, alors qu'ils sortaient du défilé de montagne, ils aperçurent huit hommes qui les attendaient.

« Malheur ! Des bandits ! » pensa Petite Grue. Mais en s'approchant, il constata qu'aucun d'eux ne portait d'armes. Il y en avait même un qui tenait une carafe de vin et des verres à la main. Ils saluèrent tous très respectueusement le Chevalier de Langzhong pour lui souhaiter la bienvenue. Leur chef, vêtu d'une robe sans doublure, peu ajustée, s'avança en riant :

« Seigneur Xu ! Où donc vous rendez-vous ? Il fait tellement chaud aujourd'hui ! Buvez donc un verre ! Ou venez vous reposer un peu chez nous ! »

Le Chevalier de Langzhong répondit par un salut et un sourire, puis agita la main en signe de remerciement et déclina l'invitation. Sans prononcer un seul mot, il fit doucement avancer son cheval et se remit en route. Petite Grue le suivit. Au bout de deux cents mètres, quand il se retourna, les hommes se tenaient toujours debout au col et les regardaient s'éloigner.

« Enlevons les clochettes, maintenant ! lui dit le Chevalier. Nous les remettrons quand nous traverserons une nouvelle montagne. »

Petite Grue comprit alors que les clochettes étaient le signe distinctif du Chevalier. Dès que les bandits des montagnes entendaient leurs tintements, ils savaient que Xu Lin approchait. Et non seulement ils n'osaient pas descendre de leur repaire pour l'attaquer, mais en plus ils venaient l'accueillir et lui offrir à boire. Xu Lin paraissait être une divinité aux yeux du jeune garçon : « Un homme des Fleuves et des Lacs qui arrive à avoir un tel statut doit vraiment avoir des capacités hors du commun ! pensa-t-il. S'il se rend à Ziyang ou Zhenba, inutile de s'inquiéter quant au fait qu'il puisse vaincre les frères Long ou bien le vieux Bao ! Mais si je ne peux pas me débrouiller seul pour venger mon père et que je dois m'appuyer sur quelqu'un d'autre, alors je ne vaux vraiment pas grand-chose ! Même si je deviens très fort plus tard, je ne pourrai plus jamais me prétendre un héros aux yeux du monde ! »

Le jeune garçon éprouvait à la fois de la tristesse et une juste indignation. Quand il verrait les frères Long à Ziyang, le Chevalier de Langzhong l'empêcherait de faire quoi que ce soit et ne le laisserait pas se battre. C'était inacceptable ! Même s'il n'était pas encore très doué en arts martiaux, ni très développé physiquement et qu'il ne maîtrisait pas totalement la technique du sabre, il était le premier à vouloir se battre coûte que coûte contre ces individus ; c'était à lui de rendre justice à son père, de ses propres mains ! Très impatient, il fit accélérer son cheval. Mais le Chevalier de Langzhong semblait ne pas tolérer que le cheval noir le dépasse : plus Petite Grue allait vite, et plus il faisait avancer vite son cheval blanc.

Les deux compagnons chevauchèrent jusqu'au crépuscule. Ils avaient parcouru plus de deux cents lis et arrivaient maintenant au district de Nanjiang. Ils ne s'arrêtèrent pas et poursuivirent leur route jusque dans un petit village, où une dizaine de gros chiens les accueillirent en aboyant. Bientôt, des gardes vinrent à leur rencontre.

« Qui va là ? demandèrent-ils avec agressivité. Pourquoi entrez-vous dans notre village sans même descendre de vos chevaux ?

— C'est moi ! Xu ! répondit le Chevalier de Langzhong d'un ton hautain. »

Aussitôt, les voix se firent mielleuses.

« Ah ! C'est le seigneur Xu ! dirent les hommes avec respect. Nous ne nous attendions pas à votre honorable visite ! »

Les deux cavaliers mirent pied à terre. Des domestiques s'empressèrent de s'occuper de leurs chevaux et de chasser les chiens, d'autres vinrent les accueillir avec beaucoup de respect et les firent entrer dans une grande maison du village. Deux riches propriétaires s'approchèrent avec beaucoup de déférence.

Le Chevalier se montra très poli en retour et présenta Petite Grue comme son disciple. Le jeune garçon, très honoré, prit de grands airs. On les invita à entrer au salon. Leurs deux hôtes avaient dans la quarantaine : le premier, avec un visage rond et une silhouette corpulente, portait une grosse barbe noire qui couvrait ses joues ; le second, petit avec un visage émacié, ressemblait à un frêle lettré.

« Ces deux hommes sont parents, expliqua le Chevalier de Langzhong à Petite Grue. Voici Yuan Yong, "le Lion à face rouge", et son neveu Yuan Zishao, "le Maigre Despote". Ils sont tous deux très connus dans le Chuanbei. »

Petite Grue, n'osant point se montrer méprisant envers les deux hommes, fit preuve à leur égard de beaucoup de respect et de déférence. L'oncle et son neveu se comportèrent très bien avec lui également. Ils demandèrent avec beaucoup d'étonnement à Xu Lin quand il avait décidé de prendre un disciple.

« Il m'a demandé de devenir son maître, répondit Xu Lin en souriant, mais je ne lui ai pas encore dispensé mon enseignement. Demandez plutôt qu'on nous prépare quelque chose à manger, je vous raconterai tout après dans les moindres détails. »

Yuan Zishao donna ses instructions aux domestiques et versa un verre de vin au Chevalier de Langzhong. Mais celui-ci ne pouvait se permettre de boire ce soir-là. Quant à Petite Grue, qui n'avait pas bu depuis plusieurs jours, il salivait rien qu'en regardant l'alcool. Cependant, si le maître ne buvait pas, comment son disciple pouvait-il se le permettre ? C'est alors que Yuan Zishao lui tendit un verre en riant :

« Bois donc, jeune disciple ! Ton maître n'a rien à dire à ça ! »

Mais le jeune garçon se leva et déclina l'invitation avec beaucoup de respect :

« Je ne peux vraiment pas accepter. »

Lorsque Yuan Zishao reprit le verre, le jeune garçon regretta aussitôt sa réponse. Xu Lin raconta dans les grandes lignes l'histoire de Petite Grue et expliqua les raisons de son voyage dans le Nord : il comptait se rendre à Ziyang et Zhenba pour une affaire d'honneur avec l'école de Kunlun. Les deux hôtes changèrent de contenance.

« Nous sommes partis ce matin même, poursuivit le Chevalier d'un ton grave. Nous avons parcouru plus de deux cents lis en un seul jour ! Nous nous reposerons ici cette nuit et repartirons demain. Nous emprunterons la passe Bagu puis nous franchirons les montagnes Micang pour nous rendre au district de Ziyang. Je sais que cette fois, je suis parti dans un accès de colère, et que défier les trente à quarante hommes de l'école de Kunlun ne sera pas une chose facile. Je ne les méprise absolument pas, mais ils m'ont gravement outragé ! En dix ans, même si nous n'avons jamais été en bons termes, nous ne nous sommes pourtant jamais querellés. Et voilà qu'aujourd'hui, il faut régler ça. Si aucun d'entre eux n'arrive à me battre, alors plus jamais un membre de leur confrérie n'aura le droit de circuler dans le Chuanbei. Si c'est moi qui dois battre en retraite ou sors blessé du combat, alors plus jamais je ne me rendrai au-delà des montagnes Ba ! »

L'enthousiasme du Chevalier de Langzhong laissait ses amis atterrés.

« Oncle Xu, demanda Yuan Zishao en fronçant les sourcils, vous allez partir seulement à deux ? Vous et votre disciple ? Je crains fort que vous vous trouviez en difficulté ! »

Aussitôt Yuan Yong fit les gros yeux à son neveu.

« Si je demandais l'aide de plusieurs dizaines d'hommes, répondit le Chevalier de Langzhong en souriant, alors autant ne pas entreprendre ce voyage du tout !

— Seigneur Xu, ajouta Yuan Yong, vous pouvez être assuré de réussir. Bao Kunlun est vieux maintenant, et peu de ses disciples sont vraiment des hommes capables.

— Mais je ne profite nullement de son grand âge ! Quant à ses disciples, j'ai entendu dire que Ge Zhiqiang et Lu Zhizhong se débrouillaient vraiment bien au combat. »

Yuan Yong changea de sujet, but un verre et reprit en souriant :

« C'est bien la première fois que je vois le Chevalier de Langzhong accepter un disciple. Ce jeune garçon doit sûrement être hors du commun. Je pense que dans un proche avenir, il vous fera vraiment honneur. Mon fils vient d'avoir dix ans. Vous ne l'avez pas vu la dernière fois que vous êtes passé… Fais venir ton jeune cousin », dit-il à Yuan Zishao.

Zishao sortit. Petite Grue attendait avec impatience de voir le jeune garçon, pour voir à quoi il ressemblait et se comparer à lui. Un moment plus tard, Yuan Zishao réapparut avec son jeune cousin paternel. C'était un enfant d'une dizaine d'années, petit et maigre, qui portait des vêtements de soie et de satin.

« Viens voir l'oncle Xu, lui dit Yuan Yong. Ne dis-tu pas souvent que tu voudrais étudier le *gongfu* pratiqué par les hommes de talent ? Alors tu dois absolument prendre ton oncle Xu pour maître ! »

L'enfant s'inclina respectueusement pour saluer Xu Lin puis son père lui présenta Petite Grue. Ce dernier salua les mains jointes, mais l'enfant ne lui prêta aucune attention et se contenta de le regarder avec mépris.

« Il est vraiment insupportable ! se dépêcha de dire Yuan Yong, craignant que Petite Grue ne s'offense. Il n'est jamais sorti de son trou, ne te formalise pas ! »

Petite Grue se contenta de sourire.

« Comment s'appelle-t-il ? demanda le Chevalier de Langzhong. Lui avez-vous enseigné les arts martiaux ?

— Son prénom d'étudiant[1] est Jingyuan, répondit Yuan Yong. Je lui enseigne les arts martiaux depuis qu'il a sept ans. Ça fait trois ans maintenant. Mais il est de trop faible constitution, je pense qu'il ne supporterait pas un entraînement lourd. Je voudrais qu'il s'amuse avec des choses simples et maniables.

— Existe-t-il un art martial pratique et léger ? À part le *dianxue* peut-être. Mais ce n'est pas une technique à la portée de tous !

— Peu importe, rétorqua Yuan Yong après un instant de réflexion. Il faut absolument qu'il quitte la maison pour se trouver un maître. S'il n'étudie qu'avec moi, il n'apprendra jamais rien.

— Vous êtes trop modeste, enfin ! » répondit Xu Lin en souriant.

Yuan Yong rit aux éclats, puis fit signe à son fils Yuan Jingyuan de s'asseoir à leur table, à la dernière place[2]. Une fois le repas terminé, Yuan Zishao fit préparer les chambres de ses hôtes. Le Chevalier de Langzhong et son disciple passèrent tranquillement la nuit dans la maison du riche propriétaire.

Le lendemain, les deux compagnons se levèrent à l'aube. Le père, le fils et le neveu de la famille Yuan les accompagnèrent jusqu'à la sortie du village, puis

---

1. Prénom d'étudiant : nom officiel qu'on utilise pour aller à l'école.

2. La place attribuée à table indique également le rang hiérarchique, les places d'honneur étant entre autres réservées aux maîtres, aux invités ou aux grands hommes.

les saluèrent les mains jointes avant de prendre congé.

Comme à son habitude, le Chevalier de Langzhong partit devant, suivi de près par Petite Grue. Au bout d'une quarantaine de lis, ils passèrent la passe Bagu et arrivèrent au pied des montagnes Micang, frontière entre le Chuanbei et le Shaannan. Les deux cavaliers attachèrent de nouveau les clochettes en or à l'encolure de leurs chevaux et s'enfoncèrent dans la montagne dans un bruit de tintements. Le Chevalier, fier et digne, regardait tout autour de lui. Ils ne rencontrèrent aucun bandit. Après le col, la région était sous la juridiction de la préfecture de Hanzhong. Le district de Ziyang se trouvait plein est, celui de Zhenba est-quart-sud.

Petite Grue, qui ne connaissait pas très bien la route, se contenta de suivre le Chevalier. « Nous allons bientôt arriver dans mon pays natal, pensa-t-il. Je vais revoir Aluan. Si le Chevalier se bat avec le vieux Bao, je vais devoir l'aider, bien sûr. Mais Aluan ? Cela va la mettre en colère ! » Il était très embêté : « Le vieux Bao a presque soixante-dix ans, le pauvre. En plus, il m'a plutôt bien traité ! Et puis ce n'est pas lui qui a tué mon père. Je dois convaincre le Chevalier de Langzhong de se montrer indulgent avec lui, de l'épargner. Il faudra que je trouve un endroit spécial pour le combat, et éviter à tout prix que cela ne se passe chez Bao, pour ne pas effrayer Aluan ! »

Il prévoyait de présenter ses requêtes à Xu Lin, mais ce dernier ne se préoccupait que de faire avancer son cheval, sans dire un mot. Son visage tout rouge arborait une expression très grave. Il ne détacha pas la clochette, semblant faire exprès de la faire sonner pour attirer l'attention, comme s'il voulait mettre les gens en garde et leur signifier : « le Chevalier de Langzhong arrive au Shaannan ! »

Petite Grue, effrayé de le voir ainsi, n'osa pas engager la conversation. Après une dizaine de lis en direction de l'est, il aperçut soudain un grand convoi qui venait du nord et descendait vers le sud. Il laissa échapper un cri :

« Maître ! Regardez ! C'est sans doute un convoi escorté par l'école de Kunlun !

— Ne crains rien ! » répondit le Chevalier de Langzhong en tournant la tête et en souriant.

Il fouetta plusieurs fois son cheval et se dirigea droit sur le convoi. N'osant se faire distancer, Petite Grue le suivit, très nerveux : « Il va falloir se battre, c'est sûr ! »

En un rien de temps, le cheval blanc de Xu Lin se retrouva près du convoi, qui se sépara en deux. Le jeune garçon le suivait, et on entendait le tintement des deux clochettes. Les voitures s'étaient toutes arrêtées et une quinzaine de gardes d'escorte les fixaient du regard avec un air à la fois étonné et furieux. Xu Lin les regarda avec un sourire plein d'arrogance. Les hommes échangèrent quelques mots entre eux, continrent leur colère et se remirent en route en direction du sud.

« Ils savent tous qui je suis, dit le Chevalier, fier de lui. Ils n'osent pas se battre contre moi. Tu sais ? Fondre sur un convoi en restant à cheval est la chose la plus déraisonnable qu'un homme du Jianghu puisse faire. Si c'était un autre que moi, ils se seraient montrés sans pitié ! »

Tout en écoutant ce que lui disait son Maître, Petite Grue regardait derrière lui, l'air interdit.

« Regarde ! lui cria soudain le Chevalier de Langzhong en pointant son doigt en direction de l'ouest. Quelqu'un arrive là-bas ! »

Le jeune garçon aperçut en effet un grand nuage de poussière. Il devait bien y avoir plus de dix chevaux.

« Qui est-ce ? demanda-t-il, stupéfait. Ils sont de l'école de Kunlun aussi ? »

Le Chevalier de Langzhong fit faire demi-tour à sa monture et avança en dressant la tête. Puis il agita la main et dit d'un air grave :

« Nous allons bien voir qui sont ces gens ! »

Les cavaliers approchaient et le nuage de poussière devenait de plus en plus impressionnant. Une fois tout près, les deux chefs levèrent la main bien haut en direction du Chevalier. Xu Lin n'avait pas l'air content du tout : il s'agissait de Yuan et de son neveu, accompagnés de plusieurs domestiques. Neuf hommes au total, tous armés. « C'est vraiment bien qu'ils soient venus nous aider, pensa Petite Grue, ravi. Maintenant, nous n'avons plus à redouter la supériorité numérique de ceux de Kunlun ! »

Le Chevalier de Langzhong, extrêmement mécontent, fit avancer son cheval et partit à leur rencontre en criant :

« Qu'est-ce que vous faites là ?

— Le Chevalier de Langzhong qui affronte seul toute l'école de Kunlun, ce n'est pas une chose qu'on voit tous les jours ! répondit Yuan Yong, “le Lion à face rouge”, en éclatant de rire. Si je ratais un tel spectacle, alors j'aurais vécu pour rien ! Nous sommes venus pour être témoins de l'événement, et non pour vous aider.

— Oui, c'est vrai, ajouta Yuan Zishao, “le Maigre Despote”. Nous sommes venus pour nous divertir, et non pour supporter et acclamer le seigneur Xu. Vous n'avez d'ailleurs nullement besoin de nos encouragements !

— Alors dans ce cas, répondit Xu Lin en ricanant, nous n'avons pas besoin de faire la route ensemble.

— Très bien, très bien, acquiesça Yuan Yong. Nous prendrons des chemins différents. Partez devant, nous resterons derrière. Personne ne dérangera l'autre comme ça. »

Yuan Zishao fit un clin d'œil à Petite Grue, qui comprit alors que les deux hommes, de bons amis du Chevalier de Langzhong, étaient inquiets de son projet de défier l'école de Kunlun. Ils avaient gardé le silence la veille pour les suivre en secret le lendemain en emmenant quelques gardes avec eux. Si le Chevalier succombait sous le nombre, ils seraient là pour lui porter secours. Xu Lin agita son fouet et, sans plus discuter avec les Yuan, partit avec son disciple. Les autres retinrent leurs chevaux, attendirent un moment et se remirent en route.

Le Chevalier et Petite Grue parcoururent d'une traite des dizaines de lis en direction de l'est. Lorsque le soleil fut au zénith, ils arrivèrent dans une ville marchande et cherchèrent un restaurant. Une fois leur déjeuner englouti, ils se remirent en route sans perdre de temps. Xu Lin n'avait nul besoin de demander son chemin : il paraissait très bien connaître les lieux. Cela surprit fort Petite Grue.

« Maître ! Vous venez souvent dans le sud du Shaanxi ? demanda-t-il.

— Oh non ! répondit le Chevalier en souriant. Je n'y suis venu qu'une fois, il y a près de sept ans, et une autre fois il y a de cela trois ans. Mais Bao Kunlun et les autres ne le savent pas. »

Ils continuèrent leur route.

« Mon inimitié avec Bao Zhenfei ne date pas d'hier, poursuivit Xu Lin. Jadis, les gardes de l'école de Kunlun qui escortaient les convois jusqu'au Chuanbei étaient très nombreux. Mais une fois dans notre région, ils agissaient en despotes sans scrupule et méprisaient tout le monde. Alors je les ai renvoyés chez eux, et je pense que Bao Kunlun me voue pour cela une haine féroce. Maintenant, c'est un vieillard. S'il avait eu vingt ans de moins et que je n'étais pas venu le trouver ici, il serait venu en personne me chercher à Langzhong ! »

Il se tut et poursuivit sa route, suivi de près par Petite Grue. Le soir venu, ils s'arrêtèrent dans une nouvelle ville.

« Nous ne nous trouvons plus qu'à une vingtaine de lis de Ziyang, dit le Chevalier. Nous passerons la nuit ici, et demain, de bonne heure, nous partirons trouver les frères Long. Mais reste en alerte cette nuit, pour éviter quelque infortune, car ils savent déjà que nous sommes là ! »

Petite Grue se sentait de plus en plus nerveux. Ils descendirent dans une auberge, prirent leur souper et partirent se coucher.

Cette nuit-là, le jeune garçon ne dormit qu'à moitié. Il entendait sans cesse des bruits sur le toit ou dans la cour : il craignait que les gens de Kunlun n'arrivent, et en même temps, il semblait espérer leur venue. Le Chevalier de Langzhong quant à lui ne se sépara pas de son épée mais passa une nuit paisible. Il se leva le lendemain en prenant son temps et trouva Petite Grue très excité malgré son mauvais sommeil. Vers huit heures, ils prirent tous deux un rapide petit déjeuner et le Chevalier envoya Petite Grue préparer les chevaux. Une fois la note réglée, ils quittèrent l'auberge.

« N'aie pas peur ! dit le Chevalier en souriant au jeune garçon, très énervé. Une fois entre mes mains, les frères Long seront encore plus vils que des chiens ! Cependant, il ne faudra pas sous-estimer Bao Kunlun, même s'il est vieux. »

Il fit avancer son cheval vers l'est. Au bout d'une vingtaine de lis, une ville apparut devant eux. La route était pleine de passants, de charrettes et de chevaux. Le sang de Petite Grue bouillonnait dans ses veines.

« Maître, est-ce Ziyang ?

— Oui ! répondit le Chevalier d'un signe de tête. Ne crains rien ! Suis-moi !

— Mais je n'ai pas peur ! » rétorqua le jeune garçon fièrement.

C'était comme s'il ne contrôlait plus ses membres, comme s'il s'attendait à chaque instant à dégainer son sabre et à sauter à terre pour s'engager dans un combat acharné. Le Chevalier de Langzhong, quant à lui, restait calme et ne se pressait pas. Il frappait même son cheval avec moins de force. Ils arrivèrent bientôt à la passe ouest : les deux clochettes en or tintaient joyeusement au milieu de la foule, et beaucoup de gens les regardaient.

Ils s'arrêtèrent devant une grande barrière. Sur les murs et devant l'entrée, on pouvait lire en grands caractères : « Agence d'escorte Jingyuan ».

« Nous sommes arrivés ! » dit le Chevalier de Langzhong à Petite Grue en se retournant.

Il fit avancer son cheval et pénétra à l'intérieur. Un homme se trouvait dans la cour, assis sur une chaise de convalescent, avec un visage jeune et une grosse barbe : c'était Long Zhiteng, « l'Hirondelle qui transperce les nuages », celui-là même que Petite Grue avait blessé d'un coup de poignard à l'abdomen lors de sa visite à son Maître à Zhenba. Il ne s'en était toujours pas remis. En voyant arriver le Chevalier de Langzhong et son disciple, il poussa un cri d'effroi. Xu Lin dégaina son épée et Petite Grue son sabre. Long Zhiteng n'arrivait pas à se lever.

« Très bien ! hurla-t-il. Vous venez vous venger, hein ! Eh bien allez-y ! Tuez-moi ! »

Petite Grue, le regard plein de fureur, sauta à terre et s'avança en brandissant son sabre pour tuer son ennemi mortel.

« Non ! lui cria le Chevalier de Langzhong avec un sourire sardonique. Un héros digne de ce nom ne tue pas des personnes invalides ! »

Trois gardes du corps surgirent. Deux d'entre eux portaient des sabres en acier, le troisième saisit une lance sur le présentoir. Petite Grue le reconnut : c'était Chen Zhijun. L'homme aperçut à son tour le jeune garçon :

« Ah ! Petit morveux ! »

Alors qu'il s'apprêtait à se ruer sur Petite Grue pour le transpercer de sa lance, Jia Zhiming, « le Dragon Mythique qui brise les vagues », et Hou Zhiquan, « le Boxeur Divin », l'arrêtèrent.

« Mon ami, demanda Jia Zhiming en tenant son sabre sous le bras et en saluant les mains jointes, quel est ton nom ? Que pouvons-nous faire pour toi ? »

Le Chevalier n'eut pas le temps de répondre.

« C'est Xu Lin ! hurla Long Zhiteng. C'est le Chevalier de Langzhong ! »

En entendant cela, le visage de Jia Zhiming changea aussitôt de couleur. Xu Lin mit pied à terre et confia son cheval à Petite Grue. Il s'avança de quelques pas, fit briller son épée et fusilla les trois hommes du regard :

« Vous êtes tous des disciples de Bao Kunlun, n'est-ce pas ? En escortant des convois dans le Chuanbei, vous vous êtes tout permis ! Long Zhiteng et son frère ont de surcroît profité d'un moment où je n'étais pas chez moi pour venir y tuer deux de mes gardes. S'il n'était pas malade et impotent, j'occirais Zhiteng sur-le-champ ! Je suis venu ici pour cette unique raison : me battre avec la confrérie de Kunlun. À moins que vous ne baissiez tous la tête et que vous ne vous admettiez vaincus, je vous affronterai un par un. Après quoi, j'irai trouver ce vieil ignorant de Bao Kunlun ! »

En l'entendant insulter leur Maître, Jia Zhiming et Hou Zhiquan se ruèrent sur le Chevalier. Le combat s'engagea et les deux sabres et l'épée s'entrechoquèrent. Chen Zhijun quant à lui écarta la chaise de Long Zhiteng et s'élança avec fureur pour piquer de sa lance Petite Grue. Mais le Chevalier de Langzhong mit à terre son frère d'armes Hou Zhiquan, et du coup il dut aller aider Jia Zhiming. Au bout de cinq échanges, il se retrouva désarmé, et Xu Lin abattit son épée sur son épaule gauche. Jia Zhiming, maintenant seul, déployait tout son art pour tenir le Chevalier en respect. L'épée de Xu Lin, rapide comme l'éclair, frappait par le haut et par le bas et mettait son adversaire en grande difficulté. Mais Jia Zhiming était un remarquable élément de l'école de Kunlun, l'un des « Trois Éminents de Ziyang ». Faisant montre de toute sa technique au sabre, il ne se laissa pas vaincre facilement.

Le Chevalier de Langzhong abattit plusieurs fois son épée sur la tête de son adversaire, qui para les coups en mettant sa lame en travers. Mais face à la grande force de Xu Lin, son poignet commença à le faire souffrir et il n'osa plus se défendre de front. Alors il préféra esquiver les coups, et saisit une occasion pour frapper le chevalier dans le bas du corps. Mais Xu Lin, en plus d'attaquer comme il fallait, se défendait également très bien, et il ne laissa pas à son adversaire l'occasion de prendre le dessus. Au bout d'une quinzaine d'échanges, Jia Zhiming, à force de repousser les attaques du Chevalier, avait fini par reculer jusque dans la rue.

« Maître ! Ne le laissez pas s'enfuir ! » cria Petite Grue en agitant les bras.

C'est alors que surgit un solide gaillard, un sabre d'acier à la main : Long Zhiqi, « le Tigre qui pousse les montagnes ». Son visage noir et replet arborait une expression cruelle et inhumaine.

« J'arrive, Chevalier de Langzhong ! » cria-t-il.

Il chargea. Jia Zhiming redoubla d'efforts, et les deux hommes se mirent à frapper avec rage. Mais Xu Lin ne recula pas d'un pas : son épée parait les coups de droite et de gauche, et il arrivait à serrer ses ennemis de près. Au bout d'une quinzaine d'échanges, on entendit un cri de douleur : Jia Zhiming venait de s'écrouler, blessé. Quant à Long Zhiqi, il tourna les talons et prit la fuite.

Le Chevalier de Langzhong sauta par-dessus Jia Zhiming et se lança à la poursuite du fuyard. Petite Grue courut à sa suite, tenant son sabre dans une main et les chevaux dans l'autre. Les passants s'écartaient tous de frayeur face à un Long Zhiqi qui courait à toutes jambes vers l'ouest en brandissant son arme. Le Chevalier de Langzhong, qui le suivait de près, vit soudain plusieurs hommes armés sortir d'une autre agence d'escorte : ils laissèrent passer Long Zhiqi et firent barrage au Chevalier. Comprenant qu'il s'agissait des gens de l'école de Kunlun, Xu Lin se montra impitoyable et abattit son épée dans le tas. Il blessa quelques hommes puis reprit sa folle poursuite. Petite Grue était monté sur son cheval et tenait l'autre par la longe. Son sabre à la main, il poussa un grand cri et fonça sur les gardes du corps, qui s'écartèrent :

« Ne le laissez pas s'enfuir ! criait-il au Chevalier. C'est le plus abominable de Kunlun ! »

Long Zhiqi ne pensait à rien d'autre qu'à prendre ses jambes à son cou et à détaler vers l'ouest. Après une course d'environ cinq cents mètres, il vit arriver en face de lui un groupe de cavaliers. Quand ces derniers l'aperçurent, ils dégainèrent leurs sabres et s'approchèrent. Long Zhiqi reconnut l'oncle et le neveu de la famille Yuan, du district de Nanjiang, dans le Chuanbei. Exaspéré, il brandit son arme et s'élança vers le groupe. Le Chevalier de Langzhong et Petite Grue arrivèrent par-derrière : Long Zhiqi se retrouvait cerné. Il hurlait comme un fou en faisant tournoyer son sabre, dans l'espoir de forcer le chemin pour s'enfuir. C'est alors que de derrière Petite Grue arriva un grand cheval noir, qui galopait comme une tornade : c'était Lu Zhizhong, appelé à la rescousse par la famille Long. Il dépassa le jeune garçon, rattrapa le Chevalier de Langzhong et brandit son sabre. Mais Xu Lin se retourna et para le coup avec son épée.

Lu Zhizhong sauta à terre et le combat s'engagea. Ne souhaitant pas que le duel s'éternise, le Chevalier se battit de façon diabolique et projeta de mettre son adversaire à terre en deux ou trois coups. Mais Lu Zhizhong tint bon. Quelque peu étonné, Xu Lin déploya tout son art et serra son ennemi de près en faisant briller et siffler sa lame. Mais Lu Zhizhong parait chaque coup, en faisant voler son sabre dans les airs. En voyant arriver son libérateur, Long Zhiqi reprit courage et arriva à blesser l'un des gardes de la famille Yuan. Il s'empara de son cheval, sauta en selle et partit au galop en direction de l'ouest. La troupe ne prit pas la peine de se lancer à sa poursuite et alla encercler Lu Zhizhong.

« Ne lui faites pas de mal ! C'est un honnête homme ! » cria alors Petite Grue, affolé.

Lu Zhizhong avait réussi à bloquer l'épée de Xu Lin.

« Arrête ! Chevalier de Langzhong ! lui dit-il. Dis-moi d'abord pour quelle raison vous êtes venus ici vous battre avec nous ?

— Pour quelle raison ? répondit le Chevalier en ricanant tout en baissant son épée. Vous l'ignorez donc ? Vous tous, les disciples de l'école de Kunlun, vous vous comportez en despotes depuis des années lorsque vous vous rendez dans le Chuanbei ! Si je suis venu, c'est pour vous mettre hors d'état de nuire ! Ça n'a rien à voir avec eux, ajouta-t-il en désignant Yuan Yong et ses hommes. Je ne leur ai pas demandé de venir m'aider. Si tu ne capitules pas, alors viens, continuons notre duel, et que le meilleur gagne !

— Chevalier, répondit Lu Zhizhong en saluant, j'entends depuis longtemps déjà que tu es un brave homme, tu es très célèbre dans le Sichuan. Si nos deux familles ont quelque inimitié, alors nous pouvons en parler ouvertement. Est-il nécessaire d'en venir aux armes ? Si les gens des provinces extérieures viennent à l'apprendre, ne va-t-on pas se moquer de nos deux familles ?

— Tu me parles de loyauté ? ricana le chevalier. Tu as oublié que les frères Long ont tué deux de mes hommes ! Je n'ai pas le temps de gaspiller ma salive à parler avec toi, et encore moins de me battre avec toi ! »

Il s'empara de son cheval blanc, tenu par Petite Grue, et monta en selle :

« Allez ! En route pour le district de Zhenba ! Allons trouver Bao Kunlun !

— Fais bien attention ! cria Lu Zhizhong au jeune garçon en tremblant de colère. Ne t'appuie pas sur une force passagère ! »

Petite Grue se sentit un peu triste mais ne répondit rien et partit au galop en direction de l'ouest, suivi par l'oncle et le neveu de la famille Yuan et leurs hommes. On entendait des bruits de sabots confus, la poussière volait. La troupe prit ensuite la direction du sud et fila droit sur Zhenba. Yuan Zishao arriva à rattraper Petite Grue :

« Petit frère, ton père s'appelait Jiang Zhisheng, n'est-ce pas ? »

Le jeune garçon se retourna et répondit d'un air triste :

« Oui. Et c'est justement les frères Long, mes ennemis jurés, qui l'ont assassiné !

— N'en veux pas exclusivement aux frères Long. On dit un peu partout que c'est le vieux Bao qui a tué ton père, de ses propres mains. Ses disciples savent tous la vérité, mais ne peuvent pas en parler ! »

Ces paroles firent mal à Petite Grue. La tête lui tourna et il faillit chuter. Alors il tira sur les rênes et tendit les jambes sur les étriers. Des larmes coulaient sur ses joues :

« Je le sais depuis longtemps ! Non seulement Bao Kunlun a tué mon père, mais en plus il prévoyait également de me tuer. Ensuite… »

Il éclata en sanglots :

« Il a tué mon père. À la suite de cela, ma mère s'est remariée. J'avais un petit frère, mais maintenant il ne porte même plus le nom de Jiang. Le vieux Bao projetait de me tuer, et ensuite, je ne sais pas pourquoi, il a voulu que je reste chez lui et m'a fait garder les cochons et les chevaux. Son fils, Bao Zhilin, passait ses journées à me frapper et à m'insulter ! »

Le Chevalier de Langzhong, qui se trouvait devant, se retourna et cria :

« Arrête de pleurer ! Je vais te venger aujourd'hui !

— Maître, je n'ai pas besoin que vous me vengiez à ma place. Je peux battre Bao Kunlun tout seul !

— Ce n'est pas si facile ! » répondit le Chevalier en souriant.

Puis, s'adressant aux autres hommes :

« Nous allons bientôt arriver à Zhenba, où j'affronterai Bao Kunlun. Et je refuse que vous m'aidiez, sinon, j'enverrai notre amitié aux orties !

— Mais nous ne vous aiderons pas ! rétorqua Yuan Yong en éclatant de rire. Si nous sommes venus, c'est juste pour l'animation ! »

Les cavaliers se remirent en route, le Chevalier de Langzhong en tête. Ils partirent au galop à la vitesse du vent, en direction du sud-ouest, franchirent une montagne et atteignirent enfin le district de Zhenba. Il était à peine trois ou quatre heures de l'après-midi. Même si les hommes n'avaient pas déjeuné, ils ne s'accordèrent aucune pause.

Petite Grue aperçut bientôt la ville, ainsi que le village de Bao. Il se sentait de plus en plus nerveux et impatient. Il pensait à ses ennemis Bao Kunlun et Bao Zhilin, il pensait à l'adorable Aluan, il pensait à sa mère et à son petit frère...

En arrivant au village de Bao, les cavaliers se trouvèrent face à six hommes qui les attendaient, armés. Petite Grue reconnut le vieux maître Bao Zhenfei, ainsi que Long Zhiqi, Ma Zhixian, Liu Zhiyuan et Qin Zhibao. Il y avait avec eux un homme qu'il ne connaissait pas. Mais pas de trace de Bao Zhilin. La petite Aluan, vêtue d'habits de soie rouge, se tenait debout à côté d'eux, son sabre de courte dimension à la main pointé en direction de Petite Grue. Elle le fixait durement du regard en grinçant des dents, pour lui exprimer sa haine implacable. Le jeune garçon se sentit rougir de honte. Mais à la vue du vieux boxeur Bao, son regard redevint brûlant de rage.

Bao Zhenfei tenait dans sa main son sabre de Kunlun. Il retint ses disciples et s'avança seul. Son visage pourpre était devenu livide, sa barbe grise flottait au gré du vent. L'homme corpulent et de grande taille semblait avoir du mal à marcher.

« Je prie celui d'entre vous qui est le Chevalier de Langzhong de mettre pied à terre », dit-il à voix haute en saluant.

Xu Lin retint ses hommes, descendit de cheval et s'avança calmement, son épée précieuse à la main.

« Je suis Xu Lin, le Chevalier de Langzhong. »

Le vieux boxeur toisa le Chevalier des pieds à la tête, puis mit une main dans la paume de l'autre :

« Enchanté de faire ta connaissance ! Enchanté ! J'entends parler de toi depuis plusieurs années. Enfin je te rencontre. »

Le Chevalier de Langzhong rendit le salut.

« Frère Xu, reprit le vieux Bao après une pause, est-ce pour venger la mort du père de Petite Grue que tu es venu ? C'est moi qui ai assassiné Jiang Zhisheng.

Je t'en prie, frère Xu, prends ton épée et tue-moi. Mais ne t'en prends pas à mes disciples !

— Il ne s'agit pas de cela ! répondit Xu Lin en secouant la tête. Jiang Zhisheng était l'un des vôtres. Les querelles entre maître et disciples ne me regardent pas. Bien que Petite Grue soit venu avec moi aujourd'hui, je ne l'aiderai pas, et il ne m'aidera pas non plus. C'est pour affaires personnelles que je viens te trouver !

— Mais je ne t'ai jamais provoqué !

— Toi non, mais tu as laissé plusieurs de tes disciples se comporter comme des sauvages dans ma région, le Chuanbei !

— Voilà qui est facile à régler, alors ! Dis-moi de qui il s'agit. J'ordonnerai à ceux qui t'ont offensé de présenter leurs excuses.

— Je n'ai pas d'inimitié avec tes disciples non plus. Seulement avec les frères Long : ils m'ont pris de court, sont venus chez moi et ont tué deux de mes gardes. Il va falloir qu'ils paient de leur vie. Comme Long Zhiteng est gravement malade, je ne souhaite pas le blesser. Mais ce n'est pas le cas de son frère Long Zhiqi, qui se tient juste à côté de toi. Laisse-nous l'emmener !

— Chevalier de Langzhong ! rétorqua le boxeur Bao en secouant la tête. Tu ne peux pas forcer les gens de cette façon ! Chacun de mes disciples est resté à mes côtés pendant plusieurs années. Ils sont comme mes fils ! S'ils enfreignent la loi concernant le plaisir de luxure, je suis sans pitié, et j'applique de mes mains la peine capitale. Par contre, si quelqu'un d'autre s'avise de toucher sous mes yeux à un seul de leurs cheveux, c'est une autre histoire ! Cela est valable pour le Chevalier de Langzhong mais aussi pour tout autre grand personnage des Fleuves et des Lacs, même le Dragon du Sichuan ou le Chevalier de Longmen ! »

En entendant cela, Xu Lin s'approcha en brandissant son épée.

« Attention grand-père ! s'écria Aluan, effrayée. Il va te blesser ! »

Le vieux boxeur tourna la tête, regarda sa petite-fille et lui sourit tristement.

« Ce n'est rien, va ! Le Chevalier de Langzhong n'est pas de ce genre-là ! »

Puis, s'adressant de nouveau à Xu Lin :

« Je sais bien que tu es plus fort que tous mes disciples. Mais moi, Bao Zhenfei, je suis sûr de pouvoir lutter contre toi ! Il y a vingt ans, je ne t'aurais même pas laissé le temps d'arriver à Ziyang ou à Zhenba pour faire la loi et t'en prendre à mes disciples ! »

Il lui lança un regard terrible.

« Inutile de parler plus longtemps, rétorqua le Chevalier de Langzhong. Battons-nous !

— Ne sois pas si pressé ! ajouta le vieux Bao en se mettant en garde. J'ai encore quelque chose à te dire. Je suis vieux maintenant, fit-il en se caressant la barbe. J'ai deux fils et de nombreux disciples, mais leurs capacités en *gongfu* sont ordinaires. Je ne veux pas que tu deviennes leur ennemi personnel. Si je meurs, ils seront brimés. Et je ne veux pas d'ennemis non plus, même pas Petite Grue.

— Bien. Dans ce cas, donne-nous Long Zhiqi, et nous vous laisserons tranquille, toi et tes disciples !

— Non, ce n'est pas possible ! Peu importent les circonstances, je me dois de protéger mes disciples. Alors allons-y ! » termina Bao Zhenfei en abattant son sabre.

Le Chevalier de Langzhong bloqua le coup et ressentit la grande force du vieux boxeur.

« Faisons quelques échanges, proposa Bao Zhenfei en lui lançant un regard furieux. Si tu l'emportes, alors je me couperai la gorge et à ta guise de tuer mon disciple. Mais, Chevalier de Langzhong, si c'est moi qui gagne, hein ?

— Alors je ne reviendrai plus jamais dans le Shaannan, répondit Xu Lin furieux. Et je vous laisserai librement circuler dans le Chuanbei !

— Entendu ! »

Le sabre et l'épée s'entrechoquèrent. Le Chevalier de Langzhong se tenait bien droit. Il brandit son épée trois fois d'affilée en la faisant siffler dans les airs, sans lever les pieds du sol, gagnant de plus en plus de terrain. Le vieux boxeur dut reculer pour esquiver les trois premiers coups, et au quatrième, il leva son sabre de Kunlun, et « dang ! », para l'épée. Le Chevalier dégagea sa lame de la main droite et l'abattit sur le bras gauche de son adversaire, qui s'empressa d'esquiver en se jetant sur la droite et en reculant sa jambe gauche derrière sa jambe droite. Il donna un coup de sabre, arriva à détourner l'épée précieuse et frappa dans l'abdomen. Xu Lin fit plonger son épée pour le bloquer, mais le vieux boxeur avait beaucoup de force et son sabre ne bougea pas. Au contraire, il força encore plus sur l'épée. Le Chevalier recula de deux pas et changea de position : il leva un pied et déploya son bras, à la manière d'un oiseau *peng*[1] qui déplie ses ailes, puis abattit sa lame pour frapper Bao Zhenfei dans l'abdomen. Mais encore une fois, le vieux boxeur repoussa l'attaque avec son sabre.

Le Chevalier changea à nouveau de tactique, et le vieux Bao s'adapta. Les deux hommes firent encore cinq ou six échanges. Les spectateurs ne les quittaient pas des yeux, sans pouvoir déterminer le vainqueur. Mais tout à coup, Xu Lin bondit sur le côté et abaissa sa lame. Le vieux boxeur retint son sabre et reprit sa respiration. Le Chevalier, terriblement pâle, courut jusqu'à son cheval, monta en selle et partit.

1. *Peng* : oiseau géant fabuleux.

Petite Grue et ses compagnons ne comprenaient plus rien. Abasourdis, ils s'empressèrent de lancer leurs montures à sa suite. Xu Lin quitta la grande route et tourna vers le sud. Le jeune garçon, l'oncle et le neveu de la famille Yuan et leurs hommes le suivirent sans oser lui poser de questions. En un rien de temps, ils arrivèrent au mont Nan et pénétrèrent dans le Chuanbei. Alors seulement Xu Lin tira sur les rênes.

« Maître ! demanda Petite Grue en s'approchant de lui. Mais vous n'étiez pas vaincu ! Pourquoi avez-vous cessé le combat et vous êtes-vous retiré ? »

Le Chevalier de Langzhong lui fit un pâle sourire et secoua la main :

« Ne m'appelle plus "Maître" ! »

Puis il leva le bras droit et le jeune garçon constata que sa manche en soie noire était tailladée et trempée de sang frais.

« Bao Kunlun n'a pas souhaité que ses disciples deviennent mes ennemis personnels, et c'est pour cette raison qu'il s'est contenté de m'égratigner. Sans quoi j'aurais été estropié d'un bras ! Il est plus fort que moi. Sans compter qu'il est vieux, qu'il a du mal à bouger et n'a plus assez de force. S'il était encore jeune, je ne pourrais même pas me permettre d'être son adversaire ! »

En entendant cela, Petite Grue et ses compagnons furent pris d'effroi.

« À partir d'aujourd'hui, poursuivit le Chevalier de Langzhong, je ne reviendrai plus jamais dans le Shaannan ! »

Puis, s'adressant à Petite Grue :

« Si tu étudies les arts martiaux avec moi, tu ne pourras jamais affronter Bao Kunlun ! Tu dois te trouver un autre maître !

— Mais où pourrais-je trouver un autre grand maître ! rétorqua le jeune garçon qui descendit de cheval en pleurant.

— Il y a Gao Qinggui, “le Faucon Divin”, de la préfecture de Kaifeng[1]. Il connaît parfaitement le *dianxue* et sa maîtrise des arts martiaux est supérieure à la mienne. Il y a sept ans, j'ai fait avec lui une partie d'échecs dans son jardin, et il m'a joué un tour en utilisant le *dianxue*. Parle-lui de cette histoire, et il t'acceptera sans doute comme disciple. Si tu n'étudies rien d'autre que la pratique du sabre et de l'épée, alors ce sera dur pour toi de battre Bao Kunlun ! »

Il salua Petite Grue d'un signe de tête.

« Nous nous reverrons un jour ! »

Et il partit avec Yuan Yong, son neveu et leurs hommes.

Le jeune garçon regarda le nuage de poussière et la silhouette des chevaux s'éloigner. Il resta un moment atterré : « Le Chevalier de Langzhong ne peut pas raconter de mensonge, pensa-t-il. Si je n'étudie pas le *dianxue*, je n'arriverai sûrement jamais à venger mon père ! Par chance, j'ai assez d'argent en ma possession pour assurer les frais du voyage. Alors, en route pour Kaifeng ! »

Il remonta en selle. Son ventre criait famine : « Cherchons d'abord un endroit où manger », songea-t-il. Il lança son cheval vers l'est.

Il arriva bientôt dans un petit bourg :

« C'est un endroit assez retiré, les hommes de Kunlun ne penseront sans doute pas à venir m'y chercher. Je vais me reposer là un peu. »

Il trouva un restaurant et commanda de l'alcool et plusieurs plats. Après quelques verres, il ne put s'empêcher de ressentir à nouveau une grande tristesse : « Le Chevalier de Langzhong est vraiment un grand homme, pensa-t-il, et pourtant, même un héros comme lui n'arrive pas à battre Bao Kunlun ! Je ne m'imaginais pas que le vieux Bao était aussi fort ! Et j'avais encore moins prévu que c'était lui

1. Kaifeng : ville du Henan, capitale sous les Song du Nord.

qui avait tué mon père, que c'était lui mon ennemi personnel ! »

En repensant à la mort de son père, sa peine augmenta : « Je suis rentré au pays et je n'ai même pas revu ma mère. Même si elle s'est remariée, elle reste ma mère naturelle, et Petit Héron reste mon frère ! Je dois à tout prix aller les voir. Dieu sait quand nous pourrons à nouveau nous rencontrer après cela ! »

Il versa quelques larmes et projeta de retourner à Zhenba pour rendre visite à sa mère et à son frère. Il lui faudrait être prudent, car si les disciples de Kunlun l'attrapaient, ils lui ôteraient aussitôt la vie. « C'est moi qui ai amené le Chevalier ici, ils doivent me haïr au plus haut point à présent ! Et puis j'ai vu qu'Aluan grinçait des dents en me regardant… Ah ! Aluan ne peut pas me détester ! Comment peut-elle ignorer les mauvais traitements qu'on m'a infligés quand j'étais chez elle ? Je l'aime beaucoup, mais elle ne m'empêchera pas de me venger ! »

Plus il buvait, plus il se sentait triste. Il fit tomber son verre, mangea un peu, paya et s'éclipsa. Il s'engagea sur une route tranquille et déserte qui partait vers le nord et passa clandestinement les montagnes Ba. Puis il réfléchit à sa route et fit volontairement un détour pour éviter le village de Bao. Comme il était déjà tard, le ciel se couvrait de nuages crépusculaires pourpres comme du brocard. En tournant la tête, Petite Grue aperçut bientôt la ville de Zhenba. Il fit bifurquer son cheval et fila tout droit vers la porte est. Une fois dans la cité, en contemplant les rues de sa ville natale, une vague de tristesse l'envahit. En même temps, il prit garde de ne pas croiser de connaissances.

Il arriva à la hauteur de la boutique de laine, un magasin très petit où il faisait noir comme dans un four. Seul le directeur se trouvait là, en train de somnoler.

Petite Grue attacha son cheval à la hampe qui portait l'enseigne et entra, le visage tout rouge. Pensant qu'il s'agissait d'un client, Dong Da se leva pour aller l'accueillir. Le jeune garçon le salua les mains jointes :

« Oncle Dong, vous ne me connaissez pas. Je m'appelle Jiang Xiaohe. Je viens voir ma mère et mon petit frère. »

Le patron pencha la tête par-dessus le comptoir pour examiner en détail le jeune garçon.

« Ah ! dit-il en colère. Alors c'est toi, garnement ! Tu as déjà oublié tous les malheurs que tu as causés la dernière fois chez Bao ? Quelle insolence ! Va-t'en ! Déguerpis, et vite ! Tu es qui pour moi, hein ? Ta mère m'a épousé, elle fait partie de ma famille maintenant. Je n'accepterai pas qu'elle te voie. Tu ne la verras pas non plus, alors déguerpis, dégage ! Ou je fais appeler ! Je dirai que tu as tué quelqu'un chez le vieux Bao ! »

Petite Grue, furieux, s'apprêtait à sauter par-dessus le comptoir pour frapper Dong Da jusqu'au sang, mais un homme entra soudain et l'attrapa par-derrière. Le jeune garçon, terrifié, se retourna : c'était son oncle Ma Zhixian.

« Enfuis-toi ! Vite ! lui dit-il, au comble de l'anxiété. Long Zhiqi se trouve en ville. Ah ! Tu t'es attiré une haine immense, aujourd'hui ! »

Petite Grue sortit en trombe de la boutique, détacha son cheval, monta en selle et salua Ma Zhixian :

« Au revoir, mon oncle ! »

Puis il pressa son cheval et sortit de la ville par la porte ouest. Il emprunta la grande route, fila vers le nord et franchit une montagne. Puis il ralentit sa course : les larmes coulaient sur son visage. « Si le vieux Bao n'avait pas tué mon père, je n'en serais pas réduit à ne même plus avoir le droit de revoir ma mère ! Je ne peux même plus séjourner dans ma ville natale ! » pensa-t-il. Une colère furieuse monta en lui, et il fonça bride abattue vers le nord. À la nuit tombée, dans un ciel sans lune, il s'arrêta dans un bourg tranquille et passa la nuit dans une auberge. Il repartit très tôt le lendemain. Il traversa le district de Xixiang, poursuivit sa route vers l'est pour arriver vers midi dans la ville très animée de Ziwu. Il continuerait plus tard vers le nord, traverserait la rivière Ziwu, parcourrait une cinquantaine de lis et arriverait au mont Zhongnan. Il suffisait de passer la montagne pour arriver dans la zone du Guanzhong, la plaine centrale du Shaanxi. Le jeune garçon projetait ensuite d'emprunter la passe Hangu[1] et de foncer tout droit sur Kaifeng. On lui avait indiqué la route en chemin.

C'était l'heure du déjeuner. Petite Grue, qui mourait de chaud et de soif, s'arrêta dans une taverne. Il avait à peine fait un pas qu'un homme entra à sa suite. Il se retourna, anxieux : il ne s'agissait que d'un monsieur âgé qui avait dans les soixante ans, une barbe grisonnante, des lunettes, un petit chapeau, une robe de couleur bleue, un gilet noir et un sac sur le dos. Petite Grue se trouva une table et commanda à boire. L'homme s'assit juste en face de lui et commanda également du vin. Puis il sortit un livre de son sac et se mit à lire. Il semblait totalement absorbé par sa lecture. Le jeune garçon l'enviait : « Quelle chance de savoir lire..., pensa-t-il. Il suffit de prendre un livre, et toute humeur noire est dissipée. Moi, je ne connais même pas un seul caractère ! »

« Vieil homme, demanda-t-il en souriant, que lisez-vous ? »

L'autre quitta le livre des yeux, leva la tête et regarda le jeune garçon.

---

1. Passe Hangu ou Hanguguan ou Tongguan : passe stratégique dans le Henan. Ancien passage pour se rendre à Chang'an.

« Des poèmes des Tang[1] », répondit-il avec un fort accent du sud.

Petite Grue pensa qu'il s'agissait sans doute d'un lettré et qu'il devait être fort érudit. Il but deux verres d'alcool : le vieux monsieur se délectait toujours de sa lecture. Ne comprenant pas vraiment en quoi résidait l'intérêt de ce livre, Petite Grue demanda encore avec beaucoup de respect :

« Êtes-vous un lettré, monsieur ? »

Le vieil homme secoua la tête mais ne répondit pas et continua à lire. Petite Grue but encore et mangea un peu.

« Vous ne mangez pas, monsieur ?

— Non, je ne mange pas », répondit le vieil homme en agitant la main.

Petite Grue engloutit son repas. Au bout d'un moment, le vieil homme posa son livre et se versa un verre de vin en regardant le jeune garçon.

« Vous venez d'où, monsieur ? lui demanda Petite Grue.

— Je viens du Jiangnan.

— Vous êtes un haut fonctionnaire ?

— Non, jamais de la vie. Je suis ici pour me promener.

— Ah... Vous êtes en forme encore ! »

Petite Grue trouvait le vieil homme fort sympathique. Comparé à Bao Zhenfei, il semblait être un Bodhisattva, alors que le vieux boxeur pouvait être assimilé à Yama, le roi des enfers !

« D'où viens-tu, mon garçon ? lui demanda le vieux monsieur en souriant. Où te rends-tu ?

— Je viens du district de Zhenba. Je vais à Kaifeng.

— Eh bien ! s'écria l'autre, surpris. C'est vraiment loin ! Tu vas arriver à marcher jusque là-bas ?

— Mais j'ai un cheval, répondit Petite Grue en indiquant la porte.

1. Dynastie chinoise, 618-907. Âge d'or de la poésie chinoise.

— Et qu'est-ce que tu vas faire à Kaifeng ? Tes parents ne s'inquiètent pas de te voir effectuer un si long voyage ? »

Cette question réveilla la blessure de Petite Grue. Il poussa un long soupir et secoua la tête :

« Je n'ai pas de parents, monsieur. Je ne suis qu'un pauvre garçon. À seulement quatorze ans, j'ai déjà enduré bien des peines ! Monsieur, rares sont dans ce bas monde les gens qui ont votre gentillesse !

— Pourquoi ? répondit l'autre stupéfait. Que t'est-il arrivé ? Comment as-tu fait pour vivre après la mort de ton père ? Qui vas-tu voir à Kaifeng ?

— Je vais voir Gao Qinggui, "le Faucon Divin". C'est le Chevalier de Langzhong, du Chuanbei, qui m'a conseillé de le prendre pour maître. Ah ! Vous êtes un lettré et je vous raconte tout ça... C'est que j'étudie les arts martiaux, vous aurez sans doute du mal à comprendre. Alors voilà : mon père a été assassiné et ma famille décomposée : je ne peux plus voir ma mère ni mon petit frère. Je me rends maintenant à la préfecture de Kaifeng dans le but d'étudier le *dianxue* avec Gao Qinggui, comme ça, plus tard, je pourrai venger mon père ! »

Arrivé à ce stade du récit, Petite Grue ne put s'empêcher d'essuyer quelques larmes. Heureusement, il n'y avait pas de client aux tables voisines. Après avoir tout raconté, le jeune garçon se sentit mieux. Le vieux monsieur hocha la tête :

« Voilà de nobles aspirations, mon garçon !

— Monsieur, vous n'avez rien à faire à Kaifeng ? Parce que sinon, je pourrais le faire pour vous !

— Non, je n'ai rien à faire là-bas. »

En réglant sa note, Petite Grue voulut également payer pour son nouvel ami.

« Sans façon ! Et puis je vais commander à manger. Je ne sais pas combien ça fera en tout.

— Au plaisir alors, monsieur », dit Petite Grue en saluant avec un poing dans la paume de l'autre main.

Le vieil homme se contenta d'incliner la tête, sans prendre la peine de se lever. Petite Grue sortit de la taverne et alla acheter du fourrage pour son cheval. Puis il se mit en selle, traversa la rivière Ziwu et partit en direction du nord. Au bout d'une trentaine de lis, il aperçut les monts Zhongnan. Il faisait encore bien jour, mais les routes étaient pratiquement désertes et il ne croisa pas la moindre charrette. « Les montagnes Zhongnan sont beaucoup plus hautes que celles de mon pays natal..., pensa-t-il, embarrassé. Qui sait combien il me reste à parcourir ? Même s'il est encore tôt, je n'aurai pas fait trente lis dans la montagne qu'il fera sans doute déjà noir. Et si je ne trouve pas d'auberge à ce moment-là ? Où vais-je passer la nuit ? Si je tombe sur un tigre ou une panthère, je serai dans de beaux draps ! »

Il se renseigna auprès d'un paysan qui marchait en bordure du chemin :

« Excuse-moi, grand frère. Je voudrais franchir les montagnes pour aller au Guanzhong. Je vais pouvoir trouver une auberge en route ?

— Il n'y a pas d'auberge dans la montagne, répondit l'homme, seulement des maisons. Mais on peut passer la nuit chez ces gens. Cependant, mon enfant, tu ne peux pas t'introduire dans la montagne tout seul. Là-bas, il y a... »

Il s'approcha de Petite Grue et pointa le doigt en direction du nord, vers la montagne.

« Si tu y vas seul, tu perdras la vie, et pour rien. Il y a plus d'une dizaine de repaires de bandits là-bas. Leurs chefs sont tous des personnages connus, notamment Hu Li aux fléchettes d'argent, qui est très fort et très courageux. Il sort souvent de son repaire pour venir s'amuser ici. Si tu veux passer la montagne, le mieux pour toi c'est d'aller à Ziwu et d'attendre un jour ou deux. Tu partiras ensuite avec un convoi escorté, tu le suivras. Comme ça c'est mieux. Sans quoi, tu n'auras pas fait deux lis qu'il t'arrivera un malheur ! »

Petite Grue réfléchit : « Tous les convois qui passent par ici sont ceux de l'école de Kunlun. Si je les suis, ils vont me reconnaître et ils se montreront sans pitié ! En plus, je n'ai pas le temps de m'attarder : il faut absolument que je passe ! Après tout, peut-être que je ne rencontrerai aucun bandit, et même si j'en rencontre, ce n'est pas grave. J'accrocherai la clochette en or sur mon cheval et j'échangerai avec eux quelques paroles de chevaliers. Ils comprendront que je suis un des hommes de Xu Lin et n'oseront pas me faire de mal. »

Sur ce, il remercia le paysan, agita son fouet et fonça vers la montagne. Il arriva bientôt au départ d'un sentier sinueux et s'y engagea. Au bout de huit ou neuf lis, il se rendit compte que ces montagnes Qinling[1] étaient vraiment différentes de celles du Chuanbei : non seulement elles étaient très hautes, mais en plus des centaines de monts se succédaient interminablement, des petits, des grands, à toutes les altitudes, chaque cime atteignant plusieurs centaines de zhang[2] de haut. Il y avait également beaucoup d'arbres, avec de nombreux endroits verdoyants et luxuriants : on aurait dit une forêt à laquelle l'homme n'avait encore jamais touché. Petite Grue voyagea un long moment sans rencontrer personne. Il aperçut cependant à des endroits accidentés plusieurs grottes d'où s'échappait en volutes une fumée épaisse : des gens habitaient sûrement là.

Il descendit sur plus de vingt lis : le sentier devenait de plus en plus étroit et abrupt, et il avait du mal à

---

1. Qin : province du Shaanxi. Qinling shan : montagnes du Shaanxi, ou *Zhongnan shan*.
2. Zhang : unité de mesure chinoise valant 3,30 mètres.

tenir en selle. Malgré tout, il tenait fermement les rênes, et avançait pas à pas vers le sommet suivant, de plus en plus haut. Soudain, il leva la tête et aperçut au-dessus de lui un homme, portant un sac sur le dos, qui montait tranquillement, à pied, et atteignit bientôt le sommet. « Il est à pied et pourtant il a moins de mal à grimper que moi qui suis à cheval ! pensa-t-il, envieux. À entendre le paysan tout à l'heure, il y a dans cette montagne plus de bandits que de rochers. Une dizaine de personnes n'oseraient pas s'y aventurer ! Comment cet homme fait-il ? En plus avec un sac sur le dos. Il doit habiter dans la montagne... »

Tout à ses pensées, il fit encore quelques pas. Il put bientôt observer avec attention l'homme qui se trouvait devant lui. Quelle surprise ! L'homme portait une robe bleue et un gilet noir, ainsi qu'un petit chapeau, et quand il se tenait de biais, on voyait sa barbe blanche agitée par le vent. Petite Grue pouvait maintenant le voir très distinctement : « Incroyable ! Mais est-ce que ce ne serait pas le vieux monsieur que j'ai rencontré à la taverne de Ziwu ? Pourtant, quand je l'ai quitté, il attendait tranquillement qu'on lui apporte à manger ! J'ai parcouru sans m'arrêter près de soixante lis en direction du nord, et cela fait longtemps déjà que je marche dans la montagne. Et ce vieillard, avec son sac sur le dos, me devancerait ? Ce n'est pas possible ! »

Il cria à s'égosiller :

« Monsieur ! »

L'homme, qui était presque arrivé au sommet, se retourna et regarda en bas. Petite Grue faillit tomber de cheval, frappé de stupeur. Il se dépêcha de le rejoindre.

« Monsieur ! cria-t-il. Comment faites-vous pour aller aussi vite ! Bon sang ! Vous êtes devant moi ! Ah ! la la ! monsieur, vous avez tout simplement des jambes miraculeuses ! »

Le vieil homme, avec sa magnifique barbe blanche, éclata de rire et hocha la tête.

« Il doit sûrement s'agir d'un vieil immortel », pensa Petite Grue, qui grimpait avec difficulté en fouettant son cheval et en respirant péniblement. Fatigué et hors d'haleine, la sueur ruisselait sur son front et tombait à grosses gouttes sur son cou. Quant au vieil homme, il l'attendait depuis longtemps déjà au sommet, avec un visage serein, pas le moins du monde essoufflé, comme un nuage ou une oie sauvage qui se seraient posés sur cette montagne après avoir parcouru des dizaines de lis dans les airs.

« Monsieur ! Comment faites-vous pour aller aussi vite ? demanda à nouveau Petite Grue en tirant sur les rênes. Oh ! la la ! Avec des jambes comme les vôtres, plus besoin de cheval pour parcourir le monde...

— J'ai pris un raccourci, répondit l'homme d'un rire terne.

— Ah ! Je comprends mieux maintenant ! Monsieur, je suis sur le bon chemin ou pas ?

— Mais tout à fait ! Une fois que tu auras descendu cette montagne, il faudra que tu passes encore deux crêtes. Le chemin devient plus large après, et il y a des maisons aussi. Tu pourras demander de l'eau.

— Bien, répondit le jeune garçon en saluant. Je vous remercie monsieur. Au revoir, à bientôt peut-être ! »

Il fit avancer son cheval et descendit la pente. Les sabots résonnaient sur les rochers. Il arriva en bas en un rien de temps. Il retint sa monture et regarda en haut : le vieil homme n'avait pas encore amorcé la descente. Petite Grue poursuivit son chemin vers le nord sur près de six lis et arriva devant une montagne encore plus haute, plus abrupte et escarpée que la précédente. Alors qu'il était en train de se demander s'il pouvait y grimper à cheval ou non, il leva la tête et aperçut le vieux monsieur qui marchait fièrement au bord du précipice, son sac sur le dos. En un clin d'œil, il arriva au sommet et disparut. Petite Grue, atterré, leva la tête pour essayer de le voir. Bien que trempé de sueur, il frissonna : « Non ! Si ce n'est pas un immortel, alors c'est un esprit ! En tout cas, ce n'est pas un humain ! »

Il fit avancer son cheval et s'engagea sur un sentier calme et retiré. Il tremblait encore : il lui semblait que le vieillard étrange et démoniaque était accroupi derrière chaque rocher et chaque pin. Il serpenta encore un bon moment et passa péniblement deux montagnes sans revoir le vieil homme.

Soudain, « tsi ! tsi ! », il entendit comme des cris de rapace. Cela ressemblait fort aux sifflements poussés par les bandits dans les montagnes Xiangzi. Frémissant de peur, il s'empressa de tirer son sabre d'acier et regarda tout autour de lui : mais il ne vit que les arbres balayés par le vent et les nuages blancs qui flottaient au-dessus des montagnes. On n'entendait même pas le chant d'un oiseau. Petite Grue resta sur ses gardes et se remit en route, son arme à la main, en se retournant régulièrement. Au bout de plusieurs lacets, le sentier s'élargit peu à peu. Il fit encore quelques pas, quand tout à coup il vit un spectacle à remuer l'âme : huit corps gisaient en travers du chemin ! Il ralentit et s'approcha avec prudence : il y avait par terre quelques sabres et bâtons, mais aucune marque de sang. Il s'approcha encore plus près, lorsqu'un des hommes marmonna : « Mon frère ! Va vite avertir le chef ! Nous ne pouvons plus faire un mouvement ! »

Petite Grue, stupéfait, ne pouvait plus parler. Il s'avança et regarda les huit hommes : ils portaient tous des vêtements courts et ressemblaient fort aux bandits qu'il avait rencontrés dans le Chuanbei. Aucun d'eux n'était blessé et ils gardaient les yeux ouverts, simplement ils ne pouvaient plus bouger. Certains étaient allongés sur le ventre, d'autres sur le dos. Certains pouvaient encore parler, d'autres ne poussaient que des gémissements, et ils donnaient l'impression de souffrir énormément.

« Mais que vous est-il arrivé ? demanda Petite Grue au comble de l'étonnement. Qui vous a fait ça ? Et avec quoi ? »

Les hommes comprirent que le jeune garçon n'était qu'un simple voyageur et non l'un des leurs.

« Mon ami, répondit un des bandits, fais une bonne action. Apporte une lettre à l'est. Nous sommes tous des hommes de main de Hu Li aux fléchettes d'argent, le grand chef des bandits. Nous sommes tombés sur un vieillard à la barbe blanche qui a utilisé le *dianxue* et nous a tous mis à terre ! Dis à nos frères de venir nous chercher ! »

En entendant parler de *dianxue*, Petite Grue eut comme une illumination. Sans prononcer un mot, il replaça son sabre dans son fourreau et se remit en route. « Ça y est ! J'ai compris ! Le vieil homme que j'ai rencontré est certainement un très grand chevalier ! Il connaît le *dianxue*… Mais alors, peut-être qu'il s'agit de Gao Qinggui ! Bon sang, mais oui ! Je suis vraiment trop stupide ! J'aurais dû me mettre à genoux et lui demander de devenir mon maître ! Au lieu de ça, je l'ai laissé partir ! »

Il s'en alla droit devant en regardant de tous côtés : aucune trace du vénérable vieillard. Plus il s'impatientait et plus le chemin devenait hostile. Il gravit encore trois montagnes, mais bientôt le cavalier comme son cheval se sentirent exténués. Le soleil se coucha et des nuages noirs s'amoncelèrent dans la vallée. Le jeune garçon ne voyait plus très bien le chemin, qui par chance était maintenant plat et large. Il parcourut encore une dizaine de lis, lorsqu'il entendit soudain quelqu'un crier devant lui :

« D'où tu viens ? Hé ! Réponds ! »

Petite Grue s'avança et distingua une petite vallée. Il y avait là-bas plusieurs petites maisons, beaucoup de gens, des chariots, des mules et des chevaux. L'homme qui l'avait interpellé était apparemment un garde d'escorte. Le jeune garçon s'approcha plus près et retint son cheval :

« J'arrive du district de Ziwu. Et toi, mon ami ? D'où viens-tu ?

— Nous sommes des gardes de l'agence d'escorte de Lishun, de la préfecture de Xi'an. Nous accompagnons notre patron Ge jusqu'à Hanzhong. »

« Ça sent mauvais ! pensa Petite Grue, affolé. Voilà que maintenant je tombe sur Ge Zhiqiang, un disciple de l'école de Kunlun dont la réputation est encore plus prestigieuse que celle des frères Long ! Comment je vais faire ? »

« Y a-t-il quelqu'un avec toi ? reprit l'autre.

— Non, je suis seul !

— Quoi ? rétorqua l'autre, surpris. Tu oses t'aventurer tout seul dans la montagne ? Ne te moque pas de moi, mon gars, hein ! Les chevaliers n'aiment pas les plaisanteries !

— Mais c'est la vérité ! insista Petite Grue, nerveux, sans oser descendre de son cheval. Il n'y a que moi. Je n'ai pas le choix, j'ai une chose urgente à faire. Même si les montagnes Qinling étaient couvertes de lames et de flammes, je passerais quand même. Je ne peux d'ailleurs pas m'attarder ici, il faut que je me dépêche ! »

Aussitôt, il éperonna son cheval, espérant se soustraire aux hommes de Kunlun. Mais l'autre retint fermement l'animal.

« Eh ! Petit effronté ! Tu veux mourir ou quoi ? Tu ne manques pas d'audace, bon sang ! Tu as fait près de trente lis pour arriver jusqu'ici. Soit "Hu Li aux fléchettes d'argent" ne t'a pas vu, soit il a trouvé que ça ne valait pas la peine de t'attaquer. Ouvre les yeux ! Plusieurs convois se sont arrêtés ici, et notre patron

Ge est là lui aussi. Pourquoi on ne continue pas ? Pour ne pas provoquer Hu Li, qui fait mouche à tous les coups. Si tu veux continuer vers le nord, alors prends garde. Ils ont un autre repaire là-bas. S'ils te voient, ils te mettront en pièces et te feront exploser la tête, mon petit gars ! »

Petite Grue enragea de se faire insulter de la sorte. Mais il n'osait pas faire d'histoires, pas ici. Alors il contint sa colère et rétorqua d'un ton sarcastique :

« T'occupe, l'ami ! Tant pis si je meurs. Je dois régler une chose importante ! »

Il fit siffler son fouet pour partir au plus vite. Mais soudain, « paf ! », il reçut une grande claque sur la cuisse. Pris par surprise, il tomba de cheval. Derrière lui se dressait le fils de Bao Kunlun : Bao Zhilin. Il avait été chargé par les frères Long d'aller chercher Ge Zhiqiang à Xi'an. L'homme partait vers le sud avec un convoi escorté par son agence d'escorte Lishun. Comme il se faisait tard et qu'il craignait les fléchettes de Hu Li, il s'était arrêté là.

Jamais Bao Zhilin n'aurait pensé rencontrer Petite Grue, même s'il ignorait tout des événements des jours précédents et de la venue du Chevalier de Langzhong à Ziyang et à Zhenba. Il poussa le jeune garçon de cheval dès qu'il l'aperçut. Il s'approcha ensuite et lui asséna un grand coup de pied.

« Sale engeance de tortue ! Tu vis encore, saleté ? Le seigneur Long, que tu as blessé, ne peut toujours pas marcher ! Espèce de bâtard ! »

Petite Grue roula au sol et se releva. Il courut jusqu'à son cheval et s'empara de son sabre avant de l'abattre sur Bao Zhilin.

« Chien bâtard ! Tu as frappé le petit seigneur Jiang ! Tu vas le payer ! »

Bao Zhilin s'enfuit à toutes jambes, les bras levés, en criant :

« C'est le fils de Jiang Zhisheng ! C'est lui qui a blessé notre grand frère Long ! »

Aussitôt, trois ou quatre gardes du corps, armés de sabres et de bâtons, se ruèrent sur Petite Grue. Conscient qu'il était seul contre tous, le jeune garçon n'eut pas d'autre choix que de se lancer à corps perdu dans la bataille. Il fit voler sa lame et frappa dans tous les sens. Malgré leur force, ses adversaires ne purent pas s'approcher. Au bout d'une dizaine d'échanges, il aperçut Bao Zhilin qui revenait accompagné d'un autre homme. Même s'il ne distinguait pas clairement son visage à cause du crépuscule, il pouvait voir qu'il s'agissait d'un homme bien fait et imposant, à l'allure noble. Il tenait à la main un sabre semblable à celui du vieux boxeur Bao.

« Arrêtez ! cria-t-il. Lequel d'entre vous est Petite Grue ? »

Les adversaires du jeune garçon baissèrent leurs armes et sautèrent sur le côté. Petite Grue reprit sa respiration et pointa sa lame vers le nouveau venu :

« C'est moi, Petite Grue. Qui es-tu ?

— Tu ne reconnais même pas notre sixième grand frère ? rétorqua Bao Zhilin. Bâtard ! C'est avec mon père le héros le plus éminent et le plus réputé de l'école de Kunlun, “le Tyran de fer au sabre d'or et au fléau d'argent”, le sixième seigneur Ge ! »

Petite Grue connaissait Ge Zhiqiang. Même le Chevalier de Langzhong lui en avait parlé. Il était le disciple le plus capable de l'école de Kunlun.

« Je ne vous ai pas provoqué ! répondit-il avec impatience. Et vous, vous entravez ma route et me brutalisez ! Vous brimez un enfant ! »

Ge Zhiqiang ricana. Il brandit sa lame et s'avança de quelques pas. Petite Grue recula.

« Jette ton sabre ! lui cria Zhiqiang. Nous te ligoterons et te ramènerons à Zhenba. Ce sera au Maître de te punir comme il l'entend. Si tu désobéis, je te truciderai ! Jeune brigand, tu sais que ton père Jiang Zhisheng a sali la réputation de notre école de Kunlun.

Et toi, insolent, tu as blessé notre deuxième frère et tu t'es enfui. Où comptais-tu te rendre à présent ? »

Il abattit férocement son sabre sur le jeune garçon. « Klang ! », Petite Grue para l'attaque. Mais son poignet ne résista pas à la violence du coup, et son sabre lui tomba des mains. Alors qu'il se retournait pour prendre la fuite, Ge Zhiqiang lui donna un grand coup de pied par-derrière. Le jeune garçon roula à terre. Plusieurs gardes accoururent et le bloquèrent au sol. Il se débattait désespérément en criant, mais les autres le tenaient fermement par le cou et immobilisaient ses bras : il était comme un poulet pris au piège.

« Allez chercher une corde ! hurla Bao Zhilin. Attachez-le ! Attachez-le ! »

Le Petit Kunlun était fou de joie. Mais soudain, il sentit des picotements dans sa colonne vertébrale, « Aïyo ! », et tomba lourdement sur le sol : derrière lui se tenait un vieillard avec un sac sur le dos. Tout le monde était stupéfait.

« Qui es-tu ? » s'indigna Ge Zhiqiang, menaçant, son sabre à la main.

Le vieil homme ne dit mot ni ne fit un mouvement. Il attendit que Zhiqiang abatte son sabre, leva légèrement la main gauche, puis bloqua entre deux doigts le sabre de Kunlun. Ge Zhiqiang eut beau exercer toute sa force de Tyran de fer, il n'arrivait ni à enfoncer, ni à retirer sa lame. Il prit la poignée des deux mains et tira de toutes ses forces, mais le vieillard semblait avoir une force de plusieurs tonnes dans ses deux doigts et restait absolument immobile. Il tira ensuite légèrement sur la lame et la jeta par terre. Puis, d'un seul coup de pied, il brisa le lourd sabre en acier pur en deux, comme s'il s'agissait d'un simple morceau de bois.

« Bon sang ! s'écria Ge Zhiqiang, terrifié et livide de peur. Qui êtes-vous ? »

Le vieil homme, qui tenait toujours son sac de la main droite, répondit calmement avec un accent du sud :

« Je suis le Maître de cet enfant. Je ne tolère pas que vous vous en preniez à lui ! »

Pétrifiés de terreur, les tortionnaires de Petite Grue lâchèrent prise aussitôt. Ge Zhiqiang tremblait des pieds à la tête. Il ordonna qu'on libère Petite Grue, puis s'inclina respectueusement les mains jointes.

« Mon aîné, quel est votre vénérable nom ?

— Inutile que je te le dise. Va simplement voir ton Maître Bao Zhenfei, et demande-lui qui il a rencontré il y a trente ans dans les montagnes Tongbai. Il te dira comment je m'appelle.

— Oui, oui. Très bien », répondit plusieurs fois Zhiqiang sans plus de questions.

Petite Grue, en larmes, se prosterna face contre terre pour remercier le vieillard.

« Ne crains rien ! lui dit le vieil homme d'un ton affable. Remonte en selle et poursuis ton chemin. Je te protégerai ! »

Le jeune garçon se releva, et, sans même s'inquiéter de son sabre, retourna près de son cheval et le prit par la bride. Alors, tête baissée, il suivit le vieil homme dans le crépuscule, en direction du nord.

Après leur départ, Ge Zhiqiang et ses hommes se mirent à parler à voix basse. Ils s'activèrent doucement, sans oser faire de bruit, comme si la magie du vieux chevalier avait terrassé leurs âmes. On entendait seulement le bruit du vent qui soufflait dans les branches. Ils ramassèrent le sabre de Kunlun coupé en deux, et relevèrent Bao Zhilin, impotent. Ils passèrent la nuit dans le vallon, se remirent silencieusement en route le lendemain et quittèrent les montagnes Qinling. À chaque fois que Ge Zhiqiang se rendait dans le Shaannan, il se comportait comme un roi. Il n'était pas seulement le brillant disciple de Bao Kunlun, il faisait aussi partie de la famille la plus riche du Guanzhong, réputée dans le domaine d'escorte et de la protection aux personnes. Cependant, cette fois-ci, il avait perdu tout son éclat. Il ordonna à ses hommes d'escorter le convoi jusqu'à Hanzhong et partit pour le district de Zhenba avec deux camarades, trois chevaux et une voiture dans laquelle était étendu Bao Zhilin, qui arrivait encore à parler mais ne pouvait plus du tout bouger.

Ils arrivèrent le soir même au village de Bao. Le vieux boxeur, tout content d'avoir vaincu facilement le Chevalier de Langzhong et d'avoir mis en fuite Petite Grue, pensait pouvoir enfin dormir sur ses deux oreilles et avait perdu tout ressentiment. Il ne s'attendait pas à la venue de Ge Zhiqiang dans la matinée. Il alla l'accueillir à la porte d'entrée en compagnie de sa petite fille, de Lu Zhizhong, Long Zhiqi, Ma Zhixian, Liu Zhiyuan et Qin Zhibao. Tous furent atterrés de trouver Bao Zhilin comme mort. Ge Zhiqiang, complètement abattu, le visage décomposé, présenta ses hommages au vieux Maître, puis le prit à part et lui relata les événements de Qinling.

Bao Zhenfei serra d'abord les poings de rage et devint rouge de colère en apprenant que Petite Grue s'était aventuré seul dans ces montagnes. Mais ensuite, quand Zhiqiang lui parla du vieillard étrange qui avait pratiqué le *dianxue* sur Bao Zhilin et brisé en deux un sabre de Kunlun par la seule force du pied, il devint livide et perplexe.

« Ce vieil homme n'a pas voulu dire son nom. Il m'a juste dit de venir vous le demander, et a parlé des montagnes Tongbai, il y a trente ans... »

Zhiqiang n'eut pas le temps de poursuivre. « Ah ! » Bao Zhenfei tapa du pied et tomba lourdement sur le sol : il avait perdu connaissance. Tous les disciples accoururent, affolés, et le transportèrent jusqu'à son lit. La petite Aluan les suivit, en larmes. Les disciples, les deux brus et la petite fille restèrent auprès de lui. On le força à boire une boisson chaude au gingembre, et il revint peu à peu à lui. Aluan était penchée sur lui et sanglotait. Le vieux boxeur respira longuement, puis versa des larmes et soupira :

« Tout est perdu ! C'est fini ! Moi, Bao Zhenfei, j'ai agi cruellement par le passé. Et à cause de moi, vous allez être l'objet d'une tragique rétribution. Je connais cet homme. Il y a trente ans, dans la fleur de l'âge, je l'ai rencontré dans les montagnes Tongbai, au Henan, et j'ai reçu une bonne leçon. Un homme comme moi, avec mon niveau de *gongfu*, n'était plus qu'un fétu de paille entre ses mains ! Je n'ai jamais parlé de cet incident. Je pensais qu'il était mort depuis longtemps, qu'il n'était plus de ce monde ! Je ne pensais pas non plus qu'il prendrait Petite Grue avec lui. Cet enfant est intrépide et méchant, appliqué et ambitieux. Dans quelques années, s'il termine sa formation et revient ici, il ne laissera la vie sauve à aucun membre de ma famille, ni à aucun de mes disciples ! Quel malheur ! Toute ma vie j'ai été excessif dans tout ce que j'ai fait, et ensuite hésitant et indécis. Du coup je me suis fait un ennemi dont je ne pourrai jamais me débarrasser ! »

En entendant ce récit, tous les disciples se mirent à pleurer amèrement. Ma Zhixian essuya ses larmes :

« Ne vous inquiétez pas, Maître ! dit-il pour réconforter le vieux boxeur. Si plus tard Petite Grue revient pour se venger, j'irai le voir, je lui parlerai !

— Tu es son oncle ! rétorqua Bao Zhenfei avec une certaine colère. Tu as gardé cet enfant chez toi en nourrice, bien sûr qu'il ne peut pas te faire de mal ! Mais nous, les disciples de Kunlun, nous n'arriverons jamais à le battre. Cependant, nous préférons mourir que de nous avouer vaincus !

— N'aie pas peur, grand-père ! s'écria Aluan. Si ce mécréant de Petite Grue se montre, je m'en occuperai !

— Nous pouvons intensifier les entraînements, ajoutèrent Long Zhiqi et ses camarades, indignés. Ou encore inviter tous les héros du pays à se joindre à nous pour le combattre ! Qu'aurons-nous à craindre si nous sommes tous ensemble, même s'il vient accompagné de son maître ? »

Le vieux boxeur réfléchit un long moment et reprit peu à peu des couleurs. Soudain, il sauta hors du lit, bomba le torse, serra les poings et se frappa fièrement la poitrine.

« Je n'ai pas peur ! lança-t-il. Aucun d'entre vous n'a terminé sa formation : je n'ai jamais enseigné mes bottes secrètes que sont la boxe *siluquan* et la boxe *bataodao*[1]. Je vais vous les apprendre dès aujourd'hui, et vous deviendrez aussi forts que moi. Trente Bao Zhenfei arriveront à battre un seul Petite Grue ! Qu'avons-nous à craindre ? »

Aussitôt, les disciples passèrent de la tristesse à la joie et se sentirent galvanisés.

À partir de ce jour, le vieux boxeur Bao rassembla dans le district de Zhenba Long Zhiqi, Jia Zhiming, Ge Zhiqiang, Lu Zhizhong, Ma Zhixian, Chen Zhijun, Qin Zhibao, Jiang Zhiyao, Miao Zhiying, Yuan Zhiyi, Yuan Zhixia, Han Zhixin, Zhang Zhicai et son fils aîné Bao Zhiyun, en tout quatorze disciples, pour leur enseigner chaque jour les secrets de son art. Soulevé par l'enthousiasme, il se sentait de plus en plus agile et vigoureux et retrouvait l'esprit héroïque et orgueilleux de ses jeunes années. Le soir, il mettait également un point d'honneur à enseigner les

1. La boxe des « quatre directions » et la boxe des « huit couteaux ».

techniques secrètes de *gongfu* à sa petite-fille Aluan. Il fit cela des années durant, et le prestige de l'école de Kunlun alla grandissant. Quant à Petite Grue, on n'entendit plus parler de lui.

Chapitre VII

Sous la clarté lunaire,
Bao Aluan quitte seule la passe stratégique ;
Au pont de la rivière Ba,
Un groupe d'hommes combat Li Fengjie.

Le temps fila comme une flèche, et plusieurs années passèrent, rythmées par les entraînements de *gongfu*. Âgé à présent de soixante-seize ans, le vieux boxeur Bao, toujours aussi robuste et vigoureux qu'autrefois, arborait une barbe blanche comme neige. La plupart de ses disciples portaient également la barbe, et leurs propres élèves étaient devenus des hommes. En dix ans, le monde des Fleuves et des Lacs avait connu de rapides mutations, et il ne se passait pas un jour, pas un instant sans que le vieux boxeur ne pense à Petite Grue. Si des disciples venaient lui rendre visite de villes lointaines, il leur demandait toujours avec beaucoup de sérieux : « Avez-vous des informations sur ce qu'a pu devenir Jiang Xiaohe ? Est-ce que récemment, dans les provinces voisines, vous avez entendu parler d'un jeune chevalier aux capacités martiales hors du commun ? » Mais les réponses le laissaient toujours désappointé. Il gardait à l'esprit que Petite Grue, une fois sa formation terminée, allait revenir à Zhenba et tuerait ses disciples, ses fils et leur descendance. « Il vaut mieux qu'il vienne de mon vivant : si j'arrive à le battre, parfait ; dans le cas contraire, ce n'est pas grave, il n'aura pris que ma vieille existence. Après tout, c'est moi qui ai tué son père. Alors s'il me tue, ce ne sera que justice. »

Son fils aîné Bao Zhiyun gérait toujours son agence d'escorte à Hanzhong. Beaucoup de disciples le sollicitaient et il s'enrichissait de plus en plus. Son deuxième fils, Bao Zhilin, resté handicapé depuis le jour où le mystérieux chevalier lui avait fait du *dianxue*, arrivait maintenant à bouger légèrement grâce aux nombreux docteurs venus pour le soigner. Mais le bas de son dos restait complètement voûté et il donnait l'impression de toujours saluer bien bas. La femme de son premier fils, Fangshi, était décédée des suites d'une maladie trois ans auparavant. Sa deuxième bru, quant à elle, n'était qu'une bonne à rien. Heureusement, il lui restait Aluan, sa petite-fille. Âgée à présent de vingt-deux ans, elle s'était embellie comme une jolie fleur. On pouvait la comparer à une cime de haute montagne : finement sculptée, magnifique et pure, fière et droite. Ses cheveux étaient comme des nuages noirs, ses yeux des étoiles brillantes, son visage une fleur délicate. Elle était mince et élégante comme un saule printanier, forte et droite comme un pin hivernal ; ni trop petite ni trop grande, ni grosse ni maigre, des pieds normaux, une façon de parler et de se comporter ni grossière ni vulgaire. Elle avait depuis longtemps déjà achevé sa formation en arts martiaux, et savait sauter et bondir sur les toits et se battre à mains nues. Mais surtout, elle était invincible au combat au sabre d'acier, car elle connaissait tous les secrets transmis de génération en génération. Ainsi triomphait-elle de Lu Zhizhong, de Ge Zhiqiang et de tous les braves hommes des Fleuves et des Lacs du Guanzhong et du Hanzhong. Le vieux boxeur Bao reconnaissait lui-même que les capacités martiales de sa petite-fille surpassaient les siennes, et que si le Chevalier de Langzhong revenait du Chuanbei, il perdrait inévitablement face à elle. Cependant, il ne parlait jamais de Petite Grue, bien qu'il y réfléchisse beaucoup : « Je me demande ce que le jeune Jiang vaut aujourd'hui… Serait-il capable de battre ma petite-fille ? »

Quant à Aluan, elle attendait ardemment le retour de Petite Grue :

« Grand-père ! disait-elle. Comme je voudrais qu'il revienne pour se venger ! Plus vite il se montrera, plus tôt je pourrai le tuer, et plus vite tu pourras être tranquille ! »

En entendant la jeune femme parler ainsi, le vieux boxeur souriait. Mais au fond, il savait bien que ce ne serait pas aussi simple.

Dans le sud du Shaanxi, la coutume voulait que les jeunes filles qui n'étaient pas encore mariées après l'âge de quinze ou seize ans deviennent la risée de tous. Mais pour Aluan, c'était différent : même si elle avait de grands pieds[1] et qu'elle passait ses journées à monter à cheval et à manier le sabre comme un homme, les gens avisés se gardaient bien de médire sur elle. De célèbres boxeurs et des gardes du corps réputés se disputaient même pour que Bao Zhenfei accorde sa main à leur fils. Mais le vieux boxeur refusait en bloc toutes les demandes en mariage.

« Ma petite-fille ne se mariera jamais de sa vie ! » disait-il parfois par lassitude.

Aluan, elle, passait ses journées à s'entraîner au *gongfu* : de bon matin, elle faisait des exercices de

1. Allusion au fait qu'elle n'a pas les pieds bandés, pratique esthétique courante en Chine pour les femmes jusqu'à la fin de la dynastie Qing.

boxe ; à midi, elle montait à cheval ; la nuit, elle sautait sur les toits. Le printemps, saison où les fleurs s'épanouissent, l'automne, saison où les feuilles tombent, rien ne lui inspirait jamais de sentiments. Il n'y avait qu'une chose qu'elle n'oubliait pas : c'était que plus jeune, elle avait accepté de devenir la femme de quelqu'un… Petite Grue avait grimpé dans l'arbre pour récupérer son cerf-volant, à condition qu'il ait le droit de l'appeler « ma petite femme ». Elle se souvenait parfaitement de cette scène, mais à chaque fois qu'elle y repensait, elle rougissait de colère : elle détestait Jiang Xiaohe. Pas seulement parce qu'il était l'ennemi juré de sa famille : il semblait y avoir une autre raison, une raison qu'elle ne pouvait s'avouer, et qui la rendait folle de rage. Il lui semblait qu'elle ne pourrait être heureuse que si Petite Grue revenait, qu'elle se battrait avec acharnement contre lui, qu'elle le tuerait, le réduirait en bouillie, et qu'ensuite elle le pleurerait, voire se trancherait la gorge devant son corps ! Ce jour-là, une fois son entraînement matinal terminé, elle partit galoper en dehors du village sur son coursier rouge feu. Une fois arrivée au mont Nanshan, elle fit demi-tour, s'arrêta à hauteur d'un saule en bordure du chemin, sortit son sabre et frappa le tronc. « Tsang ! », un grand morceau d'écorce tomba par terre. Alors seulement elle se calma un peu et oublia momentanément sa haine. C'était ce grand arbre qui avait retenu prisonnier il y a dix ans son cerf-volant. À présent, elle venait chaque jour lui donner un coup de sabre, laissant le pauvre tronc couvert de plaies. Il n'était pas encore mort, mais ses branches se faisaient de moins en moins nombreuses et son feuillage moins luxuriant : il ne survivrait sans doute pas longtemps.

Une fois rentrée, la jeune femme attacha son cheval, rangea son sabre et alla déjeuner. Elle prenait toujours son repas avec son grand-père, et ils discutaient tous les deux de tout et de rien. Ce jour-là, on voyait bien que le vieux boxeur voulait lui parler. Il garda le silence pendant un long moment, puis se lança :

« Aluan, est-ce que tu voudrais partir d'ici ? »

La jeune femme s'arrêta de manger et demanda en riant :

« Pour aller où, Grand-père ?

— Pour écumer le monde des Fleuves et des Lacs ! Parcourir les montagnes, traverser les grandes rivières, à ta guise ! Découvrir des choses qu'on ne peut pas voir en restant à la maison, rencontrer des héros autres que ceux de notre école de Kunlun.

— Dans ce cas, oui ! J'ai envie de partir ! s'écria Aluan ravie. Grand-père, partons ensemble ! Cela fait tant d'années déjà que tu n'as pas voyagé sur les routes !

— Non, rétorqua le vieil homme en agitant la main. Je ne peux pas quitter la maison.

— Tu ne peux pas ? rétorqua Aluan en faisant la moue. Alors je ne te quitte pas non plus. »

Elle se remit à manger. Le vieux boxeur resta un long moment pensif, les sourcils froncés.

« Ne t'imagine pas que tu as terminé l'étude des arts martiaux, ajouta-t-il. C'est même loin d'être le cas ! Dans notre communauté de Kunlun, les disciples n'acquièrent pas de compétences particulières : il faut parcourir le monde pour s'aguerrir. D'ici à Hanzhong, de Hanzhong à Xi'an en passant par les montagnes Qinling et le défilé stratégique Hangu, puis suivre le Fleuve Jaune jusqu'à Kaifeng. Là-bas, tu trouveras le vieux chevalier Gao Qinggui. Deviens son disciple et apprends la technique du *dianxue*.

— Le *dianxue* ? rétorqua la jeune femme en ricanant. Non, je refuse ! Les hommes braves se battent au sabre et à la lance. Ceux qui utilisent le *dianxue* sortent vainqueurs, mais ce ne sont pas des héros !

— Il ne faut pas parler comme ça. Tu dois connaître un peu cette technique. Et puis, il y a plusieurs buts à ce voyage. Le premier, c'est que tu puisses te renseigner un peu sur ce qu'est devenu Petite Grue... »

Aussitôt, Aluan fronça les sourcils :

« Si j'arrive à savoir où il est, je le retrouverai et je le tuerai !

— Attends. S'il ne se pose plus en adversaire, ou bien que ses capacités n'ont rien d'extraordinaire, alors inutile de s'occuper de lui. La deuxième chose, c'est que maintenant tu as plus de vingt ans. *"Quand un garçon est devenu grand, il faut lui trouver une épouse ; quand une fille est devenue grande, il faut lui chercher un époux."* Tu iras toi-même te chercher un bon mari. Tous ceux qu'on connaît ici ne conviennent pas, donc tu n'as pas le choix : il faut aller voir ailleurs. De nombreux nouveaux héros ont émergé dans le monde du Jianghu ces quinze dernières années. Il y en a sans doute un qui te conviendra. Il est capital qu'il ait de l'allure et du talent, un comportement irréprochable, et qu'il soit plus fort que moi en arts martiaux. Si tu trouves un tel homme, alors reviens ici m'en faire part et j'enverrai un entremetteur pour le mariage. »

La jeune femme se tut et resta interdite, ses baguettes à la main. Le vieux boxeur, ému en pensant au fait qu'il ne pouvait plus garder auprès de lui cette petite fille devenue grande, exhala un soupir :

« N'oublie pas ! Je te laisse partir pour choisir ton mari. Mais quand tu auras jeté ton dévolu sur quelqu'un, veille bien à noter son nom et ses antécédents. Je veux aussi pouvoir l'éprouver : c'est seulement s'il me surpasse que je te laisserai l'épouser. S'il m'est un tant soit peu inférieur, ça n'ira pas. Et puis, même si tu vas courir le monde, reste convenable et courtoise. Ne sois pas excessive et ne salis pas ma réputation ! »

La jeune femme appuya son menton sur une main et resta sans rien dire, l'air maussade. Ce jour-là, elle semblait être devenue une autre personne. Elle ne partit même pas s'entraîner au sabre après le déjeuner.

Le vieux boxeur arrêta la date du départ : ce serait dans deux jours. Le lendemain, il enjoignit aux domestiques de préparer les bagages et demanda à son quatrième disciple, Jiang Zhiyao, de partir avec Aluan, pour la protéger et lui servir de guide. Bao Zhenfei était très satisfait de ce disciple : dans sa jeunesse, lors d'une représentation théâtrale donnée à l'occasion d'une fête religieuse, Jiang Zhiyao avait pris des libertés avec une femme de bonne famille et enfreint les règles de l'école de Kunlun. Du fait de son jeune âge, le Maître l'avait épargné, mais lui avait arraché l'œil gauche. Pendant les huit années qui suivirent, il mena une vie oisive puis finit par revenir s'entraîner et progressa très rapidement. Ces derniers temps, il avait écumé le monde des Fleuves et des Lacs et s'était forgé une bonne réputation, acquérant le surnom de « Pionnier Borgne ». Âgé à présent de plus de quarante ans, il était un homme honnête et probe. Le vieux boxeur le choisit donc pour accompagner sa petite-fille et lui fit maintes recommandations.

Le jour du départ, au début du quatrième mois lunaire, par un temps clément, Ma Zhixian, Chen Zhijun, Yuan Zhiyi et Zhang Zhicai vinrent tous dire au revoir à la jeune femme. Zhang Zhicai n'était que le dix-huitième disciple de Kunlun, mais du fait de ses impressionnants progrès en *gongfu* depuis quelques années, le vieux Maître Bao l'avait invité chez lui.

« Où la jeune Aluan compte-t-elle aller ? demanda-t-il au boxeur.

— Elle ira d'abord voir son père à Hanzhong. Puis elle franchira les montagnes Qinling pour se rendre à Xi'an et rendre visite à Ge Zhiqiang, qui lui présentera plusieurs gardes du corps éminents de la ville. Elle prendra ensuite la direction de l'est et visitera Li Zhenxia, à Huazhou, et Zhang Debao, à Tongzhou. Elle empruntera la passe Hangu et rejoindra le district de Luoning pour aller voir Liang Gao, "le Singe aux bras de fer", ainsi que le vénérable bonze Taiwu, "le Bodhisattva au visage d'or" des montagnes Songshan[1], et Gao Qinggui, de Kaifeng. Puis elle partira pour le sud voir Lu Boxiong, "le Fouet Divin" de Shangcai, Liu Kuang, "Celui qui surpasse Huang Zhong[2]" de Xinyang, et Pang Er, "la Lance Fleurie" de la ville de Xiangyang. Enfin, elle reviendra au Sichuan, visitera dans le sud le Tigre de Fuzhou[3] et dans le nord le Chevalier de Langzhong ! »

En entendant le lourd programme qui attendait la jeune femme, les disciples furent tous très envieux. Jiang Zhiyao quant à lui tournait son œil unique dans tous les sens : « Ce voyage est pire qu'un exil dans une garnison frontière ! pensait-il. S'il arrive quelque mésaventure à Aluan, je vais à coup sûr perdre mon œil droit ! » Il n'osait cependant pas repousser la demande du boxeur.

On trinqua, on donna un repas d'adieu en l'honneur d'Aluan et de Jiang Zhiyao, et on leur souhaita bon voyage. La jeune femme quittait la maison à contrecœur, et c'est les yeux pleins de larmes qu'elle se sépara de son grand-père, de son oncle et de sa tante. Puis elle monta à cheval, quitta le village et partit avec Jiang Zhiyao en direction du nord.

---

1. Montagnes Songshan, ou mont Songshan : l'un des cinq monts sacrés chinois (*wuyue*), situé dans la région de Dengfeng, dans le Henan. Altitude du plus haut sommet : 1 492 mètres.

2. Huang Zhong : célèbre général de la fin des Han et de la période des Trois Royaumes, réputé pour son courage, sa fermeté et son obéissance.

3. Département de Fuzhou, au bord de la rivière Fu, affluent principal du fleuve Jialing, qui prend sa source dans le Sichuan.

Zhiyao portait une veste et un pantalon noirs. Il montait un cheval blanc, avec derrière la selle un paquet de couvertures dans lequel se trouvait son sabre d'acier. Il ouvrait la route et chevauchait d'un pas modéré. Aluan quant à elle montait son cheval rouge feu, petit mais vigoureux, un véritable poney du Sichuan, avec une selle neuve et des étriers brillants, une bride et des rênes très élégants. À côté de cela, sa tenue paraissait très sobre : une veste et un pantalon de soie bleus, des chaussures noires sur lesquelles étaient brodées quelques fleurs de pommier sauvage et sur la tête un capuchon de soie bleu. Sa natte était dissimulée sous ses vêtements. Elle portait derrière la selle un baluchon de couvertures qui laissait apparaître le manche de son sabre en acier blanc. Faisant voler son fouet dans les airs pour faire avancer son cheval, elle levait ses deux grands yeux pleins de vie et regardait le paysage, les montagnes, les champs de blé, les rizières et les petites chaumières.

Une fois le mont Bei franchi, ce qui signifiait qu'ils avaient quitté le district de Zhenba, ils prirent la direction de l'ouest. Jiang Zhiyao se retourna et dit à la jeune femme en riant :

« Mademoiselle Aluan, nous quittons la maison maintenant. Le voyage sera long : nous devrons parcourir près de trois mille lis ! Qui sait qui nous rencontrerons en route et ce qu'il nous arrivera. Mademoiselle Aluan, même si vous êtes forte en arts martiaux, vous n'êtes jamais partie loin de chez vous. Moi-même, malgré mes années d'errance, je n'ai jamais quitté la province. Alors il nous faudra constamment rester sur nos gardes, faire attention à tout, être courtois et modestes envers tout le monde, parler poliment et laisser le passage aux bandits des montagnes. Bien que nous soyons tous deux armés, il ne faudra pas le montrer sans raison, ni utiliser les arts martiaux, sinon...

— Ça suffit ! cria Aluan en lui jetant un regard furieux. Arrête de dire des sottises !

— Mais ce ne sont pas des sottises ! C'est la vérité ! Peu importent les immenses capacités d'un chevalier, il ne doit pas se ruer sur tous ceux qu'il croise.

— Oncle Jiang, rétorqua la jeune femme en colère. Si tu continues à dire des choses pareilles, alors je pars seule. Si tu ne veux pas m'accompagner, tu peux toujours rentrer !

— Ça va, ça va ! Je me tais ! Je vous recommande seulement de bien garder en mémoire ce mot : "prudence".

— Je sais !

— Alors si vous savez, très bien ! » termina Zhiyao en riant.

Il brandit son fouet et les deux chevaux partirent au galop en direction de l'ouest.

Ils arrivèrent le jour même à Hanzhong. Aluan rendit visite à son père Bao Zhiyun et à quelques disciples à l'agence d'escorte Kunlun de la ville. Bao Zhiyun fut très inquiet d'apprendre le long voyage que sa fille entreprenait. Cependant, comme c'était son propre père qui l'avait décidé, il ne pouvait pas la renvoyer. Il pensa à la faire accompagner par deux ou trois de ses hommes, mais c'était impossible : non seulement il n'avait pas assez de gardes en ce moment – et personne d'autre ne voulait se lancer dans ce périple – mais en plus sa fille était trop fière et ne voulait pas d'autres chaperons. Alors il confia une lettre à Jiang Zhiyao, destinée à Ge Zhiqiang qui habitait Xi'an. Il y chargeait son frère d'armes de trouver le moyen d'envoyer des hommes pour protéger Aluan sur la route.

La jeune femme passa la nuit chez son père. Le lendemain, de bonne heure, elle prit congé et repartit avec son compagnon Jiang Zhiyao. Après une journée de voyage, ils arrivèrent dans le district de Liuba et passèrent la nuit dans l'agence d'escorte de l'oncle Zheng Zhibiao. Le jour suivant, ils atteignirent les hautes montagnes verdoyantes de Qinling. Par chance, le temps était ensoleillé, les voyageurs et les commerçants itinérants nombreux, et ils ne rencontrèrent aucun bandit. Ils arrivèrent le soir même à la passe Dasan. Là-bas, ils trouvèrent une nouvelle agence d'escorte de Kunlun, ouverte depuis seulement trois ans et tenue par Lu Zhizhong.

Lu Zhizhong fut très surpris de voir arriver la demoiselle Aluan, et encore plus d'apprendre par Jiang Zhiyao l'itinéraire prévu par le Maître. Il se décontenança :

« Il ne faut pas que vous poursuiviez ce voyage. Faire un tour à Xi'an, pourquoi pas. Mais ensuite, il faudra vous arrêter. La situation actuelle est terrible : il y a maintenant dans la province du Henan plusieurs jeunes gaillards très forts en arts martiaux. Le plus célèbre est le petit-fils de Ji Junyi, le chevalier de Longmen : il s'appelle Ji Guangjie. Il n'a pas vingt ans, mais il est vraiment très doué ! Il a même vaincu Gao Qinggui de Kaifeng. On dit qu'il est venu dans l'ouest pour rencontrer Li Zhenxia, de Huazhou. Et peut-être même qu'il passera par Zhenba pour se mesurer à notre Maître. Ses capacités sont supérieures aux nôtres. Demoiselle, si vous le rencontrez, et qu'il apprend que vous êtes la petite-fille de Bao Kunlun, vous subirez à coup sûr ses insultes et son humiliation ! »

Jiang Zhiyao fut effrayé d'apprendre que le Chevalier de Longmen, l'un des « Deux Remarquables du Nord et du Sud », avait un petit-fils légitime qui venait de faire son entrée dans le monde de la chevalerie.

« Mais c'est terrible ! s'exclama-t-il, livide. L'école de Longmen est beaucoup plus forte que la nôtre ! Le Maître nous dit souvent qu'il faut nous garder de toute suffisance, et prend en exemple le Chevalier de Longmen et le Dragon du Sichuan. Il dit qu'ils n'ont jamais accepté de disciple, mais que si cela se produisait un jour, un seul d'entre eux serait plus fort que cent d'entre nous !

— Il y a encore une chose dont je n'ai pas informé le Maître, poursuivit Lu Zhizhong. Les gens qui arrivent de l'est racontent que depuis peu, un jeune chevalier parcourt la région du Jiangnan. Il possède une grande maîtrise de l'épée et se déplace subrepticement. Certains le suspectent d'être Jiang Xiaohe. Il aurait terminé sa formation et se serait lancé dans le monde du Jianghu ! »

Jiang Zhiyao regarda Aluan. Il voulait lui dire qu'il fallait discuter sérieusement de tout cela, ne plus s'occuper maintenant de mener une vie itinérante et trouver un moyen de protéger sa famille, car qui sait ce qui se passerait si Jiang Xiaohe se rendait à Zhenba ! Il ne s'attendait pas à ce que la jeune femme le fixe avec ses beaux yeux brillants :

« Oncle Lu, oncle Jiang, ne vous inquiétez pas. Je dois rencontrer face à face le petit-fils du Chevalier de Longmen. Et si Petite Grue a quitté sa province, alors c'est encore mieux ! S'il se trouve dans le Jiangnan, j'irai le chercher dans le Jiangnan. J'irais même le chercher au bout du monde ! Je m'inquiète seulement de ne pas le trouver, mais je n'ai pas peur qu'il vienne me chercher ! »

Une main sur les hanches, les sourcils froncés, elle ressemblait plus à un tyran irrité qu'à une jeune fille. Jiang Zhiyao voulait lui dire un mot, mais Lu Zhizhong lui lança un regard dissuasif. Après le souper, Zhizhong choisit une pièce bien propre et invita Aluan à aller dormir. Puis il s'entretint avec Jiang Zhiyao, pour essayer de trouver un moyen de dissuader la jeune femme. Tous deux connaissaient bien sa nature arrogante. Mais après tout, c'était une femme : ils lui parleraient le lendemain pour lui faire peur, en exagérant les faits, et elle retournerait chez elle. Ils ne pensèrent pas à autre chose ce soir-là. Et surtout, ils n'avaient pas prévu qu'Aluan partirait seule de nuit à cheval en direction du nord...

Dasanguan était une passe stratégique située sur l'ubac des montagnes Qinling. La ville, qui comptait quelques dizaines de magasins, connaissait dans la journée un défilé incessant de marchands, de chars et de chevaux. Mais la nuit, tout était très calme et silencieux. On voyait seulement la lune, accrochée au-dessus des cimes, qui éclairait la route déserte menant à la cité. L'agence d'escorte de Lu Zhizhong se trouvait à l'extérieur de la ville, ce qui arrangea fort Aluan : elle profita du fait que tout le monde dorme profondément pour rassembler discrètement ses affaires et préparer son cheval. Craignant que Lu Zhizhong ne s'aperçoive de son absence et ne se lance à sa poursuite pour la ramener, elle cravacha dur et fila vers le nord sous la clarté lunaire et dans la brise montagnarde. Le chemin de poste menait directement à Xi'an. Aluan parcourut une soixantaine de lis avant que le soleil ne se lève. Elle croisa bientôt quelques rares passants qui regardèrent tous, stupéfaits, cette voyageuse solitaire. La jeune femme n'y prêta aucune attention et continua à galoper droit devant. Elle s'arrêta dans un bourg pour déjeuner et demander sa route, repartit aussitôt et chevaucha jusqu'au déclin du jour. Épuisée, elle descendit dans une auberge en bordure d'un chef-lieu de district. Elle apprit par le gérant qu'elle se trouvait dans le district de Xingping, et qu'il restait encore deux relais de poste avant Xi'an.

Beaucoup de clients séjournaient dans l'auberge : la cour était pleine de charrettes, toutes les chambres étaient éclairées et on entendait discuter à voix haute des gens aux accents différents. Mais personne ne fit attention à la présence de la jeune femme. Lorsque l'employé lui apporta à manger, elle retira son capuchon, découvrant la racine de sa natte rouge foncée. Le serviteur lui demanda si elle était seule, d'où elle venait et si elle se rendait à Xi'an. Aluan acquiesça d'un signe de tête mais ne prononça pas un seul mot. Son dîner terminé, elle demanda qu'on lui fasse infuser une théière, puis s'enferma et s'allongea sur le *kang*. Elle pensait au lendemain, à ce qu'elle devrait faire une fois arrivée à destination, si elle irait voir Ge Zhiqiang ou non. Elle finit par décider de ne pas lui rendre visite, ni de rendre visite à tous les autres d'ailleurs. C'était même inutile d'aller à Xi'an : elle contournerait la ville et prendrait vers l'est en direction de la passe Hangu. Une fois qu'elle aurait quitté le Guanzhong, elle ne trouverait plus aucun disciple de Kunlun, et plus personne ne pourrait l'arrêter.

« Je me demande ce que vaut vraiment le petit-fils du Chevalier de Longmen, ce fameux Ji, pensa-t-elle. Se pourrait-il qu'il soit plus fort que moi ? Sincèrement, je ne crois pas. Et puis Lu Zhizhong qui raconte que Petite Grue écume le monde du Jianghu et est très célèbre dans le Jiangnan ! Il faut que j'aille le trouver, pour voir un peu lequel de nous deux a le mieux progressé en *gongfu* en dix ans. Grand-père dit que son maître est extrêmement fort, qu'il est comme un dieu, et que Petite Grue a dû apprendre des choses surprenantes avec lui. Mais je ne le crois pas. Il faut que je me mesure à lui. Peu importe s'il est plus fort que moi : il faudra que je trouve un moyen de le tuer, je ne peux pas le laisser vivre ! »

Sans savoir pourquoi, elle se sentit soudain un peu triste. Alors elle serra les dents, se blottit sous les couvertures et s'endormit.

Le lendemain matin, elle se leva de bonne heure, se lava et se peigna, et demanda qu'on selle son cheval. Puis elle régla sa note et sortit. Une fois qu'elle eut quitté la rue animée, elle monta en selle et partit vers l'est. Ce n'est qu'après avoir parcouru une quarantaine de lis que le soleil commença à briller haut dans le ciel. Elle arrivait déjà aux abords de la ville de Xiangyang. Un immense fleuve s'étendait devant ses yeux, avec un embarcadère très animé et une vingtaine de grands bateaux qui faisaient traverser les gens. Aluan resta en selle et demanda à un passant :

« Excuse-moi, pour aller à Xi'an, il faut traverser le fleuve ? »

L'homme semblait être un marchand, avec une charrette tirée par un âne à côté de lui. Il fixait les bateaux des yeux.

« Regarde, le bateau arrive ! dit-il en hochant la tête. Il y a trop de monde. On ne peut pas y monter sans se faire bousculer ! »

Aluan entendit soudain quelqu'un l'appeler : elle regarda autour d'elle, et à son grand étonnement, reconnut parmi la foule son oncle Liu Zhiyuan, maintenant garde du corps sous les ordres de Ge Zhiqiang de l'agence d'escorte Lishun. Cela faisait deux ans qu'il n'était pas retourné à Zhenba. Il ne s'attendait pas à tomber sur Aluan.

« Que faites-vous ici, demoiselle Aluan ? » demanda-t-il tout étonné en s'approchant.

Aluan, désappointée de rencontrer une vieille connaissance, salua et présenta ses hommages.

« C'est une idée de mon grand-père. Il voulait que je parcoure le pays, et a chargé l'oncle Jiang de m'accompagner. Mon père aussi s'est montré très compréhensif. Mais une fois arrivés à Dasanguan, nous sommes allés voir Lu Zhizhong, et soudain, ils ont tous essayé de me convaincre de faire marche arrière. Maintenant que je suis partie, si je rentre, on se moquera de moi ! Alors je me suis éclipsée dans la nuit et j'ai poursuivi ma route seule. Je prévois d'aller à Xi'an, et ensuite de prendre vers l'est, par la passe

Hangu, vers la province du Henan. Grand-père veut également que je me rende à Xiangyang et à Langzhong ! »

En entendant cela, Liu Zhiyuan eut des sueurs froides. Mais, connaissant le caractère arrogant de la jeune fille pour l'avoir vue grandir, il préféra jouer l'hypocrite.

« Lu Zhizhong est comme le Maître, dit-il en riant. Plus il est vieux et fort en arts martiaux, et moins il est courageux ! Quel inconscient oserait s'en prendre à une fille qui a vos capacités au combat ? Pas seulement dans le Henan, à Xiangyang ou à Langzhong, mais aussi dans le Guangdong, le Guangxi, le Yunnan ou le Guizhou ! Ne soyez pas si pressée. Venez d'abord avec moi jusqu'à Xi'an, pour vous reposer un peu dans notre agence et y passer une journée de détente. Je demanderai ensuite un congé à frère Ge, et je vous accompagnerai jusqu'à la passe. Et puis d'ailleurs, j'avais envie de voir un peu du pays ! »

Aluan, ravie, hocha la tête :

« Si je vais voir l'oncle Ge, demanda-t-elle, penses-tu qu'il essaiera de m'arrêter ?

— Mais qui pourrait vous arrêter ? rétorqua Zhiyuan en riant. C'est le Maître qui vous a exhortée à accomplir ce voyage, alors personne n'a à vous renvoyer chez vous. Lu Zhizhong se comporte tout bonnement comme une vieille femme, il a toujours peur de tout et se montre si précautionneux ! »

Le bateau arriva bientôt. Pendant que les passagers mettaient pied à terre, ceux qui attendaient sur la rive se bousculaient pour monter à bord avec chevaux et charrettes. Liu Zhiyuan, son cheval noir à la main, celui d'Aluan dans l'autre, embarqua. Le bateau était très grand : il pouvait contenir trois charrettes, quatre ou cinq chevaux et une quinzaine de personnes. On comptait en tout cinq bateliers, torses nus, qui tenaient à la main une longue perche de plus de trois mètres de long avec un bout en fer. Ils poussaient dessus avec force en criant et faisaient glisser l'embarcation sur l'eau. Le bateau avançait très lentement dans les flots troubles et impétueux, si lentement qu'après un bon moment on aurait dit qu'il avait à peine bougé.

Le soleil brillait maintenant très haut dans le ciel et faisait scintiller la surface de l'eau couverte d'étoiles d'or. Derrière eux, la ville de Xiangyang s'éloignait peu à peu.

« Oncle Lu a dit que Petite Grue s'était lancé dans le monde de la chevalerie ? » demanda Aluan.

Liu Zhiyuan agita discrètement la main mais ne répondit pas. La jeune femme, étonnée, mais apparemment non résignée, se mit à réfléchir tout haut :

« Jiang Xiaohe a achevé son étude du *gongfu*. Je verrai bien ce qu'il vaut. C'est mon grand-père qui a envoyé des hommes pour assassiner son père, cependant, il l'a quand même recueilli chez lui et ne l'a jamais maltraité. Mais cet ingrat est revenu avec le Chevalier de Langzhong pour s'en prendre à mon grand-père. Ensuite, il a cherché un maître pour étudier les arts martiaux. Je veux rencontrer ce maître d'ailleurs. Et aussi le fameux petit-fils du Chevalier de Longmen ! »

Liu Zhiyuan transpirait tellement il était nerveux :

« Demoiselle, regardez : les eaux de la rivière Wei sont troubles alors que celles de la rivière Jing[1] sont

1. Rivière Wei : principal affluent du Fleuve Jaune. Prend sa source dans le Gansu et poursuit sa route vers le Shaanxi pour se jeter dans le Fleuve Jaune à hauteur de la passe Hangu. Rivière Jing : principal affluent de la rivière Wei. Les eaux de la première sont connues pour être troubles, alors que celles de la seconde sont claires. La différence est flagrante lorsque la rivière Jing se jette dans la rivière Wei. Une expression est née de ce constat, *Jing Wei fen ming*, pour désigner une frontière très nette entre ce qui est bon et ce qui est mauvais, entre ce qui est juste et ce qui ne l'est pas.

très claires. Étrange non ? Demoiselle, regardez les oiseaux dans le ciel ! »

Il continua à badiner de la sorte dans le but de changer de conversation, mais en vain : tout le monde regardait déjà la jeune femme.

Une fois arrivés de l'autre côté, Liu Zhiyuan monta en selle et prit avec Aluan la direction du sud. Il poussa soudain un profond soupir :

« Demoiselle, vous n'avez aucune expérience du monde du Jianghu. Comment pouvez-vous parler aussi librement ? Qui vous dit que Ji Guangjie, le petit-fils du Chevalier de Longmen, ne se trouvait pas lui aussi sur le bateau, hein ? dit-il en se retournant comme s'il craignait que quelqu'un ne les suive.

— Et alors ? rétorqua la jeune femme. Si je le croise, tant mieux ! J'ai entrepris ce voyage pour rencontrer des adversaires justement ! »

Liu Zhiyuan pressa son cheval et dépassa Aluan.

« Ne soyez pas si téméraire, jeune fille ! Pour trouver un ennemi, il faut d'abord examiner quelques questions : que vaut-il au combat, et est-ce que nous pouvons le vaincre. Alors seulement on peut aller le combattre. C'est encore mieux si on prévoit des renforts. Demoiselle, même si vous êtes très forte, vous n'êtes au fond qu'une… »

Il n'eut pas le temps de terminer sa phrase que déjà Aluan explosait de rage :

« Tais-toi, oncle Liu ! Si tu continues, je ne vais plus à Chang'an ! J'irai directement vers l'est trouver Petite Grue et Ji Guangjie !

— C'est bon, j'arrête ! fit Liu Zhiyuan en inclinant la tête. Mais j'ai encore quelques conseils à vous donner. C'est vrai que Jiang Xiaohe est un ennemi personnel. Le fait qu'il ait amené le Chevalier de Langzhong à Zhenba et à Ziyang a scellé entre nous une inimitié éternelle. Peu importe son niveau en arts martiaux : s'il vient à Hanzhong, nous devrons nous battre avec lui. Mais nous ne nourrissons aucune haine contre ce Ji Guangjie. Cela fait seulement deux ans qu'on entend parler de lui, et il n'a pas parcouru beaucoup de pays. Il ne s'est même jamais rendu dans le Guanzhong. Cependant, on dit qu'il a réussi à battre Gao Qinggui de Kaifeng. Apparemment, il est très fort, et pratique certainement le *dianxue*. Comme c'est le petit-fils du Chevalier de Longmen, il est sûrement quelqu'un de raisonnable. Alors s'il ne vient pas à nous, inutile d'aller à lui. »

Aluan ricana et resta coite. Les deux cavaliers suivirent la grande route en direction du sud et arrivèrent à Xi'an à midi. Aluan ne se lassait pas de toutes les belles choses qu'elle voyait dans cette ville si florissante. Si par hasard Petite Grue ou Ji Guangjie se trouvaient dans cette foule de plusieurs milliers de personnes, elle n'arriverait jamais à les trouver. Liu Zhiyuan ouvrait la route.

« Demoiselle, dit-il en se retournant. Regardez comme c'est animé, ici ! Bien plus que dans notre ville de Zhenba, n'est-ce pas ? Allons d'abord voir votre oncle Ge, c'est le meilleur garde du corps de Chang'an, et l'un des plus riches aussi ! »

Ils entrèrent par la porte sud et s'arrêtèrent devant l'agence d'escorte Lishun, sur la grande rue Nanda. L'endroit en imposait beaucoup. Cinq employés vinrent accueillir Liu Zhiyuan, qui leur présenta la petite-fille du Maître Bao, venue seule de Zhenba. Stupéfaits, ils regardèrent la jeune femme et présentèrent leurs hommages. On s'occupa de leurs chevaux et ils entrèrent. Ge Shaogang, le fils de Ge Zhiqiang, vint à leur rencontre.

L'homme ressemblait beaucoup à son père : un physique imposant, fort et vigoureux. Âgé de plus de vingt ans, il assumait les fonctions de petit patron, et avait déjà escorté plusieurs convois pour de longs voyages. Ils s'étaient rencontrés une fois cinq ans auparavant. Il s'avança et s'inclina respectueusement :

« Petite sœur Aluan, comment se fait-il que vous soyez ici avec l'oncle Liu ? Est-ce que le vénérable Maître se porte bien ? Je vous en prie, entrez. Je vais chercher ma mère. »

Il fit entrer ses hôtes dans la cour intérieure, qui marquait le début de la résidence privée de Ge Zhiqiang. Sa mère, Xushi, avait dans la quarantaine. Sa bru, Cheng Yu'e, « Beauté de jade », était la fille de Cheng Fengshan, « la Longue Lance », le patron de l'agence d'escorte Fengshan de Xi'an. Elle connaissait un peu les arts martiaux. Ge Shaogang fit les présentations. Il regarda Aluan, puis sa femme : il les trouva fort différentes l'une de l'autre. La première était comparable à une beauté céleste, alors que la seconde ne valait même pas une simple beauté terrestre. Il partit chercher son père et laissa les trois femmes discuter entre elles. Dame Xu et sa belle-fille, bien que parentes de gardes du corps, ne savaient parler que d'affaires domestiques. Aluan, qui se moquait complètement de ce genre de futilités, se contenta d'expliquer le but de sa venue et le trajet emprunté. Et lorsque Cheng Yu'e lui versa une tasse de thé, elle sembla incapable de sortir une phrase de remerciement, ce qui fit ironiquement sourire Dame Xu.

Un long moment passa avant que Ge Zhiqiang n'arrive enfin. Aluan se leva pour le saluer, et s'exclama en riant :

« Oncle Ge, pourquoi donc gardez-vous la barbe ?

— Mais c'est que je suis bientôt un vieil homme ! répondit Zhiqiang en souriant. Liu Zhiyuan m'a tout raconté tout à l'heure. Puisque ce sont le Maître et votre père qui vous envoient, nous ne pouvons bien évidemment pas vous retenir. Cependant, je vous invite à rester quelques jours ici, comme ça nous pourrons discuter un peu. Et puis il faut également trouver quelqu'un qui connaît bien la route pour vous accompagner.

— Non, non. Je n'ai besoin de personne. Je pourrai très bien retrouver ma route seule. J'ai assez d'argent pour le voyage et un sabre pour me protéger !

— Demoiselle, n'agissez pas suivant votre caprice, reprit l'oncle en souriant. Vous voulez rencontrer Jiang Xiaohe et Ji Guangjie, n'est-ce pas ? D'après ce que je sais, un homme très capable arpente actuellement la région du Jiangnan. Un certain Li, originaire de la province de Zhili[1]. Il ne s'agit apparemment pas de Jiang Xiaohe. Quant à Ji Guangjie, il se trouve maintenant à Kaifeng. J'ai déjà envoyé quelqu'un le chercher. Il sera là d'ici à dix ou quinze jours.

— Formidable ! s'écria Aluan, ravie. Alors j'attendrai ici le temps qu'il faut pour le rencontrer. Si j'arrive à le battre, il n'aura plus l'audace d'aller dans le Hanzhong pour voir mon grand-père ! Ensuite, j'irai trouver Petite Grue, et je serai sans partage avec lui. Peu importe son niveau, je dois le tuer. Je le hais ! »

La jeune femme laissa couler des larmes. Ge Zhiqiang lui fit quelques recommandations et partit en fronçant les sourcils. Il tomba sur Lu Zhizhong, qui avait suivi la même route qu'Aluan. Extrêmement anxieux, ce dernier se plaignit de la façon insensée dont le Maître avait arrangé les choses, protestant qu'il n'aurait jamais dû dire à la jeune femme de partir :

« Je ne parle même pas de Jiang Xiaohe. Peut-être qu'il est déjà mort, d'ailleurs, qui sait ? Mais le petit-fils du Chevalier de Longmen, comment nous permettre de l'irriter ? Si j'ai rattrapé Aluan, c'est pour l'empêcher de continuer. J'ai renvoyé Jiang Zhiyao à

1. Zhili : ancien nom de la province du Hebei.

Hanzhong pour dire à Zhiyun de venir la chercher en personne !

— Ne t'inquiète donc pas, rétorqua Ge Zhiqiang. Pour l'instant, elle ne part pas. J'ai prétexté la venue prochaine de Ji Guangjie, et elle a déjà accepté de rester ici pour l'attendre. Je prévois de la faire sortir pour qu'elle s'amuse et se promène un peu. Au bout d'une quinzaine de jours à ce rythme, elle trouvera l'endroit tellement animé qu'elle ne sera plus pressée de partir.

— Mais il faut quand même qu'on fasse venir notre frère Zhiyun, reprit Lu Zhizhong en hochant la tête. Parce que si elle reste ici quelque temps, il va forcément se passer quelque chose. Je la connais, elle a un sale caractère ! »

Lu Zhizhong décida de rester lui aussi. Il n'osait ni retourner à Dasanguan, ni rencontrer la jeune femme.

Aluan passait ses journées à arpenter les rues de la ville à cheval, et, une fois rentrée, elle ne manquait pas de demander à Ge Zhiqiang si Ji Guangjie était arrivé ou non. Une huitaine plus tard, Ge Shaogang lui demanda si elle voulait l'accompagner lui et sa femme à la Grande Pagode de l'Oie sauvage, Dayanta[1], située à près de seize lis au sud de la ville.

« Qu'y a-t-il d'intéressant à faire là-bas ? » rétorqua la jeune femme.

Ge Shaogang s'approcha avec son gros visage brunâtre et rond, et répondit avec un rictus :

« Qu'est-ce qu'il y a ? Hé ! Eh bien venez, vous verrez bien ! C'est une pagode qui date de la dynastie

1. Dayanta : Grande Pagode de l'Oie sauvage. Monastère construit au VIIe siècle sous l'empereur Gaozong pour la conservation des textes bouddhistes. La pagode, qui mesurait à l'origine 52 mètres de haut pour 5 étages, fut détruite au début duVIIIe siècle et reconstruite avec deux étages supplémentaires. Son nom vient d'une légende qui raconte qu'une oie montra le chemin d'une oasis à un moine perdu dans le désert.

des Tang, un ouvrage supervisé par l'eunuque Lu Ban. Tang Sanzang, le maître de Sun Wukong[1], est justement enfoui sous cette pagode. Ce n'est pas très loin de la ville. Venez donc avec nous ! »

Il pressa sa femme de s'apprêter et fit atteler la voiture. Cheng Yu'e apparut bientôt, accompagnée d'Aluan, qui portait ce jour-là une veste rose et un pantalon en soie vert clair. Avec ses joues fardées, elle était resplendissante de beauté. Une fois dans la cour devant la maison, elle sella son cheval. Ge Shaogang la fixait.

« Demoiselle Aluan, lui dit-il, inutile de vous occuper de votre cheval ! Asseyez-vous dans la voiture avec votre belle-sœur. Je resterai assis à califourchon sur le brancard.

— Non, non ! répondit la jeune femme. Je n'ai nullement envie de monter dans la voiture.

— Dans ce cas, je monterai à cheval moi aussi, rétorqua Shaogang. Comme ça, nous ferons la course, et nous verrons lequel de nos deux chevaux est le plus rapide ! »

Un domestique sella les chevaux. Aluan mena son cheval rouge feu dehors et une servante monta dans la voiture aux côtés de Cheng Yu'e. Ge Shaogang quant à lui se précipita dans la cour intérieure pour se changer : il revêtit une veste et un pantalon de crêpe noirs avec une paire de bottes. Quand il réapparut, un domestique avait déjà amené son cheval dehors, un animal à la magnifique robe intégralement noire, avec un tapis de feutre flambant neuf, tout comme la selle, à laquelle était accroché un sabre d'acier dans son fourreau de fer, avec sur le

1. Tang Sanzang ou Xuanzang (602-664) : célèbre moine bouddhiste chinois né à Luoyang, dans la province du Henan, qui partit en pèlerinage en Inde et en ramena de nombreux textes bouddhistes en sanskrit. En littérature, c'est aussi le maître de Sun Wukong, le singe aux pouvoirs surnaturels du *Xiyouji, la pérégrination vers l'ouest.*

manche un morceau de soie. Très fier, Ge Shaogang prit le fouet de cuir des mains de son domestique. Mais alors qu'il s'apprêtait à monter sur son cheval, il entendit soudain crier :

« Où allez-vous ? »

C'était Liu Zhiyuan. Aluan, déjà en selle, répondit :

« Nous allons nous promener à la Grande Pagode de l'Oie sauvage. Oncle Liu, tu viens avec nous ?

— Non, non », fit Liu Zhiyuan en secouant la tête.

Puis il recommanda à voix basse à Ge Shaogang :

« Fais bien attention à la demoiselle, ne créez pas d'ennuis surtout, hein ! »

Le jeune homme acquiesça et monta en selle. La voiture devant, les deux cavaliers derrière, le groupe quitta la ville par la porte sud et se mit en route pour Dayanta. Ils aperçurent bientôt la pagode de pierres qui s'élevait jusqu'au ciel. Mais il fallait encore un certain temps pour y arriver. Des deux côtés de la route, ce n'était que vastes champs de blé d'un vert tendre qui s'étendaient à perte de vue. Ils ne croisèrent pas grand monde.

Tout à coup, Ge Shaogang lança son cheval et dépassa la voiture. Puis il se retourna et s'adressa à Aluan :

« Demoiselle, on fait la course ? »

La jeune femme se contenta de rire. Ge Shaogang, ravi, partit au galop comme une flèche. Il fit cinq cents mètres, puis revint. Sa femme Cheng Yu'e, énervée, l'insulta et le traita de fou. Il lui jeta un sale regard et guigna Aluan du coin de l'œil. Puis, l'air contrarié, il fronça les sourcils, respira profondément, et se contenta de suivre tranquillement la charrette.

Ils arrivèrent bientôt à Dayanta. Aluan constata que le temple était loin d'être petit : la pagode, édifiée en plein milieu, possédait sept étages, avec des ouvertures sur chaque côté. Aux fenêtres de l'étage supérieur, on voyait plusieurs personnes qui regardaient en bas. Aluan pointa son fouet en direction de la pagode.

« On peut y monter ?

— Bien sûr ! répondit Ge Shaogang. C'est même pour ça que nous sommes venus, hé ! »

Ce jour-là, il n'y avait pas de fête au temple. Du coup, les visiteurs étaient peu nombreux et on dénombrait seulement trois voitures et quelques chevaux et ânes devant l'entrée. Ge Shaogang attacha son cheval puis s'occupa de celui d'Aluan. Cheng Yu'e descendit de voiture en se faisant aider par sa servante. Ils entrèrent dans le temple et se dirigèrent dans la grande salle principale pour y faire brûler de l'encens et prier. Puis ils se rendirent à la pagode. Des escaliers tournants menaient jusqu'au sommet. Ge Shaogang passa devant, suivi d'Aluan, de sa femme et de la servante. Cheng Yu'e, à cause de ses petits pieds, s'arrêta au deuxième étage. Mais Aluan, elle, tenait absolument à aller jusqu'en haut. Alors Ge Shaogang dit à son épouse et à la servante de les attendre et poursuivit l'ascension en compagnie d'Aluan. Troisième, quatrième, cinquième, sixième étages : à chaque niveau, des gens s'arrêtaient pour regarder en bas par les fenêtres. Ils atteignirent enfin le septième et dernier étage, là où se faisaient les offrandes au Bouddha. Un jeune lettré était en train d'inscrire des caractères sur le mur. Ge Shaogang pensa qu'il inscrivait quelque poésie, mais malheureusement, il ne savait pas très bien lire. Il déchiffra simplement la signature : *Li Fengjie, de Nangong*[1].

Shaogang rit dans sa barbe : « Quel pédant ! » pensa-t-il. Quant à Aluan, elle regardait le jeune homme avec beaucoup d'attention. Beau et élégant, il devait avoir à peine plus de vingt ans. Quand il eut terminé son poème, il se retourna et rangea son pinceau

1. Nangong : nom d'un district du Hebei, littéralement « le palais du sud ».

et sa pierre à encre. Un sac était posé à côté de lui, ainsi qu'une épée précieuse dont le manche et le fourreau étaient en fer. Le grand-père d'Aluan lui avait déjà parlé de cette arme : l'épée *xiong*[1], l'arme réservée à la guerre et au combat pour la suprématie. Le jeune homme jeta un regard à Aluan, prit ses affaires et redescendit la pagode.

« Quel pédant ! dit Ge Shaogang à Aluan. Venir aussi haut avec un pinceau et une pierre à encre pour écrire un poème sur le mur ! Dommage que je ne comprenne pas ce qu'il a écrit.

— Je pense que ce garçon s'y connaît en arts martiaux, rétorqua Aluan, étonnée. Son arme n'est pas une lame ordinaire, c'est une épée *xiong*, très lourde. Celui qui ne pratique pas le *gongfu* ne peut pas la porter.

— Non, non. Vous vous trompez, petite sœur. La plupart des gars pédants aiment s'amuser avec une épée pour faire croire qu'ils s'y connaissent à la fois en lettres et en arts martiaux. Mais comment pourrait-il y avoir un homme comme lui dans le monde du Jianghu ? En plus, j'arrive à lire sa signature, *Li Fengjie, de Nangong*. Cela fait presque trois ans que je parcours le monde des Fleuves et des Lacs, et je n'ai jamais entendu ce nom-là. »

Aluan fit une grimace, secoua la tête et regarda en bas en s'appuyant sur la balustrade. Ge Shaogang courut à la fenêtre de l'est et indiqua quelque chose en bas :

« Venez voir, demoiselle ! D'ici, on a une belle vue sur la rivière Ba. »

Il répéta sa phrase et se retourna : Aluan était déjà descendue pour rattraper Li Fengjie.

« Cette Aluan n'est vraiment pas une fille bien, songea-t-il en colère. Heureusement que ce n'est pas

1. *Xiong* : littéralement « la puissance, pays puissant ».

mon épouse ! Elle perd l'esprit face à un simple lettré au visage pâle ! »

Fou de jalousie, il se mit à dévaler l'escalier. Une fois arrivé au deuxième étage, il aperçut sa femme et la servante.

« Où est partie la demoiselle Aluan ? leur demanda-t-il.

— Qu'est-ce que j'en sais ? rétorqua Cheng Yu'e en le regardant de travers. Alors, on rentre ou pas ? Si tu restes là, je m'en vais avec Jiangma !

— Ne sois pas si pressée ! »

Il poursuivit sa descente. Il aperçut Aluan qui, debout devant la pagode, regardait en direction de l'ouest, là où se tenait précisément Li Fengjie, son pinceau et sa pierre à encre dans une main, son épée précieuse et son sac sous le bras. Debout devant une stèle, on voyait ses lèvres bouger comme s'il était en train de lire les caractères gravés dans la pierre.

Ge Shaogang se mit à crier :

« Demoiselle ! Pourquoi regardez-vous ce pédant ? Vous pensez qu'avec son air d'oiseau il pratique le *gongfu* ? Et son épée d'oiselet pour tromper le monde ! Espèce de vaurien ! Il me sort par les yeux ! Je vais la lui briser, son épée débile ! »

Li Fengjie se retourna mais ne se préoccupa pas de Ge Shaogang, qu'il prit certainement pour un fou. Il termina de lire l'inscription, alla ranger le pinceau et la pierre à encre dans la salle des moines, sortit du temple, monta à cheval et partit pour la ville. Il n'avait pas fait deux lis qu'il entendit des bruits de sabots derrière lui. Il se retourna et aperçut le jeune homme et la femme qu'il venait de voir à la grande pagode, suivis d'une voiture. N'aimant pas les différends inutiles, il leur sourit d'un air digne et pressa son cheval. Mais les autres le suivaient de près.

Aluan voulait suivre le jeune chevalier pour savoir où il habitait, car en voyant son épée précieuse, elle en avait déduit qu'il pratiquait les arts martiaux et qu'il était venu d'une province voisine dans l'intention de chercher querelle aux disciples de l'école de Kunlun. Quant à Ge Shaogang, fou de jalousie, il pensait qu'Aluan était tombée amoureuse du lettré au visage pâle. Son sabre d'acier à la main, il pressa sa monture pour rattraper le jeune pédant sur son cheval blanc.

« Arrête-toi, mon gars ! cria-t-il. Qu'est-ce que tu fous ici, hein ? »

Li Fengjie tira aussitôt sur les rênes et fit volte-face.

« En quoi ça t'intéresse ? » rétorqua-t-il furieux.

Ge Shaogang bomba le torse, serra les poings et répondit en fronçant les sourcils :

« Moi, le grand seigneur Ge, je te demande ça parce que tu ne me sembles pas être quelqu'un d'honnête, mon gars !

— Ne me demande rien, va ! » rétorqua Li Fengjie avec un ricanement, tout en contenant sa colère. Puis il lança son cheval au galop.

Ge Shaogang le rattrapa. Les deux chevaux se frôlèrent. Shaogang essaya de faire tomber Fengjie, mais le jeune homme se pencha et poussa son assaillant, qui chuta lourdement sur le sol. Furieux, il se releva et courut pour rattraper son cheval. Puis il dégaina son sabre d'acier, se retourna et fonça droit sur Li Fengjie. Le jeune lettré s'était déjà emparé de son épée *xiong*, éblouissante sous les rayons du soleil. Ge Shaogang s'avança et abattit sa lame, mais Li Fengjie para le coup et fit briller son épée, éblouissant son adversaire.

« Non ! » cria Aluan.

« Arrêtez de vous battre ! » cria à son tour Cheng Yu'e, toujours dans la voiture.

Mais elle eut à peine le temps de terminer sa phrase que déjà Ge Shaogang gisait sur le sol, blessé. Li Fengjie rangea son épée, remonta en selle et partit au galop en direction du nord. Sans se préoccuper de l'état de Ge Shaogang, Aluan, furieuse, ramassa le sabre tombé par terre et se lança à la poursuite de Li Fengjie.

« Arrêtez cet homme ! hurlait-elle. Arrêtez-le ! Il a tué un homme ! »

Mais parmi les gens qui portaient des palanches ou poussaient des charrettes, qui aurait pu entraver la route du cheval blanc ? Le cavalier venait d'entrer dans la ville. Alors Aluan, hors d'haleine, tira sur les rênes et fit demi-tour. Elle aperçut Cheng Yu'e assise en pleurs à côté de son mari, gravement blessé : son bras droit, coupé, ne tenait plus que par quelques tendons, son corps était couvert de sang et il avait déjà perdu connaissance. Aluan, à la fois furieuse et inquiète, cria au conducteur de la charrette :

« Porte le fils du Maître dans la voiture, vite !

— Comment je vais faire pour y arriver tout seul ? rétorqua l'autre en fronçant les sourcils. En plus, avec une blessure aussi grave, si on le bouge il va…

— Alors dans ce cas ramène la jeune maîtresse à la maison, et fais venir des renforts. Je resterai ici auprès de lui ! » reprit Aluan en brandissant son sabre avec détermination.

Le visage de Cheng Yu'e exprimait de la haine. Elle fixa Aluan de ses yeux remplis de larmes et monta dans la charrette avec sa servante. C'est alors qu'arrivèrent du nord deux cavaliers lancés au galop : c'était Lu Zhizhong et Liu Zhiyuan. Aluan partit à leur rencontre en criant :

« Venez vite ! Frère Ge est blessé ! L'ennemi a pris la fuite ! »

Les deux hommes accélérèrent.

« Que s'est-il passé ? s'enquit Lu Zhizhong. Qui a fait ça ?

— On a rencontré un homme à la pagode. On l'a suivi, puis il s'est battu avec mon frère Ge, qui s'est écroulé au bout de deux ou trois échanges. Comme je regrette de ne pas avoir pris mon sabre ! »

Les deux camarades descendirent de cheval. En voyant dans quel état se trouvait le jeune homme, ils froncèrent tous les deux les sourcils :

« J'avais prédit qu'il se passerait quelque chose aujourd'hui ! dit Lu Zhizhong. On aurait dû venir plus tôt ! »

Il enjoignit à Liu Zhiyuan de rentrer à l'agence et de revenir avec des hommes et une charrette, et ordonna au domestique de ramener Cheng Yu'e à la maison. Puis il demanda à Aluan plus de détails. Ge Shaogang revenait à lui et poussait des cris de douleur.

« Oncle Lu ! cria-t-il. Venge-moi ! Cet homme s'appelle Li Fengjie ! »

Le disciple regarda Aluan :

« Je suis venu ici parce que vous vous y trouviez. Si je n'ai jamais osé m'en aller, c'est parce que je savais bien qu'un jour ou l'autre, il arriverait un accident. Les choses ont changé maintenant : il y a une dizaine d'années, l'école de Kunlun s'assurait l'hégémonie dans le Hanzhong et dans le Guanzhong. Mais à présent, on trouve de nombreux jeunes et braves gaillards dans les provinces voisines ! »

Aluan ne lui laissa pas le temps de terminer sa phrase et monta en selle, furieuse :

« Oncle Lu ! Ne te soucie plus de moi ! C'est mon grand-père qui m'a fait entreprendre ce périple. Personne n'a à s'en mêler. Reste ici et prends soin de lui. Moi, je pars en ville. Il faut que je retrouve ce Li : je le tuerai et je vengerai mon frère Ge ! »

La jeune femme partit au galop. Lu Zhizhong, trépignant de colère, exhala un soupir.

Une fois arrivée à la porte sud de la ville, Aluan tomba sur Liu Zhiyuan qui repartait chercher le blessé avec des compagnons et une charrette.

« Demoiselle Aluan, lui demanda-t-il, comment allait Shaogang avant votre départ ?

— Je n'en sais rien ! » répondit-elle irritée.

Elle arriva à l'agence d'escorte Lishun. Miao Zhiying, Yuan Zhixia, Jin Zhiyong et Zhao Zhilong se pressèrent aux nouvelles. Aluan répondit sèchement et envoya des employés s'enquérir de l'endroit où se trouvait un certain Li Fengjie, un jeune homme avec un cheval blanc et qui possédait une épée précieuse. Sans desseller son cheval, elle jeta le sabre par terre et se rendit dans la cour intérieure. Elle y trouva dame Xu et sa bru en pleurs :

« Je n'ai qu'un seul fils, se lamentait la mère. Par le passé, il est déjà parti plusieurs fois pour escorter des convois, et il ne lui est jamais rien arrivé. Maintenant, à cause de cette… »

Aluan n'entendit pas la suite, mais comprit qu'on parlait d'elle. « C'est ton fils qui a cherché querelle, maugréa-t-elle, furieuse. Mais comme il n'est pas bien fort, il s'est fait battre. Pourquoi tu me blâmes ? »

Elle aurait voulu lancer quelques insultes, mais comme dame Xu était l'épouse de son oncle, elle se retint. Elle alla dans sa chambre chercher son sabre d'acier, ressortit, monta en selle et partit dans la ville à la recherche de Li Fengjie. Miao Zhiying et les autres ne purent rien tenter pour l'arrêter, et se contentèrent de la faire accompagner par deux hommes.

Ce jour-là, Ge Zhiqiang était parti dans le district de Fuping pour régler des affaires. Du coup, dans l'agence, après l'accident, ce fut la panique totale. Miao Zhiying partit en hâte pour Fuping avertir Zhiqiang, tandis que Lu Zhizhong exhortait les troupes à garder leur calme :

« Aluan est partie dans la rue à la recherche de ce Li. On ne peut rien faire pour l'arrêter. Quant à nous, restons calmes, et attendons d'abord que notre frère Ge revienne avant de décider quoi que ce soit ! »

Il envoya chercher le médecin du coin spécialisé dans le traitement des traumatismes, pour soigner

Ge Shaogang. Dans la journée, de nombreux boxeurs et maîtres du corps réputés de la ville vinrent demander des nouvelles. Certains s'érigèrent en redresseurs de torts, d'autres parlèrent avec impétuosité, d'autres encore se portèrent volontaires pour trouver l'adresse de Li Fengjie et se renseigner sur ses antécédents.

Ge Zhiqiang ne revint que le soir. Il fut terrifié de voir dans quel état se trouvait son fils. Peu de temps après, Aluan rentra à son tour. Elle avait cherché en ville et à l'extérieur pendant toute une journée, mais sans résultat.

« Il se bat vraiment bien à l'épée. Je pense que c'est Ji Guangjie, le petit-fils du Chevalier de Longmen. Comme il s'est attiré des ennuis en venant ici, il est sans doute vite retourné dans le Henan. Dès demain, je me lancerai à ses trousses, et je partirai pour l'est ! »

Ge Zhiqiang agita la main et sourit du bout des lèvres.

« Si c'était vraiment Ji Guangjie, dit-il, il ne se serait pas enfui. Restons calmes. Nous allons enquêter quelques jours à Chang'an et dans les environs. Si nous ne découvrons rien, alors c'est qu'il s'agit sûrement d'un tout jeune chevalier à peine plus fort que mon fils. Il sera facile à n'importe lequel d'entre nous de l'attraper et de le ramener. Par contre, s'il s'avère que ce jeune homme n'a pas encore quitté la région, alors il faudra discuter de tout cela plus longuement.

— Mais pourquoi ? demandèrent les gardes du corps, stupéfaits.

— Ignorez-vous qu'un célèbre jeune chevalier est récemment apparu dans le Jiangnan ? reprit Zhiqiang en soupirant. D'aucuns pensent qu'il s'agit de Jiang Xiaohe, mais j'ai personnellement entendu de la bouche des voyageurs qu'il s'appellait Li, et serait originaire de la province de Zhili. Si Li Fengjie est ce chevalier du Jiangnan, alors les choses vont se compliquer pour nous !

— De toute façon, commenta Lu Zhizhong, il faut que nous gardions notre sang-froid.

— Non, tu te trompes mon frère, répliqua Ge Zhiqiang. Peu importe qui a été dans son tort aujourd'hui, il n'en reste pas moins que mon fils a été gravement blessé. Qui sait s'il ne mourra pas ce soir. Si nous ne laissons pas libre cours à notre colère, non seulement je ne pourrai plus travailler, mais aucun de nos frères d'armes ne pourra plus jamais vivre du travail de garde du corps ! »

Ces paroles suscitèrent l'indignation de Miao Zhiying, de Liu Zhiyuan, de Yuan Zhixia, de Jin Zhiyong, de Zhao Zhilong et de tous les employés, qui brandirent leurs poings pour aller trouver ce Li Fengjie.

« Je vous en prie, mes oncles, s'écria soudain Aluan. Calmez-vous ! C'est à moi de le combattre, à moi seule ! »

C'est alors qu'arrivèrent trois hommes : Liang Zhen, garde du corps de l'agence Taifu, Cheng Fengshan, ainsi que Liu Da, le patron de « l'auberge de bon augure » de la passe de l'ouest.

« Je l'ai trouvé ! dit Cheng Fengshan. Il est descendu dans l'auberge de Liu Da ! »

Alors Aluan brandit son sabre et agrippa Liu Da :

« Emmène-moi là-bas ! »

Ge Zhiqiang arrêta la jeune femme.

« Ne te montre pas si impatiente. Nous devons d'abord nous renseigner sur ses antécédents.

— C'est un étranger, dit le patron de l'auberge. Je ne sais pas trop non plus d'où il vient. Il a seulement dit qu'il s'appelait Li. Ça fait quatre jours qu'il est à l'auberge. Il sort chaque jour se promener, et dès qu'il rentre, il reste dans sa chambre pour lire. Il est parti très tôt ce matin et n'est rentré qu'à midi. Il n'est plus ressorti depuis.

— Il sait sûrement qu'il s'est attiré des ennuis, dit Yuan Zhixia. Il doit avoir peur qu'on soit à sa recherche.

— Il ne semblait pas effrayé pourtant, poursuivit Liu Da. À peine rentré, il s'est enfermé dans sa chambre pour lire et écrire. Il n'a même pas touché au dîner qu'on lui a fait porter. Je pensais que ce n'était qu'un simple dévoreur de livres. Il n'avait qu'un seul bagage, un sac rempli de livres, une épée précieuse et un cheval blanc. Il a l'air d'une personne très honnête, et ne ressemble pas à quelqu'un qui pratique les arts martiaux.

— C'est lui ! s'écria Aluan. Emmène-moi là-bas, patron Liu ! »

Alors que Ge Zhiqiang restait hésitant, Yuan Zhixia et ses compagnons décidèrent d'aller chercher leurs armes. Mais Lu Zhizhong bloqua la porte en agitant la main :

« N'agissez pas comme ça, sans réfléchir ! leur dit-il, anxieux. Nous allons régler cette histoire. Mais il faut réfléchir au moyen de nous y prendre. Le Maître m'a déjà dit qu'il y avait deux sortes de chevaliers qu'il ne fallait pas sous-estimer : les bonzes et les lettrés. Ces gens, pour la plupart, reçoivent un enseignement secret et particulier. Ils ne pratiquent pas le même genre de *gongfu* que nous. Du coup, s'ils se battent, leur adversaire en pâtit !

— Tu te tracasses trop, frère Lu, rétorqua Yuan Zhixia. Il faut profiter du fait que Li Fengjie ne soit pas encore parti pour aller l'attraper. En supposant qu'il soit doué en arts martiaux, il n'arrivera quand même pas à nous battre tous ! Si nous n'y allons pas aujourd'hui, demain il sera parti. La honte s'abattra sur ceux de Kunlun, et tout le monde viendra nous brimer ! »

C'est à Ge Zhiqiang que revint la décision :

« Allons-y ! dit-il en agitant la main. Tous à la passe de l'ouest ! »

Aussitôt, Yuan Zhixia et Zhao Zhilong tirèrent Lu Zhizhong sur le côté, et chacun prit une arme. Puis, Ge Zhiqiang et Aluan en tête, la troupe de plus de vingt personnes se mit en route.

À cet instant, la passe était déjà fermée à moitié. Ge Zhiqiang alla parler en personne au dignitaire chargé de la protection de la ville, pour qu'il laisse un battant ouvert en vue de leur proche retour. Ge Zhiqiang étant quelqu'un de connu à Xi'an, le fonctionnaire n'osa pas lui refuser cette faveur.

Les hommes galopèrent jusqu'à l'auberge. Avant de rentrer, Liu Da, le patron, formula d'abord une requête :

« Sieur Ge, contentez-vous d'arrêter ce fameux Li, mais ne vous en prenez pas aux autres clients. Sinon, je ne pourrai plus ouvrir mon auberge !

— Rassure-toi », répondit Zhiqiang.

Puis il recommanda à ses hommes de ne pas agir inconsidérément. Peine perdue : Aluan entrait déjà dans l'auberge en brandissant son sabre.

« Où se situe sa chambre ? » demanda Ge Zhiqiang.

Liu Da leur indiqua une chambre dans le coin sud-ouest :

« C'est là. Regardez, sieur Ge, il est à l'intérieur, vous voyez ? »

À travers la fenêtre on pouvait effectivement apercevoir la lumière d'une lampe ainsi qu'une silhouette immobile. Ge Zhiqiang dit à ses hommes de ne pas bouger. Il partit seul, son sabre à la main, et fit irruption dans la chambre. Li Fengjie était en train de lire, son épée *xiong* déjà dégainée à côté de lui. En apercevant Zhiqiang, il se leva en hâte et saisit son arme. Bien que fou de rage, Ge Zhiqiang agita la main et lui dit :

« Du calme, l'ami ! Il faut d'abord que je te parle. »

Li Fengjie, ne semblant pas le moins du monde effrayé, hocha la tête :

« Bien ! Dis ce que tu as à dire ! Je ne t'ai jamais vu auparavant, et là, tout à coup, tu fais irruption dans ma chambre en brandissant ton sabre. Qu'est-ce que tu me veux ? »

Soudain, « bang ! », Aluan, qui venait d'entrer, frappa la table avec sa lame.

« Ne joue pas à l'imbécile ! s'écria-t-elle en lançant au jeune homme un regard furieux. N'est-ce pas toi qui as tué un homme aujourd'hui, à la Grande Pagode de l'Oie sauvage ? »

La jeune femme brandit son sabre et s'élança sur Li Fengjie. Mais Ge Zhiqiang l'arrêta. Alors elle posa un pied sur un escabeau et pointa sa lame en direction de Li Fengjie. Le jeune homme ne s'écarta même pas.

« C'est vrai, admit-il en souriant. Ce midi, au sud de la ville, j'ai blessé un homme. Mais il l'avait bien cherché ! Il s'est mis en travers de mon chemin et m'a insulté. En plus, c'est lui qui a engagé le combat.

— Trêve de balivernes ! rétorqua Aluan en s'avançant. Tu dois payer maintenant ! »

Elle abattit sa lame sur Li Fengjie, qui para l'attaque avec son épée précieuse. En entendant le bruit des deux lames, les vingt hommes qui étaient restés dehors se précipitèrent vers la chambre, déchirèrent le papier de la fenêtre d'un coup de lame et entrèrent. Li Fengjie recula d'un pas en se protégeant de son épée.

« Bon sang ! dit-il en riant. Vous êtes vraiment venus en masse ! Il y a des hommes, des femmes, vous savez vous battre, dites-moi ! »

Il fit trembler son épée et avança de deux pas. Aluan alla à sa rencontre et le combat s'engagea, « dang ! dang ! ». Après quelques coups, Ge Zhiqiang tendit son sabre et arrêta les deux adversaires :

« Arrêtez ! On se battra quand on aura mis les choses au clair. De toute façon, il ne peut pas s'enfuir ! »

Li Fengjie le regarda en riant :

« Qu'y a-t-il de plus à savoir ? Vous entrez tous ici comme des effrontés, en comptant sur votre supériorité numérique pour gagner. Vous faites vraiment honte à tous ceux qui pratiquent les arts martiaux ! »

À la fois furieux et honteux, Ge Zhiqiang se retourna et frappa du pied par terre en hurlant à ses compagnons :

« Sortez ! Sortez tous ! Laissez-moi seul avec lui ! Ne lui donnez pas une raison de se gausser de l'école de Kunlun ! »

Yuan Zhixia et les autres s'exécutèrent. Seuls Aluan et Ge Zhiqiang restèrent dans la chambre. En face d'eux, Li Fengjie restait toujours aussi calme.

« À qui ai-je l'honneur de parler ? demanda-t-il.

— Je suis Ge Zhiqiang, de l'agence d'escorte Lishun, disciple de l'école de Kunlun, répondit Zhiqiang en saluant une main dans la paume de l'autre.

— L'école de Kunlun ? rétorqua Li Fengjie, nullement impressionné par la réputation de Ge Zhiqiang. Cela fait plusieurs années déjà que je suis chevalier errant, et je n'en ai jamais entendu parler. »

Pour Aluan, c'en était trop. Elle brandit son sabre et se rua sur le jeune homme :

« Comment oses-tu regarder de haut notre école ? »

Li Fengjie se mit en garde. Ge Zhiqiang s'avança à son tour en brandissant son sabre. Le jeune lettré bondit sur la table, renversa la lampe à huile d'un coup de pied et fit face à ses deux adversaires. En entendant le bruit des entrechoquements de lames, ce fut l'alerte générale dehors. Tout à coup, quelqu'un attaqua le châssis de la fenêtre et plusieurs hommes pénétrèrent dans la chambre. Li Fengjie attaquait sans relâche, maniant son épée avec dextérité. Les lames se croisaient, se mêlant aux cris des combattants. Soudain, Li Fengjie blessa deux de ses adversaires et sauta par la fenêtre. Aluan et Ge Zhiqiang se lancèrent à ses trousses :

« Trouvez-le ! »

Comme il faisait déjà nuit, tout le monde se lança dans la bataille sans discerner lequel était Li Fengjie. Au bout d'une quinzaine d'échanges, on aperçut l'éclat d'une lame d'épée : quelqu'un venait de sortir du groupe pour sauter sur le toit.

« Il s'enfuit ! Il s'enfuit ! » hurla Ge Zhiqiang.

Plusieurs hommes se hissèrent à leur tour sur le toit, pendant que les autres sortaient de l'auberge. Mais la rue était noire de monde. Même les clients étaient sortis en courant.

« Il est parti ! Il s'enfuit vers l'ouest ! »

Aluan s'élança dans la direction indiquée, suivie d'une dizaine de ses compagnons.

Ge Zhiqiang retourna dans l'auberge, où il régnait maintenant un grand calme. Il demanda qu'on lui allume une lampe et alla faire un tour d'inspection : plus aucune trace de Li Fengjie. Six hommes gisaient à terre, blessés. Miao Zhiying, qui avait reçu un coup d'épée dans la poitrine, venait de rendre son dernier souffle. Ge Zhiqiang éclata en sanglots. Liu Zhiyuan vint le soutenir et s'occupa des hommes à terre, tous des employés de l'agence d'escorte : ils n'étaient pas mortellement touchés.

Ge Zhiqiang frappa du pied par terre :

« Je n'arrive pas à le croire ! Notre frère Miao est venu me chercher aujourd'hui à Fuping, et à présent il est mort. Il faut le venger ! »

Il enjoignit aux employés d'aller chercher des charrettes dans la rue et de ramener le mort et les blessés en ville. Un moment plus tard, Aluan revint avec Yuan Zhixia, Jin Zhiyong et Zhao Zhilong. Ils avaient parcouru près de dix lis sans arriver à rattraper Li Fengjie, qui avait dû se cacher dieu sait où. En apprenant la mort de Miao Zhiying dans la bataille, certains se mirent à pleurer, d'autres frappèrent le sol de leur sabre en jurant de se venger. Aluan était furieuse.

« C'est de votre faute ! lança-t-elle aux hommes. Pourquoi vous êtes-vous jetés comme ça dans la bataille ? Nous étions trop nombreux ! En plein jour, on aurait été avantagés. Mais là, de nuit, cela a eu des conséquences fâcheuses ! Si je l'avais combattu seule, à un contre un, il n'aurait jamais réussi à s'enfuir !

— Ça ne sert plus à rien de parler de ça maintenant, fit Liu Zhiyuan en soupirant. Retournons plutôt dans la chambre pour voir ce que ce Li a laissé comme affaires. »

Liu Zhiyuan et Zhao Zhilong se rendirent dans la chambre, une lampe à la main, et fouillèrent partout. Ils trouvèrent beaucoup d'argent dans un bagage, plus de cent taels entre les pièces de monnaie et les billets de banque. Il y avait aussi des vêtements, des pinceaux et une pierre à encre, l'étui en fer de l'épée, plusieurs livres et une ébauche de poème. Zhao Zhilong, qui savait lire, parcourut le poème :

« Je sais qui est cet homme : il s'appelle Li Fengjie. Il vient du district de Nangong, dans la province de Zhili. Il a seulement vingt ans. C'est un lettré qui a échoué aux examens officiels. Il a appris les arts martiaux auprès d'un certain Tong… Mon dieu ! Mais il s'agit du Dragon du Sichuan ! Regardez, le maître dont il parle dans son ode « L'Adieu au maître à la capitale » : « *Cette année-là, dans l'Ouest du Sichuan, se cachait un remarquable dragon…* »

Ge Zhiqiang était stupéfait :

« Oui, le Dragon du Sichuan s'appelle en effet Tong Qingyan. Mais on dit qu'il est mort depuis longtemps ! Comment pourrait-il se trouver à la capitale ? Et avoir formé un disciple comme Li ? »

Aluan demanda qui était ce Dragon du Sichuan. Ge Zhiqiang lui répondit avec un air contrarié :

« C'était il y a trente ans un célèbre chevalier, avec Ji Junyi, le Chevalier de Longmen, l'un des "Deux

Dragons du Nord et du Sud". On les appelait "les Deux Remarquables !" »

Aluan ricana :

« On se moque bien de qui il est le disciple ! Je vais l'attendre ici, à l'auberge. S'il a le cran de revenir, je le tuerai. S'il ne rentre pas, alors demain nous enverrons des gens à sa recherche. Si on ne le trouve pas d'ici à trois jours, je me rendrai chez lui à Nangong, dans le Hebei. »

Ge Zhiqiang prit la décision de ramener les affaires de Li Fengjie en ville. Aluan, Yuan Zhixia, Jin Zhiyong et dix de leurs compagnons restèrent sur place. Ce soir-là, dedans comme dehors, il ne se produisit plus aucun incident.

Le lendemain, tout Xi'an était en ébullition : on disait que Li Fengjie, le disciple du Dragon du Sichuan, avait fait du tort aux disciples de Kunlun, que Ge Zhiqiang et la petite-fille du vieux boxeur Bao ne valaient rien, que ce Li avait tenu à lui seul contre plus de vingt personnes, tué et blessé plusieurs hommes, avant de partir tranquillement. La rumeur se propagea de plus en plus loin, et en l'espace d'un jour, tout le monde fut au courant dans un rayon de cent lis. Les différents représentants de la profession de garde du corps envoyèrent tous des gens aux nouvelles à l'agence de Lishun. On pleurait Miao Zhiying et on essayait d'aider, mais en réalité tout le monde restait sur ses gardes, car personne ne souhaitait s'attirer les foudres de ce fameux Li Fengjie.

Le cercueil de Miao Zhiying reposait dans le temple bouddhique de la Grande Misère, Dabeisi, à l'intérieur de la ville. Aluan resta à l'auberge pour attendre son ennemi. Ge Zhiqiang se tracassa toute la journée : il envoya des gens un peu partout pour se renseigner sur l'endroit où pouvait se trouver Li Fengjie, ainsi que des messagers à Hanzhong, à Zhenba et à Ziyang.

Le jour suivant, ce fut la cérémonie des condoléances pour les funérailles de Miao Zhiying, au temple de la Grande Misère. De nombreux boxeurs et gardes du corps célèbres du Guanzhong se présentèrent. Ge Zhiqiang s'adressa à eux en ces termes :

« Les membres de la secte de Kunlun, qui parcourent le monde des Fleuves et des Lacs depuis près de quarante années, n'ont jamais subi aucune humiliation. Après ce qui vient de se produire, nous n'avons qu'une chose à dire : peu importent les moyens employés, il faudra attraper ce Li Fengjie, pour venger notre mort et nos blessés. Peu importe l'école à laquelle il est rattaché, peu importe de quel maître il est le disciple. Vous êtes tous des amis de longue date, nous exerçons la même profession, nous sommes confrères. J'espère que vous apporterez votre aide à l'école de Kunlun ! »

Naturellement, tous les gardes du corps et boxeurs présents tendirent le bras et se frappèrent la poitrine en criant :

« Je jure de venger Miao Zhiying et d'exprimer la colère des gardes d'escorte du Guanzhong ! »

À la fin de la cérémonie, quand les moines eurent terminé de réciter les soutras, les gens se dispersèrent peu à peu. Ge Zhiqiang but quelques coupes de vin pour noyer son chagrin. Il avait de la fièvre et brûlait intérieurement de colère. Il quitta le temple et monta en voiture.

« Moi, pensait-il, "le Tyran de fer au sabre d'or et au fléau d'argent", ai-je jamais subi de ma vie un tel malheur ? Depuis dix ans, je m'entraîne aux arts martiaux pour affronter Jiang Xiaohe. Mais il ne s'est pas encore manifesté, et Ji Guangjie non plus. À leur place, c'est ce Li Fengjie qui vient ! Si c'est cette jeune génération qui tient tout le monde du Jianghu sous son emprise, alors nous, disciples de l'école de Kunlun, n'avons plus lieu d'être ! »

Il fit la promesse solennelle d'aller au combat au péril de sa vie.

La voiture tirée par une mule se déplaçait dans la pénombre de la nuit. Elle s'engagea dans une ruelle et s'arrêta devant l'agence d'escorte de Zhiqiang. Lu Zhizhong vint accueillir son frère d'armes :

« Sixième grand frère ! Je t'en prie, entre ! »

Une fois à l'intérieur, Lu Zhizhong poursuivit :

« Qin Deyu, de l'agence de Huazhou, est arrivé tout à l'heure. Il est descendu à l'auberge de Zhang. D'après ce qu'il m'a dit, Ji Guangjie est arrivé dans le district de Lingbao. C'est pour sûr un jeune homme brillant et très fort en *gongfu*. Pourquoi n'enverrions-nous pas un messager pour lui demander de venir nous aider ?

— Petit frère, répondit Ge Zhiqiang, de tous les disciples de Kunlun, il n'y a que toi, moi et les frères Long dont le vieux Maître puisse être satisfait. Comment peux-tu te montrer maintenant si peureux ?

— Je ne suis pas peureux ! Simplement, je pense que nous ne sommes pas des adversaires à la mesure d'un disciple formé par le Dragon du Sichuan ou par le Chevalier de Longmen.

— En admettant que nous ne soyons pas à leur hauteur, rétorqua Ge Zhiqiang furieux, il faut quand même que nous y allions. Sinon, tous les disciples de Bao Kunlun devront abandonner l'idée de devenir chevalier ! »

Il quitta la pièce très énervé et se rendit dans la cour intérieure pour aller dormir un peu. Il y avait dans la cour trois ailes. Son fils et sa belle-fille habitaient dans l'aile ouest, qui était encore allumée, car on y soignait le blessé. Ge Zhiqiang habitait dans l'aile est. Il faisait chambre à part avec sa femme depuis vingt ans déjà, et durant son absence personne n'osait pénétrer dans ses appartements. Arrivé devant chez lui, alors qu'il tendait le bras pour ouvrir la porte, il entendit soudain du bruit à l'intérieur. Étonné, il recula de quatre pas et demanda :

« Qui est là ? »

Dans la pièce, quelqu'un rit doucement et répondit :

« C'est moi, Li Fengjie. »

Ge Zhiqiang était tellement effrayé que toute son ivresse s'envola d'un coup ! Il courut dans la pièce du nord et décrocha son sabre du mur. Quand il ressortit, il aperçut Li Fengjie debout sur le toit qui le regardait en riant aux éclats. Ge Zhiqiang brandit son sabre dans sa direction :

« Reste là, l'ami !

— Bien ! Je ne pars pas. Tu voulais quelque chose ?

— L'ami, descends si tu l'oses !

— J'arrive ! »

Le jeune homme sauta à terre et se protégea de son épée précieuse qui brilla d'un éclat froid. Ge Zhiqiang recula :

« Nous n'avons jamais été ennemis, ni par le passé, ni récemment. Pourquoi donc nous rudoyer sans mesure ?

— Mais je ne vous ai pas rudoyés ! rétorqua Li Fengjie. C'est vous qui m'avez offensé sans aucune raison. Et ce n'est que parce que ton fils m'a provoqué, à la Grande Pagode de l'Oie sauvage, que je l'ai blessé.

— D'où viens-tu ?

— En quoi ça t'intéresse ? Nous ne sommes pas amis, je n'ai pas besoin de te dire qui je suis.

— Mais..., dit Ge Zhiqiang en s'avançant d'un pas avec beaucoup de fierté. Tu dois pourtant me demander aussi qui je suis, quelle est ma renommée, et quelle est la puissance de la secte de Kunlun. Mon Maître, Bao Zhenfei, vit encore, et il est toujours aussi robuste. Il y a quelques années, Xu Lin, dit “le Chevalier de Langzhong”, un héros du Chuanbei, a éprouvé grand dommage sous la main de mon Maître. Même si ta technique à l'épée est bonne et que tu te débrouilles bien en arts martiaux, penses-tu pouvoir égaler le Chevalier de Langzhong ? Ce qui s'est passé ici va bientôt arriver aux oreilles du vieux Bao. Une fois qu'il saura tout, il sera certainement indigné ! Alors fais bien attention. Maintenant que j'ai une affaire, je n'ai aucune envie de me fâcher et de devenir ennemi avec un chevalier. Bien que tu aies blessé mon fils et tué l'un de mes frères d'armes, je ne veux pas te faire de mal. Je te conseille de partir, et vite, et de ne plus jamais revenir dans le Shaanxi !

— Ferme-la ! rétorqua Li Fengjie en ricanant. Arrête de fanfaronner pour m'effrayer. Pour moi, il n'existe ni Bao Zhenfei, ni secte de Kunlun ! S'il faut se battre, alors battons-nous. Moi, Li Fengjie, je ne déclinerai pas l'invitation. Je suis venu ici pour visiter un peu les alentours, et je n'ai aucune envie de partir. Personne ne pourra me chasser d'ici !

— Ha ! s'écria Ge Zhiqiang furieux. Je te laisse une porte de sortie, et non seulement tu ne veux pas partir, mais en plus tu as l'audace d'insulter mon Maître ! »

Il s'avança et abattit son sabre. Li Fengjie para le coup avec son épée. « Klang ! klang ! » Les deux hommes n'avaient pas fait cinq échanges que soudain un homme arriva de la cour antérieure et bloqua l'épée de Li Fengjie avec son sabre :

« Arrêtez-vous !

— Qui es-tu ? demanda le jeune homme.

— Je suis Lu Zhizhong. Moi aussi je viens d'une autre ville. Arrêtez de vous battre tous les deux, et parlons calmement d'abord !

— Petit frère, rétorqua Ge Zhiqiang irrité. Qu'y a-t-il de plus à dire ? Je lui ai laissé une voie de salut, je lui ai dit de quitter le Shaanxi. Mais il refuse : il veut tout simplement devenir l'ennemi de la secte de Kunlun !

— Tu veux que je parte, comme ça tu pourras dire à tout le monde que j'ai eu peur de votre grande puissance ! rétorqua Li Fengjie en ricanant. Ainsi, vous sauverez la face ? Eh bien c'est facile : il suffit que l'un d'entre vous arrive à me battre à l'épée !

— Très bien ! répondit Ge Zhiqiang en frappant du pied. Je suis là ! Battons-nous ! »

Les deux lames s'entrechoquèrent, mais Lu Zhizhong les arrêta à nouveau :

« Si vous voulez vous affronter, alors vous ne pouvez pas le faire comme ça en pleine nuit. Rien n'empêche d'arrêter une date et de faire venir des témoins pour les deux camps.

— Je n'ai aucun ami ici, dit Li Fengjie. Quant à la date, je vous laisse décider !

— Que dis-tu de demain ? proposa Lu Zhizhong.

— Très bien ! Amenez autant de monde que vous voulez, que ce soit simplement pour regarder ou bien pour aider. Quant à moi, je n'amènerai que mon épée ! » conclut Li Fengjie avant de s'en aller fièrement par la cour extérieure.

Ge Zhiqiang aurait voulu le poursuivre avec son sabre, mais Lu Zhizhong lui donna un coup de poing.

« Pas de précipitation, mon frère ! » lui recommanda-t-il.

Puis il jeta son arme et rattrapa Li Fengjie :

« Frère Li, attends ! J'ai des choses à te dire ! » lui dit-il alors que le jeune homme arrivait devant la grande porte.

Li Fengjie se retourna. Constatant que Lu Zhizhong ne portait pas d'arme, il rangea son épée précieuse dans son fourreau et écouta le disciple.

« Certes tu as blessé notre petit frère. Mais aucune haine profonde ne doit lier nos deux familles à cause de cela. Demain, sur le pont de la rivière Ba, au moment du duel, j'espère que tu feras preuve d'un peu de considération !

— Je verrai bien comment vous vous comporterez, vous ! rétorqua Li Fengjie en souriant. Moi, je suis quelqu'un de raisonnable ! »

Il mit sur son dos les livres et le bagage qu'il était venu récupérer et partit d'un air dégagé. Alors Lu Zhizhong retourna dans la cour intérieure. Il aperçut de la lumière dans l'aile est : Ge Zhiqiang était assis sur une chaise, très en colère.

« Pourquoi as-tu laissé partir Li Fengjie ? s'écria-t-il en voyant arriver son camarade. Tu ne penses pas qu'à nous deux on aurait pu le battre, hein ?

— Arrête. À l'auberge de la passe de l'ouest, on était plus de dix contre lui. Et aujourd'hui, à nous deux, on aurait pu le battre ? En plus, ça se serait passé ici, dans la cour intérieure. Ça n'aurait pas été une bonne chose d'effrayer ainsi les femmes de la maison. S'il nous avait blessés, nous étions perdus. Si nous l'avions blessé, les autorités locales auraient été alertées.

— Je n'ai pas peur des autorités !

— Nous ne devons pas non plus nous servir des autorités locales pour opprimer un étranger au pays. Ne te tracasse pas pour le duel de demain. Et n'en parle surtout pas à la demoiselle Aluan. Je me rendrai au pont de la rivière Ba, et je me battrai pour l'honneur de notre école de Kunlun !

— Non. Il faudra demander à plusieurs amis de venir avec nous. Et c'est moi qui me battrai contre lui. Si je meurs, alors vous prendrez la relève ! » conclut Ge Zhiqiang au paroxysme de la fureur.

Après le départ de Lu Zhizhong, il ferma la porte et alla se coucher.

Le lendemain, il se leva de bonne heure. Il envoya chercher des gardes du corps et des boxeurs réputés de la ville et prépara de l'alcool. Les hommes arrivèrent bientôt : les gardes du corps Liang Zhen, de l'agence d'escorte Taifu, Cheng Fengshan, de l'agence Fengshan, « la Montagne du phénix », Han Bao, de l'agence de Guanzhong, Qin Deyu, de l'agence de Huazhou, ainsi que les boxeurs Zhang Ba, « le Tigre Aveugle », Pang Yin, de la boxe des Huit Trigrammes, et enfin Lu Zhizhong, Jin Zhiyong et leurs compagnons. Tout le monde s'assit autour de deux grandes tables. Ge Zhiqiang expliqua le rendez-vous fixé avec Li Fengjie la veille pour le jour même, au pont de la rivière Ba.

Cheng Fengshan frappa sur la table en hurlant de rage :

« Nous irons tous ! Nous verrons bien quel genre de personnage est ce Li. Puisqu'il faut nous battre, alors il faudra qu'il meure. Nous ne nous contenterons pas de le blesser ! Je réglerai le cas d'homicide plus tard. »

Zhang Ba, « le Tigre Aveugle », explosa à son tour :

« Le moment venu, ne faites rien, tous autant que vous êtes. Laissez-moi l'affronter seul. Je suis rentré exprès hier soir du district de Wugong pour me battre avec ce scélérat et sauver l'honneur de mes amis du Shaanxi ! »

Lu Zhizhong agita la main en signe de désapprobation :

« Non, non, on ne peut pas agir comme ça. C'est moi qui lui ai fixé rendez-vous. Quand nous le verrons tout à l'heure, il suffira de le soumettre. Inutile de le blesser, ni d'engager des hostilités, car j'ai entendu dire que c'était le disciple du Dragon du Sichuan ! »

À ces mots, Qin Deyu, qui avait par le passé réussi à dompter plusieurs personnages terribles, rejoignit Lu Zhizhong :

« Notre frère Lu a raison. Nous, gardes du corps du Shaanxi, ne pouvons pas nous permettre de nous faire encore des ennemis dans les autres provinces. Ji Guangjie se trouve maintenant dans le district de Lingbao. Il arrivera sûrement dans le Guanzhong d'ici à deux ou trois jours. Il dit à tout le monde qu'il n'est pas du tout satisfait des gardes du corps du Shaanxi, qu'il trouve que nous avons le monopole dans le monde du Jianghu et que nous opprimons les personnes venant d'autres provinces. Si aujourd'hui nous tuons ou blessons Li Fengjie au pont de la rivière Ba, il se peut que Ji Guangjie accoure et répare cette injustice. Le premier est le disciple du Dragon du Sichuan, le second le petit-fils du Chevalier de Longmen. Ils se connaissent certainement ! »

Ces paroles laissèrent Ge Zhiqiang atterré et ses voisins de table anéantis. Seul Zhang Ba continua à parler en louchant :

« Peu importe lequel des deux viendra, je le couperai en deux ! »

Alors les compagnons burent leur verre en vitesse et sortirent précipitamment de l'agence. Certains étaient venus en charrette, d'autres à cheval, et ils encombraient une rue entière. Ge Zhiqiang, sur son cheval noir, et Lu Zhizhong, sur son cheval blanc, ouvraient la route. Jin Zhiyong retourna à l'agence et fit secrètement quelques recommandations à un des employés. Puis le cortège se mit en route et se dirigea bruyamment vers la porte de l'est. Dans la rue, les gens s'arrêtaient pour regarder passer les chevaliers. Ils savaient que le seigneur Ge avait fait venir tous les gardes du corps célèbres de la ville pour aller se battre contre quelqu'un au pont de la rivière Ba. La troupe sortit donc par la porte est de Xi'an, passa par Shilipu, parcourut encore dix lis et arriva au pont. Il s'agissait d'un site célèbre du Guanzhong : la large rivière Ba s'étendait majestueusement dans la grande plaine, avec une eau peu profonde mais d'une belle couleur émeraude, et sur les deux rives, ce n'était que saules verts touffus. Un endroit magnifique et très tranquille. Le pont faisait une trentaine de mètres de long, bien droit et uni. Aux extrémités est et ouest se dressaient deux grandes stèles impériales, des deux côtés s'étendaient des rizières et quelques chaumières, avec sur la rive est une petite ville florissante qu'on appelait Baqiaozhen, « le Bourg du pont de la rivière Ba ».

Lu Zhizhong arriva le premier au galop, les autres le suivaient à près de trois cents mètres derrière. Li Fengjie se tenait debout à l'extrémité du pont, son épée à la main. Lu Zhizhong mit pied à terre et attacha son cheval à un saule. Puis il s'avança et salua :

« Frère Li, tu es en avance ! »

Li Fengjie salua à son tour et sourit en voyant le groupe d'hommes arriver en face de lui :

« Eh bien ! Vous êtes vraiment venus en nombre !

— Même si nous sommes nombreux, il n'y a que moi qui t'affronterai à mains nues. Mes amis ne seront que des témoins. Aujourd'hui, il s'agit de véritable *gongfu*, d'art martial pur. Il est interdit d'utiliser des techniques ou des armes secrètes pour blesser l'adversaire.

— Mais je n'ai jamais utilisé d'armes cachées, juste cette épée ! »

Les chars et les chevaux étaient maintenant tous arrivés. Qin Deyu avança à cheval, mit pied à terre et salua Li Fengjie :

« Est-ce bien toi, Li Fengjie ? » demanda-t-il.

Le jeune homme rendit le salut et demanda à son tour :

« Quel est ton nom, mon frère ?

— Je m'appelle Qin Deyu. Je suis le gendre de Li Zhenxia, de Huazhou. Si je suis là aujourd'hui, c'est pour régler le différend qui vous oppose. Nous sommes tous des amis chevaliers. S'il y a un problème, nous pouvons en discuter d'abord, inutile de régler ça avec un combat à mort et de se faire de grands ennemis. »

Ge Zhiqiang venait d'arriver. Qin Deyu leva le bras et lui cria :

« Je vous prie tous les deux de sauver la face aujourd'hui. Vous n'avez pas le droit d'utiliser d'armes. Vous pratiquerez le vrai *gongfu*, avec les pieds et les mains. Ici, vous aurez de la place. Je vous surveillerai : celui qui n'agira pas selon les règles ne sera plus considéré ni comme un ami, ni comme un homme ! »

Han Bao, Liang Zhen et les autres approuvèrent. Seuls Cheng Fengshan et Zhang Ba, qui avaient déjà dégainé leurs sabres, ne se montrèrent pas convaincus. Lu Zhizhong reprit :

« Très bien, très bien. C'est moi et le sieur Li qui avons convenu de ce rendez-vous aujourd'hui. C'est à moi de l'affronter d'abord. »

De nombreux passants et paysans étaient venus pour assister à la bataille. Li Fengjie jeta son épée par terre et retroussa ses manches. Lu Zhizhong prit son sabre et le jeta par terre à son tour. Les deux hommes se saluèrent et se toisèrent un instant. Puis Li Fengjie se précipita sur Lu Zhizhong pour lui donner un coup de poing. Le disciple esquiva en se mettant de biais, leva la main pour bloquer le bras du jeune chevalier, avança le pied droit et rendit le coup de poing. Mais « bang ! », le jeune homme le repoussa avec la main gauche, sauta, se plaça de biais par rapport à son adversaire et lui donna un coup dans le dos. Lu Zhizhong tendit le bras gauche et attrapa le poignet droit de Li Fengjie, puis le tira avec force pour le faire tomber. Mais le jeune homme resta bien fixe sur ses pieds, complètement immobile. Il dégagea sa main droite, changea de position et contre-attaqua. Après quelques échanges, le disciple constata que Li Fengjie utilisait une technique de boxe interne qu'il ne fallait pas sous-estimer. Alors il esquiva les coups en guettant les occasions d'appliquer les mouvements de l'école de Kunlun. Mais il reculait de plus en plus et allait finir par se retrouver sur la rive du fleuve. Li Fengjie continuait à le serrer de près.

« Lu Zhizhong décourage vraiment la secte de Kunlun ! » s'écria Cheng Fengshan, qui se trouvait à côté.

Il jeta son sabre et accourut. C'est alors que Li Fengjie asséna un puissant coup de poing à Lu Zhizhong, qui se jeta de côté, écarta la main gauche de son adversaire, sauta sur la droite, se mit soudainement accroupi et balaya le sol d'une jambe. Li Fengjie fit un bond et se jeta sur Lu Zhizhong, qui leva les bras et saisit les deux poignets du jeune chevalier.

« Bien joué ! » applaudit Qin Deyu.

C'était sans compter sur Cheng Fengshan, qui, voulant profiter de l'occasion, arrivait par-derrière pour donner à Li Fengjie un grand coup de pied. Mais le jeune homme dégagea son poignet droit, attrapa le bras droit de Lu Zhizhong, le tira et s'écarta pour éviter le coup de pied.

« Dégage ! » cria Lu Zhizhong furieux à Cheng Fengshan.

Li Fengjie saisit l'opportunité, dégagea son poignet gauche, mit ses mains en croix et propulsa Lu Zhizhong à deux pas en arrière. Puis il se rapprocha et donna trois coups de poing. Lu Zhizhong para les deux premiers, mais prit le dernier en plein sur le bras droit, fut projeté en arrière et faillit tomber. Alors Cheng Fengshan se rua à nouveau sur Li Fengjie, qui se retourna et frappa l'attaquant dans la poitrine. Son adversaire, déjà âgé, s'écroula aussitôt sur le sol. Ge Zhiqiang arriva à son tour et empoigna Li Fengjie. Les deux hommes commencèrent à se battre, et on ne comptait déjà plus les coups de poing et de pied. Ils arrivèrent bientôt au bord de la rivière, et soudain Li Fengjie poussa Ge Zhiqiang, lui asséna un coup de pied et le fit tomber dans l'eau. Alors Pang Yin et Jin

Zhiyong accoururent, leurs sabres à la main. Li Fengjie, toujours très calme, s'écarta et esquiva l'attaque des deux hommes. En même temps, il frappait des poings. Il se retrouva bientôt au milieu des deux hommes, l'un devant, l'autre derrière.

Ge Zhiqiang sortit de la rivière, trempé. Il saisit son sabre et revint à l'attaque. Zhang Ba, « le Tigre Aveugle », avait déjà ramassé l'épée de Li Fengjie. Il ne s'approcha pas, mais sautait sur place en criant :

« Tuez-le ! Tuez-le ! Tuez-le ! »

Li Fengjie, qui n'avait toujours pas d'arme, frappa Pang Yin et le mit à terre, puis s'empara de son sabre. Il fit face à Ge Zhiqiang et à Jin Zhiyong. Les trois lames volaient dans tous les sens. Au bout d'une dizaine d'échanges, Ge Zhiqiang, malgré sa technique de Kunlun, n'arrivait toujours pas à prendre le dessus. Quant à Jin Zhiyong, il ne tenait plus.

« Quelqu'un vient ! » se mirent soudain à crier les spectateurs.

Tout en tenant tête à ses deux adversaires, Li Fengjie jeta un coup d'œil : un cheval rouge feu arrivait au galop de l'ouest, monté par une cavalière qui portait des vêtements rose pâle et un pantalon blanc. Il la reconnut.

Jin Zhiyong se réfugia sur le côté et agita la main en criant :

« Venez vite ! Venez vite ! »

Aluan, qui avait déjà dégainé son sabre, s'approchait. Elle sauta à terre et accourut :

« Oncle Ge ! Écartez-vous ! » lança-t-elle.

Ge Zhiqiang, qui ne savait justement plus comment s'en sortir, s'esquiva. Li Fengjie ne le poursuivit pas : il se contenta de sourire, et attendit qu'Aluan l'attaque pour parer le coup.

Sur la rive, à l'ombre des saules, le jeune homme et la jeune fille échangeaient les coups. Aucun ne cédait : on ne voyait plus que l'éclat des deux lames éblouissantes qui reflétaient les rayons du soleil, et on n'entendait plus que le tintement du fer contre l'acier. La lutte était acharnée. Au bout d'une vingtaine d'échanges, Lu Zhizhong et Ge Zhiqiang, craignant qu'il n'arrive quelque accident à la jeune fille, vinrent en renforts. Li Fengjie se retrouva donc face à trois adversaires. Au bout de cinq ou six échanges, il commença à reculer. Alors Han Bao, brandissant une courte lance, accourut et tenta de frapper violemment Li Fengjie. Le jeune homme recula en riant :

« Vous ne méritez vraiment pas le titre de héros du Shaanxi. Vous y prendre aussi nombreux ! »

Il recula encore, avant de leur tourner le dos et de prendre la fuite. Mais Jin Zhiyong et Cheng Fengshan bloquaient l'extrémité du pont. Pang Yin, Zhang Ba, Qin Deyu et les autres faisaient barrage de l'autre côté et criaient :

« Ne le laissez pas s'enfuir ! »

Li Fengjie s'élança sur Zhang Ba, abattit sa lame, récupéra son épée et jeta le sabre d'acier. Maintenant qu'il avait sa propre arme à la main, il était comme un tigre à qui il aurait poussé des ailes, comme un dragon dans l'eau[1]. Il fit trembler son épée et se rua sur ses adversaires. « Klang ! klang ! klang ! », il les faisait reculer les uns après les autres. Telle une hirondelle en plein vol, agile et rapide, il sautait et se mouvait, se protégeant de tous les côtés, bloquant les coups devant, derrière, ne laissant aucune lame approcher son corps.

Seuls Lu Zhizhong et Aluan tenaient encore le coup. Soudain, on entendit des cris de douleur : Cheng Fengshan et Jin Zhiyong venaient d'être touchés. Li Fengjie brandit à nouveau son épée et l'abattit sur Han Bao, qui para avec sa lance. Mais « crac ! », sa lance fut brisée en deux. Alors il tourna les talons et prit la fuite. Li Fengjie le poursuivit et

1. En Chine, le dragon est censé vivre dans les fleuves.

un nouveau cri atroce retentit : le sang gicla et Han Bao s'écroula. Les hommes qui se trouvaient sur le pont se mirent à crier avec effroi :

« À l'assassin ! »

Aluan s'élança :

« Ne pense même pas à t'enfuir ! »

Elle abattit son sabre par-derrière, mais Li Fengjie se retourna à temps pour parer le coup. La bataille reprit. Même si la main de la jeune fille commençait à faiblir, elle ne recula pas. Tout en brandissant son sabre, elle tentait d'attraper Li Fengjie avec sa main libre. Le jeune homme leva son épée et dégagea le sabre d'Aluan. Puis il se mit de biais et tira son épée à lui : cette posture était extrêmement perfide, car d'un moment à l'autre son épée pouvait transpercer la poitrine d'Aluan. Soudain, sur le pont, quelqu'un poussa un grand cri. Li Fengjie baissa sa lame et sauta sur le côté : il aperçut un jeune homme, monté sur un cheval blanc, qui arrivait en brandissant une épée.

Sans plus se préoccuper d'Aluan, Fengjie s'avança vers le nouveau venu. Le jeune cavalier mit pied à terre, agita son épée pour faire s'écarter Aluan, Lu Zhizhong et Ge Zhiqiang, et partit seul aux devants de Li Fengjie. Les deux épées s'entrechoquèrent, lançant des éclairs froids. Les deux silhouettes agiles bondissaient, frappaient, avançaient, si bien que les deux adversaires s'éloignèrent de plus de cent pas du pont. Aluan s'élança pour les rejoindre, mais fut aussitôt arrêtée par Lu Zhizhong. Les deux hommes firent encore une trentaine d'échanges, et on voyait Li Fengjie reculer peu à peu vers le sud. Le jeune inconnu tenait bon et serrait son adversaire de près. Au bout d'une dizaine d'échanges, Li Fengjie se retrouva à terre, son épée tenue en travers pour parer le coup de son adversaire. Le jeune inconnu tira sa lame pour l'abattre dans la poitrine de Li Fengjie, mais ce dernier fit une roulade et se protégea avec son arme. Le jeune chevalier retira à nouveau son épée et donna une tape dans le ventre de Li Fengjie, qui se releva. Aluan, Lu Zhizhong et les autres accoururent : Li Fengjie, le visage tout rouge, descendit jusqu'à la rivière, en tenant son épée en l'air. Puis il passa à gué, avec de l'eau sous le genou, et s'enfuit en direction de la rive opposée.

Chapitre VIII

Les « Deux Remarquables » combattent pour la victoire,
L'épée est souillée de sang ;
La haine vieille de dix ans s'exprime
Dans une lettre insolente et arrogante.

Le jeune inconnu se retourna en agitant la main :

« Ça suffit ! Laissez-le partir ! De toute façon, il sait qu'il a perdu. »

Mais déjà Aluan courait en direction du pont pour aller chercher son cheval, rejoindre l'autre rive et poursuivre Li Fengjie. Le jeune chevalier la rattrapa et la retint par le bras.

« Demoiselle, dit-il en riant, à quoi bon ? Je pense pouvoir affirmer que s'il a traversé la rivière, c'est parce qu'il n'a pas le cran de revenir sur le côté ouest du pont ! »

Aluan, le visage tout rouge, dégagea son bras et frappa du pied de colère.

« Nous n'allons quand même pas le laisser partir ? Il a tué plusieurs hommes ! »

Le jeune homme sourit :

« Vous l'avez combattu à plusieurs contre un. C'est vous qui êtes dans votre tort ! »

Qin Deyu accourut à son tour pour calmer la jeune femme. Lu Zhizhong arriva et salua le jeune inconnu.

« Quel est votre vénérable nom, mon ami ? demanda-t-il.

— Je m'appelle Ji, répondit l'autre.

— Seriez-vous Ji Guangjie ? » demanda Qin Deyu stupéfait.

Le jeune homme hocha la tête affirmativement et sourit.

En apprenant qu'il s'agissait de Ji Guangjie, le petit-fils du Chevalier de Longmen, Ge Zhiqiang et les autres s'empressèrent de présenter leurs hommages :

« C'est vraiment un honneur de vous rencontrer, frère Ji ! »

Ji Guangjie les salua et ils échangèrent quelques politesses. Aluan, qui au début admirait beaucoup cet inconnu à la grande maîtrise de l'épée mais à la conduite quelque peu frivole et irritante, ne put s'empêcher de paraître fort surprise en apprenant qu'il s'agissait de l'homme qu'elle attendait depuis plusieurs jours. Elle le regarda avec attention : pas plus de vingt-cinq ans, une allure de héros, petit mais énergique, le visage un peu noirâtre, une veste et un pantalon de crêpe noirs, une épée ornée de franges de soie rouge.

Ge Zhiqiang et Lu Zhizhong donnèrent l'ordre de porter les blessés dans les charrettes. Puis, se montrant très prévenants envers Ji Guangjie, ils l'invitèrent à attendre un instant avant de partir pour la ville se reposer à l'agence d'escorte Lishun. Mais le jeune homme déclina leur invitation :

« Je suis venu à Chang'an pour rendre visite à mon oncle maternel. Je resterai ici au moins deux ou trois mois. Nous aurons donc de nombreuses autres occasions de nous revoir ! »

Il rangea son épée dans son fourreau et marcha jusqu'au pont, où se tenait un de ses domestiques avec deux chevaux blancs. Ge Zhiqiang, Lu Zhizhong et Qin Deyu le suivirent :

« Nous ignorons dans quelle rue habite votre parent.

— Dans Yandian, “la rue des magasins de sel”. Mon oncle y a ouvert une banque privée, *Guangyi Fu*, “le Grand Profit”. Vous me trouverez là-bas, répondit Guangjie en montant en selle. Au revoir ! » conclut-il en saluant avant de partir avec son domestique.

Au bout de quelques mètres, il se retourna pour regarder ses nouveaux compagnons, les salua encore une fois, et partit d'un air dégagé. Aluan, Ge Zhiqiang et les autres regardèrent les deux chevaux blancs s'éloigner puis revinrent auprès des blessés qu'on avait chargés sur les chariots : Cheng Fengshan, Jin Zhiyong, Zhang Ba, ainsi que Han Bao, décédé tragiquement. Ge Zhiqiang ne put retenir ses larmes et exhala un soupir. C'est alors qu'arrivèrent deux officiers du bourg.

« L'assassin a pris la fuite, leur dit Zhiqiang. Inutile de faire un rapport à vos supérieurs. »

Il leur donna dix taels d'argent, les chargea de disperser la foule et leur recommanda de ne pas ébruiter l'histoire. Puis il monta à cheval et le cortège se mit en route pour Chang'an.

« Nous avons réduit à néant l'illustre réputation de l'école de Kunlun, vieille de plusieurs décennies ! soupira Ge Zhiqiang. Ce minable petit Li Fengjie nous a réduits en pièces, et en deux fois seulement a tué et blessé huit hommes ! Puis Ji Guangjie est arrivé et a soumis sans effort notre adversaire. Quelle honte pour nous ! Comment pourrait-on encore tenir une agence d'escorte, ou rester chevaliers ? Je pense qu'il vaudrait mieux que nous tous, disciples de Kunlun, allions voir notre Maître et éclations en larmes. Après quoi, nous suspendrons nos activités ! »

Ses vêtements pleins de boue et d'eau avaient déjà séché au soleil, et pourtant il dégageait un air de plus en plus piteux. Lu Zhizhong, Liang Zhen et tous les autres gardaient la tête baissée sans dire un mot.

Aluan ressentait une telle colère que son joli minois s'empourpra.

« Et pourquoi les agences de Kunlun devraient-elles fermer, hein ? demanda-t-elle furieuse. Si vous ne voulez pas les ouvrir, j'en ouvrirai une, moi ! Sans compter que je dois me faire un nom dans le monde de la chevalerie. Dans quelques jours, je me mesurerai à Ji Guangjie. Ensuite, j'irai trouver notre ennemi Li Fengjie, car il faut nous venger. Tout à l'heure, si vous m'aviez laissée le combattre seule, je vous garantis que je ne l'aurais pas laissé s'enfuir ! Mais il a fallu que vous vous en mêliez, et je n'ai pas pu déployer à ma guise mon art du sabre ! »

En entendant cela, plus personne n'osa prononcer un seul mot.

Une fois en ville, Ge Zhiqiang fit ramener les blessés dans leurs maisons respectives avant de regagner son agence. Il s'allongea sur son lit, très tourmenté. Aluan, toujours aussi furieuse, se rendit dans sa chambre : elle ne cessait de proférer des injures, frappant la table du poing, trépignant de colère. Tous les gens de l'agence se sentaient complètement abattus, toute la gaieté des jours précédents s'était envolée. Lu Zhizhong resta avec Ge Zhiqiang. Il se tourmenta un long moment avant de relever la tête pour s'adresser à son frère d'armes :

« Grand frère, ça ne sert à rien de rester comme ça à se faire du souci. Dans les arts martiaux, certains sont plus forts que d'autres. Et inévitablement, au combat, certains gagnent, d'autres perdent. Ce qui vient d'arriver n'est pas grave. Il faut continuer à travailler comme gardes d'escorte et à parcourir le monde des Fleuves et des Lacs. Il faudra nous venger également. Et si Jiang Xiaohe vient ici, nous devrons encore l'affronter !

— Jiang Xiaohe ? rétorqua Ge Zhiqiang. Je n'ai pas peur de lui. Mais maintenant, je n'ai vraiment pas le front de me montrer devant les autres !

— Arrête, fit Lu Zhizhong en agitant la main. Je continue de penser que Jiang Xiaohe reste le plus grand danger à venir ! Ah… Ne parlons plus de lui. Aujourd'hui, nous avons tous pu constater la valeur de Ji Guangjie : non seulement il est plus fort que nous, mais en plus, il surpasse Li Fengjie. Un homme tel que lui est vraiment digne d'être le petit-fils du Chevalier de Longmen : il est à la hauteur de sa réputation. Quant à Li Fengjie, même s'il nous a malmenés aujourd'hui devant plein de gens, nous étions dans notre tort. Pourtant Ji Guangjie nous est venu en aide, donc de toute évidence il respecte l'école de Kunlun. C'est quelqu'un de très sympathique, qui fait preuve d'altruisme malgré son jeune âge. Nous ferions bien d'approfondir nos liens avec lui, d'abord pour nous prémunir contre le retour de Li Fengjie, et ensuite pour avoir une aide précieuse quand Jiang Xiaohe se manifestera. »

Ge Zhiqiang ne laissa pas à son frère d'armes le temps de terminer. Il secoua la tête et déclara :

« Déjà que les disciples de Kunlun sont des incapables, mais en plus ils demanderaient de l'aide au petit-fils d'un autre ? Mais alors, c'est la réputation de notre Maître, vieille de trente ans, qui sera réduite à néant !

— Non, le Maître serait d'accord ! rétorqua Zhizhong. Le jour où Jiang Zhiyao est arrivé à Dasanguan avec la demoiselle Aluan, il m'a informé que ce voyage permettrait à la jeune femme non seulement de voir du pays, mais aussi de trouver un mari. C'est le Maître qui lui a dit tout cela en secret avant leur départ. Peu importe l'endroit : si elle rencontre un jeune homme talentueux et plus fort qu'elle en arts martiaux, alors elle pourra l'épouser.

— Mais alors, s'écria Ge Zhiqiang en sautant de son lit, Ji Guangjie conviendrait ! Il est jeune, doué, beaucoup plus fort qu'Aluan et peut-être même que le Maître. Quant à sa famille, c'est le petit-fils de Ji

Junyi, le Chevalier de Longmen. Comme cela sonne bien !

— Ce serait vraiment une heureuse union arrangée par le ciel. Nous ne pouvons pas laisser passer cette occasion ! D'autant plus que Jiang Zhiyao est déjà retourné à Hanzhong pour chercher notre grand frère.

— Même si notre frère ne vient pas, nous serons là pour soutenir sa fille. »

Ge Zhiqiang invita Lu Zhizhong à rester chez lui, pour qu'il puisse voir Aluan aussi souvent que possible et l'empêcher de partir. Puis il retourna dans les pièces de l'aile nord pour se changer et demanda qu'on attelle sa voiture. Il réapparut bientôt en tenue très élégante : plus rien à voir avec la personne qui peu de temps avant était sortie trempée de la rivière. Accompagné d'un domestique, il partit pour la rue Yandian rendre visite à Ji Guangjie. Le jeune homme habitait dans la banque privée Guangyi Fu, une petite affaire gérée par son oncle maternel Zhao Baofu et son associé. Ji Guangjie couchait dans la boutique, et c'est là que Ge Zhiqiang le trouva en arrivant. Les deux hommes échangèrent quelques formules de politesse entre hommes du Jianghu, puis Ge Zhiqiang interrogea Ji Guangjie sur ses origines familiales.

« Mon père est décédé avant mon grand-père, répondit le jeune homme. Mon défunt grand-père, jadis très déçu par le monde de la chevalerie, a préféré que mon père abandonne l'étude des arts martiaux pour se consacrer aux lettres. Mais il n'a pas très bien réussi aux examens, et n'est parvenu qu'à décrocher le titre de *xiucai*. Enfant, j'ai étudié les lettres auprès de mon père, et ai obtenu le même titre que lui à l'âge de quinze ans. Mon grand-père, qui craignait que son art du *gongfu* ne se perde, me laissait étudier tout en m'apprenant les arts martiaux. De cette façon, si plus tard je n'obtenais pas honneurs et titres, je pouvais quand même réussir à vivre grâce aux arts martiaux. Cela fait dix ans maintenant que mon père et mon grand-père sont morts tous les deux : il ne me reste plus que ma mère et la femme d'un cousin. Comme je n'ai pas réussi moi non plus dans la carrière de lettré, je suis parti me forger ma propre expérience. Je suis allé dans le Henan, où je me suis fait plusieurs amis. Puis je suis venu ici, dans le Shaanxi, pour rendre visite à mon oncle. Dans deux ou trois mois, je partirai pour la capitale dans l'espoir de trouver une bonne place. »

Ces paroles ravirent Ge Zhiqiang :

« Frère Ji, restez donc ici un peu plus longtemps, dit-il, ne soyez pas pressé de vous rendre à la capitale. J'ai déjà l'impression que nous sommes de vieux amis vous et moi ! Peut-être que Bao Kunlun viendra bientôt à Chang'an. Le vieil homme sera enchanté de faire votre connaissance. Si vous ne nous aviez pas aidés aujourd'hui à mettre Li Fengjie en fuite, la secte de Kunlun aurait vraiment perdu la face ! La petite-fille de mon Maître n'a pas tari d'éloges à votre sujet, et m'a demandé de vous présenter, car elle voudrait vous demander des conseils en arts martiaux. »

Ji Guangjie sourit et hocha la tête :

« Très bien. Je viendrai chez vous ce soir, et nous discuterons de tout cela ! »

Étant donné l'exiguïté de l'arrière-boutique et le passage incessant des nombreux employés, ils ne purent parler tranquillement. Alors Ge Zhiqiang resta encore un instant avant de prendre congé. Après quoi, le cœur lourd, il rendit visite aux familles des victimes du combat au bord de la rivière, notamment à celles de Han Bao et de Zhang Ba, pour prendre des nouvelles. Ce qui le consolait un peu, c'était que Ji Guangjie acceptait d'approfondir leur relation : avec un homme possédant de telles capacités, il pourrait maintenant préserver son entreprise. Sans compter que s'il épousait Aluan, il deviendrait un membre de la grande famille de Kunlun !

Une fois rentré chez lui, il ordonna qu'on prépare un banquet et qu'on nettoie la grande pièce située en face de l'arrière-boutique. Ce jour-là, beaucoup d'amis de la profession vinrent aux nouvelles. Il leur répondit simplement :

« Nous avons mis Li Fengjie en fuite. Cependant, en tant que disciple du Dragon du Sichuan, il est extrêmement fort en arts martiaux. Les gardes du corps Cheng Fengshan et Zhang Ba, ainsi que le jeune disciple Jin Zhiyong, ont été blessés. Quant à Han Bao, cela s'est terminé tragiquement pour lui, et il est mort à cause de nos ennuis. »

Ses visiteurs lui donnèrent quelques conseils. Ge Zhiqiang exagéra un peu quant à ses relations avec Ji Guangjie, faisant croire qu'ils se connaissaient depuis longtemps et que son grand-père était un vieil ami de leur Maître. Il prétendit qu'il devait venir dans la région aujourd'hui et que c'est en traversant le pont de la rivière Ba qu'il avait vu le combat avec Li Fengjie. Aussitôt, il leur était venu en aide et avait mis en fuite leur ennemi. En réalité, tout le monde connaissait déjà par le menu les événements qui s'étaient produits peu avant midi près de la rivière Ba. Mais personne ne pouvait pointer le doigt dessus, et du coup les visiteurs se contentèrent de flatter Ge Zhiqiang.

Après leur départ, Ge Zhiqiang se sentit honteux. Il partit dans la cour intérieure prendre des nouvelles de son fils, dont l'état restait critique. Sa bru lui raconta qu'Aluan avait voulu partir, mais que Lu Zhizhong l'avait retenue, en devant presque en arriver aux armes. En apprenant cela, Ge Zhiqiang, extrêmement inquiet, se rendit dans la chambre de la jeune fille :

« Demoiselle, ne vous montrez pas aussi impatiente ! Même si Li Fengjie s'est enfui, nous le retrouverons tôt ou tard pour nous venger. Quelqu'un qui est arrivé de Hanzhong vient juste de me dire que votre père était sur le départ. Il va sans doute arriver ici dans quatre ou cinq jours. J'ai également chargé des amis de se rendre dans le district de Zhenba pour inviter votre grand-père : je sais que le vieux Maître n'a pas quitté son village depuis de nombreuses années, mais maintenant que les disciples de Kunlun rencontrent un ennemi de taille, il est obligé d'intervenir. »

Aluan crut sans sourciller que son père et son grand-père allaient réellement venir. Bien que furieuse, elle inclina la tête et dit :

« Très bien. Alors j'attendrai que mon grand-père arrive, et je partirai avec lui chercher Li Fengjie. Nous n'aurons besoin de l'aide de personne d'autre. Où habite ce Ji Guangjie ? demanda-t-elle encore. J'ai entendu dire il n'y a pas si longtemps qu'il voulait se mesurer à notre école de Kunlun, non ?

— Non, répondit Ge Zhiqiang en secouant la tête avec un sourire. Ce sont des idioties, les gens ont mal compris. En réalité, il est des nôtres. La preuve, regardez, aujourd'hui, à la rivière Ba, il nous a aidés à mettre en fuite Li Fengjie ! Cet homme est vraiment un jeune brave : il n'a que vingt-cinq ans, il n'est pas encore marié, et il est venu ici pour rendre visite à son oncle maternel. Je prévois de l'inviter à rester quelques jours de plus, pour étudier avec lui les arts martiaux de l'école de Longmen. Je l'ai justement invité ce soir à boire un verre. Vous pourrez le rencontrer aussi, si vous le désirez, demoiselle.

— Ah ça, non ! rétorqua la jeune femme en colère.

— Ne vous énervez pas ! Si vous étiez chez vous, je ne pourrais pas vous obliger à voir qui que ce soit. Mais maintenant que vous faites votre entrée dans le monde de la chevalerie, vous ne pouvez pas échapper aux politesses et au protocole. En outre, Ji Guangjie est un vieil ami de la famille : vous êtes donc un peu comme frère et sœur, il n'y a pas de raison de ne pas vous voir. Je viens juste de lui rendre visite. Il m'a demandé qui était la jeune fille qui se battait avec Li Fengjie près de la rivière Ba. Quand je lui ai répondu qu'il s'agissait de la petite-fille de mon Maître, il s'est exclamé que ce n'était pas étonnant dans ce cas que vous vous battiez aussi bien ! »

En entendant les éloges de Ji Guangjie à son égard, Aluan ne put s'empêcher d'éprouver une certaine joie. Mais après réflexion, elle s'obstina dans son refus.

« Non, je ne le rencontrerai pas. Par contre, s'il veut se mesurer à moi au *gongfu*, pas de problème. Oncle Ge, quand il sera là, il faudra lui demander quel est le passé de Li Fengjie, et où il pourrait se trouver actuellement. Aujourd'hui, à la rivière Ba, il l'a laissé s'enfuir. Je pense qu'ils se connaissent depuis longtemps, peut-être même qu'ils sont frères d'armes. Sinon, pourquoi porteraient-ils tous les deux dans leurs noms le caractère *jie*[1] ?

— Non, c'est impossible, répondit Ge Zhiqiang. Ils ne peuvent pas se connaître. Pourquoi Ji Guangjie nous aurait aidés sinon ? De toute façon, aujourd'hui, Li Fengjie a subi une lourde défaite », conclut Ge Zhiqiang avant de partir dans la cour extérieure pour surveiller les préparatifs.

Il discuta un peu avec Lu Zhizhong de la façon dont il faudrait se comporter avec Ji Guangjie. Le soir venu, seul Qin Deyu, de l'agence de Huazhou, fut invité à se joindre à eux.

Ce n'est que très tard que Ji Guangjie arriva. Un domestique l'accompagnait, comme d'habitude, et les deux hommes étaient à cheval et armés. Ji Guangjie portait une robe légère de soie pourpre, un bonnet,

---

1. Li Fengjie et Ji Guangjie : *jie*, littéralement « extraordinaire, remarquable ». Il s'agissait également du surnom du Maître du premier, le Dragon du Sichuan, et du grand-père du second, le Chevalier de Longmen, « les Deux Remarquables du Nord et du Sud ».

une paire de bottes basses, et tenait à la main un éventail pliant. Il dégageait beaucoup d'élégance et de naturel et arborait un air probe et loyal. Ge Zhiqiang, Lu Zhizhong et Qin Deyu l'invitèrent à entrer dans la grande pièce de l'aile ouest, et firent preuve à son égard de beaucoup de politesse et de modestie. En apercevant le somptueux banquet préparé en son honneur, Ji Guangjie salua les mains jointes :

« Messieurs, pourquoi tant de courtoisie ? De l'alcool aurait suffi. Tout cela me met mal à l'aise !

— C'est la première fois que je vous invite, répondit Ge Zhiqiang en riant. Ensuite, quand nous nous verrons tous les jours, nous serons comme des parents, et nous ferons moins de politesses ! »

Cela fit rire Ji Guangjie. Il retira sa robe, dévoilant un pantalon et une veste de soie couleur crème. On l'invita à s'asseoir à la place d'honneur, ce qu'il accepta. Puis Ge Zhiqiang lui offrit un verre.

« Nous n'avons qu'à nous servir tout seuls, hein ? répondit Ji Guangjie. Inutile de faire des manières. »

Alors les quatre hommes se mirent à boire et à discuter. Ji Guangjie raconta les exploits de son grand-père, le Chevalier de Longmen, ainsi que sa propre expérience dans différents endroits du Henan : comment il avait blessé Liang Gao, « le Singe aux bras de fer », dans le district de Luoning, et son combat à poings nus avec Gao Qinggui, « le Faucon Divin », à Kaifeng. Ses sourcils dansaient et son teint s'animait lorsqu'il contait ses aventures, laissant son auditoire très admiratif. Enfin, il en arriva à Li Fengjie :

« Cela faisait longtemps que j'avais entendu parler de lui. Je l'ai même rencontré une fois à Kaifeng. C'est certainement un lettré raté, lui aussi. Il prétend être le disciple du Dragon du Sichuan, mais ce n'est peut-être pas la vérité. Cependant, il se bat vraiment bien à l'épée ! Ces deux dernières années, il a d'ailleurs réalisé des exploits chevaleresques dans le Jiangnan. C'est pourquoi aujourd'hui je l'ai vaincu mais néanmoins épargné. Seulement pour cette fois ! Si cela se reproduit, je ne peux pas garantir qu'il s'en sortira indemne ! »

Ge Zhiqiang hocha la tête, but une coupe de vin, et rétorqua, indigné :

« Frère Ji, vous avez refusé de le blesser, et l'avez laissé s'enfuir. Cependant, il reste notre ennemi ! En l'espace de dix jours, il a grièvement blessé mon fils, tué mon frère d'armes Miao Zhiying et mis à terre plusieurs autres hommes ! Si on le laissait partir, cela signifierait que l'école de Kunlun et les gardes du corps et boxeurs du Shaanxi sont tous des incapables ! C'est pourquoi à l'heure actuelle plusieurs personnes sont parties demander l'aide d'amis. Quand ils viendront et que les funérailles seront terminées, nous nous séparerons pour chercher Li Fengjie. Nous ne voulons pas forcément le tuer à tout prix, juste nous venger et laisser libre cours à notre colère.

— Dans ce cas, le temps venu, je vous aiderai, ajouta Ji Guangjie. Aujourd'hui, au pont de la rivière Ba, bien que j'aie fait preuve de clémence, Li Fengjie ne s'est pas incliné. Tôt ou tard, il reviendra régler cette histoire. Mais je n'ai pas peur ! Je me moque bien qu'il soit le disciple du Dragon du Sichuan. Même si ce grand chevalier était encore de ce monde, et qu'il me manquait de respect, je le combattrais lui aussi ! »

En entendant que Ji Guangjie consentait à leur venir en aide contre Li Fengjie, Ge Zhiqiang et ses compagnons ne se sentirent plus de joie.

« Frère Ji, demanda Lu Zhizhong, vous qui venez d'une autre province, avez-vous entendu parler d'un certain Jiang Xiaohe ?

— Non, jamais, répondit le jeune homme. Je n'ai jamais entendu ce nom. Qui est-ce ? Comment le connaissez-vous, frère Lu ?

— C'est un jeune sans nom et sans famille, répondit Ge Zhiqiang. Il est devenu l'ennemi de notre école de Kunlun. Plus tard, il a pris pour maître un chevalier inconnu.

— Dans ce cas, il n'y a pas lieu de s'inquiéter ! rétorqua le jeune homme. Au cours du dernier siècle, le seul chevalier célèbre, à part mon grand-père le Chevalier de Longmen, c'était le Dragon du Sichuan. Nous avons constaté que Li Fengjie, son disciple, n'était pas vraiment au point. Alors comment quelqu'un d'autre aurait-il pu former un éminent disciple ?

— Oui ! C'est vrai ! » s'écria Qin Deyu.

Ge Zhiqiang leva à nouveau une coupe pleine à ras bord et la tendit à Ji Guangjie. Le jeune homme rit et prit la coupe. Mais alors qu'il s'apprêtait à boire, « bang ! », un morceau de tuile venant du dehors atterrit sur la table et brisa une belle assiette en porcelaine. Les hommes se levèrent, alarmés. Ji Guangjie donna l'ordre d'éteindre toutes les lampes et bougies, pendant que Ge Zhiqiang et ses compagnons décrochaient des épées du mur. Ji Guangjie s'empara de celle que portait son domestique et donna ses instructions à voix basse :

« Évitez tout empressement ! C'est sûrement Li Fengjie. Laissez-le-moi ! »

Mais déjà, on avait commencé à se battre dans l'aile est, juste en face, et on entendait des lames s'entrechoquer. Ji Guangjie sortit, suivi de ses hôtes. Ils entendirent soudain une femme crier sur le toit :

« Que personne ne vienne m'aider ! Sinon, je lui règle son compte ! »

Ji Guangjie ne put réprimer un sourire. Il sauta sur le toit, son épée à la main. La jeune femme brandit son sabre et l'abattit sur lui en demandant sur un ton austère :

« Qui es-tu ? »

Ji Guangjie écarta le sabre de la femme et brandit son épée pour combattre Li Fengjie. Mais ce dernier en avait profité pour sauter sur le toit de la boutique voisine et riait aux éclats. Furieux, Ji Guangjie se lança à sa poursuite en courant sur les tuiles. Li Fengjie sautait et volait de toit en toit, aussi facilement que s'il avait été sur une grande route, et bientôt il s'évapora. Ji Guangjie, lui, marchait lourdement sur le toit de toutes les boutiques voisines, réveillant les propriétaires qui hurlaient au voleur en faisant allumer des lanternes. Ji Guangjie n'eut pas d'autre choix que de retourner furieux à l'agence d'escorte.

Ge Zhiqiang et Lu Zhizhong avaient réussi à persuader Aluan de descendre du toit. Ils la retenaient et l'empêchaient de poursuivre l'intrus. La jeune femme frappait du pied en proférant des insultes et abattait son sabre dans tous les sens. Alors Ge Zhiqiang lui prit son arme de force :

« Ma fille, pas de précipitation ni d'emportement. Il se cache et nous non. Comment arriver à le rattraper ? Si vous commettez la moindre petite erreur, de quoi aurons-nous l'air quand votre père et le vieux Maître viendront dans quelques jours, hein ?

— Qu'est-ce que vous racontez ? rétorqua Aluan, furieuse. Vous êtes des couards, des faibles et des incapables ! Les disciples de Kunlun ont été humiliés et bafoués, et vous, vous ne vous battez même pas ! »

Ji Guangjie arriva. Il sauta du toit et secoua la main :

« Demoiselle Bao, ne vous inquiétez donc pas. Li Fengjie est venu pour moi. C'est très bien ! Je pense qu'il ne quittera pas la ville avant deux jours. Je le ramènerai demain, pieds et poings liés, à l'agence !

— En quoi tout cela vous regarde-t-il, hein ? rétorqua Aluan en colère. Alors quoi ? Sans vous, le superbe Ji, nous serions incapables d'attraper Li Fengjie, c'est ça ? »

Ji Guangjie se contenta de sourire. On ralluma les lampes et les bougies.

« Demoiselle Bao, reprit le jeune homme, venez boire avec nous. Je pense que Li Fengjie va revenir.

Si c'est le cas, nous ne ferons rien, nous vous le laisserons ! »

Il éclata de rire, puis rentra dans la pièce de l'ouest et remit son épée à son domestique qui la rangea dans son fourreau. Puis il s'assit fièrement à la place d'honneur et se versa à boire. Aluan entra à son tour, accompagnée de Ge Zhiqiang. Elle ne but pas, elle se contenta de rester assise sur son tabouret, son sabre à la main, les deux yeux fixés vers l'extérieur, comme si elle attendait avec impatience le retour de Li Fengjie. Ji Guangjie, lui, restait calme et serein, et buvait avec ses trois amis en jetant des regards furtifs à la jeune femme. Ge Zhiqiang, contrarié et anxieux, se forçait à faire la conversation.

Quand les hommes furent repus, il faisait déjà nuit noire. Ji Guangjie, un peu soûl, fixait de plus en plus Aluan, et lança même plusieurs fois :

« Cette jeune fille se bat vraiment bien ! Je suis admiratif. Les femmes chevaliers sont rares ! »

Aluan ne décrocha pas un mot de la soirée. Elle resta encore un instant, puis sortit en brandissant son sabre, sauta sur le toit et partit inspecter les lieux.

Ge Zhiqiang invita son hôte à rester pour la nuit dans la pièce du banquet. Quant à Qin Deyu, il dormit dans la boutique. Aluan fit les cent pas dans les cours intérieure et extérieure, son sabre à la main, et ne ferma pas l'œil de la nuit. Ge Zhiqiang et Lu Zhizhong restèrent en alerte eux aussi et ne dormirent pas. Mais rien d'autre ne se produisit cette nuit-là.

Le lendemain, Ji Guangjie envoya son domestique à la banque privée Guangyi Fu pour en ramener ses bagages : il avait en effet décidé de rester chez Zhiqiang quelque temps. Vêtu d'une robe légère en soie, portant son épée précieuse, il passa la journée à arpenter les rues de la ville : maisons de thé, tavernes, auberges, hôtels, il chercha partout, mais aucune trace de Li Fengjie. Il rentra le soir à l'agence avec le sourire. Ge Zhiqiang fit à nouveau préparer un buffet et ils burent ensemble dans la pièce de l'ouest, sabres et épées à portée de main, la porte grande ouverte, attendant le retour de Li Fengjie. Bao Aluan partit elle aussi à la recherche de son ennemi et chevaucha toute la journée. Elle revint le soir, sans aucune nouvelle, laissant tout le monde contrarié.

Trois jours plus tard, Ji Guangjie fit découper un grand nombre de bouts de papiers, sur lesquels il écrivit lui-même : « Nous recherchons Li Fengjie. Le bandit Li Fengjie a blessé et tué plusieurs hommes de notre agence d'escorte. Par lâcheté et par peur du châtiment de ses crimes, il reste caché. Si quelqu'un possède des informations à son sujet, qu'il prévienne l'agence d'escorte Lishun. Nous garantissons une récompense de vingt taels. »

Il écrivit ceci sur une quinzaine de morceaux de papier. C'est alors que Ge Zhiqiang entra dans la pièce. En voyant tout cela, il s'écria en fronçant les sourcils :

« J'ai bien peur que vous vous donniez du mal pour rien ! Li Fengjie est un jeune fourbe. Si quelqu'un vient nous fournir quelque information, il n'attendra pas que nous nous mettions en route pour s'enfuir !

— Ne vous en préoccupez pas, répondit Ji Guangjie en souriant. Je suis sûr d'avoir des résultats. Nous attraperons Li Fengjie d'ici à ce soir. »

Il ordonna aux employés de l'agence d'aller coller les papiers à l'extérieur comme à l'intérieur des remparts, à chaque carrefour important, pour qu'un maximum de gens puissent les lire. L'affaire fit grand bruit. Ge Zhiqiang quant à lui se rendit chez différents grands mandarins pour expliquer ses problèmes et demander du soutien. Bao Aluan parcourut la ville et ses alentours à cheval et Ji Guangjie attendit toute la journée à l'agence et aiguisa ses lames. Mais à la tombée de la nuit, toujours pas la moindre nouvelle de Li Fengjie.

Ji Guangjie, très irrité, sortit sans même prendre le temps de revêtir une robe d'homme, son épée brillante à la main, et déambula dans la rue au milieu de la foule. Il arpenta ainsi plusieurs artères : beaucoup de gens le regardaient et il écoutait attentivement les conversations. Mais il n'apprit rien de nouveau sur Li Fengjie. Il entra alors dans une taverne et se mit à boire avec mélancolie. Quand il en ressortit, à moitié ivre, on venait de sonner la deuxième veille. Les passants se faisaient rares et l'horizon céleste se couvrait d'étoiles.

Lorsque le jeune homme arriva devant l'agence d'escorte Lishun, quelqu'un le frappa soudain par-derrière. Pris par surprise, Ji Guangjie retrouva tout à coup ses esprits, sauta sur le côté et brandit son épée. Son agresseur para le coup : « Klang ! klang ! klang ! », les deux épées précieuses s'entrechoquèrent. L'inconnu recula, bloqua l'épée et s'écria en riant :

« Arrête-toi ! »

Ji Guangjie reconnut la voix de Li Fengjie. Il garda le bras levé et demanda en ricanant :

« De quoi as-tu peur, hein ? »

Puis, le cœur plein de haine, il frappa en direction de la poitrine de son adversaire. « Dang ! », Li Fengjie écarta sa lame avec son épée. Puis il fit tournoyer son arme dans les airs, écartant ainsi Ji Guangjie. Les deux hommes se rapprochaient de plus en plus, épée contre épée, fixement ancrés sur leurs pieds et se tenant les poignets. Mais rien à faire, ils étaient de force égale.

« Si je te craignais, dit Li Fengjie en souriant, je ne serais pas venu te trouver ! » et il essaya d'avancer.

Ji Guangjie recula aussitôt : il forçait sur l'épée de Li Fengjie, voulant écarter sa lame pour abattre la sienne, tout en essayant de le frapper à la poitrine avec sa main gauche. Mais Li Fengjie libéra sa main et son épée et changea de technique. Il s'écarta puis s'élança, un pied après l'autre, et frappa violemment de front. Ji Guangjie s'empressa de sauter et de se baisser, fit tourner son épée et frappa. « Klang ! » Li Fengjie recula et éclata de rire :

« Bravo, très joli. Malheureusement, ici on est à l'étroit, et tu ne peux pas déployer tout ton art !

— Ne gaspille pas ta salive ! rétorqua Ji Guangjie, fou de rage. Aujourd'hui, je te tuerai, disciple du Dragon du Sichuan ! »

Li Fengjie continuait à rire. Le combat reprit. Un passant qui avait vu la scène courut à l'agence Lishun avertir les gardes du corps. Alors Li Fengjie baissa sa garde et s'en alla, poursuivi par Ji Guangjie. Arrivé au bout de la rue, Li Fengjie se retourna soudain en pointant son épée en direction de Guangjie :

« Toi qui réponds au nom de Ji, ne va pas trop loin avec moi ! L'autre jour, au pont de la rivière Ba, j'ai dû affronter seul plusieurs hommes. Et quand tu es arrivé, j'étais à bout de forces : c'est pour cela que tu m'as battu. Tu as vaincu grâce à la chance ! Si tu veux vraiment qu'on croise le fer, difficile de savoir lequel d'entre nous l'emportera ! Ici, ce n'est pas pratique de se battre : c'est exigu et tes acolytes sont trop nombreux.

— Ce ne sont pas mes acolytes ! rétorqua Ji Guangjie. D'ailleurs, ce n'est pas pour eux que je veux me venger. Je déteste simplement que quelqu'un brandisse son épée pour venir se battre avec moi contre mon épée précieuse. Alors si tu abandonnes ton épée pour un sabre, je t'épargnerai !

— Quelle arrogance ! rétorqua Li Fengjie dans un ricanement. Alors comme ça, seuls les membres de la glorieuse famille Ji pourraient porter une épée précieuse ? Maintenant il fait déjà nuit. Si on s'affrontait, on ne pourrait même pas voir qui se bat bien ou mal. Je n'habite pas très loin d'ici. Pourquoi ne pas venir chez moi discuter un peu ? Nous nous mettrons d'accord sur un lieu de combat que personne d'autre ne connaîtra. Le moment venu, nous serons seulement deux à nous battre, et il n'y aura qu'un seul vrai vainqueur. Et puis rassure-toi, je ne te tends pas d'embuscade.

— Quand bien même, je n'ai pas peur ! rétorqua Ji Guangjie. Allons-y ! »

C'est alors qu'arrivèrent les hommes de l'agence Lishun.

« Partons, vite ! » lança Ji Guangjie à Li Fengjie.

Les deux hommes s'en allèrent sans plus attendre, leur épée à la main. Ils empruntèrent plusieurs ruelles obscures avant d'arriver à la demeure de Li Fengjie, une belle résidence. Fengjie frappa à la porte et bientôt une vieille femme vint leur ouvrir. Il invita son compagnon à entrer, et on referma la porte derrière eux. Dans la cour, tout était extrêmement calme. Seule l'aile nord était éclairée. Les deux hommes entrèrent dans la pièce ; il n'y avait personne dedans. À l'intérieur, c'était un régal pour les yeux : une riche collection d'objets d'art et des livres partout, même sur la table.

« Quel est cet endroit ? demanda Ji Guangjie.

— C'est la maison d'un ami, répondit Li Fengjie. L'autre jour, quand je suis rentré du pont de la rivière Ba, je suis resté ici. Mais surtout, ne le dis à personne !

— Pour qui me prends-tu ? » rétorqua Ji Guangjie.

Il s'assit sur le rebord de la table, en tenant son épée dans la main droite et en feuilletant les livres qui se trouvaient près de lui de la main gauche. Il trouva soudain dans le *Xin Tang Shu*, « *Le Nouveau Livre des Tang* », une feuille de papier à poésie en soie rouge et vert, apparemment une nouvelle composition de Li Fengjie. On pouvait y lire les vers suivants :

« *Dans le froid nocturne, près du fleuve, il s'entraîne avec son épée précieuse ; dans le crépuscule printanier, au cœur de la montagne, il s'élance sur son magnifique cheval.* »

Ji Guangjie montra son admiration en lisant les vers à haute voix en battant la mesure. Li Fengjie posa son épée sur la table et coupa des bougies.

« Dis-moi, dit-il, pour capturer un bandit comme moi, qui sais faire de la poésie, tu offres une récompense de seulement vingt taels ? Tu ne trouves pas que c'est peu ? »

Ji Guangjie rougit :

« J'ignorais que tu étais un tel homme, répondit-il. De toute façon, si j'ai envoyé coller des affichettes publiques un peu partout, c'était pour t'inciter à te montrer, ce n'était pas pour te faire réellement capturer.

— Quand bien même tu aurais vraiment l'intention de me capturer, ricana Li Fengjie, je doute que ce soit aussi facile que d'attraper un bandit ordinaire ! »

À ces mots, Ji Guangjie jeta le livre par terre, se leva et brandit son épée pour se battre à nouveau. Mais Li Fengjie sourit et agita la main.

« Ce n'est pas un endroit pour se battre, dit-il. L'ami qui habite ici n'est vraiment pas courageux, et je ne veux pas l'effrayer. En plus, c'est par preuve de ma bonne volonté que je t'ai amené ici. Tu pourrais te comporter poliment, car on dit que toi aussi tu as de l'instruction ! »

Ji Guangjie reposa son épée et observa Li Fengjie.

« Tu es si jeune, dit-il. Avec un si bon niveau en lettres et en arts martiaux, pourquoi tu ne travailles pas pour une riche famille au lieu de faire ce que tu fais ?

— Et qu'est-ce que je fais ? rétorqua Li Fengjie, exaspéré. À t'entendre, je serais vraiment un brigand ! Ji Guangjie, en principe, ton grand-père et mon Maître transmettent tous les deux l'art de l'école de Wudang. Toutes ces années, ils ont été de bons amis. Par conséquent, toi et moi ne pouvons pas devenir ennemis ! Mais maintenant que tu me traites de brigand, je me sens vraiment insulté ! J'avais des problèmes avec les membres de Kunlun, mais je ne voulais pas me battre avec toi. Si tu es quelqu'un de courageux, alors nous pouvons nous rencontrer demain à la passe Tong !

— Très bien. Seras-tu prêt ?

— Bien sûr ! Mais nous ne pourrons amener personne avec nous pour nous aider. Alors demain, dans l'après-midi, à Tongguan[1] ! Nous verrons qui est le plus fort, et tant pis si ça saigne !

— Ça me va ! fit Ji Guangjie en inclinant tête. Alors c'est entendu. À demain ! »

Il quitta la pièce sans se faire raccompagner, grimpa sur le toit et s'en alla. Il passa du toit de l'aile nord sur celui de l'aile est, où il aperçut de la lumière et l'ombre de Li Fengjie, qui était en train de lire. Il ne pouvait s'empêcher d'éprouver du respect et de l'admiration pour lui.

« C'est vraiment un jeune chevalier plein de raffinement, pensa-t-il. Dommage que nous en soyons arrivés sans le vouloir à devenir ennemis. »

Il rentra à l'agence Lishun, où tout le monde s'affairait dans la précipitation et la confusion en brandissant des sabres et en regardant de toutes parts.

« Vous avez encore laissé fuir ce Li Fengjie ? lui demanda-t-on à son retour.

— Ce n'était pas lui, répondit Ji Guangjie. C'était un de mes amis. Nous échangions quelques coups à l'épée pour nous amuser. Après quoi, nous sommes allés chez lui pour discuter un peu. »

Lu Zhizhong et ses compagnons regardaient Ji Guangjie avec étonnement et suspicion. C'est alors qu'Aluan arriva.

« Mais qu'est-ce que ça veut dire, hein ? demanda-t-elle au jeune homme, très énervée. Vous êtes de connivence avec Li Fengjie ou quoi ?

1. Tongguan ou passe Tong : passe stratégique entre le Henan et l'Est du Shaanxi.

— Ne dites pas cela, demoiselle, répondit Ji Guangjie. Vous m'accusez injustement. Si je le connaissais réellement et que j'avais l'intention de semer la panique ici, quel rôle je jouerais dans l'histoire, alors qu'il est capable de vous battre tous ? »

Aluan cherchait la querelle, mais Lu Zhizhong la renvoya dans sa chambre. Ji Guangjie soupira. Puis, s'adressant à Ge Zhiqiang :

« Je viens d'apprendre par mon ami que Li Fengjie était bien le disciple du Dragon du Sichuan. J'étais destiné à devenir ami avec un homme tel que lui, à la fois versé dans les lettres et l'art militaire. Mais à présent, à cause de ce qui vous arrive, nous sommes devenus ennemis, et d'ici à un ou deux jours, nous devrons nous battre jusqu'à la mort ! »

Il retourna dans sa chambre, complètement abattu, et ne put fermer l'œil de la nuit. À la troisième veille, on ferma la grande porte, et tous les employés de l'agence, épuisés par les événements, partirent se coucher. Ji Guangjie tendit l'oreille et entendit à l'extérieur un incessant et léger bruit de pas. Sur le toit, les tuiles semblaient bouger également. Le jeune homme trouva cela risible. Il prit son épée et ouvrit la porte. C'est alors qu'une voix féminine demanda :

« Qui est là ?

— C'est moi », répondit Ji Guangjie en riant.

Sans dire un mot de plus, Aluan se remit à arpenter le toit jusque dans la cour arrière. Ji Guangjie regarda de tous côtés : plus de lumière dans aucune pièce de la maisonnée. Alors il se hissa sur le toit à son tour, sans faire de bruit. Il posa son épée sur les tuiles et se dirigea doucement vers la cour arrière, le dos baissé. Aluan venait de sauter du toit et de faire plusieurs fois le tour de la cour, son sabre à la main. Puis, semblant exténuée, elle pénétra dans une pièce encore éclairée de l'aile ouest. Ji Guangjie sauta par terre, marcha sans faire de bruit et se posta devant la fenêtre de la chambre. Il retint son souffle puis mit un peu de salive sur son ongle et fit un petit trou dans le papier de la fenêtre en grattant doucement dessus : il put ainsi observer ce qui se passait à l'intérieur. Aluan était en train de déboutonner sa veste, comme si elle voulait se changer ou bien se préparait à aller dormir. Soudain, Ji Guangjie tira sur la porte et fit irruption dans la pièce. « Ah ! » cria Aluan, surprise, avant de se s'emparer de son sabre. Le jeune homme agita la main :

« Ne vous inquiétez pas, demoiselle. Si je suis venu, c'est pour vous parler ! »

Le visage d'Aluan rougit puis s'empourpra. Elle fixa l'intrus avec un regard furieux et dit :

« Pourquoi pénétrez-vous ainsi dans ma chambre en plein milieu de la nuit ?

— Pour tout vous dire, je viens juste de voir Li Fengjie, lui répondit Ji Guangjie en souriant. Nous avons fixé un rendez-vous pour nous battre, demain. Demoiselle, si vous le souhaitez, je vous emmène. Mais pas un mot à quiconque !

— Où vous battrez-vous ? J'y serai !

— Parlez moins fort, voyons ! Li Fengjie se moque de nous, il pense que ceux de Kunlun comptent sur leur supériorité numérique pour le battre, mais qu'ils ne sont au fond que des bons à rien.

— Nombreux mais désordonnés ! C'est pour cela qu'il nous a battus à chaque fois. Pour demain, inutile de vous déranger. Dites-moi le lieu du rendez-vous. Je m'y rendrai seule et je m'occuperai de lui !

— Comment pourriez-vous réussir ? rétorqua Ji Guangjie en souriant. Il viendra pour me combattre moi. Si vous y allez, il refusera de croiser le fer et trouvera un moyen de s'échapper. Difficile après cela de le retrouver ! Faisons comme suit : demoiselle, demain, de bon matin, vous chevaucherez jusqu'au pont de la rivière Ba. Je vous y attendrai. Ensuite, nous partirons au lieu de rendez-vous. Le moment venu, restez spectatrice, ne tentez rien, pour éviter de nous ridiculiser à nouveau. Si je ne tiens pas le coup, alors il sera à vous ! »

Le jeune homme sourit et regarda Aluan avec ses yeux brillants et expressifs. La demoiselle hocha la tête et répondit :

« Demain, au pont de la rivière Ba. Entendu ! »

Ji Guangjie recommanda à nouveau de ne parler de tout cela à personne, puis tourna les talons. Aluan ferma la porte après son départ. Le jeune homme sauta sur le toit, retourna dans la cour de devant, récupéra son épée, sauta à terre, rentra dans sa chambre, ferma la porte et alla se coucher. Aluan obnubilait ses pensées : quelle beauté, quelle femme chevalier exceptionnelle !

Le lendemain, de bonne heure, en sautant hors du lit, Ji Guangjie aperçut Aluan qui menait son cheval dehors. Il sourit secrètement et se changea calmement, sans se presser. Puis il enjoignit aux employés de l'agence d'aller enlever les affiches collées la veille à l'encontre de Li Fengjie. Un instant plus tard, Ge Zhiqiang pénétra dans sa chambre :

« Le jour fatidique approche ! Les gens que j'ai envoyé chercher vont bientôt venir. Une personne de Hanzhong va sans doute arriver aujourd'hui. Si Li Fengjie s'est enfui dans une autre province, nous le retrouverons ! Je vous prie de rester encore quelques jours, frère Ji, pour nous aider à régler cette affaire. Ensuite, vous serez un véritable ami de notre confrérie de Kunlun !

— Je vous aiderai, répondit Ji Guangjie. Je repars d'ailleurs aujourd'hui à la recherche de ce Li Fengjie, à l'extérieur de la ville ! »

Après le départ de Ge Zhiqiang, Ji Guangjie fit préparer son cheval et quitta l'agence avec sa précieuse épée. Il prit la direction de l'est, quitta Chang'an et partit au galop. Malgré l'heure matinale, il faisait une chaleur accablante, et le jeune chevalier, très pressé, arriva au pont de la rivière Ba en nage. Il aperçut un cheval rouge feu attaché à l'ombre d'un saule au bord de la rivière. Aluan se tenait debout à côté : elle portait un vêtement léger de soie blanche et un pantalon de soie vert oignon. Elle leva son fouet dans sa direction. Ji Guangjie s'approcha, souriant. La jeune femme détacha son cheval et posa un pied sur l'étrier.

« Il fait tellement chaud, lui dit le chevalier, reposons-nous d'abord un instant, voulez-vous ?

— Pour quoi faire ? Il faut se dépêcher d'aller attraper ce Li Fengjie ! Ensuite seulement nous rentrerons à Chang'an pour nous reposer ! »

Elle monta en selle, fit jouer son fouet et traversa le pont. Ji Guangjie la suivit.

« En fait, lui cria-t-il, la rencontre avec Li Fengjie aura lieu cet après-midi. Même si la victoire est rapide, je pense qu'on ne pourra pas rentrer tout de suite !

— Où se déroulera le combat ?

— À la passe Tong, à plus de deux cent soixante-dix lis d'ici.

— C'est censé être loin ? rétorqua Aluan en ricanant. Allez, en route ! »

Elle partit au galop. Ji Guangjie la suivait de près en agitant son fouet, et gardait les yeux fixés sur sa charmante et gracieuse silhouette. Malgré la sueur, il en vint à oublier la chaleur torride. Il se berçait d'illusions :

« Les frères de Kunlun me respectent énormément, pensait-il, et cette jeune fille n'est sans doute pas encore fiancée. Si j'en parle à Lu Zhizhong et Ge Zhiqiang, ils accepteront certainement de servir d'entremetteurs ! En tant que petit-fils légitime du Chevalier de Longmen, mes origines familiales sont signifiantes. Le vieux boxeur Bao pourrait être très satisfait de cette union, non ? Nous formerions un couple harmonieux, nous mènerions une vie de chevaliers errants, et tout le monde envierait cette union de héros amoureux ! »

Se réjouissant ainsi de plus en plus, il fit avancer son cheval encore plus vite. Arrivé à hauteur d'Aluan, il tourna la tête en riant et lui dit :

« Demoiselle, vous excellez sincèrement en arts martiaux ! Je suis sûr que le vénérable Maître s'est montré un peu partial avec vous lorsqu'il vous a transmis son art. Sinon, comment pourriez-vous être encore plus forte que vos oncles et frères d'armes ? Aucun de mes nombreux amis ne croit à l'existence d'une femme chevalier. Je vous prie de leur rendre visite avec moi, un jour, pour les étonner un peu. Vous savez, demoiselle, j'admire vraiment vos capacités. C'est votre aide à vous seule que j'ai sollicitée aujourd'hui, car vous surpassez en *gongfu* tous les hommes de la ville ! »

Aluan ne pouvait supporter tant d'éloges. Elle sourit et répondit d'une voix charmante :

« Je trouve que vous vous débrouillez très bien également. Je comprends maintenant pourquoi après si peu de temps dans le monde du Jianghu, vous vous êtes déjà fait un nom ! »

En prononçant ces mots, ses joues appétissantes se couvrirent d'un rouge délicat. Mais elle sembla tout à coup se rappeler autre chose, changea de contenance et brandit son fouet en criant :

« Allez ! Vite ! Trêve de bavardages ! »

Ji Guangjie se sentit pousser des ailes et passa devant. Les deux chevaux galopaient vers l'est, dans la chaleur étouffante, en soulevant un gros nuage de poussière. Comme on approchait de midi et que le soleil tapait fort, les passants et les voyageurs se faisaient rares. Ils arrivèrent bientôt au district de Weinan. Soudain, Ji Guangjie aperçut non loin devant eux un cheval blanc monté par un cavalier vêtu légèrement et portant sur la tête un bout d'étoffe noire. Il se retournait régulièrement pour regarder derrière lui : il s'agissait de Li Fengjie. Ji Guangjie accéléra et cria :

« Bien ! Inutile d'aller jusqu'à la passe Tong ! Réglons cela ici ! »

Aluan le rattrapa et hurla d'une voix perçante :

« C'est Li Fengjie ! Ne le laissez pas s'enfuir ! »

Ji Guangjie se retourna.

« Demoiselle, contrôlez-vous ! Attendez la fin de notre combat avant de faire quoi que ce soit. Sinon, il se moquera de nous ! »

Li Fengjie tira sur les rênes et se retourna. Il attendit que Ji Guangjie et Aluan s'approchent pour mettre pied à terre. Alors il dégaina son épée et s'avança de quelques pas en riant.

« Ji Guangjie, tu ne pouvais pas faire la route tout seul, ou bien tu n'avais pas le courage de m'affronter tout seul ? »

Le sang monta au visage de Ji Guangjie, qui répondit, furieux :

« Cette jeune femme n'est pas là pour m'aider. Elle vient juste assister au duel ! »

Il s'empara de son épée, descendit de cheval, se rua sur son adversaire et frappa férocement de son arme en direction du cœur de Li Fengjie. Le chevalier recula et bloqua l'attaque de son épée. « Dang ! », il se mit de biais, avança et dirigea sa lame contre Ji Guangjie, qui para le coup. Un second « dang ! » retentit, à faire trembler les âmes, et les deux lames s'entrechoquèrent. N'en pouvant plus, Aluan descendit de cheval et s'élança en brandissant son épée. Li Fengjie recula : Ji Guangjie le poursuivit en faisant tournoyer son épée. Li Fengjie bloqua de sa lame l'attaque violente d'Aluan et l'épée sauvage de Ji Guangjie. Son arme lançait des éclairs pâles, son corps vigoureux bougeait dans tous les sens. Au bout d'une vingtaine d'échanges, il sentit une vive douleur dans le flanc droit. « Ah ! », il se retourna et courut vers l'est. Son cheval partit derrière lui.

« Sale traître ! Arrête-toi ! » hurla Aluan.

Elle s'élança à sa poursuite, mais Ji Guangjie la retint par le bras gauche et lui dit :

« Je viens de le blesser, et grièvement. Laissez-le partir ! Si nous le rattrapons, à deux contre un, quels héros serons-nous, hein ?

— Lâchez-moi ! » rétorqua la jeune femme en tapant du pied par terre.

Elle poussa Ji Guangjie et partit en courant. Li Fengjie attrapa son cheval, monta en selle et galopa en direction de l'est. Aluan monta sur son cheval et pourchassa le fuyard, suivie de Ji Guangjie. Après une course de plus de trente lis, Li Fengjie distança ses poursuivants et disparut au loin. Aluan, à bout de souffle, tira sur les rênes. Ji Guangjie rangea son épée précieuse et s'avança.

« Est-ce que nous ne pouvons pas considérer que les humiliations des derniers jours subies par la secte de Kunlun ont été effacées ? dit-il. Je garantis qu'avant d'atteindre la passe Tong, Li Fengjie tombera de cheval et mourra tragiquement. Demoiselle, rentrons voulez-vous ! »

Aluan, toujours aussi furieuse, rangea son sabre, se retourna et répondit :

« Partez devant. Je ne veux pas chevaucher à vos côtés.

— Pourquoi donc ? rétorqua Ji Guangjie en riant. Demoiselle, en chevalerie, on n'applique pas les convenances qui interdisent aux hommes et aux femmes de se toucher ! »

Aluan posa la main sur le manche de son sabre et fixa le jeune homme avec rage :

« Vous n'êtes pas quelqu'un de bien !

— Je n'ai rien d'un mauvais homme ! C'est juste que je vous adore, demoiselle ! »

La jeune femme lança son cheval, suivie par Ji Guangjie, et les deux cavaliers se mirent à galoper à vive allure en direction de l'ouest. Aluan ne se retournait pas.

« Demoiselle, ne soyez pas en colère contre moi, lui dit le jeune homme. Je viens d'avoir vingt-cinq ans et je ne suis pas encore marié. J'aime vraiment la jeune femme que vous êtes, si douée en arts martiaux, si charmante. Demoiselle… »

Semblant ne pas prêter attention à ces paroles, Aluan se contentait de fouetter son cheval. Avant trois heures de l'après-midi, elle arrivait déjà à l'agence Lishun. Elle aperçut devant l'entrée plusieurs chariots et quelques chevaux. Un homme vint l'accueillir en levant les bras :

« Ah ! La demoiselle est rentrée ! Descendez de cheval, vite ! Vite ! Votre grand-père est là ! »

Il s'agissait de son oncle Jiang Zhiyao, « le Pionnier Borgne ». En apprenant la venue de son grand-père, la jeune femme, agréablement surprise, sauta à terre et courut à l'intérieur.

« Où est-il ? » demanda-t-elle.

Elle constata alors que le rideau de bambou de la chambre de l'ouest était relevé : le vieil homme se trouvait dans la pièce et discutait avec ses disciples Ge Zhiqiang, Lu Zhizhong, Zhao Zhilong et Yuan Zhixia, qui l'écoutaient avec déférence.

« Grand-père ! s'écria Aluan. Pourquoi tu es venu, avec la chaleur qu'il fait ? »

Le vieux boxeur, torse nu, laissait apparaître un corps de septuagénaire solide comme le roc. Zhao Zhilong agitait pour son Maître un grand éventail en plumes d'oie, faisant voleter sa barbe blanche. Bao Kunlun semblait très énervé, mais en voyant sa petite-fille, il prit un air plus souriant et dit :

« Aluan ! Regarde ! La secte de Kunlun humiliée par un homme ! J'ai formé plus de trente disciples, et travaillé dans l'escorte armée pendant plus de quarante ans, et une telle chose ne s'était encore jamais produite ! Dans une ville aussi grande que Chang'an, avec tes oncles Ge et Lu ici, laisser ce Li Fengjie se comporter de la sorte !

— Ne t'énerve pas, grand-père ! répondit Aluan. Nous venons justement de le châtier.

— Où donc ? » s'empressa de demander Ge Zhiqiang.

La jeune femme leur raconta tout et les disciples éprouvèrent aussitôt une immense joie. Seul le vieux boxeur commenta en ricanant :

« Honte à nous ! Pour se venger d'un affront, la secte de Kunlun a fait appel au petit-fils du Chevalier de Longmen !

— Non ! rétorqua Aluan. C'est pendant que je combattais au sabre Li Fengjie que Ji Guangjie a saisi une occasion et l'a blessé. S'il avait été seul, il n'aurait jamais réussi ! Li Fengjie a été gravement touché à la poitrine. Il s'est enfui à cheval et est sans doute mort avant d'avoir eu le temps d'arriver à la passe Tong !

— Mais nous nous sommes fait de nouveaux ennemis ! soupira Bao Kunlun.

— Où est Ji Guangjie ? demanda Lu Zhizhong.

— Je pense qu'il ne va pas tarder », répondit Aluan.

Le vieux boxeur passa un maillot de corps de couleur brun jaune et dit à sa petite-fille :

« Cela faisait vingt ans que je n'étais pas parti de chez moi. Mais depuis ton départ, je ne sais pas pourquoi, je me sens constamment anxieux. Ainsi, lorsque ton oncle Jiang est revenu me chercher, je l'ai aussitôt suivi. En passant près de Hanzhong, je ne suis même pas entré dans la ville, pressant le pas jusqu'aux montagnes Qinling. Puis j'ai rencontré ton oncle Yuan Zhixia, et en apprenant ce qui se passait ici, je me suis hâté de venir en chevauchant de nuit.

— Grand-père, as-tu déjeuné au moins ? Moi, je n'ai même pas pris mon petit déjeuner ! »

C'est alors que Ji Guangjie arriva. Le vieux boxeur Bao se leva pour l'accueillir :

« Mon cher neveu ! Heureusement que vous nous avez aidés, sans quoi c'en était fini de mes disciples ! Je vous en remercie. »

Ji Guangjie se montra très respectueux et s'inclina profondément :

« Mon vénérable aîné se montre trop courtois, je ne mérite pas tous ces compliments ! »

Le jeune homme, assoiffé, échangea quelques phrases avec Bao Kunlun et se précipita pour boire un peu d'eau. Apprenant que les deux jeunes gens n'avaient pas encore mangé, Ge Zhiqiang demanda qu'on leur prépare quelques plats en cuisine. Il apporta un peu de vin, et s'assit pour boire une coupe avec Aluan et le vieux boxeur. Ji Guangjie raconta par le menu le rendez-vous fixé la veille avec Li Fengjie, le déroulement du combat à Weinan et la blessure infligée à l'épée à son adversaire. Mais il omit totalement de parler d'Aluan et de la visite effectuée la veille au soir à la jeune fille pour lui fixer rendez-vous. Il préféra dire qu'ils s'étaient fortuitement rencontrés le matin même à la porte est. En voyant ce jeune héros parler avec tant de volubilité, le vieux Bao se sentit grisé. Il but plusieurs coupes et bavarda allègrement. À la fin du repas, il envoya sa petite-fille se reposer dans la cour intérieure et continua à converser joyeusement avec le jeune Ji. Ce jour-là, de nombreux boxeurs et gardes du corps de la ville vinrent présenter leurs hommages à Bao Kunlun, et l'agence d'escorte Lishun s'anima pour un temps.

Le vieux boxeur et Ji Guangjie passèrent la nuit dans la même pièce, bavardant entre héros de jeune et d'ancienne générations, parlant du Chevalier de Longmen, du Dragon du Sichuan, des exploits de Bao Kunlun. Puis ils évoquèrent la situation familiale de Ji Guangjie et les événements récents de sa vie de chevalier, entre autres son voyage dans le Henan, son combat avec Gao Qinggui, la défaite infligée au Singe aux bras de fer, et ses trois voyages aux montagnes Songshan pour rencontrer le Maître du bouddhisme Chan[1], Taiwu, « le Bodhisattva au visage d'or » caché par peur de le combattre. Ainsi, buvant et mangeant,

1. Bouddhisme Chan : « bouddhisme zen » au Japon et « Dhyana » en sanskrit. Forme de bouddhisme mahayana né en Chine au ve siècle et qui prône l'illumination par la méditation.

ils discutèrent jusqu'à la troisième veille avant d'aller se coucher. Le reste de la nuit se passa fort tranquillement.

Le lendemain, au petit matin, le vieux maître Bao emmena sa petite-fille faire des enchaînements de boxe et de sabre dans la cour. Ji Guangjie se joignit à eux, révéla quelques techniques transmises par son grand-père et exécuta plusieurs mouvements surprenants à l'épée. En voyant cela, maître Bao s'extasia :

« C'est tout simplement du pur *gongfu* interne ! Beaucoup plus impressionnant que celui de notre école de Kunlun ! »

Ce jour-là, il convia en secret Ge Zhiqiang et Lu Zhizhong pour discuter d'un éventuel mariage entre Aluan et Ji Guangjie, et chargea Zhizhong de parler de cette proposition au jeune chevalier. Ainsi, à midi, le disciple invita Ji Guangjie à boire un coup dans une taverne et évoqua l'union avec Aluan. Ji Guangje, au comble de la joie, ne pouvait rêver mieux et le mariage fut conclu.

« Puisque vous acceptez, ajouta Lu Zhizhong, je vais de ce pas en informer mon Maître. Il ne peut séjourner à Chang'an très longtemps. Sans doute vous invitera-t-il à vite célébrer le mariage pour partir l'esprit tranquille ! »

Le disciple retourna à l'agence d'escorte rendre compte à son Maître, qui hocha la tête sans dire un mot. Une fois seul, le vieux boxeur se rendit dans la cour intérieure et entra dans la chambre de sa petite-fille. Aluan venait de terminer sa sieste et se préparait devant la glace. En voyant arriver son grand-père, elle se retourna en souriant et s'écria :

« Grand-père ! Il fait tellement chaud ! Tu ne te reposes donc pas ? »

Le vieux Bao sourit :

« Je ne sens pas trop la chaleur, répondit-il. Et je ne me sens pas fatigué non plus. Cela fait vingt ans que je n'ai pas voyagé, j'ai l'impression d'être à nouveau jeune ! »

Il s'assit sur un tabouret, caressa sa barbe blanche comme neige, sourit et reprit :

« Aluan, je viens t'annoncer un heureux événement ! »

La jeune femme, stupéfaite, observait dans le miroir la mine réjouie de son grand-père. Aussi loin qu'elle s'en souvenait, elle n'avait jamais vu le vieil homme aussi heureux.

« Aluan... Avant ton départ, je t'ai dit qu'il y avait deux raisons à ce voyage : la première, te forger une expérience ; la seconde, te chercher un mari. Tu as plus de vingt ans à présent, tu ne peux plus t'attarder dans l'âge juvénile. Je prévois de donner ta main à Ji Guangjie. C'est un jeune homme très bien... »

À ces mots, Aluan sentit une vague de tristesse l'envahir et éprouva une rancœur ineffable. Les larmes coulèrent sur son visage. Mais alors qu'elle s'apprêtait à secouer la tête en signe de refus, son grand-père exhala un soupir et reprit :

« Il y a beaucoup de choses que je dois te dire : je suis vieux maintenant. Ton père ainsi que tous mes disciples ne sont pas de parfaits combattants, et depuis des années nous avons offensé un grand nombre d'hommes des Fleuves et des Lacs. Les héritiers de la secte de Wudang font tous leur apparition. Regarde avec quel brio Li Fengjie manie l'épée ! Si Ji Guangjie n'avait pas été là, ceux de l'école de Kunlun seraient perdus à l'heure qu'il est ! En outre, on dit que le Chevalier de Langzhong prévoit de revenir à Hanzhong pour nous combattre. Si nous ne trouvons pas un homme capable et doué pour nous aider, et si je meurs bientôt, alors ton père, ton oncle, et tous mes disciples se feront malmener. Ji Guangjie est le petit-fils légitime du Chevalier de Longmen. C'est un jeune homme versé à la fois dans les lettres et les arts militaires, avec une bonne fortune familiale. En plus, son âge et son caractère correspondent aux tiens. C'est pour toutes ces raisons que j'ai décidé de vous unir. À partir du moment où nous aurons dans la famille Bao un gendre aussi héroïque, nous ne craindrons plus personne ! »

On sentait dans la voix du vieux boxeur une certaine tristesse et une grande émotion. Il leva vers sa petite-fille ses pauvres yeux d'homme âgé. Aluan pleura un long moment, incapable d'exprimer de vive voix la tristesse qu'elle ressentait. Pour finir, elle essuya ses larmes et inclina la tête. Ce signe d'assentiment réjouit le vieux boxeur :

« Tu es une bonne enfant, tu m'épargnes de grands soucis. J'ai plus de soixante-dix ans maintenant : en arrangeant ton mariage, j'ai accompli tous les devoirs de mon existence. Je peux à présent m'en aller en paix ! »

Le vieil homme se leva et quitta la pièce.

Le soir venu, on organisa un grand banquet dans l'agence pour fêter la conclusion du mariage : Ji Guangjie devenait ainsi officiellement le gendre de l'école de Kunlun. Il se marierait avec Aluan après les premières fraîcheurs de l'automne. Le jeune homme, ravi, passait ses journées dehors, à cheval, arborant fièrement son épée, invitant des amis à sortir et organisant des banquets. On connaissait maintenant partout le fameux gendre de Bao Kunlun : un jeune homme élégant, petit-fils du Chevalier de Longmen. Gardes du corps et boxeurs de la ville venaient tous lui faire des flatteries.

Quant à Aluan, elle changea énormément : elle qui depuis son arrivée était si vivante et pleine d'entrain et partait tous les jours à cheval se promener en ville ne sortait désormais presque plus. Son grand-père et ses oncles s'imaginaient à tort que la jeune femme, timide, voulait simplement respecter la tradition, et du coup ils n'attachèrent pas beaucoup d'importance à ce changement. La bru de Ge Zhiqiang ainsi que les servantes de la maisonnée voyaient bien souvent Aluan pleurer et rester seule et triste dans sa chambre, mais elles n'osaient pas en parler aux autres et ignoraient au fond la vraie raison de ce chagrin.

Une dizaine de jours plus tard, sous une chaleur de plus en plus torride, on enterra Miao Zhiying. Même si Ge Shaogang et Jin Zhiyong ne s'étaient pas encore remis de leurs blessures, ils se trouvaient hors de danger. Chang Zhigao, Chen Zhijun, Zheng Zhibiao et Yang Zhijin arrivèrent tous à Chang'an. En comptant Liu Zhiyuan, Lu Zhizhong, Ge Zhiqiang et les autres, on dénombrait plus de dix disciples de Kunlun.

Le père d'Aluan, Bao Zhiyun, arriva également de Hanzhong. Il pleura amèrement la mort de Miao Zhiying, qui lui avait été jadis d'une aide très précieuse et avait déjà escorté pour lui des convois dans le Sichuan avec son frère d'armes Zhang Zhiqi. Lorsque Zhiqi avait trouvé la mort au mont Xiangzi sous le bras d'un brigand, Miao Zhiying avait réussi à se sauver. Jamais Zhiyun n'aurait imaginé qu'il mourrait ainsi au combat, et cela lui brisait le cœur. Il pleura un long moment avant de rencontrer Ji Guangjie. Il fut ravi d'apprendre son mariage avec sa fille.

Le boxeur Bao éprouvait quant à lui une certaine joie mêlée de tristesse. Le soir venu, il demanda à Ge Zhiqiang de préparer de l'alcool et de dresser trois tables dans l'agence. Il s'assit à la place d'honneur, entouré par son fils aîné Zhiyun, sa petite-fille Aluan et son futur époux Ji Guangjie, ainsi que de tous les disciples présents. Tout le monde leva son verre et but gaiement. Alors que Lu Zhizhong s'apprêtait à parler à son maître et à ses camarades des ennemis qu'ils auraient à affronter bientôt, Ji Guangjie l'arrêta :

« Oncle Lu, inutile maintenant de mentionner Li Fengjie ou le Chevalier de Langzhong. S'ils viennent ici, je n'aurai pas besoin de votre aide : avec ma seule épée, je leur réglerai leur compte ! Il fait tellement chaud en ce moment. Quand l'automne arrivera, je construirai à Chang'an une lice où je mettrai en jeu mes biens familiaux. Je battrai un grand nombre de chevaliers qui se surestiment et ainsi je pourrai accroître la réputation de l'école de Kunlun. Cela en imposera beaucoup ! Alors à présent, inutile de proférer des paroles pessimistes devant notre vénérable aïeul. Buvons et réjouissons-nous ! »

Chen Zhijun, Liu Zhiyuan et les autres poussèrent de concert un cri d'assentiment. Yuan Zhixia s'empara d'une carafe de vin, la leva et dit en souriant :

« Je me dois de partager trois verres avec notre Maître Bao, ainsi qu'avec son fils aîné. Quant à Ji Guangjie et à demoiselle Aluan, nous boirons un verre ensemble ! D'abord, pour exprimer mon respect et ma dévotion, et ensuite, pour vous féliciter ! »

Il versa avec déférence un verre au vieux boxeur, qui sourit et but. Puis il lui versa un deuxième verre. Mais alors que le Maître s'apprêtait à le porter à sa bouche, Long Zhiqi, « le Tigre qui pousse les montagnes », débarqua avec affolement dans la pièce, couvert de poussière. Il présenta ses hommages au vieux boxeur, puis salua ses frères d'armes. Ge Zhiqiang s'avança :

« Troisième grand frère Long, demanda-t-il, comment se fait-il que vous arriviez seulement maintenant ? Êtes-vous au courant des événements heureux et tragiques qui se sont produits ici récemment ?

— Nous parlerons de tout cela plus tard ! répondit Long Zhiqi, haletant, en secouant la main. Si je suis là, c'est pour vous avertir d'une chose de la plus haute importance !

— Quelle chose ? » demanda le vieux boxeur Bao anxieux en se levant.

Lu Zhizhong fixait Long Zhiqi droit dans les yeux. Le visiteur sortit une lettre de sa poche.

« Je… J'ai reçu une lettre, à Ziyang. Elle vient de Jiang Xiaohe, contre lequel nous nous préparons depuis plus de dix ans : il a terminé son étude du *gongfu* et va bientôt venir nous trouver ! »

Bao Kunlun frappa sur la table.

« Lis-nous vite cette lettre ! » s'écria-t-il, furieux.

Long Zhiqi, à bout de souffle, passa la lettre à Lu Zhizhong. Le disciple, les sourcils froncés, se mit à lire à voix haute la missive, à la lumière de la lampe :

« À l'attention de Long Zhiteng et de Long Zhiqi, du district de Ziyang, et à l'attention du père et du fils Bao, du district de Zhenba : dix années ont passé depuis notre dernière rencontre, mais la vengeance de la mort de mon père n'a jamais quitté mon esprit. À l'époque jeune et faible, j'ai été humilié et brimé par vous tous, manquant de mourir à plusieurs reprises. La haine emplissait mon cœur, mais je ne pouvais rien faire. Maintenant je suis devenu un homme, et j'ai reçu des mains d'un grand maître l'art ancestral du véritable *gongfu*. Je pense pouvoir à présent exterminer le groupe de bandits que vous êtes, pour éradiquer une mauvaise engeance de cette terre, pour venger la mort de mon père et le remariage de ma mère, la perte d'un frère, la faim et le froid, la misère, les coups de sabre et de fouet. Tous ceux de la secte de Kunlun, à l'exception de trois personnes, sont mes ennemis personnels. Je partirai dans quelques jours pour l'ouest : je me rendrai d'abord à Ziyang, et ensuite à Zhenba. Alors prenez garde à vous, et préparez-vous ! Signé : *Jiang Xiaohe*. »

En entendant cela, le visage tout rouge du vieux boxeur Bao vira au vert. Quant à ses disciples, certains s'indignaient alors que d'autres restaient atterrés sans dire un mot. Ji Guangjie se retourna soudain et « klang ! », il dégaina son épée et en frappa la table dans un énorme bruit qui fit trembler toute l'assistance. Puis il s'exclama avec fierté :

« Inutile d'avoir peur ! Que vaut ce Jiang Xiaohe, hein ? Je n'attendrai pas qu'il vienne à Ziyang, je partirai à sa rencontre en prenant la route du sud ! Une fois face à face, je vous garantis que je lui réglerai son compte en moins de trois coups d'épée ! »

Bao Zhiyun s'avança :

« Qui vous a apporté cette lettre ? demanda-t-il.

— Un client du Henan qui fait le commerce de médicaments, répondit Long Zhiqi. Il a vu Jiang Xiaohe de ses propres yeux, dans le Henan, à la préfecture de Xinyang. Il dit que le jeune homme s'est fait un nom et que personne ne peut tenir tête à sa technique à l'épée et à sa maîtrise du *dianxue* : il a défait Pang Er, dit « la Lance Fleurie », de la ville de Xiangyang ; Liu Kuang, « Celui qui surpasse Huang Zhong », de la préfecture de Xinyang ; ou encore Lu Boxiong, dit « le Fouet Divin », du district de Shangcai. On dit qu'il compte d'abord partir vers le nord pour affronter le Maître bouddhiste Taiwu des montagnes Songshan, ainsi que Gao Qinggui, de Kaifeng. Puis il ira combattre le petit-fils du Chevalier de Longmen, Ji Guangjie, avant d'emprunter la passe Tong pour se rendre à Ziyang et à Zhenba ! »

À ces mots, Ji Guangjie ricana et dit :

« Brave Jiang Xiaohe… Il connaît donc mon nom ? C'est bien. Mais comme suit ce serait encore mieux : puisqu'il veut d'abord se rendre dans le Guanzhong, inutile que je parte à sa rencontre. Je l'attendrai, tout simplement ! Il goûtera à mon épée précieuse ! »

En disant cela, il se retourna vers sa future épouse. Le gracieux visage de la jeune femme avait viré au bleu, sans doute de colère et d'inquiétude, peut-être de tristesse… Une minute plus tard, elle repoussa son verre d'alcool, se leva et partit dans la cour intérieure. Lorsque la charmante jeune femme quitta la pièce, le boxeur Bao, atterré, repensa à une anecdote vieille de dix ans : c'était durant la fameuse nuit de tempête de neige, lorsque Petite Grue était venu avec son poignard pour se venger. Il lui avait expliqué qu'il n'y était pour rien dans la mort de son père et avait rejeté la faute sur les frères Long. Après le départ de Petite Grue, Aluan s'était lancée à sa poursuite : quelle scène émouvante que ces deux enfants s'affrontant dans la neige ! À partir de ce jour, il avait gardé le jeune garçon chez lui, s'imaginant même après un certain temps le marier à sa petite-fille. À cette époque, il regrettait sincèrement ce qu'il avait fait : jamais il n'aurait imaginé que la haine était toujours là, et qu'à présent les ennemis allaient se rencontrer et sûrement s'affronter dans un combat féroce ! Mais Ji Guangjie serait-il capable de battre Petite Grue ? En réfléchissant à tout cela, le vieil homme ne put s'empêcher de ressentir une certaine exaspération mêlée de tristesse. Il gardait les yeux fixés dans le vide, le corps tremblant. En voyant que son Maître commençait à se sentir mal, Ge Zhiqiang s'avança pour le soutenir, et aussitôt ce fut la panique générale dans la pièce.

Les disciples portèrent le vieux boxeur jusqu'à son lit, où il s'allongea raide comme un mort. Il resta ainsi un long moment avant de revenir à lui. Alors il reprit courage et dit :

« Il ne faut pas craindre Petite Grue. S'il vient, j'irai l'accueillir. Et si je meurs, il se sera vengé. Je veux juste vous exhorter, tous autant que vous êtes, à ne pas vous faire d'ennemis, et à ne pas vous comporter avec excès, sans quoi il sera trop tard après pour vous repentir. Je suis un homme âgé, mais vous, vous êtes encore jeunes. Rappelez-vous bien ce que je vous dis ! Soyez tolérants et magnanimes ! »

Puis, s'adressant à Ji Guangjie :

« En vous donnant ma petite-fille, j'ai fait de vous un proche de la famille Bao. Alors rappelez-vous aussi ces mots : si Petite Grue vient de mon vivant, ce sera à moi de me charger de lui, je ne veux pas vous voir. S'il vient après ma mort, vous devrez d'abord vous expliquer, selon les règles. C'est seulement s'il refuse d'écouter qu'il faudra vous battre. Mais faites preuve de clémence !

— Vénérable aïeul, répondit Ji Guangjie, pourquoi vous tourmenter de la sorte ? Que vaut réellement ce Jiang Xiaohe ? Et son maître surpasse-t-il le Dragon du Sichuan et feu mon grand-père le Chevalier de Longmen ? »

À ces mots, Bao Kunlun poussa un long soupir et sourit tristement :

« Mon cher petit-fils, cela ne fait pas longtemps que vous êtes chevalier, comment pourriez-vous savoir… Il y a quarante ans, même si on appelait le Chevalier de Longmen et le Dragon du Sichuan “les Deux Remarquables”, le premier n'a jamais osé traverser le fleuve Chang de toute sa vie, ni le second dépasser les limites des Trois Gorges[1]. Pour quelle raison ? Ceux qui connaissent le fin mot de l'histoire sont sans doute peu nombreux : c'est qu'il existait un troisième homme. Un incroyable chevalier, si fort en arts martiaux qu'il était imprévisible. Il pouvait à sa guise se jouer du Chevalier de Longmen et du Dragon du Sichuan. À cette époque, j'étais dans la force de l'âge, et beaucoup plus fort qu'aujourd'hui. Mais quand j'ai rencontré cet extraordinaire chevalier au mont Tongbai, ah ! Je m'arrête là. De toute façon vous ne me croiriez pas. Moi, Bao Kunlun, qui ai toujours librement agi tout au long de ma vie, je valais moins qu'une fourmi entre ses mains !

— Et il se pourrait que cet homme soit le maître de Jiang Xiaohe ? demanda Ji Guangjie en ouvrant de grands yeux.

— Si Petite Grue avait choisi un autre maître, répondit le vieux boxeur en fronçant les sourcils,

1. Les Trois Gorges : site du Hubei, en aval de Chongqing, au sud des montagnes Daba.

alors pourquoi me serais-je autant inquiété au cours des dix dernières années ? »

Ge Zhiqiang, pâle de frayeur, raconta également sa rencontre avec le fameux chevalier, dix ans auparavant, dans les montagnes Qinling. Ji Guangjie enrageait. Il réfléchit un instant, sourit d'un air méprisant et réconforta le vieux boxeur :

« À votre âge, cela serait pure folie de combattre un jeune chevalier. Partez. Après, j'irai vers l'est pour combattre Jiang Xiaohe jusqu'à la mort ! »

Ge Zhiqiang et ses compagnons, trouvant cette idée très raisonnable, conseillèrent au vieil homme d'accepter.

Le lendemain, Bao Kunlun partit avec sa petite-fille Aluan pour la passe Dasan. Ji Guangjie, armé de son épée, partit fièrement le même jour, accompagné de Jiang Zhiyao, à la rencontre de Petite Grue.

Chapitre IX

Une volonté acharnée durant dix années,
Des habiletés extraordinaires récoltées ;
Sous une pluie fine et venteuse,
Les deux chevaliers se rencontrent dans le village déserté.

En ce début d'été, la grande plaine qui bordait la passe Hangu se couvrait de champs de céréales qui s'étendaient à l'infini ; le Fleuve Jaune, tel un démon, faisait rouler ses flots bouillonnants et brumeux, et les montagnes Songshan, seul endroit rafraîchissant, avec leurs forêts denses et leurs ruisseaux chantants, faisaient barrage au vent chaud qui soufflait sur les terres. Les montagnes hébergeaient depuis quelque temps un nouvel habitant, celui-là même qui sema le trouble à Chang'an, affronta seul la secte de Kunlun, connut la défaite sous le bras de Ji Guangjie et quitta Hanguguan blessé : le fameux Li Fengjie. À l'origine fils d'une famille de paysans du district de Nangong, d'un naturel méprisant des conventions, il avait préféré étudier les lettres et les arts martiaux. En littérature, il aimait principalement la poésie, mais dédaignait les *bagu*, ces dissertations en huit parties, ce qui l'avait empêché de réussir aux examens impériaux. En arts martiaux, il maîtrisait les techniques de boxe et le maniement de l'épée, volait sur les toits et marchait sur les murs, mais dédaignait de se comparer aux autres au combat. Ainsi, bien que versé à la fois dans les lettres et les arts militaires, il ne put s'engager ni dans la première voie ni dans la seconde, et n'avait rien accompli à vingt ans passés. À l'inverse, Li Fengqing, son cadet d'un an, s'occupait de la culture de plusieurs mus de terres familiales, ce qui faisait de lui un paysan responsable et respectable.

Le maître d'armes choisi par Li Fengjie, un prêtre taoïste alors âgé de près de quatre-vingts ans, se faisait appeler le Taoïste de Longshan, « la Montagne du dragon ». En parcourant le pays, il passa deux années au Pavillon de l'immortel Lü, dans le district de Handan[1], et c'est là qu'il transmit son art à Li Fengjie. Lorsque ensuite il partit pour Beijing[2], il invita Li Fengjie à le rejoindre, et tous deux habitèrent ensemble pendant près de six mois, période durant laquelle le disciple apprit les grands principes du *dianxue*. Puis son maître l'envoya sur les routes pour devenir chevalier errant. Ce ne fut qu'au moment du départ que le prêtre taoïste avoua à son disciple qui il était vraiment : l'un des deux « Dragons », l'un des deux « Remarquables » qui faisaient trembler le monde des Fleuves et des Lacs, « Shuzhong Long », « le Dragon du Sichuan ».

Le vieux chevalier recommanda deux hommes à son disciple : Zhang Xiong, dit « l'Arbalète de fer », célèbre garde du corps de la préfecture de Changzhou, dans le Jiangnan, et le maître du bouddhisme Chan, Taiwu, dit « le Bodhisattva au visage d'or » des montagnes Songshan dans le Henan. Tous deux, par le passé, étaient restés sous ses ordres : ils furent ses bras droits durant toutes ses années d'errance, qu'il passa à défendre les faibles, à prôner la justice et à

1. Handan : ville du sud du Hebei.

2. Beijing : littéralement « la capitale du Nord », nom chinois de Pékin.

mettre à bas les despotes locaux brutaux et tyranniques.

Li Fengjie quitta son Maître à Beijing et partit pour Songshan, où il rendit visite au vénérable bonze Taiwu. Puis il partit pour le Jiangnan, et resta quelques jours à l'agence d'escorte de Zhang Xiong, « l'Arbalète de fer ». Après quoi il flâna entre les montagnes et les rivières, composant maints poèmes et se comportant en brave chevalier, devenant célèbre dans tout le Jiangnan. Il prit ensuite la direction du nord, jusqu'à la rivière Wei et Chang'an, pour visiter les vestiges de l'ancienne capitale des Han et des Tang. Il ne s'attendait pas à rencontrer Bao Aluan à la Grande Pagode de l'Oie sauvage et à essuyer tous les événements qui s'en suivirent. Blessé au flanc droit, peu profondément, et surtout humilié par sa défaite, il n'osa pas rester dans le Guanzhong plus longtemps. Endurant la douleur, il quitta la passe Tong sur son cheval blanc couvert de traces de sang, et voyagea des jours et des nuits durant, sans relâche, jusqu'aux montagnes Songshan. Là, il mit pied à terre sans plus arriver à tenir debout. Par chance, il arriva au monastère bouddhiste du Pin Blanc, où résidait le vénérable bonze Taiwu, qui connaissait la recette secrète d'un remède efficace contre les blessures à l'arme blanche : « la poudre médicinale régénératrice de Jingang[1] ». Après l'application du remède, la blessure fut guérie en moins d'une demi-lune.

Aussitôt, Li Fengjie voulut quitter la montagne et rejoindre la passe pour combattre à nouveau Ji Guangjie. Mais le Maître Taiwu, qui avait pris soin de dissimuler sa précieuse épée et son argent, lui conseilla de ne pas y retourner :

« Ji Guangjie est le petit-fils légitime du Chevalier de Longmen, il connaît certainement des techniques

1. Jingang : le gardien de Bouddha au pilon de diamant.

de combat ésotériques, alors que pour ta part, tu n'as étudié que deux ans auprès du Dragon du Sichuan. Bien sûr qu'il t'est légèrement supérieur ! En outre, il y a trop de monde là-bas : si tu y vas, tu ne pourras pas les vaincre. Il vaut mieux que tu restes ici quelque temps, pour poursuivre ton étude de l'épée et rencontrer quelques amis loyaux. Ensuite, il sera encore temps d'aller trouver ce Ji Guangjie et de te mesurer à lui. »

Le jeune homme suivit les conseils du bonze et resta au temple du Pin Blanc. Des nombreux temples construits dans les montagnes Songshan, celui de Shaolin était le plus grand et comptait la plus grande communauté de moines. Celui de Tianqi, à mi-hauteur, était celui où on brûlait le plus d'encens. Quant au temple du Pin Blanc, c'était le plus petit et celui où on trouvait le moins d'encens : peu de dévots se rendaient en effet là-bas, car le temple était construit sur le plus haut sommet de la montagne, et on ne pouvait même pas y accéder en chaise à porteurs. Le Maître Taiwu ne descendait jamais non plus, et les moines du temple n'allaient jamais demander l'aumône pour les cérémonies bouddhistes. Cependant, on pouvait y voir de nombreuses richesses, dont seul Li Fengjie devinait l'origine. Il ne croyait pas Taiwu, qui prétendait que tout cet argent provenait de la vente de ses médicaments. Il refusait d'ailleurs de vendre sa « poudre régénératrice de Jingang », qu'il considérait comme la plus précieuse, et ne se résolvait même pas à la donner à ses très bons amis. Il s'était sans doute fait moine assez tardivement : une fois sa fortune amassée, il avait dû croiser sur les routes des adversaires redoutables et subir des défaites écrasantes, ou bien alors s'était fait des ennemis jurés ou avait commis de graves crimes avant de se réfugier dans le bouddhisme, dans ce temple au sommet de la montagne. À l'exception de quelques rares amis qui lui rendaient d'occasionnelles visites, il ne recevait pratiquement jamais personne. Li Fengjie ne cherchait d'ailleurs pas à en savoir davantage et se contentait de profiter de ce que lui offrait la montagne : l'odeur des fleurs, le chant des oiseaux, les ombres de la brume légère et le murmure du vent soufflant dans les pins. Il compulsait des livres et maniait l'épée, le cœur léger, l'esprit libre.

Mais un jour, il commença à se sentir un peu seul et descendit jusqu'à un petit village qui s'appelait Mingqinjian, « la Ravine du *qin*[1] mélodieux ». Le village était en effet situé à l'est d'un torrent encaissé où l'eau de source s'écoulait toute l'année en fouettant les rochers dans un bruit de clapotis qui rappelait le son d'un *qin*. Li Fengjie alla récupérer son cheval blanc, confié à un bûcheron du village, un certain « Hu Erzheng aux épaules de fer ».

Il amena son cheval par la bride jusqu'en bas de la montagne et partit au galop sur la grande route. Il fit des allers et retours pendant un long moment et finit par se sentir fatigué. Le soleil effleurait alors la cime de la montagne, on approchait bien des sept ou huit heures et la route commençait à se couvrir peu à peu de passants et de charrettes.

En ce premier jour du cinquième mois lunaire, de nombreuses personnes se rendaient au temple Tianqi pour y brûler de l'encens. Et encore, ce n'était rien comparé au cinquième du mois, où, à l'occasion de la Fête du Dragon[2], le temple vivait une animation encore plus grande que celle des jours de foire. Craignant de renverser les passants, Li Fengjie tira sur les

1. *Qin* : instrument de musique ancien, d'abord à cinq, puis à sept cordes.

2. Fête de Duanwu ou Duanyang ou Fête de l'été : l'une des trois principales fêtes traditionnelles chinoises avec le nouvel an et la fête de la mi-automne. Jour de commémoration de Qu Yuan, poète de la Chine ancienne qui se suicida par noyade par amour pour sa patrie. La commémoration donne lieu à des joutes sur des « barques-dragons ».

rênes et se mit sur le côté de la route, regardant aller et venir les femmes et les hommes de tous âges, surtout les nombreuses jeunes filles magnifiquement vêtues.

Li Fengjie n'avait rien d'un libertin vicieux, mais il ne pouvait s'empêcher de penser aux nombreux poèmes romantiques et érotiques des anciens. Alors, se tenant bien droit sur son cheval et secouant son fouet de soie, il se mit à psalmodier : « *Des épingles à cheveux pourpres, des manches rouges, des jupes légères couleur de jade, de magnifiques nuages se lèvent sur les montagnes Songshan ; le chevalier errant, monté sur son cheval, est transporté de joie, mais le tranchant de l'épée peine à disperser les haines multiples et confuses.* »

Laissant ainsi divaguer ses pensées et son regard, le jeune homme, au comble de la satisfaction, entendit soudain une sorte de tintement : un cheval noir arrivait de l'est, avec une clochette accrochée autour de l'encolure, qui produisait des mélodies rapides ou lentes en fonction de l'allure de l'animal. Il portait sur son dos un cavalier d'une vingtaine d'années : un jeune homme de belle apparence, aux grands yeux et aux longs sourcils, de haute et large stature, robuste et vigoureux. Il était coiffé d'un chapeau de paille tenu par deux rubans de soie noire caressés par le vent, vêtu d'une veste et d'un pantalon noirs, pieds nus dans des sandales de paille. Il arrivait certainement du Jiangnan. Ce qui frappa particulièrement Li Fengjie fut le simple bagage posé sur la croupe du cheval et l'épée précieuse accrochée à la selle, épée dont le fourreau en fer effleurait les rênes en cuivre en produisant un son métallique qui répondait aux tintements de la clochette.

À la vue de ce cavalier, Li Fengjie pensa :

« Je doute qu'il s'agisse d'un dévot qui gravit la montagne pour faire brûler de l'encens ! C'est sûrement un chevalier errant. Mais qui peut-il bien venir voir ici ? »

Bien que stupéfait, il ne suivit pas le voyageur. Il lança son cheval et retourna chez le bûcheron, qu'il trouva en train de manger. L'homme, âgé de vingt-huit ans, avait tout le corps noir comme du charbon et sa tête ressemblait à une boule en fer. Son torse nu révélait une constitution musclée et vigoureuse tout en creux et en bosses, comme le flanc de la montagne, et la sueur ruisselait sur tout son corps, à la fois noire et brillante comme de la laque. Il tenait dans ses deux immenses mains une grossière galette de seigle qu'il mangeait à pleines dents.

« Frère Li ! s'écria-t-il en mâchant. Viens donc manger un peu de ces bonnes galettes cuites au four par ma mère !

— Non merci ! répondit Li Fengjie. Je mangerai au temple.

— Mais la cuisine n'y est pas aussi bonne que chez moi ! Allez ! Viens manger ! Il y a plein de galettes là-bas ! » dit Hu Erzheng en indiquant du doigt une palanche aux paniers remplis de bûches dans la cour.

Il venait juste de couper du bois dans la montagne, avec une charge qui devait bien faire dans les quatre-vingts kilos. Personne d'autre que lui, avec ses épaules de fer, n'aurait pu descendre jusque-là avec tant de poids sur les épaules.

« Je vais pouvoir vendre ce bois à un bon prix, reprit le bûcheron, je vais gagner pas mal ! Alors j'achèterai de la viande, pour vous inviter toi et ma vieille mère !

— Inutile d'acheter de la viande pour me recevoir ! répondit Li Fengjie en riant. Allez, je te mange une galette. »

Il attacha son cheval et entra dans la chaumière remplie d'odeur de fumée.

La mère de Hu Erzheng était paralytique : la vieille femme restait assise sur le *kang*, qu'elle ne quittait pas. Devant le lit de briques était posé un petit poêle en terre dans lequel elle faisait un peu de cuisine pour son fils. Li Fengjie fit une drôle de tête en mangeant ces galettes toutes desséchées et rugueuses. Mais comme son ventre criait famine, il n'eut pas le courage d'aller s'acheter à manger. Alors il déchira une galette en deux, prit un peu de légumes salés et sortit manger dehors pour discuter avec Hu Erzheng. L'homme lui confia que travailler comme bûcheron ne présentait pas le moindre intérêt, car chaque arbre de la montagne appartenait à quelqu'un : si ce n'était pas aux moines bouddhistes, alors c'était à de riches propriétaires qui ne manquaient pas de le malmener lorsqu'ils le prenaient sur le fait. Le jeune homme rêvait de partir pour la ville, mais il y avait le problème de sa mère. Li Fengjie lui donna son avis :

« Ta mère ne peut pas se déplacer, et du coup tu dois constamment t'occuper d'elle. Comment dans ce cas partir travailler en ville ? Il vaut mieux rester ici et vivre de la coupe du bois. Si tu viens à manquer d'argent, je t'en prêterai !

— Non, non, frère Li, répondit Hu Erzheng en agitant la main. Si je t'empruntais de l'argent, je ne pourrais pas te le rendre. J'y penserais jour et nuit, et cela m'empêcherait de dormir ! »

Appréciant l'honnêteté du bûcheron, Li Fengjie se mit à rire. Une fois sa demi-galette terminée, et n'ayant plus faim, il se reposa un instant. Il ne transpirait plus. Hu Erzheng, qui avait fini depuis longtemps, partit nourrir le cheval de son hôte.

Il était déjà midi passé. Alors Li Fengjie se leva et dit :

« Erzheng ! J'y vais, hein ! À demain ! »

Le bûcheron le salua. Fengjie poussa la barrière de branches qui faisait office de porte, quitta le village et remonta la montagne en longeant le ruisseau. Il écoutait le murmure de l'eau, si semblable à la musique d'un *qin*, et observait les rochers aux formes étranges, entassés au bord du ravin, étendus à perte de vue, qui formaient à eux seuls une grande montagne. Le vent soufflait bruyamment dans les arbres sombres et semblait faire écho à l'eau. Tout cela inspira à nouveau le jeune homme, qui s'arrêta au bord du ruisseau pour regarder les nuages flottants au-dessus des sommets et l'eau courant dans la ravine. Soudain, il aperçut sur sa droite un gros rocher tombé en travers du ravin et qui donnait sur un sentier abrupt et tortueux qui s'enfonçait dans la montagne et semblait mener à quelque lieu pittoresque.

L'envie du jeune homme de composer un poème s'évapora soudainement :

« J'aime bien cet endroit, se dit-il. Je me demande si ce sentier mène en haut de la montagne. Je suis ici depuis plusieurs jours, et je ne l'avais jamais remarqué ! »

Alors il passa sur le rocher et s'engagea sur le sentier. Il aperçut par terre deux lacets de sandales de chanvre et un instant plus tard plusieurs tas d'excréments humains. Il pensa que les gens devaient souvent emprunter ce chemin, et continua sa montée. Au-dessus de lui, des cyprès le protégeaient du soleil. Le vent de la montagne soufflait et toutes sortes d'oiseaux voletaient autour de lui en chantant gaiement.

« À quoi bon se battre à tout prix pour la gloire et la fortune dans ce monde plein de confusion ? pensa-t-il. Pourquoi aller trouver ce Ji Guangjie pour me venger, et combattre sans relâche ceux de Kunlun ? Je préfère rester dans cette montagne, m'y installer, vivre en ermite et profiter du bonheur simple et tranquille de la forêt. Peut-on rêver mieux ? »

Ainsi perdu dans ses réflexions, il passa une crête. Le sentier devint tout à coup plus étroit et plus escarpé, les oiseaux plus nombreux. Soudain, au milieu des gazouillements, il entendit des pleurs de femme. Très surpris, le jeune homme tenta de trouver d'où ils pouvaient bien provenir. Les sanglots se rapprochaient et devenaient plus oppressants, entrecoupés d'injures. Li Fengjie aperçut alors une femme en guenilles, les cheveux ébouriffés, qui descendait la montagne en courant :

« À l'aide ! hurlait-elle. On veut me tuer ! »

Un homme d'une quarantaine d'années, au visage jaune, vêtu d'un pantalon et d'une belle veste de soie, poursuivait la jeune femme. Il aperçut Li Fengjie mais ne lui prêta nullement attention, et continua à poursuivre sa proie en l'insultant :

« Espèce de petite morveuse ! Je te fais une faveur, et toi tu prends tes grands airs ! Sale gardienne de cochons ! Les tas d'excréments te vont vraiment bien à toi… Le Maître, dans un moment de joie, a voulu flatter tes atouts, t'offrir de nouveaux vêtements, te donner de l'argent ! »

Il allait bientôt rattraper la jeune femme, qui courait à corps perdu et finit par chuter en poussant un cri de douleur. Li Fengjie, furieux, bondit et attrapa le gaillard par le bras :

« Qu'est-ce que tu vas faire, hein ? demanda-t-il. T'en prendre à une pauvre et faible femme ?

— C'est ma femme ! Occupe-toi de… »

Il n'eut pas le temps de finir sa phrase qu'il reçut un coup de poing en pleine tête et « boum ! », tomba par terre, évanoui. Li Fengjie le laissa là et partit secourir la femme. Il la prit dans ses bras pour la relever : elle devait avoir dans les dix-sept ou dix-huit ans, avec un charmant visage. Li Fengjie, quelque peu étourdi, la lâcha et lui dit :

« N'aie pas peur ! Va-t'en ! »

Du sang coulait du front de la jeune fille et venait se mêler aux larmes. Encore choquée, elle ne pouvait dire un seul mot. Alors qu'elle s'apprêtait à reprendre sa course, Li Fengjie l'arrêta et lui demanda :

« Qu'est-ce que tu vas faire ? Tu habites dans la montagne ? »

La jeune fille secoua la tête et se remit à pleurer :

« J'ai perdu mon panier ! dit-elle.

— Allons le chercher ensemble. »

C'est alors que l'homme, qui avait repris connaissance, se releva. Il sortit un petit couteau, tendit le bras et le lança sur Li Fengjie. L'arme vola comme une fléchette.

« Ah ! » cria la jeune femme.

Mais Li Fengjie avait déjà attrapé le couteau. Il ricana :

« Tu en as d'autres, des couteaux volants ? »

L'homme le fixa avec un regard plein de haine, et sortit deux autres petits couteaux de sa ceinture, qu'il lança sur son adversaire. Li Fengjie les attrapa d'une seule main, laissant son assaillant stupéfait. Puis il prit un air grave :

« Canaille ! »

Levant légèrement la main, il renvoya une des armes, qui se planta dans la joue gauche de l'individu. L'homme ne cria même pas : le sang coulait le long du couteau. Il tira dessus avec force pour l'enlever, tourna les talons et s'enfuit. Il n'avait pas fait trois pas qu'une grosse pierre lui arriva droit dans la figure et le laissa étalé par terre sans connaissance.

Li Fengjie, atterré, regarda plus haut et aperçut un jeune homme qui riait aux éclats et descendait de la montagne en tenant son cheval par la bride. Il reconnut alors le cavalier du matin. Le jeune homme le salua une main dans la paume de l'autre et lui demanda en riant :

« L'ami ! Ce chemin mène au pied de la montagne ou non ? Je peux l'emprunter avec mon cheval, en le tenant ainsi par la bride ? »

Li Fengjie toisa le voyageur, puis salua à son tour et répondit :

« Non, le sentier est trop étroit, un cheval ne peut pas y passer. Mon ami, je t'ai vu grimper par le chemin de l'est, pourquoi ne descends-tu pas par là ? Il est tellement plus large et égal !

— Parce que j'ai entendu dire que par ce sentier on arrivait au village de Yueqian, là où se trouve le monastère bouddhiste subsidiaire du temple du Pin Blanc. Je dois justement aller voir quelqu'un là-bas. »

À ces mots, Li Fengjie pensa, stupéfait : « Mais il n'y a pas de monastère subsidiaire au temple du Pin Blanc... D'ailleurs, le village de Yueqian se trouve sur la face nord, très loin d'ici ! Apparemment, on l'a induit en erreur... »

« Qui viens-tu voir, l'ami ? lui demanda-t-il.

— Le Maître Taiwu, dit "le Bodhisattva au visage d'or".

— Dans ce cas, c'est facile ! C'est mon ami justement, je peux t'accompagner là-bas. Mais attends-moi un instant, je dois régler cette affaire.

— Très bien, très bien », termina l'autre en riant.

Li Fengjie remonta la pente avec la jeune femme pour chercher son panier de bambou, tout cassé, rempli de plantes sauvages et de graines de pin. Alors le jeune homme comprit qu'elle devait être d'une famille très pauvre. Il s'adressa à elle avec beaucoup de compassion :

« Ne monte plus par là, d'accord ? Emprunte plutôt le large chemin. Il n'y a pas beaucoup de gens ici, tu risques encore d'y faire de mauvaises rencontres ! »

La jeune fille pleurait.

« Où habite-t-elle ? ajouta l'inconnu. On n'a qu'à la raccompagner chez elle ! »

Li Fengjie demanda à la fille où était sa maison. Elle indiqua le bas de la montagne et répondit :

« J'habite au village de la Ravine du *qin* mélodieux.

— J'en viens justement ! répondit Li Fengjie. Allez, je te ramène chez toi ! » Puis, s'adressant à son jeune compagnon : « L'ami ! Attends-moi ici, je reviens de suite.

— D'accord. Je t'attends », fit l'autre en hochant la tête.

Li Fengjie, la corbeille à la main, partit avec la jeune fille. Cette dernière avait de petits pieds, et comme elle s'était blessée à la jambe en tombant, elle avait de plus en plus de mal à marcher sur le chemin tout raboteux. « Au diable les conventions qui interdisent aux hommes et aux femmes de se toucher[1] ! » pensa Li Fengjie, qui la soutint par le bras. Ils traversèrent le ruisseau et arrivèrent au village. Alors le jeune homme rendit la corbeille en bambou à la jeune fille et lui recommanda de ne plus grimper ainsi dans la montagne. Elle partit en traînant les pieds avec difficulté.

Li Fengjie s'empressa de retourner dans la montagne. Lorsqu'il arriva au lieu de rendez-vous, le gaillard à la figure jaune avait repris ses esprits, et déjà le jeune inconnu l'attrapait et le questionnait. Li Fengjie rejoignit son nouveau compagnon et donna deux coups de poing au blessé en l'insultant :

« À ton âge, t'en prendre à une jeune fille ! Tu es pire qu'une bête sauvage ! Allez ! Déguerpis ! Et cherche-toi un autre chemin ! Je t'interdis de redescendre par ici ! »

Sans dire un mot, l'homme baissa la tête et partit dans la montagne avec un air de chien battu. Alors Li Fengjie salua le jeune cavalier et lui demanda :

« Mon ami, quel est ton vénérable nom ? »

L'autre salua à son tour et répondit :

« Je m'appelle Jiang Xiaohe. »

Li Fengjie semblait stupéfait, comme s'il connaissait ce nom :

« Ravi de te connaître ! s'empressa-t-il de répondre. Enchanté ! D'où viens-tu, frère Jiang ?

---

1. *Nan nü shou shou bu qin* : dans la Chine ancienne, la politesse voulait qu'on ne se touche pas entre hommes et femmes en public, même pas qu'on s'effleure la main en se passant un objet.

— J'arrive de Xuzhou. Je suis venu exprès ici pour rencontrer le Maître Chan Taiwu. Je viens juste de me rendre au temple du Pin Blanc, mais un moine m'a répondu qu'il était parti au monastère subsidiaire de Yueqian, et m'a indiqué le chemin. C'est pourquoi je suis descendu par ici. C'est là que j'ai aperçu mon frère infliger sa punition à cette espèce de fou. Tu es vraiment très habile, je suis admiratif ! Comment t'appelles-tu, vieux frère ? »

Li Fengjie se présenta.

« Ah ! Bon sang ! s'écria Petite Grue ravi. Alors c'est toi Li Fengjie, le grand disciple du Dragon du Sichuan ! J'ai entendu dire dans le Jiangnan que tu avais accompli de grands faits de chevalerie !

— C'est trop me flatter ! répondit Li Fengjie en riant.

— Frère Li, puisque tu connais le vénérable bonze Taiwu, peux-tu m'emmener auprès de lui ? On a blessé un de mes amis à Xuzhou, et bien que sa blessure ne soit pas très grave, elle a commencé à gonfler et à s'infecter. On dit que le vénérable bonze possède la recette de "la poudre régénératrice de Jingang", une sorte de remède miraculeux. Je voudrais lui en demander un peu, pour retourner sauver mon ami.

— Cela marcherait sans doute, répondit Li Fengjie avec respect. C'est en effet un remède miracle. J'ai moi-même été blessé le mois dernier, et je me suis remis grâce à cette poudre. Cependant, le vénérable bonze la conserve comme un trésor et n'accepte pas de la donner à la légère. Si on lui propose de l'argent, il s'obstine encore plus dans son refus. Mais je vais plaider ta cause, et il sera sans doute embarrassé de te l'avoir refusée.

— L'ami en question est un homme des Fleuves et des Lacs, et je crois savoir que le vénérable bonze Taiwu a lui aussi été chevalier errant par le passé. Maintenant qu'il est moine, il devrait se montrer encore plus compatissant. Qu'est-ce qu'un peu de poudre pour lui ? »

Les deux compagnons se mirent en route et gravirent la montagne. Li Fengjie ouvrait la route, suivi de Petite Grue et de son cheval. Ils discutèrent tout le long du chemin, et Li Fengjie finit par demander à Petite Grue ses antécédents. Mais le jeune homme, qui ne désirait même pas dévoiler son lieu de naissance, se contenta de sourire et répondit :

« Je mène une vie errante et solitaire. Je ne connais rien en *gongfu*, mais je ne me suis jamais laissé faire. J'arrive du Jiangnan. En passant par Xuzhou, j'ai rencontré une vieille connaissance, et comme il était blessé, je suis venu chercher le médicament du bonze Taiwu. Une fois que je l'aurai, je retournerai à Xuzhou, puis je partirai dans le Guanzhong rendre visite à d'autres amis.

— Le Guanzhong… ? s'écria Li Fengjie étonné. Et quel genre de travail font tes amis, frère Jiang ?

— Ils sont dans l'escorte armée.

— Les gardes du corps du Guanzhong sont pour la plupart des gens de Kunlun. Ce sont tes amis, frère Jiang ?

— Disons qu'on se connaît vaguement, répondit Petite Grue en hochant la tête. Mais rien de très sérieux. »

En apprenant cela, Li Fengjie changea aussitôt d'attitude. S'imaginant que Petite Grue était un partisan de l'école de Kunlun, il s'énerva, ricana et dit :

« L'école de Kunlun ? Peuh ! Tous des bons à rien ! Méprisables, lâches et sournois, qui comptent seulement sur le fait d'être nombreux pour gagner. Récemment, Ji Guangjie, le petit-fils légitime du Chevalier de Longmen, un gars très doué à l'épée, est venu dans le Guanzhong pour aider les disciples de Kunlun.

Du coup, Ge Zhiqiang, Lu Zhizhong et les autres l'ont érigé en divinité.

— Le petit-fils du Chevalier de Longmen ? rétorqua Petite Grue quelque peu étonné.

— On dit que c'est lui, et je le suppose aussi : il manie l'épée magnifiquement, et puis il a à peu près mon âge. Mais honte à ce jeune chevalier, qui se fait applaudir par ceux de Kunlun !

— T'es-tu déjà mesuré à lui, frère Li ?

— Quelques fois, répondit Li Fengjie après un moment d'hésitation. Mais je ne m'abaisserai plus à le combattre à nouveau ! »

Lorsque les deux hommes arrivèrent au plus haut sommet, le cheval de Petite Grue ne put plus avancer.

« Laisse-le ici, conseilla Li Fengjie, personne ne viendra le voler. »

Petite Grue attacha l'animal à un grand pin et récupéra son sac et son épée. Puis il suivit son compagnon, et, s'agrippant aux branches d'arbres, s'aidant des rochers, tels deux singes ils gravirent la haute cime. C'était la deuxième fois aujourd'hui que Petite Grue venait au temple du Pin Blanc, perdu dans le brouillard. Li Fengjie l'invita à se reposer dans sa chambre, puis alla voir le supérieur du temple. Le vénérable bonze Taiwu était en train de réciter des soutras. Le jeune homme s'adressa à lui en ces termes :

« Un certain Jiang Xiaohe est ici pour vous voir. Il voudrait votre poudre médicinale. Vous vous en souvenez ? Il est revenu. »

Le bonze prit un air grave et rétorqua, mécontent :

« Comment se fait-il qu'il soit revenu ? Je l'ai vu tout à l'heure. Ma poudre régénératrice de Jingang me sert normalement à soigner les blessures des moines de la montagne. Pourquoi la donner aux chevaliers errants ? Si je leur donne, une fois guéris, ils chercheront encore la bagarre et commettront des méfaits !

— Je pense que si on lui en donne juste un peu, il partira. Même s'il connaît ceux de Kunlun, il est venu de très loin, et ce n'était pas une entreprise facile ! »

En entendant parler de Kunlun, le bonze se montra encore plus récalcitrant.

« Si c'est pour quelqu'un de Kunlun, alors je refuse d'autant plus de lui donner ma poudre ! De toute façon, je ne veux pas l'utiliser pour des chevaliers errants. Toi, je te connais depuis longtemps. Sans quoi je ne t'aurais pas soigné non plus !

— Très bien, alors je vais lui dire de s'en aller.

— Dis-lui que je suis parti pour quelque promenade, que tu ne sais pas quand je reviendrai et que tu ignores où se trouve la poudre.

— Pourquoi lui raconter tout ça ? Il suffit de lui dire que vous avez épuisé votre poudre en dons de charité.

— Oui, si tu veux. De toute façon, je n'en ai pas beaucoup. »

Li Fengjie quitta la pièce et rejoignit Petite Grue. Le jeune chevalier, qui attendait depuis longtemps déjà, s'impatientait et devenait suspicieux. En voyant la précieuse épée accrochée dans la chambre de Li Fengjie, ainsi que les livres posés sur la table, il pensa que le jeune homme devait certainement être versé à la fois dans les lettres et dans les arts martiaux.

Li Fengjie revint :

« Frère Jiang, ce n'est vraiment pas de chance : le vénérable bonze n'a plus de poudre, il a tout donné par charité.

— Tout ? demanda Petite Grue, atterré. Mais… Le vénérable bonze pourrait-il me donner la formule ? Après quoi je quitterai la montagne et je retournerai d'où je viens. Moi, Jiang Xiaohe, je jure devant le ciel de ne jamais dévoiler cette formule à personne. Je ne l'utiliserai que pour sauver mon ami blessé.

— Frère Jiang, reprit Li Fengjie. Je te conseille de partir ! Il y a des médecins réputés partout, va vite en chercher un, ne fais pas attendre ton ami. Tu pourras tout aussi bien trouver le médicament du vénérable bonze Taiwu ailleurs !

— Je ne te crois pas ! rétorqua Petite Grue fâché en secouant la main. Frère Li, je ne suis pas venu ici pour te demander le médicament. D'ailleurs, tu ne l'as pas, et tu ne fais même pas partie de ce temple. Tout cela n'a rien à voir avec toi. Je vais discuter de ça avec le bonze ! »

Aussitôt, il poussa son camarade et quitta la chambre. Li Fengjie fut stupéfait de la force de son nouvel ami.

« Taiwu ! cria Petite Grue une fois dans la cour. Inutile de te cacher, montre-toi et parlons ! Par le passé, tu as été chevalier toi aussi. Maintenant qu'un de mes amis est blessé, par respect pour le monde du Jianghu, tu dois me passer un peu de cette poudre ! En outre, tu es un bonze, et la philanthropie devrait être un de tes grands principes, non ? En tenant secrète cette poudre contre les blessures à l'arme blanche, tu ne pourras jamais atteindre le statut de Bouddha. Mais si tu m'en donnes un peu, je pourrai guérir mon ami, et il n'aura plus à supporter la souffrance ! »

Li Fengjie accourut et tenta d'arrêter Petite Grue :

« Frère Jiang, c'est moi qui t'ai amené ici. En faisant tout ce tapage, tu me mets dans une situation déshonorante !

— Toi dont le nom est Li, ne t'occupe pas de ça ! Ça ne te regarde pas. Je suis déjà venu une fois au temple avant de te rencontrer, et ils m'ont envoyé voir ailleurs ! Maintenant, je ne reviens pas pour me battre avec le bonze, je veux seulement lui parler. Taiwu ! Montre-toi ! »

Petite Grue frappait du pied par terre en criant. Il vit soudain sortir de la chambre du supérieur un moine de haute et forte stature, au visage jaune.

« C'est toi, Taiwu ? » demanda-t-il.

Le vénérable bonze, apparemment furieux, le tança vertement :

« Qu'est-ce que tu as à mugir comme ça chez moi ? Oui, j'ai de la poudre. Mais je ne la donnerai pas à des hommes du Jianghu !

— Ah ! fit Petite Grue à Li Fengjie. Il a de la poudre, et toi tu racontes des mensonges pour lui ! » Puis il s'avança et reprit : « Taiwu, ne t'inquiète pas. Moi, Jiang Xiaohe, je ne souhaite pas me battre, même si tu insultes les chevaliers. Pourtant, je crois savoir que tu en étais un avant ?

— Quand j'étais chevalier, répondit le bonze, c'était pour aider les faibles, avec un grand sens de la justice. Mais maintenant, vous, les hommes des Fleuves et des Lacs, n'êtes plus qu'une bande de brigands et de débauchés ! Si je vous donne de la poudre régénératrice de Jingang, une fois guéris, vous irez à nouveau semer le mal !

— Qu'est-ce qui te fait dire ça ? » demanda Petite Grue en tapant du pied. Puis, levant le bras en direction du bonze : « Je ne partirai pas d'ici tant que tu ne m'auras pas donné cette poudre, et je serai tellement pénible que tu ne sauras plus ce que veut dire le mot "tranquillité" ! »

Le vénérable bonze ricana doucement et leva la main pour donner une gifle à Petite Grue. Le jeune homme ne s'écarta pas et attendit le dernier moment pour bloquer le poignet de son adversaire :

« Eh ! Très bien ! Le Bodhisattva au visage d'or veut se battre avec moi ? »

Tenant fermement le poignet du bonze, il le tira avec force sur le côté. Taiwu, pourtant bâti comme une pagode de fer, fut projeté à plusieurs pas. Li Fengjie, stupéfait, s'empressa d'arrêter le bonze :

« Maître, ne vous fâchez pas avec cet homme ! Je pense qu'il a pas mal d'antécédents. Ça ne vaut pas la peine de perdre face à lui !

— Je préfère encore être vaincu que de lui donner de la poudre de Jingang ! » rétorqua Taiwu, qui se débarrassa de sa longue robe et se précipita à grandes enjambées sur Petite Grue pour le frapper de ses poings.

Mais le jeune homme contre-attaqua et rendit les coups en serrant ses deux poings de fer. Le Bodhisattva au visage d'or, à l'origine bras droit du Dragon du Sichuan, était maintenant l'homme le plus brave de la province du Henan. De haute stature, avec des bras costauds, une grande force et des poings solides, il pouvait facilement mettre à terre deux hommes ordinaires. Mais Petite Grue ne reculait pas d'un pas : agile et rapide, il tournait comme un rapace et se jetait sur son adversaire comme un tigre. Taiwu, quant à lui, restait imperturbable et posé, frappant des pieds et des poings. Au bout d'une dizaine d'échanges, Li Fengjie agita les mains :

« Arrêtez ! » cria-t-il.

Petite Grue, qui souhaitait seulement obtenir de la poudre, et non se battre, s'arrêta. Mais alors qu'il s'apprêtait à amorcer une réconciliation, Taiwu en profita pour lui asséner un grand coup de poing. Poussé à bout, Petite Grue para en levant le bras droit, et du poing gauche frappa violemment son adversaire au niveau de la poitrine. Le corps massif du bonze tomba en arrière : Li Fengjie le rattrapa et lui évita la chute. Petite Grue sauta sur le côté, reprit son souffle et brandit le poing en criant :

« Tu en veux encore ? Allez ! Donne-moi le remède ! »

Le bonze se remit droit sur ses pieds. Son visage paraissait encore plus jaune et doré. Il regarda le jeune homme de la tête aux pieds et lui demanda :

« Qui t'a transmis l'art du *gongfu* ?

— En quoi ça t'intéresse ? J'ai étudié auprès de mon Maître pendant près de dix ans sans jamais connaître son nom. »

Li Fengjie observa à son tour Petite Grue : il maîtrisait parfaitement la boxe et semblait très mystérieux dans sa manière d'agir.

« Inutile de vous battre, dit-il. Je ne pense pas que frère Jiang ait étudié auprès d'un disciple de Kunlun. Sans doute qu'il s'agit d'une transmission familiale.

— L'école de Kunlun ? rétorqua Petite Grue férocement. Ce sont tous mes ennemis jurés ! Si j'ai étudié les arts martiaux pendant ces dix dernières années, c'est justement pour les anéantir jusqu'au dernier ! » Il haletait de colère. Puis, s'adressant à Taiwu : « Bonze, nous n'entretenons aucune sorte d'inimitié toi et moi. Si tu fais preuve de bon sens, et que tu me donnes un peu de ce remède, je ne me battrai pas avec toi. Moi, Jiang Xiaohe, ne suis pas quelqu'un de déraisonnable. Maintenant, assez de bavardages : donne-moi cette poudre ! »

Le vénérable bonze prit un air sévère, réfléchit un long moment, puis hocha la tête et répondit, furieux :

« Très bien ! Je vais t'en donner ! »

Il rentra dans sa chambre située à quelques pas et en ressortit un instant plus tard avec cinq petits sachets de poudre qu'il jeta par terre. Puis, fronçant les sourcils, il regarda Petite Grue avec un regard plein de haine et dit :

« Voilà ce qu'il me reste. Je te donne tout, sers-t'en pour qui tu veux. Et regarde ça aussi !... »

Il tenait dans la main gauche une feuille de papier :

« C'est la formule. Sans elle, je ne pourrais pas faire la préparation. À présent, je vais la détruire ! Je suis un moine bouddhiste qui vit retiré du monde, je ne suis pas là pour préparer des remèdes pour les chevaliers errants ! »

Et il déchira le papier en mille morceaux.

« Prends la poudre et déguerpis ! Cette fois-ci, tu auras été le plus fort ! »

Petite Grue changea d'expression. Il contint sa colère de toutes ses forces :

« Je n'ai pas besoin d'autant de poudre, rétorqua-t-il en ricanant. Un sac suffira. Tu n'as qu'à éparpiller le reste aux quatre vents ! »

Il ramassa un sac, retourna chercher ses affaires dans la chambre de Li Fengjie et quitta le temple. Le vénérable bonze, totalement abattu, regagna la pièce du supérieur en soupirant.

Li Fengjie ramassa les sacs, alla chercher son épée et descendit la montagne. Il aperçut bientôt Petite Grue, monté sur son cheval noir, qui amorçait sa descente. Il le héla et tenta de le rattraper, mais une grande distance les séparait déjà. Alors, sautant pardessus les rochers et les ravins, il prit un raccourci qui menait au village de la Ravine du *qin* mélodieux pour aller y récupérer son cheval. Comme Hu Erzheng n'était pas encore revenu de la ville où il vendait ses bûches, il détacha lui-même son cheval et partit avec. Avant la sortie du village, il aperçut soudain derrière un grand mûrier blanc une clôture toute délabrée derrière laquelle une femme, alertée par les bruits de sabots, regardait ce qui se passait. Li Fengjie reconnut la jeune fille rencontrée dans la montagne : elle avait nettoyé les traces de sang et de pleurs sur son visage et paraissait très jolie malgré ses vêtements en lambeaux. Appuyée sur la clôture, elle regardait Li Fengjie avec une expression pleine de gratitude.

Mais le jeune homme ne pouvait pas s'attarder. Il accéléra, sortit du village, rattrapa le grand chemin et partit au galop vers l'est. Il passa le district de Dengfeng et dut parcourir encore une vingtaine de lis avant de rattraper enfin le cheval noir. Alors il fit de grands signes de la main et cria :

« Jiang Xiaohe ! Mon frère ! Arrête-toi ! »

Petite Grue tira aussitôt sur les rênes et se retourna. Li Fengjie s'approcha et, à une dizaine de mètres de son compagnon, le salua :

« Frère Jiang ! Je t'ai rattrapé pour te faire mes excuses ! Tout à l'heure, au temple, je n'ai pas voulu aider Taiwu à te tromper. Simplement, le remède ne m'appartenait pas, et comme il refusait de t'en donner, je n'avais pas le choix ! D'autant que je pensais que tu étais un membre de l'école de Kunlun, et du coup je t'ai traité sans égards. En te voyant te battre, j'ai compris que tu n'étais pas de Kunlun, mais que tu avais sans doute reçu l'enseignement direct d'un grand maître ! »

Il était maintenant tout proche de Petite Grue, qui lui rendit son salut et répondit en riant :

« Frère Li, tu es trop gentil. Tu es connu pour être un noble chevalier. Notre rencontre fortuite dans la montagne m'a permis de constater que tu excelles toi aussi en *gongfu*. J'aurais voulu prendre le temps de discuter plus avant avec toi, mais mon ami blessé m'attend à Xuzhou, et je dois lui apporter ce remède. Après quoi je devrai me rendre dans le Guanzhong. Je repasserai donc sans doute par là d'ici à dix jours. Alors nous ferons plus ample connaissance ! Frère Li, tu comprendras bientôt que je suis une personne qui apprécie beaucoup de se faire de nouveaux amis.

— Frère Jiang, répondit Li Fengjie, ravi. Quand tu reviendras, inutile de remonter dans la montagne. Cela t'évitera d'attirer à nouveau les foudres du vénérable bonze Taiwu ! Arrête-toi au village de la Ravine du *qin* mélodieux, au sud, et va voir le bûcheron Hu Erzheng. Il saura où me trouver.

— Très bien ! C'est d'accord ! fit Petite Grue qui salua à nouveau. Au revoir ! À bientôt ! »

Il lança son jeune cheval noir corbeau au galop et partit sous la chaleur de plomb. Il estimait beaucoup les manières de Li Fengjie, son comportement, sa technique du *gongfu*. Quant au vénérable bonze Taiwu, « le Bodhisattva au visage d'or » dont le nom faisait trembler du nord au sud, il trouvait sa manière de se battre plutôt ridicule.

Mais revenons dix ans auparavant, le jour où Petite Grue rencontra un vieux monsieur, dans une taverne de la ville de Ziwu… Le trouvant jeune et loyal, et face au récit tragique et émouvant de sa vie, le vieillard le suivit et réalisa exprès devant lui quelques tours extraordinaires. Plus tard, dans la vallée de Qinling, lorsque Petite Grue tomba entre les mains de Ge Zhiqiang et de Bao Zhilin, le vieil homme, soulevé d'une juste indignation, mit à mal Ge Zhiqiang et ses compagnons et sauva le jeune garçon. Comment Petite Grue, qui cherchait justement un maître, pouvait-il laisser partir ce vieil homme aux capacités martiales exceptionnelles ? Il l'implora donc pour devenir son disciple. Semblant lié au jeune garçon par le destin, le vieil homme inclina la tête en souriant et répondit :

« Bien, alors viens avec moi ! »

Tous deux quittèrent les montagnes Qinling, traversèrent Chang'an et la passe Hangu, puis les provinces du Henan et de l'Anhui, franchirent le fleuve Changjiang et arrivèrent au mont Jiuhua[1], dans la préfecture de Chizhou.

Le vieil homme possédait une chaumière au plus profond de la montagne, et quelques mus de terrain à flanc de coteau sur lesquels il cultivait des théiers dont s'occupait un domestique sourd et muet. Il vivait complètement seul, grâce à ses terres. Comme son serviteur ne pouvait pas parler, il n'appelait jamais le Maître par son nom, et du coup Petite Grue ne sut jamais comment il s'appelait. Le vieux gentilhomme était un étrange et grand chevalier : ses capacités surpassaient celles du Dragon du Sichuan et du Chevalier de Longmen, et même tout simplement cel-

1. Mont Jiuhua, « le mont des Neuf Merveilles » : l'une des quatre montagnes sacrées du bouddhisme en Chine, au sud de la province de l'Anhui. On compte neuf sommets, qui font penser à une fleur de lotus.

les des immortels ! Comparé à Bao Zhenfei, il était comme les majestueuses montagnes Qinling ou le merveilleux mont Jiuhua, alors que Bao Kunlun n'était rien de plus qu'une pierre tout effritée !

Le vieil homme traita Petite Grue avec beaucoup d'égards, mais sans pour autant lui transmettre très sérieusement son art du *gongfu*. La première année, l'enfant fut affecté au ramassage du bois, à la culture du thé, et au transport des pierres pendant son temps libre. Un an plus tard, les petites et les grosses pierres amassées formaient déjà une sorte de petite colline. Alors le vieil homme demanda à son disciple d'enlever toutes les pierres, dans une limite de dix jours. Tâche ardue : tant de pierres en si peu de temps ! Mais Petite Grue, à force de travail physique, était devenu fort et musclé, et pouvait porter facilement d'une seule main une pierre de plus de cinquante kilos. Alors il ne fit plus rien d'autre que de transporter les pierres, jour et nuit, et au bout de sept jours, il avait ramené au sommet de la montagne et jeté dans les ravins toutes les pierres qu'il avait durement amassées durant un an. Le vieux monsieur, enchanté, commença alors à lui enseigner comment sauter pardessus les montagnes et lui apprit à lire.

Une nouvelle année passa et il lui enseigna quelques techniques de boxe. La troisième année, il quitta la montagne, laissant Petite Grue seul. Le jeune garçon passa douze mois à s'entraîner à la boxe, et même s'il ne connaissait pas beaucoup d'enchaînements, ils étaient tellement spécifiques que cela rendait l'exercice difficile. Au bout de deux mois, il prit soudain conscience des innombrables variantes possibles, et utilisa ce qu'il avait appris de la boxe de Kunlun auprès de Ma Zhixian pour réaliser facilement les enchaînements. De cette découverte découla une technique remarquable.

Le vieil homme ne revint qu'au bout d'une année. Il ramena pour son disciple une épée très lourde ainsi que quelques livres contenant les techniques secrètes du maniement de l'épée. Il obligea Petite Grue à lire ces livres dans la journée pour mettre en application son nouveau savoir le soir venu, sous le ciel étoilé. Presque un mois plus tard, l'enfant connaissait déjà par cœur tous les livres. Alors le vieil homme les récupéra et partit à nouveau. Gardant en mémoire tout ce qu'il avait appris, Petite Grue continua à s'entraîner avec assiduité de jour comme de nuit.

Le vieil homme partait puis revenait. À chacun de ses retours, il expliquait oralement quelques techniques du maniement de l'épée et corrigeait les erreurs du jeune garçon. Plusieurs années durant, Petite Grue étudia avec application. Durant son temps libre, il partait s'entraîner à nager dans le ruisseau de la montagne. Au cours de la septième année, il maîtrisait l'épée et était convaincu d'être déjà cent fois plus fort en arts martiaux que le Chevalier de Langzhong ou Bao Kunlun. La huitième et la neuvième année, le vieil homme ne partit plus en voyage. Il resta dans la montagne et enseigna à Petite Grue la littérature, le *qigong*[1], le *dianxue* et les autres techniques exceptionnelles perdues des chevaliers.

Au printemps de la dixième année, il lui posa la question suivante :

« Où en es-tu de ton étude des arts martiaux ? »

Petite Grue, pressé de quitter la montagne pour aller se venger, répondit aussitôt :

« J'ai appris tout ce que mon Maître m'a enseigné !

— Tu n'as appris que la moitié de ce que je sais ! Tu es encore loin de valoir le Muet, qui en connaît les six dixièmes ».

En entendant cela, Petite Grue eut des sueurs froides. « Le Muet, pendant dix ans, a passé son temps à cultiver le thé et à me faire à manger, pensa-t-il. À le voir, on dirait qu'il n'est même pas capable de

1. *Qigong* : pratique d'exercices respiratoires.

soulever une pierre ! Et en fait, il serait plus fort que moi ? »

« Il est ton frère d'armes, poursuivit le vieil homme. Tu devrais étudier auprès de lui et observer tous les talents cachés qu'il possède. On ne décèle pas facilement ses capacités en *gongfu* interne. Toi, tu es différent : tu as enduré beaucoup d'épreuves dans ta jeunesse et tu veux aller te venger. Je ne peux pas t'en empêcher. Mais rappelle-toi ceci : premièrement, exception faite des ennemis qui ont tué ton père, tu ne peux pas faire de mal aux gens que tu rencontres ; deuxièmement, tu peux te battre, mais pas à mort ; troisièmement, il faudra assister et secourir les faibles et les opprimés, te montrer compatissant envers les veuves et les orphelins. Les arts martiaux doivent être utilisés pour aider les autres, et non pour servir des intérêts personnels et égoïstes ou pour opprimer les faibles en profitant de sa propre puissance. Je n'ai pas besoin de t'en dire plus. Allez ! Va ! »

Mais Petite Grue se jeta à genoux :

« Non, je ne souhaite pas quitter la montagne ! Je désire poursuivre mon étude auprès du Maître !

— Si tu en apprends encore, rétorqua le vieil homme en riant, alors plus personne ne pourra te vaincre ! Cependant, avec tes connaissances actuelles, tu pourrais déjà très bien battre le Dragon du Sichuan et le Chevalier de Longmen. Alors Bao Zhenfei... Entre tes mains, il sera moins fort qu'un enfant, et les autres vaudront moins que des crickets et des fourmis ! Ça ne te suffit pas ? Allez ! Descends vite d'ici ! »

Petite Grue se prosterna et prit congé de son Maître. Il fit ses bagages, prit son épée précieuse et se mit gaiement en route. Au bout de trois cents mètres, il entendit soudain quelqu'un crier bizarrement derrière lui. Il se retourna et aperçut son frère d'armes sourd-muet. Il s'arrêta et le salua. Le Muet caressa ses joues imberbes, pointa deux doigts dans le vide et agita les mains. Aussitôt, son jeune camarade, comprenant qu'il était envoyé par le vieil homme pour lui conseiller de ne pas utiliser le *dianxue*, inclina la tête. Puis le Muet s'empara de l'épée de Petite Grue, insérée dans son baluchon, secoua la main et fit danser la lame, imitant le dragon en vol et le tigre qui surgit. Petite Grue n'avait pas appris ces postures avec le vieil homme. Il reprit son épée et répéta les mouvements. Satisfait, le Muet se mit à rire. Puis les deux hommes se séparèrent, et le jeune homme rejoignit la grande route.

Le cheval noir qu'il avait chevauché en quittant le Sichuan était mort quatre ans auparavant dans la montagne. Cependant, il avait conservé tout l'argent gagné lors des paris à Langzhong et prévoyait de s'acheter un nouveau cheval une fois le fleuve traversé. Il voyageait pour l'instant à pied sur la grande route. C'était le printemps : partout dans les rizières au sud du fleuve, les jeunes filles repiquaient les plans de riz. En les apercevant, son cœur se mit à battre plus fort. Il repensa à la tendre Aluan, rencontrée à l'époque où il vivait encore chez son ennemi. Elle devait bien avoir plus de vingt ans à présent, et s'était sans doute déjà mariée. Peut-être même avait-elle oublié sa promesse en mariage… Il ignorait également comment se portait maintenant sa vieille mère, quel homme était devenu son petit frère, et tout cela le fit taper du pied et soupirer. Cependant, ses capacités en arts martiaux étaient exceptionnelles, et il était versé dans les lettres : il n'était plus le « Tigre à trois têtes » d'il y a dix ans. Aussi prit-il un air majestueux et reprit-il courage.

Une fois qu'il eût traversé le fleuve, il s'acheta un cheval noir. Il ressortit sa vieille clochette en or et l'accrocha à l'encolure de l'animal. Puis il fila vers le nord, sans rien dévoiler de ses capacités. Il passa par Jingchu, combattit Pang Er, « la Lance Fleurie », à Xiangyang, et rejoignit la préfecture de Xinyang où il affronta Liu Kuang, « Celui qui surpasse Huang Zhong ». Il écrivit également une lettre destinée aux frères Long et la confia à un vendeur de remèdes de Ziyang. Il se rendit ensuite à Shangcai, où il combattit Lu Boxiong, et à Shangshui, où il affronta Liu Qingkong. Tous ces combats furent loyaux : après s'être battu avec tous ces héros, il devint ami avec eux. C'est ainsi qu'il entendit parler de Li Fengjie et de Ji Guangjie.

Il s'apprêtait à partir vers l'ouest pour assouvir sa vengeance contre la secte de Kunlun, lorsque contre toute attente, alors qu'il se trouvait à Shangshui chez Liu Qingkong, un garde d'escorte vint le chercher. Yang Xiantai, dit « la Courte Lame », avec qui il s'était lié d'amitié dix ans auparavant à Langzhong, était originaire du Henan. Cinq ans plus tôt, il avait quitté la province du Sichuan pour aller ouvrir une agence d'escorte dans son pays natal. Récemment gravement blessé dans un combat avec l'un de ses pairs, et ayant entendu parler de Jiang Xiaohe, il avait envoyé quelqu'un le chercher. Petite Grue se rappela aussitôt son bon ami avec lequel il avait arpenté la Ruelle des beautés... Il se hâta donc de se rendre à l'auberge où il résidait dans la ville de Xuzhou. Son ami, étendu sur son lit de malade, supportait tant bien que mal la souffrance. Il s'entretint avec Petite Grue de leur vie depuis leur dernière rencontre, dix ans auparavant. Puis il en vint à parler de la tournure prise par sa blessure : il n'y avait plus que la « poudre régénératrice de Jingang », dont seul le vénérable bonze Taiwu du temple du Pin Blanc de Songshan connaissait la formule secrète, qui pouvait maintenant le guérir. Le problème, c'était que personne n'osait aller la lui chercher. Ne supportant pas de voir son ami gémir de douleur, Petite Grue se proposa et partit pour Songshan. Il ne s'attendait pas à devoir se battre avec le vénérable bonze, ni à rencontrer Li Fengjie.

À présent, il affrontait la chaleur de l'été pour retourner à Xuzhou, dans les tintements de la clochette accrochée à son cheval. Une fois arrivé, il se chargea en personne d'appliquer le remède sur la blessure de Yang Xiantai et lui raconta tout satisfait son combat avec le vénérable bonze Taiwu et sa rencontre avec Li Fengjie.

« Mon frère ! s'écria Yang Xiantai. Tu me crées des ennuis ! Je ne connais pas très bien ce Li Fengjie, mais le Bodhisattva au visage d'or, oui ! Qu'est-ce que tu as fait ? C'est le plus grand héros du Henan !

— Rassure-toi ! Je n'ai jamais prononcé ton nom, il ne pourra pas venir te trouver ici. Maintenant que j'ai le remède, tu n'as plus à t'inquiéter de ta blessure. Cependant, je ne peux pas attendre que tu guérisses : il faut que j'aille dans le Guanzhong, à Zhenba et à Ziyang, pour régler mes affaires. Mais nous nous reverrons ! »

Yang Xiantai insista pour qu'il reste et Petite Grue accepta de prolonger son séjour de deux jours. Le troisième jour, constatant que la blessure avait dégonflé, et ayant la preuve de l'efficacité de la « poudre régénératrice de Jingang », il partit sans même dire au revoir et retourna aux montagnes Songshan.

Il arriva sous une pluie fine, couvert de son grand chapeau de paille, drapé dans un vêtement court en toile imperméable. Son cheval noir de jais était trempé : la pluie qui coulait le long de sa crinière et de son pelage lui donnait une robe reluisante. La montagne, en face de lui, ainsi que les champs de blé en bordure du chemin, étaient enveloppés dans la brume, et on ne voyait pas un homme dans cette étendue infinie. « À qui vais-je bien pouvoir demander ma route pour la Ravine du *qin* mélodieux ? » pensa Petite Grue. Alors il sortit sa clochette en or, la passa autour de l'encolure de son cheval et poursuivit son chemin vers l'ouest.

Soudain, en face de lui, il distingua dans le manteau pluvieux une ombre blanche qui s'approchait à vive allure : « Frère Jiang ! Jiang Xiaohe ! »

Petite Grue reconnut Li Fengjie, qui portait lui aussi un chapeau de paille sur la tête et montait son cheval blanc.

« Depuis notre séparation, je viens chaque jour t'attendre au bord du chemin, dit Li Fengjie. Je pensais que tu reviendrais dans quelques jours, et non par ce temps de pluie !

— Comme nous devions nous revoir pour discuter, je me suis pressé de revenir !

— Est-ce que ton ami se porte mieux ?

— Il s'est remis en moins de cinq jours ! Le remède du bonze Taiwu s'est vraiment révélé efficace. Je souhaite d'ailleurs gravir la montagne pour l'en remercier, oublier notre dispute et devenir son ami.

— Tu es vraiment quelqu'un de franc et de loyal, frère Jiang ! Bien. Je t'emmènerai bientôt le voir au temple du Pin Blanc. Frère Jiang, il faut que je te dise quelque chose. Tu sais, mon ami bûcheron qui habite le village de la Ravine du *qin* mélodieux, Hu Erzheng. Eh bien, le jour de ton départ, je suis parti m'installer chez lui. Il y a là-bas une jeune fille du nom de Chen, qui vit seule avec sa mère, dans un grand dénuement. Devine qui c'est ?

— Je ne suis pas du coin, comment veux-tu que je devine ?

— C'est la jeune fille que j'ai secourue l'autre jour, dans la montagne ! Sa mère voudra sûrement m'accorder sa main. Je mène une vie itinérante depuis des années, et maintenant que j'ai plus de vingt ans, il serait temps de me marier !

— Formidable ! rétorqua Petite Grue en riant. Alors toutes mes félicitations ! Je compte d'abord me rendre en ville pour chercher un endroit où loger. Quand il s'arrêtera de pleuvoir, je reviendrai vous rendre visite à ta femme et à toi. »

Puis il salua et lança son cheval. Mais Li Fengjie l'arrêta :

« Frère Jiang, tu n'as pas bien compris. Même si le mariage est conclu, il me faudra attendre la fin du festival pour me marier. Le huitième de ce mois s'avère être une date propice au mariage. Mais c'est dans moins de quatre jours ! Tu dois absolument boire avec moi la liqueur des noces avant de partir. J'ai construit deux chaumières chez Hu Erzheng, et employé quelqu'un pour nous aider et faire la cuisine. Je t'ai également préparé du bon vin ! Et puis, par ce temps pluvieux, tu dois venir chez moi ! En plus tu es un chevalier… Allez ! Viens ! Nous boirons et nous discuterons à loisir, et tu passeras la nuit chez moi. Qu'en penses-tu ?

— Je souhaite sincèrement m'entretenir avec toi, mais je ne pourrai pas rester longtemps. Il faut que je reparte demain, car j'ai des affaires urgentes qui m'attendent !

— Bien, quand tu devras partir, tu partiras. Mais pour l'instant, viens chez moi ! »

En voyant son compagnon tout trempé, Petite Grue se mit à rire et accepta de le suivre. Les deux chevaux pénétrèrent dans le village sous le manteau pluvieux et mirent pied à terre devant la maison de Hu Erzheng. Li Fengjie poussa la porte de branchages et entraîna son cheval à l'intérieur, aussitôt imité par Petite Grue. L'employé embauché par Li Fengjie attacha les deux chevaux à un petit orme dans la cour puis transporta les bagages du visiteur à l'intérieur. Petite Grue suivit Li Fengjie dans la chaumière récemment construite. Il ôta son vêtement imperméable et le posa sur la couche.

Deux tables en mauvais état ainsi qu'un banc en bois constituaient le maigre mobilier. Li Fengjie poussa une des tables sur le côté et les deux hommes s'assirent sur le lit. Bientôt, le serviteur leur apporta de l'alcool : il n'y avait pas de coupes, seulement un grand bol rempli à ras bord, que les deux compagnons se passèrent pour boire à tour de rôle. En guise d'accompagnement, ils mangèrent quelques concombres émincés accompagnés de gros sel.

« Je ne m'attendais pas à ton arrivée, dit Li Fengjie, et du coup je n'ai rien préparé ! Mais tout à l'heure, j'enverrai quelqu'un dans le bourg pour nous chercher à manger. Nous mangerons plus tard.

— Comme ça, c'est très bien ! répondit Petite Grue. En dix ans de vie itinérante, il m'est arrivé quelques fois de boire de l'alcool, mais jamais avec autant de plaisir qu'aujourd'hui !

— Où se trouve ta maison ?

— À Zhenba, dans le sud du Shaanxi. »

En entendant prononcer le nom de ce district, Li Fengjie changea d'expression. Mais il se contint et éclata de rire :

« Ah ! Alors comme ça tu es un compatriote de Bao Kunlun ? »

Petite Grue frappa du poing sur la table, avec tellement de force qu'elle faillit s'écrouler et que le bol d'alcool ébranlé se vida d'une partie de son contenu.

« Ne me parle pas de cet homme ! » s'écria-t-il, offusqué.

Cette réaction laissa Li Fengjie atterré. Son compagnon but une grosse gorgée de vin, poussa un long soupir et reprit :

« Tu ne me connais pas, mon frère. J'ai étudié les arts martiaux dans le Jiangnan pendant plus de dix ans. Cela ne fait pas deux mois que j'ai quitté la montagne : même si j'ai combattu Pang Er, Liu Kuang, Lu Boxiong et Liu Qingkong et que je me suis fait un nom dans la province du Henan, personne ne me connaît vraiment. Mais si tu parles de moi à Zhenba, à Ziyang ou dans la préfecture de Langzhong au nord du Sichuan, tu verras que j'y suis célèbre depuis plus de dix ans ! À cette époque, à l'âge de quatorze ans à peine, j'ai poignardé un des frères Long.

— Mais alors, tu n'as jamais été ami avec ceux de Kunlun ? »

Petite Grue soupira et but un peu d'alcool. La haine douloureuse vieille de dix ans remonta à la surface et il raconta toute son histoire à Li Fengjie. Puis il ajouta :

« Si je ne peux pas rester ici plus longtemps, c'est justement parce que je ne pense qu'à retourner à Zhenba pour me venger. Au début, je voulais me rendre directement de la préfecture de Xinyang au sud du Shaanxi. Mais j'ai fait un détour exprès, pour me bâtir une certaine réputation et faire en sorte que Bao Zhenfei comprenne que j'allais venir le trouver. Il aura ainsi le temps de rassembler ses disciples et de trouver un moyen de me faire face. Après seulement j'irai à leur rencontre, et j'affronterai tous les disciples et partisans de Kunlun. Comme ça, je n'aurai pas l'air de brimer un malheureux vieil homme comme Bao Zhenfei ! »

En apprenant le passé de Jiang Xiaohe, Li Fengjie fut à la fois surpris et admiratif. Il se déboutonna, dévoilant son torse, et indiqua une cicatrice au flanc droit.

« Regarde, mon frère. Je viens juste de me remettre de cette blessure. Le mois dernier, à Xi'an, j'ai affronté seul ceux de Kunlun. J'ai tué et blessé six ou sept d'entre eux. Bao Kunlun n'était pas là, mais j'ai rencontré ses disciples Ge Zhiqiang et Lu Zhizhong : à vrai dire, leurs capacités en arts martiaux sont bien communes, et ce qu'on appelle la technique au sabre de Kunlun très gauche. Il n'y a qu'un seul homme dont nous devons nous méfier : Ji Guangjie, le petit-fils du Chevalier de Longmen. Il m'a affronté dans le district de Weinan, en compagnie d'une jeune femme de Kunlun. Je l'ai payé cher ! Cette cicatrice, je la dois justement à l'épée précieuse de Ji Guangjie ! »

À ces mots, Petite Grue, stupéfait, fit abstraction de Ji Guangjie et demanda :

« Une femme de l'école de Kunlun ? Comment s'appelle-t-elle ?

— Je n'en sais rien ! répondit Li Fengjie en secouant la tête. Je pense que c'est la fille d'un disciple de Kunlun. En tout cas, sa technique au sabre surpasse celle de Ge Zhiqiang et de Lu Zhizhong.

— Comment est-elle physiquement ? demanda encore Petite Grue en tendant le cou. Quel âge a-t-elle ?

— Elle a à peu près vingt ans, et c'est une très jolie fille ! Mais comme je dédaigne de me battre avec les femmes, j'ai toujours essayé de l'éviter, et je ne l'ai pas très bien observée.

— C'est sûrement Aluan ! » s'écria alors Petite Grue.

Une vague de tristesse le submergea soudain et il but plusieurs gorgées d'alcool.

Dehors, la pluie tombait toujours, avec un chuchotement encore plus marqué que tout à l'heure. Li Fengjie envoya son serviteur dans le bourg situé à l'est pour aller chercher de la viande et des légumes. Il remplit à nouveau le bol, et les deux compagnons continuèrent à boire et à discuter.

« Même si demain il pleut encore, dit Petite Grue d'un air mélancolique, il faudra quand même que je parte !

— Mon frère, je sais que tu es pressé de venger la mort de ton père, je ne peux donc pas te retenir. Quant à moi, il faut que j'aille trouver Ji Guangjie, pour venger l'humiliation de la dernière fois. Alors, je ferai route avec toi demain !

— Non ! Tu dois préparer ton mariage, rétorqua Petite Grue en secouant la main. Tu ne peux pas partir avec moi ! En plus, je suis quelqu'un d'arrogant, et je refuse qu'on m'aide. Si tu veux régler tes comptes avec Ji Guangjie, attends d'abord que je termine ce que j'ai à faire. Si nous nous entraidons toi et moi, et que nous vainquons Ji Guangjie, tous les chevaliers se moqueront de nous ! »

Li Fengjie réfléchit un instant puis hocha la tête :

« Si demain la pluie cesse, tu partiras. S'il pleut toujours, tu resteras un jour de plus. Comme ça nous pourrons encore discuter. D'accord ? »

Petite Grue acquiesça.

Il devait être dans les trois ou quatre heures de l'après-midi. Les deux compagnons parlèrent de hauts faits de chevalerie et des arts martiaux transmis de génération en génération. Ils finirent à nouveau le bol d'alcool. Alors que Li Fengjie le remplissait encore une fois, Petite Grue agita la main :

« Je ne bois plus ! Gardons-le pour ce soir, nous le boirons au dîner ! »

Li Fengjie alla faire un tour dehors et se rendit chez Hu Erzheng. Mais il ne trouva que la vieille femme en train de dormir sur le *kang*. Pourtant, la palanche du bûcheron était là, posée dans un coin.

« Qu'est-ce qu'il a bien pu partir faire par un temps pareil ? » se demanda Li Fengjie.

Il rejoignit sa chaumière. Petite Grue était allongé sur le lit, en train de lire une des compositions poétiques de son ami.

« Frère Jiang, je présume que tu sais écrire des poèmes toi aussi ?

— Non ! J'en suis bien incapable ! répondit Petite Grue en secouant la tête. À l'origine, j'étais totalement illettré. Puis mon Maître, une personne cultivée, m'a appris à lire. Je suis loin derrière toi, mais j'arrive quand même à comprendre les caractères, et cela me suffit pour ma vie de chevalier errant. »

Il ne put soudain s'empêcher de repenser à un événement survenu à Langzhong des années auparavant et exhala un soupir.

« Cela fait vraiment du tort de ne pas savoir lire… À l'époque où je me trouvais à Langzhong, à cause de deux lettres trouvées dans mon sac, le Chevalier de Langzhong a eu des doutes sur moi et s'est imaginé que j'étais un espion de la secte de Kunlun ! »

Alors ils parlèrent du Chevalier de Langzhong. Cela faisait longtemps déjà que Li Fengjie avait entendu parler de lui. Comme on disait qu'il avait subi une lourde défaite face à Bao Zhenfei, il en avait conclu que le vieux boxeur devait sûrement être cent fois plus fort que ses disciples. Malgré son âge, il ne fallait pas le sous-estimer. Petite Grue était certes fort en arts martiaux, jeune et vigoureux, mais on ne pouvait pourtant pas affirmer avec certitude qu'il serait capable de battre Bao Zhenfei.

Les deux compagnons, allongés face à face sur le lit, étaient de plus en plus heureux de discuter ensemble. Soudain, la porte s'ouvrit, et un souffle humide pénétra dans la pièce. Li Fengjie se leva : c'était son serviteur qui revenait de la ville. Malgré le parapluie en mauvais état qu'il tenait à la main, l'homme était trempé jusqu'aux os. Il posa sur la table de la viande de porc, du chou ainsi qu'un poisson encore vivant. Essoufflé, le visage ruisselant, il avait l'air affolé. Au bout d'un moment, il parla enfin :

« Hu Erzheng s'est mis dans une situation fâcheuse ! Il a frappé un homme à mort à la ville !

— Quoi ? » s'écria Li Fengjie stupéfait.

Petite Grue se leva à son tour. Le serviteur, reprenant son souffle, poursuivit :

« À cause de la pluie, Hu Erzheng n'a pas pu se rendre dans la montagne aujourd'hui. Alors il est allé en ville pour réclamer le paiement d'une dette. Une fois son argent récupéré, il a rencontré le maudit You le Chauve, du village du clan Hao, qui l'a entraîné à la boutique de Xu pour y jouer son argent. Mais Hu Erzheng a tout perdu ! Affolé, il a empoigné You le Chauve et lui a ordonné de lui rendre son argent. Une dispute a suivi : Hu Erzheng a donné un coup de poing à You le Chauve, qui du fait de sa faible constitution est tombé raide mort sous la force du coup.

Comme à ce moment-là beaucoup de parieurs venaient du village des Hao, ils se sont tous rués sur Hu Erzheng pour le frapper. Mais le bûcheron en a encore blessé sept ou huit ! Ensuite, tous ceux du clan Hao sont arrivés, accompagnés du deuxième seigneur Hao avec ses crochets à tête de tigre. Ils ont ligoté Hu Erzheng et l'ont emmené au village. On dit que le pauvre bûcheron court un grand danger, et doit déjà être à moitié mort à l'heure qu'il est !

— J'y vais ! s'écria Li Fengjie, furieux. Je ne peux pas laisser ceux du clan Hao s'en prendre à Hu Erzheng ! »

Ce faisant, il se couvrit de son chapeau de paille et s'empara du parapluie. Petite Grue se rassit sur le lit et noua ses sandales :

« Qui sont ces Hao ? demanda-t-il. Des despotes locaux ?

— Pas vraiment, répondit Li Fengjie en secouant la tête. Mais dans un rayon de dix lis autour du district de Dengfeng, personne n'ose les provoquer ! Il y a deux frères : l'aîné est général et occupe de hautes fonctions officielles ; le cadet se comporte en riche propriétaire et possède les quelques districts autour du mont Songshan. Il connaît les arts martiaux et c'est un adepte du bouddhisme. Je l'ai d'ailleurs déjà croisé au temple du Pin Blanc.

— C'est bien que tu le connaisses déjà, commenta Petite Grue. Comme ça vous n'en viendrez sans doute pas aux mains. Je n'ai donc pas besoin de t'accompagner.

— Non, inutile que tu m'accompagnes. J'y vais ! Je reviendrai vite.

— Prends ma cape imperméable !

— Non, je n'en ai pas besoin », répondit Li Fengjie en secouant la main.

Il quitta la chaumière et partit sous la pluie. Petite Grue se rallongea sur le lit et se reposa un moment. Il mourait d'ennui. L'alcool qu'il venait de boire lui montant à la tête, il préféra sortir pour se rafraîchir. Il mit sa cape sur les épaules et quitta la chaumière. Derrière la barrière de branchages, on pouvait apercevoir le village sous son manteau de pluie brumeuse. Il n'y avait pas un chien dehors. Ce paysage rappela à nouveau au jeune homme son enfance : à l'âge de dix ans, dans leur petite maison, par un jour de pluie, sa mère lui avait raconté une histoire drôle. Elle n'eut pas le temps de la terminer que son père Jiang Zhisheng rentra de son entraînement chez le vieux Bao, la tête couverte d'un grand chapeau de paille. L'enfant avait pris le chapeau et était parti s'amuser dehors, bravant la pluie. Il revoyait très clairement devant ses yeux cette chaleureuse scène familiale. Après l'assassinat de son père par Bao Zhenfei, il avait été séparé de sa mère et de son petit frère, et avait beaucoup souffert chez le vieux boxeur. Tout cela lui revenait comme si c'était hier. Aussitôt, il fulmina. Même s'il avait la tête trempée par la pluie, il était brûlant. Le serviteur de Li Fengjie lui apporta son chapeau de paille et lui indiqua à l'est un grand mûrier secoué par la pluie.

« Regardez, sieur Jiang. La maison toute délabrée située sous l'arbre est celle de la jeune Chen. Son père, un chasseur, a fait une chute mortelle alors qu'il poursuivait un jour un renard dans la montagne. Sa femme et sa fille sont restées dans la misère. Heureusement, d'ici à quelques jours, la demoiselle épousera le seigneur Li. »

Petite Grue repensa alors au mariage de son ami, et à son départ le lendemain : « Il s'est montré plein d'attentions à mon égard, pensa-t-il, et je n'ai aucun présent à lui offrir ! Cela ne donne pas de moi l'image d'un bon ami ! Je vais profiter de son absence pour partir en ville, malgré le temps, et trouver quelques cadeaux. »

Comme il était encore tôt, le jeune homme se hâta d'aller récupérer son cheval.

« Où allez-vous, sieur Jiang ? lui demanda le serviteur.

— Je vais faire des achats en ville. Je reviens dans peu de temps. »

Il prit un peu d'argent dans son sac, se mit en selle, quitta le village au galop et rejoignit la grande route. Son cheval, dont les sabots s'enfonçaient dans la boue, filait vers l'est en direction du chef-lieu de district Dengfeng. Bien qu'il soit déjà passé devant quatre fois déjà, Petite Grue n'était jamais entré dans la ville. Il trouva les rues bien larges, les boutiques nombreuses. Malgré le temps maussade, plusieurs passants arpentaient les rues, munis d'un parapluie.

Petite Grue mit pied à terre et regarda de plus près les devantures de chaque côté de la rue. « Qu'est-ce que je vais bien pouvoir offrir à Li Fengjie ? pensa-t-il embarrassé. Si j'achète des cosmétiques, ou bien du satin et de la soie, ce sera un cadeau trop féminin. D'autant que je ne connais pas la jeune femme. Mieux vaut acheter quelque chose qui sera utile à Li Fengjie... Le problème, c'est qu'il n'a besoin que de livres ou d'épées... Si j'achète des livres par un temps pareil, ils vont être trempés ! Quant à l'épée, il en a déjà une. Et puis je ne pense pas que dans une ville comme celle-là on puisse trouver un bon forgeron capable de confectionner une épée de premier choix. »

Il resta planté là un bon moment à méditer sur la question et arriva à la conclusion que le mieux serait encore d'offrir au couple quelques poulets. De toute façon, il devrait sûrement en tuer pour son banquet de noces. S'il n'invitait personne, il pourrait toujours garder les poulets et les élever pour fonder un foyer et vivre comme il faut. Alors il s'enquit auprès des passants d'un endroit où on vendait des poulets, et on lui répondit qu'il y en avait un deux rues plus loin, au marché aux poulets et aux canards. Menant son cheval par la bride, le jeune homme se rendit à l'endroit indiqué. Il trouva sur place cinq magasins : les canards excités poussaient des cris et les oies restaient couchées dans leur cage comme si elles dormaient.

« Acheter une oie, ce serait pas mal non plus après tout ! pensa Petite Grue. C'est un animal à la fois grand et gras, à l'allure de galant chevalier. »

Il se décida donc pour l'achat d'une oie, de deux grosses poules et d'un coq. À l'aide d'une ficelle, il ligota les pattes et les ailes des trois volailles et les accrocha à la selle de son cheval. Quant à l'oie toute blanche, il ne savait pas trop comment s'y prendre : c'était très difficile de la ligoter, avec ses deux courtes pattes et ses immenses ailes qui d'un battement faisaient s'envoler toutes les plumes d'oies, de canards et de poulets de la boutique comme des flocons de neige. Petite Grue n'eut pas d'autre choix que de tenir l'animal à la main. Une fois en selle, il attrapa les rênes dans une main et partit avec poules, coq et oie.

Il emprunta deux rues et se dirigea vers la porte ouest pour quitter la ville. L'oie tendait constamment le cou pour crier, et les trois poulets, accrochés à la selle, cognaient contre la jambe de Petite Grue et l'étrier métallique et se débattaient vainement. Le cheval, quelque peu perturbé par son chargement, faisait des bonds et reculait, ignorant les ordres de son cavalier. Petite Grue lâcha les rênes et saisit son fouet de cuir pour frapper sa monture, en criant aux passants :

« Écartez-vous ! Faites place ! »

Lui qui pensait pouvoir sortir directement de la ville et rejoindre en un moindre temps la Ravine du *qin* mélodieux eut à découdre avec son cheval devenu fou, qui sautait à tort et à travers et s'élançait à l'aveuglette. Les passants, qui donnaient des coups de parapluie, ajoutaient à son agitation. C'est alors qu'un individu portant un vêtement imperméable de paille surgit d'une ruelle. De loin, il ressemblait à un hérisson : le cheval, surpris, se cabra et délogea son cavalier. Puis il partit au galop, affolé, en direction de l'ouest, avec les trois poulets accrochés à sa selle. Quant à l'oie, elle se mit à battre des ailes et prit son envol. Par chance, Petite Grue, très agile, n'était pas tombé par terre.

Brusquement, un grand éclat de rire retentit derrière lui. Le jeune homme tourna la tête et aperçut l'individu qui avait provoqué l'incident. Redoublant de rage, il serra les poings et s'élança sur l'homme en l'insultant :

« Tu te moques de moi ? Pourtant c'est à cause de ton vêtement pourri que mon cheval s'est emballé ! »

Il asséna un coup de poing à l'individu, qui, contre toute attente, esquiva l'attaque. Très agile, il souleva le bras droit de Petite Grue avant de le frapper avec deux doigts de la main droite entre les côtes. Surpris, Petite Grue recula pour éviter le coup.

« Eh bien ! s'écria-t-il. Tu veux en plus utiliser le *dianxue* contre moi ? »

Il bondit sur son adversaire, qui se débarrassa de sa cape imperméable, se mit à boxer et tenta plusieurs fois de prendre le dessus en utilisant le *dianxue*. Mais Petite Grue, lui-même versé dans cet art, ne le laissa pas arriver à ses fins. Au bout de quatre ou cinq échanges, « plaf ! », l'individu s'écroula sur le sol trempé et boueux.

Petite Grue éclata de rire et lui donna un coup de pied.

« Relève-toi ! »

Il le regarda de plus près : au comble de l'étonnement, il lui sembla reconnaître le visage de l'homme, comme s'ils s'étaient déjà rencontrés.

« Eh ! On se connaît, non ? C'est quoi ton nom ? »

L'homme, très maigre et court sur pattes, devait avoir dans les vingt ans. Il se releva, couvert de boue, et ramassa sa cape.

« Tu me connais ? rétorqua-t-il à Petite Grue, fou de rage. Moi aussi je te connais ! Tu es l'engeance de tortue dont même le Chevalier de Langzhong n'a pas voulu comme disciple ! Maintenant tu t'amènes ici et tu te prends pour un héros ? »

Puis il remit sa cape, tourna les talons et s'en alla.

Bien qu'insulté, Petite Grue garda son calme : « Mais qui est-ce ? » se demandait-il.

À cet instant, quelques enfants pauvres des rues lui ramenèrent son cheval. Ils avaient également réussi à attraper l'oie. Petite Grue les remercia et leur donna à chacun quelques dizaines de sapèques. Il demanda à l'un d'eux d'aller lui acheter une corde de chanvre dans un bazar tout proche, puis attacha violemment l'oie sur la croupe du cheval, remonta en selle, agita les rênes et quitta la ville par la porte ouest.

Chemin faisant, il se creusa la tête tant qu'il put, mais pas moyen de trouver qui était l'individu avec lequel il venait de se battre ni où il l'avait vu. Cela le laissait perplexe. Il pleuvait un peu moins à présent, et à travers les nuages, on pouvait maintenant vaguement distinguer le majestueux sommet de la montagne Songshan.

« L'homme que je viens de frapper serait-il du temple du Pin Blanc ? pensa alors Petite Grue. Mais comment connaît-il l'histoire avec le Chevalier de Langzhong, qui a refusé de me prendre pour disciple il y a dix ans ? »

Cela le contraria beaucoup. Une fois arrivé à la Ravine du *qin* mélodieux, il constata que Li Fengjie était déjà rentré et avait secouru Hu Erzheng. Le bûcheron s'était battu avec plusieurs hommes du clan Hao en ville, avant de se faire à son tour rouer de coups. Si Li Fengjie n'avait pas intercédé en sa faveur, le deuxième seigneur Hao ne l'aurait sans doute jamais relâché ! Torse nu, ses épaules de fer et son dos portaient des traces de coups de fouet et il saignait à la tête. Assis dans la cour, sous l'orme, il faisait la moue et se frappait le ventre, avec un air enragé qui le faisait ressembler à un gros crapaud. Il ne se préoccupa même pas de l'arrivée de Petite Grue.

« Frère Jiang ! Qu'es-tu allé faire en ville ? demanda Li Fengjie.

— Comme je pars demain, je suis allé t'acheter une oie et trois poulets, en guise de cadeaux de félicitations pour ton mariage. »

Il détacha les volatiles : les trois poulets avaient le plumage en mauvais état et la tête qui pendait. Quand Petite Grue les jeta par terre, ils restèrent étalés sur le sol sans se relever : ils étaient déjà agonisants. Li Fengjie ne put se retenir de rire.

« Tu n'as plus qu'à vite les égorger pour tes invités ! lui dit Petite Grue. Je crains fort qu'ils ne survivent pas pour les garder en élevage. Je me suis pourtant donné beaucoup de peine pour ces trois poulets et cette oie, je me suis même bagarré avec un gars !

— Comment ? s'écria Li Fengjie avec stupéfaction. Tu t'es encore battu ? Tu ne dois pas offenser des gens à Songshan ! Mis à part le vénérable bonze Taiwu, le Bodhisattva au visage d'or, il y a plus de cinq cents moines au temple de Shaolin qui pratiquent le *gongfu* ! Cependant, le règlement du temple est très strict, et ils n'ont pas le droit de descendre de la montagne pour se battre.

— Non, non ! rétorqua Petite Grue en agitant la main. Celui avec qui je me suis battu n'était pas de la province. Je le connais, et il me connaît aussi. »

Tout en discutant, le jeune homme attacha son cheval et rentra dans la chaumière, avec son chapeau de paille et sa cape à la main. Li Fengjie le suivit.

« Et pourquoi vous vous êtes battus ? » s'enquit-il.

Petite Grue raconta ce qui s'était passé, et ajouta :

« C'était un homme petit et maigre. Son visage m'était vraiment familier… J'ai dû le rencontrer il y a dix ans, lorsque je menais une vie errante. Mais je n'arrive pas à me souvenir ! Il boxait bien, et personne à part moi n'aurait pu le battre aujourd'hui. J'ai constaté également qu'il connaissait le *dianxue*.

— Le *dianxue* ? » s'écria Li Fengjie contrarié.

Il promena son regard dans le vide un bon moment, puis reprit :

« D'après ce que je sais, il n'existe sur terre que trois hommes capables de pratiquer le *dianxue* : le premier est mon Maître, le Dragon du Sichuan, Shuzhong Long ; le deuxième est le grand-père de Ji Guangjie, le Chevalier de Longmen, Longmen Xia. Mais ces deux vieux chevaliers n'acceptent pas facilement de transmettre leur art. Je me suis battu trois fois avec Ji Guangjie, et je ne l'ai jamais vu utiliser cette technique. Le troisième, c'est Gao Qinggui, de Kaifeng. Le *dianxue* se transmet de génération en génération dans sa famille. Mais il ne connaît que quelques combinaisons. À part eux, je ne vois pas qui il pourrait y avoir encore. »

Petite Grue ne put s'empêcher de rire intérieurement et secoua la tête. Après tout, son propre Maître ainsi que son frère d'armes muet excellaient tous deux dans l'art du *dianxue*, et Li Fengjie ne les connaissait même pas ! Son ami continua de parler, mais il ne semblait plus vraiment l'écouter. Il réfléchissait seulement à cet homme maigre qui lui était si familier.

Un instant plus tard, le serviteur entra et demanda :

« Comment je prépare le poisson ?

— Je n'ai pas acheté de sauce de soja, ni d'huile, répondit Li Fengjie. Alors tu n'as qu'à le faire griller. Est-ce qu'il y a du vinaigre ?

— Oui, et j'ai acheté du gingembre aussi.

— Très bien. »

Li Fengjie constata alors que Hu Erzheng était toujours assis sous son orme au milieu de la cour.

« Erzheng ! cria-t-il. Viens ici, il faut que je te présente un ami. »

Le bûcheron se leva lentement et se dirigea vers la chaumière, pieds nus. Il resta sur le pas de la porte. Li Fengjie fit les présentations :

« Voici mon ami Jiang Xiaohe. Ses capacités en *gongfu* surpassent de loin les miennes ! »

Hu Erzheng tendit le cou pour regarder à l'intérieur : Petite Grue était grand, vigoureux, et face à son allure martiale, il n'osa pas le regarder avec mépris. Alors il le salua, avant de tourner les talons et de retourner se poster sous l'orme, malgré la pluie. Petite Grue remarqua son dos musclé et épais, noir comme le fer, couvert d'innombrables marques de coups de fouet qui laissaient apparaître à plusieurs endroits la chair à vif et des traces de sang.

« Ces gens de la famille Hao sont vraiment des tyrans ! dit le jeune homme indigné.

— Oui… Mais il a molesté un de leurs serviteurs, et sévèrement ! répondit Li Fengjie. Ça lui arrive d'ailleurs souvent de se battre quand il sort. »

Alors Petite Grue se tut. Dehors, il pleuvait moins fort, mais ça ne s'arrêtait toujours pas. Le crépuscule tombait. Hu Erzheng alla nourrir les deux chevaux dans la cour, tandis que le serviteur apportait dans la chaumière le poisson grillé, l'alcool chaud, la soupe mijotée et le riz. Il alluma deux lampes à huile de colza et laissa Li Fengjie et son ami boire et discuter à l'envi. Les deux compagnons invitèrent ensuite Hu Erzheng à se joindre à eux. Comme Petite Grue partait le lendemain, Li Fengjie leva le grand bol d'alcool en son honneur et dit :

« Cher Jiang, bien que je sois un homme de lettres, tu es la personne que j'estime le plus, car tu es loyal et généreux. Selon moi, peu importe qu'on soit très fort en arts martiaux : si on n'est pas un homme probe, alors on ne peut pas être considéré comme un véritable chevalier. Si on parcourt les « *Biographies des chevaliers errants* » des historiens Sima Qian et Sima Tan[1], ou bien encore si on regarde la vie du Chevalier à la barbe frisée[2]et celle des autres grands hommes dont on parlait sous la dynastie des Tang, n'étaient-ils pas tous exaltés et généreux, vaillants et francs ? C'est pourquoi j'abhorre ceux de Kunlun, qui n'ont aucun sens de la chevalerie. Je les ai affrontés deux fois : la première à la passe de l'ouest près de Xi'an, la seconde près du pont de la rivière Ba. Ils s'y prenaient toujours à vingt ou trente contre un, et il y avait même une femme ! Je les trouve vraiment ignominieux, je regrette même de m'être mis en colère à cause d'eux ! »

À l'écoute de ce récit, Petite Grue se sentit contrarié. Il but une gorgée d'alcool, soupira intérieurement, puis demanda à nouveau quelques détails sur la jeune femme qui avait aidé les disciples de Kunlun. Mais Li Fengjie lui répéta qu'il n'y avait pas vraiment prêté attention, qu'il ne pouvait même pas dire comment elle était physiquement, mais que néanmoins elle n'était pas vilaine.

Petite Grue soupira : « C'est sûrement Aluan, pensa-t-il. Reste à savoir si elle est mariée ou non, et aussi si elle me déteste ou non ! Si elle est mariée, alors je n'aurai pas vraiment le cœur brisé, et je m'en remettrai petit à petit. Si elle est toujours libre, par contre, je me retrouverai dans une situation difficile : parce que si je veux assouvir ma vengeance, je ne pourrai jamais l'épouser ! Mais si je veux l'épouser,

---

1. Sima Qian (145-86 av. J.-C.) : le plus célèbre historien chinois, qui reprit l'entreprise inachevée de son père Sima Tan et écrivit toute l'histoire de Chine jusqu'à son époque.

2. *Biographie du Chevalier à la barbe frisée* : récit en langue classique de Du Guangting (IXe siècle), qui raconte la rencontre d'un couple d'amoureux et d'un aventurier avec Li Shimin, le futur fondateur de la dynastie des Tang.

alors non seulement je ne pourrai pas venger la mort de mon père, mais en plus je devrai implorer le pardon de ceux de Kunlun, m'excuser, supplier, solliciter... Comment moi, Jiang Xiaohe, pourrais-je faire une telle chose ? »

Il exhala à nouveau un long soupir. Il but une bonne gorgée de vin, puis posa ses baguettes sur la table, poussa le bol d'alcool, et dit à Li Fengjie :

« Je suis ivre. Demain, même s'il pleut, je partirai. J'irai à Chang'an, à Ziyang et à Zhenba, pour combattre ceux de Kunlun et assouvir ma vengeance. Je mourrai même peut-être là-bas !

— Frère Jiang, pourquoi dis-tu cela ? demanda Li Fengjie surpris. Si tu trouves que l'école de Kunlun et Ji Guangjie sont difficiles à battre, je peux te donner un coup de main ! Mon mariage ne presse pas !

— Il y aurait huit sectes de Kunlun et seize Ji Guangjie que je m'en moquerais pareillement ! rétorqua Petite Grue en ricanant. Ce qui m'ennuie, ce n'est pas tant le fait de me venger ou de devoir me battre. C'est autre chose, une chose à laquelle je n'ai jamais cessé de penser depuis dix ans. Si j'ai enduré de rudes épreuves au cours de ma vie d'errance et étudié les arts martiaux au plus profond de la montagne, ce n'est pas seulement pour venger mon père : c'est pour une autre raison, une histoire beaucoup plus compliquée qu'une vengeance !

— Tu n'es pas très franc avec moi ! Pourquoi ne me racontes-tu pas tout ? Bien que nous ne soyons pas des amis de longue date, nous sommes tous les deux loyaux ! C'est dommage que tu partes demain, sinon je t'aurais invité à rester ici quelque temps. Si tu ne t'y opposes pas, je voudrais qu'on devienne amis jusqu'à la mort !

— Très bien. Nous voilà donc frères par serment. Mais mon histoire ne se raconte pas en quelques mots, et si je te la raconte, tu ne pourras pas m'aider, et cela ajoutera à mon trouble. C'est pourquoi je préfère tout te raconter une fois que j'aurai réglé cette affaire. »

Puis il s'allongea et dormit. Li Fengjie resta un long moment assis à regarder son ami avec un air interloqué. Il avait déjà deviné de quoi il retournait : comme à plusieurs reprises Petite Grue lui avait posé des questions sur cette jeune femme de Kunlun, il devait sûrement l'avoir aimée dix ans auparavant. Pourtant, ils étaient si jeunes alors ! Était-ce possible qu'entre un garçon et une fille de treize ou quatorze ans il puisse naître un lien si profond ? Il ne pouvait y croire. On entendait dehors le chuchotement de la pluie, et l'huile des deux lampes était bientôt épuisée. Les plats et les bols laissés pêle-mêle sur la table côtoyaient un tas d'arêtes de poisson. Li Fengjie poussa la table sur le côté pour laisser à son serviteur le soin de la débarrasser le lendemain. Il versa l'huile des deux lampes dans une coupelle et souffla la première. Puis il ferma la porte. Alors qu'il s'apprêtait à s'allonger sur le lit, Petite Grue se retourna tout à coup, ouvrit de grands yeux et lui dit à voix basse :

« Éteins la lampe ! »

Li Fengjie, surpris de voir que Petite Grue ne dormait pas encore, répondit en riant :

« Est-ce que ce n'est pas mieux de laisser un peu de lumière ? Que crains-tu ? Tu penses que quelqu'un va venir voler nos affaires ?

— Éteins-la ! Vite ! répéta Petite Grue à voix basse. J'ai entendu du bruit dehors ! »

Frappé de stupeur, Li Fengjie se retourna, souffla la mèche, décrocha son épée du mur et la sortit doucement de son fourreau. Puis il marcha jusqu'à la porte, l'ouvrit légèrement et regarda dehors par l'entrebâillement : il ne faisait pas encore nuit noire, c'était simplement gris et sombre. Impossible de savoir si la pluie s'était arrêtée ou non, mais de nombreuses gouttes d'eau tombaient des branches de l'orme secouées par le vent.

Alors que Li Fengjie s'apprêtait à aller jeter un œil dehors, Petite Grue se leva brusquement et le retint par le bras :

« Non, ne sors pas ! Ne t'occupe pas de ça. Il doit s'agir de l'homme avec lequel je me suis battu aujourd'hui. Il doit sûrement venir pour régler ses comptes !

— Moi je trouve qu'il n'y a rien dehors, répondit Li Fengjie en souriant. Tu as dû mal entendre !

— J'ai clairement entendu quelqu'un pousser la barrière de branchages ! rétorqua Petite Grue. J'en suis sûr ! Durant dix ans j'ai étudié les arts martiaux dans le mont Jiuhua : si quelqu'un faisait tomber une aiguille à broder à dix pas de moi, je pourrais l'entendre très distinctement ! »

Cela fit rire Li Fengjie, qui ne croyait pas un mot de tout cela. Pour lui, il devait simplement s'agir de quelques chiens du village, et non d'un voleur. Petite Grue, pas le moins du monde affolé, mais toujours très sérieux, essaya d'attraper l'épée de son ami :

« Va te recoucher, lui dit-il. Ce n'est sûrement rien de grave. Peut-être que tout à l'heure je te ferai voir quelque chose d'intéressant.

— Très bien. Je te laisse faire ! »

Li Fengjie comptait surtout voir si les présomptions de son compagnon allaient se révéler exactes ou non, et en profiter pour voir ses aptitudes au combat. Petite Grue regarda par l'entrebâillement de la porte puis retourna dormir, l'épée posée à côté de lui. Li Fengjie se coucha à son tour, sans dire un mot.

Plus d'une demi-heure plus tard, alors que Petite Grue semblait complètement endormi, on entendit des bruits de pas dans la cour. Aussitôt, Li Fengjie se leva. Mais son ami l'enjoignit de rester couché :

« C'est Hu Erzheng. »

Li Fengjie tendit l'oreille : les bruits de pas étaient en effet très lourds. Un moment plus tard, on entendit dans la cour un grand bâillement : il s'agissait bien de Hu Erzheng. L'homme, contrarié, et souffrant sûrement à la suite des coups de fouet, n'arrivait pas à dormir dans la maison et sortait pour se rafraîchir. Li Fengjie, admiratif, trouva son ami beaucoup plus sagace et capable que lui. Il entendait le bûcheron marcher à grands pas dans la cour, respirer profondément en gémissant et pousser de grands bâillements. Li Fengjie sourit :

« Hu Erzheng est réveillé, dit-il à Petite Grue. On n'a qu'à lui demander de monter la garde pour nous ! »

Il n'obtint aucune réponse. Un instant passa encore. Alors que Li Fengjie tombait de sommeil, il entendit soudain le bûcheron crier :

« Au voleur ! »

Aussitôt, Petite Grue, tel un ocelot, s'empara de l'épée, sauta par-dessus Li Fengjie et sortit. Son ami se hâta lui aussi d'aller prendre son arme, alors que dehors retentissaient déjà les bruits métalliques de lames en train de se croiser.

« Eh ! Mon vieil ami ! Ne t'enfuis pas ! » cria Petite Grue.

Li Fengjie arriva en courant : son compagnon s'était lancé à la poursuite du fuyard. Sur le sol gisait tout raide un grand gaillard : c'était Hu Erzheng, mis à terre par une technique de *dianxue*. Li Fengjie s'occupa de lui, puis quitta la cour en brandissant son épée : mais il ne voyait déjà plus Petite Grue. Il sortit du village sous la pluie et aperçut enfin son ami en train de se battre avec l'intrus sur le bord de la grande route. L'individu maniait un bâton de fer et tentait régulièrement d'atteindre Petite Grue à la poitrine en pratiquant le *dianxue*. La précieuse épée de Petite Grue semblait lancer des éclairs dans la nuit pluvieuse : il la faisait danser dans les airs, et bougeait habilement tantôt vers le bas, tantôt vers le haut, à gauche, à droite, forçant ainsi son adversaire à reculer de plus en plus.

Au bout d'une dizaine d'échanges, l'individu, qui n'arrivait plus à faire face aux coups, partit à toutes jambes en traînant son bâton. Petite Grue, tel un rapace, s'élança à sa poursuite et le saisit par-derrière, puis s'empara de son bâton et le jeta par terre. L'autre se retourna et voulut utiliser le *dianxue* sur son adversaire, mais Petite Grue écarta à chaque fois sa main. Li Fengjie arriva en renfort, en brandissant son épée. Petite Grue lui fit un signe de la main :

« Non ! Ne le blesse pas ! »

Puis, s'adressant à son adversaire :

« Mon vieil ami, dit-il en ricanant, ne te sers pas du *dianxue* contre moi ! Tu peux t'en prendre à ceux du Jianghu avec ça, mais moi, je ne veux pas utiliser cette technique ! »

L'homme, admettant sa défaite, n'insista pas :

« Je suis à ta merci ! dit-il haletant. Mais je tiens à te dire que si je suis venu ce soir, ce n'est pas pour te faire du mal. C'était simplement pour t'affronter au combat. Nous nous sommes déjà rencontrés il y a dix ans, dans le district de Nanjiang : à l'époque, nous nous valions à peu près. Et maintenant que nous avons tous deux terminé l'étude des arts martiaux, je voulais t'affronter pour voir ce que tu valais. »

Alors Petite Grue se rappela enfin : il y a dix ans, lorsqu'il était parti dans le Shaannan avec le Chevalier de Langzhong pour combattre la secte de Kunlun, il avait traversé le district de Nanjiang et passé une nuit dans le hameau de la famille Yuan. Yuan Yong, « le Lion à face rouge », avait fait venir son fils pour le présenter à ses hôtes.

Stupéfait, il demanda au jeune homme :

« Est-ce que tu es Yuan Jingyuan, le fils du riche seigneur Yuan ? Mais qu'est-ce que tu fais ici ?

— Après sa défaite face à Bao Kunlun, répondit Yuan Jingyuan en soupirant, le Chevalier est retourné à Langzhong et a mis fin à sa vie d'homme du Jianghu. Mon père et mon cousin Yuan Zishao ont offensé beaucoup de gens au cours de leur vie, et par la suite, le Chevalier de Langzhong n'étant plus là pour les aider, leurs ennemis sont revenus pour régler leurs comptes. Ils ont fini par se faire tuer, et tous nos biens ont été spoliés. Heureusement, mon père avait jadis fait une généreuse aumône à un moine nommé "le Bonze au bâton de fer". Ce dernier, fidèle et reconnaissant, m'a sauvé et a vengé ma famille. Puis il m'a emmené dans son temple et m'a enseigné les arts martiaux. Il m'a transmis l'art du *dianxue* et je suis devenu son disciple. Il m'a donné un nouveau nom, Jingxuan, et m'a initié au bouddhisme.

— Eh bien ! Alors dans ce cas, je t'appellerai maintenant Yuan Jingxuan. Mais puisque tu m'as reconnu, pourquoi n'as-tu rien dit quand on s'est rencontrés en ville ? Et pourquoi avoir essayé d'utiliser le *dianxue* contre moi ?

— Cela ne partait pas d'une mauvaise intention : j'ai appris par des hommes du Jianghu que tu avais étudié pendant de nombreuses années les arts martiaux auprès d'un maître réputé. On dit aussi que Ji Guangjie est parti à ta recherche dans le Henan. En tombant sur toi aujourd'hui, je voulais seulement te mettre à l'épreuve et voir ce que tu valais. Mais en vérité, si je suis ici, c'est pour présenter mes hommages aux moines du temple de Shaolin et rendre visite au vénérable bonze Taiwu, le Bodhisattva au visage d'or. »

En apprenant que Ji Guangjie s'était rendu dans le Henan pour le retrouver, Petite Grue sentit la rage monter en lui :

« Qui t'a dit que Ji Guangjie voulait m'attraper ? demanda-t-il.

— Tu n'es pas au courant ? répondit Jingxuan. Il est déjà arrivé à Luoyang, accompagné de deux grands disciples de Kunlun : Jiang Zhiyao, "le Pionnier Borgne" et Liu Zhiyuan, "le Sabre de

Taisui[1]". Tout le long de la route, Ji Guangjie a collé des affiches proclamant ton arrestation !

— Encore ce procédé ! dit Li Fengjie en riant. À Xi'an aussi il a placardé des affiches partout pour m'attraper !

— C'est juste pour t'inciter à te montrer, reprit Jingxuan.

— Inutile de coller des affiches partout ! rétorqua Petite Grue furieux. Je vais aller le trouver. Jingxuan, nous nous reverrons, mon frère. Je t'ai offensé aujourd'hui, mais nous sommes de vieux amis, alors je pense que tu ne m'en garderas pas rancune ! »

Il salua le jeune homme, tourna les talons et rentra en courant au village de la Ravine du *qin* mélodieux. Li Fengjie invita alors Jingxuan à l'accompagner chez lui pour discuter un peu.

« Je ne peux pas venir, répondit le jeune homme. Mais je reviendrai te voir dans quelques jours. Il faut cependant que tu dises à Jiang Xiaohe de ne pas sous-estimer Ji Guangjie. Il est très fort ! »

Puis il ramassa son bâton de fer et partit. Li Fengjie rentra en hâte chez lui : il arrêta Petite Grue, qui menait déjà son cheval dehors :

« À quoi bon être si pressé, frère Jiang ? Demain, il fait jour !

— Je ne peux plus supporter tout cela, répondit Petite Grue en secouant la tête. Je ne suis pas encore allé trouver ceux de Kunlun que déjà ils envoient quelqu'un contre moi et veulent me faire arrêter ! Si je ne me dépêche pas d'aller à leur rencontre pour les combattre, alors je ne suis qu'un lâche qui a vainement étudié le *gongfu* pendant dix ans dans le mont Jiuhua !

— Mon frère, ajouta Li Fengjie, conscient qu'il ne pouvait plus rien faire. Je ne peux pas t'empêcher de

1. Taisui : nom chinois de la planète Jupiter. Terme utilisé également pour désigner un tyran, une personne puissante.

partir… Mais je connais Ji Guangjie : il est très fort. Il tient sa technique parfaite de l'épée de l'école de Longmen. Ne le sous-estime pas !

— J'espère bien qu'il excelle en arts martiaux ! rétorqua Petite Grue en ricanant. Je n'utiliserai pour le combattre que vingt à trente pour cent de mes capacités ! Je n'ai aucune envie d'utiliser le *gongfu* pur. Quand je l'aurai vaincu, j'irai trouver ceux de Kunlun et j'assouvirai ma vengeance. Je reviendrai d'ici à un mois !

— Bien ! Bien ! fit Li Fengjie en hochant la tête. Je t'attendrai ici ! »

Les deux amis échangèrent leurs épées. Petite Grue monta en selle, salua Li Fengjie et quitta le village.

Dans le paysage brumeux, on ne distinguait même pas le sentier. Les gouttes de pluie s'abattaient sur la cape imperméable et le grand chapeau de paille de Petite Grue, et on entendait le murmure de l'eau de pluie qui du bord du chemin rejoignait le ruisseau de la montagne. Alors le cheval noir, piétinant dans l'eau, s'éloigna en direction du nord.

Chapitre X

Apercevant sur la route des sinistrés,
Le chevalier oublie sa vengeance ;
La nuit tombée, dans une auberge,
Il se rit avec brio du héros.

Petite Grue voyagea toute la nuit. Au point du jour, la pluie tombait toujours. Le chevalier s'arrêta dans un bourg pour boire un peu de thé et manger. Il ne fit halte qu'un court instant avant de reprendre sa route vers le nord. Il contourna le mont Songshan par le nord, puis bifurqua vers l'ouest. À la nuit tombée, il arriva dans une petite ville située à une trentaine de lis de Luoyang. Comme il était déjà tard, il descendit dans une auberge. De peur que Ji Guangjie n'apprenne sa venue et ne monte un complot contre lui, il ne se sépara pas de son épée de la nuit.

Le lendemain, il quitta l'auberge au petit matin. Il ne pleuvait plus, mais la terre était couverte d'un épais brouillard qui rendait l'air lourd et étouffant. Petite Grue se mit torse nu, dévoilant ses bras et ses épaules robustes. Il arriva à Luoyang par la porte est.

« Ji Guangjie n'est ni un officier de haut rang, ni un grand dignitaire, songea-t-il. Comment vais-je faire pour savoir où il habite ? »

Il tira sur les rênes et réfléchit un moment.

« Je n'ai qu'à aller me renseigner dans une agence d'escorte ! » pensa-t-il tout haut.

Il regarda autour de lui et aperçut soudain dans la rue un commerce portant l'enseigne : « Grande Agence d'escorte de Taiping ». Sur le mur blanc, on discernait encore la trace de cinq grands caractères presque entièrement effacés par la pluie : « *On recherche Jiang Xiaohe*[1]. »

« Voilà donc où il se trouve, ce Ji Guangjie ! » s'écria Petite Grue.

Il sauta à terre et mena son cheval dans la cour. Il voulut entrer, mais trouva la porte bien fermée. Alors il donna un grand coup de talon pour la forcer. À l'intérieur, des hommes endormis se réveillèrent en sursaut. Trois d'entre eux se levèrent de leur *kang* et crièrent, furieux :

« Hé ! Qu'est-ce qui se passe ? Qu'est-ce qui te prend ?

— Est-ce que ce n'est pas écrit sur votre devanture que vous recherchez Jiang Xiaohe ? rétorqua Petite Grue en dégainant son épée. Eh bien me voilà ! Lequel d'entre vous va m'attraper, hein ? Allez ! Battons-nous ! »

À ces mots, les gardes du corps, effrayés, changèrent d'expression.

« Ah ! Alors c'est ça ! fit un homme d'une quarantaine d'années en s'avançant. Range ton épée, seigneur Jiang. Écoute, ce n'est pas nous qui avons inscrit ces caractères sur le mur. C'est un certain Ji Guangjie, le petit-fils du Chevalier de Longmen, qui est venu il y a quelques jours, accompagné de deux hommes de l'école de Kunlun…

— Où sont-ils ? Dis-le moi, vite !

— Ji Guangjie est resté à Luoyang quelques jours, répondit l'autre en s'habillant. Il a écrit cette phrase

1. « On recherche Jiang Xiaohe » : en pinyin *zhuo na Jiang Xiao he* (soit cinq caractères), équivalent de l'anglais *wanted : Jiang Xiaohe*.

un peu partout, à l'extérieur comme à l'intérieur de la ville. Tout le monde connaît son niveau en arts martiaux. Il peut frapper n'importe qui à la moindre contrariété. Du coup, on l'a laissé agir à sa guise, personne n'a eu le courage de l'empêcher de faire ce qu'il voulait. Après son départ, nous avons nettoyé le mur avec de l'eau, mais l'inscription n'a pas complètement disparu.

— Où est-il parti ? demanda Petite Grue.

— J'ai entendu dire qu'il avait pris la direction du sud. Ji Guangjie n'est pas notre ami, seigneur Jiang. Mais nous le connaissons de réputation ! Nous sommes tous des gens du Jianghu, et nous pouvons toujours compter sur nos amis pour nous en sortir. Qui oserait offenser un ami ? D'autant plus que nous n'avons pas subi d'injustice depuis longtemps, et n'avons aucun ennemi. Alors quand Ji Guangjie a voulu écrire sur notre mur tout propre, que pouvions-nous faire ? Si nous l'en avions empêché, il aurait voulu se battre !

— Ils sont partis dans quelle ville ?

— Nous l'ignorons. Mais tu peux aller demander à l'agence d'escorte Zhenying. Ji Guangjie a habité là-bas quand il est venu. Le patron est un de ses vieux amis. »

Petite Grue hocha la tête et récupéra son cheval. Il donna plusieurs coups d'épée dans le mur, à hauteur des caractères estompés, faisant tomber quelques morceaux de plâtre. Puis il monta en selle et se rendit en ville. Il aperçut bientôt l'agence de Zhenying. Sur le mur, on voyait aussi des traces d'encre, sans doute encore les cinq caractères concernant l'arrestation de Petite Grue. Le jeune homme entra et demanda :

« Qui est Lu Zhenying ? »

Un homme torse nu, qui s'exerçait dans la cour au maniement de la lance, s'arrêta et jaugea l'intrus.

« Lu Zhenying est parti escorter un convoi, répondit-il. Que veux-tu, l'ami ?

— Je cherche Ji Guangjie. On m'a dit qu'il était passé chez vous.

— Oui, c'est vrai. C'est un ami du patron. Il est venu récemment. Mais il est reparti au bout de quelques jours.

— Où ? demanda Petite Grue avec un regard courroucé.

— Je crois qu'il est parti pour le district de Shangshui, chercher un certain Liu Qingkong. »

Petite Grue resta interdit. « Qu'il soit allé chercher Liu Qingkong, pensa-t-il, je m'en moque. Mais s'il apprend que Yang Xiantai est un de mes amis, il va passer ses nerfs sur lui. Quel malheur ! J'aurai nui à un ami ! »

Alors qu'il s'apprêtait à se remettre en route, il réfléchit encore : « Puisque le patron de cette agence est un ami de Ji Guangjie, je dois lui faire savoir qui je suis ! »

Il reprit, plein d'allant :

« Hé ! Vous ! C'est moi Jiang Xiaohe. Il paraît que Ji Guangjie colle des affiches partout et appose des caractères sur les murs pour ma capture. Je suis justement venu pour le voir. Inutile qu'il m'attrape : c'est moi qui l'attraperai ! Je me rends d'ailleurs de ce pas au district de Shangshui ! »

Il aperçut alors sur le côté une stèle épaisse et solide qui servait à attacher les chevaux. Il s'approcha et donna un coup dessus avec la main : « crac ! », dans un grand bruit, la stèle se cassa en deux et s'écroula.

L'homme qui s'entraînait à la lance ainsi que plusieurs gardes du corps qui se trouvaient là regardèrent le jeune homme, à la fois ébahis et effrayés.

« Quand votre patron rentrera, vous lui raconterez ce que vous avez vu ! » leur dit Petite Grue, avant de monter en selle en plein milieu de la cour et de quitter les lieux.

Il sortit de Luoyang et prit la direction de l'est. Il bouillait de colère : il se moquait bien que Ji Guangjie veuille se battre avec lui pour aider l'école de Kunlun. Mais qu'il écrive partout qu'il fallait l'arrêter, ce n'était pas très louable !

Il chevaucha sur près de quarante lis avant d'arriver dans un défilé étroit, de chaque côté duquel s'étendait un plateau de lœss. Il put à nouveau lire sur les parois la phrase : « On recherche Jiang Xiaohe », en grands caractères profondément gravés. Apparemment, ils avaient été inscrits à l'épée, ce qui fit encore plus enrager Petite Grue. Assis sur son cheval, il brandit son épée et l'abattit sur le mur, faisant tomber beaucoup de terre. Ce n'est que lorsqu'on ne put plus distinguer très clairement ce qui était inscrit que le jeune homme se remit en route.

Une fois sorti du défilé, il ne cessa de vérifier alentour les endroits où Ji Guangjie avait encore inscrit sa fameuse phrase. Le soir venu, il descendit dans une auberge en bordure du district de Xinzheng. Il s'enquit auprès du gérant du passage éventuel de Ji Guangjie et en donna une description sommaire : un jeune homme armé d'une épée précieuse et accompagné de deux acolytes, qui inscrivait des caractères un peu partout.

« Ah oui ! En effet ! répondit l'aubergiste. Il est passé avant-hier, vers midi. Il a aussi écrit sur notre mur de lœss ! Quelques caractères qui disaient : "On recherche Jiang Xiaohe." Comme on pensait qu'il s'agissait d'un officier, on ne l'en a pas empêché. Mais après son départ, nous avons gratté le mur à l'aide d'une pelle en fer pour effacer l'inscription. »

Petite Grue, furieux, aurait voulu se remettre aussitôt en route et partir de nuit à la poursuite de Ji Guangjie. Mais comme il commençait à se sentir las, il décida de remettre ça au lendemain.

Il reprit donc son voyage le jour suivant. Sur la route, il demandait aux passants le chemin pour se rendre au district de Shangshui et s'informait sur Ji Guangjie et ses deux compagnons. Dans la matinée, aux alentours de neuf heures, il arriva dans une bourgade. C'est alors qu'il aperçut, collées pêle-mêle sur un grand sophora, une dizaine de bandes de papier sur lesquelles était écrit : « On recherche Jiang Xiaohe », « On recherche Jiang Xiaohe » !

Vert de rage, le jeune homme descendit de cheval, arracha les bouts de papier et les déchira en mille morceaux. Plusieurs passants l'observaient.

« Qui a collé ça ? demanda Petite Grue à l'un d'entre eux. J'ai l'impression que c'est très récent !

— C'est le Gros Grêlé de la taverne, là-bas », répondit un homme en pointant son doigt en direction de l'est.

Furieux, Petite Grue tira son cheval jusqu'à l'endroit désigné. Puis il entra, son épée à la main. La taverne était vide. Le patron, un homme corpulent, demanda à un commis de délayer de l'encre sur une pierre. Puis, à l'aide d'un pinceau tout dégarni de poils, avec l'application d'un écolier qui recopie un modèle, il inscrivit les cinq caractères « On recherche Jiang Xiaohe » sur une feuille. Une trentaine de bouts de papier étaient posés à côté de lui.

Petite Grue s'avança, s'empara de l'encrier et « bang ! », frappa le tavernier au visage. L'homme, le visage couvert d'encre noire et de sang, lâcha un cri de douleur. Petite Grue déchira les bouts de papiers et renversa la table. Quant à l'employé, il prit les jambes à son cou et quitta les lieux.

Le Gros Grêlé, tombé à la renverse, n'arrivait plus à se relever.

« Mais pourquoi tu m'as frappé ? » hurla-t-il.

Petite Grue tapota de son épée la tête de l'homme et répondit, furieux :

« C'est moi Jiang Xiaohe ! Pourquoi écris-tu tous ces papiers qui incitent à me faire arrêter ? Tu n'es pas un officier, et en plus, je n'ai pas enfreint la loi ! »

En apprenant l'identité de Petite Grue, le Gros Grêlé se mit à trembler de tout son corps :

« Ce n'est pas moi qui ai voulu faire ça, répondit-il en tentant de se disculper. C'est un client qui m'a donné cinq taels d'argent avant-hier, pour que je remplisse le plus de papiers possible. Il reviendra dans quelques jours pour me payer encore un peu. Mais en fait, je ne comprends même pas ce que j'écris !

— Canaille ! l'insulta Petite Grue. Il te donne cinq taels, et aussitôt tu fais tout ce qu'il demande ? Et tu m'humilies de la sorte ? »

C'est alors qu'en levant la tête il aperçut empilées dans le buffet une quinzaine de jarres en terre. Sur cinq d'entre elles étaient inscrits en grand les caractères qui formaient la phrase : « On recherche Jiang Xiaohe ». Petite Grue enragea. Le Gros Grêlé se releva péniblement.

« Seigneur Jiang, lui dit-il, ce n'est pas moi qui ai écrit sur ces bouteilles. C'est un client dénommé Ji qui l'a fait. Il y avait deux hommes avec lui. Il portait également une épée précieuse. Même le vieux Zhang-le-Quatrième n'a cessé de le flagorner. Il ne m'aurait pas donné d'argent que je n'aurais quand même pas osé lui désobéir ! »

Petite Grue, furieux, s'empara d'un poids de balance romaine et le lança sur les jarres. « Bang ! Bang ! », les récipients en terre, trois vides et deux pleins, se renversèrent.

« Bon sang ! cria le Gros Grêlé en pleurant et en frappant du pied. Mais ces deux jarres valaient plus de sept taels !

— Et alors ? Tu n'as qu'à t'adresser à ce fameux Ji pour qu'il te dédommage ! Si je viens à apprendre que tu continues à écrire, je te fais la peau ! »

Il sortit, enragé. Alors qu'il s'apprêtait à monter en selle, il vit soudain arriver du nord six hommes armés de sabres et de bâtons en bois. Il les fixa, prêt au combat. Certains portaient des culottes courtes et des chemises, d'autres étaient torse nu. Le commis de l'auberge faisait partie du lot. Il pointa son doigt dans la direction de Petite Grue et cria :

« C'est lui ! »

Aussitôt, les hommes accoururent pour encercler le jeune chevalier.

« Ne pense même pas à t'enfuir ! Alors c'est toi, Jiang Xiaohe ? Tu sais qu'on te recherche ! »

C'est alors que le Gros Grêlé arriva, avec son visage encore noir et en sang.

« Attrapez-le ! hurla-t-il. Il m'a frappé ! Il m'a cassé deux jarres d'alcool ! Il faut qu'il me dédommage ! »

Petite Grue brandit son épée et demanda, furieux :

« Qu'est-ce que vous voulez ? C'est Ji Guangjie qui vous envoie ? S'il est ici, alors qu'il vienne en personne ! Cela ne vous concerne pas. Si vous êtes incapables de comprendre où se trouve votre intérêt, et que vous me mettez en colère, je serai sans pitié ! Si je vous blesse, il ne faudra pas m'en vouloir !

— Arrête de te vanter, sale type ! rétorquèrent les autres. Tu ferais mieux de jeter ton épée tant qu'il en est encore temps, et de nous suivre chez le quatrième seigneur. C'est l'oncle du sieur Ji. Lorsque ce dernier est venu avant-hier, il a confié à notre Maître la charge de t'arrêter si tu venais ici : car tu es un brigand qui a commis de graves crimes ! Ceux de Kunlun, et même le Chevalier de Longmen et ses hommes, sont tous à ta recherche !

— Sottises ! » rétorqua Petite Grue, exaspéré.

Brandissant son épée, il se rua sur les six hommes, lesquels, ignorant ses capacités en arts martiaux, se lancèrent dans la bataille en agitant avec rage leurs sabres et leurs bâtons. En seulement quatre échanges, Petite Grue, très à l'aise, désarma quatre de ses adversaires et les mit à terre.

« Il y a des blessés ! » se mirent à crier les gens dans la rue avec affolement.

Quant au Gros Grêlé, il quitta les lieux en courant, et, levant ses deux énormes bras tout gras, s'enfuit comme un cochon vers le nord en hurlant :

« Officiers ! Officiers ! Alerte ! »

Aussitôt, Petite Grue grimpa sur son cheval, mit hors d'état de nuire les deux hommes encore debout et partit au galop vers le sud-est. Il bouillait intérieurement et trouvait ce Ji Guangjie vraiment détestable. S'il tombait sur lui, il le truciderait à coup sûr. Peu importe qu'il s'agisse du petit-fils du Chevalier de Longmen, et peu importent les recommandations de son Maître !

Au bout d'une dizaine de lis, il se retourna et aperçut une troupe de cavaliers lancés au grand galop. Il tira sur les rênes :

« Se pourrait-il qu'ils me pourchassent ? » se demanda-t-il, étonné.

Il dégaina son épée. Les cavaliers arrivèrent bientôt : il s'agissait de douze gaillards vigoureux, menés par un homme de haute stature très élégamment vêtu, monté sur un cheval beige. Petite Grue alla à leur rencontre en brandissant son épée et leur demanda :

« Hé ! C'est moi que vous pourchassez ?

— Non, on voyage ! rétorqua le grand cavalier en tendant le menton. Pourquoi on te poursuivrait ? »

Les douze hommes portaient tous des sabres, mais aucun bagage.

« Bien ! reprit Petite Grue avec un léger sourire. Passez votre route et je passe la mienne, sans incident. »

Il lança son cheval et poursuivit son chemin en direction du sud-est. Mais il entendait toujours derrière lui les sabots des douze chevaux qui martelaient le sol. Vraiment à bout, il dégaina à nouveau son épée. Alors qu'il s'apprêtait à faire demi-tour, les cavaliers chargèrent de front, telle une marée mugissante. Petite Grue n'eut pas le temps de les esquiver, se fit bousculer et chuta de cheval. En sentant la selle se dérober sous ses fesses, il sauta à terre avec agilité en agitant son épée. Les chevaux, surpris par l'éclat de la lame, se cabrèrent, et deux cavaliers tombèrent par terre. Sans se soucier d'eux, Petite Grue s'élança à la poursuite du cheval beige, qui se trouvait déjà loin. Mais le jeune homme courait vite : en un éclair, le cavalier eut la surprise de l'apercevoir juste derrière lui.

« Bon sang ! »

Le jeune chevalier le rattrapait, moins de dix mètres les séparaient.

« Qu'est-ce qu'il court vite ! s'écrièrent les autres hommes. Prenez garde, mon seigneur ! »

Le cavalier agita nerveusement son fouet et tendit la main vers la selle pour attraper son sabre. Mais il ne s'en était pas encore emparé que déjà Jiang Xiaohe bondissait sur lui, à la manière d'une grue couronnée, avec son épée en guise d'aile.

« Klang ! » « Ah ! » Petite Grue abattit sa lame sur le gaillard, tandis que les compagnons de ce dernier se repliaient et prenaient la fuite. Le jeune homme donna encore un coup d'épée à sa victime, puis un coup de pied. Un flot de sang jaillit de l'épaule de l'homme, qui s'évanouit comme mort. Face aux capacités hors pair de Petite Grue, trois cavaliers avaient détalé. Il en restait huit qui, présumant de leurs forces, descendirent de cheval pour venir se battre. La précieuse épée de Petite Grue dansait dans les airs, comme un boa qui se meut dans une forêt de sabres. Le jeune homme n'eut nul besoin de déployer tout son art, il se contenta d'avoir l'œil vif et la main preste, et en huit échanges il mit à terre six hommes. Les deux rescapés sautèrent sur leurs chevaux et partirent au galop.

Petite Grue ne se lança pas à leur poursuite. Il baissa son arme et regarda les sept hommes qui gisaient sur le sol. Respectant les recommandations de son Maître, il les avait épargnés en portant ses coups avec peu de force. Non seulement les six hommes n'étaient que légèrement blessés, mais en plus certains arrivaient à se remettre debout. Le Quatrième Seigneur, quant à lui, après une chute de cheval et une profonde blessure à l'épaule droite, était couvert de sang. Cependant, il reprenait peu à peu connaissance et poussait des cris de douleur.

Petite Grue partit d'abord récupérer son cheval et revint sur le lieu du combat. Arrivé à hauteur des blessés, il ricana et dit :

« Je ne parle même pas du fait que vous soyez douze, ni de vos capacités. Si vous aviez été cent vingt et que vous m'aviez abîmé un seul cheveu, je n'aurais plus mérité de m'appeler Jiang ! Je n'aime pas blesser les gens. Mais vous avez recouru à un procédé diabolique. Un brave homme combat avec un seul sabre ou un seul bâton. Ceux qui s'en prennent à quelqu'un à plusieurs, même s'ils remportent la victoire, sont des vauriens. En vous ruant ainsi sur moi à cheval, si j'avais été quelqu'un d'autre, j'aurais tout de suite péri sous les sabots de vos chevaux ! Espèces de bâtards ! Même les bandits ne font pas preuve d'autant de perfidie ! »

Au comble de la colère, Petite Grue brûlait d'envie de descendre de cheval pour occire ses adversaires. Mais plusieurs d'entre eux s'agenouillèrent et l'implorèrent :

« Seigneur Jiang ! Nous étions aveugles ! Ne nous en voulez pas ! Ni à nous, ni à notre Quatrième Seigneur ! Tout est la faute de Ji Guangjie. Il a collé des affiches partout pour vous faire arrêter, et il a rallié le Maître à sa cause. En vous voyant arriver, le Quatrième Seigneur s'est lancé à votre poursuite. Il comptait vous renverser à cheval, pour vous capturer et montrer à Ji Guangjie de quoi il était capable. Il est le neveu du seigneur Ji[1], le Chevalier de Longmen, et l'oncle paternel de Ji Guangjie !

— Où se trouve Ji Guangjie ?

— Il est parti avant-hier chez Liu Qingkong, dans le district de Shangshui, pour vous retrouver !

— Très bien ! Dans ce cas, je pars à sa recherche ! »

Alors qu'il s'apprêtait à se remettre en route, il aperçut soudain au loin un grand nombre de chevaux et de chars. Il présuma d'abord qu'il s'agissait de la clique de Zhang-le-Quatrième, mais en y regardant de plus près, il constata que ce n'était qu'un convoi de marchands. Apeurés par l'agitation et la bataille, ils avaient stoppé leurs montures et n'osaient pas s'approcher. Petite Grue rangea son épée et chevaucha jusqu'à eux. Arrivé à leur hauteur, il les salua et demanda :

« Messieurs, vous qui venez de loin, avez-vous vu sur la route un homme qui colle des affiches partout et inscrit sur les murs qu'il faut attraper un certain Jiang Xiaohe ?

— Nous n'y avons pas prêté attention, répondirent les marchands.

— L'homme dont je parle s'appelle Ji Guangjie. Quant à Jiang Xiaohe, c'est moi. Je suis quelqu'un de franc et de droit, qui n'a jamais été un voleur et n'a jamais enfreint la loi. Ji Guangjie et moi ne nous sommes jamais rencontrés, et aucune inimitié ne nous lie. Mais il s'est laissé entraîner par les membres de l'école de Kunlun, et passe son temps à salir mon nom ! Je ne peux vraiment pas supporter cet affront. Les hommes que je viens de blesser sont des compagnons de Ji Guangjie. Vous avez sûrement vu ce qui vient de se passer, mes amis : ce sont eux qui m'ont attaqué en premier, je ne m'en suis pas pris à eux sans raison. Vous êtes les témoins de tout cela, je vous prie de parler autour de vous de cet incident, et

1. Neveu : en chinois « fils de la sœur ».

je vous prie également de retirer les affiches et de nettoyer les murs qui portent les caractères de mon arrestation.

— Entendu ! répondirent les marchands. Nous les enlèverons pour toi.

— Merci ! Merci infiniment ! » conclut Petite Grue en les saluant respectueusement.

Puis, abandonnant les blessés, il repartit au galop en direction du sud-est. Toujours très en colère, il pensa tout haut :

« Je sais bien que le Maître m'a recommandé de ne pas porter atteinte à la vie des gens, mais je ne peux pas épargner Ji Guangjie. L'offense est trop grande ! Si je le rencontre, je me montrerai sans pitié avec lui ! »

Il pressa son cheval et arriva aux abords du district de Shangshui dans la soirée.

Même si Liu Qingkong ne pouvait pas vraiment être considéré comme l'homme fortuné du coin, il possédait quand même une grande demeure. Une fois arrivé devant chez lui, Petite Grue descendit de cheval. Plusieurs disciples vinrent l'accueillir et lui présenter leurs hommages :

« Vous êtes revenu, maître Jiang ? »

Le jeune chevalier était en effet venu combattre Liu Qingkong un mois plus tôt. Il l'avait mis à terre d'un seul coup de poing. Mais à la suite de l'affrontement, les deux hommes devinrent de très bons amis, et Petite Grue, à chaque fois qu'il rendit visite à son hôte, fut toujours très bien accueilli. Du coup, tous les disciples le connaissaient.

« Est-ce que quelqu'un est venu me chercher ici ? demanda-t-il avec empressement.

— Oui, Ji Guangjie est venu hier, accompagné de deux hommes, répondit l'un des disciples.

— Où se trouve-t-il à présent ? s'enquit Petite Grue, le regard plein de colère.

— Il est reparti le jour même. Nous lui avons dit que notre Maître se trouvait actuellement à Xinyang. Il s'est imaginé que vous étiez parti avec lui. Il a collé quelques banderoles devant l'entrée, avec pour inscription “On recherche Jiang Xiaohe”. Cela nous a mis hors de nous, mais connaissant son niveau en arts martiaux, et étant seuls à la maison sans notre Maître, nous n'avons pas osé le provoquer. Cependant, nous avons tout enlevé après son départ.

— Je me lance à sa poursuite ! » s'écria alors Petite Grue, furieux.

Il monta en selle et partit au galop. Il chevaucha toute la nuit, et le lendemain, à l'aube, il arriva aux abords du district de Zhengyang, dans le Jiangnan. Malgré son excitation, le jeune homme avait faim et soif. Il leva la tête et aperçut devant lui la passe nord de Zhengyang. Mais pas de restaurant ou de maison de thé en vue : seul un spectacle de désolation s'offrait à sa vue. Une foule de gens miséreux, encore plus enguenillés que des mendiants, soutenant des vieillards et tirant des enfants, portant sur le dos des sacs tout usés et dans les mains des cruches en terre brisées, se pressaient en direction du sud. Craignant de les bousculer, Petite Grue descendit de cheval. Il arrêta un homme et lui demanda ce qu'il se passait. Le pauvre hère répondit brièvement et poursuivit son chemin, mais Petite Grue ne comprit pas un traître mot, à cause de son fort accent régional. C'est alors qu'un homme aux allures de commerçant qui se trouvait à côté lui dit :

« Ce sont des sinistrés de la région du Huaibei[1]. La rivière a débordé et entraîné une inondation, ravageant leurs champs et les obligeant à fuir vers le Henan. Comme on leur distribue des aides

1. Huaibei : région au nord de la rivière Huai, dans le Henan et l'Anhui.

aujourd'hui, ils viennent tous chercher un peu d'argent. »

Petite Grue hocha la tête. Il ne savait pas qui payait pour tout cela, mais présumait qu'il devait s'agir d'un homme riche et bienveillant.

Le flot de sinistrés n'arrêtait pas de grossir, portant leur nombre à plusieurs centaines. Ils remplissaient toute la rue. Quelques charrettes stationnaient en plein milieu du chemin : leurs conducteurs restaient dans le chariot, n'osant pas descendre de peur de se faire piétiner par les sinistrés. Petite Grue lui non plus ne pouvait plus avancer. Par chance, il aperçut sur le côté une auberge :

« Laissez passer ! » cria-t-il en se frayant un passage jusqu'à l'entrée.

Il confia son cheval à l'aubergiste. « J'ai près de quatre cents taels sur moi, pensa-t-il. Pourquoi je ne les distribuerais pas moi aussi, pour aider ces pauvres gens ? »

Les employés et les clients de l'auberge se tenaient tous debout devant l'entrée et regardaient le spectacle. Soudain, l'un d'eux poussa un soupir :

« Il est difficile de se montrer bienveillant, mais encore plus de s'arrêter ! Ce jeune homme qui séjourne dans l'auberge de Mi ne paraît pas bien riche. Il a seulement déboursé cinq taels qu'il a distribués à quelques sinistrés, et maintenant ça prend une ampleur considérable ! De un à dix, de dix à cent ! Les sinistrés sont de plus en plus nombreux à se presser devant l'auberge de Mi ! Il va falloir qu'il se fasse alchimiste, sans quoi même cinq cents taels n'y suffiront pas ! »

Petite Grue, trouvant cela très étrange, décida d'aller voir de quoi avait l'air ce fameux client : peut-être qu'il s'agissait du jeune maître d'une famille de fonctionnaires ? Aussitôt, il se mêla à la marée humaine. La rue était saturée de monde, et il ne restait pas le moindre espace de libre. Mais Petite Grue, avec son corps léger et fort, arriva en un rien de temps à l'auberge de Mi. Une foule de gens se pressaient devant l'entrée et hurlaient misérablement :

« Cher Bodhisattva ! Je n'ai rien eu ! Je vais mourir de faim ! En plus j'ai une mère de quatre-vingts ans ! »

Des femmes, tenant par la main des enfants squelettiques, tendaient le bras en criant désespérément :

« Pitié ! Aide-nous ! »

Mais la porte de l'auberge restait fermée. Soudain, un jeune homme monta sur le mur, leva les bras et cria aux centaines de sinistrés :

« Je n'ai plus un centime ! J'ai épuisé plus de cent taels ! Je vous ai même donné l'argent de mes amis ! Je n'ai plus rien ! »

Mais la foule refusait de s'en aller et les gens continuaient de se lamenter :

« Bodhisattva !... À l'aide !... Donne-moi de l'argent !... »

Le jeune homme avait à peu près le même âge que Petite Grue. Petit mais énergique, avec le visage légèrement mat, il portait des vêtements de soie noirs, une ceinture de gaze autour de la taille et des bottes noires aux bouts frangés de soie. Apparemment, il pratiquait les arts martiaux. Petite Grue, admiratif et respectueux, agita les mains et cria à la foule :

« Il n'a plus d'argent ! Mais moi j'en ai ! Suivez-moi ! J'ai près de quatre cents taels, je vous donnerai tout. Suivez-moi ! »

Il répéta cela trois fois, mais ses cris se perdirent au milieu du tumulte général. Personne ne comprit ce qu'il disait, tout le monde pensait qu'il réclamait lui aussi de l'argent au jeune homme ! Les sinistrés gardaient la tête levée et continuaient à supplier :

« Bodhisattva ! »

Petite Grue, anxieux, se retrouva serré comme une sardine. Il regretta de ne pas avoir sa bourse sur lui. Il aurait pu la jeter au jeune homme sur le mur, pour qu'il fasse l'aumône à sa place. Puis il pensa : « Non ! C'est impossible ! Je n'ai que des grosses pièces et du papier-monnaie de la banque de Langzhong. Je ne pourrai pas diviser tout ça en petites sommes ! »

Le jeune homme sur le mur continuait à crier :

« Aujourd'hui je n'ai vraiment plus rien ! Revenez demain. Je distribuerai à chacun deux pièces. Je vais préparer plusieurs centaines de taels, et je vous donnerai tout ! »

En entendant cela, Petite Grue pensa : « Eh bien ! Quel grand discours ! Il doit vraiment avoir beaucoup d'argent ! »

Deux autres hommes rejoignirent le bienfaiteur sur le mur et crièrent :

« Partez ! Revenez demain, au lever du jour. On vous donnera de l'argent ! »

Le premier homme était maigre et borgne. Le second, bien en chair, avec un visage légèrement foncé et un peu de barbe, sembla très familier à Petite Grue, qui creusa dans son esprit et s'écria :

« Bon sang ! Mais c'est Liu Zhiyuan ! »

Il comprit alors que le jeune homme devait être Ji Guangjie. Consterné, il tourna les talons et se fraya un passage dans la foule des sinistrés pour rejoindre son auberge. Il mangea et but un peu de thé avant de s'allonger sur un *kang* dans sa chambre pour se reposer. Dans la cour, employés et clients discutaient encore du bienfaiteur :

« C'est sans doute un officier célèbre qui vient ici pour résoudre une affaire. Tout à l'heure, dans la rue, il collait des affiches qui disaient qu'il recherchait un certain Jiang Xiaohe. »

Petite Grue les entendit parler très clairement, mais ne ressentait plus vraiment de colère : « Qu'il les colle après tout, ses affiches ! pensa-t-il. Ma précieuse épée ne blessera pas un homme à la conduite chevaleresque ! »

Il ne quitta pas l'auberge de la journée. Le soir venu, il envoya un employé aux nouvelles et apprit que le jeune bienfaiteur était bien Ji Guangjie. Beaucoup de sinistrés passèrent la nuit devant l'auberge pour recevoir un peu d'argent le lendemain. Une question tarauda soudain Petite Grue : « Ji Guangjie n'est pas riche, pensa-t-il, et il a donné tout ce qu'il avait aujourd'hui. Où va-t-il pouvoir se procurer les centaines de taels qu'il promet de distribuer demain ? »

Aussi, quand l'aubergiste entra pour lui apporter une lampe, il lui demanda :

« Dans votre bourgade, il n'y a sans doute pas de famille riche ?

— Comment pas de famille riche ? Personne n'est plus riche que Gu Baiwan, "le Millionnaire" du village du clan Gu, au nord !

— Oui, admettons que ce Gu existe, rétorqua Petite Grue en riant, qui est le deuxième plus riche ?

— Il n'y a personne d'autre ! Hé ! Est-ce qu'un homme ne suffit pas ?

— Avec tous les sinistrés qui ont afflué ici, pourquoi n'a-t-il pas déboursé dix ou vingt mille taels alors ?

— C'est que les gens riches refusent de faire ce genre de chose ! Pour un riche propriétaire comme Gu, dépenser une simple sapèque est déjà douloureux... D'où son surnom de "Sale Pingre" ! »

Petite Grue ricana. L'aubergiste posa la lampe sur la table et s'éclipsa. Le jeune homme souffla la mèche et sortit à son tour.

On venait de sonner la première veille, mais la rue restait très animée : les sinistrés, sans domicile, poursuivaient les passants pour demander l'aumône et s'amassaient devant les échoppes, lesquelles n'avaient toujours pas fermé. Une taverne avait érigé devant l'entrée des petites huttes faites de nattes et allumé trois lampes à huile lumineuses. De nombreux clients, torses nus, buvaient, bavardaient et jouaient aux échecs en agitant des éventails. Petite Grue s'approcha, s'assit à un coin de table, commanda quelques mesures d'alcool et écouta les conversations de ses voisins.

Un long moment passa et on sonna la deuxième veille. La plupart des consommateurs avaient déjà quitté les lieux. Petite Grue, malgré son verre vide, restait assis à regarder ce qui se passait dans la rue. Il vit bientôt arriver du sud un homme vêtu de courts vêtements noirs et portant sur les épaules un paquet grand et fin. Paraissant très pressé, il passa très rapidement devant la taverne. Mais le jeune chevalier put clairement distinguer de qui il s'agissait : Ji Guangjie. Il jeta l'argent qu'il devait sur la table et se hâta de suivre Ji Guangjie qui partait en direction du nord.

Il faisait noir. Ji Guangjie ne se trouvait plus qu'à une vingtaine de pas devant Petite Grue. Le premier avançait rapidement sur la grande route, sans s'apercevoir de rien, pendant que le second marchait dans le millet déjà haut en bordure du chemin. Bientôt, Ji Guangjie bifurqua vers l'est et pénétra dans une forêt de pins dense. Petite Grue devait maintenant se montrer circonspect : si tout à l'heure il était dans l'ombre et Ji Guangjie en pleine lumière, à présent c'était le contraire. Peut-être même que le jeune chevalier avait fait exprès de rentrer l'air de rien dans la forêt pour s'y embusquer. Dans ce cas, Petite Grue, qui n'avait pas son épée sur lui, le paierait cher ! Alors il laissa le jeune homme s'enfoncer un peu entre les arbres avant de s'engouffrer à son tour, sans faire de bruit, le dos courbé.

Avec ses sandales de paille, l'herbe verte de la forêt lui semblait à la fois tendre et tiède. Soudain, après quelques pas, un animal lui passa entre les jambes : sans doute un renard ou un lièvre. Petite Grue s'arrêta et tendit l'oreille : il n'entendait que le murmure du vent dans les arbres et le grésillement des insectes dans les herbes. Il distinguait également devant lui de légers bruits de pas. Alors il grimpa dans un arbre et resta posté. Un long moment plus tard, lorsqu'il aperçut Ji Guangjie, son épée à la main, quitter la forêt, il sauta à terre et le suivit. Il arriva devant un ruisseau étincelant où se reflétaient des myriades d'étoiles. Ji Guangjie prit la direction de l'ouest et traversa sur un pont en bois. Petite Grue lui emboîta le pas.

Une légère brise soufflait sur les champs de millet et de maïs environnants. Bientôt, il aperçut de la lumière, sans doute quelque hameau. Ji Guangjie coupa à travers champ. Petite Grue, ne pouvant rester à découvert sur le sentier, fit de même, et progressa en écartant des mains les pousses qui lui rentraient douloureusement dans les bras. Ce n'est qu'au bout d'un long moment qu'il sortit enfin du champ : mais plus de trace de Ji Guangjie.

Il ne restait que deux lampes allumées dans le hameau, plongé dans l'obscurité. Petite Grue s'approcha et aperçut une grande demeure protégée par un très haut mur de pierres surplombé de branches de jujubiers sauvages. On aurait tout simplement dit le mur d'une prison. Petite Grue resta là jusqu'à ce qu'on sonne la troisième veille. Il se baissa pour rattacher ses sandales et se hissa sur le mur. Prenant appui sur une branche de jujubier, il sauta ensuite sur le toit de la maison. Il retira une branche qui s'était accrochée à sa sandale et la jeta sur les tuiles. Puis, se mettant à plat ventre, il avança jusqu'à l'avant-toit : la demeure était vraiment immense.

« Eh bien ! pensa-t-il, c'est digne d'un millionnaire ! Mais pourquoi un homme riche comme lui n'aide-t-il pas les sinistrés ? Quand j'ai quitté la montagne, le Maître m'a exhorté à secourir les faibles et les miséreux, à aider les veuves et les orphelins. Si je prends un peu d'argent à ce pingre, et que j'aide Ji

Guangjie à le distribuer aux sinistrés, ça ne fera pas vraiment de moi un voleur ! »

Il rampa sur les tuiles et regarda en bas : seules les pièces des ailes ouest et nord étaient éclairées. Le jeune homme pensa qu'à cette heure tout compte fait peu tardive ce ne serait pas facile d'agir. Alors il patienta encore un instant. Le rideau de la porte de la pièce du nord se releva : une servante en sortit et se dirigea en courant vers l'aile ouest. Petite Grue passa sur le toit de la pièce ouest. La femme n'entra pas, elle se contenta de rester debout devant la porte et de crier :

« Mon Maître ! La deuxième épouse vous invite à aller vous reposer, il est déjà tard ! »

De l'intérieur montait le bruit d'un abaque :

« Je n'ai pas fini de faire les comptes ! rétorqua un homme avec impatience. Dis-lui d'aller se coucher ! »

La servante retourna lentement dans la pièce du nord, sans doute pour apporter la réponse à la deuxième épouse. On entendit la porte claquer et quelqu'un souffler les lampes avec énervement. La pièce ouest était mal éclairée. On continuait à manier le boulier et on entendait quelqu'un parler à voix basse. Cela dura un long moment. Couché à plat ventre sur l'avant-toit, Petite Grue, en se tenant aux tuiles, se pencha pour jeter un œil à l'intérieur à travers le carré de gaze de la fenêtre. Apparemment, il s'agissait d'un cabinet de travail : sur les meubles, de nombreux livres, une lampe avec un pied en étain dont l'huile arrivait à épuisement, et au centre de la pièce une grande table ronde autour de laquelle étaient assises deux personnes qui feuilletaient des livres. Un vieillard à la barbe blanche, vêtu d'un pantalon et d'une veste de soie, maniait l'abaque. À côté de lui, un homme corpulent à la barbe encore légèrement noire était assis et se faisait éventer par une jeune servante de douze ou treize ans. C'était sûrement le

Maître des lieux. Il tenait dans les mains quelques volumes épais et lisait à voix haute :

« Deux cent cinq, trois mille sept cent six, quatre cent huit, cinq cents… »

Le vieillard bougeait les boules de l'abaque pour compter. Petite Grue comprit alors que le Maître faisait ses comptes. La servante tenait sans doute l'éventail depuis un bon moment déjà : ses mains s'engourdissaient, ses jambes lui faisaient mal à force de rester debout, et elle était tellement fatiguée qu'elle somnolait à moitié. Sans faire attention, elle éteignit la lampe d'un coup d'éventail. Aussitôt la pièce se retrouva plongée dans le noir. Surpris, Petite Grue se redressa prestement et resta caché sur le toit.

« Espèce d'idiote ! » cria le Maître.

Puis on entendit le sifflement d'une gifle. La jeune fille cependant n'osa pas pleurer. Petite Grue profita de l'obscurité qui régnait pour sauter à terre. Il ouvrit lentement la porte et entra accroupi dans la pièce, sans faire de bruit. Le Maître hurlait avec anxiété :

« Du feu ! Où y a-t-il du feu ? »

L'homme qui maniait l'abaque répondit soudain :

« J'en ai, moi ! J'en ai ! »

Il chercha à tâtons des pierres à silex et ralluma la lampe. Le Maître, secouant toute sa graisse, continuait à proférer des insultes :

« Idiote ! Imbécile !… Allez, évente ! Sept cent six, deux mille zéro trois, quatre cent cinquante… »

Le vieil homme recommença à manier les boules, tête baissée, et la jeune servante, essuyant quelques larmes, à agiter consciencieusement l'éventail.

Petite Grue, caché à côté d'une armoire, rampa lentement jusqu'au lit de bambou situé près du mur. Par chance, la lampe n'émettait qu'une faible lueur, les deux hommes étaient absorbés dans leurs calculs et la jeune servante, lasse et affligée, continuait mécaniquement à agiter l'éventail. Du coup, personne ne le remarqua. Le jeune homme, au comble de la colère, aurait voulu renverser le lit, se ruer sur les livres de comptes et les déchirer, jeter l'abaque par terre puis forcer le seigneur avare, glouton et cruel à aller distribuer de l'argent aux sinistrés. Mais il ne voulait pas se faire ainsi remarquer.

Une demi-heure passa, et on sonna la quatrième veille. Le vieil homme et le Maître, exténués, venaient de terminer leur travail. Le riche propriétaire rangea les livres dans une grande armoire et la referma à clé. La jeune servante souffla la mèche, et tout le monde quitta la pièce. On entendit encore le verrou de la porte, puis plus rien. Petite Grue sortit de sa cachette, se releva et jeta un œil dehors : le vieillard se dirigeait vers la cour extérieure tandis que le Maître retournait dans la pièce du nord accompagné de la jeune fille.

La pièce s'éclaira un instant, puis l'obscurité régna à nouveau. Alors Petite Grue se dirigea vers l'armoire et tâta le verrou. Bien que lourd et résistant, il arriva néanmoins facilement à l'ouvrir. Il tendit la main pour palper ce qu'il y avait à l'intérieur : des livres de comptes, deux bourses pleines d'argent, quatre ou cinq corbeilles de sapèques. Le jeune homme alla jusqu'à la fenêtre, ouvrit un battant, attacha entre eux les deux sacs de taels et les mit sur ses épaules. Il devait bien y avoir près de vingt-cinq kilos en tout : « Eh bien ! pensa-t-il. Ça fait beaucoup d'argent ! Cela suffira à Ji Guangjie pour la distribution ! » Il prit également les livres de comptes sous le bras et sauta par la fenêtre. Alors qu'il s'apprêtait à sauter sur le toit, il entendit soudain des coups de gong résonner à l'extérieur. Surpris, il se dépêcha de grimper sur le toit de la pièce ouest et courut jusqu'à la pièce nord, pendant que le Maître des lieux, qui devait sûrement être en train de dormir avec sa deuxième épouse, criait :

« Au voleur ! »

Petite Grue, mettant en application le *gongfu* qu'il avait étudié au mont Jiuhua et l'art de bondir par-dessus les sommets et de sauter par-dessus les ravins, prit appui sur ses deux pieds et s'envola. Dans un sifflement, il flotta dans les airs et passa par-dessus le mur. Il se posa par terre, fit demi-tour et s'enfonça dans le champ de millet pour rejoindre le sentier. Lorsqu'il se retourna, il aperçut la lumière de lampes et entendit des cris de meurtre qui se rapprochaient.

« En fin de compte, Ji Guangjie n'est pas très doué, pensa-t-il. Il a dû échouer et se faire détecter par les gardes ! »

Il pensa aller l'aider puis changea d'avis :

« Qui lui a demandé de crier partout que j'étais en état d'arrestation ? Eh bien maintenant, il n'a qu'à se débrouiller ! »

Il partit en courant sur le sentier en direction du sud-ouest et arriva bientôt devant le ruisseau. Il prit les livres de comptes et les jeta dans l'eau, puis franchit d'un bond le ruisseau. Il se retourna : derrière lui, la forêt ; devant, le ruisseau. Il n'avait plus besoin de s'enfuir. Alors il resta là à regarder les lumières s'agiter au loin. Un moment plus tard, il aperçut soudain trois hommes qui couraient sur le sentier.

« Ce doit être Ji Guangjie… »

Une fois arrivé près du ruisseau, Ji Guangjie tarda à trouver le pont. Déjà, ses deux poursuivants arrivaient, un sabre à la main, et criaient :

« Arrête-toi ! Voleur ! »

Ji Guangjie se retourna et leur fit face.

« Bien ! se dit Petite Grue. Ils vont se battre ! »

Malgré la distance qui l'empêchait de voir les techniques à l'épée et au sabre utilisées, il discernait les éclairs étincelants lancés par les lames et entendait l'entrechoquement des armes. Au bout d'une vingtaine d'échanges, il n'y avait toujours pas de vainqueur. Au nord, on voyait des lanternes et des torches s'agiter sur le sentier. Ji Guangjie frappa dans le vide et recula de quelques pas, puis se retourna, courut et sauta par-dessus le ruisseau. Petite Grue s'était déjà introduit dans la forêt. Ji Guangjie s'y engouffra à son tour. Quant aux gardes, ils s'arrêtèrent au bord de l'eau et n'osèrent pas s'engager dans la forêt.

Petite Grue ne se préoccupait plus de Ji Guangjie. Il arriva bientôt dans les rues de la passe nord du district de Zhengyang. Il n'y avait alors aucun passant dans la rue, mis à part les sinistrés qui couchaient à même le sol. Le jeune homme retourna devant l'auberge de Mi, et, profitant de l'inattention générale, sauta d'un bond sur le toit. Ignorant dans quelle chambre logeait Ji Guangjie, il posa les sacs d'argent sur les tuiles et attendit.

Moins de dix minutes plus tard, il aperçut quelqu'un sauter le mur. Alors, il ramassa les sacs et les jeta en direction de Ji Guangjie. « Pong ! », ils atterrirent à côté du chevalier, en plein milieu de la cour. Petite Grue éclata de rire. Ji Guangjie s'empressa de grimper sur le toit pour l'attraper, mais déjà plus aucune trace du jeune homme.

Petite Grue regagna sa chambre, le cœur joyeux et reposé. Il s'allongea sur le lit et s'endormit. Mais bientôt, des clameurs le réveillèrent. Il regarda dehors : le ciel était gris pâle, il ne faisait qu'à moitié jour et il ne devait pas être plus de cinq heures du matin. Le jeune chevalier se leva en hâte. Dehors, le brouhaha grandissait. Il quitta sa chambre et constata que l'auberge n'avait pas encore ouvert ses portes. Il sortit et aperçut alors des centaines de sinistrés qui couraient dans la rue avec de l'argent. Une petite fille rachitique tenait dans sa main un tael et partait toute contente. Sur le visage triste des miséreux apparaissait un rayon de soleil. Alors il comprit que Ji Guangjie avait distribué l'argent qu'il lui avait amené cette nuit, et il rit sous cape.

Il fit bientôt jour. Soudain, trois cavaliers arrivèrent du sud : c'était Ji Guangjie, Liu Zhiyuan et le Borgne, qui s'étaient enfuis après la distribution. De nombreux sinistrés s'agenouillèrent en lançant des

« Bodhisattva ! ». Mais aucune expression de contentement ne se lut sur le visage du jeune homme.

Petite Grue retourna dans sa chambre et demanda qu'on selle son cheval. Il se lava rapidement le visage, régla sa note et partit. Dans la rue, les sinistrés se dispersaient et les magasins ouvraient leurs portes. Lancé sur son cheval, le jeune homme quitta la ville par la passe nord. Assis au bord de la route, de nombreux sinistrés avalaient à pleine bouche des galettes fraîchement achetées.

« Par où sont partis vos bienfaiteurs ? leur demanda-t-il.

— Ils ont pris la direction du sud ! »

Aussitôt, Petite Grue se lança à leur poursuite. Près de vingt lis plus loin, il ne les avait toujours pas rattrapés.

« À quoi bon les poursuivre ? pensa-t-il. Si au début je comptais affronter Ji Guangjie pour me venger des affiches qu'il colle tout le long de la route, maintenant je trouve que c'est un jeune et bon chevalier. Pourquoi tenir à tout prix à savoir qui est le plus fort ? Je n'ai qu'à le laisser essayer de m'attraper, voilà ! Quant à moi, il faut que je me rende au plus vite à Chang'an pour voir Aluan, et qu'ensuite j'aille à Zhenba et à Ziyang pour me venger. »

Il aperçut au loin une petite ville. Quelque peu affamé, il décida d'y faire halte. Il mit pied à terre devant un petit restaurant, attacha son cheval, entra et commanda de l'alcool et des nouilles. Il n'eut pas le temps de terminer son repas qu'il entendit soudain un homme crier dehors avec une voix sévère :

« À qui appartient ce cheval ? »

Le jeune homme sortit en hâte et aperçut quatre hommes tenant chacun un cheval par la bride. Deux d'entre eux portaient des tenues d'officiers.

« À qui appartient cette bête ? demandèrent-ils encore une fois en s'intéressant au cheval de Petite Grue.

— À moi. Pourquoi ?

— Pour rien », conclut un des officiers en tournant les talons.

C'est alors qu'un homme de petite stature, vêtu d'une veste et d'un pantalon de satin léger, salua Petite Grue avec respect et lui demanda :

« Sais-tu où le bienfaiteur Ji, du district de Zhengyang, s'en est allé ?

— Non, je l'ignore, répondit le jeune homme. Je ne le connais pas. »

L'homme hocha la tête. Il s'apprêtait à partir lorsque Petite Grue lui demanda :

« Hé ! J'étais en train de boire un coup, vous m'avez fait sortir pour me parler, et c'est tout ?

— Quoi ! rétorquèrent les deux officiers avec un regard mauvais. Il faudrait qu'on te donne de l'argent, en plus ?

— Toutes nos excuses ! ajouta le petit homme avec un sourire obséquieux. En voyant une épée accrochée à ta selle, nous pensions qu'il s'agissait du fameux Ji. Ce voleur a dérobé cette nuit chez le riche Gu, du district de Zhengyang, plus de sept cents taels, qu'il a ensuite distribués aux sinistrés avant de prendre la fuite. Je m'appelle Yang Gongjiu, garde de la résidence du sieur Gu. Mais on me surnomme "le Chevalier de Ruzhou". Voici mon frère juré Liu Ying, "la Panthère Tachetée". Ces deux messieurs sont des officiers du *yamen* de Zhengyang : le sieur Pang et le quatrième seigneur Jiang. Nous partons de ce pas arrêter ce Ji. Pardon pour le dérangement ! »

Les quatre hommes montèrent en selle et partirent en direction du sud. Petite Grue comprit que Yang Gongjiu et Liu Ying étaient les deux poursuivants avec lesquels Ji Guangjie s'était battu la veille au bord du ruisseau. Il ne put s'empêcher de trouver la situation risible.

« Ils sont plutôt forts en arts martiaux tous les deux, pensa-t-il. Maintenant qu'ils sont accompagnés par des officiers, s'ils arrêtent Ji Guangjie, il sera injustement mené au *yamen* ! C'est moi qui ai volé l'argent de Gu Baiwan. S'il y a un procès, c'est à moi de me présenter. Ce n'est pas une attitude noble que de laisser quelqu'un être accusé à ma place ! »

Il retourna dans la taverne, but encore une gorgée et paya sa note. Puis il quitta les lieux, détacha son cheval, monta en selle et s'élança au galop en direction du sud.

Après une soixantaine de lis, il arriva à la préfecture de Xinyang. En suivant Yang Gongjiu et ses compagnons, il remarqua qu'ils rencontraient beaucoup de connaissances en chemin. Une fois en ville, les quatre hommes descendirent dans l'agence d'escorte de Liu Kuang, « Celui qui surpasse Huang Zhong ». Petite Grue, après avoir combattu Liu Kuang, était resté à Xinyang quelques jours, et beaucoup de gens le connaissaient. Il se trouvait donc dans une situation fâcheuse et craignait de se faire remarquer. Du coup, il n'entra pas dans la ville et décida d'aller boire quelques tasses de thé dans une taverne et de se reposer un moment. Mais soudain, dans la rue de la passe est, il aperçut sur le mur d'une auberge, sur la stèle du carrefour et à d'autres endroits, l'inscription : « On recherche Jiang Xiaohe ». Fou de rage, il alla trouver un commerçant.

« Qui a écrit ça ? lui demanda-t-il en pointant le mur du doigt.

— Un dénommé Ji. Mais il ne l'a pas fait gratuitement ! Il paye chaque commerçant pour ça. »

« Bien ! pensa Petite Grue encore plus énervé. Il a sûrement gardé un peu de l'argent que je lui ai donné. Et voilà qu'il s'en sert pour réserver des endroits et écrire ses insultes. C'est vraiment ignoble ! »

Il fixa le commerçant méchamment et lui cria :

« Enlève-moi ça, et vite ! Ignorez-vous donc tous ici que Jiang Xiaohe connaît Liu Kuang, le grand patron de votre ville ? Jiang Xiaohe est passé ici, le mois dernier, et l'a battu !

— Mais même le mur de son agence d'escorte porte cette inscription ! répondit le commerçant. Ou bien peut-être qu'il l'a effacée maintenant. Quand le fameux Ji est passé par ici, il est allé saluer le grand Patron Liu. Ils étaient même ensemble lorsqu'il a écrit ça sur mon mur ! Apparemment, ce sont de très bons amis.

— Formidable ! rétorqua Petite Grue, à bout. Je ne pensais pas que Celui qui surpasse Huang Zhong était à ce point odieux lui aussi. Il faut que j'aille le trouver. Nous nous battrons ! »

Alors qu'il se rendait à l'agence d'escorte de Liu Kuang, il aperçut soudain quatre chevaux lancés au galop, qui partaient vers le sud : c'était Yang Gongjiu, « le Chevalier de Ruzhou », Liu Ying, « la Panthère Tachetée » et les deux officiers. Aussitôt, le jeune homme monta en selle et les suivit. Il quitta Xinyang et prit la direction du sud-ouest. Au bout d'une trentaine de lis, les quatre hommes stoppèrent leurs montures.

Yang Gongjiu fit volte-face et partit à la rencontre de Petite Grue :

« L'ami ! lui dit-il en riant. Cela fait près de quatre-vingts lis que tu galopes derrière nous. Tu pensais que je ne t'avais pas remarqué ? Qu'est-ce que tu veux au juste, mon ami ?

— Je veux voir un peu d'animation, répondit Petite Grue en tirant sur les rênes. Et surtout, je veux voir comment vous allez attraper ce Ji Guangjie.

— Pourquoi ? Tu le connais ? demandèrent alors les deux officiers qui les avaient rejoints.

— Je viens du district de Zhengyang moi aussi, répondit le jeune homme. J'y suis resté deux jours. Ji Guangjie a donné de l'argent aux sinistrés là-bas. Comment ne pas le connaître ? Je ne pensais pas du tout que c'était un voleur. Si je vous suis, c'est parce que je veux voir comment ça va se passer.

— Menteur ! s'écria Liu Ying avec un regard mauvais. C'est sans doute un complice de Ji Guangjie. Arrêtons-le ! »

Yang Gongjiu fit signe à Liu Ying de se calmer. Puis, regardant l'épée précieuse accrochée à la selle de Petite Grue, il demanda :

« Mon ami, quel est ton nom ? D'où tires-tu tes richesses ?

— Mon nom de famille est He, répondit Petite Grue en souriant. Je possède une agence d'escorte dans le Jiangnan. Je suis venu dans le nord pour parcourir un peu le pays, je n'ai pas d'affaire urgente à régler.

— Dans ce cas, ajouta Yang Gongjiu, puisque nous sommes tous des amis itinérants, inutile de discuter plus longtemps. Pour l'instant, nous sommes à la recherche de Ji Guangjie. Il est parti vers l'ouest. Il passera sans doute par Xiangyang avant de se rendre à Hanzhong. Nous le pourchasserons sans relâche, peu importe où il ira. Il sera capturé dès que nous le verrons. Si tu veux réellement venir avec nous pour nous voir en pleine action, je n'y vois pas d'inconvénient. Cependant, si tu as des choses importantes à faire, alors va-t'en. Qu'y a-t-il d'intéressant à nous suivre ? »

Puis il ricana et partit au galop. Liu Ying et les deux officiers jurèrent tout bas et s'en allèrent à leur tour en direction du sud-ouest. Près de deux lis plus loin, ils constatèrent avec surprise que Petite Grue les suivait toujours. Alors Liu Ying dégaina son sabre et pesta :

« Quel bonhomme abominable ! Je suis sûr qu'il nourrit de mauvaises intentions !

— Arrêtons-le ! s'écrièrent les deux officiers en sortant des chaînes. Arrêtons-le ! »

Mais Yang Gongjiu les coupa dans leur élan :

« N'agissez pas comme des écervelés ! Cet homme s'y connaît certainement en *gongfu*. Peut-être même qu'il s'agit de Jiang Xiaohe. Liu Kuang, "Celui qui surpasse Huang Zhong", ne nous a-t-il pas dit que le jeune chevalier portait un chapeau de paille et des sandales, et possédait une épée précieuse et un cheval noir ?

— Nous allons arrêter Ji Guangjie ! rétorqua Liu Ying. Alors qu'avons-nous à craindre de ce Jiang Xiaohe ? »

Petite Grue arriva à leur hauteur :

« Ne vous méfiez pas de moi comme ça ! dit-il en ricanant. Je vais vers l'ouest pour régler des affaires personnelles. Je ne vous suis pas. Mais je vous préviens : Ji Guangjie est le petit-fils du Chevalier de Longmen. Il ne combat pas comme une personne ordinaire. N'essayez pas de l'arrêter, sans quoi vous ferez votre malheur !

— De quoi te mêles-tu ? s'écria Liu Ying furieux en brandissant son sabre. Je suis sûr que tu es un de ses compagnons, et que toi aussi tu n'es qu'un voleur ! »

Il lança son cheval à la poursuite de Petite Grue et se pencha pour le frapper de son arme. Mais Petite Grue fit tourner son cheval et évita le coup. Brandissant son fouet, il l'abattit sur le poignet de son poursuivant. « Pan ! », Liu Ying, au comble de la douleur, lâcha aussitôt son sabre. Yang Gongjiu avait mis pied à terre et courait vers Petite Grue, son sabre à la main. Le jeune homme resta en selle et attendit tranquillement que l'autre arrive. Il saisit la lame entre ses doigts, força légèrement et s'en empara. Puis il sourit, lança son cheval et partit au galop.

Les deux officiers se lancèrent à sa poursuite en criant :

« Sale arsouille ! Brigand ! Où t'enfuis-tu ? »

Le jeune homme éclata de rire. Il prit le sabre d'acier entre ses mains et le brisa d'un coup sur son genou, puis le jeta par terre en riant aux éclats. Les deux officiers et les deux gardes, abasourdis, n'osèrent plus le poursuivre. Petite Grue partit au grand galop, fier comme un coq.

Il chevaucha ainsi vers l'ouest et finit par arriver dans une petite ville à la frontière de la province du Hubei. Étant donné l'heure tardive, il descendit dans une auberge pour la nuit. Le lendemain, dans l'après-midi, il entrait dans la ville de Xiangyang. Il aperçut alors deux hommes, apparemment des employés d'un commerce, qui, munis d'un seau rempli de graphite, brossaient les murs. Il les suivit et les vit s'arrêter devant une boutique de fourrage sur le mur de laquelle on apercevait les caractères noirs « On recherche Jiang Xiaohe ». Les deux hommes prirent la brosse, la plongèrent dans le seau et frottèrent le mur pour effacer l'inscription.

« Qu'est-ce que vous faites ? leur demanda Petite Grue, à la fois énervé et ravi, en descendant de cheval.

— Nous sommes des employés du seigneur Pang Er, "la Lance Fleurie", répondirent les deux hommes. Hier, vers midi, le petit-fils du Chevalier de Longmen, Ji Guangjie, est arrivé avec deux autres compagnons, apparemment des officiers. Ils ont présenté leurs hommages au seigneur Pang Er, puis ont écrit un peu partout "On recherche Jiang Xiaohe". C'est le plus grand héros chevalier actuel : le mois dernier, il est passé par Xiangyang. Eh bien, même le seigneur Pang Er n'a pas pu le vaincre ! Aujourd'hui, en apprenant que ce fameux Ji recherchait Jiang Xiaohe, notre Maître l'a trouvé vraiment gonflé d'orgueil. Il a un peu discuté avec lui, mais Ji Guangjie s'est montré très brutal et a renversé notre Maître d'un coup de poing. Le seigneur Pang Er était hors de lui. Après le départ des trois hommes, il est venu nous embaucher pour effacer des murs toutes les inscriptions. »

Petite Grue fut indigné d'apprendre que Pang Er avait été frappé par Ji Guangjie à cause de lui. Il demanda encore :

« Est-ce que Ji Guangjie est parti ?

— Oui ! Et depuis un bon moment déjà ! Après la dispute avec le seigneur Pang Er, il a demandé les antécédents de Jiang Xiaohe. Pang Er a répondu qu'il ne savait pas grand-chose. Alors Ji Guangjie lui a dit que si Jiang Xiaohe repassait par Xiangyang, il fallait lui dire de se rendre à Chang'an, s'il en avait le courage.

— Avez-vous vu où il est parti ? fit Petite Grue, qui changea de contenance tellement il était furieux, mais essaya néanmoins de garder son calme.

— Ils venaient tous de Chang'an, répondirent les deux hommes. Alors ils y sont certainement retournés. Mais nous savons qu'au moment de partir, ils ont demandé la route pour les monts Wudang. »

Petite Grue sursauta en entendant prononcer ce nom. Lorsqu'il étudiait les arts martiaux dans le mont Jiuhua, il avait en effet entendu son Maître parler en ces termes : « Les monts Wudang se situent dans le district de Jun de la préfecture de Xiangyang. C'est là qu'est née l'école de Wudang. La plupart des moines taoïstes qui habitent dans la montagne pratiquent toujours le *gongfu*. Si par aventure tu passes par là-bas, sois prudent ! »

« Est-ce que c'est loin d'ici ? demanda Petite Grue.

— Non, pas trop. On peut l'apercevoir à plusieurs dizaines de lis au nord.

— Très bien ! »

Petite Grue quitta la ville en tenant son cheval par la bride, puis il monta en selle, agita son fouet et partit au galop vers le nord-ouest. Peu de temps après, il vit en effet s'ériger devant lui une chaîne de hautes montagnes situées à une distance de près de cent lis. Il galopa à vive allure et parcourut encore une cinquantaine de lis, lorsqu'il aperçut devant lui trois chevaux lancés au galop. Il les voyait très distinctement : il s'agissait de Ji Guangjie, de Liu Zhiyuan et du Borgne. Il hésita un moment : « Qu'est-ce que je dois faire ?

pensa-t-il. Si je me lance à leur poursuite, il va falloir qu'on se batte tout de suite, et forcément, Ji Guangjie sera blessé, c'est inévitable : après tout, il a écrit partout qu'il fallait m'arrêter, il m'a insulté ! En même temps, c'est un chevalier qui a le sens de la justice et se montre enclin à aider les faibles. J'admire vraiment ce qu'il a fait à Zhengyang pour les sinistrés. Et puis, c'est aussi le petit-fils du Chevalier de Longmen ! Maintenant, je me trouve face aux monts Wudang, là où le fondateur de l'école, Zhang Sanfeng[1], a trouvé la voie. Nous entre-tuer en face de lui serait une chose vraiment déshonorante ! »

Aussitôt, la colère qui brûlait en lui se dissipa. Il retint son cheval pour le mettre au pas et se laissa un peu plus distancer par Ji Guangjie et ses deux compagnons, lesquels ne remarquèrent pas sa présence.

« Je vais les suivre subrepticement jusqu'à Chang'an, pensa Petite Grue. Et si là-bas Ji Guangjie vient en aide à l'école de Kunlun, alors je ne prendrai plus de gants avec lui. »

Les trois hommes arrivèrent bientôt à hauteur d'une grande rivière et firent un détour pour trouver un embarcadère. Petite Grue attendit de voir les trois chevaux monter sur un bateau pour descendre à son tour et héler un passeur. Une fois embarqué, il apprit de la bouche du batelier qu'il s'agissait de la rivière Nansha, qui se jetait dans la rivière Hanshui[2]. De l'autre côté se trouvait le district de Gucheng, « la Ville de la vallée », situé non loin des monts Wudang. La plupart de ceux qui se rendaient dans les montagnes faisaient halte à Gucheng, car on ne trouvait pas d'auberge dans les montagnes. De plus, les moines

---

1. Zhang Sanfeng : moine ermite taoïste des monts Wudang qui vécut au XIVe siècle. Il étudiait les classiques ainsi que la philosophie. Il inventa le taiji juan en observant le combat d'un serpent et d'un oiseau.

2. Rivière Hanshui : plus long tributaire du Fleuve Bleu.

taoïstes n'appréciaient guère la présence de chevaux dans leur environnement.

« Les moines taoïstes sont-ils nombreux dans les montagnes ? demanda Petite Grue surpris.

— Il y en a beaucoup, oui, répondit le batelier. Au temple de Yuzhen, on compte plus de quarante maîtres taoïstes. Mais ceux du temple de Xuanwu sont les plus nombreux. Ils ont de grandes capacités et obligent même les hauts gradés d'escorte armée qui passent dans un rayon de dix lis à descendre de cheval ! »

Petite Grue trouvait cela fort insolite :

« J'ai étudié dix années auprès d'un maître réputé de l'école de Wudang, pensa-t-il, en ignorant à quoi ressemblaient les montagnes qui portent ce nom. La technique de l'épée transmise par les véritables écoles taoïstes diffère peut-être de celle qu'on étudie dans le monde de la chevalerie ? Il faut que je me rende dans la montagne pour me renseigner ! »

Après avoir accosté, Petite Grue foula le sol du district de Gucheng. Il trouva une auberge à la passe ouest. Étant donné l'heure tardive, il se fit préparer un repas. Lorsque l'aubergiste apporta les plats, il ne manqua pas de remarquer les bagages et l'épée de son client posés sur le lit :

« Où compte se rendre monsieur ? lui demanda-t-il.

— À Wudang, répondit Petite Grue.

— Monsieur est un grand officier d'escorte armée ?

— J'ai en effet escorté par le passé des convois dans le Jiangnan, répondit le jeune homme en hochant la tête. Mais maintenant c'est fini. Je rentre simplement chez moi. Ma famille réside à Hanzhong. Comme je dois passer par ici pour m'y rendre, j'en profite pour faire un crochet par les montagnes et brûler un bâton d'encens en l'honneur de l'immortel taoïste Zhang Sanfeng.

— Le temple de Yuzhen est assez petit, rétorqua l'aubergiste. Le plus grand de la montagne, c'est le temple de Zhenwu, "le Véritable Guerrier"[1]. D'où les montagnes tirent-elles leur nom ? Justement du grand Maître Zhenwu qui a trouvé la voie dans la montagne ! Il tient dans sa main un serpent et une tortue, ses "deux généraux", qui font toujours des apparitions mystérieuses ! »

Puis, désignant l'épée précieuse de son hôte :

« Monsieur, vous ne pouvez pas vous rendre là-bas avec cette arme. À cinq lis dans la montagne se trouve un endroit appelé "la Source où on défait les épées". Peu importe le rang de noblesse et les capacités d'un homme : une fois là-bas, il doit détacher l'épée qu'il porte et la jeter dans l'eau, sous peine de s'attirer les foudres du Maître Zhenwu et de se faire barrer la route par les disciples du vénérable Sanfeng.

— Qui reste-t-il comme disciples du Maître Sanfeng ? » s'enquit Petite Grue.

L'aubergiste ne répondit pas. Il se contenta de raconter encore quelques histoires sur le grand Maître Zhenwu :

« Il y a plusieurs années de cela, un grand général, sujet d'un haut dignitaire de la dynastie, commandait l'armée. Une fois qu'il se rendait dans les monts Wudang pour faire des offrandes, il passa devant la Source où on défait les épées. Les généraux qui l'accompagnaient lui conseillèrent de détacher son épée, mais il refusa. Il n'eût pas le temps de faire deux lis dans la montagne qu'un vent violent se leva et qu'un énorme serpent lui arriva dessus. Le pauvre général mourut d'effroi sur-le-champ. Le reptile n'était autre que le serpent-général du grand Maître

1. Zhenwu : divinité taoïste, protecteur guerrier du monde, qui siège dans l'étoile polaire, saint patron des arts martiaux et des rituels taoïstes. On l'appelle également « Xuandi », « l'Empereur Sombre ».

Zhenwu. Il fait office d'épée précieuse. Les idoles du Maître le représentent avec à la main l'épée de Qinxing, ou épée de la constellation de la Grande Ourse, derrière un drapeau couleur abricot, et de chaque côté ses deux généraux, la tortue et le serpent. C'est pourquoi il refuse catégoriquement que quelqu'un se présente devant lui avec une épée précieuse. Les idoles du vénérable Maître Sanfeng le représentent avec une cravache, jamais une épée. Les Maîtres de Yuzhen qui pratiquent les arts martiaux sont au nombre de quarante. Les plus célèbres sont les "Sept Grands Immortels de l'épée", mais aucun n'ose sortir son arme du temple. »

L'aubergiste raconta ces légendes avec beaucoup d'aisance, comme s'il avait l'habitude de les narrer souvent. Tout le monde devait sans doute les connaître dans un rayon de cent lis autour des monts Wudang. L'homme termina par quelques recommandations bienveillantes :

« Ne portez surtout pas votre épée en vous rendant dans les montagnes demain, sinon, vous pouvez être sûr de contracter quelque maladie grave !

— Oui, c'est entendu ! rétorqua Petite Grue en hochant la tête. De toute façon, je viens en pèlerinage. Comment oserais-je offenser les divinités ? »

Mais dans son for intérieur, il pensait : « Je me demande si Ji Guangjie est au courant de ce règlement. Si demain il se rend dans les montagnes en faisant fi de tout cela, emporte son épée et inscrit partout "On recherche Jiang Xiaohe", je crains fort que cela ne mette non seulement les deux généraux divins en colère, mais aussi les Sept Grands Immortels de l'épée du temple de Yuzhen ! »

Après son dîner, il partit faire un tour dehors. Il se promena dans la ville et dans le voisinage : même s'il y avait de nombreuses boutiques, les passants étaient plutôt rares. Une fois à la passe du sud, il vit arriver en face de lui un petit homme énergique, vêtu d'un pantalon et d'une veste de soie blanche et portant à la ceinture une précieuse épée. Son cœur ne fit qu'un bond lorsqu'il reconnut Ji Guangjie. Il le suivit jusque dans un petit restaurant du côté ouest de la rue. À l'intérieur, malgré le peu de clients qui se trouvaient là, on avait déjà allumé les lampes. Petite Grue s'assit en tournant le dos à une lampe, et Ji Guangjie prit place à une table voisine. Il détacha son épée, la posa sur la table, commanda de l'alcool et se mit à boire d'un air fier.

Petite Grue songea tout à coup que les deux disciples de Kunlun n'allaient sans doute pas tarder à le rejoindre. Liu Zhiyuan le reconnaîtrait : « Si c'est le cas, pensa-t-il, un combat terrible va s'engager. Certes, je souhaite affronter Ji Guangjie, mais pas à mort ! »

Cependant, un long moment plus tard, les deux compagnons n'étaient toujours pas apparus. Petite Grue but quelques coupes tout en observant Ji Guangjie. Soudain, il le vit se lever et se mettre à crier :

« Tavernier ! Apporte-moi de l'encre et un pinceau ! Je veux écrire quelque chose sur le mur !

— Mais monsieur ! répondit le tavernier debout à côté de son comptoir. On vient juste de repeindre le mur. Si on écrit dessus, ce ne sera pas bien beau ! Monsieur, si vous voulez, on peut vous donner du papier. Une fois que vous aurez terminé, on le collera sur le mur. Il y a souvent des lettrés de la ville qui viennent écrire des poèmes ici et nous demandent ensuite de les coller au mur. Quelquefois, les clients qui les apprécient nous donnent même de l'argent pour les racheter.

— Alors donc tu crains de rater une affaire si j'écris directement sur le mur ? rétorqua Ji Guangjie en ricanant. Allez ! Je te donne deux taels ! Considérons que c'est pour la location du pinceau et de l'encre ! »

En entendant parler d'argent, le gérant apporta aussitôt d'un air satisfait les ustensiles et prépara lui-même l'encre. Petite Grue, furieux, changea d'expression et se mit debout pour voir Ji Guangjie inscrire sur le mur les cinq caractères « On recherche Jiang Xiaohe ». Il aurait voulu le renverser d'un coup de poing, mais se contrôla. Ji Guangjie inscrivit ensuite trois poèmes :

Avec mon épée précieuse, je suis parti sur les routes,
en prônant les valeurs des preux chevaliers ;
À Longmen réside un talent rare, dont les capacités
ne se sont pas encore révélées.

J'ai dépensé un millier de pièces
et parcouru au galop de grandes distances ;
Méprisant ce Jiang Xiaohe,
qui ne pourra jamais me renverser.

Armé de mon épée, je me rends à Wudang,
où le brouillard recouvre l'immensité ;
Je pense en rêve à une femme au cœur pur
qui se trouve loin de moi.

Petite Grue se posta à côté. Il ne put s'empêcher de sourire et lança un : « Pas mal ! »

Cela suffit à rompre la verve poétique de Ji Guangjie, qui s'apprêtait à écrire un quatrième poème. Il lui jeta un sale regard. Mais, constatant qu'il ne portait pas d'épée et considérant ses vêtements de grosse toile, il ne lui prêta pas plus d'attention. Il paya pour l'alcool, récupéra son épée et sortit.

Petite Grue s'empressa à son tour de régler sa note et suivit le jeune chevalier jusque dans une auberge. Il repéra dans quelle chambre il se trouvait et rejoignit ses propres appartements.

Une fois dans sa chambre, Ji Guangjie alluma une lampe et composa un nouveau poème, le fameux quatrième. Lorsqu'il épouserait Aluan, pour leur nuit de noces, il les lui lirait comme s'il s'agissait de poèmes nuptiaux, pour montrer qu'il était un homme versé à la fois dans les lettres et les arts militaires. Mais il eut beau se creuser la tête, il n'arrivait pas à composer ce quatrième poème : l'élégante image d'Aluan obnubilait son esprit et le contentait grandement. Il pensa alors au destin qui l'avait amené jusque dans le Guanzhong et fait rencontrer sa future épouse, une femme chevalier belle et talentueuse. C'était vraiment une union harmonieuse arrangée par le ciel.

« Si je suis parti dans le sud à la recherche de Jiang Xiaohe, pensa-t-il, c'est aussi pour Aluan. Mais j'ai parcouru plusieurs centaines de lis et inscrit “On recherche Jiang Xiaohe” plus de cent fois sans qu'il soit jamais sorti de son trou. D'après Liu Qingkong, Liu Kuang et Pang Er, il évoluerait entre le Henan, le Hubei et le Hunan. Apparemment, il me craint et n'ose pas se montrer ! »

Il pensa aussi à Liu Zhiyuan et Jiang Zhiyao, qui n'osaient plus descendre dans la même chambre que lui depuis cette nuit où, dans le district de Zhengyang, un chevalier inconnu lui avait donné de l'argent pour l'aider à faire des dons aux sinistrés : « Sur la route, Liu Zhiyuan avait l'air très angoissé. On dirait que Jiang Xiaohe a effrayé les disciples de Kunlun au point d'anéantir leur courage. Si on le rencontre en chemin, Liu Zhiyuan n'osera même pas me le dire. Je crains fort dans ces conditions de ne jamais pouvoir le trouver. Non seulement je gaspille mon énergie, mais en plus Aluan doit sûrement penser à moi jour et nuit. Il vaut mieux que je reste seulement une demi-journée ici. Demain, j'irai faire un tour dans les monts Wudang, et je partirai dans l'après-midi. Une fois dans le Guanzhong, j'épouserai Aluan. Je m'occuperai de Jiang Xiaohe plus tard. Mais il faut quand même que j'arrive à découvrir qui est ce chevalier qui m'a aidé à Zhengyang ! »

Il réfléchit un long moment, puis, se sentant las, rangea son pinceau et sa pierre à encre, éteignit la lampe, s'étendit sur le lit sans même ôter ses vêtements de soie blancs et s'endormit profondément. La nuit se passa tranquillement, sans incident.

Le lendemain, alors qu'il faisait déjà jour, Ji Guangjie, en se levant, aperçut sur la literie des marques d'encre. Pensant qu'il avait dû la veille se mettre de l'encre sur les mains et tacher sans faire exprès le lit, il n'y prêta pas plus d'attention. Il ouvrit la porte et demanda qu'on lui apporte de l'eau pour se laver le visage. Un employé entra pour prendre la bassine d'eau. Il resta planté là sans bouger, les yeux fixés sur le dos de Ji Guangjie, l'air complètement hébété.

« Allez ! Va me chercher de l'eau ! s'écria Ji Guangjie en colère. Qu'est-ce que tu regardes, hein ? Tu es un idiot ou quoi ? »

Le garçon prit la bassine et quitta la pièce en se retournant encore une fois pour regarder Ji Guangjie, qu'il laissa à la fois énervé et amusé. C'est alors que Liu Zhiyuan arriva :

« Guangjie, on va toujours dans les monts Wudang aujourd'hui ? Je trouve que ce n'est plus la peine de... »

Il s'arrêta, hébété. Il reprit, interdit :

« Comment ? Vous écrivez aussi sur vos vêtements maintenant ? »

Stupéfait, Ji Guangjie se hâta d'enlever sa chemise : il put y lire les cinq caractères « On recherche Jiang Xiaohe ». Il en eut des sueurs froides : « Mais..., pensa-t-il. Qui a profité de mon sommeil pour pénétrer subrepticement dans ma chambre et me jouer ce tour ? »

La surprise laissa place à l'indignation et il devint vert de rage.

« Hé ! reprit Liu Zhiyuan d'un air affligé. Comment avez-vous pu faire ça sur une belle veste comme celle-là ?

— J'ai écrit cette phrase trop de fois, répondit Ji Guangjie en feignant un sourire. C'est devenu une habitude ! Hier soir, j'ai beaucoup bu. En rentrant, plus je pensais à ce brigand de Jiang Xiaohe, plus ça m'irritait. Du coup, je n'ai pas pu m'empêcher d'écrire sur mes vêtements ! »

Il jeta violemment sa chemise et fit craquer ses poings. Liu Zhiyuan changea d'expression : il se doutait de quelque chose. Il poursuivit, l'air de rien :

« Jiang Xiaohe est sûrement parti très loin dès qu'il a eu vent de cette histoire. C'est peine perdue de courir après lui à l'aveuglette. On ferait mieux de rentrer à Chang'an ! Si nous restons sur les routes trop longtemps, peut-être que là-bas, il va finir par arriver quelque chose ! »

Ji Guangjie n'écoutait pas son compagnon. Il dit simplement avec impatience :

« Nous reparlerons de tout ça plus tard ! »

Alors Liu Zhiyuan se retira et regagna sa propre chambre. Ji Guangjie, interloqué, fulmina pendant un bon moment. Puis il attrapa sa chemise et observa les caractères : l'écriture était gauche, on ne pouvait pas deviner de la main de quel genre d'homme elle était. Se sentant étouffer, le jeune chevalier mit sa chemise en pièces, enfila un vêtement propre, prit son épée et quitta l'auberge. Il avança d'un pas majestueux dans la rue, mais ne croisa personne de suspect.

« Comment a-t-on pu se jouer d'un héros comme moi ? » pensait-il.

Il retourna dans le restaurant de la veille et cria :

« À boire ! »

Puis il jeta un œil aux poèmes qu'il avait écrits la veille, et remarqua que quelqu'un en avait rajouté un quatrième, écrit en plus grand, qui disait :

Tu prétends à tort être un héros,
mais en réalité tes capacités sont médiocres ;
La nuit dernière, si je n'avais pas sauvé ton honneur,
tu serais actuellement à trois pieds sous terre !

Un frisson parcourut Ji Guangjie. Furieux, il empoigna le gérant et hurla :

« Comment as-tu pu permettre qu'on gribouille sur mes poèmes ?

— Mais c'est qu'il m'a donné deux taels, lui aussi ! répondit l'homme. Je ne sais même pas ce qu'il a écrit d'ailleurs !

— De quoi il avait l'air ? reprit le chevalier en menaçant de son poing.

— C'était... un jeune. Il vient juste de finir d'écrire ça. »

C'est alors qu'on entendit retentir à l'extérieur un énorme rire :

« Ji Guangjie ! Si tu en as le courage, viens avec moi ! Rendez-vous dans les monts Wudang ! »

Chapitre XI

Les fers se croisent dans les montagnes nuageuses,
Le jeune chevalier tombe dans le précipice ;
On éteint les bougies dans la chambre nuptiale,
Le sabre à la main elle résiste au jeune marié.

Ji Guangjie, furieux, sortit en trombe de la taverne en brandissant son épée.

« Reste où tu es, gamin ! » hurla-t-il.

Mais déjà le cavalier, vêtu d'habits légers, partait au grand galop sur son cheval noir. Il fila vers le sud, sans se retourner. Ji Guangjie se lança à sa poursuite, mais abandonna au bout de quelques dizaines de mètres. Il rentra à l'auberge, sortit son cheval sans prendre le temps de le seller et quitta les lieux. C'est alors que Liu Zhiyuan et Jiang Zhiyao, qui se trouvaient dans la cour, arrivèrent :

« Guangjie, où partez-vous comme ça ? » demandèrent-ils.

« Ne vous occupez pas de moi ! » rétorqua le jeune homme en frappant du pied par terre.

Puis il monta à cheval, partit vers le sud, bifurqua vers l'ouest et fila tout droit vers les monts Wudang. Petite Grue, caché entre les pins denses avec son cheval, le vit passer, muni de son épée. Aussitôt, il fit demi-tour et retourna à l'auberge.

« Liu Zhiyuan ! Montre-toi ! » cria-t-il.

Liu Zhiyuan se trouvait dans sa chambre avec Jiang Zhiyao. Les deux hommes, très inquiets, suspectaient un homme fort et capable de poursuivre en cachette Ji Guangjie, sans nourrir de mauvaises intentions à son égard, mais sans lui vouloir du bien non plus. Alors qu'ils débattaient à ce sujet, Liu Zhiyuan entendit soudain quelqu'un crier son nom dans la cour : un jeune homme vêtu de noir, qui tenait un cheval noir par la longe, restait immobile, debout devant l'entrée. Surpris, le disciple s'avança et demanda :

« Tu cherches Liu Zhiyuan, mon ami ? Quel est ton nom ? Qu'est-ce que tu lui veux ?... »

En s'approchant et en regardant le jeune homme de plus près, une expression de terreur se lut sur son visage :

« Bon sang...

— Viens avec moi ! lui dit Petite Grue d'un signe de tête en souriant. J'ai quelque chose à te dire ! »

Liu Zhiyuan sortit, avec les jambes en coton.

« Ne crains rien ! reprit le jeune homme. Toi et moi ne sommes pas ennemis ! »

Alors seulement le disciple se calma et s'approcha :

« Mon frère, cela fait dix ans que je ne t'ai pas vu. Tu es vraiment devenu grand et massif ! On dit aussi que tu as terminé l'étude du *gongfu* !

— Ce n'est pas commode ici pour parler. Allons ailleurs. Je n'ai aucune mauvaise intention vous concernant, rassurez-vous. Sans quoi je vous aurais déjà coupé la tête à tous les trois la nuit dernière ! »

Liu Zhiyuan suivit le jeune homme jusque sur une étendue déserte, à l'extérieur de la passe sud. Une épaisse stèle qui portait l'inscription « terres des Zhang » était plantée là. Petite Grue, qui menait son cheval par la bride, se retourna soudain :

« L'assassinat de mon père par Bao Zhenfei, mais aussi les humiliations que j'ai subies chez lui, tu connais tout cela ! Même si tu n'as rien fait pour moi, tu n'as rien fait non plus contre moi. À présent, j'ai terminé l'étude du *gongfu*. Regarde ! »

Il brandit sa main droite et brisa la stèle en deux. Sa main était intacte, même pas rosie.

« Il s'agit seulement de *gongfu* martial, dit Petite Grue d'un air suffisant. Si je te faisais voir du *ruan gongfu*[1], tu n'y comprendrais rien. »

Liu Zhiyuan fut parcouru de frissons. Livide de peur, il s'efforça de paraître calme :

« Je savais que tu étais prêt, dit-il. Si j'ai accompagné Ji Guangjie, c'est parce que je n'avais pas le choix ! Jiang Zhiyao non plus ! Mon frère, tu sais bien que le règlement de l'école de Kunlun est très sévère. Quand le Maître nous envoie faire quelque chose, il faut s'exécuter !

— Ne me parle pas de l'école de Kunlun ! rétorqua Petite Grue énervé en saisissant son épée. Bao Zhilin, Ge Zhiqiang, Long Zhiteng et Long Zhiqi sont tous mes ennemis ! Je les tuerai tous ! Quant aux autres, aucune inimitié ne me lie à eux. Tant qu'ils ne viennent pas s'en prendre à moi, je ne leur ferai pas de mal !

— Il n'y a pas de solution à ce problème ! rétorqua Liu Zhiyuan tout tremblant en poussant un soupir. Personne ne peut défaire la haine qui vous lie. Ah !… De toute façon, ça ne nous regarde pas. Nous n'avons pas à nous en mêler. Mais maintenant que le Maître nous demande d'accompagner Ji Guangjie, nous n'avons pas d'autre choix que de lui obéir. Cependant, si je te rencontre encore, je ne dirai pas qui tu es !

1. *Ruan gongfu* : littéralement *gongfu* « mou », c'est-à-dire fondé sur l'agilité et non sur la force physique (*gongfu* « dur » ou *ying gongfu*).

— Bien… Si on se recroise, fais comme si tu ne me connaissais pas. Mais je veux tu saches que ce n'est pas parce que j'ai peur !

— Compris ! fit Liu Zhiyuan d'un signe de tête. Les sept cents taels donnés à Ji Guangjie à Zhengyang, les caractères inscrits sur ses vêtements cette nuit, tout m'a paru évident. Avec ton niveau en arts martiaux, que tu as durement étudiés pendant dix ans, personne ne peut t'égaler. Le petit Ji Guangjie n'a pas les idées en place, il s'imagine qu'il est terriblement fort. Mais apparemment tu ne souhaites pas recourir à la cruauté face à lui, sans quoi il serait déjà mort dix fois à l'heure qu'il est !

— Oui ! répondit Petite Grue. Bien, je m'en vais le retrouver à présent. »

Il monta en selle, agita son fouet et partit au galop vers les monts Wudang.

Les monts Wudang, plus célèbre chaîne de montagnes du nord du Hubei, appartenaient à la chaîne secondaire de Bashan : huit cents lis de circonférence, trente-six falaises, vingt-sept sommets. Les ascètes qui y pratiquaient le véritable *gongfu* habitaient sur le plus haut sommet, le Pic du pilier du ciel. On comptait aussi le Rocher du Sud, le Pic des cinq dragons, le Pic des nuages empourprés et le Pic du drapeau déployé. Sur chaque sommet se trouvait un temple taoïste, tous construits par le grand Maître fondateur Zhang Sanfeng. L'homme, qui vécut sous le règne de l'empereur Huizong de la dynastie des Song[1], s'éteignit à plus de deux cents ans, sous le règne de Chengzu de la dynastie des Ming[2]. C'est lui qui transmit le « *gongfu* interne » et fonda l'école de Wudang, « Wudangpai ». Dans les montagnes, les

1. Empereur Huizong (1082-1135) de la dynastie des Song (960-1279).

2. Empereur Chengzu (1403-1424) de la dynastie des Ming (1368-1644).

moines taoïstes étudiaient les arts martiaux ésotériques qui se transmettaient de génération en génération. Mais comme ils ne l'utilisaient que très rarement, les chevaliers itinérants ne pouvaient pas en percer les mystères.

C'est dans la fraîcheur de la brume matinale que les chevaliers Ji Guangjie et Jiang Xiaohe se rendirent dans les monts Wudang. Ji Guangjie arriva le premier. Il pressait sa monture sur le sentier, en pensant, le cœur plein de rage : « Avoir l'affront de se moquer de moi ! Oser offenser le petit-fils du Chevalier de Longmen ! Je vais me le faire ! »

Les sabots résonnaient bruyamment sur les pierres du chemin, faisant s'envoler les oiseaux et fuir les lièvres. Au détour d'une crête, le cavalier entendit soudain le murmure d'une source. Quatre autours émergèrent des nuages blancs et descendirent en tournoyant à hauteur des pattes du cheval, avant de repartir en direction du ciel. « Si j'avais mon lance-pierres, pensa le jeune homme, j'abattrais ces quatre autours en cinq ou six coups ! »

Il se remit en route en jetant un œil alentour : mais il ne vit même pas l'ombre d'un bûcheron. Il passa une nouvelle crête et se retrouva face à une cascade qui se jetait d'une haute falaise, tel un ruban de soie blanche. Dans un bruit infernal, elle se fracassait sur les rochers aux formes d'animaux légendaires en faisant gicler d'innombrables gouttes d'eau qui éclaboussaient jusque très loin, au point de mouiller les chaussures et les chaussettes de Ji Guangjie, avant de poursuivre sa route en serpentant jusqu'à un torrent très large et très profond, où l'eau déferlait comme s'il s'agissait du Fleuve Jaune ou du Fleuve Bleu[1]. En

1. Les deux plus longs fleuves de Chine. Le Fleuve Jaune, Huang He, prend sa source dans les monts Kunlun. Le Fleuve Bleu, Chang Jiang, « le long fleuve » en chinois, est connu aussi sous le nom de Yangtse.

levant la tête, on pouvait également apercevoir trois grands caractères gravés sur un rocher culminant : « Source où on défait les épées ».

« Mais quel est ce site ? s'interrogea Ji Guangjie. Quel dommage que je n'ai pas apporté mon pinceau et de l'encre ! J'aurais pu gravir la falaise pour inscrire "On recherche Jiang Xiaohe", en rajoutant mon nom en dessous ! Cela l'aurait sûrement terrorisé ! »

Il trouva un sentier, sur lequel son cheval s'engagea avec beaucoup de mal. Mais il se retrouva soudain face à un énorme rocher qui bloquait le passage. L'animal, apeuré, recula. Ji Guangjie le fouetta, et le cheval sauta l'obstacle comme un dragon blanc. Le cavalier mit pied à terre, monta sur le rocher, sortit son épée, fit trembler la lame et poussa un long et terrible cri :

« Ah ! Ji Guangjie est là ! Courez vite les enfants ! Vous allez voir le véritable *gongfu* interne de l'école de Wudang, et la superbe technique à l'épée de l'école de Longmen ! »

L'écho de son cri d'exaltation retentit sur les innombrables montagnes : «... *technique à l'épée de l'école de Longmen !* », comme si le grand fondateur Zhang Sanfeng lui répondait du ciel. Deux autours revinrent tournoyer au-dessus de sa tête. Le jeune chevalier ramassa une pierre et attendit qu'un des rapaces repasse pour la lui jeter dessus. L'oiseau, touché à l'aile, s'effondra, tel un cerf-volant dont la corde venait d'être coupée. Il fit une chute d'une cinquantaine de mètres, avant de se redresser et de battre des ailes en poussant des sifflements perçants. Puis il tourna sur lui-même, prit son envol et descendit au loin. Ji Guangjie éclata de rire. Mais soudain, en se retournant, il aperçut un prêtre taoïste à la longue barbe noire qui se tenait debout contre un pin au sommet et fixait l'intrus.

« Prêtre ! cria Ji Guangjie en levant la tête. As-tu vu passer un cavalier monté sur un cheval noir ? »

L'autre lui répondit, mais le bruit de la cascade couvrit sa voix. Alors le chevalier prit son cheval, l'attacha à un jujubier, puis fit osciller son épée.

« Il est interdit de porter une épée ici ! cria le prêtre. N'as-tu point vu ce qui est gravé sur le rocher ? "Source où on défait les épées". Cela est écrit du pinceau céleste du Maître fondateur, l'immortel Sanfeng : on ne peut pas porter d'épée dans la montagne. Jette vite ton arme, au risque de rendre le Maître Zhenwu furieux !

— Tu n'es même pas le Maître Zhenwu ! rétorqua Ji Guangjie en lançant à l'autre un mauvais regard. Tu n'es pas non plus Zhang Sanfeng. Et tu comptes m'arrêter ? Je suis venu ici pour me battre avec quelqu'un. Je pratique le *gongfu*, le véritable art martial de l'école de Wudang. Je suis ici chez moi. Je fais ce que je veux, personne ne peut m'en empêcher ! »

Ces paroles déconcertèrent le prêtre :

« Quelle branche de l'école de Wudang ? interrogea-t-il. Il n'en existe que trois. On trouve la première dans le Shaanxi, avec le grand chevalier Wang Zong[1] qui en son temps enseigna à quelques disciples. Mais sa succession s'est brisée depuis près d'un siècle. On trouve la deuxième à Wenzhou et à Chenzhou. Un même maître a transmis son savoir aux deux endroits, et de cette branche il ne reste plus que le Dragon du Sichuan, Shuzhong Long. La dernière concerne Nanchu, avec le Maître Wang Laiwei. Mais il n'y a plus aucun héritier à ma connaissance. On peut également citer le Bonze au bâton de fer et l'Oie Sauvage du Fleuve Bleu, mais ils ont juste volé quelques techniques martiales, on ne peut pas les considérer comme issus d'une véritable tradition de Wudang. »

1. Wang Zong ou Wang Zongyue : élève de Zhang Sanfeng, grand maître en arts martiaux qui vécut sous la dynastie des Qing et écrivit le célèbre ouvrage *À propos du taiji juan*.

« Ce prêtre connaît bien les branches de Wudang, se dit Ji Guangjie, stupéfait. Il doit sûrement pratiquer les arts martiaux ! »

Le jeune homme éclata de rire :

« Oui, c'est juste ! répondit-il. Tu connais bien l'histoire du *gongfu* de Wudang, mais tu sembles ignorer que cela fait deux ou trois cents ans qu'il s'est exporté loin de Wudangshan, pour prendre des formes différentes. Beaucoup d'hommes vous surpassent, mais vous ne les connaissez même pas. Je m'appelle Ji, je viens de la région du Hedong, à l'est du Fleuve Jaune, au Shanxi. Mon grand-père portait le nom de "Chevalier de Longmen". Le connais-tu ?

— Si tu es un descendant du Chevalier de Longmen, rétorqua le prêtre, alors c'est très bien. Ton grand-père pratiquait le *gongfu* de l'école de Shaolin. Il a ensuite étudié celui de Wudang. Par conséquent, il a développé l'art martial des deux écoles, ce qui a fait de lui un vénérable chevalier. Il s'est rendu plusieurs fois dans les monts Wudang, il y a de cela vingt ans. Mais jamais il n'a eu l'audace de venir armé. Toi qui es son petit-fils, comment peux-tu te montrer si arrogant ? Tu dois comprendre que je te dis tout cela pour ton bien. Moi non plus je ne suis pas originaire de cette montagne, c'est l'errance qui m'a mené ici. Mais si par aventure tu croises les prêtres du temple de Yuzhen, ils ne se montreront sans doute pas aussi affables que moi.

— Puisque tu n'es pas d'ici, rétorqua Ji Guangjie indigné, ne t'occupe pas de ça ! Seul le Maître Zhenwu peut se permettre de me blâmer. Ça n'a rien à voir avec toi ! »

Sans plus se soucier du prêtre, le jeune homme sauta sur un grand rocher pour regarder alentour : il ne vit qu'une succession de crêtes et de sommets. Perdu dans les nuages et le brouillard, il ne discernait même plus l'ombre des autours. Pas de trace non plus de l'homme de la taverne de la passe est qui lui avait donné rendez-vous ici pour un duel.

« Quel homme vulgaire ! ricana-t-il. Il me dit de me rendre ici, et finalement il s'enfuit. Il doit s'agir d'un simple bandit itinérant : il ose venir se rire de moi la nuit, mais m'affronter à l'épée, c'est une autre histoire ! »

Il poussa plusieurs cris, mais seule la vallée profonde lui répondit en écho. Lorsqu'il se retourna, le prêtre taoïste avait disparu. Une grande déception l'envahit : « Je ne pense pas qu'on me volera mon cheval ici. Je ferais mieux de grimper seul pour voir un peu quelles étonnantes capacités détiennent les prêtres ! »

Il se mit à gravir la montagne, son épée à la main. Les montagnes révélèrent enfin leurs forêts de pins vert foncé et leur verdure couleur émeraude. Personne n'arpentait cette étendue tranquille. Le chevalier passa une nouvelle arête et arriva devant un mur enduit de rouge, caché dans une forêt de pins. Il accéléra et s'approcha plus près : il s'agissait d'un petit temple. Il chercha l'entrée principale, et trouva une porte étroitement fermée. L'inscription frontale indiquait « temple du Mystère Subtil ». Les oiseaux gazouillaient et on entendait le murmure du vent dans les pins : c'était tout simplement un endroit magique. Ji Guangjie frappa à la porte à l'aide de son épée. Mais malgré son insistance, personne ne vint lui ouvrir. Énervé, il se hissa sur le mur : la cour était vide mais impeccablement propre. Il sauta par terre et se rendit jusqu'à la salle latérale du temple :

« Y a quelqu'un ? » demanda-t-il.

Pas de réponse. Mais brusquement, il entendit des bruits de pas derrière lui. Il tourna prestement la tête et aperçut le fameux prêtre à la barbe noire, vêtu d'une tunique, armé à présent d'une épée. L'homme plongea deux doigts en direction de la colonne vertébrale du chevalier, avec une grande force et une grande rapidité. Ji Guangjie se retourna en hâte et para avec sa lame le coup d'épée du prêtre.

« Bien ! vociféra le jeune homme. Alors comme ça, tu conspires contre moi ? »

Le prêtre le serra de près avec son épée :

« En deux cents ans, personne n'a osé s'aventurer dans la montagne avec une épée ! s'écria-t-il, furieux. Quelle sorte de bandit es-tu ? Et tu prétends être un digne héritier de Wudang ? Prends garde ! »

Ji Guangjie écarta à nouveau la lame de son adversaire. Soudain, il entendit derrière lui une porte s'ouvrir. Il sauta sur le côté : de la salle latérale venait de sortir un jeune prêtre taoïste qui accourait avec une épée à la main.

« Sors d'ici ! cria-t-il.

— Maintenant que j'ai grimpé jusque-là, je ne vais quand même pas partir ! rétorqua Ji Guangjie en souriant, tout en se défendant contre les deux assaillants. Wudangshan est la patrie de ma grand-mère, je compte bien déployer tout mon art devant vous tous, mes oncles ! »

Il ne reculait pas d'un centimètre, bougeant son épée dans tous les sens, faisant danser la frange rouge dans les airs au rythme des mouvements de son bras. Malgré leur technique plutôt excellente, les deux prêtres n'arrivaient pas à renverser leur adversaire. Ils furent forcés de reculer jusque dans la cour. Trois autres prêtres arrivèrent de la cour arrière et foncèrent sur le chevalier, qui se retrouvait à présent cerné par cinq lames. Il se protégeait par-devant et par-derrière, sur la gauche et sur la droite. Les bruits de pas et l'entrechoquement des épées devenaient de plus en plus oppressants. Au bout d'une vingtaine d'échanges, le jeune chevalier changea de tactique : il tenait tête tout en essayant d'avancer. Arrivé à hauteur de la porte, il bondit sur le mur. Le jeune prêtre le poursuivit. Ji Guangjie sauta de l'autre côté et s'enfuit vers la montagne, les cinq prêtres lancés à ses trousses.

« Amenez-vous ! leur cria-t-il avec un signe de tête. Oserez-vous ? »

Debout sur un rocher, il les regardait avec un sourire arrogant. Alors le prêtre à la barbe noire et le jeune prêtre s'approchèrent. Le chevalier se pencha pour les affronter. Au bout de plus de dix échanges, aucun des cinq prêtres n'était encore arrivé à monter sur le rocher. Ji Guangjie, lui, utilisait une main pour se défendre avec son épée tandis que de l'autre il s'accrochait aux rochers pour gravir la montagne. Ses adversaires, loin d'abandonner la partie, continuaient à tenter une approche en criant :

« Jette ton épée, et nous te laisserons partir ! »

Mais le chevalier, qui riait aux éclats, poursuivait selon son idée. Poussés à bout, les prêtres se ruèrent d'un coup sur lui. Le jeune homme, qui approchait du sentier, brandit son épée de plus belle : plus il se battait, plus il se sentait galvanisé. Ses adversaires, refoulés par l'épée qui allait et venait comme par magie, n'osèrent plus avancer. C'est alors que Ji Guangjie entendit derrière lui des tintements de cloche, si rapides et ronronnants qu'on aurait dit qu'ils provenaient de deux ou trois cloches. Le chevalier comprit que les renforts allaient arriver. Il se retourna et gravit la montagne. Une fois arrivé sur l'arête, il se retrouva face à un terrain accidenté : pas la moindre surface plane. De l'autre côté, on apercevait le faîte d'un temple ainsi qu'une forêt de pins. Des nuages blancs flottaient au-dessus des arbres. C'était de là que provenaient les tintements assourdissants des cloches. Deux prêtres d'un certain âge apparurent soudain, une précieuse épée à la main. Le premier devait bien avoir plus de quarante ans, le second arborait une barbe grise. Le vieil homme approcha à vive allure :

« Ne fais pas un pas de plus ! » hurla-t-il en tenant son arme à l'horizontale.

Les cinq poursuivants les rejoignirent bientôt. Dès qu'ils aperçurent le prêtre à la barbe grise, ils se prosternèrent tous avec déférence.

« Cet être est vil ! lui dit le prêtre à la barbe noire en pointant Ji Guangjie du doigt. Il prétend être le petit-fils du chevalier de Longmen, et pourtant, en passant devant la Source où on défait les épées, il ne s'est pas débarrassé de son arme. J'ai essayé de lui parler, mais il s'est emporté. Il a proféré des calomnies et sali les divinités. Nous l'avons chassé, mais il a repris son ascension ! »

Le vénérable prêtre à la barbe grise toisa Ji Guangjie de la tête aux pieds, puis dit en souriant :

« Je ne m'imaginais pas que Ji Junyi avait un petit-fils. Tu peux donc encore moins que les autres déroger aux règles de Wudangshan ! Jette vite ton épée dans le ruisseau. Je te mènerai ensuite brûler de l'encens en l'honneur de notre Maître fondateur, pour obtenir son pardon !

— Explique-moi d'abord qui est votre Maître ? rétorqua Ji Guangjie en brandissant son épée.

— Le père fondateur de l'école de Wudang ! répliqua le vieil homme furieux. L'immortel Zhang. Ton grand-père ne t'en a-t-il pas parlé ?

— Et est-ce qu'il vit toujours ? demanda le chevalier sur un ton hautain. Dis-lui de se montrer ! »

Les prêtres présents, indignés, brandirent leurs épées :

« Cet homme a perdu la raison ! Ne vous fatiguez plus à lui parler, Second Immortel.

— Il y a dix ans, répliqua le vieil homme en ricanant, le Bonze au bâton de fer est venu semer le trouble dans la montagne. Nous l'avons chassé en comptant sur l'aura divine du Maître fondateur. Depuis, personne n'a jamais plus osé se montrer déraisonnable. C'était sans compter sur la venue d'un petit jeune comme toi. Puisque tu es le petit-fils du Chevalier de Longmen, je voudrais savoir si ton grand-père t'a déjà parlé des Sept Grands Immortels de l'épée des monts Wudang ?

— Non, je n'en ai jamais entendu parler, répondit le chevalier en souriant et en agitant la tête. Je ne crois pas qu'ils existent d'ailleurs. Mais si c'est le cas, alors je ne demande qu'à me mesurer à eux ! »

En entendant Ji Guangjie proférer de telles sottises, le taoïste à la barbe grise ricana :

« Voilà vraiment un jeune qui ne connaît pas la place des supérieurs et des inférieurs ! Je vais donc remplacer aujourd'hui le Chevalier de Longmen et contrôler son petit-fils. Mais je veux d'abord me présenter : je suis Chu Jianxiong, l'un des Immortels de l'épée de cette montagne.

— Qui se soucie de savoir quel genre d'ours tu es[1] ? Départageons-nous au combat ! »

Ce faisant, il abattit son épée sur Chu Jianxiong, qui brandit son arme et écarta la lame de son adversaire, avant de dessiner un arc de cercle pour tenter d'entailler le poignet droit du chevalier. Ji Guangjie retira son épée et bondit pour repousser la lame adverse. Mais Chu Jianxiong fit tournoyer son arme avant de l'abattre sur la tête de Ji Guangjie. Le jeune homme retira à nouveau sa lame, et para en vitesse l'attaque. Les deux lames s'entrechoquèrent dans un bruit retentissant. Le vieil homme possédait une grande force, si bien que Ji Guangjie ne parvint pas à le repousser. Il recula d'un pas et changea de position pour atteindre son ennemi. Mais Chu Jianxiong fit danser sa lame et attaqua trois fois d'affilée, pourchassant son adversaire encore et encore. Le jeune chevalier n'eut pas d'autre choix que de parer coup sur coup avant de prendre la fuite. Chu Jianxiong le poursuivit. Ji Guangjie se retourna brusquement et

1. Chu Jianxiong : littéralement « jian » signifie « épée » et « xiong » signifie « héros ». Mais en chinois, le terme qui désigne « ours » se prononce également « xiong », d'où le jeu de mots.

brandit son épée pour toucher le vieil homme à la gorge. Mais l'autre se baissa puis releva la tête et repoussa la lame du chevalier avec la sienne. Il fit quelques pas de côté, changea de position et attaqua le jeune homme par la droite. Ji Guangjie sauta sur un énorme rocher, et, de sa position dominante, continua à combattre. Chu Jianxiong attaqua plusieurs fois, mais fut toujours repoussé vers le bas.

« Prêtre ! lança Ji Guangjie avec arrogance. Si tu arrives à prendre ma place sur ce rocher, je jette aussitôt mon épée et je te prends pour maître !

— Qui voudrait d'un disciple tel que toi ! » rétorqua Chu Jianxiong furieux.

L'épée du prêtre dansait comme un boa, à gauche, à droite, devant, derrière, de tous les côtés. Le vieil homme se ruait sur Ji Guangjie pour lui infliger sa défaite. Mais le chevalier, debout sur son énorme rocher, tenait bon. À chaque attaque de Chu Jianxiong, il abattait son épée sur sa lame. Peu importe la technique employée et la force mise en avant, il ne laissait pas le prêtre grimper sur sa citadelle. Il arborait même un sourire sarcastique. Chu Jianxiong, à bout, fit un signe aux six prêtres qui accoururent en brandissant leurs épées. Ji Guangjie n'eut d'autre choix que de sauter de son rocher pour les affronter.

Les huit lames s'entrechoquèrent. Au bout d'une dizaine d'échanges, Ji Guangjie toucha le prêtre à la barbe noire. Dans le temple voisin, la cloche se remit à sonner, et brusquement quatre autres prêtres armés arrivèrent. Les dix hommes serraient de près Ji Guangjie. La technique de Chu Jianxiong était particulièrement originale, et il s'approchait de plus en plus du jeune chevalier. Ji Guangjie savait qu'il ne tiendrait plus très longtemps. Il mit encore à terre un homme, puis se retourna et s'enfuit. Il courut jusqu'au bord de la falaise : aucun sentier pour redescendre. En dessous, il n'y avait qu'un ravin sans fond couvert par des nuages blancs. Qui sait s'il donnait sur un ruisseau ou bien sur des rochers ? Ji Guangjie n'osa pas sauter. Il se retourna, serra les dents avec un regard furieux et fit danser sa lame comme une fleur pour se protéger. Mais les prêtres étaient de plus en plus nombreux, et le jeune homme de plus en plus ébloui par l'éclat des lames. Il ne pouvait plus regarder de tous les côtés et il s'épuisait. Soudain, sa vue se brouilla, une jambe se déroba et il partit à la renverse. Il entendit un bruit lourd, ressentit dans tout le corps une intense douleur et perdit connaissance.

Il se passa un certain avant qu'il ne sente soudain quelqu'un le prendre dans ses bras et lui passer de l'eau froide sur la tête. Il ouvrit un œil et aperçut un jeune homme de haute stature vêtu de noir. Son visage lui disait quelque chose : il s'agissait du jeune imposant du restaurant de la passe sud de la ville, celui-là même qui l'avait incité à se rendre dans la montagne pour un duel et qui avait lâché un « pas mal ! » admiratif la veille en lisant ses poèmes. Ji Guangjie s'était blessé dans sa chute, mais rien de grave : il n'avait mal qu'au visage ainsi qu'au bras gauche. Il se redressa d'un bond avant d'empoigner d'une main le jeune homme.

« Sale vaurien ! l'insulta-t-il. Tu m'as tendu un piège ! »

L'autre lui attrapa le poignet et lui donna un coup de pied qui le fit tomber dans le ruisseau. Mais l'eau était très profonde, et Ji Guangjie ne savait pas bien nager : il se débattit désespérément, arriva à sortir deux fois la tête de l'eau, mais se retrouva à nouveau submergé par l'eau qui dévalait d'en haut. Petite Grue, qui se tenait sur un rocher, sauta dans le ruisseau. Il nagea comme un poisson et sortit Ji Guangjie de l'eau sans effort, avant de lui faire cracher le liquide qu'il avait dans les poumons. Le jeune chevalier reprit peu à peu connaissance.

Les deux hommes étaient trempés. Ji Guangjie, à bout de force, resta allongé sur un rocher.

« Comment tu t'appelles ? demanda-t-il à Petite Grue. Et dis-moi la vérité !

— Je m'appelle Gao Jiuhua[1], répondit le jeune homme en souriant.

— Un jeune inconnu ! rétorqua Ji Guangjie en ricanant. Moi qui m'imaginais que tu étais Jiang Xiaohe !

— Si c'était le cas, est-ce que je t'aurais sauvé ? Heureusement que tu es resté accroché à la cime d'un arbre ! »

Ji Guangjie leva la tête et aperçut au-dessus de lui un précipice de plusieurs centaines de mètres de haut, dans lequel poussaient librement de nombreux arbres. Des nuages blancs flottaient à leurs cimes et de l'eau de source s'échappait de leurs racines. « J'ai dérapé et je suis tombé dans ce profond précipice, pour atterrir dans un arbre ? pensa Ji Guangjie. Et voilà que cet homme me porte secours. Quelle histoire ! En plus, il se bat très bien, possède une grande force et sait parfaitement nager. Ce doit certainement être un brave homme. »

Il éclata de rire :

« Je n'ai encore jamais rencontré quelqu'un comme toi ! reprit-il. Tu es tout simplement de ceux qui connaissent mille et un tours !

— Qu'est-ce que ça veut dire ? rétorqua Petite Grue en riant. Ne truffe pas ton discours de mots savants. Je ne sais même pas lire !

— Mais alors, demanda Ji Guangjie surpris, ce n'est pas toi qui as écrit un poème sur le mur du restaurant à la suite des miens ? Et la nuit dernière… ce n'était pas toi ?

— Pourquoi tu me mets tout sur le dos ? Je vais tout te dire : je t'ai suivi depuis le district de Zhengyang. Je voulais juste t'affronter, pour voir un peu ce que vaut l'homme qui compte attraper Jiang Xiaohe. Je sais qu'il est interdit de se rendre armé

1. Littéralement : « le Grand Mont Jiuhua ».

dans les monts Wudang. Celui qui transgresse cette loi s'attire des ennuis. Si je t'ai incité à venir ici, c'était pour que tu te retrouves face aux prêtres taoïstes. J'en déduis que tu n'as pas été très bon !

— Ferme-la ! Gao je-ne-sais-quoi ! le tança vertement Ji Guangjie, indigné, en se redressant. Tu oses me mépriser ? J'ai eu le dessous simplement parce que j'étais seul contre plus de dix hommes. Bien sûr que c'était dur ! Mais à la sortie, je ne suis même pas blessé, alors que j'ai touché plusieurs de mes adversaires ! On peut dire que ce sont eux qui ont perdu aujourd'hui, pas moi !

— Je trouve quand même que tu n'es pas très habile en arts martiaux, rétorqua Petite Grue en souriant. Si c'était moi, je n'aurais même pas besoin d'arme. Plusieurs dizaines de prêtres auraient pu se ruer sur moi, ça ne m'aurait pas fait peur, et je les aurais tous matés !

— Tu parles sans réfléchir ! fit Ji Guangjie d'un sourire sarcastique. Oserais-tu monter là-haut pour te battre avec eux ?

— Ils ne m'ont rien fait ! Et puis les monts Wudang sont leur terre sacrée. Jamais je n'aurais l'audace de me montrer insolent face au Maître fondateur Zhang Sanfeng.

— Tu ne trouves pas que ce que tu dis est à mourir de rire ? répliqua Ji Guangjie en s'esclaffant.

— Je ne suis pas ridicule ! rétorqua Petite Grue en prenant un air irrité. C'est toi qui es ridicule ! Malgré ton niveau de *gongfu*, tu as l'audace d'écrire partout que tu vas attraper Jiang Xiaohe ? Je pense que ce n'est que par égard pour ton réputé grand-père le Chevalier de Longmen qu'il ne veut pas te faire perdre la face dans le monde de la chevalerie, c'est tout. Sans quoi il serait déjà venu te trouver et en deux tours trois mouvements tu te serais retrouvé à terre, mort ! »

Hors de lui, Ji Guangjie se remit debout d'un bond et fixa le jeune homme d'un regard furieux en serrant les poings. Petite Grue lui sourit avec arrogance. Le chevalier baissa la tête et aperçut alors son reflet dans l'eau miroitante du ruisseau : son visage était en sang. Il s'était sans doute égratigné en tombant de la falaise entre les branches des pins. Il porta les mains à son visage et ressentit aussitôt des douleurs atroces. Ses doigts étaient couverts de sang. Il ricana, puis, sans dire un mot, ôta sa chemise toute trempée et déchirée, s'agenouilla près du ruisseau et se lava le visage ainsi que le corps avec le linge. Il feignit de rire :

« Mon ami, inutile que nous nous querellions. Tu as volé de l'argent à Zhengyang pour m'aider à secourir ces pauvres gens, et à présent voilà que tu me sauves la vie. Soyons amis ! Quant à savoir lequel de nous est le plus fort en *gongfu*, nous verrons cela plus tard. Pour l'instant, reste ici et attends-moi. Je remonte chercher mon cheval. Après, je t'appellerai et nous rentrerons ensemble à la ville, pour discuter et boire quelques coupes d'alcool dans ma chambre. Qu'en penses-tu ?

— Entendu ! répondit Petite Grue en inclinant la tête. Va récupérer ton cheval. Moi, je t'attendrai au pied de la montagne. Je vais te chercher ton épée ! »

Le jeune homme grimpa sur les rochers et attrapa dans un arbre la précieuse épée que Ji Guangjie avait laissé tomber.

« Hé ! Attrape ! » lança-t-il à Ji Guangjie en lui jetant l'épée.

Le chevalier tendit le bras et attrapa son arme par le manche. Accroché à une branche, Petite Grue le regarda en souriant :

« Je t'attends au pied de la montagne ! »

Puis, tel un singe, il grimpa aux branches et sur les rochers, et arriva en un moindre temps en haut. Ji Guangjie l'observa, admiratif :

« Cet homme est vraiment preste et agile. Il est effectivement plus fort que moi. Si c'était Jiang Xiaohe, je me retrouverais dans une situation épineuse ! »

Une fois que Petite Grue eût disparu, il passa son épée dans sa ceinture et commença à gravir la falaise en se tenant aux arbres. Mais à près de sept mètres du sol, il ne trouva plus de branches pour s'accrocher, ni de rochers pour poser ses pieds. Alors il fit marche arrière et redescendit. « Si je n'arrive pas à remonter, pensa-t-il anxieux, même si je ne meurs pas de faim ici, je me ridiculiserai face à ce Gao. »

Alors il sauta entre les rochers tombés pêle-mêle au bord du ruisseau et recommença à grimper. Il arriva difficilement jusqu'à une falaise praticable et, rassemblant toutes ses forces, escalada avec une grande prudence. Une fois en haut, il entendit le mugissement de l'eau : la cascade de la Source où on défait les épées ne se trouvait plus très loin. Il tenta de se repérer et marcha de long en large sur les arêtes un bon moment avant de retrouver son cheval blanc. Les sommets vert émeraude lui faisaient face, de grands nuages blancs flottaient. Le chevalier mourait d'envie de dégainer son épée pour retourner combattre le groupe de prêtres, mais il se sentait exténué, et souffrait à plusieurs endroits. Alors il se contenta de lancer un regard féroce en direction du sommet.

« Chu Jianxiong ! se dit-il. Et vous tous, prêtres taoïstes ! Nous avons fini d'en découdre pour aujourd'hui. Mais je reviendrai dans quelques jours me mesurer à vous ! »

Il rangea son épée dans son fourreau puis, tenant son cheval par la bride, descendit la montagne. Il arriva rapidement en bas. Il put alors poursuivre sa route à cheval. Il trouva au pied de la montagne un troupeau de moutons de plus de deux cents têtes en train de paître, qui ressemblaient de loin à des amas de neige. Petite Grue, son cheval tenu par la bride, discutait au milieu du troupeau avec les deux enfants qui gardaient les bêtes.

« Hé l'ami ! cria Ji Guangjie en agitant la main. Allons-y ! »

Petite Grue s'éloigna du troupeau, rejoignit la grande route et monta en selle. L'épée précieuse accrochée à sa selle et les sandales de paille qu'il portait aux pieds attirèrent l'attention de Ji Guangjie.

« Allez ! Nous discuterons dans mon auberge ! Deux amis m'y attendent ! dit-il en souriant.

— Très bien ! » fit Petite Grue d'un signe de tête.

Les deux cavaliers rentrèrent au galop à la passe sud. Liu Zhiyuan et Jiang Zhiyao profitaient de la fraîcheur dans la cour. Le premier gardait les sourcils froncés, silencieux, tandis que le second discutait tranquillement avec l'aubergiste. C'est alors que surgirent un cheval blanc et un cheval noir, menés par un Ji Guangjie et un Jiang Xiaohe couverts de boue. Ji Guangjie, si élégant en quittant l'auberge, était maintenant torse nu, le visage et les bras couverts de blessures et de traces de sang.

« Que s'est-il passé ? » demanda Jiang Zhiyao en le fixant de son unique œil, pendant que Liu Zhiyuan, paniqué, regardait Petite Grue qui confiait calmement son cheval à l'aubergiste. Ji Guangjie fit les présentations :

« Voici Liu Zhiyuan, surnommé “le Sabre de Taisui”, un grand disciple de Kunlun. Et voici mon nouvel ami, Gao Jiuhua. »

Petite Grue arbora un sourire et salua un poing dans la paume de l'autre main :

« Ravi de faire ta connaissance ! Enchanté ! »

Liu Zhiyuan, obligé de faire bonne figure, salua à son tour :

« C'est trop d'honneur ! »

Ji Guangjie éprouva alors une grande déception : « Moi qui avais suspecté Gao d'être en réalité Jiang Xiaohe, pensa-t-il, je me suis trompé... »

Puis il présenta Jiang Zhiyao. Le Borgne scruta le jeune homme impressionnant puis le salua les mains jointes à hauteur de la poitrine :

« Asseyons-nous donc dans la cour ! Il fait trop chaud dans les chambres ! » dit-il en allant chercher un tabouret.

« Je vais d'abord me changer », informa Ji Guangjie.

Liu Zhiyuan s'apprêtait à l'accompagner lorsque Petite Grue l'attrapa par le bras :

« Je t'en prie, frère Liu, asseyons-nous et discutons un peu ! »

Il enfonça ses doigts avec force dans la chair du disciple, qui, n'osant pas crier, répondit simplement :

« Bien ! Bien ! »

Petite Grue le ramena en le faisant chanceler jusqu'à son tabouret. Le disciple souffrait tellement que des gouttes de sueur de la grosseur de fèves de soja perlaient sur son front.

« Il fait vraiment chaud, n'est-ce pas ? dit Petite Grue.

— Oui, en effet ! Très chaud ! Très chaud ! » répondit Liu Zhuyuan en hochant la tête avec un rictus.

Le jeune chevalier enleva sa chemise, laissant apparaître son corps vigoureux comme coulé dans le fer.

« D'où viens-tu, frère Gao ? demanda Liu Zhiyuan. Quel est ton travail ?

— Je viens de Chizhou, dans le Jiangnan. Je n'ai pas de profession attitrée : parfois je remplace des amis pour escorter des convois, et parfois j'enseigne la boxe pendant un ou deux mois. Lorsque je m'ennuie ou que je manque d'argent, je voyage, je choisis un endroit et je vends mon art. J'ai parcouru le pays pendant dix ans, sans jamais manquer d'alcool ou de nourriture, ni mon cheval de fourrage. Et me voilà maintenant à Wudang. Je ne m'attendais pas à voir Ji Guangjie se battre dans la montagne avec plusieurs prêtres. Ils l'ont serré de près et fait tomber de la falaise. Je l'ai secouru, et nous sommes devenus amis. »

Ji Guangjie apparut alors, vêtu d'un pantalon et d'une veste couleur crème. En entendant ce que disait Petite Grue, il rougit de honte. Énervé, il détourna la conversation :

« Frère Gao, si aucune affaire urgente ne t'attend, reste donc ici quelques jours. Tu verras, je vais retourner dans la montagne. Non seulement je soumettrai Chu Jianxiong et les autres prêtres, mais en plus je ferai en sorte que les Sept Grands Immortels de l'épée se mettent à genoux devant moi !

— Je crains fort que ce ne soit pas aussi simple ! rétorqua Petite Grue en souriant. Wudangshan est la montagne du père fondateur de l'école interne de *gongfu*. Les prêtres connaissent les secrets des arts martiaux transmis par l'immortel Sanfeng ! Quant aux Sept Grands Immortels de l'épée, même si je ne les connais pas, je ne pense pas qu'ils ressemblent à tous ces jeunes chevaliers réputés et infatués ! »

Ji Guangjie s'emporta :

« Frère Gao, voudrais-tu m'accompagner maintenant dans la montagne, pour me voir à nouveau à l'œuvre contre ces prêtres ? » répliqua-t-il furieux.

Il comptait retourner sur-le-champ dans la montagne, mais Jiang Zhiyao l'arrêta :

« Il faut d'abord discuter de tout cela. Les prêtres sont nombreux, pas nous. Un héros, aussi grand soit-il, ne peut pas négliger ce point. Personne n'a envie d'une victoire par supériorité numérique ! »

Le jeune homme se rassit, indigné, pendant que Petite Grue se versait une coupe de vin. Ji Guangjie resta interdit un moment avant de reprendre :

« Frère Gao, où comptes-tu aller maintenant ?

— À Chang'an ! répondit Petite Grue, laissant Liu Zhiyuan stupéfait.

— Qu'est-ce que tu vas y faire ? s'enquit encore Ji Guangjie.

— J'ai là-bas plusieurs amis que je n'ai pas revus depuis une dizaine d'années. Ils ont des dettes envers moi, et je compte bien qu'ils paient ce qu'ils me doivent ! »

Liu Zhiyuan, effrayé, changea d'expression, et se remit à transpirer. Jiang Zhiyao, quelque peu étonné, demanda alors :

« Et que font tes amis de Chang'an ?

— Ce sont tous de petits commerçants. Mais leurs dettes sont énormes. Cette fois-ci, ils seront obligés de payer ! »

Liu Zhiyuan frissonna. Ji Guangjie se mordit la lèvre et roula des yeux en réfléchissant à ce que Petite Grue venait de dire. Un instant plus tard, il reprit :

« Frère Gao, puisque tu veux te rendre à Chang'an, pourquoi ne pas faire la route ensemble ? Plusieurs de mes amis se trouvent là-bas, ainsi que mes parents proches. Frère Gao, connais-tu le vieux boxeur Bao Kunlun ? Il se trouve à Chang'an actuellement, avec tous les héros de l'école de Kunlun : Bao Zhiyun, "le Petit Kunlun", Long Zhiqi, "le Tigre qui pousse les montagnes", Ge Zhiqiang, "le Tyran de fer au sabre d'or et au fléau d'argent", Lu Zhizhong, Yuan Zhixia, Jin Zhiyong et Zhao Zhilong. Je peux te les présenter si tu veux. Tu pourras même les affronter : tous sont à peu près aussi forts que toi je pense, à part le vieux boxeur Bao, qui possède une maîtrise remarquable des arts martiaux.

— Si je voulais me battre, rétorqua Petite Grue en souriant, je choisirais Bao Kunlun alors ! Cependant, étant donné son grand âge, si je le bats, ça ne fera pas de moi un héros. Lorsque nous nous battrons, je ne porterai pas d'armes. Mais le vieil homme pourra utiliser son sabre de Kunlun. Si au bout de trois échanges je n'ai pas réussi à lui prendre son arme et à le mettre à terre, alors je ne mériterai plus le statut de héros !

— Frère Gao, rétorqua Ji Guangjie avec un sourire méprisant, tu te vantes trop. Inutile de parler du vieux boxeur : tu ne battrais même pas sa petite-fille, la demoiselle Bao Aluan ! »

En entendant prononcer le nom d'Aluan, Petite Grue ressentit soudain une grande tristesse. Au chagrin se mêla du ressentiment.

« Est-ce que la demoiselle Aluan se trouve elle aussi à Chang'an ? demanda-t-il en haussant le ton.

— Oui, oui, elle est là-bas aussi ! répondit Ji Guangjie en hochant la tête.

— Et comment se débrouille-t-elle en arts martiaux, par rapport à toi ?

— On ne s'est jamais affrontés, mais je pense qu'elle est légèrement moins forte que moi. En tout cas, elle est à la hauteur du disciple du Dragon du Sichuan, Li Fengjie, alors que moi, je pourrais le tuer ! »

Petite Grue réfléchit un moment. Une foule de souvenirs lui revinrent en mémoire, et son visage prit une expression chagrinée.

« Est-ce qu'on a arrangé un mariage pour cette demoiselle ? demanda-t-il en fronçant les sourcils.

— Oui, elle est déjà promise à quelqu'un, répondit Ji Guangjie en souriant avec fierté.

— À qui donc ? s'enquit Petite Grue, surpris, en regardant son compagnon dans les yeux. Elle est mariée ou non ? »

Ji Guangjie tapa soudain sur la table, et interrogea d'un air sévère :

« Mais pourquoi tu veux savoir tout ça ? C'est ma femme, à moi, Ji Guangjie. Je l'épouserai cet automne ! »

Petite Grue, furieux, se leva tout à coup et plongea ses doigts dans le flanc de Ji Guangjie, qui tomba à la renverse. Liu Zhiyuan et Jiang Zhiyao, effrayés, firent un bond sur le côté.

« Mais qu'est-ce qui se passe ? » s'écrièrent l'aubergiste et les clients, stupéfaits.

Le visage de Petite Grue, fou de rage, prit la couleur du fer galvanisé. Les poings serrés, il brûlait d'envie de frapper Ji Guangjie à mort. Mais il se ravisa : « Si je le tue pour une femme, je vais passer pour tout sauf pour un héros. Et puis, mon Maître m'a recommandé de ne pas employer le *dianxue*, et c'est ce que je viens de faire à l'instant, par haine et par jalousie. Ça ne va pas ! »

Un chagrin indescriptible l'envahit soudain. Il respira profondément et demanda à Liu Zhiyuan :

« Est-ce que Bao Kunlun, Long Zhiqi et Bao Aluan sont vraiment à Chang'an ?

— Oui, oui, ils y sont !

— Très bien. Dans ce cas, je vais les voir ! »

Il donna un coup de talon à Ji Guangjie puis s'en alla. Il retourna à son auberge, régla sa note, récupéra son cheval et quitta les lieux. Il comptait se dépêcher pour arriver à Chang'an la nuit même. Mais sans savoir pourquoi, il se sentait très mal et envahi par le chagrin, et du coup il traîna sur la route. Au bout de trois ou quatre lis en direction du nord, il vit tout à coup arriver derrière lui un cheval blanc lancé au galop. Le cavalier n'était autre que Ji Guangjie, qui brandissait son épée précieuse en hurlant :

« Jiang Xiaohe ! Hé ! Toi qui n'oses pas dire ton vrai nom ! Arrête-toi ! Un héros n'utilise pas le *dianxue* pour vaincre quelqu'un ! Viens donc te battre à l'épée si tu l'oses ! »

Petite Grue se retourna en tenant son épée à l'horizontale :

« Toi aussi tu es un héritier de l'école de Wudang, alors à quoi bon nous battre à mort ? répondit-il dans un ricanement. Ce serait facile pour moi de te tuer, mais je ne le souhaite pas. Aucune inimitié ne nous lie. Ce sont seulement Bao Zhenfei et les frères Long qui m'intéressent.

— Moi vivant, tu peux abandonner l'idée de toucher à un seul cheveu de ceux de Kunlun ! En garde ! »

Ji Guangjie abattit férocement son épée en direction de Petite Grue, qui para l'attaque : les lames s'entrechoquèrent dans un bruit assourdissant et l'épée de Ji Guangjie fut repoussée. Alors le jeune homme accéléra pour dépasser Petite Grue, avant de se mettre en travers du chemin. Puis il se redressa et tenta d'atteindre son adversaire dans le haut du corps. Petite Grue utilisa son épée pour toucher le dessus du poignet de l'autre avec le manche et sa tête avec la lame. Le jeune chevalier sauta brusquement à terre. Petite Grue abattit son épée, dans la position du phénix qui regarde en direction du soleil. Ji Guangjie recula. Petite Grue sauta à terre et se rua sur son adversaire. Ji Guangjie avança de quelques pas. Il attendit que l'autre approche. Petite Grue se pencha en arrière puis abattit son épée de côté. « Klang ! », Ji Guangjie leva un pied puis fit siffler son épée trois fois dans les airs, avec beaucoup de violence. Mais à chaque fois, Petite Grue s'écarta. Ji Guangjie s'approcha et frappa encore. Petite Grue tourna son épée et en profita pour frapper son adversaire vers le bas, avec célérité et dextérité. Il ne faisait plus qu'un avec son épée. En un instant, Ji Guangjie se retrouva dans l'incapacité de se défendre. Il ne put faire autrement que de sauter sur le côté. Mais Petite Grue ne souhaitait pas le tuer. Il ne s'attendait pas à ce que Ji Guangjie évite le coup et revienne à l'attaque. Alors il fit deux pas en avant, leva un pied et frappa Ji Guangjie dans l'abdomen. Le jeune chevalier tomba lourdement sur le sol. Il se releva aussitôt, avec un regard plein de haine. Tenant son épée des deux mains, il se jeta sur Petite Grue, qui mit sa lame en travers : « Dang ! dang ! dang ! dang ! » Ji

Guangjie trouvait que son adversaire possédait une force sans pareille. Ses deux poignets commençaient à le faire souffrir à force d'accuser les coups. Petite Grue sourit d'un air sarcastique :

« Eh bien ! La technique à l'épée de l'école de Longmen est bien maladroite ! Si je n'avais pas peur de te blesser, tu serais mort depuis longtemps ! »

Il fixa son adversaire dans les yeux, fit siffler son épée et la pointa en direction du cœur de Ji Guangjie, qui s'écarta, mais trop tard. Heureusement, Petite Grue, qui maîtrisait parfaitement son art, retira aussitôt sa lame lorsque l'extrémité toucha la poitrine du jeune homme.

« Rentre chez toi ! dit-il en ricanant. Introduis-toi dans la tombe de ton grand-père, et entraîne-toi encore quelques dizaines d'années ! »

Il saisit son cheval par la crinière et sauta en selle. Puis, souriant d'un air méprisant, il agita son fouet et partit au galop en direction du nord. Ji Guangjie resta un long moment immobile, son épée à la main. Il baissa la tête et regarda son torse : un filet de sang coulait, il ressentait une légère douleur. Sa chemise couleur crème, tâchée de rouge carmin, arborait un petit trou de moins d'un demi-pouce. Le jeune homme exhala un soupir et frappa du pied par terre de colère. Puis il remonta en selle et partit au galop.

Une fois à l'auberge, il asséna un grand coup de poing à Liu Zhiyuan, qui faillit tomber dans les pommes. Il frappa une deuxième fois, mais cette fois-ci le disciple de Kunlun le bloqua. Lorsqu'il tenta un troisième coup, Liu Zhiyuan lui saisit la main. Le jeune homme essayait de lui donner des coups de pieds et l'insultait, enragé :

« Si je t'ai pris avec moi, c'est parce que tu connaissais Jiang Xiaohe ! Je ne pensais pas qu'en le voyant tu ferais comme si de rien n'était et que tu le laisserais me berner ! Qu'est-ce que tu voulais, hein ? Me nuire ? »

Indigné d'avoir été frappé, Liu Zhiyuan n'avait cependant aucun argument pour expliquer son erreur. Il rougit et quitta la chambre. Jiang Zhiyao exhorta Ji Guangjie à s'asseoir sur un tabouret :

« Il ne faut pas blâmer notre frère Liu. Vous savez, Jiang Xiaohe est le fils de Jiang Zhisheng. Et avant, ce n'était qu'un enfant. Liu Zhiyuan n'a pas bien fait attention. Plus de dix années ont passé, comment aurait-il pu reconnaître Petite Grue ?

— N'avance pas d'arguments fallacieux, rétorqua Ji Guangjie en ricanant. Je sais bien que vous redoutez tous Jiang Xiaohe comme s'il s'agissait d'un tigre. Du coup, une fois en face de lui, Liu Zhiyuan n'a pas osé le reconnaître. Alors se battre avec lui… Votre Maître est le premier à le craindre : dès qu'on prononce le nom de Jiang Xiaohe, il n'arrive plus à respirer tellement il a peur ! Je trouve cela vraiment risible. Si ce n'était pour la demoiselle Bao, je n'aiderais pas l'école de Kunlun. Vous n'êtes que des incapables ! »

Assommé par ces propos, Jiang Zhiyao tourna son œil unique dans tous les sens :

« Ji, mon fils, ne parlez de ça à personne. Sinon tout le monde se moquera aussi de vous. C'est vrai, le vieux Maître Bao craint Jiang Xiaohe. Plus il est vieux et expérimenté, et plus son courage s'amenuise. Peut-être que pour Liu Zhiyuan c'est la même chose. Il sait que Jiang Xiaohe est trop fort, et qu'à nous trois nous ne pourrions pas le battre. Du coup, il n'a pas osé dire que c'était lui !

— Ferme-la ! répliqua Ji Guangjie furieux en frappant sur la table. Vous, ceux de l'école de Kunlun, vous craignez tous Jiang Xiaohe. Mais pas moi ! Je n'ai pas réussi à le rattraper. Sinon, grâce à mon épée, je vous aurais ramené sa tête ! »

Sa blessure à la poitrine le fit soudain un peu souffrir. Cela suffit à dissiper entièrement sa colère. Il se calma peu à peu, fronça les sourcils et resta là, l'air interdit.

« Ji, reprit Jiang Zhiyao, qu'allons-nous faire maintenant ? Est-ce qu'on continue à poursuivre Jiang Xiaohe ?

— On est tombés sur lui, mais Liu Zhiyuan n'a pas osé l'identifier et l'a laissé s'enfuir. Comment pourrions-nous encore l'attraper ? Il est sûrement parti vers le nord pour se rendre à Chang'an par la passe Tong. Il faudrait d'abord que nous empruntions la passe Jingzi pour aller avertir le Maître à Dasanguan. Nous pourrons lui dire de s'enfuir. Puis nous nous rendrons à Chang'an pour faire la peau à Jiang Xiaohe. Mais il faut se dépêcher, sinon il arrivera le premier à Chang'an.

— Très bien ! Je prépare nos affaires. Nous partons sur-le-champ ! » répondit Jiang Zhiyao.

Il retourna dans sa chambre, où il trouva Liu Zhiyuan assis sur son lit, fulminant de colère.

« Cette saleté de Ji Guangjie veut qu'on aille à Dasanguan voir le Maître, l'informa-t-il, et qu'on aille ensuite à Chang'an pour combattre Jiang Xiaohe. Nous partons maintenant.

— Combattre Jiang Xiaohe ? rétorqua Liu Zhiyuan avec un sourire sarcastique. Tu n'as pas remarqué les traces de sang sur la poitrine de Ji Guangjie ? C'est à coup sûr Jiang Xiaohe qui l'a blessé. Mais il n'avait sûrement aucune intention de le tuer, sinon Ji Guangjie aurait déjà perdu sa tête la nuit dernière ! »

Jiang Zhiyao devint livide de peur. Liu Zhiyuan soupira :

« Tout ça c'est de la faute du Maître. Toute sa vie il s'est montré féroce. Il a tué trop de gens, et s'est fait des ennemis mortels comme Petite Grue. Difficile de se prononcer sur l'avenir : non seulement c'en est fini de la secte de Kunlun, mais je crains fort que le Maître, si vieux maintenant, ne subisse un grand malheur ! »

Le disciple pleurait presque d'affliction.

« Préparons vite les bagages, le pressa son compagnon. Hâtons-nous à la passe Dasan. Je trouve l'idée de Ji Guangjie plutôt bonne : il faut que le Maître se mette à l'abri. Je pense que rester chez Lu Zhizhong n'est pas très sûr, il vaut mieux qu'il parte dans le Chuanbei.

— Sauf qu'il y a le Chevalier de Langzhong là-bas ! » rétorqua Liu Zhiyuan.

Ils terminèrent de boucler leurs affaires. Une fois la note réglée, Ji Guangjie ordonna qu'on prépare les trois chevaux.

« Dépêchez-vous de vous préparer ! cria-t-il, planté au milieu de la cour. On y va ! »

Liu Zhiyuan et Jiang Zhiyao sortirent aussitôt de leur chambre, les bagages sous le bras. Ils chargèrent leurs chevaux, puis quittèrent l'auberge avec Ji Guangjie et partirent en direction du nord.

Ji Guangjie, impatient, se plaignait de la lenteur avec laquelle chevauchait Liu Zhiyuan. Irrité, il l'insulta, mourant d'envie à plusieurs reprises de dégainer son épée pour l'obliger à aller plus vite. En fait, Liu Zhiyuan craignait que Petite Grue ne soit pas très loin : s'ils le rattrapaient, une bataille terrible s'ensuivrait. Bien sûr, le jeune homme ne pourrait pas se montrer cruel envers lui. Mais s'il combattait avec Ji Guangjie, qui n'était pas à la hauteur, le disciple ne pourrait pas rester à côté les bras croisés. Du coup, malgré l'impatience et la fureur de Ji Guangjie à son égard, il n'osait pas presser son cheval. Au bout de quarante ou cinquante lis, quatre chevaux arrivèrent soudain au galop derrière eux. En entendant le bruit des sabots, Ji Guangjie se retourna en hâte : il aperçut deux officiers et deux civils.

Dans le district de Zhengyang, lorsque Ji Guangjie était allé voler dans la nuit le riche Gu pour aider les sinistrés, il avait échoué et s'était longuement battu avec les gardes. À la lumière des flammes, il avait aperçu le visage de ses deux adversaires, et apprit leur identité : il s'agissait du Chevalier de Ruzhou, Yang Gongjiu, ainsi que de « la Panthère Tachetée » Liu Ying. Ils arrivaient, accompagnés d'officiers. Ji Guangjie tira sur les rênes puis attrapa son épée accrochée à la selle.

« Faites attention ! cria-t-il à Jiang et à Liu. Ces deux hommes sont les gardes de la demeure de Gu Baiwan. Ils se débrouillent très bien en arts martiaux ! »

Yang Gongjiu approchait, un sabre à la main :

« Ji Guangjie ! cria-t-il en pointant le jeune chevalier de sa lame. Dépêche-toi de jeter ton épée et de descendre de cheval, pour que nous te passions les chaînes et faisions ton procès ! »

« Les chaînes ? Un procès ? » rétorqua Ji Guangjie sur un ton railleur.

Prenant ses adversaires de vitesse, le jeune homme fit avancer son cheval, brandit son épée et l'abattit sur Yang Gongjiu. Le garde para avec son sabre. Liu Ying, « la Panthère Tachetée », attaqua à son tour. Les trois hommes échangèrent quelques coups avant de sauter à terre pour s'engager dans un combat acharné. En voyant arriver les officiers, Liu Zhiyuan et Jiang Zhiyao n'osèrent pas faire un geste. Ji Guangjie déployait tout son art. Au bout d'une dizaine d'échanges, il toucha Liu Ying et le mit à terre. Lorsqu'il tourna la tête, il constata que Liu Zhiyuan et Jiang Zhiyao s'éloignaient pour éviter le combat. Furieux, il abandonna la partie, s'empara d'un cheval et prit la fuite. Au bout d'un li, il se retourna et aperçut Liu Zhiyuan et Jiang Zhiyao cernés par Yang Gongjiu et les deux officiers. Un instant plus tard, on leur passait les chaînes. En voyant ses deux compagnons se faire intenter un procès à sa place, Ji Guangjie sourit sardoniquement et ressentit un certain contentement. Il ne partit pas les libérer. Il lança son cheval au galop pour rejoindre la passe Jingzi. En chemin, il demanda la route pour aller vers l'ouest, passa

Jingziguan, traversa le mont Shang et partit pour les montagnes Qinling, sans même s'arrêter pour la nuit.

Voyageant dans la poussière et le vent ou sous le ciel étoilé, il arriva à Dasanguan en moins de trois jours. Le cheval comme son cavalier étaient exténués. Dès qu'il entra dans l'agence d'escorte de Kunlun, Ji Guangjie jeta son fouet par terre et s'allongea sur un lit pour se reposer. En voyant arriver le jeune homme seul, Lu Zhizhong, qui se trouvait justement dans la pièce, éprouva à la fois surprise et inquiétude. Il attendit que Ji Guangjie reprenne sa respiration puis lui demanda :

« Le jeune Ji arrive de quel endroit ? Avez-vous trouvé Jiang Xiaohe ? Comment se fait-il que Liu Zhiyuan et Jiang Zhiyao ne soient pas avec vous ? »

Ji Guangjie se leva d'un bond, et, sans répondre aux questions, demanda :

« Où se trouvent le vieux Maître et la demoiselle ?

— Ils logent dans l'arrière-cour. »

Le jeune chevalier sortit en hâte et se dirigea à grandes enjambées dans l'arrière-cour. Arrivé devant la petite porte, il aperçut Aluan : vêtue d'habits de soie rouge pâle et tenant un sabre de Kunlun à la main, elle exécutait les mouvements « poursuivre le vent et effleurer la lumière », « le tigre couché et le dragon qui sombre ». Le jeune homme leva les sourcils en riant :

« Demoiselle, j'ai trouvé Jiang Xiaohe aux monts Wudang. Au bout de plus de quatre cents échanges, il a sauté dans un ruisseau pour s'enfuir à la nage. Sans quoi je vous aurais ramené sa tête, pour que vous vous amusiez à la piquer de votre sabre ! »

Aluan s'arrêta. Son visage changea d'expression. Ji Guangjie regarda sa fiancée et se mit à rire aux éclats. C'est alors que le vieux boxeur Bao sortit de sa chambre, torse nu. En voyant le futur couple en train de badiner, il ressentit une certaine joie. Mais ensuite, constatant l'état de Ji Guangjie, plein de poussière et de boue, il s'écria avec surprise :

« Avez-vous vu Jiang Xiaohe ? »

D'avoir prononcé les trois caractères qui formaient ce nom, son vieux visage devint tout à coup livide.

« Après avoir quitté la passe Hangu, répondit Ji Guangjie, j'ai collé des affiches partout concernant l'arrestation de Jiang Xiaohe. Mais il a tout fait pour m'éviter. Un jour, dans le chef-lieu de district de Beigu, je l'ai croisé dans la rue. Il s'est présenté comme un certain Gao Jiuhua. Il s'est montré très affable et voulait devenir mon ami. Mais j'ignorais ses intentions perfides. Liu Zhiyuan a été le plus détestable ! Il a reconnu Jiang Xiaohe, mais ne m'a rien dit, si bien que j'ai failli me faire avoir. Par chance, j'ai découvert une faille, et j'ai incité Jiang Xiaohe à se rendre aux monts Wudang. Là, il a appelé des moines taoïstes à l'aide pour me combattre. Je les ai tous affrontés, seul. Au bout de trois ou quatre cents échanges, j'ai poursuivi Jiang Xiaohe jusqu'au bord d'une falaise abrupte. Je l'ai touché avec mon épée, il a sauté dans le précipice et s'est enfui à la nage dans le ruisseau. J'ai moi-même été légèrement blessé à la poitrine… Ensuite, je suis redescendu, et me suis violemment expliqué avec Liu Zhiyuan. À peine cinquante lis après avoir quitté le district de Gucheng, lui et Jiang Zhiyao m'ont abandonné et ont pris une autre direction. J'oubliais : durant notre combat, Jiang Xiaohe a fanfaronné. Il a dit qu'il irait à Chang'an pour trouver votre vénérable personne et venger la mort de son père. Je crains que vous ne soyez en danger. C'est pour cela que je suis parti le soir même, pour vous prévenir. Je vous en prie, restez caché quelque temps dans une région éloignée. Avec Aluan, une fois mariés, nous partirons pour Chang'an à la rencontre de Jiang Xiaohe. »

Lu Zhizhong, qui avait suivi le jeune homme dans la cour, se décomposa en entendant ce tissu de mensonges. Le vieux Maître, parcouru de frissons, commenta d'un air sardonique :

« Mais où pourrais-je encore me cacher ? Si ce n'est dans une tombe ! L'histoire m'a rattrapé, il n'y a plus rien à dire. Autant aller à Chang'an pour attendre Petite Grue. Quand il arrivera, je lui offrirai ma vieille carcasse ! »

Le regard du vieux boxeur s'enflamma. Il demanda à Lu Zhizhong de préparer son cheval pour partir sur-le-champ à Chang'an. Mais Aluan l'arrêta :

« Grand-père ! Tu ne peux pas faire ça. Laisse-moi y aller. Je le tuerai, je le jure. Mais avant, j'ai des choses à lui dire et des questions à lui poser !... »

De la tristesse mêlée de colère se lisait sur le visage de la jeune femme, qui éclata en sanglots et frappa du pied par terre :

« Grand-père ! Ne m'en empêche pas ! dit-elle en pleurant amèrement. Je veux y aller seule ! J'y vais ! »

Son sabre à la main, elle quitta la cour en courant et partit seller son cheval. Ji Guangjie la poursuivit et l'attrapa par le bras. La jeune femme se retourna en brandissant son sabre comme si elle voulait tuer son fiancé. Ji Guangjie s'écarta et évita le coup. Aluan le fixa de ses deux magnifiques yeux ronds. Elle frappa une deuxième fois : le chevalier esquiva en se penchant. Il sauta sur la gauche, se redressa, tendit le bras pour attraper le poignet d'Aluan et saisir son sabre. Mais Aluan brandit à nouveau son arme avec férocité : « Je vais d'abord tuer Ji Guangjie, pensa-t-elle, avant de m'occuper de Petite Grue. »

Lu Zhizhong accourut, son sabre à la main, et para l'attaque d'Aluan. Le vieux boxeur Bao hurlait, furieux :

« Aluan ! Baisse ton arme ! Il s'agit de ton mari ! »

En entendant son grand-père, Aluan laissa tomber son sabre, couvrit son visage de ses mains et retourna dans sa chambre en pleurant.

« Regarde, Zhizhong ! fit le vieux Bao, pris de fou rire. Crois-tu que je puisse réellement redouter Petite Grue avec une petite-fille et un petit-fils par alliance si doués en arts martiaux ? »

Lu Zhizhong réfléchit un instant :

« Maître, vous pouvez rester ici aussi ! Ji Guangjie ira à Chang'an et s'entretiendra avec mon frère d'armes Ge pour trouver un moyen. Je resterai ici avec vous. Si Petite Grue vient, je m'en occuperai. »

Ji Guangjie, qui venait presque de se faire occire par sa future femme, restait debout à côté d'eux, le visage empourpré, pétrifié, sans dire un mot. Mais lorsqu'il entendit parler Lu Zhizhong, il s'avança en agitant la main :

« Non, ça ne va pas ! Ça ne va pas ! Je me moque que Jiang Xiaohe tue et se batte au grand jour. Je crains juste qu'il ne blesse quelqu'un subrepticement. Je me suis déjà battu avec lui : même s'il est moins fort que moi à l'épée, il me surpasse en agilité. Sur la route, j'ai entendu dire qu'il cambriolait en escaladant les murs, avec la nuit pour terrain de prédilection. Chang'an n'est pas bien loin : s'il apprend que vous êtes ici, il viendra vous tuer avant minuit. Comment se tenir en alerte à ce moment-là ? Le vieux Maître a passé sa vie à parcourir le pays sans encombres. Être victime d'un complot ne serait-il pas une profonde injustice ? Je trouve que c'est mieux que vous alliez vous cacher quelque temps dans un autre endroit. J'irai à Chang'an avec Aluan. Si nous rencontrons Jiang Xiaohe, à nous deux, nous arriverons bien à le tuer ! »

Le vieux boxeur eut la chair de poule en apprenant que Petite Grue excellait dans l'art du *gongfu* nocturne. Lu Zhizhong réfléchit encore un instant :

« Faisons comme dit notre gendre Ji ! Je peux toujours vous accompagner jusqu'au district de Luoyang[1]. Nous resterons chez He Tiesong, dans la vallée Shanyin. Vous lui avez jadis sauvé la vie. Cela fait vingt ans qu'il vit en ermite dans la montagne sans se montrer. Il habite dans un endroit très retiré, et vient d'une famille plutôt aisée. Nous resterons là-bas deux ou trois mois, sans dire à personne où nous sommes. Même si Petite Grue était un immortel, il ne pourrait pas nous retrouver. »

En repensant à ce vieil ami avec lequel il n'avait pas communiqué depuis plus de dix ans, le vieux boxeur émit quelques réticences. Il secoua la tête :

« Non, je n'irai pas ! Si je reste en vie, mais que je laisse tous mes disciples se faire tuer par Petite Grue, je me montrerai indigne d'eux !

— Si vous partez, tout sera facile à régler, reprit Ji Guangjie. Avant de me battre avec Jiang Xiaohe dans les monts Wudang, il m'a dit qu'il ne souhaitait pas anéantir ceux de Kunlun, qu'il voulait seulement... vous tuer, vous et les frères Long ! »

Le vieux boxeur poussa un long soupir. Il se remémora les événements, dix ans auparavant, lorsque au mont Beishan, dans le district de Zhenba, il avait ordonné aux frères Long de poursuivre et d'occire Jiang Zhisheng. Il revoyait parfaitement la scène tragique : Jiang Zhisheng, laissant femme et enfants derrière lui, s'enfuyait. À quoi bon le poursuivre pour le tuer ? Il s'était montré trop cruel ! Il était naturel que Petite Grue cherche à se venger à présent. Le vieux boxeur soupira, ses yeux s'humidifièrent.

« Faisons ainsi ! finit-il par répondre en hochant la tête. Je partirai avec Lu Zhizhong pour chercher un endroit où me cacher. Ji Guangjie, dépêchez-vous de partir à Chang'an pour dire à Long Zhiqi de retourner à Ziyang. Qu'il parte se cacher quelque part avec son

1. Luoyang : ville chinoise située dans la partie ouest du Henan.

grand frère et Ge Zhiqiang. Ensuite, vous exhorterez les disciples et arrière-disciples, quels qu'ils soient, à ne pas se battre avec Petite Grue, sauf en cas d'extrême nécessité. Il y a aussi Li Zhenxia, un vieil ami qui habite à Huazhou. Il me vaut largement en *gongfu*. Vous pourrez demander à ses disciples de vous aider. »

Sur ce, le vieil homme baissa la tête d'un air abattu. Il semblait se trouver dans une impasse, son courage l'avait quitté.

« Mais, si je combats Jiang Xiaohe à Chang'an, rétorqua Ji Guangjie, même si je suis sûr de gagner, je redoute que Li Fengjie ne revienne faire des siennes ! S'il vient en aide à Jiang Xiaohe, la situation deviendra délicate. Ce n'est pas que je mésestime les disciples de mon vénérable aïeul, mais je trouve que Ge Zhiqiang et les autres seront inutiles. Mieux vaut que la demoiselle Aluan m'accompagne, avec elle ça ira !

— Bien sûr, rétorqua le vieux boxeur. Je lui dirai de partir avec vous. Mais… » Il réfléchit un moment, puis reprit d'un air sévère : « Vous savez certainement que même si dans ma famille nous menons des vies errantes, nous attachons beaucoup d'importance aux rites. Ma petite-fille n'étant pas encore votre femme, je ne puis accepter que vous voyagiez ensemble ou que vous dormiez ensemble. Cela porterait atteinte à la réputation de notre famille. Alors faisons ainsi : je reste là aujourd'hui, et nous célébrerons le mariage. Demain, je partirai pour Luoyang, et vous, les nouveaux mariés, pour Chang'an ! »

C'était justement ce qu'espérait Ji Guangjie. Il aurait voulu éclater de rire. Mais il se contenta de hocher la tête pour donner son accord. Le vieux boxeur Bao ordonna à Lu Zhizhong de préparer le plus vite possible la chambre nuptiale ainsi que la salle de cérémonie, puis tourna les talons et partit dans la cour intérieure. Aluan, le cœur plein de chagrin et de rancœur, essuyait ses larmes dans sa chambre. Le vieux Bao entra. Il s'efforça de la calmer :

« Je ne veux pas que tu vives des moments difficiles à cause de moi. C'est moi qu'il faut blâmer. Je me suis montré trop cruel jadis, aujourd'hui je dois payer. Mes enfants et mes petits-enfants se retrouvent impliqués avec moi et doivent subir des outrages ! Pourtant, même si Petite Grue s'empresse de venir me tuer, je l'admire. Quel jeune homme courageux ! En soixante-dix ans, je n'ai jamais rencontré un autre homme aussi tenace, exigeant envers soi-même, avec autant de caractère et de force d'âme que lui ! Je partirai demain pour Luoyang, dans la vallée Shanyin. Je me cacherai quelque temps chez mon vieil ami He Tiesong. Si j'arrive à sauver ma vieille carcasse, alors nous pourrons tous deux nous revoir un jour, ma chère petite-fille. Dans le cas contraire, eh bien je mourrai sous le bras de Petite Grue : ce ne sera que justice, et je ne pourrai que l'estimer !

— Je pars avec toi, grand-père ! s'écria Aluan qui se releva, en pleurs, et attrapa le vieil homme.

— Non, tu ne peux pas ! rétorqua le vieux boxeur en agitant la main. Seul Lu Zhizhong m'accompagne, c'est tout. Il faut que tu aides Ji Guanjie à combattre Petite Grue à Chang'an, et que tu protèges ton oncle Ge et les autres. Pour rendre plus commode votre voyage ensemble, je te demande de te marier aujourd'hui même avec Ji Guangjie. Cela est parfaitement justifié...

— Non..., coupa Aluan, blême de terreur, en secouant la tête.

— Tu dois faire ce que je dis ! rétorqua le vieux Bao en faisant signe à sa petite-fille de s'arrêter. Une fois que vous serez mariés, je serai rassuré et je pourrai mourir en paix ! »

Il sortit trouver Lu Zhizhong, pour voir un peu où en étaient les préparatifs du mariage. Plusieurs employés de l'agence s'affairaient déjà dans la cour extérieure. Ji Guangjie paraissait particulièrement enjoué. Malgré son long voyage ininterrompu, il ne se reposait toujours pas, il aidait lui aussi aux préparatifs. La famille de Lu Zhizhong n'habitait pas sur place. Or, il n'était pas convenable qu'il n'y ait pas de parentes pour un tel événement. Du coup, on demanda aux femmes de quelques employés et aux parentes de petits fonctionnaires de la localité de venir aider. Les femmes préparèrent la chambre nuptiale. Certaines apportèrent de chez elles une jupe brodée rouge, une veste portant des phénix noirs, un bonnet orné de phénix, une épingle à cheveux en forme de phénix, ou encore un voile de mariée[1]. Elles purent ainsi commencer à parer Aluan. La jeune femme les laissa faire. On lui disait des paroles fastes et des plaisanteries, tandis qu'elle pleurait à chaudes larmes, ne pouvant s'empêcher d'être triste. Les femmes la consolaient :

« Ne pleurez pas, demoiselle ! Il s'agit d'un événement tellement heureux ! Une jeune mariée doit pleurer lorsqu'elle quitte le foyer paternel, parce qu'elle se sépare à contrecœur de ses parents. Mais votre père et votre mère ne se trouvent pas ici présentement, et vous vous mariez loin de chez vous. Alors pourquoi se désoler ainsi ? Arrêtez de pleurer, allez ! Après vous allez avoir les yeux rouges, et cela fera de la peine à votre mari ! »

Aluan bondit de rage. Elle jeta le miroir par terre, le brisant en mille morceaux, puis cassa le peigne en bois en deux avant de lancer la jupe et la veste sur le sol. Quant à son beau chignon de jeune mariée, elle tira dessus violemment pour le défaire. Tout ébouriffée, elle s'écroula sur le lit et se mit à pleurer. Effrayées, les femmes quittèrent la pièce les unes après les autres, et la cour devint fort animée.

1. En Chine, le phénix était un oiseau mythique qui symbolisait la puissance féminine, et par la suite l'Impératrice.

Lorsque le vieux boxeur apprit la chose, il entra dans la chambre en se lamentant :

« Aluan, que se passe-t-il ? Qu'est-ce qui t'énerve comme ça ? Lève-toi donc ! Ne crée pas de difficultés à ton pauvre grand-père ! »

La voix bienveillante et attristée du vieil homme parvint aux oreilles d'Aluan, qui ne put réprimer de nouvelles larmes, tout en éprouvant quelque regret. Elle contint sa souffrance, leva la tête et répondit :

« Il n'y a rien ! Je me sens nerveuse, c'est tout. Je ne veux pas qu'elles m'embêtent comme ça !

— Mais qu'y peut-on... Une femme ne se marie qu'une seule fois dans sa vie. Tu peux bien endurer ces petits tracas ! Le mariage se fait à la hâte, il est vrai. J'aurais souhaité que les choses se passent autrement. Si seulement la situation ne nous pressait pas... Mais même si nous ne pouvons pas faire dans les détails, nous ne pouvons pas nous permettre de nous montrer trop négligents face à l'usage et au protocole. Tu dois avoir l'air d'une mariée : tu ne peux pas te montrer grossière comme sur les routes, ou bien refuser de porter des vêtements rouges pour rejoindre ton mari ! »

Le vieil homme paraissait à la fois peiné et indigné. Ji Guangjie, qui se tenait dans la cour extérieure, jeta un œil à l'intérieur et tendit l'oreille. Un moment plus tard, le vieux boxeur Bao sortit. Il s'inclina les mains à hauteur du front face aux femmes effrayées pour présenter ses excuses avant de les supplier de retourner apprêter Aluan. Malgré leur mécontentement, les femmes n'eurent d'autre choix que de s'exécuter. Elles regagnèrent la chambre, refirent à la mariée son chignon et la poudrèrent. Silencieuses, elles n'osaient plus échanger un seul mot avec elle. Le vieux boxeur Bao entra à son tour : assise, la tête baissée, Aluan se laissait sagement maquiller et parer. Le vieil homme, légèrement tranquillisé mais toujours soucieux, se rendit alors dans la cour de devant, en fronçant ses deux épais sourcils blancs comme neige et en poussant de grands soupirs.

Ji Guangjie, toujours aussi heureux, déambulait dans la cour. Il s'arrêta devant l'aile est, constituée de deux pièces donnant sur l'extérieur et d'une chambre intérieure qui servirait de chambre nuptiale : sur la couche en bois, on avait déposé une couverture de satin rouge toute neuve avec un oreiller double[1], collé sur les murs et les portes des caractères rouges représentant le bonheur et couvert la fenêtre de rideaux rouges. Le jeune homme, comblé de joie, mourait d'envie que la nuit arrive. La cérémonie se déroulerait dans l'aile nord : au centre de la salle se trouvaient les tablettes des ancêtres, la pièce était remplie de cierges et de bâtonnets d'encens et décorée tout en rouge. Même la nappe portait une grande pivoine rouge en broderie. À côté et dans la cour, on arrangeait des tables et des bancs pour recevoir les invités. Dans la cuisine, on entendait les couteaux s'agiter : trois employés de l'agence s'improvisaient chefs pour préparer le repas.

Lu Zhizhong revint bientôt. Il avait trouvé un vendeur local de vêtements de seconde main et portait un grand sac dans lequel se trouvait une tenue de fonctionnaire : robe, chapeau, chaussures. Ji Guangjie passa les vêtements : la taille et la longueur convenaient à peu près. Vêtu d'une robe de gaze noire non raccommodée, portant un chapeau orné de glands rouges sans perles décoratives, avec des chaussures de satin noir pas trop à sa taille, il se munit d'un éventail qu'il agita avec de grands airs, en regardant régulièrement vers la cour intérieure.

Vers quatre heures de l'après-midi, les petits fonctionnaires, les marchands et les gardes du corps, par

1. Oreiller double : littéralement « oreiller de canards mandarins », le couple de canards mandarins étant le symbole d'un couple très uni.

égard pour Lu Zhizhong et par admiration pour le grand boxeur, se succédèrent à l'agence pour venir présenter leurs vœux et apporter des présents. Lu Zhizhong et quelques gardes travaillant pour lui, vêtus comme il fallait, les recevaient les uns après les autres à la place de Ji Guangjie. Le vieux Bao, qui n'avait pas souvent porté de robe d'homme, acheta et passa une longue robe en tissu de ramie. Mais du fait de sa haute stature et de sa corpulence, elle paraissait trop étroite et trop courte. Agitant un immense éventail de plus d'un mètre de long en plumes de poulet, il saluait les invités et arborait une mine souriante qu'on ne lui avait encore jamais vue. Seul Lu Zhizhong comprit qu'il se forçait à sourire, alors qu'en réalité il se sentait effrayé et inquiet. En outre, si l'un des visiteurs était un jeune homme, il le regardait attentivement, puis tirait Lu Zhizhong par le bras pour lui demander le nom de son hôte et le métier qu'il exerçait en ville. Apparemment, il craignait que quelqu'un de malveillant ou de fourbe ne se glisse parmi les invités.

Ji Guangjie, bouillonnant de jubilation, conversa joyeusement avec quelques gardes du corps. Il leur raconta d'abord quelques hauts faits de la vie de son grand-père avant de poursuivre sur les événements de sa propre vie de chevalier dont il était si fier. Puis il parla de son voyage dans le Henan : comment il avait inscrit partout « On recherche Jiang Xiaohe », le comportement de Petite Grue qui n'osait pas se frotter à sa lame. Enfin, il fit le récit de sa poursuite du chevalier dans les monts Wudang et de la mort certaine qui aurait frappé le jeune arrogant s'il ne s'était pas enfui en sautant dans le ruisseau. L'auditoire écoutait parler le jeune marié débordant d'enthousiasme en prenant tout pour argent comptant, car il ne tenait pas pour quelque chose d'extraordinaire ou de suspect le fait que le petit-fils légitime du Chevalier de Longmen ait soumis un Jiang Xiaohe inconnu et turbulent. Lu Zhizhong, qui se tenait à côté, restait quelque peu perplexe : il n'accordait pas vraiment de crédit au récit de Ji Guangjie, sans compter l'absence douteuse de Liu Zhiyuan et de Jiang Zhiyao. Mais comme présentement les affaires urgeaient, il ne pouvait perdre de temps à réfléchir et à s'informer. Le vieux boxeur, à présent assis tout seul dans un coin éloigné, gardait ses sourcils froncés. Il paraissait plongé dans des réflexions tourmentées et n'écoutait pas ce que disait Ji Guangjie.

Le moment de la cérémonie arriva. Ji Guangjie remit son chapeau à glands rouges, pendant que deux invitées arrivaient de la cour intérieure en tenant Aluan par la main pour l'emmener lentement vers la salle de cérémonie. On ne pouvait pas voir si la fiancée, dont la tête était recouverte d'un voile rouge, ressentait de la peine ou de la joie. Mais quelques gouttes semblables à de la rosée tombaient de sous son voile pour atterrir sur ses vêtements et ses chaussons brodés. À côté, les témoins du mariage déclamaient de vive voix les différentes sentences rituelles : prosternez-vous face au ciel et à la terre ! face aux ancêtres ! face à vos parents ! Au cours de chaque étape du protocole, Ji Guangjie et Aluan durent frapper la terre du front de nombreuses fois. Puis on tira des pétards, et beaucoup de mendiants accoururent dans la cour pour chanter à tour de rôle des airs de félicitations. Les invités prirent place : on but du vin et on joua à la mourre. Un grand brouhaha régnait, les lieux s'animaient.

Déjà, on amenait Aluan par le bras jusque dans la chambre nuptiale. Le vieux boxeur Bao quant à lui alla se reposer dans une pièce calme. Lu Zhizhong s'occupait des invités tandis qu'on faisait boire Ji Guangjie pour ses noces. Sa tête commençait à tourner et il s'impatientait, brûlant d'envie que les invités rentrent chez eux pour pouvoir rejoindre la chambre nuptiale. Le soleil se couchait, les invités terminaient de manger et de boire. Mais tous voulaient rester pour faire des jeux d'argent. Alors Lu Zhizhong confia sans détours à un certain Liang, propriétaire d'une agence locale :

« Pourquoi mon Maître tient-il à marier aussi hâtivement sa petite-fille ? Uniquement pour que le mariage se conclue vite et qu'ainsi Aluan et Ji Guangjie puissent se rendre ensemble à Chang'an pour combattre côte à côte son ennemi juré Jiang Xiaohe. Le Maître partira demain lui aussi dans un autre endroit, pour chercher un moyen de régler cette histoire. C'est pourquoi même si on célèbre un heureux événement, nous sommes tous un peu contrariés. C'est avec les meilleures intentions que tout le monde vient présenter ses vœux, mais si cela dérange le Maître et les deux jeunes mariés, ils risquent de ne pas bien dormir, et ne pourront pas se mettre en route demain. »

Liang hocha la tête :

« Très bien ! J'ai la solution ! » répondit-il.

Il rejoignit les autres et les invita à aller poursuivre leurs jeux dans son agence d'escorte. Les invités partirent les uns après les autres. Puis Lu Zhizhong ordonna qu'on ferme la porte et exhorta les trois employés qui habitaient là à ne pas faire de tapage près de la chambre nuptiale.

On sonna la deuxième veille. Le vieux boxeur Bao dormait déjà dans le bureau de l'agence. À part la salle de cérémonie, où brûlaient encore deux bougies rouges, seule la chambre des mariés laissait apparaître à travers les rideaux rouges une pâle lumière. À l'intérieur, on avait allumé une lampe de longue vie, censée de pas s'éteindre de la nuit. Ji Guangjie s'était déjà débarrassé de sa tenue de fonctionnaire et de ses chaussures pour enfiler un pantalon assorti d'une belle veste en soie, des chaussettes bien blanches ainsi que des chaussures traditionnelles noires. Il rayonnait de joie, le sang bouillait dans ses veines.

Jamais il n'avait ressenti une telle joie et une telle tension. Il marcha d'un pas très lourd, mais calme et lent, pour indiquer à Aluan sa venue. Mais alors qu'il arrivait à hauteur de la fenêtre, la lampe de longue vie s'éteignit soudain. Surpris, Ji Guangjie le prit en riant : « Cette femme chevalier va sur les routes, et en plus elle me connaît déjà, a combattu Li Fengjie à mes côtés à la rivière Ba ! pensa-t-il. Pourquoi se montre-t-elle timide à présent ? »

Il trouvait cela assez drôle, mais surtout très charmant. Il toussa légèrement et malicieusement, puis entra dans les appartements. Il trouva l'endroit fort sombre. Il manqua de trébucher en heurtant une lourde et grosse chaise, mais ne put s'empêcher de rire avant de dire à voix basse :

« C'est ce qu'on appelle taquiner le nouveau marié, hein ! »

Il avança encore de quelques pas, quand soudain « bang ! », il se retrouva tout mouillé ! Un grand pot de fleurs en cuivre gisait par terre. Il venait de le renverser avec le pied : ses vêtements, ses chaussures et ses chaussettes étaient trempés. Bien que contrarié, il sourit encore. Il avança, poussa la porte de la chambre, mais constata qu'elle était bien fermée de l'intérieur. Alors il frappa doucement à la porte :

« Ouvre la porte ! J'arrive ! »

Personne ne lui répondit. Il frappa légèrement deux fois avec le poing et répéta :

« Ouvre donc ! Ne fais pas la timide, ma chère épouse ! »

Mais toujours pas de réponse. Ji Guangjie rit et poussa la porte :

« Ne fais pas l'enfant ! Il est tard déjà. Il s'agit de l'événement le plus important dans une vie !

— Fiche le camp ! cria soudain la nouvelle mariée d'un ton sévère. Ne viens pas dans ma chambre ! Va-t'en ! Comment oses-tu taper à ma porte ?

— Quelle épouse terrible ! rétorqua Ji Guangjie derrière la porte, en riant. Comment peux-tu dire à ton mari de dégager ? Aluan, ma chère épouse, c'est le ciel qui cette nuit nous a réunis...

— Va-t'en ! » continuait de crier Aluan, énervée.

Ji Guangjie se mit à rire encore plus fort, mais arrêta de pousser la porte. Il resta un instant debout, immobile, à réfléchir, puis s'accroupit et appuya doucement sur la porte avec la paume des mains. Il réussit bientôt à l'ouvrir : « patatras ! », les deux battants s'écroulèrent, et les deux bancs posés derrière se renversèrent sur lui, manquant de l'écraser. Le jeune chevalier s'empressa de repousser les battants avant de sauter d'un bond dans la chambre. Il se retrouva nez à nez avec une lame qui jetait des éclats froids. Effrayé, il se jeta de côté. « Klang ! », le sabre de la jeune mariée, qui venait de rater sa cible, s'abattit sur une chaise.

« D'accord ! s'écria Ji Guangjie. On se bat d'abord, et ensuite on consomme le mariage ! »

D'une main, il saisit le poignet d'Aluan pour attraper son sabre de Kunlun. Mais la jeune femme lui asséna un grand coup de pied dans le bas-ventre. Ji Guangjie recula et se cogna la tête contre l'armoire. Aluan brandit à nouveau son sabre avec férocité. Le jeune homme se baissa et fit une roulade pour attraper les deux pieds d'Aluan. Mais elle lui redonna un coup de pied en plein dans l'œil gauche. Ji Guangjie ressentit une vive douleur et faillit crier. Il roula sur le sol une nouvelle fois. Aluan se retourna et abattit sa lame. Alors Ji Guangjie bondit hors de la chambre : il reçut à l'épaule un grand coup asséné avec le dos du sabre ainsi qu'un nouveau coup de pied dans les reins, et se retrouva dehors. Il se releva aussitôt, haletant :

« Aluan ! Qu'est-ce que ça veut dire ? demanda-t-il furieux. Tu en veux à ma vie ou quoi ? Je suis ton mari ! Ton grand-père m'a donné ta main ! »

À l'intérieur, Aluan, son sabre à la main, répondit en pleurant :

« Va-t'en ! Fiche le camp ! Je ne te connais pas ! »

Le jeune homme, malgré sa colère, sourit. Il pensa : « C'est une femme garde du corps. Elle a l'habitude d'être extrêmement arrogante. Si je ne la soumets pas par la force, elle ne se résignera jamais à s'offrir à moi. Très bien ! Battons-nous alors, et ensuite nous parlerons d'amour conjugal. »

Il alla chercher une épée précieuse dans une pièce voisine. Puis, une lampe à la main, il retourna dans la chambre nuptiale : il trouva à nouveau la porte fermée. Il posa la lanterne sur le sol pour pousser à nouveau sur la porte. Mais, craignant quelque embuscade, il resta debout, son épée levée, et tendit l'oreille : la jeune mariée sanglotait. Quelque peu abattu, Ji Guangjie ne comprenait plus rien. Alors qu'il restait ainsi, interdit, il aperçut soudain un homme arriver de la cour. Il regarda plus attentivement : il s'agissait de Lu Zhizhong. Le disciple semblait au courant de la dispute qui venait de se produire et du fait qu'Aluan pleurait dans sa chambre. Il fit un signe de la main à Ji Guangjie et lui dit avec inquiétude :

« Beau-fils ! Un peu de patience, voyons ! La demoiselle n'a jamais eu bon caractère. Même si c'est son mariage, elle est en réalité très malheureuse. Demain, elle devra se séparer de son grand-père, si vieux, qui va voir un ami et se cacher dans la montagne. Alors naturellement, elle n'est pas tranquille. Il ne faut pas s'énerver contre elle aujourd'hui, beau-fils. Dans quelque temps, elle se montrera plus accueillante. Tant qu'ils n'auront pas vaincu Jiang Xiaohe et ne pourront pas vivre en paix ensemble, elle ne sera pas heureuse. On n'y peut rien ! Il faut seulement vous armer de patience ! »

Ji Guangjie hocha la tête et fronça les sourcils :

« Cela n'a pas beaucoup d'importance, c'est juste que... »

Il s'apprêtait à dire que la jeune mariée n'aurait pas dû utiliser son sabre ni l'abattre sur lui avec tant de rage, mais il se sentit soudain totalement découragé.

« Allez vous coucher, oncle Lu ! Ne vous occupez pas de nous. Je n'aurai pas d'explication avec elle. J'ai compris qu'elle était très soucieuse ! »

Lu Zhizhong observa Ji Guangjie : ses vêtements élégants en soie, salis et mouillés, ses cheveux en désordre, son œil gauche semblable à un abricot. N'osant ni se moquer, ni poser plus de questions, il tourna les talons. Ji Guangjie resta un long moment immobile avant de retourner devant la porte de la chambre et de la pousser. À l'intérieur, la jeune mariée ne l'insultait plus, mais on l'entendait toujours sangloter.

« Aluan, dit le jeune homme à travers la porte. Ne sois pas malheureuse, je ne suis pas en colère contre toi. Ce mariage était l'idée de ton grand-père, ce n'est pas moi qui ai demandé ta main à la famille Bao. Nous avons célébré la cérémonie, notre mariage est conclu à présent. Si ce soir tu ne veux pas me laisser entrer dans la chambre nuptiale, ce n'est pas grave ! Je sais que c'est à cause de Jiang Xiaohe, qui vous laisse acculés. Mais tu dois me faire confiance : je te garantis que dans moins de dix jours, je tuerai Jiang Xiaohe. Alors tu verras ! Je n'ai rien d'autre à ajouter... »

Aluan sembla encore plus triste et pleura de plus belle. Ji Guangjie, contrarié au possible, poussa un long soupir. Il rassembla quelques chaises qui se trouvaient à l'extérieur et ferma la porte. Puis il posa son épée à côté de lui et souffla la lampe. Il se tracassa encore un moment, puis, las et démoralisé, s'allongea sur les chaises et s'endormit profondément. C'est ainsi qu'il passa sa nuit de noces.

Le lendemain, à l'aube, Ji Guangjie n'arborait pas vraiment une mine réjouie. La porte de la chambre s'ouvrit pour laisser apparaître une Aluan aux yeux rougis et enflés par les pleurs, vêtue de vêtements de satin rouge. Sans jeter un seul regard à Ji Guangjie, elle retourna dans la cour intérieure. Le jeune homme éprouvait un grand mécontentement. Un jeune employé qui ne comprenait rien à la situation demanda en riant :

« Beau-fils, qu'avez-vous fait hier soir dans la chambre nuptiale ? J'ai cru distinguer des bruits sourds. Vous avez l'air de vous être bien amusés ! »

Puis, pointant l'œil gauche de Ji Guangjie du doigt :

« C'est quoi cet œil au beurre noir ? Il vous fait mal ? J'irai vous acheter un flacon de pommade ! »

À bout de nerfs, Ji Guangjie asséna un coup de poing au jeune, qui laissa échapper un cri. C'est alors que Lu Zhizhong arriva. Il s'adressa au chevalier d'un air affable :

« Le Maître demande à quelle heure compte partir le jeune Ji, pour demander à la demoiselle de se tenir prête.

— Tout de suite ! répondit Ji Guangjie. Je brûle d'envie de revoir Jiang Xiaohe. Si ce n'est pas lui qui meurt, ce sera moi ! »

Lu Zhizhong s'empressa d'aller porter la réponse à son Maître. Ji Guangjie quant à lui ordonna qu'on selle son cheval et retourna dans sa chambre préparer ses affaires. Un moment plus tard, tout fut prêt, pour lui comme pour Aluan. La jeune femme portait toujours sa tenue de mariée. Elle se tenait dans la cour, la tête baissée. En la voyant si charmante, Ji Guangjie oublia les coups et la colère de l'autre nuit, et sortit en souriant.

En regardant sa petite-fille et son époux, le vieux Bao ressentit toutes sortes de sentiments et dit :

« Bien ! C'est donc vous deux qui allez faire barrage à l'ennemi à ma place. Sabres et lances sont aveugles ! Sans vouloir vous porter malheur, vous aurez du mal à éviter certaines mésaventures. Mais malgré mon inquiétude, il n'y a pas d'autre solution. Vous n'avez pas de chance d'être mes petits-enfants ! Je vais partir me cacher temporairement chez un vieil ami. Je m'en irai après votre départ. À un âge aussi avancé que le mien, je n'arriverai sans doute pas à destination, je mourrai peut-être en route… »

Aluan versa quelques larmes. Ji Guangjie, quant à lui, rétorqua avec dédain :

« Pourquoi dire des choses aussi décourageantes, mon aïeul ? Je pense que si Jiang Xiaohe est déjà à Chang'an, nous le tuerons, c'est certain ! Votre voyage vers l'ouest doit être un divertissement, il n'y a aucune raison d'être triste, ni de vous inquiéter pour nous ! »

Le vieux boxeur sourit d'un air navré et sortit deux lettres de sa veste.

« Portez ces lettres à Chang'an. Vous donnerez la première à Ge Zhiqiang. Quant à la seconde, vous la donnerez à Jiang Xiaohe, en cas de défaite et en ultime recours. »

Il tendit les deux missives à Ji Guangjie. Le jeune chevalier constata qu'elles étaient très bien cachetées. Celle destinée à Ge Zhiqiang, très épaisse, semblait contenir beaucoup de feuilles de papier. Il les rangea dans une poche, puis dit au vieil homme :

« Grand-père, inutile de faire plus de recommandations ! Je m'occupe de tout. Nous partons à présent. Au revoir, grand-père ! »

Aluan se prosterna en pleurant, puis suivit Ji Guangjie qui s'en allait d'un air fier. Les deux chevaux, harnachés, les attendaient devant l'agence. Aluan monta la première en selle, sur son cheval rouge. Puis, s'adressant à son grand-père ainsi qu'à Lu Zhizhong, qui les accompagnaient :

« Grand-père, mon oncle, rentrez donc ! »

Ji Guangjie accrocha son épée à la selle, puis sauta avec agilité sur son cheval. Il sourit et salua avec un poing dans la paume de l'autre :

« Rentrez ! Au revoir ! Au revoir ! »

À côté, de nombreuses personnes admiraient le couple de nouveaux mariés chevaliers, et accompagnaient du regard les deux chevaux qui partaient en direction du nord. Aluan ne cessait de se retourner et criait en pleurant :

« Grand-père ! Rentre donc ! »

Ji Guangjie, qui se trouvait devant, s'éloignait de plus en plus. Aluan n'eut d'autre choix que de le suivre, en regardant la silhouette de son grand-père disparaître peu à peu.

Liste des personnages

Secte de Kunlun

— Bao Kunlun ou Bao Zhenfei : vieux boxeur, Maître de l'école de Kunlun ;
— Chang Zhigao (1er disciple) ;
— Long Zhiteng (2e disciple), « l'Hirondelle qui transperce les nuages » (l'un des « Trois Éminents de Ziyang », frère de Long Zhiqi) ;
— Long Zhiqi (3e disciple), « le Tigre qui pousse les montagnes » (l'un des « Trois Éminents de Ziyang », frère de Long Zhiteng) ;
— Jiang Zhiyao (4e disciple), « le Pionnier Borgne » ;
— Ge Zhiqiang (6e disciple), « le Tyran de fer au sabre d'or et au fléau d'argent », patron de l'agence Lishun de Xi'an ;
— Jia Zhiming (7e disciple), « le Dragon Mythique qui brise les vagues » (l'un des « Trois Éminents de Ziyang ») ;
— Lu Zhizhong (14e disciple) ;
— Zhang Zhicai (18e disciple) ;
— Liu Zhiyuan (20e disciple), « le Sabre de Taisui » ;
— Ma Zhixian (21e disciple), oncle de Petite Grue, forgeron de Zhenba ;
— Hu Zhikai (23e disciple) ;
— Qin Zhibao (25e disciple) ;
— Chen Zhijun (27e disciple) ;

— Jiang Zhisheng (30e disciple), père de Petite Grue et de Petit Héron ;
— Zhang Zhiqi ;
— Zhang Zhijun ;
— Jin Zhiyong ;
— Yang Zhijin ;
— Zhao Zhilong ;
— Yuan Zhiyi ;
— Hou Zhiquan, « le Boxeur Divin » ;
— Miao Zhiying ;
— Zheng Zhibiao ;
— Han Zhixin ;
— Yuan Zhixia.

Autour de Bao Kunlun

— Bao Zhiyun, fils aîné de Bao Kunlun ;
— Bao Zhilin, « le Petit Kunlun », fils cadet de Bao Kunlun ;
— Fangshi, femme de Bao Zhiyun ;
— Lüshi, femme de Bao Zhilin ;
— Bao Aluan, fille de Bao Zhiyun, petite-fille de Bao Kunlun.

Autour de Petite Grue

— Jiang Xiaohe, Petite Grue, qui deviendra plus tard « Grue du Sud » ;
— Jiang Zhisheng, disciple de Kunlun, père de Petite Grue ;
— Huangshi, mère de Petite Grue, femme de Jiang Zhisheng ;
— Jiang Xiaolu, Petit Héron, frère de Petite Grue ;
— Lishi, femme de Ma Zhixian, cousine de Huangshi, tante de Petite Grue ;

— Dong Da, patron d'une boutique de laine, second époux de Huangshi ;
— Le Chevalier Muet, frère d'armes de Petite Grue ;
— Le vieux Maître du mont Jiuhua, Maître de Petite Grue.

Autour de Ji Guangjie

— Ji Junyi, « Longmen Xia », « le Chevalier de Longmen », l'un des « Deux Remarquables du Nord et du Sud », grand-père de Ji Guangjie ;
— Zhao Baofu, oncle maternel de Ji Guangjie.

Autour de Li Fengjie

— Li Fengqing, frère cadet de Li Fengjie, du district de Nangong ;
— Chenshi, femme de Li Fengjie ;
— le vénérable bonze Taiwu, « le Bodhisattva au visage d'or » des montagnes Songshan, ami et sauveur de Li Fengjie ;
— Hu Erzheng aux épaules de fer, bûcheron des montagnes Songshan ;
— Li Mubai, dernier fils de Li Fengjie et de Chenshi.

Autour de Ge Zhiqiang

— Xushi, femme de Ge Zhiqiang ;
— Ge Shaogang, fils de Ge Zhiqiang ;
— Cheng Yu'e, femme de Ge Shaogang, fille de Cheng Fengshan, « la Longue Lance ».

Agence d'escorte Fuli de Langzhong

— Jiao Dechun, « la Divinité à l'armure d'or », patron de l'agence ;
— Jiao Rong, garde d'escorte, neveu de Jiao Dechun ;
— Qi Yong, « le Sabre-Crochet », garde d'escorte ;
— Yang Xiantai, « la Courte Lame », garde d'escorte ;
— Lü Xiong, « le Sabre Fleuri », garde d'escorte ;
— Mi Ziliang, garde d'escorte.

Autres gardes d'escorte

— Liang Zhen, garde d'escorte de l'agence Taifu de Xi'an ;
— Han Bao, garde d'escorte de l'agence de Guanzhong ;
— Cheng Fengshan, patron de l'agence Fengshan de Xi'an ;
— Qin Deyu, gendre de Li Zhenxia, garde de l'agence de Huazhou ;
— Zhang Ba, « le Tigre aveugle », boxeur ;
— Pang Yin, boxeur des Huit Trigrammes ;
— Lu Zhenying, patron de l'agence Zhengying de Luoyang.

District de Zhengyang, village des sinistrés

— Gus Baiwan, « le Sale Pingre », millionnaire de Zhengyang ;
— Yang Gongjiu, « le Chevalier de Ruzhou », garde de la résidence de Gus Baiwan ;
— Liu Ying, « la Panthère Tachetée », garde de la résidence de Gus Baiwan.

Célèbres maîtres du Jianghu

— Xu Lin, « Langzhong Xia », « le Chevalier de Langzhong » ;
— Tong Qingyan, « Shuzhong Long », « le Dragon du Sichuan », l'un des « Deux Remarquables du Nord et du Sud » ;
— Li Zhenxia, de Huazhou ;
— Gao Qinggui, de Kaifeng, « le Faucon Divin », maître en *dianxue* ;
— Han Jing, « le Génie Ivre de la peste », de Hezhou ;
— Li Dacheng, « le Tigre du mont Emei », de Chengdu, ami de Bao Kunlun ;
— Zhang Debao, de Tongzhou ;
— Liang Gao, « le Singe aux bras de fer », de Luoning ;
— Pang Er, « la Lance Fleurie », de Xiangyang ;
— Liu Kuang, « Celui qui surpasse Huang Zhong », de Xinyang ;
— Lu Boxiong, « le Fouet Divin », de Shangcai ;
— Liu Qingkong, de Shangshui ;
— Gao Long, « le Tigre de Fuzhou » ;
— Chao Li, « le Dragon qui aspire l'eau » ;
— Li Liansheng, « les Poings Fleuris », de Bazhou.

Famille et amis du Chevalier de Langzhong

— Xu Yanyun, fils du Chevalier de Langzhong ;
— Qin Xiaoxian, « la Petite Immortelle », femme de Xu Yanyu ;
— Qin Xiaoxiong, « le Petit Puissant », frère de Qin Xiaoxian ;
— Yuan Yong, « le Lion à la face rouge », ami de Xu Lin, du district de Nanjiang ;
— Yuan Zishao, « le Maigre Despote », neveu de Yuan Yong ;

— Yuan Jingyuan, fils de Yuan Yong, qui deviendra Yuan Jingxuan, « le Vénérable Bonze Jingxuan » ;
— Zhang Xiong, « l'Arbalète de fer », garde de la préfecture de Changzhou dans le Jiangnan.

Brigands des montagnes Xiangzi

— Ma Yinxiu (1er chef des brigands), « l'Ancêtre de fer » ;
— Wu Jinbiao (2e chef des brigands), « la Panthère Noire » ;
— Liu Qi (3e chef des brigands), « le Gibbon » ;
— Geng Zhuang (4e chef des brigands), « la Fléchette » ;
— Lu Derui, ami des brigands ;
— Pan Dading, ami des brigands.

Brigands des montagnes Qinling

— Hu Li aux fléchettes d'argent, chef des brigands ;
— Hu Baojiang, fils aîné de Hu Li ;
— Hu Baoshan, fils cadet de Hu Li ;
— Yu Dabiao, « Yu le jeune Tigre » ;
— Qiu Er, « le Singe à la face rouge » ;
— Jiao-le-Quatrième, « le Marteau de cuivre » ;
— Le Tigre à la fourrure blanche.

Les Sept Grands Immortels de l'épée des monts Wudang (taoïstes)

— Yu Xuanqing ;
— Zhang Xuanhai ;
— Ma Xuantao ;
— Chu Jianxiong (disciple de Zhang Xuanhai) ;

— Ni Jianchao (disciple de Zhang Xuanhai) ;
— Chen Jianfei (disciple de Ma Xuantao) ;
— Lü Chongyan, « la Fine Lame qui atteint les nuages ».

Religieux du Jianghu

— Le Bonze au bâton de fer, Tiezhang Seng ;
— Yuan Jingxuan, disciple de Tiezhang Seng ;
— La nonne Daocheng, du temple des Neuf Immortels.

Les trois Tyrans du district de Yilong

— Liu Jie, « la Longue Lance » ;
— Jiang Cheng, « le Tyran Fleuri » ;
— Zhang Heihu, « Zhang le Tigre Noir », disciple de Gao Long.

Autres personnages

— Magistrat Bao, du district de Xuanhan ;
— Chen Wenfu, « Chen-le-Septième », banquier de la banque Litong ;
— Liu Da, patron de l'auberge de bon augure de la passe Xi, près de Xi'an ;
— Le Gros grêlé, tavernier du district de Shangshui ;
— Liu Er, des affaires criminelles ;
— Deng Er, chef d'escouade ;
— Cheng Ba, du *yamen* de Langzhong ;
— Zhang la Bonne Patte, bûcheron des montagnes Qinling ;
— le riche propriétaire Yan Bo, du district de Chengkou, ami du Chevalier Muet, ancien magistrat.

Table des matières

8946

Composition
NORD COMPO

Achevé d'imprimer en France (La Flèche)
par CPI Brodard et Taupin
le 13 avril 2009. 52552

Dépôt légal avril 2009.
EAN 9782290010884

ÉDITIONS J'AI LU
87, quai Panhard-et-Levassor, 75013 Paris

Diffusion France et étranger : Flammarion